D1548311

HERNÁNDEZ

NARRATIVA
REUNIDA

FELISBERTO

HERNÁNDEZ

Papel certificado por el Forest Stewardship Council®

Penguin
Random House
Grupo Editorial

Índice

CUENTOS, NARRACIONES Y OTROS TEXTOS PUBLICADOS
EN VIDA DEL AUTOR EXCLUSIVAMENTE EN REVISTAS
Y PRENSA PERIÓDICA

TEXTOS DE PUBLICACIÓN PÓSTUMA

Allanamiento de morada.
«Recuerdos que no me pertenecen»

Al volver a los cuentos de Felisberto Hernández, que leí hace mucho tiempo, tengo miedo de ser cazado desordenando viejas habitaciones ajenas, como un merodeador que sin darse cuenta se encuentra de pronto dentro de la casa. No con intención de robar —si eso hubiese sido posible, hace ya años que lo hubiera hecho—, pero tampoco tan inocentemente como uno quisiera aparentar. Hay algunos nuevos, es decir, nuevos para mí, algunos *post mortem*, pero pertenecen a la misma inteligencia que ya me atrapó en su día, que me arrastró, cabría decir, aunque no sé bien hacia dónde. La sensación es idéntica; el resplandor, el mismo. El pasmo no ha menguado. Mi diagnóstico como médico de cabecera no difiere de la impresión del forense. Cómo empezar por tanto a describirles a ustedes la emoción de entonces y esta tan similar de ahora, una suerte de arrebato que me obliga a caminar tras los pasos de un fantasma. A ratos sofocado por su talento, me temo, y otros ratos espero que guiado por su dichoso talento, pero siempre a tientas. Así llevan los lazarillos a los ciegos que aquí y allá aparecen entre los cuentos, siempre con Clemente Colling al frente o en la sombra, pero también aparecidos de pronto en un café, tocando el arpa para disgusto del narrador, o incluso voluntariamente ciegos, como los visitantes del túnel en «Menos Julia», entregados a un juego insalubre que consiste en toquetearlo todo, a oscuras, para no comprender finalmente nada. Las narraciones, entre sus manos, no parecen construidas de una determinada manera, sino que parecen ser así, digamos que por naturaleza. Lo cual me pareció, y me parece, formidable. Algo se muestra por fin natural desde la más concienzuda extrañeza. Ahí es nada. Tarea de titán.

La primera impresión de Felisberto no la olvidaré nunca, y de alguna manera he vuelto a ella una y otra vez en busca de desconsuelo, sabiendo que junto a su escritura la propia desmerece, pero aun así volviendo al lío, tal y como hacen los niños cuando les dicen con gesto serio adónde no deben nunca ir, que es justo a donde los niños siempre van. Casi imposible, y al tiempo necesario, no citar la sorpresa y el misterio que envuelven toda su escritura, pero hay que hacerlo, hay que desdeñar la extrañeza, porque, como él sabe, tales métodos de acercamiento solo consiguen ahuyentar otras impresiones, más difusas pero mucho más sólidas y más propias. ¿Cuáles son? Ahora me da que son impresiones que en gran medida no se pueden contar, porque no se dejan contar sin que se malversen o, peor aún, se traicionen, y que deben por tanto pertenecer al lector, y de ninguna manera al prologuista. Y aun así, algo debería decirles. No podría —como no pudo Cortázar— caer en un discurso técnico, ni académico, vestido de una distancia higiénica, protegido por los guantes de un anticuario que temiese dañar sus piezas más valiosas, pues, si algo quise siempre al ir a ver a Felisberto, fue el contagio, la completa infección, aun a sabiendas de que tal empresa no solo resulta estéril sino además inconveniente, y desde luego nada recomendable. La infección de una escritura de tal singularidad no puede sino destruir la humilde singularidad de otra. Tal y como la belleza de un rostro, aun sin querer, maltrata la posible gracia de otro. Sin embargo, es tan grande la belleza de esta escritura que, una vez más, como esos niños que desoyen los avisos, no queda otro remedio que volver a zambullirse en ella como quien se lanza a una charca. Después ya habrá tiempo de arrepentirse entre fiebres, temblores, toses y hasta reprimendas más que justificadas por la conducta impropia, desobediente y temeraria. El fuego hay que tocarlo, y los dedos, mientras aún puedan entrar en los diminutos orificios, invitados precisamente por su exacto tamaño, hay que meterlos en los enchufes. ¡Qué remedio!

No resulta fácil —ni, una vez más, conveniente— buscarle a Felisberto Hernández parentescos literarios. Ya lo sabía Italo Calvino, no ayudarían en nada a la mejor comprensión de su trabajo. Tampoco viene al caso hablar de música: ya lo hace él y mejor, aunque no cuesta imaginárselo leyendo sus cuentos acompañado de su propio piano, como en aquellas emisiones de la radio nocturna a las que se entregaba en su soledad de Montevideo. Ni parece importante mencionar su agitada vida sentimental, enfrascada en mil anhelos eternamente condenados de antemano, pero nunca condenables. Frente a su escritura, su atribulada biografía —que incluye episodios amorosos con una espía española de la KGB— dice poco o nada, y así acostumbra a suceder con el arte. La anécdota personal suele alejar la apreciación exacta de cualquier logro. Él mismo nos recuerda, al hablar de su percepción incompleta de las cosas, los sentimientos y sobre todo las personas, que «hallaba placer en no saber». Y así imagino que habría que acercarse, si es que tienen la fortuna de que sea este su primer contacto con su obra, a todo lo que escribió. Y, en general, con ese impreciso sigilo habría que aproximarse, o arrimarse, a todo lo escrito con valor verdadero. Dándole a la palabra *valor* al menos una doble acepción: la del arrojo y la del mérito. Para su desgracia, la otra, la que cuenta para las cuentas en vida, nunca le alcanzó. Y ahí la gloria póstuma es poco o ningún pago, y uno no puede sino enfadarse, tarde y para nada, por el miserable sentido del humor que tiene el destino. Venganzas aparte, y ya me gustaría a mí vengar a Felisberto, no queda otra que conformarse con la más dulce de las admiraciones.

Con una literatura de este rango, es fácil esquivar todas las defensas que pretenden fortificar un castillo, o un prestigio, o simplemente guardar una casa, porque aquí ya se han desbordado las fuentes y no hay más que dejarse llevar por el laberinto de arroyos, como en «La casa inundada», para abrazar —volviendo al mismo relato— esa «religión» que, en palabras de Felisberto, no es sino la manera precisa en la que alguien, en este caso una vieja dama largamente enamorada, percibe su mundo, que es el único mundo de uno. De sus construcciones y escenarios, ya sean inventados o revisitados, se puede concluir —o al menos yo concluyo— que pertenecen a una arquitectura también propia, y lo mismo puede decirse de las luces, que nacen de unos ojos concretos, de los ojos de un hombre solo en la noche de su estancia, como si de un superpoder se tratase, o de los sonidos, que bailan a sus anchas y según reglas coreográficas intransferibles; y así los colores, los instrumentos musicales, las jaulas, los catalejos, los binoculares, las manos, los guantes, los camisones, los cabellos, los cuerpos mismos, cobran no otra vida, sino la que en verdad poseían. Y al mismo tiempo, ¡milagro!, nada parece arbitrario.

Extraña precisión la de una literatura que formula el aquí con lo de allá, lo nuestro con el sueño de lo ajeno, que es al tiempo un doloroso juego y una conmovedora epifanía. Manifestaciones no de una imaginación desbordada, sino de una realidad última y, claro está, íntima. Paradojas a las que esta escritura superdotada impone un rigor, un equilibrio y hasta una lógica. Y si esto suena menos amable, menos enloquecido, menos libre de lo que debiera, es culpa mía, que no de Felisberto. Soy yo como lector —¿como escritor?— quien intenta en vano dilucidar la estructura interna de su genio, como quien abre un reloj a fin de tratar de entender su sofisticado mecanismo, para quedarse luego sin la hora y con las ganas.

Si en «Las Hortensias» un hombre caminaba tras el ruido de las máquinas, así puede perder el rumbo este que escribe tras el tictac prodigioso de quien fue capaz de concebir algo tan firme desde el conocimiento profundo de lo aparentemente inconcebible.

Y, sin quererlo, ya estoy otra vez dentro de la casa que juré merodear sin más, sin atreverme nunca a allanarla.

Rodeado de «recuerdos que no me pertenecen».

Cazado tratando de ordenar lo que no es mío.

Asumiré el castigo que me impongan.

Gracias y perdona, Felisberto. Entenderás que merecía la pena intentarlo.

Con creces.

Y que resultaba, a estas alturas, inevitable.

RAY LORIGA,
diciembre de 2018

I

Literatura del recuerdo, de la memoria como ficción y como refracción de la verdad al mismo tiempo, de los mecanismos de la evocación y de la percepción de esos mecanismos. Escritura con una marca autobiográfica de fronteras difusas que a la vez es superada por una imaginación desbordante, para hablarnos de cosas más inapresables que de un mero yo personal, aunque el yo de la mayor parte de sus narraciones permanezca irreductible. Literatura que en su esfera de rarezas y a veces en el borde de lo fantástico, pone en jaque a los realismos, al mismo tiempo que desbroza la realidad con operaciones tan inauditas como certeras, para devolvérnosla en una dimensión volumétrica y fragmentaria que nos hace pensar que lo que así llamábamos era una construcción arbitraria que de alguna forma presentíamos, pese a que no acertáramos en las palabras y en las historias para nombrarla. Para decirlo de una vez, Felisberto Hernández es, desde hace buen tiempo, por estos y por otros motivos, una de las figuras decisivas de la literatura uruguaya, y, sin que nos asalten dudas, de la narrativa en lengua española del siglo xx.

Lo primero que sorprende al lector de las ficciones de Felisberto Hernández es el carácter desconcertante que la mirada del narrador despliega sobre los seres y las cosas del mundo: un efecto de tanteo que pone en crisis estabilidades y convicciones del pensamiento y de la sensibilidad. Construida casi siempre con la primera persona del singular, su percepción ofrece un efecto extrañamente seductor, quizá originado en la conjunción de detalles, matices y giros asociativos inhabituales, los cuales a la vez resultan indudablemente próximos y hasta familiares, por más que en lo inmediato no quede claro por qué. La cuestión es que esas resonancias nunca abandonan la fuerza interrogativa, y simultáneamente indagatoria, acerca de lo que entendemos por el mundo que nos rodea. Y lo que es más: esa percepción se examina, retrayéndose sobre sí misma, preguntándose sobre sus mecanismos internos y sus alcances, como si de pronto el mundo exterior permaneciera suspendido para que la conciencia se interrogara por ella misma, concentrada en su propio movimiento, ya un poco sola por auténtica necesidad, ya un poco insuficiente porque el espesor desbordante de la interioridad la rebasa.

Como todo gran escritor, Felisberto desafía las formas habituales de leer y con ello nos denuncia, pero lo hace sin subrayarlo y alejado de ciertas arquitecturas experimentales del relato, sin una determinación que se parezca a la exhibición técnica, así como a distancia del furor iconoclasta de los manifiestos vanguardistas. Este pianista de formación clásica que debió sacrificar buena parte de su repertorio para proveerse de sustento fue hijo de la vanguardia transculturada uruguaya —una vanguardia de dibujo atenuado y poco radical, pulsada entre tentativas que terminaron por negociar, en su mayor parte, tanto con el avance como con el *aura mediocritas* de un batllismo que ya devenía en cultura— y emprendió, a mediados de los años veinte, mientras sobrevivía ofreciendo conciertos de piano en ciudades y pueblitos del interior uruguayo y argentino, un camino de escritor minoritario, entre lúdico, crítico, ligeramente desencantado y, a lo mejor, como quiso verlo Juan Carlos Onetti muchos años después, *naïf*. Cuando se piensa en el Felisberto de esos primeros tiempos, el de *Fulano de tal* (1925), *Libro sin tapas* (1929), *La cara de Ana* (1930) y *La envenenada* (1931), con su condición de casi desconocido que publica los tres últimos libros mencionados en elementales imprentas del interior del país, es habitual referirse a las palabras del filósofo Carlos Vaz Ferreira, quien en 1929 reconoció públicamente, en un periódico de la época, contarse entre uno de los escasos diez lectores interesados en los textos de Hernández.

Este camino del desconocimiento al conocimiento, y bastante después al reconocimiento, fue largo, desigual y difícil, quizá porque los códigos literarios que habían constituido hegemonía en el campo de las letras uruguayas no estaban dispuestos a aceptar la posibilidad de una fisura estética —y por ende ideológica— sobre las imágenes de la realidad que estaban a cargo de las mímesis de los realismos imperantes. No obstante, este acontecimiento con respecto a la obra de Felisberto, conviene anticiparlo, fue cambiando. Primero, por la lúcida e influyente prédica de Jules Supervielle, con todos sus alcances, que haría uso de sus contactos personales para la publicación del volumen *Nadie encendía las lámparas* (1947) en la Editorial Sudamericana de Buenos Aires, cuando el autor ya había convocado la atención con una serie de cuentos de signo no realista publicados en distintos medios uruguayos y argentinos (como es el caso, entre otros, de las revistas *Mujer Batllista* y *Sur,* o del diario *La Nación*), los que a la postre integrarían el mencionado volumen. Pero habrá que esperar a las expresiones de una crítica literaria nacional que proponía sus virtudes —las cuales no siempre aplicaba con el mismo celo— en la independencia de criterio, la argumentación fundada, la imparcialidad de juicio, la distancia frente a lo ceremonioso, el rigor documental, bibliográfico y también conceptual a la hora de enfocar una perspectiva de estudio y valoración literarios. En cierto modo, fue a partir de la denominada generación del 45 que Felisberto Hernández entró en una consideración cada vez más sostenida, no solo en tanto objeto de las perspectivas más abiertas y acertadas de la época, como las de Ángel Rama y luego José Pedro Díaz, sino de alguna de las más cerradas, erróneas y tempraneramente injustas, como es el caso de la de Emir Rodríguez Monegal. Este fue, no obstante los indisimulados prejuicios generales del 45 ante las literaturas no realistas, un momento clave para la lectura y atención crítica de la obra de Felisberto Hernández. La misma obtendría en el futuro y en lo que va hasta la fecha una creciente dedicación crítica e investigativa nacional e internacional, así como la multiplicación de ediciones y traducciones que de forma expresa terminarían por contribuir a lo que más importa: a una mayor disponibilidad de su obra y a una consecuente expansión del campo de los lectores.

II

No es fácil elaborar un concepto unificador de los diferentes períodos que pueden reconocerse en la obra de Felisberto Hernández. Es habitual, según criterios que combinan la peripecia vital con cierta idea de la historia de sus creaciones, situarlo al principio como un pianista que, además de interpretar piezas de Stravinsky, o de componer otras de su autoría, y aun de ejecutar un repertorio de temas populares a pedido, sea en teatros, clubes del interior del país u otros, empieza a publicar libritos mínimos, tanto por su tamaño como por la modestia gráfica y de los materiales empleados, por fuera de los espacios centrales de edición y circulación. En pocos años el ludismo crítico y fragmentario va cediendo paso a textos con impronta más narrativa, como es el caso del libro *La envenenada,* particularmente del cuento que da título al volumen. Así, Felisberto va construyendo la figura del escritor, casi como quien descubre los horizontes de un destino, el cual se dibuja bajo las condiciones iniciales de un vanguardismo sin banderas, expresado mediante efectos de humor que no rehúyen a la parodia y que desbaratan eventuales pretensiones de seriedad y de trascendencia literaria y filosófica.

Un segundo período, que constituye, según el crítico uruguayo Ángel Rama, «el esfuerzo más sostenido y original de las letras uruguayas para develar los mecanismos del recuerdo», es el de la saga novelística que suele reconocerse a la manera de un ciclo narrativo de la memoria. La misma está conformada por las novelas cortas *Por los tiempos de Clemente Colling* (1942), *El caballo perdido* (1943) y *Tierras de la memoria* (1944), esta última escrita entre 1943 y 1944, pero publicada en forma completa póstumamente. Las tres novelas exponen tensiones entre la lejanía temporal de la infancia y la pervivencia «infantil» en la voz y en la perspectiva del narrador, entre los misterios de la rememoración que gobiernan a las estructuras narrativas, el efecto autobiográfico y las derivas de una invención que nos recuerdan que la memoria también es un discurso. Pero ese discurso materializado en los textos resulta improgramable, indefinible y exploratorio, en tanto da lugar a la autonomía de unos recuerdos que entablan nuevas exigencias y asociaciones, y que desorganizan toda estructuración lineal cronológica y de aspiraciones racionales. En efecto, los recuerdos mandan, a tal punto que poseen la energía suficiente como para torcer el curso de lo que el narrador *iba a* contar, interrumpiéndolo y cediendo lugar a lo desconocido e impredecible, a las tramas del misterio, tal como ocurre al comienzo de *Por los tiempos de Clemente Colling:*

No sé bien por qué quieren entrar en la historia de Colling ciertos recuerdos. No parece que tuvieran mucho que ver con él. La relación que tuvo esa época de mi niñez y la familia por quien conocí a Colling, no son tan importantes en este asunto como para justificar su intervención. La lógica de la ilación sería muy débil. Por algo que yo no comprendo, esos recuerdos acuden a este relato. Y como insisten, he preferido atenderlos.

Además tendré que escribir sobre muchas cosas sobre las cuales sé poco; y hasta me parece que la impenetrabilidad es una cualidad intrínseca de ellas; tal vez cuando creemos saberlas, dejamos de saber que las ignoramos; porque la existencia de ellas es fatalmente oscura: y esa debe ser una de sus cualidades.

Pero no creo que solamente deba escribir lo que sé, sino también lo otro.

Felisberto intensifica en este momento su perspectiva más profunda de la economía de la narración: el eventual relato con un orden lógico, reproductivo, es desplazado por el de una subjetividad productiva, desordenadora, que se abandona y se busca a sí misma, envuelta en cierto misterio activo y a la intemperie de lo que casi se volverá un proyecto. Según el crítico argentino Saúl Yurkievich, en las narraciones de Felisberto Hernández «los hechos irrumpen inesperados, sorpresivos», al tiempo que «no se sabe qué sucesos quedarán merodeando en la memoria, cuáles cesarán, cuáles se fijarán obsesivamente», motivo por el cual «el narrador no puede imponer a los recuerdos una coherencia ajena, porque la capacidad evocativa es antagónica del prurito de concatenar la evocación». Por su parte, José Pedro Díaz sostiene que Felisberto no solo se demora «en recuerdos laterales sino en curiosas comprobaciones a propósito de la textura misma de sus recuerdos y de los modos como ellos interfieren con su presente modificándolo». El pasado está vivo y se vuelve inocultablemente otro desde el tallado del presente. Escribir sobre lo otro hasta su límite es la fuerza que debilita a las lógicas preconcebidas. Esa debilidad obtenida es, paradójicamente, el resultado de una fuerza insólita que reside en la mirada transformadora del narrador. Semejante potencia de las tierras de la memoria, en que «los recuerdos no se quedan quietos» y abren cauces imprevistos, cobra un lugar central en *El caballo perdido* y en *Tierras de la memoria,* pero asimismo se proyecta con nuevos contenidos en toda su producción posterior, la que según Rama cabría establecer como un tercer período, es decir desde *Nadie encendía las lámparas* hasta la época de «La casa inundada» y los textos finales.

En esta etapa Felisberto Hernández desarrolla líneas que en parte estaban presentes en sus primeros textos, a la vez que se expande en nuevos modos que exploran umbrales inéditos. Es el caso de la indagación expresa en zonas brumosas y poco definidas que preceden al dibujo —más acabado y de pronto también ilusorio— de la conciencia, para poner en primer plano esa dimensión que podría nombrarse como lo otro de la conciencia. Sin embargo, también brotan formas peligrosas de dicha alteridad, como cuando los filos de la locura amenazan al protagonista de *El caballo perdido*, que tira de la cuerda de la memoria hasta convertirla en una fuerza que lo separa del tiempo presente, capaz de enviarlo a vivir en un pasado sin retorno, es decir, sin salida. Es este uno de los momentos reflexivos más analíticos, profundos y brillantes de la creación felisbertiana. El mismo se constituye en frontera que señala el dramatismo de una tensión, no solo entre representaciones de equilibrio y desequilibrio mental, sino, en el plano de la ficción, entre la prioridad de la patología por encima de un contraste conflictivo entre lo posible y lo imposible, hecho que varias posiciones teóricas suelen identificar con lo fantástico. Precisamente, en un relato como *Las Hortensias*, o en varios cuentos como «El balcón», «El acomodador» o «La casa inundada» irrumpen nuevas figuraciones de lo insólito en tanto lo otro de la cordura, del equilibrio y de los contornos establecidos por estatutos de normalidad, lo que ha conducido a buena parte de la crítica a consagrar la identificación, quizá apresurada, de literatura fantástica.

III

Sin entrar ahora en disquisiciones conceptuales acerca de la «rareza» de la escritura de Felisberto Hernández, debe decirse que el primer empuje extraño procede de la posición de los narradores, especialmente cuando estos coinciden con los protagonistas de sus historias. Es decir que la clave de todo enrarecimiento, y hasta de las eventuales suspensiones de la tesis de una realidad compartida entre texto y lector, empieza por unas voces narrativas cuyas fisonomías ya nos instalan en lo insólito, portadores de sensibilidades anómalas que sin embargo no pierden ciertos principios de «realidad», aunque se mantienen a bastante distancia de las planicies más extendidas del sentido común. Son voces que activan una distorsión, la cual sorprende pero al mismo tiempo proporciona tonos que van naturalizando la excentricidad. Ello introduce un extrañamiento radical, o, para usar una expresión de Julio Cortázar, Felisberto nos sitúa en «órbitas tangenciales», es decir en espacios que escapan a los centros instituidos de los seres y las cosas, los cuales cuestionan nuestras maneras habituales de ver y de entender. De ahí el famoso y archicitado juicio de Italo Calvino, para quien «Felisberto Hernández es un escritor que no se parece a ninguno: a ninguno de los europeos y a ninguno de los latinoamericanos, es un "irregular" que escapa a toda clasificación y encasillamiento pero se presenta como inconfundible con solo abrir la página». Calvino ha advertido, además, un acontecimiento sustantivo, y es que el procedimiento felisbertiano consiste en «la asociación de ideas» que identifica el «juego predilecto de los personajes» y la «pasión dominante y declarada del autor», pero que es también la energía que mediante el enlace de unos motivos con los otros construye los relatos, «como en una composición musical». En efecto, las indeterminaciones sugestivas e interrogativas de los sucesos, lo brumoso del mundo interior de los personajes, la ausencia de una orientación narrativa a consagrar significados, los juegos del sentido arrojados a las suspensiones del silencio o a la penumbra ominosa, en suma, la confluencia de motivos que resultan más en una vibración que en un dibujo definido o en una designación verbal incontrovertida, hacen pensar en una mentalidad musical como configuradora del narrar, una superficie de insinuaciones abiertas y profundas, un juego simbolista sin objeto culminado.

En verdad, pese a la afirmación de Alberto Zum Felde —para quien Felisberto Hernández comparte con Jorge Luis Borges la primacía del cuento fantástico en el Río de la Plata— pocas veces se enmarca en un concepto de literatura fantástica, sea según posiciones teóricas que definen lo fantástico como una vacilación entre lo extraño y lo maravilloso, sea de acuerdo a otras, ya mencionadas, que conciben lo fantástico en tanto resultado de un conflicto de explicaciones entre lo posible (o cierta imagen de lo verosímil realista) y lo imposible, sea en los acontecimientos ocurridos en el texto así como en su comparación con nuestras ideas sobre la realidad. En verdad, Felisberto ha trazado un territorio de consolidaciones fronterizas con lo fantástico, y si no rebasa esa frontera, tampoco renuncia a la fisura de las imágenes de lo cotidiano, que aunque no extinguen su lugar, sí padecen el resquebrajamiento de su estabilidad. De hecho, sus ficciones navegan en la extrañeza, precisamente porque su punto de partida parece ser el de un realismo que ha sufrido una conmoción que ha terminado por denunciar lo artificioso de sus supuestos. Pero cuando las certezas del mundo ceden y la imaginación recurre a otras tierras capaces de provocar brotes más próximos al misterio, es decir, cuando lo posible y lo imposible entran en cortocircuito y parece que el estado de inminencia fantástica va a ocurrir, de repente se repliega. Casi nunca esa inminencia se vuelve eminente, aunque en el caso del cuento «El acomodador», en que el acontecimiento del personaje poseedor de luz propia se confirma, más allá de la palabra del narrador, gracias a la mirada horrorizada del mayordomo, parece una excepción. Sin embargo, esto delata la dirección de una energía que, aunque parece enclavada en los abismos de la psique, de pronto *parece* desbordar las leyes de la naturaleza conocida. De hecho algunos tópicos clásicos de las narrativas fantásticas, como los temas del doble o del autómata, de la animación de lo inanimado, de las cosificaciones de lo animado o de la autonomía de las partes asumen ciertas figuraciones. Sin embargo, nada indica que el acontecimiento insólito de *Las Hortensias* convierta al relato en fantástico.

Con creciente grado de complejidad, la literatura de Felisberto Hernández da lugar a una conciencia que mientras juega delata no ser dueña de sí misma, de pronto ofreciéndose en introspecciones parciales, pero también abriendo pasajes que van del desdoblamiento de tonos y figuraciones al desdoblamiento del yo, todo ello sustentado por una mirada narrativa que continuamente moviliza asociaciones y analogías imprevistas. Semejantes fenómenos desmontan la noción de individuo como ser indiviso y aproblemático, al tiempo que despliegan espacios inestables que hacen tambalear nuestras ideas y automatizaciones más arraigadas acerca de qué se trata el asunto cuando pronunciamos, en efecto, la palabra «realidad».

Con todas las diferencias que cabe advertir en sus cuentos y novelas desde los años veinte hasta los albores de la década del sesenta, estos siempre revelan inquietudes y dilemas del conocimiento, ya que, como sostiene Gustavo Lespada, en Felisberto «es indudable también que existe una motivación de desciframiento y aprehensión de lo real, aunque a contrapelo de lugares comunes, estereotipos y cristalizaciones ideológicas». Sin embargo, estos dilemas quedan inexcusablemente envueltos en los contornos de un misterio que tanto se palpa como se defiende, sin desintegrarse jamás, mostrándose no solo en su obra acabada, sino en anotaciones estampadas en libretas o en servilletas de papel procedentes de bares y cafés. Y es que precisamente la necesidad de registrar la idea, de atrapar con la palabra el veloz flujo del pensamiento, es decir, los movimientos de su «psiqueo» vivo (en los términos de la filosofía de Carlos Vaz Ferreira), es una de las utopías felisbertianas. La misma se origina en el deseo de abrazar el misterio en la dinámica de su propio magma, lo cual también explica las motivaciones de su práctica taquigráfica, cuyos códigos de origen Felisberto modificó mediante giros decididamente personales, más fieles a las exigencias de su celeridad singular, a los ritmos de su subjetividad, que a los sistemas taquigráficos Aimé Paris o Estenital de los que había partido.

En sus cuentos y novelas el misterio permanece intocado, constituyendo un sentido fundamental que no retrocede, siquiera ante los modos, tanto gruesos como sutiles, de un humor narrativo que podría disolver su consistencia. Sin embargo, el humor felisbertiano, que cabría pensarse como producto catártico y pesimista respecto de las verdades últimas que hacen a dicho misterio, se solapa en su relativa autonomía, la que a su vez quizá responda a los contornos propios de una angustia que de pronto escoge ese camino para objetivarse y soportarse mejor, al tiempo que nos pide, como lectores, un instante de olvido. Pero sus textos también nos recuerdan, con ironía, que en una de esas el humor no es ningún inocente al que haya que prestar atención por sí mismo, porque detrás de él está esa cosa no nombrada que lo origina y que subsiste en su condición de verdadero problema. En Felisberto el humor es complejo y no rehúye a manifestaciones perversas, como a las «manitas» de la enana en el cuento «El balcón», o al grotesco más descacharrante del pianista y vendedor de medias femeninas en «El cocodrilo», que llora a voluntad con derechos exclusivos por toda una región para colocar sus productos de la mano de una consigna cursi y melancólica. Tampoco escapa a las sutiles disrupciones eróticas de la mirada infantil, como cuando el niño de *El caballo perdido* levanta las «polleras» de las sillas, o acaricia la zona del busto de una estatua femenina, aspectos oportunamente observados por el psicoanalista Edmundo Gómez Mango, para quien «el enigma esencial del niño recordado y recordante siempre presente en el escritor, es el que surge del deseo, del impulso que le lleva hacia los objetos y los cuerpos de los otros», enigma que «más que en la cosa a develar, está en el impulso misterioso que le hace ver, tocar, descubrir, imaginar».

Sin profundizar pero con acierto, ya había consignado Ángel Rama que en Felisberto solo se conserva del niño «la general irresponsabilidad, el desmán irreverente, la dulce atracción del juego como forma de vida, pero todo ello funciona dentro de un universo de adultos, mezclando los impulsos infantiles a los valores y las realidades de la edad adulta». Según Norah Giraldi de Dei Cas, tomando a la infancia unas veces como tema y otras como perspectiva, Felisberto Hernández deviene en un escritor que intenta, desde la «geografía vital» evocada por sus narraciones, buscar respuestas a interrogantes trascendentes, tales como las cuestiones de la temporalidad y la muerte. Si bien la orientación metafísica es uno de los hilos que conforman la trama del misterio (que, dicho sea de paso, Felisberto había parodiado con cierto desparpajo en sus primeros libros), conviene advertir que la consistencia más potente de esa trama es de orden psicológico, por lo que las distorsiones, anomalías, desequilibrios, dislocamientos, pensamientos y acciones inhabituales, insólitas o absurdas tienen mucho más que ver con raíces psicopatológicas que metafísicas, si atendemos, por ejemplo, a cuentos como «Mur», «La casa inundada», «Menos Julia», «El balcón» o «Úrsula». No en vano el autor ya se había interesado durante los años veinte y treinta en dichos temas bajo la incidencia directa de los psiquiatras Waclaw Radecki y, muy especialmente, Alfredo Cáceres, con quien mantuvo una estrecha relación de amistad junto a su esposa, la poeta Esther de Cáceres.

El misterio felisbertiano es, sobre todo, el de los límites de la conciencia, es decir, de una psiquis que precede y está más allá de esa frontera, del mismo modo que la autonomía de la memoria tiene el poder de generar una amplitud involuntaria y misteriosa, un campo de asociaciones y desarrollos que ensanchan la interioridad humana por fuera de las imposiciones de semejante conciencia vigilante de sí misma y, precisamente, de lo otro. En «Explicación falsa de mis cuentos», además de proponer una teoría compositiva irónica, Felisberto Hernández emprende un ataque a la conciencia como fuente que desnaturaliza a sus creaciones literarias. Aunque esto —al igual que la liberación asociativa y las digresiones contra todo plan— lo emparentan con el surrealismo, no hay posibilidad de identificar su literatura en los términos de esa (u otra) estética más o menos definida o programática. Su «explicación», que se autodesigna «falsa» pero de continuo segrega un sabor verdadero, sostiene que sus cuentos, carentes de «estructuras lógicas», no son exactamente un producto inconsciente, pero tampoco el resultado del dominio de una «teoría de la conciencia», pues hasta esta misma le es desconocida y anida en el misterio. De ese modo, aun en el juego retórico de este breve texto publicado en 1955, el misterio sobrevive a toda práctica de la explicación o de la interpretación.

A veces, las figuraciones físicas y simbólicas del misterio se expresan en el claroscuro de ciertas situaciones (como en la penumbra final del cuento «Nadie encendía las lámparas»), en escenas narrativas dominadas por la oscuridad (como en «El comedor oscuro» o en «Menos Julia»), o en luminosidades excéntricas, sin posible explicación natural (la luz que despiden los ojos protagónicos de «El acomodador»). Pero estas son solo las coloraciones más visibles que apuntan a lo desconocido: son la punta de un iceberg cuyo volumen se cierne fuera del alcance de toda visión y de todo tanteo. Como fuere, ese misterio, que en la escritura felisbertiana adopta múltiples formas y proyecciones, es el nombre de un origen y de una resistencia a las revelaciones: es la sobrevivencia al cientificismo y al lugar común, a la banalidad y al mundo unidimensional, a los imperios más mecanizados de la conciencia racional pero también a sus parodias cursis y a sus catástrofes. Tenía razón Cortázar cuando le «decía» a Felisberto que se encontraba entre los presocráticos de nuestro tiempo, aquellos que «nada aceptan de las categorías lógicas porque la realidad no tiene nada de lógica, Felisberto, nadie lo supo mejor que vos a la hora de "Menos Julia" y de "La casa inundada"».

HEBERT BENÍTEZ PEZZOLANO

REFERENCIAS BIBLIOGRÁFICAS

Calvino, Italo. «Felisberto no se parece a ninguno», Buenos Aires, revista *Crisis*, octubre de 1974.

Cortázar, Julio. «Felisberto Hernández: carta en mano propia», en *Felisberto Hernández. Novelas y cuentos*. Caracas: Biblioteca Ayacucho, 1985.

Díaz, José Pedro. *Felisberto Hernández. El espectáculo imaginario I*. Montevideo: Arca, 1991.

Giraldi, Norah. *Felisberto Hernández: del creador al hombre*. Montevideo: Banda Oriental, 1975.

Gómez Mango, Edmundo. «Las felicidades de Felisberto: las infancias de su escritura», en *Vida y muerte en la escritura. Literatura y psicoanálisis*. Montevideo: Trilce, 1999.

Lespada, Gustavo. *Carencia y Literatura. El procedimiento narrativo de Felisberto Hernández*. Buenos Aires: Corregidor, 2014.

Rama, Ángel. «Felisberto Hernández», en *Capítulo Oriental*, n.º 29, Montevideo, CEDAL, 1968.

_____ «Felisberto Hernández, burlón poeta de la materia», Montevideo, *Marcha*, 17 de enero de 1964.

Yurkievich, Saúl. «Mundo moroso y sentido errático en Felisberto Hernández», en *La confabulación con la palabra*. Madrid: Taurus, 1978.

Zum Felde, Alberto. *Proceso Intelectual del Uruguay. III. La promoción del Centenario*. Montevideo: Nuevo Mundo, 1967.

Nota editorial

La presente edición, a cargo de Hebert Benítez Pezzolano, fue realizada sobre la base de la edición crítica que estuvo al cuidado de José Pedro Díaz (*Obras completas*, tres volúmenes, Montevideo, Arca-Calicanto, 1981-1983). Si bien la que aquí se ofrece no es una edición de esta naturaleza, la misma es producto de una revisión de los textos y de otros datos que figuran en la de Díaz. En este caso se ha empleado el criterio de ordenamiento cronológico de obra édita en vida del autor, tanto para libros como para textos publicados en otros medios. En cuanto a la obra de publicación póstuma, se ha determinado, hasta donde ha sido posible, la cronología según fecha de composición probada o estimada. Se incluye en este volumen la mayor parte de la obra édita de Felisberto Hernández a la fecha.

La revisión del conjunto de los textos estuvo a cargo de Pablo Armand Ugón, quien también colaboró en otras tareas relativas a esta edición.

LIBROS PUBLICADOS
EN VIDA DEL AUTOR

FULANO DE TAL

(1925)

A María Isabel Guerra

Fulano de tal

Conocí un hombre, una vez, que era consagrado como loco y que me parecía inteligente. Conocí otro hombre, otra vez, que estaba de acuerdo en que el loco consagrado fuera loco, pero no en que me pareciera inteligente. Yo tenía mucho interés en convencerle, y del laberinto que el consagrado tenía en su mesa de trabajo, saqué unas cuartillas —esto no le importaba a «él»— y traté de reunir las que pudieran tener alguna, aunque vaga ilación —esto de la ilación tampoco le importaba a «él»— y así convencería al otro de la inteligencia de este. Pero me ocurrió algo inesperado: leyendo repetidas veces lo que escribió el consagrado me convencí de que, en este caso, como en muchos, no tenía importancia convencer a un hombre. Sin embargo, publiqué esto como testimonio de amistad con estas ideas del consagrado.

... Y me quedé loco de no importárseme el porqué de nada y de no poderme entretener; todos los demás se pueden entretener y no están locos. Los genios crean, se entretienen y desempeñan un gran papel estético. Los papeles estéticos son muy variados y están naturalmente combinados con las leyes biológicas de cada uno. La combinación primordial en las leyes biológicas no la entienden los cuerdos: el placer y el dolor, con gran predominio de dolor —acaso dolor solamente—. Y esta combinación es la gran base del entretenimiento humano. Los que están por volverse locos y buscan el porqué del cosmos, están a punto de no entretenerse. Hay horas en que no sé por qué —ni se me importa saberlo, como ahora por ejemplo— imito a los que se entretienen y escribo. Pero, tanto da; al rato me encuentro con que no tengo ni había tenido en qué entretenerme.

Lo que me parece que tiene más presión de entretenimiento es contar hasta mil: esto no tiene pretensión de trampa de entretenimiento. En cambio, las artes y las ciencias, sí. Las trampas del entretenimiento de las artes, consisten en hacer variaciones sobre un tema determinado, y las de las ciencias en plantear casos especiales de todo: y habiendo genio, estos entretenimientos no escasearán nunca, y habrá siempre tanta originalidad en ellos, como si las impresiones digitales de cada uno fueran creación propia.

Tanto en las trampas del arte como en las de la ciencia, hay grandísimas emociones, y la emoción es, precisamente, el queso de las trampas de entretenerse. Pero yo ya probé el queso de todas las trampas y me da en cara: he aquí mi tragedia de la locura de no entretenerme.

Los hombres se consideran entre sí con grados de superioridad por la manera de entretenerse; y hay casos más curiosos aún; los hombres que se entretienen en considerar grados en la comprensión del entretenimiento de otros, es decir, no el caso de los productivos, sino el de los receptivos ¡y eso que casi siempre los productivos de los cuales se entretienen en clasificarles el entretenimiento, están muertos!

Pensaba que los casos más generales de amistad se producen por identidad de entretenimientos; sin embargo hoy conocí un hombre del que no pude ser amigo, a pesar de haberme dicho que había sufrido mucho tiempo la falta de entretenimiento, pero estaba cuerdo y la falta de entretenimiento era por haber estado mucho tiempo preso. Me había ocurrido algo parecido otra vez que conocí un hombre de cabellos blancos que estaba epilogando: decía que estaba a punto de no entretenerse, pero era de los cuerdos, y de los que a pesar de tener inteligencia o no, predican a los que están en el prólogo haciendo hincapié en que se han entretenido más tiempo que ellos —y a esto le llaman «experiencia»—. Además, el estar a punto de no entretenerse era porque estaba por morirse.

Casi todos los niños se entretienen espontáneamente en trampas simples, y a medida que van siendo hombrecitos aumentan la complejidad. Una excepción son los precoces, que cuando niños los vemos entretenerse en trampas complejas —y todas las mamás se entretienen en admirar lo desproporcionado del entretenimiento con la edad—, y cuando hombres los vemos en trampas simples.

Los hombres que de más lejos hacen sospechar su entretenimiento son los gordos, y la superioridad entre ellos está en según sea el cerebro por el cual les pase el estómago. Los hombres que tenemos que tener más cerca para sospecharles el entretenimiento, son los absoluto-perfectos cuerdos.

Me he entregado a una trampa de entretenimiento a pesar de saber que es trampa; me alivia en casi todas las horas del día de mi tragedia y me hace conciliar con las demás trampas. Esta maravillosa trampa, en vez de queso tiene un pedazo de jugosa carne chorreando sangre: me casé y tengo hijos.

Cosas para leer en el tranvía

Juegos de inteligentes:

Los despejados juegan a las esquinitas y aprovechan la confusión general para quedarse con una esquinita.

Los teósofos juegan al gallo ciego y si abrazan el tronco de un árbol, dicen que es el talle de una joven, y si les sacan el pañuelo de los ojos, dicen que la joven se convirtió en árbol, y si les muestran la joven, dicen que es la reencarnación, y si la joven dice que no, dicen que es la falta de fe.

Los eruditos juegan a quien se acuerde mejor de estos juegos.

Domicilios espirituales:

El Dios de los católicos es un Dios que está en el aire.

El diablo está especialísimamente en los buenos.

Los santos están en sus tareas.

Los ángeles han volado demasiado alto.

Los escritores están casi siempre en sus escritorios.

Los cultos están en todas partes.

Los bohemios están en el mundo.

Los héroes están embalsamados.

Teoría simplista de las almas gordas.

Pienso en una nueva teoría teosófica de la reencarnación. Es necesario explicar la desproporción de los habitantes que nacen en relación con los que se mueren. Pienso que los delgados tengan alma delgada y los gordos alma gorda. Si al morir un delgado, el alma le vuelve a nacer en el almita de un niño, un gordo hace reencarnar cuatro, cinco o más almitas a la vez.

De sable en mano.

De repente dos hombres tienen públicamente una lucha intelectual. Después que sus cerebros les dan la medida, se consideran ofendidos, se baten a sable y la acción se les despide de la inteligencia con un fuerte apretón de manos. Triunfa la casualidad en forma de porcentaje de valor combinado con el mayor número de lecciones de sable. Entonces cambian de problema estético: el problema de la inteligencia se cambia por un problema coreográfico, aunque en los demás casos el problema coreográfico y el de la inteligencia sean complementarios.

Diario

3 de agosto.

... Me enviaron un libro: «Tragedias de intelectuales». Se trata de un intelectual casado, que la madre política lo domina...

7 de agosto.

... Además, me presentaron a X. Es idealista. Íbamos por un camino de árboles. Hacía viento. Al idealista se le voló su sombrero verde que se le confundía en el pasto. Corrió tras él, y al final lo pisó...

12 de agosto.

... Este celebrado pianista nos invitó a cenar. Nos habló de otros pianistas: a uno de ellos le llaman El Mago de la Memoria. Toca toda la obra de un autor. Otro que ahora está en Norteamérica, improvisa en los estilos Bach, Beethoven, etcétera, con solo tres notas que le den.

Después de cenar ejecutó a Verdi transcripto y arreglado por Liszt.

Al despedirme consentí en acompañarles mañana al cine...

13 de agosto.

... Los programas tenían la foto de una actriz que un jurado yanqui había considerado la joven de facciones más perfectas y por lo tanto, la más bella del mundo...

4 de setiembre.

... En un gran salón habían hecho una pequeña repartición y allí se encerraba el que votaba. Era entre dos listas que había que elegir para poner en los sobres. A pesar de eso, algunos tardaban un ratito en salir. Eran los que tenían cara de más inteligentes. Después llegó un hombre muy extraño que me pareció el más inteligente de todos. Al rato de haber entrado y cuando todos pensábamos que saldría, se oyeron pasos reposados, acompañados de sus vueltitas de cuando en cuando. Pasó un rato más y los pasos no cesaban, pero de pronto cesaron y se sintió caer en el piso una moneda chica, de las que tienen sol y número.

7 de setiembre.
... Entre los que jugaban a las bochas había uno altísimo. Había quien proponía que, como tenía piernas tan largas, debía dar solamente dos pasos antes de bochar. Yo me opuse diciendo que el hombre es la suma de lo que es. Otro dijo que una condición natural como eran las piernas largas, podrá compensar la inteligencia que era otra condición natural. Otro dijo que a muchos hombres altos, había que unirles los pies a la cabeza a manera de alas.

PRÓLOGO DE UN LIBRO QUE NUNCA PUDE EMPEZAR

Pienso decir algo de alguien. Sé desde ya que todo esto será como darme dos inyecciones de distinto dolor: el dolor de no haber podido decir cuanto me propuse y el dolor de haber podido decir algo de lo que me propuse. Pero el que se propone decir lo que sabe que no podrá decir, es noble, y el que se propone decir cómo es María Isabel hasta dar la medida de la inteligencia, sabe que no podrá decir no más que un poco de cómo es ella. Yo emprendí esta tarea sin esperanza, por ser María Isabel lo que desproporcionadamente admiro sobre todas las casualidades maravillosas de la naturaleza.

LIBRO SIN TAPAS

(1929)

Este libro es sin tapas
porque es abierto y libre:
se puede escribir antes
y después de él.

FELISBERTO HERNÁNDEZ
AL DOCTOR
CARLOS VAZ FERREIRA

Libro sin tapas

A la última religión se le termina la temporada. A los hombres de ciencia se les aclara el epílogo que sospechaban. Los jóvenes, vigorosos y deseosos de emociones nuevas, tienen el espíritu maduro para recibir el tarascón de una nueva religión. Todo esto ha sido previsto como las demás veces. Se ha empezado a ensayar la parte más esencial, más atrayente, más fomentadora y más imponente de la nueva religión: el castigo. El castigo de acuerdo con las leyes de la religión última: con el caminito de la moral, que ha de ser el más derecho, el único, el más genial de cuantos han creado los estetas que han impuesto su sistema nervioso como modelo de los demás sistemas nerviosos.

Tenemos muchos datos. A los locos nos tienen mucha confianza en estas cosas. Escribiremos solo algunos de los datos del primer ensayo y dejaremos muy especialmente a la orilla del plato los de la formación del jurado de los Dioses.

I

El jurado de los Dioses logró reunirse. En esto fueron inferiores a los católicos porque conviene que en religión mande «Un Solo Dios Verdadero».

El primer ejemplar estaba pronto a someterse. El pobre muerto había sido egoísta. Jamás se preocupó del dolor ajeno. Jamás dejó de pensar en sí mismo. Fue un hombre tranquilo. Todo esto pareció mal al jurado y decidieron por unanimidad castigar al muerto: lo colgaron de las manos al anillo de Saturno; le dieron un gran poder de visión y de inteligencia para que viera lo que ocurría en la Tierra; le dieron libertad para que se interesara cuanto quisiera por lo que pasaba en la Tierra, pero si pensaba en sí mismo, se le aflojarían las manos y se desprendería del anillo.

II

Los primeros tiempos fueron horribles. De repente se quedaba agarrado de una mano, de dos dedos, pero en seguida atinaba a prenderse con la otra mano. Hacía esfuerzos sobrehumanos para no pensar en sí mismo. De pronto se quedaba mirando fijo a la Tierra y eso le distraía un poco. Lo primero que le distrajo absolutamente sin tener que preocuparse de las manos ni de sí mismo, fue muy curioso: estaba mirando fijo a la Tierra y se le ocurrió pensar por qué daría vueltas y más vueltas. Así pasó mientras la Tierra dio treinta vueltas.

III

Ya no podía más de aburrido, de pensar siempre lo mismo sin hallar solución. A veces le venía una esperancita de solución y aprovechaba a ponerse contento antes que se diera cuenta que no había encontrado solución. Entonces, durante la alegría de la esperancita movía alternativamente las piernas.

IV

Al mucho tiempo de aburrirse de no encontrar solución se dio cuenta que la Tierra además de las vueltas sobre sí misma, daba otras vueltas alrededor del Sol: vuelta a las esperancitas y vuelta a volver a aburrirse. Pero a medida que pasaba el tiempo y se preocupaba de los demás, se le aguzaba la visión y la inteligencia. Por eso descubrió nuevamente, que los animales y los hombres, al mismo tiempo que seguían a la Tierra en sus dos clases de vueltas, daban otras dos clases de vueltas más: unas para conseguir qué comer y otras alrededor de las hembras.

V

La visión y la inteligencia seguían aguzándosele. Esto le libraba en muchos momentos del aburrimiento y de pensar en sí mismo. Cada vez se internaba más en los problemas de la Tierra. Se diría que progresaba: el progreso lo hacía distinto, lo hacía más visual y más inteligente, pero no se sabía si le suprimía dolor. La complejidad progresiva le quitaba dolor de aburrimiento y de esfuerzo en no pensar en sí mismo. Pero nacían nuevos dolores: los dolores de no hallar solución, ahora que le crecía el interés por la Tierra y que no tenía más remedio que dejárselo crecer, porque si dejaba de mirar fijo y de pensar en la Tierra, le amagaba el pensamiento de sí mismo y se descolgaría. ¡Y ni siquiera podía pensar qué sería de él si se descolgaba y si se le importaría o no descolgarse!

VI

Ya tenía una inmensa suma de «por qués», ¿por qué la Tierra daba vueltas sobre sí misma?, ¿por qué además daba grandes vueltas alrededor del Sol?, ¿por qué los hombres tenían que dar vueltas alrededor de los alimentos y comer para no morirse?, ¿por qué daban vueltas alrededor de las hembras? Le cruzó la idea semisolución de que la Tierra y los hombres hacían todo eso para no aburrirse. ¡Qué bien le hubiera venido ahora un pequeño descansito! A pesar de la alegría y el placer último seguía colgado; además no tenía más remedio que darse cuenta que la solución era falsa, seguir mirando la Tierra y aumentar la complejidad.

VII

Los nuevos y últimos «por qués» eran: ¿por qué los hombres tienen que no aburrirse? ¿Por qué no se anulan y anulan la Tierra? ¿Por qué tienen ese fin optimista para cargar con la tarea del no aburrirse? Y siguió ahondando y ahondando y preocupándose más de la acción de los hombres y aumentando la complejidad trágica e imprescindible. Al seguir preocupándose más de la acción de los hombres descubrió el mismo problema de él y que él no sabía que lo tenía por no poder pensar en sí mismo: descubrió que los hombres progresaban, que eran distintos a los de las épocas anteriores.

VIII

Más adentro descubrió que el porqué provisorio del progreso era evitar dolor. Pero en seguida cayó en la duda más dudosa, más compleja y más emocionante. El condimento de complejidad que tenía esta duda, le había despertado la curiosidad y el interés más violento. Procuraba anestesiarse y dejar pasar épocas para ver si en la última época el progreso les había quitado dolor, o si al tener menos dolor del anterior, les naciera otro dolor distinto que sumándolo alcanzara a la misma presión del dolor de las épocas anteriores. También podía ser que si el dolor fuera menos, también fuera menos el placer; que la reacción natural de cada organismo diera un porcentaje mayor o menor de sistema nervioso, pero que eso no tuviera nada que ver con la compensación: que no cambiara el promedio de placer y dolor, que fuera indiferente nacer en cualquier época.

IX

Cuando lograba detener los «por qués», la Tierra le parecía maravillosa; le parecía un juguete ingeniosísimo; la encontraba parecida a esos sonajeros de los niños que es necesario que los muevan para que suenen: la Tierra se movía y por eso los hombres tenían acción. Tal vez si la Tierra se detuviera ellos también. Pero no se podía asegurar nada, era un juguete muy complejo. Hubiera deseado, igual que los niños, romperlo, ver cómo era interiormente y romperle el porqué. Pero lo único que podía hacer era observarlo: observando le parecía que los hombres tenían cuerda individual, pero que se subordinaban a la Tierra por un imán; que al moverse la Tierra les excitaba la cuerda y que había hombres de más o menos cuerda.

X

La fórmula más general que hubiera podido deducir de los hombres de más o menos cuerda era: cuando más vueltas da la rueda de la cabeza, menos cuerda. También le parecía que el gran predominio de una de las piezas del juguete-hombre, afectaba la cuerda: el juguete-hombre-atleta, al que le predominaban los músculos; el juguete-hombre-inteligente al que le predominaban los razonamientos, etcétera. Todos los predominios o anormalidades hacían que el hombre que los poseía fuera considerado célebre por los demás hombres. Todo esto le parecía raro, porque todos los hombres amaban el progreso, y tanto los juguetes-hombres-atletas como los juguetes-hombres-inteligentes eran inútiles al progreso.

XI

Se le ablandaba un poco la duda de por qué serían célebres los juguetes-hombres-atletas y los juguetes-hombres-inteligentes a pesar de ser inútiles al progreso: les parecía muy general, en los juguetes-hombres-vulgares, el mal de pocos músculos y poca inteligencia para el progreso. Estas dos clases de hombres servían de ejemplo a los demás. Les excitaban por medio de la exageración el desarrollo de los músculos y la inteligencia. Y todo esto a pesar de que ellos no servían al progreso: tenían más musculatura y más inteligencia de la necesaria para la acción. Pero eran célebres porque asombraban a los demás con la anormalidad tan notada y con la exageración que producía el buen ejemplo. Y en tanto a ellos, a los celebrados, el éxito les excitaba más la voluntad para desarrollar más la exageración, la anormalidad que cada vez se notaba más.

XII

Es necesario aclarar que el juguete-hombre-inteligente que imaginaba el pobre muerto no era el genio científico en favor del progreso, era el que había llegado a negar lo indispensable del progreso para evitar dolor. Además pensaba que a esta clase de hombres se les rompía la llavecita-esperanza con que se daban cuerda y entonces no habiendo acción eran inútiles al progreso. Otro de los ejemplos —pero más vulgares— de las anormalidades o predominios de piezas que afectaban la cuerda, era el predominio de la pieza coraje o el predominio de la pieza miedo: este equilibrio necesario e imprescindible de estas dos piecitas le parecían cosas maravillosas en el juguete-hombre-normal.

XIII

A condición de ablandársele la última duda, se le endurecía otra: ¿por qué a pesar del triunfo de la exageración, del predominio de piezas, era célebre el que le predominaba la pieza coraje y no el que le predominaba la pieza miedo?

XIV

Los Dioses estaban en la Luna. Allí habían instalado su cámara. Discutían el problema de la reencarnación. Había varias tendencias. Ya en la Tierra creían poco en la reencarnación. Sin embargo había que aprovechar la lección, el castigo. Además el control era más fácil cuando menos penados hubiera: el problema de los vivos les era más cómodo.

Se resolvió practicar la reencarnación.

Epílogo

Otra vez en la Tierra, el pobre muerto hizo cosas muy curiosas: Después de la tortura y de saber que el progreso era inútil, que no evitaba dolor, se enroló en la acción para el progreso.

Nunca supo que los hombres no se anulaban ni anulaban la Tierra porque ella les provocaba extraños e infinitos deseos. Esto, además de la piecita-miedo. Él realizó, como hombre, un extraño y amplio deseo. Esta amplitud consistía en no querer ser amplio, en no salirse de la Tierra, como otros hombres amplios, sino en volver al problema de los hombres. Escribía en los diarios en favor de algún partido político. Tenía una especie de sensualidad por escribir libretas en blanco y precisamente, mezclándose en el progreso, es que podía escribir mucho.

Acunamiento

Felisberto Hernández

a

Luis Alberto Fayol

Prólogo

Todos los sabios estaban de acuerdo en que el fin del mundo se aproximaba. Hasta habían fijado fecha. Todos los países se llenaron de espanto. Todos los hombres con el espíritu impreciso, no podían pensar en otra cosa que en hacerse los gustos. Y se precipitaban. Y no se preocupaban de que los póstumos placeres fueran a expensas del dolor de los demás. Hubo un país que reaccionó rápidamente de la fantástica noticia. Nadie sabía si ese estado de coraje era por ignorancia, por sabiduría, por demasiado dolor o por demasiado cinismo. Pero ellos fueron los únicos asombrosamente capaces de resolver el problema de precaverse: construyeron seis planetitas de cemento armado incluyendo las leyes físicas que los sostuvieran en el espacio.

I

Por más grande que fuera el esfuerzo humano, resultaba ridículo y pequeño al querer suplir a la Tierra. Se calculaba que ese país tenía diez veces más habitantes de los que cabían en los planetitas. Entonces decidieron algo atroz: debían salvarse los hombres perfectos. Vino el juicio final y unos cuantos hombres juzgaron a los demás hombres. En el primer momento todos se manifestaron capaces de esta tarea. Sin embargo, hubo un hombre extrañamente loco, que dijo lo contrario. Además propuso al pueblo que todos los hombres que se eligieran para juzgar a los demás, debían aceptar esta tarea a condición de ser fusilados.

II

El pueblo aceptó esta última proposición. Se disolvieron las aptitudes para la tarea de selección: nadie amaba la justicia al extremo de dar la vida por ella. Hubo sin embargo un hombre de experiencia concreta que aceptó. Indignado porque un grupo de inteligentes se burló de su experiencia, prefirió juzgar al grupo de inteligentes, y morir fusilado con una sonrisa trágica de ironía y de veneno de rabia. Gracias a los sacrificados por la justicia a ellos mismos, se juzgaron a los hombres y los perfectos ocuparon sus respectivos puestos en los planetitas de cemento armado.

III

Los planetitas eran ventilados. No había espacio para bosques ni campiñas. Pero perfectos pintores recién llegados de las mejores academias de la tierra pintaron en las paredes árboles y prados idénticos a los de la Tierra, ni hoja más ni hoja menos. Estaban tan bien pintados que tentaban a los hombres a introducirse en ellos. Pero internarse en esa belleza y darse contra la pared era la misma cosa. Otra medida horrible a que obligaba el poco espacio era la reproducción: no podía reproducirse ni en los animales ni en los hombres más de un número determinado.

IV

La competencia entre todos los planetitas y el «qué dirán» del planetita vecino, los llevó a un progreso monstruoso. La ciencia había llegado a prever antes de nacer un hombre, cómo sería, la utilidad que prestaría a su planetita y hasta el proceso de su vida. La información que recibían los niños de las cosas era sencillamente exacta. No tenían que divagar como en la Tierra acerca del origen del planeta. Conocían concretamente el origen de su planetita y su misión de progreso. Los hombres que no cumplían en el fondo del alma esta misión eran descubiertos por otros hombres de ciencia que solamente con mirarles la cara y analizar sus rasgos descubrían al traidor.

V

En los planetitas no creían en la casualidad. Habían descubierto el porqué metafísico y los vehículos cruzaban las calles sin necesidad de corneta ni de otro instrumento de previsión. Uno de los grandes problemas resueltos era la longevidad y esta era aplicada a los genios mayores. De esta manera se explica que después de dos siglos y medio, aún quedaran dos ancianos fundadores de los planetitas y únicos hijos de la Tierra.

Epílogo

El mundo no se acabó. Pero se acabaron los planetitas. Fueron a caer en un inmenso desierto. Todos los huéspedes se asombraban de que los dos ancianos besaran la Tierra con una alegría loca. Más se asombraron cuando emigraron de los planetitas y prefirieron las necesidades del desierto. Más se asombraron cuando los propios hijos de los huéspedes de reacción contraria a la perfección retornaron al problema biológico primitivo de la Tierra y emigraron lo mismo que los ancianos. Igual que los niños dormidos cuando los acunan, los peregrinos no se daban cuenta que la Tierra los acunaba. Pero la Tierra era maravillosa, los acunaba a todos igual, y les daba el día y la noche.

La piedra filosofal

Felisberto Hernández
a
Vicente Basso Maglio

I

Se estaban haciendo los cimientos para la casa de un hombre bueno. Yo estaba sentado en un montón de piedras. Un poco separado del montón había dos piedras: una más bien redonda y otra más bien cuadrada. La más bien cuadrada era la Piedra Filosofal. Esta decía a la otra: «Yo soy el otro extremo de las cosas. En este planeta hay un extremo de cosas blandas, y es el espíritu del hombre. Yo soy el extremo contrario; el de las cosas duras. Pero uno de los grandes secretos es que no existen cosas duras y cosas blandas simplemente: existe entre ellas una progresión, existen grados. Suponed que las piedras fueran lo más duro; después están los árboles que son más blandos; después los animales, después los hombres. Pero esa sería una progresión muy gruesa. Suponed otra menos gruesa, en el mismo hombre, por ejemplo: primero los huesos, después los músculos, después los centros nerviosos, y lo más blando de todo después de una minuciosa progresión hacia lo blando: el espíritu. Los hombres en todas las cosas sorprenden caprichosamente la graduación en grados distantes. Se encuentran con lo que es diferencia de extremos para los sentidos. Entonces sin perder tiempo califican: esto es duro, aquello es blando, esto es negro, aquello es blanco, esto es frío aquello es caliente... Como los hombres tienen varios sentidos, viven saltando en los grados de la naturaleza y se arman curiosísimas combinaciones. Lo más curioso de cuanto conozco son los hombres. Y ellos tienen a su vez la curiosidad como de lo más importante de su condición. Y la curiosidad en lo que se refiere a satisfacerla, es relativa a los sentidos. Además está torturadísima de combinaciones.

II

Una de las condiciones curiosas de los hombres, es expresar lo que perciben los sentidos. A los sentidos les da placer sorprender la graduación a distancias grandes. Este placer excita la curiosidad. El hombre que proporcione más placer satisfaciendo más curiosidad triunfa más. Pero cuando más curiosidad haya satisfecho un hombre para sí mismo, menos curiosidad satisface para los demás. Porque después de satisfacer mucha curiosidad viene la duda. Y entonces no les queda más remedio que buscarme a mí. Si los sentidos se dieran cuenta que todo es una graduación, no habría para estos sorpresas ni sensaciones distintas. Entonces no habría ni el placer de los sentidos al expresar. Ya los sentidos están hechos para gozar de la diferencia de grados de la naturaleza. Por ejemplo: el oído percibe el sonido. El sonido siguiendo una graduación hacia una gran cantidad de vibraciones llegaría a lo que los hombres llamarían calor en vez de sonido. Entonces esto lo percibirían con otro sentido que sería el tacto en vez del oído. Ya la suma de estos dos sentidos estarían en favor de la graduación. Así como clasifican las distancias de la graduación con sus sentidos, igual clasifican todo lo que perciben con sus inteligencias. Los distintos sentidos les proporcionan placer a los hombres, pero les prohíben satisfacer la curiosidad de la realidad objetiva: la graduación. Ellos son otra realidad y las dos realidades son realidades graduadas. Como ellos no entienden la graduación, tienen una tendencia fisiológica a clasificar con la inteligencia distancias grandes, tan grandes como la distancia o diferencia de un sentido al otro. La clasificación con la inteligencia es correlativa a la de los sentidos. Entonces menos perciben la graduación de pequeñas distancias. Les sorprende que con un sentido —con el tacto por ejemplo— percibiendo grados distintos, les dé el resultado, de que una cosa sea dura o blanda. Mucho más se sorprenderían si supieran que todos los sentidos están en favor de la graduación. Pero si satisfacen esta curiosidad les sacan placer a los sentidos. Entonces les es necesaria la duda. Una de las maneras interesantes de entretenerles la vida es: darles un poco de curiosidad satisfecha y otro poco de duda.

III

Yo como piedra soy muy degenerada. Los hombres llaman degeneración, el ir de una cosa dura a una cosa blanda, de una cosa sana a una cosa enfermiza. Las cosas enfermizas las clasifican en simpáticamente enfermizas o artes y antipáticamente enfermizas o vicios. Yo he tenido la virtud de poder ser dura y blanda al mismo tiempo.

Me he metido en los problemas de las piedras y que son los problemas de no tenerlos, y me he metido en los problemas de los hombres y que son los problemas de tener problemas. Por esta virtud he descubierto la «Teoría de la Graduación». Las leyes más comunes de la Teoría de la Graduación son: cuanto más dureza más simplicidad y más salud, cuanto más blandura más complejidad y más enfermedad. Por eso a veces es tan complejo y enfermo el espíritu del hombre. Algunos tienen tanta abundancia o exuberancia de esto blando o enfermizo que lo derraman por encima de nosotras las piedras. Y zas, resulta de esa manera que nosotras tenemos sentimientos o intenciones. Otra de las leyes es: cuanto más blandura interesa más el propósito del destino y el porqué metafísico. A nosotras las piedras no nos interesa el porqué metafísico: este se ha hecho para los hombres.

IV

En un grado determinado de lo duro a lo blando los hombres curiosamente clasifican una cosa diciendo si tiene o no tiene vida. Y aquí empieza el gran tráfico teórico y práctico de la vida y la muerte. Los hombres necesitan mucho de este condimento de duda y de misterio para la vida. Pero todo es graduación: cuanto más blando más vida, cuanto más duro menos vida. Esta sería otra ley de la Teoría de la Graduación. Los hombres sorprenden la graduación y clasifican: esto tiene vida. Esto no tiene vida. ¡Vida y muerte! Muy pocas veces entienden la graduación en lo de tener más o menos vida, de ir perdiendo la vida gradualmente a conquistando la vida gradualmente. Su condición «hombres», su sensibilidad en más o menos grado, les permite retroceder cuando están a punto de llegar a la verdad. Se agarran de la duda y el misterio, y continúan el tráfico entre los vivos y los muertos. Esta curiosidad les interesa demasiado y la tienen demasiado cerca para poder satisfacerla. Pero están lo mismo que frente al porqué metafísico. Así como a las piedras no les interesa ni tienen curiosidad por el porqué metafísico ni por las demás piedras, ni por los hombres, así a los muertos no les interesa cómo es la muerte ni cómo es la vida. Pero a los vivos les interesan los muertos y todo lo demás. Cuanto más blandura tienen más duda, entonces dudan de lo de ir perdiendo gradualmente la vida. Biológicamente, tienen el instinto de conservación y como todo lo miran con su condición les cuesta creer en la muerte absoluta. A veces están a punto de caer en la verdad pero tienen nervios, tienen vida, tienen instinto de conservación, tienen duda y misterio, y como todo lo miran con su condición, se salvan. Se ha hecho para los vivos y no para los muertos el porqué metafísico y las reflexiones sobre la vida y la muerte, pero no les hace falta aclarar todo el misterio, les hace falta distraerse y soñar en aclararlo.

Otra ley que se deduce de acá es: cuanto más dureza menos vida, menos instinto de conservación y menos reflexiones sobre la muerte, y viceversa cuando más blandura.

V

Como ya dije, los hombres miran todo con su condición. Les cuesta creer que si ellos no tienen hambre otros pueden tener, que si ellos tienen vida, otros no pueden tener. Lo mismo les ocurre con el cosmos. Como ellos tienen propósito creen que el cosmos también tiene, pero el cosmos no tiene propósito, tiene inercia. Entonces surge otra ley: cuanto más blandura más propósito, cuanto más dureza más inercia».

VI

La Piedra Filosofal iba a decir otra de las leyes de la Teoría de la Graduación. Un albañil creyó muy oportuna su forma cuadrada, y sin darse cuenta la interrumpió. Pero esta sirvió muy bien para los cimientos de la casa del hombre bueno.

El vestido blanco

A María Isabel G. de Hernández

I

Yo estaba del lado de afuera del balcón. Del lado de adentro, estaban abiertas las dos hojas de la ventana y coincidían muy enfrente una de la otra. Marisa estaba parada con la espalda casi tocando una de las hojas. Pero quedó poco en esta posición porque la llamaron de adentro. Al Marisa salirse, no sentí el vacío de ella en la ventana. Al contrario. Sentí como que las hojas se habían estado mirando frente a frente y que ella había estado de más. Ella había interrumpido ese espacio simétrico lleno de una cosa fija que resultaba de mirarse las dos hojas.

II

Al poco tiempo yo ya había descubierto lo más importante, lo más primordial y casi lo único en el sentido de las dos hojas: las posiciones, el placer de posiciones determinadas y el dolor de violarlas. Las posiciones de placer eran solamente dos: cuando las hojas estaban enfrentadas simétricamente y se miraban fijo, y cuando estaban totalmente cerradas y estaban juntas. Si algunas veces Marisa echaba las hojas para atrás y pasaban el límite de enfrentarse, yo no podía dejar de tener los músculos en tensión. En ese momento creía contribuir con mi fuerza a que se cerraran lo suficiente hasta quedar en una de las posiciones de placer: una frente a la otra. De lo contrario me parecía que con el tiempo se les sumaría un odio silencioso y fijo del cual nuestra conciencia no sospechaba el resultado.

III

Los momentos más terribles y violadores de una de las posiciones de placer ocurrían algunas noches al despedirnos. Ella amagaba a cerrar las ventanas y nunca terminaba de cerrarlas. Ignoraba esa violenta necesidad física que tenían las ventanas de estar juntas ya, pronto, cuanto antes.

En el espacio oscuro que aún quedaba entre las hojas, calzaba justo la cabeza de Marisa. En la cara había una cosa inconsciente e ingenua que sonreía en la demora de despedirse. Y eso no sabía nada de esa otra cosa dura y amenazantemente imprecisa que había en la demora de cerrarse.

IV

Una noche estaba contentísimo porque entré a visitar a Marisa. Ella me invitó a ir al balcón. Pero tuvimos que pasar por el espacio de esos lacayos de ventanas. Y no se sabía qué pensar de esa insistente etiqueta escuálida. Parecía que pensarían algo antes de nosotros pasar y algo después de pasar. Pasamos. Al rato de estar conversando y que se me había distraído el asunto de las ventanas, sentí que me tocaban en la espalda muy despacito y como si me quisieran hipnotizar. Y al darme vuelta me encontré con las ventanas en la cara. Sentí que nos habían sepultado entre el balcón y ellas. Pensé en saltar el balcón y sacar a Marisa de allí.

V

Una mañana estaba contentísimo porque nos habíamos casado. Pero cuando Marisa fue a abrir un roperito de dos hojas sentí el mismo problema de las ventanas, de la abertura que sobraba. Una noche Marisa estaba fuera de casa. Fui a sacar algo del roperito y en el momento de abrirlo me sentí horriblemente actor en el asunto de las hojas. Pero lo abrí. Sin querer me quedé quieto un rato. La cabeza también se me quedó quieta igual que las cosas que habían en el ropero, y que un vestido blanco de Marisa que parecía Marisa sin cabeza, ni brazos, ni piernas.

Genealogía

A José Pedro Bellán

I

Hubo una vez en el espacio una línea horizontal infinita. Por ella se paseaba una circunferencia de derecha a izquierda. Parecía como que cada punto de la circunferencia fuera coincidiendo con cada punto de la línea horizontal. La circunferencia caminaba tranquila, lentamente e indiferentemente. Pero no siempre caminaba. De pronto se paraba: pasaban unos instantes. Después giraba lentamente sobre uno de sus puntos. Tan pronto la veía de frente como de perfil. Pero todo esto no era brusco, sus movimientos eran reposados. Cuando quedaba de perfil se detenía otros instantes y yo no veía más que una perpendicular. Después comenzaba a ver dos líneas curvas convexas juntas en los extremos y cada vez las líneas eran más curvas hasta que llegaban a ser la circunferencia de frente. Y así, en este ritmo, se pasaba la joven circunferencia.

II

Pero una vez la circunferencia violentó su ritmo. Se detuvo más tiempo que de costumbre: quedó parada con el perfil hacia mí y el frente hacia la línea infinita. Parecía observar en el sentido opuesto de su camino. Pasó mucho tiempo sin ver nada a lo largo de la línea infinita. Pero la intuición de la circunferencia no erró: de pronto, con otro ritmo violento, de andar brusco, de lados grandes, se acercaba un vigoroso triángulo. La circunferencia giró sobre uno de sus puntos y los demás volvieron a coincidir con los de la horizontal en el mismo sentido de antes.

III

Pero el ritmo de la circunferencia fue distinto al de antes: no era indiferente ni tan lento. Poco a poco iba tomando la forma de una elipse y su ritmo era de una gracia ondulada. Tan pronto era suavemente más alta o suavemente más baja. El vigoroso triángulo se precipitaba regularmente violento. Pero su velocidad no prometía alcanzar a la elipse. Sin embargo la elipse se detuvo un poco hasta que el precipitado triángulo estuvo cerca. Esa misma corta distancia los separó mucho tiempo y nada había cambiado hasta que el triángulo consideró muy bruscos sus pasos: prefirió la compensación de que fueran más numerosos y más cortos y se volvió un moderado pentágono.

IV

Ahora, hecho un pentágono era más refinado, menos brusco, pero no más veloz, ni menos torturado de problemas. Su marcha era regular a pesar de la contradicción de sus deseos: ser desigual, desproporcionados sus pasos, arrítmico. Y pensó y pensó durante mucho tiempo sin dejar de marchar tras la suave serenidad de la elipse. La elipse no se cambió más, además era sin problemas, espontáneamente regular y continuada. Y todo esto parecía excitar más al pentágono que de pronto resolvió el último problema volviéndose un alegre cuadrilátero.

V

Pero una vez, la elipse rompió la inercia de su ritmo. Hasta en este trance fue serena. A pesar de la velocidad y de la brusca detención hizo que sus curvas suavizaran esta última determinación. El cuadrilátero no fue tan dueño de sí mismo. No pudo romper tan pronto su inercia. Al llegar junto a la elipse pareció como que se produjo un eclipse fugaz, y el cuadrilátero se adelantó. Recién después de haber dejado a la elipse muy atrás, pudo detenerse. Pero entonces la elipse reanudó su ritmo con la misma facilidad que lo dejó, se produjo un nuevo eclipse y el cuadrilátero quedó tras ella a la misma distancia de antes.

VI

La elipse volvió a detenerse. El cuadrilátero volvió a llegar hasta la elipse. El eclipse volvió a ocurrir. Pero fue el último: fue el eclipse eterno. La elipse quedó encerrada entre el cuadrilátero en un vértigo de velocidad. Fueron muy armoniosas las curvas de la elipse entre los ángulos del cuadrilátero y así pasaron todo el tiempo de sus vidas jóvenes. Cuando fueron viejos no se les importó más de la forma y la elipse se volvió una circunferencia encerrada en un triángulo. Marcharon cada vez más lentamente hasta que se detuvieron. Cuando murieron el triángulo desunió sus lados tendiendo a formar una línea horizontal. La circunferencia se abrió, quedó hecha una línea curva y después una recta. Los dos unidos fueron otra línea superpuesta a la que les sirvió de camino. Y así, lentamente, se llenó el espacio de muchas líneas horizontales infinitas.

Historia de un cigarrillo

Felisberto Hernández
a
Antonio Soto (Boy)

I

Una noche saqué una cajilla de cigarrillos del bolsillo. Todo esto lo hacía casi sin querer. No me daba mucha cuenta que los cigarrillos eran los cigarrillos y que iba a fumar. Hacía mucho rato que pensaba en el espíritu en sí mismo; en el espíritu del hombre en relación a los demás hombres; en el espíritu del hombre en relación a las cosas, y no sabía si pensaría en el espíritu de las cosas en relación a los hombres. Pero sin querer estaba mirando fijo a una cosa: la cajilla de cigarrillos. Y ahora analizaba repasando mi memoria. Recordaba que primero había amenazado sacar a uno pero apenas tocándolo con el dedo. Después fui a sacar otro y no saqué ese precisamente, saqué un tercero. Yo estaba distraído en el momento de sacarlos y no me había dado cuenta de mi imprecisión. Pero después pensaba que mientras yo estaba distraído, ellos podían haberme dominado un poquito, que de acuerdo con su poquita materia, tuvieran correlativamente un pequeño espíritu. Y ese espíritu de reserva, podía alcanzarles para escapar unos, y que yo tomara otros.

II

Otra noche estaba conversando con un amigo. Entonces me distraje y volví a sentir otra cosa de los cigarrillos. Cuando tenía ganas de fumar y tomaba uno de ellos, pensaba tomar uno de tantos. Sin querer evitaba tomar uno que estaba roto en la punta aunque eso no influiría para que no se pudiera fumar. Mi tendencia era a tomar uno normal. Al darme cuenta de esto, saqué el cigarrillo roto más afuera de la cajilla que los demás. Invité a mi compañero. Vi que a pesar de que ese fuera el más fácil de sacar, él tuvo el mismo sentimiento de unidad normal y prefirió sacar otro. Eso me preocupó, pero como seguimos conversando me olvidé. Al rato muy largo fui a fumar, y en el momento de sacar los cigarrillos me acordé. Con mucha sorpresa vi que el roto no estaba y pensé: «Me lo habré fumado distraído» y me alivié de la obsesión.

III

Esa misma noche en otra de las veces que saqué la cajilla me encontré con lo siguiente: el cigarrillo roto no me lo había fumado, se había caído y había quedado horizontal en el fondo de la cajilla. Entonces al escapárseme tantas veces, me volvió la obsesión. Tuve una fuerte curiosidad por ver qué ocurría si se fumara. Salí al patio, saqué todos los que quedaban en la cajilla sin ser el roto; entré a la pieza y se lo ofrecí a mi compañero, era el único y tendría que fumar «ese». Él hizo mención de tomarlo y no lo tomó. Me miró con una sonrisa. Yo le pregunté: «¿Usted se dio cuenta?». Él me respondió: «Pero cómo no me voy a dar cuenta». Yo me quedé frío, pero él en seguida agregó: «Le quedaba uno solo y me lo iba a fumar yo». Entonces sacó de los de él y fumamos los dos del mismo paquete.

IV

Al día siguiente de mañana recordé que la noche anterior había puesto el cigarrillo roto en la mesa de luz. La mesa de luz me pareció distinta: tenía una alianza y una asociación extraña con el cigarrillo. Pero yo quise reaccionar contra mí. Me decidí a abrir el cajón de la mesa de luz y fumarlo como uno de tantos. Lo abrí. Quise sacar el cigarrillo con tanta naturalidad que se me cayó de las manos. Me volvió la obsesión. Volví a reaccionar. Pero al ir a tomarlo de nuevo me encontré con que había caído en una parte mojada del piso. Esta vez no pude detener mi obsesión; cada vez se hacía más intensa al observar una cosa activa que ahora ocurría en el piso: el cigarrillo se iba ensombreciendo a medida que el tabaco absorbía el agua.

La casa de Irene

Felisberto Hernández
a
Néstor Rosa Giffuni

I

Hoy fui a la casa de una joven que se llama Irene. Cuando la visita terminó me encontré con una nueva calidad de misterio. Siempre pensé que el misterio era negro. Hoy me encontré con un misterio blanco. Este se diferenciaba del otro en que el otro tentaba a destruirlo y este no tentaba a nada: uno se encontraba envuelto en él y no le importaba nada más.

En el primer momento Irene es la persona que con más gusto pondríamos de ejemplo como simpáticamente normal: es muy sana, franca y expresiva; sobre cualquier cosa dice lo que diría un ejemplar de ser humano, pero sin ninguna insensatez ni ningún interés más intenso del que requiere el asunto; dice palabras de más como cuando una persona se desborda, y de menos como cuando se retrae; cuando se ríe o llora parece muy saludable y así sucesivamente. Y sin embargo, en su misma espontaneidad está el misterio blanco. Cuando toma en sus manos un objeto, lo hace con una espontaneidad tal, que parece que los objetos se entendieran con ella, que ella se entendiera con nosotros, pero que nosotros no nos podríamos entender directamente con los objetos.

II

Hoy volví a la casa de la joven que se llama Irene. Estaba tocando el piano. Dejó de tocar y me empezó a hablar mucho de algunos autores. Entonces vi otra cosa del misterio blanco. Primero, mientras conversaba, no podía dejar de mirar las formas tan libres y caprichosas que iban tomando los labios al salir las palabras. Después se complicaba a esto el abre y cierre de la boca, y después los dientes muy blancos.

Cuando terminó de conversar, empezó a tocar el piano de nuevo, y las manos se movían tan libre y caprichosamente como los labios. Las manos eran también muy interesantes y llenas de movimientos graciosos y espontáneos. No tenían nada que ver con ninguna posición determinada y no se violentaban porque dejara de sonar una nota o sonara equivocada. Sin embargo, ella se entendía mejor que nadie con su piano, y parecía lo mismo del piano con ella. Los dos estaban unidos por continuidad, se les importaba muy relativamente de los autores y eran interesantísimos. Después me senté yo a tocar y me parecía que el piano tenía personalidad y se me prestaba muy amablemente. Todas las composiciones que yo tocaba me parecían nuevas: tenían un colorido, una emoción y hasta un ritmo distinto. En ese momento me daba cuenta que a todo eso contribuían, Irene, todas las cosas de su casa, y especialmente un filete de paño verde que asomaba en la madera del piano donde terminan las teclas.

III

Hoy he vuelto a la casa de Irene porque hace un día lindo.

Me parece que Irene me ama; que a ella también le parece que yo la amo y que sufre porque no se lo digo. Yo también tengo angustia por no decírselo, pero no puedo romper la inercia de este estado de cosas. Además ella es muy interesante sufriendo, y es también interesante esperar a ver qué pasa, y cómo será.

Cuando llegué estaba sentada leyendo. Para esto había elegido un lugar muy sugestivo de su inmenso jardín. Yo la vi desde el camino de tierra que pasa frente a su casa, me introduje sin pedir permiso y la sorprendí. Ella tuvo mucha alegría al verme, pero en seguida me pidió permiso y salió corriendo.

Apenas se levantó de la silla apareció el misterio blanco. La silla era de la sala y tenía una fuerte personalidad. La curva del respaldo, las patas traseras y su forma general eran de mucho carácter. Tenía una posición seria, severa y concreta. Parecía que miraba para otro lado del que estaba yo y que no se le importaba de mí.

Irene me llamó de adentro porque decidió que tocáramos el piano. La silla que tomó para tocar era igual de forma a la que había visto antes pero parecía que de espíritu era distinta: esta tenía que ver conmigo. Al mismo tiempo que sujetaba a Irene, aprovechaba el momento en que ella se inclinaba un poco sobre el piano y con el respaldo libre me miraba de reojo.

IV

Hoy encontré a Irene en el mismo lugar de su jardín. Pero esta vez me esperaba. Apenas se levantó de la silla casi suelto la risa. La silla en que estaba sentada la vi absolutamente distinta a la de ayer. Me pareció de lo más ridícula y servil. La pobre silla, a pesar del respeto y la seriedad que me había inspirado el día antes, ahora me resultaba de lo más idiota y servil. Me parecía que esperaba el momento en que una persona hiciera una pequeña flexión y se sentara. Ella con su forma, se subordinaba a una de las maneras cómodas de descanso y nada más. Irene la tomó del respaldo para llevarla a la sala. En ese momento el misterio blanco de Irene parecía que decía: «Pero no le haga caso, es una pobre silla y nada más» y la silla en sus manos parecía avergonzada de verdad, pero ella sin embargo la perdonaba y la quería. Al rato de estar en la sala me quedé solo un momento y me pareció que a pesar de todo, las sillas entre ellas se entendían. Entonces por reaccionar contra ellas y contra mí, me empecé a reír. También me parecía entonces, que ellas se reían de mí, porque yo no me daba cuenta cuál era la que había visto primero, cuál era la que me miraba de reojo y cuál era la que yo me había reído de ella.

V

Hoy le he tomado las manos a Irene. No puedo pensar en otra cosa que en ese momento. Ocurrió así: cuando las manos estaban realizando su danza en el teclado, empecé a pensar qué pasaría si yo de pronto las detuviera; qué haría ella y qué haría yo; cómo serían los momentos que improvisaríamos. Yo no quise traicionarla al pensar primero lo que haría, porque ella no lo tendría pensado. Y entonces zas. Y apareció una violencia absurda, inesperada, increíble. Ante mi zarpazo ella se asustó y en seguida se paró. A una gran velocidad ella reaccionó en contra y después a favor. En ese instante, en que la reacción fue a favor, en el segundo que le pareció agradable y que parecía que en seguida reaccionaría otra vez en contra, yo aproveché y la besé en los labios. Ella salió corriendo. Yo tomé mi sombrero y ahora estoy aquí, en casa. No me explico cómo cambié tan pronto e inesperadamente yo mismo; cómo se me ocurrió la idea de las manos y la realicé; cómo en vez de seguir recibiendo la impresión de todas las cosas, yo realicé una impresión como para que la recibieran los demás.

VI

Anoche no pude dormir: seguía pensando en lo ocurrido. Después que pasó muchísimo rato de haberme acostado y de pensar sobre el asunto, hacía un gran esfuerzo por acordarme de algunas cosas. Hubiera querido volver a ver cómo eran mis manos tomando las de ella. Al querer imaginarme las de ella, su blancura no era igual, era de un blanco exagerado e insulso como el del papel. Tampoco podía recordar la forma exacta: me aparecían formas de manos feas. Respecto a las mías tampoco podía precisarlas. Me acordaba de haberme detenido a mirarlas sobre un papel, una vez que estaba distraído. Las había encontrado nudosas y negras y ahora pensaba que tomando las de ella, tendrían un contraste de color y de salvajismo que me enorgullecía. Pero tampoco podía concretar la forma de las mías porque el cuarto estaba oscuro. Además, me hubiera dado rabia prender la luz y mirarme las manos. Después quería acordarme del color de los ojos de Irene, pero el verde que yo imaginaba no era justo, parecía como si le hubieran pintado los ojos por dentro.

Esta mañana me acordé que en un pasaje del sueño, ella no vivía sola, sino que tenía una inmensa cantidad de hermanos y parientes.

VII

Hace muchos días que no escribo. Con Irene me fue bien. Pero entonces, poco a poco, fue desapareciendo el misterio blanco.

La barba metafísica

Felisberto Hernández

a

Venus González Olaza

I

Había una cosa que llamaba la atención de lejos: era una barba, un pito, un sombrero aludo, un bastón y unos zapatos amarillos. Pero lo que llamaba más la atención era la barba. El portador de todo eso era un hombre jovial. Al principio daba la impresión que sacándole todo eso quedaba un hombre como todos los demás. Después se pensaba que todo eso no era tan despegable. El andar así era una idea de él y formaba parte de él porque las ideas de un hombre son la continuación del hombre. Todo eso era la continuación del espíritu de él. Él había creado esa figura y él andaba con su obra por la calle. Todo eso estaba junto a él porque él lo había querido así. Todas esas cosas y él formaban una sola cosa.

II

Después se pensaba otra cosa: a pesar de que todo eso era de él, él lo había hecho con un fin determinado. Él sabía que esa idea de él influiría de una manera especial en el ánimo de los demás. No había violentado la normalidad porque sí. No era tampoco el que se atreve a afrontar lo ridículo exponiendo una nueva moda. Tenía otro carácter: el recordar de pronto una moda pasada. Además era más comprensible una moda pasada que una moda nueva. Entonces nuestra imaginación volvía a despegarle la barba.

III

Después ocurría que él triunfaba sin saberlo. A pesar de nosotros saber que todo eso era de él y que él lo había hecho con un fin determinado, la barba tenía una fuerza subconsciente que él no había previsto y que no tenía nada que ver con él. Tenía más que ver con nosotros. Además de saber que la idea era de él y que él lo hacía con el fin determinado, surgían unas violentísimas ganas de saber cómo sería él sin barba, cómo serían las mandíbulas y la parte tapada de la cara. A cada momento lo comparábamos con los demás hombres y la imaginación no se satisfacía en su manera de suponerlo sin barba. El espíritu quedaba en una inquietud constante, pero la barba insistía. En la intimidad se esperaba el momento en que se lavara la barba para ver cómo era, un hombre lavándose la barba. Esta curiosidad se satisfacía, pero después se la secaba, se la perfumaba y la barba insistía. Entonces seguía el misterio, y la constante inquietud del espíritu.

Drama o comedia en un acto y varios cuadros

Felisberto Hernández
a los esposos
Rojo Pintos

PERSONAJES

JUAN *(el esposo)*
JUANA *(la esposa)*
MARÍA *(hermana de Juana)*

Escenografía: Las paredes totalmente blancas. En el centro dos sillones rojos. Se suceden los cuadros cambiando rápidamente los personajes sentados, de manera que el telón permanezca bajo, el menor tiempo posible.

CUADRO I
JUAN Y JUANA

(Aparecen sentados: Juan a la izquierda, Juana a la derecha. En el desarrollo de toda la obra, ningún personaje demuestra exuberancia en el gesto ni en el movimiento: estos son sintéticos y sugestivos.)

JUANA: ¿Qué estás pensando?
JUAN: No te lo puedo decir.
JUANA: Es la primera vez que me dices, que no me lo puedes decir.
JUAN: Tengo mis razones.
JUANA: Un pretexto filosófico.
JUAN: ¿El no poder decírtelo ha de ser precisamente por mal?
JUANA: El no decirme una cosa que has hecho mal por hacerme bien, es hacerme más mal.
JUAN: El resultado de lo que tú piensas es hacerte mal, pero el resultado de lo que yo pienso es hacerte bien.
JUANA: Bueno, si es así, como tú dices, explícaselo a María, y si ella está conforme con el bien que me haces, estaremos de acuerdo.

JUAN: Bueno, se lo explicaré. Tú calcularás que ella te lo dirá después. Yo también calculo eso, pero será muy sencillo para mí descubrir si te lo dijo, y mucho más sencillo el castigo: no decirle nunca más lo que a ti no te puedo decir.

JUANA: ¿Cómo, entonces piensas volver a hacer este bien que yo no puedo saber?

JUAN: Tal vez.

CUADRO II
JUAN Y MARÍA

MARÍA: Juana me lo ha contado todo. Está muy disgustada porque usted nunca le ocultó lo que pensaba. *(Pausa.)* Bueno, entonces dígame pronto ¿qué pensaba?

JUAN: Mire María, yo no pensaba nada.

MARÍA: ¡Ah! No se lo creo.

JUAN: Se lo contaré y me creerá. Lo que más nos encanta de las cosas, es lo que ignoramos de ellas conociendo algo. Igual que las personas: lo que más nos ilusiona de ellas es lo que nos hacen sugerir. El colorido espiritual que nos dejan, es a base de un poco que nos dicen y otro poco que no nos dicen. Ese misterio que creamos adentro de ellas lo apreciamos mucho porque lo creamos nosotros. Hay personas que lo dicen todo y no nos dejan crear nuestro misterio. Una excepción son las personas muy simples; nos hacen pensar que eso tan simple no son ellas y pasamos toda la vida pensando qué habrá en su interior. Yo soy de las personas que lo dicen todo y no dejan crear el misterio. Yo quiero ilusionar a Juana y por eso quiero hacer surgir el misterio.

CUADRO III
JUANA Y MARÍA

JUANA: Bueno, entonces dime pronto.

MARÍA: Mira, Juan no pensaba nada.

JUANA: ¡Ah! Eso sí que no te lo creo.

MARÍA: Te lo contaré y me creerás. Lo que más nos encanta de las cosas... *(Le dice lo mismo que dijo Juan hasta donde se refiere a él.)* Él es de las personas que lo dicen todo y no dejan crear misterio. Él quiere ilusionarte y por eso quiere hacer surgir el misterio.

Cuadro IV
Juan y Juana

JUANA: Yo tuve la culpa, le exigí mucho y ella me lo dijo. Estaba muy atormentada y me hizo mucho bien que me lo dijera.
JUAN: A mí me hizo mucho mal. *(Se queda pensativo nuevamente.)* *(Pausa).*
JUANA: ¿Y ahora qué piensas?
JUAN: *(Sonriendo.)* Ahora sí que no te lo puedo decir.
JUANA: Ahora quiero que me lo digas tú directamente.
JUAN: Tranquilízate, que no te lo diré.
JUANA: Se lo dices a ella una vez más. Te prometo que no le preguntaré nada. *(Pausa.)*
JUAN: Será la última vez que concedo. Pero conoceré igual, aplicaré el mismo castigo y lo aplicaré irremediablemente.

Cuadro V
Juan y María

MARÍA: Ella me exigió muchísimo y tuve que decírselo. *(Pausa.)* Y por último, ¿cómo hizo para volver a crear el misterio?
JUAN: Dije sonriendo, que ahora sí que no se lo podía decir.

Cuadro VI
Juana y María

JUANA: Bueno, entonces dime pronto.
MARÍA: Me volvió a decir que no era nada.
JUANA: Esta vez no te lo creo.
MARÍA: Te lo contaré y me creerás. Me dijo que sonrió como un nuevo medio para volver a levantar el misterio que yo había hecho desaparecer contándote.

Cuadro VII
Juan y juana

(Juan aparece más pensativo que nunca.)

JUANA: ¿Qué estás pensando?

(Juan no contesta. Hace una seña con la mano como para que no lo molesten.)

JUANA: Bueno dime, dime ya.

JUAN: Mira, pensaba en negocios. *(Con una manera de hablar fingida como dejando de lado el problema de responder.)*

JUANA: No, no pensabas en negocios.

JUAN: *(Fingiendo estar muy pendiente de lo que pensaba.)* Sí, tienes razón, pero después te cuento.

JUANA: No, ya ya.

(Juan queda completamente pendiente de lo que pensaba. Esta vez no hace el menor caso.)

CUADRO VIII
JUAN SOLO

Me di cuenta que María le había vuelto a decir. Me valí de este otro medio para crear nuevamente el misterio. *(Pausa.)* Todo esto es muy interesante, me servirá para escribir una obra. *(Pausa.)* No. *(Pausa.)* No porque si la escribo ella la lee y vuelve a caer el misterio. TELÓN.

LA CARA DE ANA

(1930)

La cara de Ana

Felisberto Hernández
a
Lucila Fogliano López

I

Además de sentir todas las cosas y el destino parecido a las demás personas, también lo sentí de una manera muy distinta. Cuando sentía parecido a los demás, las cosas, las personas, las ideas y los sentimientos se asociaban entre sí, tenían que ver unos con otros y sobre todo ellos había un destino impreciso, desconocido, cruel o benévolo y que tenía propósito. Este propósito era tan caprichoso que nadie acertaba a preverlo. Este destino tenía movimiento y sobre todo un extraordinario comentario. En el movimiento entraban y se asociaban también las cosas quietas y eran un poco más humanas que objetos. En el comentario había una emoción movida, y a medida que avanzaba el comentario aumentaba la emoción; cuando yo era niño y empezaba a llorar, me empezaba el comentario de mi tristeza y seguía llorando hasta que se me terminaba el comentario. En este mismo destino tenía también un poco de diferencia con los demás: cuando ocurría un hecho triste o alegre, sin que ellos se dieran cuenta, parecía que todo el comentario ya lo tuvieran pronto, se les uniera en seguida a la emoción y en seguida lloraran o se rieran. Mi comentario se retrasaba como si lo tuviera que hacer de nuevo, y tardaba en llorar o reírme. Otras veces me ocurría que ese comentario no me venía y empezaba a sentir las cosas y el destino de la otra manera, de mi manera especial: las cosas, las personas, las ideas y los sentimientos no tenían que ver unos con los otros y sobre ellos había un destino concreto. Este destino no era cruel, ni benévolo ni tenía propósito. Había en todo una emoción quieta, y las cosas humanas que eran movidas, eran un poco más objetos que humanas. La emoción de esta manera de sentir el destino, estaba en el matiz de una cosa dolorosa y otra alegre, de una cosa quieta y otra movida. Y aunque estas cosas no tuvieran que ver unas con otras en el pensamiento asociativo, tenían que ver en la sensación disociativa, dislocada y absurda. Una idea al lado de la otra, un dolor al lado de una alegría y una cosa quieta al lado de una movida no me sugerían comentario: yo tenía una actitud de contemplación y de emoción quieta ante el matiz que ofrecía la posición de todo eso.

II

Mi casa estaba en el pie de un cerro. Lo que más me gustaba de ella era un patio de lozas. Este patio era tan de mi casa, que si hubiera visto en otro lado otro parecido, me hubiera dado fastidio y nunca lo hubiera encontrado tan lindo. Yo paseaba a menudo por él, pero sin pisar las rayas. Estaba tan acostumbrado a esto que aunque cruzara sin ser para pasear, tampoco pisaba las rayas. En ese tiempo yo tenía seis años, y una mañana vino a mi casa una muchachita que tenía ocho. La madre era amiga de la mía y hacía mucho tiempo que no se veían. Después de las primeras cosas las madres nos dejaron solos, creyendo que pronto nos haríamos amigos. Pero a ella no se le importaba nada de mí, y yo no me daba cuenta bien de lo que pasaba. Ella se llamaba Ana, y no era traviesa ni sacudida. Pero tenía unos ojos negros muy abiertos y miraba todo con una curiosidad libre y desfachatada. Yo la miraba mientras ella miraba todo, y ella miraba todo como si yo no estuviera. Entonces fui a decirle a mi madre que ella miraba todo. Cuando volví al patio Ana estaba haciendo lo mismo que yo: caminaba por las lozas sin pisar las rayas. A la hora de cenar éramos amigos y la sentaron a mi lado, pero mientras comía me miraba de una manera que parecía que pensaba que yo era un idiota. Hubo un silencio raro porque todavía no había una confianza definitiva en todos los que había en la mesa. Ana los empezó a mirar y a sentir el silencio raro, pero al momento sintió ganas de violar ese silencio: me miró para ver si a mí me ocurría lo mismo y aunque no me encontró con la misma predisposición, no pudo aguantar la risa y soltó una carcajada desvergonzada. A ella, la madre le dio un pellizcón; pero me empecé a tentar yo. Cuando la volví a mirar ella estaba llorando, y cuando ella me volvió a mirar a mí, los dos soltamos la risa.

III

A los pocos días hizo una mañana muy linda y era día de fiesta. Por la vereda de mi casa pasaba muy alegre la gente que subía al cerro. Pero en mi casa había mucha tristeza: se había muerto mi abuelo. Lo supe después que me levanté; me hacían el comentario de cómo había sido antes mi abuelo y cómo seríamos después nosotros sin él. Yo hacía un gran esfuerzo para suponerme lo que me decían, pero mi imaginación no era muy concreta y no me causaba el dolor que debía causarme. Cuando lo vi por primera vez en la pieza que lo velaban, tuve una impresión rara pero no de terror. También me acuerdo que en seguida fui al escritorio con mi padre y vi por primera vez cómo se lacraban las cartas. Después fui a donde estaba mi abuelo muchas veces más. En unas de las veces me encontré con la mirada de Ana y con su risa, pero, ya sabía yo cómo se reía ella, cómo le gustaba violar el silencio que tenía mi abuelo y el silencio que hacían los demás. En otra de las veces sentí el destino de mi manera especial: yo estaba parado en el zaguán; en la pieza de la derecha los de mi familia lloraban y nombraban a Dios —a veces detenían el llanto un poco como para dar vuelo al comentario y después volvían a llorar—; en la pieza de la izquierda estaba mi abuelo que no se le importaba nada de los demás; por la vereda pasaba la gente muy alegre y no se le importaba nada de lo de adentro; y por alguna otra parte debía estar Ana riéndose del silencio de los demás y del silencio que tenía mi abuelo por la muerte. Entonces sentí todo con una simultaneidad extraña: en una pieza el movimiento de los comentarios y los llantos, en la otra el silencio quieto de mi abuelo y de los candelabros —con excepción de las llamitas de las velas que era lo único que tenía movimiento en esa pieza—, el ruido y la alegría en la vereda y la risa que me imaginaba que tendría Ana en alguna parte. Ninguna de estas cosas tenían que ver unas con otras; me parecía que cada una de ellas me pegara en un sentido como si fueran notas; que yo las sentía todas juntas como un acorde y que a medida que pasaba el tiempo unas quedaban tenidas y otras se movían. En todo esto yo no sentía comentario, y el destino de los demás con sus comentarios y sentimientos, era una cosa más para mi destino especial: todas las cosas me venían simultáneamente a los sentidos y estos formaban entre ellos un ritmo; este ritmo me daba la sensación del destino, y yo seguía quieto, y sin el comentario de lo físico ni de lo humano.

IV

A veces yo hacía algunas cosas bien; entonces las personas mayores me elogiaban para estimularme: ese jueguito me era antipático y yo dejaba de hacer aquello bien. Me ocurría algo parecido cuando me querían injertar una idea o un pensamiento y tal vez esa fue una de las causas de que se me hubiera cerrado subconscientemente la razón, para darme cuenta que se me había muerto mi abuelo.

En los primeros días del duelo en mi casa había una vida nueva, agitada, incómoda, y la violencia de ese presente me seguía anestesiando la percepción de lo que había pasado. Pero a los muchos días, cuando todo estaba más tranquilo y más parecido a antes, tuve una gran tristeza por mi abuelo: me empecé a dar cuenta tranquilamente de que no estaba y que no estaría más; se empezaba a dar cuenta una parte de mí, que me parecía que no era el pensamiento pero que a la vez me hacía pensar. Cuando fue un poco al atardecer me aumentó la angustia y me puse a llorar; Ana me preguntó por qué lloraba y yo caí en la tontería de decírselo: entonces ella se rio muchos días. Pero otro día a ella se le atrasó el comentario: estábamos jugando en un terreno baldío; aproveché que ella estaba de espaldas y con un palo inmenso le pegué despacito en la cabeza; ella se quejó sin darse vuelta, pero cuando se dio vuelta y vio el palo con que le había pegado se echó a llorar: entonces me reí yo.

A los pocos días, Ana y la madre se fueron de casa; mi tía y yo fuimos a despedirlas al muelle; yo no sentía que Ana se iba, aunque esa tarde lloré, pero lloré por otra cosa: por la violencia con que sonaba el pito del vaporcito; esa estridencia me producía siempre un dolor físico tan grande que me hacía llorar tan decididamente como cuando uno se ríe con sobrados motivos. Después me daba cuenta que mientras me había durado el llanto yo había estado con todo mi sentimiento detenido o dedicado exclusivamente al llanto, y tal vez por eso no habría pensado en que Ana se iba.

V

Una tarde, cuando yo tenía quince años, volvió a casa la madre de Ana. Resultó que Ana había estado hasta hacía poco en un manicomio: los médicos habían dicho que aquello era pasajero y le encargaron descanso y aire puro; por eso es que vino la madre de ella a pedirle a la mía que la dejara estar un tiempo con nosotros. A los pocos días, en una mañana de sol que yo salí a la quinta me encontré con Ana y la madre; Ana tenía una risa parecida a la de antes; se reía esperando mi sorpresa, pero lo hacía con más delicadeza y parecía menos salvaje; estaba altísima, delgada y muy linda; después nos reíamos los dos porque no nos animábamos a besarnos, pero intervinieron las madres con los recuerdos y todo se produjo. Al poco rato me parecía mentira que Ana hubiera estado loca; estaba mucho más corregida, más prudente, pero yo la seguía viendo predispuesta a distraerse y mirar todo con una curiosidad desfachatada; al mismo tiempo parecía que tenía miedo y pesar de ser así, porque le habrían dado muchos pellizcones para corregirla, pero yo esperaba que de pronto se abandonara a la curiosidad.

Una noche Ana traía los platos muy ligero; estaba muy seria y tenía la cara muy congestionada. Al poco rato de comer la hicieron acostar, y después nos acostamos nosotros; mi hermano y yo dormíamos en una habitación chica y había que pasar por ella para ir al cuarto de baño; en la mitad de la habitación había un perchero de pie muy grande. A las dos de la mañana Ana cruzó en camisa la habitación de nosotros; iba al cuarto de baño y llevaba una vela en la mano; cuando volvió, se paró cerca de mi cama y me miró fijo; de pronto se sonrió y la sonrisa también se le quedó fija; a su insistente sonrisa de loca se le agregaban las sombras que la luz de la vela le hacían en la cara; entonces en el primer momento tuve el comentario pronto y sentí el destino como los demás; sentí toda la sangre en la cabeza, tuve la necesidad de corresponder a su sonrisa y debo haber hecho una mueca parecida a la de ella. Pasaron unos momentos; tuve la sensación de que estaba haciendo equilibrio en quedarme completamente como ella o quedarme tranquilamente como yo, pero la reacción se produjo: empecé a pensar que el comentario trágico de aquello no podía hacérselo a nadie en aquel momento, que tendría que esperar al otro día; entonces les contaría todos los detalles sin olvidarme de la luz de la vela en la cara, y me reiría del asombro que les produciría. De pronto se me fueron esas reflexiones —que me pasaron muy rápido y empecé a sentir el destino de mi manera especial— entre tanto Ana seguía igual. En mi manera de sentir el destino me parecía que Ana con su risa miraba a la Tierra dar vueltas, pero era tan natural que Ana de acuerdo a su fisiología se encontrara así como que la Tierra diera vueltas. Después empecé a sentir todas las cosas que había en la pieza y la sonrisa de Ana con la simultaneidad rara: había cuatro cosas que formaban un acorde, dos figuras paradas: el perchero y Ana, y dos acostadas: mi hermano y yo. El perchero parecía meditabundo y no tenía nada que ver con nosotros a pesar de estar allí; Ana con su locura fija me miraba a mí y no se sabía si pensaría algo; mi hermano dormía y el misterio de su sueño no tenía nada que ver con nosotros tres; y yo sentía mi destino con la simultaneidad rara.

Cuando Ana se fue y el cuarto quedó oscuro, me quedó en la memoria la cara de ella con la sonrisa y los reflejos de la luz de la vela, pero entonces, no la sentía asociada al destino de los demás ni tampoco al mío: la única sensación que tenía era de que la cara de Ana era linda.

Amalia

Felisberto Hernández
a
Angélica Fogliano López

I

Amalia pensaba siempre adónde iría a pasear. Cuando estaba resuelto su propósito escondía su alegría de una manera rara: decía a los demás cosas que sabía que los demás apoyarían, pero ella fingía que se le ocurrían de pronto y que se asombraba un poco y que se alegraba otro poco con la opinión de los demás.

II

Yo pensaba siempre en Amalia y en besarla. Nunca le decía nada porque me parecía traicionar nuestra confianza alegre y porque ella no sabría recibir nada inesperado. Cuando tenía más violento el deseo de besarla le hablaba de cosas simples como si tuviera toda mi atención en ellas y al mismo tiempo como si pensara en ellas de paso.

III

Un día antes de salir a pasear, con la alegría de lo que veíamos y como poniéndonos de acuerdo para ir a muchos lugares lindos nos dimos un beso corto. Después nos dimos muchos besos más. Pero cuando nos besábamos ella miraba para un lado como si pensara adónde iría a pasear y yo tenía los ojos muy abiertos y la miraba fijo como si estuviera distraído por cosas simples.

La suma

Felisberto Hernández
a
María Elena Bagattini

En una ciudad un poco chica y un poco aislada, me ocurrió lo siguiente:

Fui a un hotel que lo único que encontré simpático, en el primer momento, fue un árbol que había en la mitad del patio. En un rincón que formaba el corredor al terminar en la pared, había un juego de vestíbulo. Me dio la impresión de que allí se habían sentado muchos enamorados y habían asociado el recuerdo de sus amores a esas paredes y esos muebles. Sin embargo me era más simpático el árbol, pero no me entregaba mucho a quererlo porque la casa no era mía y no podría estar allí siempre, ni verlo todas las veces que se me antojara. Otro tanto me ocurría con el cuarto que me dieron: pensé que al tiempo de estar en él me sería simpático porque allí recibiría cartas de personas queridas y allí me despertaría y pensaría cosas antes de levantarme. Pero también me daba fastidio entregarme a él porque podían entrar otras personas y no sería mío solamente.

El compañero que me tocó en la mesa era el mismo que tenía en el cuarto. Me llamó la atención que comiera tanto: nunca había sabido que se pudiera comer así. Y sin embargo era muy delgado. Nos hicimos amigos en seguida. Esa misma tarde entré en el cuarto en el momento que se afeitaba, y después de saludarlo se quedó callado un rato esperando que yo hablara. Estaba en esa actitud de distraído de los hombres que están acostumbrados a adquirir posición frente a las mujeres y que después la aplican para hacerse tomar en cuenta entre los hombres. Era muy presumido. Los domingos de mañana al hacerse la toilette silbaba con ese silbido fino, delicado y tembloroso con que silban las personas cuando están satisfechas de realizar una cosa con prolijidad. Todo esto me hacía gracia porque en él tenía una ingenuidad simpática. Yo le contaba estas cosas y él se reía junto conmigo. Llegué a estimarlo mucho. La prueba de que él también me estimaba era que me contaba sus amores. Significaba una gran prueba de amistad, porque era extraordinariamente cerrado para todos. Era un galán tan discreto que costaría más que a nadie descubrir sus predilecciones. En los amores ponía muy noblemente toda la medida de su fineza y buen gusto. Una vez en una kermesse yo estaba con el espíritu un poco extraño: tenía un poco de angustia y de cansancio. De pronto vi a mi compañero como si fuera una suma que por primera vez le hiciera el total. Eso me produjo una sensación y una reacción tan rara que me reí toda la noche. Al verlo un poco de lejos le encontré proporciones que antes no había visto: era alto, delgado, la cabeza elegantemente un poco grande en relación al cuerpo, y la nariz que de cerca era demasiado grande, de lejos era una pincelada muy ocurrente. Estaba solo, miraba para todos lados con disimulo, y aparentaba estar distraído. El total de la suma era que al mismo tiempo que su carácter, su actitud escondía sus pensamientos, su cuerpo delgado despistaba sus dificilísimas digestiones. Además de eso tenía un nombre místico: se llamaba Salvador.

El convento

Felisberto Hernández
a
Alfredo y Esther Cáceres

Cuando hacía cuatro meses que estaba en una ciudad, ya había dado algunos conciertos y era conocido. Entonces me invitaron a una audición que se realizó en un convento. Me recibió una monja y me preguntó cómo me llamaba; el ambiente me predispuso a distraerme y dije mi nombre muy despacio y entre dientes, pero ella lo entendió muy bien porque suponía que yo fuera ese. Me senté en el salón ante la mirada de todos y sin atreverme a pensar en nada. Empecé a tantear todo con los ojos y con los oídos como cuando era niño, pero más que yo tantear las cosas, ellas pasaban por mi tacto. Los comentarios de las mamás y conocidos de las niñas que ejecutarían, no hacían el barullo que yo hubiera supuesto: eran fugas de voces muy bajas. Estaba distraído de una manera especial: si me hablaban podía responder alguna palabra, pero sin perder el sentido distraído de las cosas. Entonces, de la misma manera que sentía los asuntos de destino en que estaban juntos y de pronto se encontraban el dolor terrible y las cosas sin sentido, así sentía yo el pequeño escenario del convento: la decoración tan pronto representaba un bosque con árboles como una habitación con muebles y moñitas. Además había dos pianos. Delante del escenario, dos escaleritas por donde subían las niñas que tocaban. Había un gran espacio desde el escenario a la primer hilera de sillas. En la mitad de la hilera tres frailes con una mesa por delante. Yo estaba sentado cerca de los frailes. A la derecha, en ángulo recto con nosotros y tocando la pared, tres monjas con otra mesa delante. De ahí hasta el escenario, dos bancos con niñas uniformadas. A la izquierda otros dos bancos con niñas. Ese espacio que rodeaban las niñas y nosotros tenía mucho carácter. Yo había empezado a suponerme cómo sería el efecto de todo eso para las personas que lo habían dispuesto así. Seguramente que habrían dado lo mejor de ellas y habrían tenido momentos de emoción al ocurrírseles y al haberlo realizado. También habrían visto la imperfección de algunas cosas y sabrían que los demás también lo verían, pero tendrían que perdonarlo porque si el interés no estaba allí estaría en otro lado. Todo eso era convencional; esa convicción tendría que ser tan general y tendrían que contribuir todos a entenderlo con tanta naturalidad, como cuando entre dos actores que hablan al público en voz alta, uno expone un proyecto en contra del otro. Se sabe que si lo oye el público, con más facilidad lo oiría el otro pero es convencional suponerse que el otro no lo oye. Yo empezaba a suponerme el poemita que sentirían los que contribuyeron a todo aquello. Me sentía con una rarísima y sincera inferioridad al ambiente. Tenía un asombro agradable ante lo que no alcanzaba a entender totalmente y presentía extraordinario. Además hacía un rato que sentía hablar muy cerca de la niña que era «célebre» entre todas. La célebre era la mayor y casi una señorita. Empecé a sentir impaciencia porque tocaran todas, para que después tocara aquella. Esperaba ese momento con una curiosidad sencilla y alegre. La célebre tenía un encanto extraño al confundirse con las demás; además de estar uniformada no estaba sentada ni en la punta ni en el centro del banco. La hermana superiora tocó un timbre y dos de las niñas se levantaron al mismo tiempo: una de un banco de la izquierda y otra de la derecha; subieron por una escalerita; cuando estuvieron arriba se dieron vuelta, hicieron una cortesía a los frailes y se fueron a sentar en el mismo piano; en seguida se hicieron una seña, empezaron a tocar una piecita a cuatro manos y a contar los tiempos en voz alta. Todo eso era muy distinto de la vida común y al mismo tiempo parecía que fuera de los momentos que yo no conocía de la vida común, pero por los que tendrían que pasar todas las niñas. Y entonces sentía algo tan respetable como sentiría al principio de una enfermedad o de un dolor: cada niña al hacer su cortesía quería hacerla con gracia y ser agradable; ahí empezaba a mostrar el principio de su estilo como actriz de la vida, y a lo mejor, la que tenía menos gracia, la que su estilo no coincidía con mi placer, un día sería extraordinaria y asombraría al mundo. Había algunas que al tocar me hacían sugerir un misterio rudo y torpe que no tenía nada que ver con el esfuerzo que hacían para no equivocarse. Me había ocurrido lo mismo una vez que vi comer a un negro forzudo: parecía que el movimiento de las mandíbulas y de los músculos de la cara, le excitara un silencio de pensamientos torpes y misteriosos. Después tocó la célebre: era la más adelantada, tocaba con más naturalidad que las demás y del espíritu de sus movimientos y de su personita surgía un encanto parecido a su posición en el banco: no era en ninguna de las puntas ni en el centro.

Cuando se fue toda la gente, las monjas y las discípulas me pidieron que tocara; cuando me senté en el piano y me di cuenta que estaba distraído, me empecé a llamar con todas las fuerzas como si quisiera despertar de un sueño; cuando había tocado un rato y estaba completamente en mí, les miré la cara a todas y no tenían la atención tan dispersa como antes: ahora me atendían concretamente a mí, ahora ellas me observaban el misterio a mí. Cuando vi a la célebre muy de cerca me pareció distinta; cuando pedí el sombrero para irme, ella fue corriendo primero y me lo trajo; cuando me miró ofreciéndomelo descubrí que tenía un encanto distinto al que le había visto antes.

El vapor

Felisberto Hernández

a

Lolita Suárez Braga

Fui a otra ciudad que tenía un río como para llegar o salir de ella en vapor. No me ocurrió nada raro hasta que salí de allí. Cuando caminaba por el muelle recordaba los momentos de actor que había representado en esa ciudad: en los conciertos, en las calles, en los cafés y en las visitas. Ahora en el muelle había muy poca gente y de esa gente parecía que nadie me conocía ni nadie había ido a mis conciertos. Entonces tuve una angustia parecida a la de los niños mimados cuando han vuelto de pasear y les sacan el traje nuevo. Me reí de esta ridiculez y traté de reaccionar, pero entonces caí en otra angustia mucho más vieja, más cruel y que por primera vez vi que era de una crueldad ridícula. Al principio de esta última angustia pensé que podía reaccionar como en la anterior: ya era fuerte, podía resistir todo y hasta podía realizar el poema de lo absurdo. Además tenía el placer de la impersonalidad: cuando me quedaba distraído. Sin darme cuenta me había parado en la punta del muelle como si ya fuere a subir al vapor, aunque este todavía no se veía venir. Y sin darme cuenta caí en la impersonalidad: parecía que todo el cuerpo se me hubiera salido por los ojos y se me hubiera vuelto como un aire muy liviano que estaba por encima de todas las cosas. Pero de pronto la angustia me volvió a atacar y la sentí más precisa que nunca en su cruel ridiculez. La sentí como si dos avechuchos se me hubieran parado uno en cada hombro y se me hubieran encariñado. Cuando la angustia se me inquietaba, ellos sacudían las alas y se volvían a quedar tan inmóviles como me quedaba yo en mi distracción. Ellos habían encontrado en mí el que les convenía para ir donde yo hubiera querido ir solo. Habían descubierto mi placer y se me colaban, llegaban hasta donde iba mi imaginación y no me dejaban ir al placer libre de la impersonalidad. El vapor vino de arriba, pero al llegar frente al muelle dio una vuelta y quedó en sentido contrario al que venía. Yo subí sin mucha curiosidad ni mucho interés, y me empecé a pasear por cubierta mientras subían bultos. Tardaron mucho en esta operación y yo ya sabía cómo era todo el vapor. Entonces empecé a mirar para el muelle. Cuando estaba oscureciendo, el vapor salió y dio otra vuelta para seguir en la misma dirección que venía. Yo, parado en cubierta miraba las calles que venían a morir al río y que al cruzar tan de cerca, el vapor parecía una imaginación pesada, suave y misteriosa. Cuando fui a entrar a mi camarote no lo encontré donde yo pensaba porque al dar vuelta el vapor y seguir mirando al muelle se me habían trastornado todos los lugares. Después que lo encontré volví a pasear y tuve una impresión rara y desagradable de mi angustia ridícula: la idea de los avechuchos se me había endurecido sin que yo me diera cuenta y sin querer caminaba despacio y sin moverme mucho para que los avechuchos no se inquietaran. Tuve una reacción: me sacudí y hasta llegué a hacer mención de pasarme una mano por un hombro. Pero la impresión desagradable de esa manera de caminar, me venía apenas me distraía un poco. La angustia que se me había vuelto de una monotonía tan extraña como la de algunos cantos judíos: nos parece que nunca encuentran la tonalidad definida, que siempre les amaga y que para ellos es normal no encontrarla.

A la hora de cenar me di cuenta que en el barco había poquísima gente; el comedor era lujoso y había mucho silencio; yo me quedé en él mucho rato después de comer; no me sentía con el cuerpo pesado ni cansado, pero tenía necesidad de estar tan quieto como si no existiera; tenía la cabeza como si fuera un aparato que percibiera todo pero que no explicara nada: entonces sentía que afuera había ruido: el de las hélices, del agua y además el del viento; adentro, en la mitad del silencio el capitán comía y los mozos caminaban llevándole platos.

En cualquier otro momento hubiera asegurado que el hombre que tuviera el gesto del capitán era un pedante y nada más, pero ahora me parecía que aquella dureza exterior era provisoria, aunque la tuviera toda la vida: parecía que aquella disciplina exterior fuera por algo tan misterioso como eran los ruidos de afuera; tal vez esa dureza de su pedantería le sirviera para no preocuparse de eso.

A los mozos les ocurría lo mismo: traían y llevaban los platos en silencio; de vez en cuando, en el fondo del comedor, dos se decían algo en el oído que parecía una cosa muy simple, pero por encima de la cabeza de todos había algo parecido al ruido de afuera; parecía también que ellos tenían una vieja costumbre de sentir eso y que al mismo tiempo de estar más acostumbrados también lo sentían con más intensidad. Entonces yo, en mi impersonalidad, sentí por primera vez la suntuosidad y lo importante que era el vacío de las cosas: aquel enorme comedor que nos dejaba mucho espacio de unos a otros nos daba un pequeño e importante mundo que engañaba un poco y que nos distraía y nos salvaba y nos garantizaba otro poco de lo que ocurriera en el otro mundo de afuera. El vacío del gran comedor nos servía para apoyar un poco el pensamiento y el espíritu, aunque después, cuando bajáramos a tierra, pensáramos que aquello no nos hubiera servido para nada. Pero ahora, allí había un pequeño mundo con mucho espacio que nos despreocupaba de lo de afuera.

Esta sensación me duró mucho rato; después tuve deseos de tocar en el piano una cosa rítmica sin importárseme nada de los temas ni las frases ni los matices: lo importante de mi deseo hubiera sido conservar aquel ritmo y aquella quietud mientras desfilaba todo lo demás.

De pronto tuve ganas de pasearme sobre cubierta, pero cuando pasé por dos espejos que formaban un ángulo recto al encontrarse en dos paredes, miré al rincón y me llamó la atención que me viera la mitad de la cabeza más una oreja de la otra mitad.

LA ENVENENADA

(1931)

La envenenada

A María Isabel G. de Hernández

I

En uno de los barrios de los suburbios de una gran ciudad, uno de los literatos no tenía asunto. Esto le pasó desde el 24 de agosto por la tarde —en la mañana había terminado un cuento— hasta el 11 de octubre, también por la tarde. En la mañana del 11, el día le amenazaba con normalidad: como uno de los tantos días él estaba encerrado en su casa y no tenía ganas de salir; se paseaba por toda su pequeña casa, a grandes pasos y a profundos pensamientos; quería atacar algún asunto, porque ningún asunto venía hacia él; al mismo tiempo que sus piernas se le cansaban y se le ponían pesadas, sentía angustia con pesimismo; pero se acostaba un rato y, a medida que sus piernas descansaban, la angustia con pesimismo se le iba.

El 11 por la tarde, cuando eran las 14 y 25 y se asomó a la puerta de su casa, se dio cuenta que el día era lindo, pero igual a muchos días lindos —hacía tiempo le había pasado lo mismo con unos días feos— entonces, como una de las tantas veces que en otros días se había asomado a la puerta de su casa, llegó a la siguiente conclusión: «Si quiero asunto tengo que meterme en la vida». A las 15 y 12 fue cuando por última vez en esa tarde se asomó a la puerta de su casa y pensó que tenía que meterse en la vida: aparecieron tres hombres que desde la calle le hicieron señas para que se acercara; cuando se acercó le dijeron que a pocas cuadras y al borde de un arroyo, una mujer se había envenenado. Él tenía pensado no ir a esta clase de espectáculos: le producían una cosa, que sintetizando todo lo que hubiera podido escribir sobre esa cosa, le hubiera llamado vulgarmente miedo. Sin embargo, como además de no tener asunto, había leído una poesía que le había llevado a la conclusión de que un hombre podía reaccionar y triunfar sobre sí mismo, entonces decidió aprovechar la invitación que le hicieron los tres hombres y el espectáculo de la envenenada.

Apenas empezaron a caminar uno de los tres hombres le demostró una antigua y secreta admiración: había leído muchas cosas de él; los otros dos estaban cohibidos y la curiosidad que hacía un rato tenían por la envenenada, se les había pasado para el literato.

En el cerebro de los cuatro hombres había una misma idea: en tres, la curiosidad por el gesto de la cara del literato, y en el literato la preocupación de lo que haría con su cara. Si se abandonaba a la espontaneidad, tal vez pusiera una cara inexpresiva e idiota y, además, no podría abandonarse a su espontaneidad porque sabía que lo observaban; tal vez no podría ser espontáneo ni consigo mismo, porque aunque no hubiera nadie, él mismo sería su observador, tendría la tensión de espíritu del analítico y por más fuerte que fuera el espectáculo, su espíritu oscilaría entre la impresión que le produciría y la impresión que él quería tomar de sí mismo. Entonces se encontró con que no podía ni sabía sorprenderse y entonces tenía que inventar un gesto interesante. Ni aun esto podía pensar tranquilamente porque sus compañeros le iban dando los datos que conocían de la envenenada y él tenía que escucharlos y comentarlos. Para esto inventó un gesto y un comentario que le sirvió para abandonarse a pensar en todo lo que se le antojaba, para dejar sus pensamientos libres cual una cosa libre; puso su cara hacia el frente, pero no para mirar lo que tenía adelante, sino hacia lo que los literatos habían definido como lo infinito, lo desconocido, etcétera.

El comentario fue el silencio: muchas veces le había servido para muchas cosas, y ahora le permitía dejar el pensamiento libre cual una cosa libre.

El admirador del literato le contaba a este, una vulgar historia de amantes; esa mañana, cuando la historia tuvo su desenlace, ella había envuelto en un papel un vaso con cianuro, y había puesto en la cartera un gran revólver; cuando se puso el gorro de fieltro y salió de su casa la gente habría creído que iba a un lugar, lejos de aquellos alrededores. Aquí los pensamientos del literato se prendieron hambrientos de este detalle, y ya le pareció que hacía un cuento y que decía que ella había ido más lejos de lo que la imaginación de la gente suponía: había ido donde los literatos habían definido como lo infinito, lo desconocido, etcétera. De pronto los pensamientos se le detuvieron y se fijó que los dos hombres que callaban habían quedado algunos pasos atrás y ahora conversaban; entonces sus pensamientos le volvieron a atacar y se imaginó que, al ellos caminar de dos en dos, llevaban un ataúd. También se dio cuenta, analizando su propio yo, que este último pensamiento decoraba muy bien el espectáculo que dentro de poco verían.

II

Los cuatro hombres iban por una orilla del arroyo; pero la envenenada estaba del otro lado; entonces el literato pensó: ella está del otro lado del arroyo, y de la vida. Los compañeros le dijeron que, como el arroyo era angosto, de este lado verían bien, y que si fueran por el otro, tendrían que dar una vuelta muy grande; y el literato pensó: para llegar del lado de la envenenada, habría que dar una vuelta muy grande y esa sería la vuelta de la vida, porque ella está en la muerte.

El paraje era pintoresco como otros lugares pintorescos y nada más; a dos cuadras del suceso, los cuatro hombres vieron entre los árboles un grupo de personas, y el literato preparó la cara; frunció el entrecejo y nada más: pensaba que con eso bastaba para ver y pensar tranquilo; y entonces, este último pensamiento, le dio a su cara un baño fijador. A medida que se acercaba, su espíritu oscilaba entre conservar su yo y abandonarse a la curiosidad: parecía un elástico que se estirara y se encogiera; pero el baño fijador que había dado a su cara le fue eficaz; cuando estuvieron frente al lugar de la envenenada, él conservaba entera su cara.

Pasado el segundo de indefinida sensación, se apresuró a decirse a sí mismo: es una mujer envenenada y nada más; y tuvo el valor de empezar a observarla y a pensar, sin hacer caso de una especie de pelotón nebuloso y oscuro, que desde el primer momento se le había formado en donde los otros literatos llamaban, el espíritu. Pero, a medida que observaba y pensaba, de la envenenada salía algo que le agrandaba el indefinido pelotón.

El espectáculo era demasiado fuerte para el literato; en el cuerpo de la envenenada había cosas extrañas, contradictorias y también irónicas: los pies estaban cruzados, y había en ellos la tranquilidad de la persona que se ha acostado a dormir la siesta y el cuerpo disfruta de la frescura del césped y de la placidez del sueño; pero sin embargo, el cuerpo de la envenenada estaba arqueado, tenía por punto de apoyo un talón y los hombros, y todo el busto demasiado echado hacia adelante; la cabeza estaba doblada y su posición hacía pensar en lo mismo de los pies, pero la cara estaba muy descompuesta y los músculos en tensión; un brazo lo tenía para arriba, rodeaba la cabeza como un marco y la posición era tan tranquila como la cabeza y los pies; pero el puño estaba muy apretado. Lo más terrible, la protesta más desesperante que había en la envenenada, estaba en el otro brazo, en el que no le servía de marco a la cabeza: estaba muy separado del cuerpo, y desde el codo hasta el puño había quedado parado como un pararrayo; el puño no estaba cerrado del todo, y de entre los dedos que estaban crispados y juntos, salía un pañuelito que flameaba con la brisa.

Cerca del cuerpo estaba el vaso y el papel; el revólver ya lo había llevado la policía: vino cerca de las 13 y quedó un guardia cuidando; eran las 16 y todavía no había venido el juez; el guardia espantaba a la gente que se acercaba o tocaba y, los que ya se sabían de memoria los detalles del asunto y del cuerpo de la envenenada, se iban. A pocos pasos del literato había una muchacha que dijo, que hacía rato había venido el amante de la envenenada, que después de mirarla le bajó un poco la pollera porque le había quedado muy subida, y que después se había ido. También dijo que nadie había tocado el vaso ni el papel; entonces, se pensaba que la envenenada habría visto aquello así antes de morirse, que su pensamiento y la realización, con el vaso y el papel, habrían quedado igual que en el momento en que ella se había envenenado, y esas horas que nosotros medíamos después, se dislocaban y eran extrañas, porque pertenecían más a ella que a nosotros.

También se pensaba, que antes de salir de su casa el vaso, habría estado tranquilo encima de una mesa, que ella lo habría sacado para llevarlo con ella como un animalito doméstico; que todavía estaba cerca de su cuerpo, y miraba fijo, y no era culpable de nada; que como un animalito doméstico habría estado lejos del propósito de ella; pero que ahora el vaso y ella eran dos realidades parecidas.

III

Durante mucho rato el literato quiso suponerse que estaba acostumbrado a espectáculos como aquel y quiso empezar a construir su cuento, para no tener esa cosa que sintetizando todo lo que hubiera podido escribir sobre ella, le hubiera llamado vulgarmente miedo; tenía muy fruncido el entrecejo, pero los ojos se le habían quedado muy abiertos y fijos.

De pronto se dio cuenta que los pies se le movieron y le llevaron el cuerpo para otro lado; también sintió sobre él todas las miradas y la responsabilidad que otros literatos habían sentido cuando pensaban que en sus manos estaba el destino de la humanidad. Ya había corrido por allí la noticia de que era escritor, y la gente pensaría que tal vez él y no el juez, estaría más cerca del misterio de aquella muerte. Cuando percibió el desenfado con que la gente andaba alrededor de la envenenada y recordó sus momentos de esa cosa-miedo, se encontró con que él había tenido una gran altura moral, por el respeto y la cosa-miedo que había sentido, y dio un suspiro de satisfacción. Cuando los compañeros lo vieron mover, les pareció que era algo así como una gran máquina moderna del pensamiento, y que al moverse era porque ya tenía la solución; no sabían qué solución buscaban, o la solución de qué; pero ellos presentían que en aquel hombre, como gran máquina moderna del pensamiento se debía haber producido una solución; entonces, uno de ellos, el antiguo admirador, lo interrogó. Él tuvo el inesperado dominio de sí mismo, la gran serenidad, de responder no contestando con palabras, sino haciendo una seña con la mano como para que esperasen; al literato le parecía que alguien recitaba, y mientras tanto y antes de que se terminara el poema, él tenía que preparar el juicio o el elogio: aquí el poema terminaría cuando viniese el juez y se llevasen la envenenada. Pero el literato tuvo pronto el juicio, el elogio o la solución antes que viniera el juez: seguiría con el silencio: esta nueva solución que era igual a la de antes de ver a la envenenada, le había surgido al recordar cómo otros literatos habían triunfado con el sencillo procedimiento de insistir: él insistiría en su silencio; tal vez cuando los compañeros le acompañaran hasta su casa, él no les diría ni buenas tardes, y esa descortesía en aquel momento, haría crecer en el ánimo de los demás, el concepto que de él tendrían.

Antes de empezar su cuento, otro detalle más vino a detener su mente: la muchacha que estaba muy cerca de ellos y que les había dado los datos del amante, la pollera, y el vaso de la envenenada, ahora miraba al literato con demasiada frecuencia; él lo percibió y trató de escudriñar disimuladamente aquellas miradas; pero después pensó en el papel que estaba desempeñando: su misión como hombre que algún día tendría en sus manos el destino de la humanidad, le reclamaba la atención de la envenenada y, entonces decidió no escudriñar la mirada de la joven; pero aunque no la miró, se sintió preocupado un buen rato antes de empezar a construir su cuento.

IV

El primer detalle interesante que acudió al cerebro del literato, fue el de la edad de sus compañeros, de la envenenada, y de él: aproximadamente tendrían los cinco la misma edad. Para él, esto tenía la importancia de hacerle sugerir que eran cinco jóvenes de una clase dramática, y que en ese momento representaban un drama. Claro está, que en seguida diría que lo más impresionante era que no había tal clase, y que aquello era una espantosa realidad para la protagonista.

El segundo detalle interesante le acudió al recordar que cuando era niño había visto en una escena de figuras de cera, una mujer muerta; pero ahora él se permitía el atrevimiento literario de decir, que esta vez la muerte tenía una vida especial que no había en la muerta de cera; entonces haría resaltar el valor de las cosas naturales sobre las artificiales.

Cuando el literato tenía bastante relleno su cuento de cosas tan atrevidas como las que he citado, se encontró con que no se le ocurría una metáfora interesante para el brazo que había quedado parado como un pararrayo; pero cuando vino una brisa que hizo flamear el pañuelito que salía de los dedos crispados y juntos de la envenenada, se le ocurrió pensar que el brazo era un asta, y el pañuelito la bandera de la muerte. También le surgió esta pregunta: ¿qué vale más? o ¿qué es más importante? ¿el asta o la banderita? En este caso le pareció que era más importante el asta que la bandera; y pensó en todas las astas y las banderas, y vio en todas las astas un valor que hasta ahora no había visto: las veía apuntar al cielo, y su rigidez era de tanta fuerza y tenían una protesta tan desesperante como el brazo de la envenenada. También le pareció ridículo, que a las astas, que tenían una personalidad tan grande, les arrimaran de cuando en cuando una bandera.

De pronto el literato se sintió muy horrorizado; no hubiera podido precisar si tal horror se lo producía la envenenada o sus pensamientos; entonces decidió irse sin esperar a que viniera el juez; pero cuando ya iba a marcharse, su cuento tomó un aspecto mucho más agradable: se encontró con la mirada de la joven de los datos, y se atrevió a comprobar abiertamente si la joven se interesaba por él; al mismo tiempo pensaba en la originalidad y el atrevimiento de su cuento, si resultaba que al ir a ver una joven muerta se había enamorado de una viva. Pero eso no ocurrió, porque cuando él menos lo esperaba, ella le sonrió con una sonrisa enigmática, que él no hubiera podido decir si sencillamente se burlaba de él, o habiendo comprendido sus equivocadas suposiciones le rechazaba con aquella sonrisa.

Después, él tampoco se dio cuenta que los pies lo llevaron a su casa, que sus amigos no lo acompañaron, y que el cuento le quedó truncado.

V

Apenas llegó a su casa se acostó; además de tener las piernas cansadas y la angustia con pesimismo, sentía un extraño malestar. Desde la cama su mirada cruzó la habitación, el patio, y se dio contra una vidriera de vidrios opacos; y entonces empezó a pensar en la muerte: sintió miedo de haber nacido porque tenía que morir: hubiera preferido no haber nacido. Al principio pensó en esos dos límites —el nacimiento y la muerte— como si él no perteneciera a la vida; pensó que a él le había tocado una vida en el reparto misterioso; que su vida era una casualidad como era una casualidad el día que nació y sería otra casualidad el día de su muerte. Entonces, no le importaba que en él se hubiera formado una cosa humana: era una cosa humana más en el montón y no tenía interés ni en darse cuenta que él era una cosa humana más; le parecía ridículo que a cada uno le preocupara tanto de qué padres había nacido y en qué día; le parecía extraño que esa cosa humana tuviera condiciones especiales para sentir ternura por los padres de que había nacido: ¿qué importaba eso cuando se tenía el concepto o el sentido de lo que era el montón? ¿Qué se le importaba que le hubiera tocado un cerebro con ciertas ideas? Era tan ridículo o sin sentido como cuando los niños se preocupan en buscar la diferencia que hay en los pancitos que les ha tocado: él se comería el pancito y se acabó.

Sin darse cuenta la mirada se le había salido de la vidriera, le había revoloteado un poco, y se le había detenido en el bulto que los pies hacían debajo de las cobijas: entonces empezó a filosofar sobre las puntas de los pies. Su cuerpo estaba en ese relajamiento muscular del descanso; le parecía que la punta de los pies estaban lejísimo de él; pensaba que solamente su cabeza trabajaba, y le asombraba su dominio: con solamente a la cabeza antojársele, se moverían las puntas de los pies que estaban lejísimo, y sin embargo, él no sentía correr la idea por su cuerpo, más bien le parecía que la idea saltaba de la cabeza y la barajaban los pies. Todas las partes de su cuerpo eran barrios de una gran ciudad que ahora dormía; eran obreros brutos que ahora descansaban después de una gran tarea y que el continuo trabajar y descansar no les dejaban pensar en nada inteligente; solamente su cabeza estaba despierta y contemplaba con sabiduría y con indiferencia todo aquello.

Después, su misma sabiduría y su indiferencia le hizo sonreír al pensar en las metáforas que hacía sobre su cuerpo que descansaba; no quería entregarse a ninguna fantasía, porque ese día sentía la realidad indiferente; a él le habían tocado aquellas piernas para andar como le podían haber tocado cualquier otras, y todavía —pensaba sonriendo despectivamente— que para mejor le habían tocado unas que se le cansaban en seguida.

Él se diferenciaba de los demás literatos, en que ellos ignoraban los misterios y las casualidades de la vida y la muerte, pero se empecinaban en averiguarlo; en cambio para él no significaba nada haber sabido el porqué de esos misterios y casualidades, si con eso no se evitaba la muerte. En total: no se le importaba la vida, ni su misterio anterior ni el posterior, tampoco le importaba saber cuándo moriría ni de qué; el momento de la muerte sería para él como el momento de arrojar: no le gustaba arrojar y hacía todo lo posible para evitarlo, pero cuando el primer vómito le venía ya no pensaba: estaba pendiente del vómito y nada más. También es cierto que un pequeñísimo instante antes del primer vómito pensaba en que iba a vomitar.

Estaba en estas reflexiones, cuando de pronto se dio cuenta que la punta de sus pies se movía un poco, que hacía rato que sus ojos la estaban mirando y que él no había sido consciente de ese hecho; entonces, sintió el mismo nebuloso y oscuro pelotón indefinido que se le formó cuando miraba a la envenenada.

Después se levantó, y empezó a pasearse por toda su pequeña casa a grandes pasos y a profundos pensamientos.

Ester

I

Una tarde vi pasear a muchas jóvenes por una plaza. Vi también a una que en seguida y violentamente se me separó de todas las demás. Caminaba muy ligero y llevaba la cabeza levantada; además tenía la frente ancha y abultada; además tenía el sombrero echado para atrás y pasaba el límite de la frente y el cabello: y todavía además, tenía en la parte de adelante del sombrero, el ala doblada para arriba.

La impresión que recibí fue violenta y me pareció que el espíritu me hacía equilibrio en sentir todo aquello como una cosa ridícula o como una cosa bella; pero esta sensación me duró muy poco, porque en seguida caí en la más emocionante y vertiginosa sugestión.

Esa joven tendría un nombre muy común: se llamaría Ester por ejemplo. Caminaba ligero siempre, y al pasar entre las otras, las otras parecían plantas que se movieran por una brisa suave. También parecía que si las otras pensaban que seducían mostrándose en un paseo reposado o con una indiferencia lenta, esta pensaba seducir mostrándose de paso y como con una indiferencia obligada por dos propósitos: ir a un lugar determinado, y de paso buscar a alguien en la multitud: no importaba que no fuera a ningún lado y que nunca encontrara a la persona que buscaba. También parecía que si de las otras se esperaba un movimiento más rápido o más lento, de esta no se podía esperar ningún cambio en su velocidad: hasta sus ideas, hasta las imágenes de sus sueños marcharían siempre con una velocidad grande y regular; lo extraño era precisamente que en ella todo fuera tan veloz y tan regular, tan normal, que su sistema nervioso fuera tan sano, que la sangre, le circulara tan bien de pie a cabeza, que fuera tan espontánea, tal vez su imaginación fuera más espontánea que la de las otras al crear los medios de seducción; tal vez si mi espíritu se acercara al de ella, en ese mismo momento su destino tendría una esquina, y ella doblaría para otro lado.

II

Otra tarde en la misma plaza, vi pasar sola a la joven que se llamaría Ester. Descubrí que su belleza era agresiva, aunque su agresividad no fuera contra nada, igual me parecía que era agresiva, que esa era la calidad de su belleza; tal vez desafiara la vida, pero en ese momento yo no le hubiera llamado vida a lo activo y misterioso de las personas y los hechos; en aquella tarde yo le hubiera llamado vida al aire que estaba alrededor de las plantas y de los bancos de la plaza. Ella desafiaba tal vez a eso, y las puntas de su saco abierto, se doblaban un poco para atrás al caminar ligero. Llevaba en la mano un libro y yo pensaba cómo sería aquella naturaleza estudiando; estudiaría como se ponía el saco: un poco por costumbre y otro poco por necesidad, pero ni el estudio ni el saco eran lo principal para ella, aunque tampoco supiera qué era lo principal; parecía que cuando llegaban a su espíritu las emociones, ella les diera entrada y salida con tal espontaneidad, que no se sabría nunca qué sería lo principal para ella misma.

Al estudiar, no le preocuparía no entender algunas cosas, y estas le quedarían tan espontáneamente dobladas para atrás, como las puntas de su saco al caminar ligero. No se podía pensar si era inferior por no comprender todas las cosas bellas, o era superior por no interesarles; pero no importaba el grado de comprensión que tuviera de las cosas; lo único que se pensaba era que en aquel momento su comprensión estaba en el grado espontáneamente relativo a su naturaleza, a su ambiente, a su casualidad, y nada más. Entonces yo empecé a amarla, por la incomprensión que ella tendría de muchas cosas.

III

Otra vez que fui a la plaza y vi pasear a muchas jóvenes pensé que volvería a pasar Ester y todo estaría parecido al primer día. Y volvió a pasar de la misma manera, pero las cosas no ocurrían como yo suponía: había por encima de todo una diferencia tan extraña, como si aquel día fuera una falsificación del primero. Sin embargo, ahora, yo amaba muchísimo a Ester; el amor se me había angustiado, y cuando Ester pasaba cerca mío, la angustia se me aceleraba. En la aceleración que ella me inspiraba no podía volver en mí, no me podía detener ni un momento si hubiera querido crear medios para seducirla. Yo también hubiera querido seducirla violentamente, y pensaba en dos cosas: guardar un silencio absoluto del interés, o dar un espectáculo que tal vez nunca a los guardianes se les hubiera presentado la ocasión de intervenir; yo la hubiera detenido, le hubiera detenido su manera de pasar y la hubiera besado ante todo el mundo. Estas dos cosas eran como dos paredes en mi cabeza, y las ideas me iban de una a la otra con tanta velocidad y tanta decisión, como le circularía la sangre a Ester; me parecía que las ideas al ir de una pared a la otra, sentían que recorrían un gran espacio y yo sintiera el roce en ese espacio y las ideas se me volvieran de fuego.

IV

Pero esa misma noche apareció un pedacito de lo que yo no hubiera querido que interviniera en mi gran amor a Ester: aquella cosa tan real, tan descoincidente con el deseo y con el esfuerzo del pensamiento para preverla, eso es, apareció lo imprevisto, lo de siempre. Y empezó así; yo mostré sin querer mi interés en el momento que pasaba Ester; ella lo advirtió y me mostró indiferencia; yo pensé en la defensa de las mujeres al demostrarnos lo que no sienten, eso que creemos que cuando las observamos las descubrimos y que sin embargo es al revés, que la defensa de ellas está cuando las observamos precisamente, porque ellas se hipnotizan con el asunto dejando para sí el mínimum de conciencia de lo que sienten. Pero eso mismo, eso que nosotros lo descubrimos cuando no estamos cerca de ellas y que yo pensaba que ocurriría, eso no fue lo que ocurrió: ocurrió lo imprevisto, lo de siempre, lo que es más amargo cuando llega lentamente.

Al principio de la indiferencia de Ester, yo pensaba que sencillamente yo estaba en esa provisoria inferioridad de la que después se reacciona; mi angustia estaba nada más que en el deseo de empezar todo de nuevo como cuando los niños arrancan la hoja de la plana en que una letra les ha salido torcida. Pero a medida que pasó el tiempo, me di cuenta que por aquella cosa tan clara como era Ester, había entrado otra vez en la oscura, en la imprevista, en la de siempre. A veces el destino de Ester no tenía una esquinita que la hacía doblar para otro lado, a veces doblaba para mi lado, pero era lo mismo que si doblara para el otro, tal vez si hubiera doblado para el otro hubiera estado más cerca de mí; pero sencillamente descoincidía. Si yo hubiera sentido placer en crear un medio para que ella lo utilizara y le sirviera para despreciarme, tampoco ella lo hubiera utilizado, ella descoincidía, sencillamente descoincidía conmigo. Tampoco se daba cuenta ella cómo la amaba yo y con qué ganas deseaba que las cosas no fueran así. Si los hechos hubieran sido amigos míos yo les hubiera hecho una pequeña seña y ellos hubieran entendido.

V

Una mañana Ester caminaba por la plaza. Yo caminaba muy cerca y muy detrás de ella; parecíamos un ferrocarril, yo sentía cómo era, tanto el aire que le daba en el ala de su sombrero doblado para arriba como el aire que le doblaba las puntas de su saco para atrás. De pronto no vi a Ester extraordinaria, ni tampoco tenía pena por no verla extraordinaria. No me di cuenta cuándo fue que mi destino tuvo la esquina: debíamos haber parecido que el ferrocarril se enloquecía y que yo era un vagón que se desprendía y tomaba por otra vía. Al mucho rato yo estaba sentado en un café y seguía sintiendo lo imprevisto; pero con un poco de tranquilidad; además la tranquilidad era también un poco extraña y además yo me revelaba otro poco.

Hace dos días

I

Ahora, escribiré la historia de unos momentos extraños. Me parece que tengo simplemente la ocurrencia de escribir esa historia y el deseo de realizar esa ocurrencia, como si los momentos esos no me hubieran pasado a mí. Pero cuando ellos pasaron, yo no tenía simplemente esa ocurrencia y ese deseo; tenía la violenta y desesperante necesidad de que esos momentos quedaran como fotografiados con el mayor número de detalles, para que después, ella, a quien amo, los supiera, y entonces yo podría hacerle las preguntas que se me salían en esos momentos.

II

Ahora, me parece que eso pasó hace mucho tiempo; pero eso pasó hace dos días y al poco rato de oscurecer. No sé si ella, a quien amo, le habrán pasado momentos parecidos, y esto precisamente, era lo que más me desesperaba en aquellos momentos. Yo estaba solo y en mi casa; ella estaba lejísimo y no sé si estaría en su casa. Los dos estamos en plena enfermedad de amarnos; hace dos días mi enfermedad recrudeció de pronto y tuve un ataque tan agudo como si me fuera a morir. En ese ataque, me parecía que la vida se me salía del cuerpo para que ella la tomara en sus manos; pero ella estaba lejísimo y no sabía, y no sé si presentiría lo que a mí me pasaba. Yo, en el ataque, quería saber si ella me amaría tanto, y si habría tenido en momentos que yo no supiera, ataques parecidos. Entonces, me golpeaba la cabeza con la punta de los dedos y me preguntaba: «¡¿Qué cosa sentirá ella en esta misma cosa?!».

III

Ahora, podré acomodar tranquilamente el mayor número de detalles; pero hace dos días y al poco rato de oscurecer, yo andaba entre las paredes de esta pieza y creía que con un solo detalle que pudiera quedar, estaba todo arreglado; pero ese detalle tendría que ser tan justo, tan verdadero, tan igual, que ahora, pensándolo despacio, me parece monstruoso. En aquel momento yo pensaba que si ella, a quien amo, viera y sintiera cómo era el color verde de estas paredes, estaría todo arreglado; pero yo no podía darme cuenta de la cantidad de cosas que en mi desesperación, me hacían ver este color verde así. Además el color verde era lo que más veía, pero no lo veía con una impresión definitiva de la visión: recuerdo que cuando quise concretarlo, elegí para concretar otra cosa, y entonces pensaba: haré un rayoncito en la mitad de un papel y después le diré: «¿Ves este rayoncito? Cuando lo hice te amaba espantosamente». Pero en seguida me chocó que el rayoncito fuera en la mitad del papel, porque me imaginé ese papel en un cuadro con marco y vidrio. Yo sentía que todo eso se me iría y yo no lo podía concretar, como que tenía mucho tiempo y lo desperdiciaba con mi imprecisión. Pero ocurría otra cosa, y era que la condición de ese estado de espíritu, casi implicaba no poder concretar de él otra cosa, que lo que después sería recuerdo; y por eso me golpeaba la cabeza con la punta de los dedos y pensaba: «¡¿Qué cosa sentirá ella en esta misma cosa?!».

IV

Ahora, yo recuerdo, y me vuelvo a excitar un poco; pero en aquella excitación, también quise escribir: andaba alrededor de este mismo escritorio y empecé por escribir dos veces el monosílabo «ya»; pero en el momento que escribía la segunda vez «ya», me venía dando cuenta de que «eso» pasaría, y me pregunté, si precisamente cuando había decidido escribir, era porque el ataque me disminuía; pero en seguida me di cuenta que no, que el ataque me duraba, que tenía una inercia muy grande, que la necesidad de hacer algo que quedara no podía detener «eso», que alguien que observara no podía notar el grado en que se detenía o entorpecía esa marcha. Sin embargo, tuve miedo de que «eso» se detuviera, y decidí no escribir y que no quedara nada; pero empecé a pensar cosas, que fatalmente detuvieran «eso». El escritorio me parecía un burgués que me obligaba a acomodar todo con calma, porque yo en mi fiebre no podría decir de golpe cómo era todo aquí y en ese momento. Si yo hubiera sido un empleado con méritos de mil años, y hubiera pedido en compensación una sola irregularidad; si hubiera pedido el avión más veloz para ir hasta ella, tampoco hubiera llegado a tiempo; y además, todo hubiera sido distinto. Entonces me empezó a parecer absurdo lo de los ferrocarriles y las cartas y los carteros: todo había que hacerlo lento, medido y como con odio.

V

Ahora, yo recuerdo cosas que no son de tanta violencia interior, que son más exteriores e inconscientes, pero que son mucho más bellas. Cuando yo andaba por entre estas paredes verdes y tenía el ataque de amarla, llegaba hasta la puerta, y aunque no la abría, sentía cómo era afuera la calle que pasa por mi casa y los árboles de enfrente; y todo esto, junto con ella. También, a veces, caminando en sentido contrario, cruzaba una cortina amarilla y llegaba hasta el patio que tiene paredes de color naranja, y que en ese momento estaba un poco oscuro. En ese patio, al dar vuelta en la semioscuridad, también tuve momentos extraordinarios. Poco después que pasaron aquellos momentos extraños en que andaba por esta pieza y el patio, y sentía cómo era la calle que pasaba por mi casa y los árboles de enfrente; después que estuve en el escritorio y quise escribir, después que sufrí la traición de lo lento y lo medido; entonces, después, al mucho rato, pensé suavemente en ella y en mí: me imaginaba cómo sería cuando nos diéramos el primer beso, cómo sería de ancha su cara cuando yo estuviera hundido en ella, y cómo sería el silencio de alrededor de ese beso.

Elsa

I

Yo no quiero decir cómo es ella. Si digo que es rubia se imaginarán una mujer rubia, pero no será ella. Ocurrirá como con el nombre: si digo que se llama Elsa se imaginarán cómo es el nombre Elsa; pero el nombre Elsa de ella es otro nombre Elsa. Ni siquiera podrían imaginarse cómo es una peinilla que ella se olvidó en mi casa; aunque yo dijera que tiene veintiséis dientes, el color, más aún, aunque hubieran visto otra igual, no podrían imaginarse cómo es precisamente, la peinilla que ella se olvidó en mi casa.

II

Yo quiero decir lo que me pasa a mí. ¿Y saben para qué?, pues, para ver si diciendo lo que me pasa, deja de pasarme. Pero entiéndase bien; me pasa una cosa mala, horrible: ya lo verán. Sé que por más bien que yo llegara a decirla, ocurrirá como con la peinilla y lo demás; no se imaginarán exactamente, cómo es lo malo que me pasa; pero el interés que yo tengo, es ver si deja de pasarme tanto lo malo que se imaginarán, como lo malo que en realidad me pasa.

III

Elsa no es precisamente, una de las tantas muchachas que no me aman: ella no me amará dentro de poco tiempo, porque ahora ella me ama. Nos hemos visto muy pocas veces; ella está muy lejos; nuestro amor se mantiene por correspondencia; pero yo tengo la convicción, yo afirmo categóricamente, yo creo absolutamente —ya explicaré ampliamente por qué tengo esta fiebre de afirmar— yo vuelvo a afirmar que dada la manera de ser de ella, dejará muy pronto de amarme, porque ella no podrá resistir el amor por correspondencia. Yo sí, pero ella no.

IV

De lo que ya no existe se habla con indiferencia o con frialdad; pero yo hablo con dolor, porque hablo antes que deje de existir y sabiendo que dejará de existir: recuérdese cómo lo afirmé.

Cuando espero algo, siento como si alguien —llámese Dios, destino o como quiera— tratara de demostrarme que la cosa que espero no llega o no ocurre como yo esperaba. Entonces, cuando yo tengo interés en que una cosa no ocurra, empiezo a pensar que ocurrirá, para burlarme de ese alguien si la cosa llega u ocurre, para hacerle ver que yo la preveía; y él por no dar su brazo a torcer no me da ese gusto y la cosa ocurre; pero he aquí que al final triunfo yo, porque precisamente lo que más deseaba era que no ocurriera. También debo decir, que ese alguien suele sorprenderme dejándose burlar, y que yo triunfe aparentemente y quede derrotado íntimamente: pero esto ocurre las menos de las veces.

Para ser franco, diré que yo no creo en ese alguien, que a ese alguien lo creamos, y para crearlo lo suponemos al revés y al derecho. Pero cuando nos encontramos frente a un gran dolor, volvemos a pensar al revés y al derecho por si llega a ser cierto que existe. Ahora yo pienso que a lo mejor existe, y que a lo mejor no da su brazo a torcer, y por llevarme la contra hace que no ocurra lo de que ella deje de amarme, puesto que yo afirmo que ocurrirá. Así mismo tengo temor de que ese alguien se deje vencer y la cosa ocurra, como en las menos veces: pero yo tengo más esperanza del otro modo: al revés que al derecho. Tendría esperanza aun cuando viera que estoy a punto de que ella no me ame; pues con más razón tengo esperanza ahora que ella me ama normalmente.

Bueno, en total quiero dejar constancia de que tengo la convicción, de que afirmo categóricamente, y que creo absolutamente, que Elsa se diferencia de las demás muchachas, en que ninguna de las otras me ama, y que ella dejará muy pronto de amarme.

POR LOS TIEMPOS
DE CLEMENTE COLLING

(1942)

No sé bien por qué quieren entrar en la historia de Colling, ciertos recuerdos. No parece que tuvieran mucho que ver con él. La relación que tuvo esa época de mi niñez y la familia por quien conocí a Colling, no son tan importantes en este asunto como para justificar su intervención. La lógica de la ilación sería muy débil. Por algo que yo no comprendo, esos recuerdos acuden a este relato. Y como insisten, he preferido atenderlos.

Además tendré que escribir muchas cosas sobre las cuales sé poco; y hasta me parece que la impenetrabilidad es una cualidad intrínseca de ellas; tal vez cuando creemos saberlas, dejamos de saber que las ignoramos; porque la existencia de ellas es, fatalmente oscura: y esa debe ser una de sus cualidades.

Pero no creo que solamente deba escribir lo que sé, sino también lo otro.

Los recuerdos vienen, pero no se quedan quietos. Y además reclaman la atención algunos muy tontos. Y todavía no sé si a pesar de ser pueriles tienen alguna relación importante con otros recuerdos; o qué significados o qué reflejos se cambian entre ellos. Algunos, parece que protestaran contra la selección que de ellos pretende hacer la inteligencia. Y entonces reaparecen sorpresivamente, como pidiendo significaciones nuevas o haciendo nuevas y fugaces burlas, o intencionando todo de otra manera.

Los tranvías que van por la calle Suárez —y que tan pronto los veo yendo sentado en sus asientos de paja como mirándolos desde la vereda— son rojos y blancos, con un blanco amarillento. Hace poco volví a pasar por aquellos lugares. Antes de llegar a la curva que hace el 42 cuando va por Asencio y da vuelta para tomar Suárez, vi brillar al sol, como antes, los rieles. Después, cuando el tranvía va por encima de ellos, hacen chillar las ruedas con un ruido ensordecedor. Pero en el recuerdo, ese ruido es disminuido, agradable, y a su vez llama a otros recuerdos. También va junto con la curva, un cerco; y ese cerco da vuelta alrededor de una glorieta cubierta de enredaderas de glicinas.

En aquellos lugares hay muchas quintas. En Suárez casi no había otra cosa. Ahora, muchas están fragmentadas. Los tiempos modernos, los mismos en que anduve por otras partes, y mientras yo iba siendo, de alguna manera, otra persona, rompieron aquellas quintas, mataron muchos árboles y construyeron muchas casas pequeñas, nuevas y ya sucias, mezquinas, negocios amontonados, que amontonaban pequeñas mercaderías en sus puertas. A una gran quinta señorial, un remate le ha dado un caprichoso mordisco, un pequeño tarascón cuadrado en uno de sus lados y la ha dejado dolorosamente incomprensible. El nuevo dueño se ha encargado de que aquel pequeño cuadrado parezca un remiendo chillón, con una casita moderna que despide a los ojos desproporciones antipáticas, pesadas y pretensiosas. Y ridiculiza la bella majestad ofendida y humillada que conserva la mansión que hay en el fondo, tan parecida a las que veía los domingos, cuando iba al biógrafo Olivos —que era el que quedaba más cerca— y en la época de la pubertad y cuando aquel estilo de casas era joven; y desde su entrada se desparramaba y se abría como cola de novia una gran escalinata, cuyos bordes se desenrollaban hacia el lado de afuera y al final quedaba mucho borde enrollado y encima le plantaban una maceta con o sin plantas —con preferencia plantas de hojas largas que se doblaran en derredor—. Y al pie de aquella escalinata empezaba a subir, larga y lánguidamente, la Borelli o la Bertini. ¡Y todo lo que hacían mientras subían un escalón! Hoy pensaríamos que habían sido tomadas con *ralentisseur;* pero en aquellos días yo pensaba que aquella cantidad de movimientos, esparcidos en aquella cantidad de tiempo, con tanto significado y tan oculto para mi mente casi infantil, debía corresponder al secreto de adultos muy inteligentes. Y deseaba ser mayor para comprenderlo: aspiraba a comprender lo que ya empezaba a sentir con perezosa y oscura angustia. Era algo encubierto por aquellos movimientos, bajo una dignidad demasiado seria que, tal vez únicamente, podría profanarse con el mismo arte tan superior como el que ella empleaba —yo ya pensaba en profanarla—. Tal vez se llegara a ella, en un esfuerzo tan grande de la inteligencia, en un vuelo tan alto, como el de las abejas cuando persiguen a su reina.

Mientras tanto, un largo vestido cubría a la mujer, con escalinata y todo.

Pero volvamos al trayecto del 42.

Después que el tranvía pasó, precisamente, por delante del terrenito —remiendo de la mansión señorial—, me quedó un momento en los ojos, con gran precisión, el balanceo de dos grandes palmeras que sobresalían por detrás de la casita —mamarracho— moderna. Y repasando esa fugaz visión de las palmeras, las reconocí y recordé la posición que tenían antes, cuando yo era niño y la quinta no tenía remiendo. ¡Un literato de aquel tiempo que las hubiera visto ahora detrás de aquella casita, habría escrito!... Y la pareja de viejas palmeras, movían significativamente sus grandes y melenudas cabezas lacias, como si fueran dos viejos y fieles servidores que comentaran la desgracia de sus amos venidos a menos. Y esta reflexión me vino, recordando cómo significaban la vida las personas de aquel tiempo. Y cómo la reflejaban en su arte, o cómo eran sus predilecciones artísticas. (Pero ahora, en este momento, no quiero engolfarme en esas reflexiones: quiero seguir en el 42.)

Después, un inmenso y horrible letrero me llamó los ojos. (No digo cuál es para no seguir haciéndole la propaganda al dueño. Y si me pagara, ¿lo haría? Y seguían apareciendo pensamientos como estos: ¿No habría sido un hijo de aquella mansión señorial, el que vendió aquel pedazo de la quinta para pagar una deuda vergonzosa?)

Tenía tristeza y pesimismo. Pensaba en muchas cosas nuevas y en la insolencia con que irrumpían algunas de ellas. Alguien me hacía la propaganda del sentimiento de lo nuevo —y de todo lo nuevo— como fatalidad maravillosa del ser humano; y me hablaba precipitadamente, concediéndome un instante de burla e ironía para mis viejos afectos.

Como él estaba apurado, daba vuelta en seguida su antipática cabeza y se llevaba toda su persona para otro lado. Pero me dejaba algo grisáceo en la tristeza y me la desprestigiaba; me hacía desconfiar hasta de la dignidad de mi propia tristeza; y la ensuciaba con una sustancia nueva, desconocida, inesperadamente desagradable, como el gusto extraño que de pronto sentimos en un alimento adulterado.

Sin embargo, hay lugares de pocas «modificaciones» en las quintas y se puede sentir a gusto, por unos instantes, la tristeza. Entonces, los recuerdos empiezan a bajar lentamente, de las telas que han hecho en los rincones predilectos de la infancia.

Una vez, hace mucho tiempo, recordé aquellos recuerdos, del brazo de una novia. Y esta última vez, salía de una de aquellas casas un niño sucio llorando. Ahora empiezo a pensar en el derecho a la vida que tienen algunas cosas nuevas y a sentir una nueva predisposición. (A lo mejor exagero, y la predisposición a encontrar bueno todo lo nuevo se extiende y cubre todas las cosas, como le ocurría al propagandista. Y entonces, basta tener un poco de buena predisposición y ya encontramos servidas mil teorías para justificar cualquier cosa. Y podemos cambiar, además, muy fácilmente de motivos a justificar, por más contradictorios que sean; pues hay teorías con sugestión exótica, con misterio sugerente, con génesis naturalista, con profundidad filosófica, etcétera.)

Ahora recuerdo un lugar por el cual pasa el 42 a toda velocidad. Es cuando cruza la calle Gil. Una de sus larguísimas veredas me da en los ojos un cimbronazo giratorio. En esa misma vereda, cuando yo tenía unos ocho años, se me cayó una botella de vino; yo junté los pedazos y los llevé a casa, que quedaba a una cuadra. En casa se rieron mucho y me preguntaron para qué la había llevado, qué iba a hacer con ella. Este sentido lógico era muy difícil para mí —todavía lo es— porque ni siquiera la llevé para comprobar que la había roto, puesto que me habrían creído lo mismo. En una palabra, no sé si la llevé para que la vieran o para qué.

Si volvemos de donde era mi casa que quedaba en la calle Gil y caminamos en dirección a Suárez, antes de llegar a la esquina pasaremos por un cerco de ladrillo que está muy viejo, negrusco y con musgo de muchos verdes. Una persona mayor verá por encima del cerco —yo, para ver, daba saltitos— pavos entre algunos árboles y un gallinero de tejido de alambre blanqueado. Una vez hicieron allí un pozo muy hondo, al que bajaba a leer un loco que no quería sentir ruidos. Siguiendo por la vereda nos encontraremos con la casa de la esquina, que tiene muchas ventanas que dan a la calle Gil. Pero la última ventana, antes de llegar a Suárez, es pintada en el muro. Y detrás de la ventana pintada estaba la pieza donde vivía el loco. A mí me costaba pensar en algo terrorífico, porque entre los barrotes pintados, había pintado también un color azul de cielo, y aquella ventana no me sugería nada grave. Sin embargo el loco estuvo por matar con un hacha a la madre, que era paralítica y siempre estaba sentada en un sillón. Afortunadamente acudieron las tres hijas. Y después el loco pasaba algún tiempo recluido y otro tiempo con ellas. Era una persona delicadísima, culta y afable. Una vez me dio un ratón de chocolate y yo le miraba agradecido la pera corta y peinada en dos. ¡Pero ellas! ¡Qué noblemente ideales eran! Por esas tres longevas yo alcancé a darle la mano a una gran parte del siglo pasado. No sería muy difícil, hojeando revistas de aquel tiempo, encontrar un dibujante «original» que hubiera dibujado un cigarrillo echando humo y que del humo saliera una silueta como la de ellas. La cintura lo más angosta que fuera posible; el busto amplio, el cuello encerrado entre ballenas pequeñas que sujetaban el tejido blanco —en aquel tiempo mi atención se detenía en las cosas colocadas al sesgo; y en aquella casa había muchas: los cuadros blanqueados del alambre del gallinero, los cuadritos blancos del tejido del cuello sujeto por ballenas, el piso del patio de grandes losas blancas y negras y los almohadones de las camas—. Después, encima de la cabeza otra gran amplitud, como un gran sombrero, pero este montón estaba hecho con el mismo pelo que salía de la cabeza —o mitad pelo propio y mitad pelo comprado; el seno también solía ser de medio y medio—. Encima del pelo iba el verdadero sombrero, generalmente inmenso; y encima del sombrero, plumas —como las del pavo del fondo, o de otras aves, creo que nunca de gallina, a no ser que fueran teñidas—. Los sombreros también solían cargar frutas, creo que uvas, y eran sujetas con pinchos larguísimos que tenían una gran cabeza de metal o piedras vistosas, o carey. Los pinchos cruzaban todo el peinado, el sombrero —con flores, frutas o lo que fuera— y volvían a aparecer del otro lado sobrándoles largos pedazos que terminaban en puntas agresivas. Desde el ala del sombrero hasta el cuello, y a manera de mosquitero, un tul muy estirado, que dejaba tras él y en penumbra provocadora y atrayente, la cara, que, a su vez estaba cubierta de polvos. Ese conjunto era una aparición fantástica en la que el espectador podía detener un buen rato su contemplación. Una vez, cuando niño, me puse uno de esos escaparates con mosquitero y todo y al caminar recordaba un viaje hecho en cupé desde el cual y a través de las cortinillas podía mirar sin ser visto.

Una noche fuimos con mi madre a la casa de las tres longevas. En la media luz del zaguán pisábamos las grandes losas a cuadros blancos y negros. No había puerta cancel y se veían grandes plantas en la mitad del patio. Nos hacían pasar a una salita que recibía luz de la poca que había en la calle; pero de cuando en cuando pasaban por la penumbra los cuadros iluminados de las ventanillas del 42 al cruzar a toda velocidad. Estas también pasaban un poco al sesgo cuando cruzaban el piso y muy al sesgo cuando subían a la pared. Cuando ellas conversaban, tenían tan franca y sincera camaradería, ponían tanta alegría en los cumplimientos, las voces de todas se juntaban y subían tanto, que no se pensaba en la penumbra, ni parecía que la hubiera. Además de vivir a oscuras, eran cegatonas. Una de ellas, la que según la conversación era la que cocinaba, se sentaba en el rincón más oscuro; apenas se le veía la cara, ovalada y pálida, con muchos lunares, como una papa mal pelada a la que se le vieran los puntos negros. Otra de ellas tenía la costumbre de pasarse con fuerza los puños por los pómulos para que le salieran colores —esa era la que salía a hacer visitas—. Las tres eran delgadísimas. Y me di cuenta que en casa tenían razón cuando decían que las tres —en los intervalos de la animada conversación y sobre todo cuando se reían— hacían un ruido fuertísimo al aspirar el aire por entre los dientes. Después me fijé que aquello era tan fuerte, que no lo cubría ni el 42 cuando pasaba a toda velocidad. Pero yo no quería que me hubieran hecho observar aquello, porque después tenía que poner demasiada atención en eso y no podía seguir sintiendo otras cosas. Y a mí me gustaba ir y estar en aquella casa.

En mi familia había una tía lejana de tanta edad como las longevas e igualmente solterona. Y esta llamaba a aquellas «las del chistido». A mí me daba mucho fastidio. Y no porque estuviera enamorado de alguna de ellas —aunque siempre me encontraba predispuesto a enamorarme de cuanta maestra tenía y cuanta amiga de mamá venía a casa. Pero de las longevas no—. Igual que a mi madre, aquellas mujeres me inspiraban cariño por la nobleza de sus sentimientos y por la fruición con que gozaban el rato que pasaban con nosotros. Tal vez en esos momentos fueran tan felices porque en las demás horas de sus vidas tuvieran muchas ocupaciones, de esas extrañas, infinitas, que suelen tener las personas responsables; y muchos frenos morales y muchas penas. Aunque el chistido fuera lo que más sobresalía, no quiere decir que debiera comentarse más que lo otro. Y sin contar que al nombrarlas así, se hacía una síntesis falsa de ellas; esa síntesis no incluía lo demás, sino que lo escondía un poco; y cuando uno pensaba en ellas, lo primero que aparecía en la memoria era el chistido y eso tenía un exceso de comentario. Yo me reía sin querer y después rabiaba.

Muchos años después me di cuenta que quería rebelarme contra la injusticia de insistir demasiado en lo que más sobresalía, sin ser lo más importante. Y si podía sobreponerme a ese ruido que cierta crítica hace en algún lugar del pensamiento y que no deja sentir o no deja formarse otras ideas menos fáciles de concretar; si podía evitar el entregarme fácilmente a la comodidad de apoyarme en ciertas síntesis, de esas que se hacen sin tener previamente gran contenido, entonces me encontraba con un misterio que me provocaba otra calidad de interés por las cosas que ocurrían. Pero en aquel tiempo yo entraba en el misterio de aquellas mujeres, asombrado de que, si en las cosas que hablaban con mi madre demostraban agilidad, criterio, amplitud y sentido común para observar tantos hechos de los demás, ellas, y precisamente las tres, no percibieran otras cosas que a nosotros nos parecían tan fáciles de ver. Y no solo me sorprendía lo del chistido y la costumbre de pasarse los puños apretados por los pómulos. El misterio empezaba cuando se observaba cómo se mezclaban en el conjunto de cosas que ellas comprendían bien, otras que no correspondían a lo que estamos acostumbrados a encontrar en la realidad. Y esto provocaba una actitud de expectación: se esperaba que de un momento a otro, ocurriera algo extraño, algo de lo que ellas no sabían que estaba fuera de lo común.

Cuando nosotros fuimos de confianza, nos hicieron pasar a otras habitaciones. Donde nunca podía ir nadie, era al fondo, donde estaban los pavos; ese lugar estaba defendido por unos gansos bravísimos, que en seguida corrían con escándalo increíble hacia el intruso y si no se retiraba a tiempo lo picaban; a ellas mismas solían correrlas y romperle los vestidos. Después de pasar por el patio, se entraba en una habitación que tenía piso de tablas anchas. Al pisarlas, cimbraban. Automáticamente contestaban a esas pisadas, chucherías todavía invisibles en la penumbra. La anciana madre, paralítica, estaba sentada en otra habitación, se veía en seguida porque las grandes puertas de comunicación estaban abiertas de par en par. Además, en la oscuridad se destacaba fácilmente su cabeza y pañoleta blancas. Y todavía tomaba más fácilmente la atención, el movimiento constante y regular de su cabeza, que a uno le hacía recordar irreverentemente, al de un juguete de cuerda. Todas hablaban fuerte y yo empezaba a reconocer los objetos de la habitación; eran tan amables y parecían tan cordiales como ellas. Allí el misterio no se agazapaba en la penumbra ni en el silencio. Más bien estaba en ciertos giros, ritmos o recodos que de pronto llevaban la conversación a lugares que no parecían de la realidad. Y lo mismo ocurría con ciertos hechos.

La anciana tenía más de setenta años y hacía muchos que estaba paralítica. Un hijo de ella, que se había matado —y que no era el loco— tuvo una actuación importante cerca de un político a quien todas ellas admiraban con fervor patriótico. Después de la muerte del hijo, el político fue a visitarlas; y ella, la anciana de casi ochenta años, compuso unos versos para recibir al político. En general los versos y también la prosa común, eran difíciles para mí; pero aquellos versos lo fueron mucho más: se remontaban a regiones de las cuales yo no tenía ninguna idea. Tampoco se referían a asuntos patrióticos de los que oía en la escuela y a los cuales estaba acostumbrado a no entender. Recién al final parecía que aquellas palabras aterrizaban en un campo en el que se podía ver algo; y asimismo la anciana decía muy vagamente la dicha que sentía de que existiera en el mundo aquel ser: el político.

Las longevas tenían entre un ropero una muñeca alta y delgada como ellas; pero negra y las motas de astrakán. La mostraban pero no la dejaban tocar a nadie porque había sido de una sobrina de ellas que había muerto. El primer día que estábamos en las habitaciones interiores, ellas se quedaron de pronto silenciosas y con gran tensión, porque mi hermana menor le había tocado la cola a un gran loro que estaba muy quieto sobre un pedestal. Creímos que hubiera peligro. Pero lo que ocurría era que ellas habían querido mucho a aquel loro y ahora lo conservaban disecado. Después nos acostumbramos a aquel «tótem» familiar, a quien ellas hablaban como si estuviera vivo. La que cocinaba imitaba su voz, como lo haría un ventrílocuo y contestaba por él.

Allí fue donde conocí a un músico, sobrino de ellas y a quien llamaban «El nene». Era ciego y tendría unos dieciocho años. Muy alto. Detrás de unos lentes negros, movía de la más impresionante manera, unos ojos tan desorbitados y aparecían de un tamaño tan sorprendente, que parecía que ya se le iba a saltar. Los párpados se habían agrandado y estirado mucho; pero no los podían embolsar en todo su tamaño. Era inquietante vérselos mover continuamente fuera de sus órbitas y recordaba el movimiento de los ojos de un rumiante vistos de perfil. No habría la menor exageración al afirmar que eran del tamaño de un huevo; no solo sugería eso la identidad de dimensión sino también su forma ovalada. Me habían dicho y olvidé el nombre de aquella enfermedad. Pero lo que más me angustiaba era que el médico le había pronosticado que moriría cuando tuviera veintidós años, que a esa edad, aquellos ojos escaparían de sus órbitas. Hasta me dijo un médico —tal vez apremiado por la insistencia con que yo le preguntaba en qué época del año ocurriría— que el hecho tendría lugar más o menos en marzo. Afortunadamente sé que ha pasado de los cuarenta años.

Una noche, invitados por las tías —las longevas— fuimos a la casa de Elnene y lo sentimos tocar el piano. Para mí fue una impresión extraordinaria. Por él tuve la iniciación en la música clásica.

Tocaba una sonata de Mozart. Sentí por primera vez lo serio de la música. Y el placer —tal vez con bastante vanidad de mi parte— de pensar que me vinculaba con algo de valor legítimo. Además sentía el orgullo de estar en una cosa de la vida que era de estética superior: sería un lujo para mí entender y estar en aquello que solo correspondía a personas inteligentes. Pero cuando después tocó una composición de él, un nocturno, la sentí verdaderamente como un placer mío, me llenaba ampliamente de placer; descubría la coincidencia de que otro hubiera hecho algo que tuviera una rareza o una ocurrencia que sentía como mía, o que yo la hubiera querido tener. La melodía iba a caer de pronto en una nota extraña, que respondía a una pasión y al mismo tiempo a un acierto; como si hubiera visto un compañero que hacía algo muy próximo a mi comprensión, a mi vida y a una predilección en que los dos nos encontrábamos de acuerdo; con esa complicidad en la que dos camaradas se cuentan una parecida picardía amorosa. Yo había encontrado camaradas para otras cosas; pero un amigo con quien pudiéramos representarnos el amor en aquella forma era un secreto de la vida que podíamos ir atrapando con escondido regocijo de más sorpresas, de esas que dependen mucho de nuestras manos.

Aquello era mucho más lindo que tocar como tocaba yo. ¡Y yo que me creía tan original cuando tocaba por mi cuenta y encogía y estiraba a mi gusto una melodía! ¡Y nada menos que una *Canción de Margarita*! Que precisamente una noche que la toqué en casa estando las longevas de visita, ellas decían: «Pero ¡qué gusto tiene para tocar!» y «¡Mire que es linda la música!». Y aquella noche tan inmensamente lejana —y con algo tan cercano en el sentimiento de las cosas y de la vida, que no podría decir qué es y dónde reside ese extraño reconocimiento de mí mismo— cuando tocaba una mazurka que se llamaba *Gorjeo de pájaros* —¡qué vergüenza!—. Y lo que nos habíamos reído, porque mi hermanita —cuatro años, la que le tocó la cola al loro— muy apurada había dicho: «Mamá, decile que toque *Gorjeo de lechones*». Y cuando la otra, la mayor, había recitado «Pobre María», una pobre desgraciada que se había escapado de la casa por las palizas de la madrastra, había pasado la noche a la intemperie, en invierno, con poca ropa; y al encontrarse frente a una puerta con un letrero tenía miedo que fuera la «prevención». Pero al final descubría que era un asilo. Entonces llamaba, abrían y ella se lo agradecía a la virgen. Lo decía frente a una puerta que daba al comedor; y en el momento en que ella decía: «Pasos, abren, se adelantan», sin que nadie supiera nada, ni mi propia hermana, se abrió la puerta del comedor y aparecí yo, para darle más realidad a la escena. Había tenido semejante ocurrencia mientras ella recitaba; en puntas de pie había salido de la sala y dado la vuelta por otro lado. La consecuencia fue desastrosa, porque todos, que en aquel momento estaban conmovidos, ahora, al mismo tiempo que casi lloraban, también se reían y rabiaban: aquella broma había quitado todo el efecto a «la obra».

En aquel entonces yo tenía de doce a trece años. Una prima mía —también lejana— tocaba el piano. (*Plegaria de Moisés*, *La Argentina te llora* —nocturno dedicado a un aviador venido abajo— etcétera.) Era muy linda y por lo menos me doblaba la edad. (Otro amor secreto, pero con el agravante de que teníamos demasiada confianza y después mi timidez y que ella pensaría que yo había interpretado mal la confianza. Además era muy burlona.)

Una tarde que había mucho sol y era carnaval, aparecieron disfrazadas, en casa, cuatro mujeres altas; y en seguida descubrimos a las longevas. Pero como ellas eran tres, teníamos que descubrir la cuarta, que no hablaba ni una palabra. Bueno, resultó que era el cieguito, Elnene. Vino después muchas veces a casa y allí conoció a mi prima. (Fatal coincidencia: él también se había enamorado de ella.) Una de las veces que bailó con ella le dejó un papel en la mano. Era la letra de un estilo que había compuesto para ella. ¡Cuánto lo envidiaba yo! Él había tocado antes el estilo; pero claro, sin decir a quién lo dedicaba. La letra era de este tenor (también lo había cantado):

> *Soñé una noche que me decías*
> *Con voz velada por la emoción*
> *Tuya es mi alma, tuya es mi vida,*
> *Tuyo es entero mi corazón.*

Aquella tía lejana, se llamaba Petrona. Se reía siempre de las longevas, parodiaba a una de ellas poniéndose «dura y fruncida» y siempre recordó las palabras que aquella decía a su sobrino: «Nene, tocá tu nocturno». Como de costumbre, yo rabiaba. Pero un día empecé a pensar que Petrona, a pesar de no sentir el nocturno, ni comprender ni estar en eso, ni ambicionar ninguna situación ni estado estético como el que gozábamos nosotros, sentía algo y a su manera, de lo que ocurría en los que oían o gustaban ese momento de arte. Como muchas personas sin cultura intelectual —ella apenas leía el diario— al estar entre personas «instruidas», tenía tensión de espíritu; se adivinaba que en esos momentos cargaba demasiado su batería; y cuando había oportunidad de reírse, descargaba con violencia su risa, que era más convulsiva y duraba más rato que la de los otros. Igualmente ocurría cuando en la conversación aparecía una persona que se hubiera encontrado en situación un tanto difícil o propensa a caer en ridículo. La simpatía del estado de Petrona con el de la persona en cuestión, influía directamente sobre sus acumuladores y esperaba con retenida impaciencia —aun sin ella saberlo— la oportunidad de soltar intermitentes explosiones de risa. Precisamente, si las convulsiones de su risa inquietaban tanto, era porque se percibía el esfuerzo por contenerlas. Su risa era aspirada y sus convulsiones medio desahogadas y medio tragadas —alguien decía «degolladas»—. Tal vez, ese afán de contener su risa presionando desesperadamente sobre todos sus frenos musculares, respondía a su propósito de no hacer «papelones», de no mostrar una risa chabacana. Y así, luchando con su risa ofrecía un espectáculo impresionante y extraño. En ese espectáculo, no solo aparecía la reacción de la persona que llamamos sana, saludable, que nos presenta gran riqueza de energías y que al iniciar su contacto con ambientes superiores a los que está acostumbrada a actuar, esas energías se vuelven sobre sí mismas, frenadas por pudor, porque percibe la diferencia de ambiente y desea esconder su historia, o porque sabiendo que la descubren y que da el espectáculo, le es simplemente violento penetrar en un ambiente distinto; sino que Petrona también ofrecía un misterio que escondía cierto matiz brutal, persistente, burlón. Si por un lado era generosa, abnegada, consecuente en los cuidados y trabajos que se tomaba por nosotros —estaba en casa antes de nosotros nacer— también se burlaba continuamente y se le ocurrían bromas crueles. Cuando yo tenía tres años, una noche en que me habían dejado solo y con la luz prendida, vi aparecer por una puerta gris y entreabierta, algo como una gran pata negra de araña moviéndose; y era ella que se había forrado la mano y el brazo con una media negra y la asomaba haciendo contorsiones. Recuerdo muy bien esta impresión.

Y en casa decían que creyeron que me enloquecía.

Ella tomaba con dos dedos un sapo y lo levantaba hasta mostrar la barriga blanca. Yo tenía miedo porque ella misma me había dicho que soltaban un fuerte chorro de orín, que daba en los ojos y que dejaba ciego. Una noche de lluvia, después que yo estaba acostado vino a mi cama y vi que levantaba las cobijas apresuradamente; en seguida sentí en los pies la barriga fría y viscosa del sapo.

Algunas noches después, mi madre notó un ruido raro después de apagada la luz; prendió rápidamente un fósforo y descubrió que yo dormía con los pies y las piernas para arriba, pegados contra la pared. Ahora vuelvo a sentir un poco la angustia de cuando apagaban la luz, de cuando la mecha de la lámpara dejaba escapar los últimos hipos; y que al final, después de casi apagada del todo, el último hipo tardaba más pero era más grande y ya todo quedaba completamente oscuro. Entonces empezaba a ver sapos en mi cama y a poner los pies en la pared. Mi madre me llevaba para su cama y mi padre venía a la mía. Cuando mi madre estaba por dormirse, yo le daba un codazo para que no se durmiera porque seguía sintiendo miedo a los sapos.

Petrona contribuía a malcriarnos porque era muy buena y nos hacía todos los gustos. Y esto desde la mañana hasta la noche. Todavía en la noche nos llevaba a todos la bolsa de agua caliente o el porrón. Una noche, cuando todos volvimos del teatro —y mi hermanita, la del loro, tendría cuatro años— nos encontramos, como de costumbre con las camas calientes. Y a mi hermanita le había puesto, además, la muñeca y un pequeño porrón de tinta con agua caliente a los pies de la muñeca. Cuando mi hermana mayor —la de «Pobre María»— tenía unos nueve años, la retaban porque siempre andaba corriendo y «hecha una chiva». Petrona le dijo que si corría le saldrían cuernos, como a las chivas. Y esa tarde, que llovía e hicieron tortas fritas, Petrona hizo con masa un gran cuerno frito y se lo llevó. Después, mi hermana caminaba despacio, en puntas de pie y se tocaba la frente.

Aunque Petrona no había cultivado su sentimiento estético en el arte, en cambio tenía desarrollado el sentido estético de la vida, en ciertos aspectos del comportamiento humano. (Claro que ella no le hubiera llamado sentido estético. Tal vez nunca haya pronunciado la palabra «estético».) Tenía el concepto de lo que era lindo y de lo que era feo, de lo que estaba bien y de lo que estaba mal. Y todo esto sintetizado en la palabra «papelón»: se trataba de hacerlo o de no hacerlo. Tenía una sensibilidad especial para que ciertos hechos, le hicieran cosquillas. Y de ahí su constante risa atragantada. No nos hubiera bastado el criterio de que aquella burla fuera una reacción secreta de venganza contra las personas de otra cultura. Parecía que sobraba algo, que este criterio fuera sobrepasado y que con él no alcanzáramos toda la realidad de su persona. También provocaba el pensamiento de que en aquella burla o reacción tan gozosa, había escondida una extraña forma temperamental, que ella no podía menos que abandonarse continuamente a esa tendencia suya y que estaba al mismo tiempo condenada a estarla deteniendo siempre. En total podría decir que nos sería difícil encontrarla —en el sentido de comprenderla— si la buscábamos con criterios o sentimientos comunes y que nos sentiríamos siempre tentados a postergar el juicio que de ella quisiéramos formarnos. En cambio, ella, pronto, inmediatamente, se lo formaba de los demás. Realmente ella era una persona muy equilibrada. (Aunque a veces, bajo las más grandes apariencias de equilibrio encontráramos las locuras más sorprendentes o los misterios más inescrutables.) Desde su equilibrio, desde cierta frescura que le daba el no haber sido interferida por ninguna teoría estética o de alguna otra clase —que quizá hubiera tentado a su espíritu a quedarse con algo que podía resultar una pequeña extravagancia o alguna rara predilección— y sobre todo desde su misterio, observaba a los demás y descubría con gran facilidad, precisamente, la menor extravagancia a que una persona se hubiera entregado. Así que en una reunión de arte, entendía de las actitudes que tomaban los demás. Y entonces su gran posibilidad de burla.

Quizá ocurriría, que aquellos cuyos sentimientos, recuerdos o predisposiciones les hicieran acudir con una actitud más o menos profunda, espontánea o sincera al instante del arte, no pusieran caras o poses interesantes. De los que no tuvieran el espíritu dispuesto a concurrir a esos momentos de una manera más o menos profunda o continuada —ya porque fueran solicitados por cosas ajenas al arte, ya porque en aquel momento se sintieran por debajo o por encima de él, ya porque sus temperamentos o circunstancias no los dejaran detenidos de algún modo en el arte— de entre estos, habría quienes aprovecharían la oportunidad para componer poses seductoras, sugestivas o atrayentes. Hasta es posible que compusieran esas poses tomando en cuenta algo del presente; y que con caprichosas alternativas de la atención, adquirieran una pose que tuviera que ver con el estado que ahora provocaba el arte; o que se dejaran invadir por el arte con intermitencias que no les interrumpieran la composición de sus poses. Pero también ocurrirían otras cosas muy extrañas. Habría personas que sentirían el instante del arte con nobleza, se entregarían a él con toda la profundidad de que eran capaces sus almas; y sin embargo, tendrían poses extravagantes. No se podía pensar que quisieran especular con sus poses, que tuvieran la intención de llamar la atención en alguna forma.

Pero es posible que en la adolescencia, cuando hubieran sentido por primera vez que el arte era sublime y que el momento de sentirlo era solemne, se hubieran soñado a sí mismos con una actitud que correspondiera a ese sueño adolescente; y esa actitud se les hubiera quedado como dormida u olvidada. Y después, siempre que apareciera aquel momento sublime y aquel estado solemne, traería, junto a aquel primer sentimiento, los movimientos o poses que el arte mismo les habría sugerido cuando se soñaron a sí mismos con el primer sueño, en el cual crearon, con ingenuidad e inocencia, los ritos o trajes espirituales para el oficio del arte. Y después, aunque les hubiera crecido el sentimiento estético y hubieran podido darse cuenta que aquella pose era extravagante, ya no podrían pensar tanto en sí mismos, si es que en el momento de sentir el arte tuvieran la necesidad de un sueño más profundo. Por eso las poses quedarían en lo de afuera de esas personas —y ellos no tendrían espejo ni conciencia para verlas—. Esos movimientos o posturas habrían nacido y vivido en esas almas como otros movimientos nacieron y vivieron en los hombres primitivos; y cruzarían todas sus vidas como séquitos de costumbres de fidelidad estática.

Casi no tendría objeto llamar aparte a una de esas personas —por más amiga que fuera— y decirle que su pose era extravagante; porque parecería que profanáramos ritos de extrañas y particulares significaciones. Además, llegado el momento de oír música, por más prevenidos que estuviéramos, el arte invitaría a aflojar los frenos de la autocrítica, se produciría como una convencional libertad de relacionar el sentimiento del arte con nuestra historia sentimental y se permitiría y se justificaría la distensión de nuestros músculos y el abandono de nuestra conciencia —si ese abandono no era muy exagerado, o mientras no se notara que escondía la intención de tener un abandono original: el que observara los momentos en que se pasara al estado provocado por el arte, vería cómo naturalmente se iban esfumando poco a poco los límites en que se vivía un rato antes—.

Algunos sabrían que sus poses eran observadas; entonces prepararían una postura neutra, pero cómoda, para poder abandonarse a oír tranquilos, alejándose en esta forma de los presentes. (Otros, imitando a estos últimos, se prepararían como para dormir.)

Todos estos hechos hacían cosquillas en la sensibilidad de Petrona. Y si es cierto que había personas que entendiendo poco de arte escondían su incomprensión —o trataban de comprender— recurriendo demasiado predominantemente, a las anécdotas o a las actitudes de los artistas para *deducir* el arte, Petrona se dedicaba exclusiva y francamente a la observación de posturas. Y así volvían los borbotones de risa a medio desparramar.

Habíamos ido a Las Piedras con mi madre, a casa del cieguito; y a la hora de cenar yo dije algo que causó vergüenza y confusión a todos. La gente decía que mi madre me tenía muy educadito. Yo era tan pronto muy nervioso, o muy aplastado; muy excitado, o inerte, somnoliento. Yo también cargaba mis baterías y las descargaba de golpe; pero muy a menudo a propósito de una insignificancia y con gran extrañeza de todos. Y de pronto aparecía distendido, distraído, abandonado a la luna cuando el tema era de verdadero interés. Tan pronto angustiosamente tímido como sorpresivamente violento, o audazmente atrevido. Pero constantemente torpe. Terminada la cena —aquella gente era tan buena, atenta y profundamente noble como las longevas— y cuando todos nos paramos, yo me apronté para soltar un brillante agradecimiento. Y dije: «Muchas gracias, aunque no es mucho...». Y así quedó sin terminar la frase en la que hubiera querido explicar, que decir gracias no era mucho, ni siquiera nada, frente a tantas atenciones. En el desconcierto, hubo balbuceos incoherentes —tal vez ofrecimiento de más comida—. Mi madre estaba consternada y yo rodeado de una luminosidad roja que salía de una gran pantalla encarnada, con flecos y con una luz muy fuerte.

Nos quedamos en aquella amable casa hasta el otro día por la tarde, después de haber cumplido el motivo de nuestra estadía: la presentación de Clemente Colling. Este era el maestro de piano y armonía del cieguito. Entre las longevas y Elnene, había sido combinada esta reunión.

Clemente Colling era conocido por «el organista de la iglesia de Los Vascos» o «el ciego que toca en Los Vascos», etcétera. De allí su fama. Algún tiempo antes de esta reunión, me habían llevado a oírle un concierto de piano que dio en el Instituto Verdi. Era de los primeros conciertos que oía en mi vida. Mi entusiasmo y mi manía de ir demasiado temprano a los espectáculos, nos colocó en la puerta de la sala mucho antes de que la abrieran. Después, apoyado en la baranda de tertulia, empezaba a sentir ese silencio de sueño que se hace antes de los conciertos cuando falta mucho para empezar; cuando lo hacen mucho más profundo los primeros cuchicheos y el chasquido seco de las primeras butacas; cuando se espera oír y sin embargo es más lo que se ve que lo que se oye; cuando el espíritu, sin saberlo, espera trabajando; cuando trabaja casi como en el sueño, dejando venir cosas, esperándolas y observándolas con una distracción infantil y profunda; cuando de pronto se hace esfuerzo para suponer lo que vendrá y se mira por centésima vez el programa; cuando se repasa la vida de uno y se aventuran ilusiones; cuando uno siente la angustia de no estar colocado en ningún lugar de este mundo y se jura colocarse en alguno; cuando uno sueña llamar la atención de los demás algún día y siente cierta tristeza y rencor porque ahora no la llama; cuando se pone histérico y sueña un porvenir que le adormece la piel de la cabeza y le insensibiliza el pelo; y que jamás lo confesaría a nadie porque se ve a sí mismo demasiado bien y es el secreto más retenido del que tiene algún pudor; porque tal vez sea lo más profundo del sentido estético de la vida; porque cuando no se sabe de lo que se es capaz, tampoco se sabe si su sueño es vanidad u orgullo.

Mirando al escenario, sentí de pronto aquel silencio como si fuera el de un velorio. El gran piano era todo blanco. Los pianos negros nunca me sugirieron nada fúnebre; pero aquel piano blanco tenía algo de velorio infantil.

Había entrado mucha gente y el murmullo era mucho más subido. De pronto, el corazón también se subía; pero de golpe. Se apagaron las luces de la sala; y todavía un rato más. En vez de aparecer en escena un solo hombre, aparecieron dos: no pensé que siendo Colling ciego, era muy natural que otro lo trajera hasta el piano. Pero se detuvieron antes de llegar al piano y Colling hizo un extraño saludo: al principio parecía que iba a ser de frente y después se volvía hacia un costado. Años después, me dijo que aquel saludo era muy elegante y que se lo habían enseñado en París. Después de sentado en el piano le habló, sonriente, al que lo acompañaba. El acompañante se fue, él tosió y se llevó la mano a la boca juntando los dedos de una manera muy extraña. Su cabeza gris, de pelo aplastado y peinado con raya a un lado, brillaba arriba y tenía una sombra debajo. Solamente recuerdo cómo tocó una balada de Chopin —y que también me juré aprender—; y del final, en que de acuerdo con el programa pidió al público cuatro notas en forma de tema para hacer una improvisación.

En escena había aparecido absolutamente distinto a como me lo había imaginado. Y en la reunión de Las Piedras, muy distinto a como lo había visto en escena.

Sin embargo, el recuerdo de esa primera reunión es muy vago. Algunas noches —muchos años después— tuve el capricho de querer recordar exactamente, dónde y cómo estaba colocado, cómo lo vi por primera vez y qué me dijo al principio. Entonces, trataba de imaginármelo en un lugar determinado de aquella sala, para ver si coincidía con el lugar real que hubiera ocupado por primera vez, para ver si el recuerdo se me aclaraba; intentaba inventarme un lugar de la sala donde hubiera sido posible que hubiera estado sentado, para ver si se producía alguna simpatía entre lo que imaginaba ahora y lo que fue realmente; porque esperaba que coincidiendo, se me hiciera más preciso el recuerdo. Pero fue inútil, no solo no encontraba lo que buscaba, sino que hasta se me confundía la sala. De pronto me encontraba con que se fundían impresiones posteriores. Deduzco que debía estar sentado cerca del piano y creo que hube de esperar a que diera primero la lección el cieguito y que después entramos nosotros. Ni recuerdo que en aquel primer encuentro hubiera percibido su desaseo. Lo más posible era que estuviera próximo al piano porque pasé muy cerca de él antes de sentarme a tocar.

Debo afrontar cuanto antes la vergüenza de confesar, que en aquella época, yo también tenía mi nocturno. Él me dijo: «La semilla está; pero hay que cultivarla». Además de recordar esta frase por lo que tenía que ver con mi vanidad, también la recuerdo porque me pareció vulgar y por las cosas que yo seguía pensando cuando le veía su cabeza un poco inclinada y al mismo tiempo sin estar frente a mí, sino para un lado. En el otro lado apoyaba un codo contra el cuerpo, tenía doblado el brazo para arriba y tomaba el cigarrillo con tres dedos —y levantaba los demás como si lo que tomara fuera una masita—. Al hablar, estiraba o ampollaba la parte de la boca que iba desde el borde fino de los labios hasta las hornallas de la nariz, que se ensanchaban al llegar a la cara. En esa región movible que estaba debajo de la nariz y que era muy grande, tenía dos manchas marrón oscuras; y después de haber pasado mucho tiempo, me di cuenta que esas manchas eran del humo del cigarrillo que le salía por la nariz.

La frase de Colling, que tan vulgar me había parecido, me hizo pensar por un instante, al estilo de cómo pensaban algunos o muchos jóvenes de aquella época. Estaba como de moda, esta forma de reflexión: «¿Qué quieres que sea tal individuo si hace tal cosa?». Aquel momento o desilusión frente a Colling casi equivalía a decir: «El hombre que dice semejante vulgaridad, no puede ser un crítico de arte». «Si su frase es tan vulgar, su arte también lo debe ser.» Es posible que en muchos casos acertara —y que este fuera uno de ellos—; pero con seguridad que era una forma hecha del pensamiento, que podía dar lugar a errores crueles y que inhibía para seguir pensando u observando con respecto a una persona; y además, una de las verdades más visibles era que en un mismo individuo pudieran encontrarse las cosas más contradictorias. Precisamente, el que yo hubiera encontrado o pensado en ese error de los otros, no era por sutileza de observación de mi parte, sino sencillamente porque a mí no me convenía; porque si fueran a juzgar toda mi vida o mi persona por algunos hechos, encontrarían con razón que era decididamente un imbécil. Además, ese error no era de mi estilo: yo tenía otros; esa no era mi manera acostumbrada de soliviantarme para opinar; y me daba pereza y me costaba mucho esfuerzo la postura de pensamiento que no coincidía con mi estilo de equivocarme. Por otra parte, hoy me encuentro con que si la frase de Colling era vulgar, ¡había que haber oído mi nocturno! Y supongo mejor la posición de Colling, porque mucho tiempo después, yo también he oído y juzgado los nocturnos a otros. Total, que yo mismo, si en aquella época podía tener alguna vaga experiencia en alguna clase de errores, en cambio en música, no tenía ninguna. Al mismo tiempo estaba con el alma inclinada hacia Colling, me seducía todo lo que tenía de ingenuo, de pintoresco, su cordialidad sinceramente bien predispuesta; parecía que su corazón se moldeaba fácilmente con una franca espontaneidad a cualquier vuelta nueva de la vida. Como todos, se había inventado una sonrisa artificial para un cumplimiento; pero parecía que ese artificio lo empleaba con gusto, que estaba deseando que fuera del todo natural y tener motivos para ser sincero. También me seducía su ciencia, su inmensa sabiduría de músico. Por lo menos a mí me parecía un sabio. Y a pesar de lo fácil que era ver algunos de sus sentimientos, de la inexplicable gracia que le hacían ciertas cosas, de sus ingenuos arrebatos de orgullo, de la seriedad de sus despampanantes mentiras, a pesar de todo, yo empezaba a internarme en muchos misterios que me empezaron conociendo su persona. Sentía que iba a conocer de cerca, que se me iba a producir una amistad, un extraño intercambio, con un personaje excepcional, que además era ciego. Sé que en los primeros momentos empezaban a ser misterio, detalles insignificantes, tal vez demasiado físicos, objetivos; ¡pero eran tan extraños, tan desconocida la historia de aquellos movimientos! Sin embargo, después yo los haría coordinar muy bien con mi manera de suponerme otro misterio: el de su ciencia. Pero mi ignorante atrevimiento no llegaría al extremo de coordinar otros misterios: el de cómo serían todos los sentimientos que manejaban aquella ciencia. Ni sabía —y hallaba placer en no saber— qué misterio habría en cada ser humano puesto en el mundo —en un ser humano como Colling, por ejemplo—; qué misterio me sorprendería primero, cómo sería yo después de haberlo sentido, o qué le pasaría a mi propio misterio.

Aquella primera tarde y muchas otras, yo me quedaba callado mirándolo; confundía tal vez lo de que era ciego, procediendo como si también fuera sordo; o tal vez me desconcertara verme escondido ante sus propios ojos y en plena luz del día; o era él que se escondía detrás de sus párpados; o sencillamente procedía con una naturalidad desconocida para mí porque yo no sabía cómo era no tener vista; o él procedía con las reacciones comunes que le provocaban los videntes; procedería estando acostumbrado a la curiosidad ajena y se le confundirían de una manera extraña lo de él y lo del mundo, porque en última instancia no podríamos saber cómo serían sus sensaciones y su sentimiento de las cosas con una cualidad mental en la que no entrara la vista.

De pronto se empezaba a reír como si me hubiera estado mirando. Entonces él contaba: recién en la peluquería uno leía un anuncio del domingo —el domingo próximo él tocaría el órgano en la iglesia de Las Piedras— y el que leía decía a los otros: «Va a tocar un tal Colling, dicen que es un tigre». Y Colling se reía con muchísimas ganas porque el que hablaba pronunciaba mal su nombre. Él decía que su nombre era inglés y que acentuándolo en la primera sílaba y haciendo apenas el sonido de la «g» se pronunciaba correctamente. Muchos como sabían que él era francés le decían «Mesié Colén». Él también toleraba esta manera y era la que empleaban todos los franceses. Pero el de la peluquería lo había pronunciado con la «ll» como «y», al estilo rioplantense, como si dijera «pollito»; además lo había acentuado en la «i» y había pronunciado la «g» con una larga ferocidad de «j», poniendo la boca como fiera que muestra los dientes. Si en realidad esto era gracioso, mucho más extraño era cómo él acentuaba las palabras. Contándonos cómo una niña vidente, que había ido al Instituto de Ciegos y que viendo a las niñas ciegas ella también quería ser ciega, decía: «Y entonces la muchachita se echaba *jábon* en los ojos» y nosotros, al mismo tiempo que nos reíamos del procedimiento del jabón, nos reíamos de lo extraño que quedaba la palabra tan mal acentuada y de la inconsciencia e ingenuidad tan infantil con que él se reía e ignoraba su falta.

Cuando me dejaban solo con los dos ciegos y ellos conversaban, no tenía en cuenta constantemente que eran ciegos; y de pronto me sorprendía que tomando la conversación un giro o una actitud íntima, ellos no se miraran, ni hicieran movimientos correspondientes a los que estamos acostumbrados a ver en las personas que tienen vista; y así, ellos creaban a mis ojos una nueva forma de movimientos correspondientes a la conversación. Sus cabezas inquietas, casi continuamente movibles, se iban poniendo de costado, como si miraran con las orejas; pero el que emitía las palabras ponía la cara de frente, hacia la oreja del otro; y cuando el diálogo era entrecortado había confusión e inquietante movimiento de cabezas. Entonces se acercaban al piano. Pero cuando hablaban de composición, y por ahí, de sensaciones sonoras, de sentimientos, del arte y de la ciencia, la conversación parecía más secreta; porque iban a lugares donde yo tenía pocos pensamientos, pocas experiencias. Sin embargo, en mi curiosidad siempre expectante, era continuamente despertado, provocado por vagas sugerencias, que si bien algunas acertaban a mezclarse en los caminos de ellos, otras me dejaban despistado, perdido, pero con la ansiedad de volverlos a encontrar. Y a medida que se acercaba la noche —ellos no necesitaban luz— yo seguía los movimientos de ellos que iban siendo manchas movibles junto a la otra grande, la del piano. De un gran baúl abstracto seguían sacando juguetes abstractos, que para mí, además de ser sonoros, tenían color. Pero yo no me daba cuenta que los acordes o formas que yo sentía, también se diferenciaban de las que ellos oían, en que las mías tenían color; y hasta como aquella niña que se echaba jabón en los ojos para quedar ciega, por algún instante, sintiéndolos a ellos, me iba un poco hacia su religión —su falta de vista y su entendimiento mutuo me sugerían algo así como una religión—, y pensaba que tal vez, en lo más hondo de lo humano, la vista era superflua. Pero en seguida me horrorizaba este pensamiento, y recordaba el encantamiento que ellos tenían como sombras. De pronto, en la penumbra, me sorprendía la mano de Colling puesta hacia abajo, con los dedos juntos como si fueran a espolvorear algo, como un cono invertido; después daba vuelta el cono, se llevaba la punta de los dedos a la boca y era que de adentro del cono salía un cigarrillo muy blanco; se veía en el momento que arrugaba el labio superior para colocárselo. Y no se podía dejar de ver cómo encendía el fósforo. A la primera bocanada de humo, tosía y se llevaba la mano a la boca. Yo ya sabía de memoria cómo era su mano atajando la tos, cómo eran de gruesas las ligaduras negras que tenía al borde de las uñas, y todo esto estaba lleno de un inmenso encanto de ver; y tenía encanto el recordar esas mismas tardes cuando el sol iba dando en aquella sala, en el ambiente misterioso que hacían ellos; y los reflejos tenían un sortilegio y un sentido de la vida que después nos haría pensar que todo aquello parecía mentira, una mentira soñada de verdad. Y cuando más lejos se iba el sol, más sorpresas de manchas, no solo sugiriendo o recordando las formas que se habían visto hacía un instante, sino también los colores y el sentido de los objetos que se iban cobijando de sombras.

Yo, con egoísmo del que posee algo que otro no posee, pensaba en el goce de estar en la noche, después de acostado, recibiendo el ala de luz de una portátil de pantalla verde que diera sobre un libro en el que uno leyera y tuviera que imaginarse color, una escena en los trópicos, con mucho sol, todo el que uno se pudiera imaginar, sobre las montañas y sobre todos los verdes de la selva. Pensaba en toda una orgía y una lujuria de ver; la reacción me llevaba primero a la grosería de la cantidad y después al refinamiento perverso de la calidad; desde las visiones próximas o lejanas cegadoras de luz, en paisajes con arenas, con mares, con luchas de fieras, de hombres, hasta el artificio del cine; y el cine, desde un choque de aviones, hasta una de esas fugaces visiones, que aparecen fugaces al espectador pero que a las compañías cinematográficas les cuestan lentitud y sumas fabulosas; después, la visión de toda clase de microbios moviéndose en la clara luna de un lente; y después todo el arte que entra por los ojos; y hasta cuando el arte penetra en sombras espantables y es maravilloso por el solo hecho de verse.

En la noche, antes de dormirme, suponía la tragedia de los ciegos; pero —y me resultaba muy curioso— esa tragedia de ellos no me la podía suponer sin imágenes visuales.

Colling había hablado con el cieguito, el cieguito con sus familiares, uno de sus familiares con las longevas, las longevas con mi madre, mi madre con mi padre, estos dos últimos conmigo y Colling vendría a darme clases de armonía; cobraría un peso por lección, teniendo en cuenta que, etcétera, etcétera. En ese tiempo vivíamos en una casa de altos de la calle Minas. Una tarde llegó Colling con su lazarillo, que se llamaba Fito. Colling daba su mano blanda; y siempre su sonrisa, una conversación ingenua pero imprevisible. Su cigarrillo, la tos, la mano, las uñas, las manchas marrones debajo de la nariz, la posición un tanto egipciana con la cabeza doblada para un lado y del otro lado el brazo doblado para arriba sosteniendo el cigarrillo; la oreja pegada a la cabeza, pero larga, con un pabellón tan ancho como el resto de la oreja y más largo que en las demás personas. Toda la oreja era muy parecida a unos bizcochos fritos que hacían en casa y que le llamaban lentejuelas. La estatura un poco de regular para abajo; la cara apenas un poco más larga que redonda. Nunca pude saber bien cómo era la forma de la cabeza, porque según del lugar que se mirara era de diferente su forma: ya de tamaño regular, ya agrandada de atrás, ya redonda, ya la de un diplomático, o comerciante, o maestro de armonía, ya la de Colling, ya otra que no era la de Colling. ¡Ah! Me olvidaba de una mano, la que no tenía el cigarrillo, o justamente la que acudía cuando la tos: cuando estaba sentado la tenía descansando en el muslo, pero con la palma para arriba.

La primera lección de armonía fue corta; pero para mí locamente interesante. Él daba la clase de armonía, tocaba una pieza de piano y hacía un cuento. La lección de armonía era según un método propio. La pieza que tocaba, generalmente de un francés, Widor, Saint-Saëns, Lack, etcétera, era más o menos agradable, superficial, pero raramente estructurada en su forma rítmica —por lo menos así la ejecutaba él—. Tocaba todas las partes como si mostrara una casa para alquilar: aquí la sala, aquí el comedor, la cocina, etcétera. No la hacía vulgar —por más cursi que la obra fuera— sino rítmica y tomando en cuenta, en la secuencia de la ejecución, la presentación y desarrollo de una idea desde el punto de vista de la composición. Era, además, como si dijera: «Primero así, después así y finalmente así. Bueno, por hoy hemos comido». Tampoco era del todo mecánico; era un gustador habituado a una rara organización: ni injusto, ni frío, ni muy entusiasmado. Muy parecido a algunos críticos literarios. A mí me intrigaba mucho y pensaba que nunca podría saber cómo era aquello tan extraño de su persona.

El cuento era ingenuo. Casi siempre se refería a la época de su adolescencia, cuando estaba de pupilo en un colegio católico de ciegos, en París. En la clase había un niño que le había descubierto no sé qué cosa. Y él se había dicho para sí: «Yo te voy a *aprender* a ser *delátor*». Entonces le había pedido al *delátor*, que cambiara con él de banco de clase: Colling fue al lugar del *delátor* y el *delátor* al de Colling. Cuando el hermano —así le llamaban al cura preceptor, que también era ciego— preguntó por Colling y se refirió a la lección, Colling no respondió. Cuando el hermano, después de mucho llamarlo y preguntarle y Colling no responderle, se puso furioso, fue al banco de Colling pero le pegó un formidable bofetón al *delátor*.

Al contar esto, se reía desaforadamente. (La tos, la mano, las uñas.)

Antes de irse, yo le daba el peso. Él lo estiraba, lo doblaba en dos muy simétricamente; después en cuatro y después en ocho; lo ponía en un bolsillo de arriba del chaleco; sacaba otro, doblado en la misma forma que tenía en el bolsillo del pantalón y lo ponía en el otro bolsillo de arriba del chaleco. Todo esto en medio de un silencio absoluto. Como siempre los combinaba de manera distinta, nunca pude descubrir la clave ni el porqué de ese transporte de pesos. Después daba la mano blanda, caliente, viscosa y hacía la sonrisa. Yo lo quería mucho. En seguida que se iba, venía Petrona chapaleando su risa y limpiaba el piano con agua Colonia, pues el teclado había quedado sucio con pedacitos de tabaco; también abría las ventanas. A decir verdad, el descuido de Colling no me llamaba la atención —ni me llamaba ciertos conceptos hechos— como a los demás. Yo no lo observaba continuamente, o lo olvidaba en seguida; para mí era una cosa de él, que le ocurría a él, pero que no la relacionaba tan estrictamente con los demás, ni con las leyes sociales. Era, sí, una cosa rara; pero específicamente de él, que tenía que ver con su historia y en la que nosotros no debíamos intervenir en forma demasiado rigurosa o dedicando los mismos conceptos que les dedicaríamos a otras personas. Mi impresión de todo eso no era muy precisa y me fastidiaba la insistencia de los demás con respecto a eso. Tal vez, porque estaba mal predispuesto a la crítica que hacían en casa: tomaban demasiado en cuenta algunas cosas, porque no sentían tanto como yo, otras. Y también yo reaccionaba contra ciertas verdades, porque esas verdades habían sido, en un principio, expuestas exageradamente.

Una tarde llegué a casa y me encontré a Colling sentado en el comedor y a Petrona que le estaba mostrando un trapo azul, después uno verde y uno rojo. Resultaba que Colling veía los colores. Estaba colocado en un lugar de mucha luz y nombraba los colores después de mucho rato y mucho esfuerzo. Además esta búsqueda del color la hacía con un solo ojo, pues no solo era ciego, sino también tuerto: el otro ojo se lo habían sacado en una operación en la que habían intentado darle vista. Ahora, mientras trataba de adivinar los colores, revolvía esforzadamente el ojo único arrastrando una nube blancuzca, rosácea y un montón de hilillos rojizos. A través de todo esto nosotros también adivinábamos que el ojo era azul. Nunca dejaba de acertar con el color que se le mostraba; pero no se podía hacer muchas veces la prueba, porque se le fatigaba el ojo único. De cuando en cuando sacaba el pañuelo para limpiarse el párpado cerrado sobre el hueco en que había vivido el otro ojo. Había empezado a perder la vista a los cinco años; y a los once ya había quedado como ahora. Mucho tiempo después nos dijo que hacía poco le habían propuesto, y con más probabilidad de éxito, una nueva operación; pero que él no tenía interés. Y cuando Petrona le preguntó por qué no había querido, él respondió: «Para ver a mujeres tan feas como *usted,* mejor me quedo como estoy».

Si él era poco amable con ella, era porque ella ya le había hecho muchas. Cuando se le invitó a almorzar, las primeras veces se le dio vino; pero como nosotros no acostumbrábamos a tomarlo diariamente, un buen día no había. Entonces él lo pidió; y nosotros lo mandamos buscar. Otra vez que no había y él pidió, Petrona le alcanzó un vaso de agua diciéndole que era vino. Él se lo tomó callado la boca y Petrona empezó con su risa. Otras de las veces que no había, que él lo pidió y que Petrona le alcanzó un vaso de agua, él primero metió el dedo índice en el vaso de agua y después se lo chupó.

Colling quería que nosotros creyésemos que él había estado dos veces a punto de casarse y que con diferencia de un día o de horas, antes del casamiento, había dado la casualidad que la novia se le había muerto: una por enfermedad y la otra por accidente. Petrona descargaba toda su risa y se había propuesto descubrirle las mentiras. Una vez Colling contaba que había una monja que tenía *bigotes.* Petrona le preguntó: «Y usted ¿cómo lo sabía, maestro?». Y él: «Porque se los *pálpe*».

La tercera vez había logrado casarse. Pero había dejado la mujer y dos hijos mozos en París, para hacer una gira de conciertos. En Buenos Aires un empresario lo había dejado plantado. Entonces vino a Montevideo.

Su padre «era un gran señor muy distinguido». La madre «una mujer muy vulgar, era lavandera». Y enseguida agregaba: «Yo salí a mi padre».

Yo no quería pensar, ni hubiera querido darme cuenta, que la ilusión que tenía de Colling sufría algunas alternativas. Durante esos instantes —como el que hablaba con desprecio de la madre—, me ocurrían cosas que tampoco hubiera querido recordar. Generalmente, cuando se producía una de esas alternativas, yo atinaba a suspender el juicio o el concepto que en seguida se me empezaba a hacer; no dejaba adelantar ese motivo de contrailusión, me decía —pensando en él— «¡pobre!» y me preparaba a justificar u olvidar aquel hecho. Y entonces, aunque las palabras o gestos de él, siguieran recordados, se les iba apagando o transformando aquella intención primera, se iba desvaneciendo aquel primer mal pensamiento que tan pronto había concurrido al lugar del hecho y que amenazaba con seguir acompañando lo que después sería un mal recuerdo y hasta aumentar su mala voluntad.

Si aquel pensamiento hubiera sido un ser que quería llegar a una isla, mi ilusión inundaría la isla para ahogar aquel pensamiento. Y así como de pronto me encontraba con una isla, así de pronto hacía desaparecer al que quería llegar a ella. Pero cuando Colling se refería a la madre con desprecio, aquel ser de la isla hacía inesperada y desesperadamente por la vida. En esos instantes yo miraba a Colling y todas sus facciones y toda su figura y hasta su ropa, tenían otra expresión; y lo que pensaba de él, del misterio de su sabiduría, de lo extraño de su vida, tomaba un sentido distinto, como si por un instante, a un paisaje le hubieran cambiado la luz. Esta vez, más allá del orgullo ingenuo que no solo le perdonaba sino que hasta me encantaba, aparecía una sobrecarga de una realidad amarga, que no solo no se justificaba, sino que perdía originalidad. Y aquí era también cuando un recuerdo llamaba a otros —y aquel ser de la isla se había salvado y ya había llamado a otros pensamientos—. Ya no me parecía tan original el desaseo de Colling; ahora tenía que ver con lo social. Pensaba que si en casa habían exagerado al tomar demasiado en cuenta algunas cosas, yo había exagerado no tomándolas en cuenta nada. Pero también ocurría algo más. En algún sentido, yo no solo las había tomado en cuenta, sino que las había transformado en objetos de ilusión. Aquella tarde que había ido a encontrarme con Colling, cuando al oscurecer me quedaba el recuerdo tan próximo del color que el sol había dado a los objetos, yo también había concurrido, sin saber, con colores, con sombras dispuestas a intencionarse, en sentidos un poco determinados y otro poco fortuitos; había iluminado el paisaje de Colling de tal manera, que hasta aprovechaba sus defectos para ponerlos en la penumbra —y valorarlos como objetos de una penumbra sugestiva—, que al ir a reunirse, secretamente, con un conjunto todavía ignorado, llevaban matices que significaban misteriosamente la totalidad presentida.

Pero cuando Colling proyectaba algún haz de luz cruda, vulgar, hiriente, no solo descubría que todos sus matices no eran bellamente plásticos, que no se prestaban a reunirse cuando eran llamados para aquella totalidad misteriosa, sino que se desunían, desvalorizaban y disgregaban vergonzosamente, mostrando formas como de cacharros heterogéneos, inexpresivos, de esos que ensucian los paisajes y que los pintores suprimen.

De esto hace más de veinte años. Ahora, mientras respiro sobre aquellos recuerdos, estoy sentado en un banquito rojo, echado sobre una mesita azul, rodeado de reflejos verdosos y dorados que hace el sol en las plantas; y todo esto en un galpón abierto de piso de tierra, de una casa que a esta hora siempre está sola. En este tiempo presente en que ahora vivo aquellos recuerdos, todas las mañanas son imprevisibles en su manera de ser distintas. Sin embargo, lo que es más distinto, el ánimo con que las vivo, la especial manera de sentir la vida de cada mañana, la luz diferente con que el sol da sobre las cosas, las formas diferentes de las nubes que pasan o se quedan, todo eso se me olvida. Únicamente quedan los objetos que me rodean y que sé que son los mismos. Todas las noches, antes de dormirme tengo no solo curiosidad por saber cómo será la mañana siguiente, sino cómo veré o cómo serán los recuerdos de aquellos tiempos. A veces me concentro tanto en ellos, que de pronto me sorprende este presente. Y no precisamente la mañana de hoy —en que todo fue tan agradable, en que tuve placer de vivir y en que me siento aislado, robando ratos a ciertas penas—, sino que se me hacen incomprensibles los tiempos en que ahora vivo. He renunciado a la difícil conquista de saber cómo era yo en aquellos tiempos y cómo soy ahora, en qué cosas era mejor o peor antes que ahora. A veces pienso en lo larga y tolerante que es la vida, después de haberla malgastado tanto tiempo. Otras, cuando pienso en los amigos que se me murieron y en que yo sigo viviendo, me parece que este tiempo es robado y que lo tengo que vivir a escondidas. Otras veces pienso que si me ha dado por escribir los recuerdos, es porque pronto me iré a morir, de no sé qué enfermedad. Y hasta siento cómo viven los de mi familia un poco después de mi muerte y me recuerdan con cariño. ¿Y nada más? Pero no, yo me echo vorazmente sobre el pasado pensando en el futuro, en cómo será la forma de estos recuerdos. Por eso los veo todos los días tan distintos. Y eso será lo único distinto o diferente que me quede del sentimiento de todos los días. El esfuerzo que haga por tomar los recuerdos y lanzarlos al futuro, será como algo que me mantenga en el aire mientras la muerte pase por la tierra. Al revolver todas las mañanas en los recuerdos, yo no sé si precisamente manoteo entre ellos y por qué. O cómo es que revuelvo o manoteo en mi propia vida, aunque hable de otros. Y si eso hago en las mañanas, no sé qué ha pasado por la noche, qué secretos se han juntado, sin que yo sepa, un poco antes del sueño, o debajo de él.

He revuelto mucho los recuerdos. Al principio me sorprendían no solamente por el hecho de volver a vivir algo extraño del pasado, sino porque los conceptuaba de nuevo con otra persona mía de estos tiempos. Pero sin querer los debo haber recordado muchas veces más y en formas diferentes a las que supongo ahora; les debo haber echado por encima conceptos como velos o sustancias que los modificaran; los debo haber cambiado de posición, debo haber cambiado el primer golpe de vista, debo haber mirado unas cosas primero que otras en un orden distinto al de antes. Ni siquiera sé cuáles se han desteñido o desaparecido, pues muchos de los que llegan a la conciencia son obligados a ser concretos y claros. Algunos me deben haber engañado con audacia, con gracia, con nuevos encantos y hasta deben haber sido sustituidos con cosas que les han ocurrido a otros, cosas que yo he visto con predisposición especial y las he tomado como mías. Pero ahora yo confundo las etapas, lo que he agregado; y hasta me jugaría nada menos que la cabeza con la más absoluta seguridad y buena fe; me jugaría, precisamente, la autora de una nueva seguridad; ella se jugaría a sí misma sin ironía y con inocencia. ¿Yo habré sido realmente un adolescente, siempre e íntimamente tímido con Colling, o habré atropellado con esa rapidez con que los adolescentes se toman demasiada confianza a propósito de lo incognoscible? Precisamente, después de aquellas tentativas en que tan rápidamente viajaba de un sentimiento a otro, cuando los matices de Colling se juntaban o se desbandaban vergonzosamente, ¿se aseguraba más mi afectividad hacia él aunque disminuyera el concepto? ¿Qué cosas nuevas me presentaba él —y al mismo tiempo inventaba yo— para empezar de nuevo? ¿O era que a mí no me convenía desilusionarme del todo, acaso porque iba contra lo que yo había puesto, como el comerciante que estando metido en un mal negocio arriesga y pone más para salvarse? ¿O qué pasaba? ¿O qué otras cosas pasaban?

Pero volvamos a los hechos concretos, los que se han tomado entre sí como testigos y se han asociado para certificar su legitimidad. Aunque no se sepa cuándo debían haber sacado patente de invención.

Una tarde, casi al oscurecer, iba caminando por la calle 18, y en el café que entonces había al llegar a Yí, estaba Colling. Hacía mucho que no lo veía. Estaba con su lazarillo. Tenía ante él un gran vaso con una bebida lechosa. Me empezó a hablar del ajenjo y a explicarme cómo se lo preparaban: una pequeña cantidad en un gran vaso y después le dejaban caer lentamente agua de a gotas. Y entonces le llamaban, pernod. Era su bebida.

En ese tiempo se había hecho una comisión de personas de la alta sociedad, para protegerlo. Sin duda debían ser católicos que le habían admirado en la iglesia de Los Vascos y les habría dado pena el estado de su vida. Allí mismo, en Los Vascos, tenía discípulos entre los sacerdotes. Él mismo me los había presentado. Como en aquel tiempo era cuando yo más «vivía en la luna», no sabía cómo se había formado aquella comisión. Solamente había oído aquella voz que corrió por todo Montevideo y que decía: «Colling se bañó. Colling se bañó». Y que esa comisión le preparaba los conciertos que daba en el Templo Evangelista de la calle Constituyente. (Ahora pienso que no debía haber mucha relación entre la gente de Los Vascos y la del Templo Evangelista. Pero, sencillamente podrían haber pedido el local del templo porque allí había un gran órgano y la sala era apropiada para los conciertos de órgano.)

Algunas cosas las tocaba muy ligero. No sé quién decía que las tocaba ligero para demostrar que las podía tocar, tanto o más ligero que los videntes. También podía haber tocado ligero algunas obras porque le resultaran simples, aburridas, desde su punto de vista de la ciencia armónica; o porque en la repetición que de ellas había hecho en su vida, ya no tuviera esa posibilidad de placer que se siente cuando se toca una cosa nueva o distinta a las que se poseen; o podría tocar ligero porque no recordaba bien —y la tendencia en este caso es a apurar la ejecución: «Los peligros pasarlos pronto»—. Pero la verdad es que algunas las tocaba demasiado ligero y que dio lugar a un hecho lamentable en plena sociedad. Cuando estuvo en Montevideo el gran pianista argentino Ernesto Drangosch y en un lugar donde estaba reunida la alta sociedad, este sintió tocar a Colling un preludio y fuga de Bach para órgano. En el momento en que fueron a felicitar a Colling y había alrededor de él personas muy serias, Drangosch, después de los primeros cumplidos, le dijo muy disimuladamente, que había estado hacía poco en

Alemania y que allá esa fuga la tocaban más lenta. Y entonces Colling respondió: «¡Ah!, eso es porque a los alemanes les pesan más las asentaderas que a los *fránceses*».

Aquella tarde me dijo que cuando la comisión le había dicho que no tomara ajenjo, él había contestado que era dueño de sus actos y había mandado la comisión a rodar.

Salimos caminando del café y los acompañé hasta donde vivían: un conventillo en Olimar entre 18 y Colonia. Mientras terminábamos la conversación pasaban cerca nuestro, personas que entraban en el conventillo. Hacía rato que era la noche. Lo más concreto en que los ojos se apoyaban durante la charla, era en los ángulos de la sombra que se movían hasta la mitad del pequeño zaguán. Avanzaban y retrocedían porque alguna ráfaga balanceaba un foco de luz que estaba colgado en la mitad de la calle. Todo lo demás eran formas viejas, sucias, mugrientas, con olor, con entradas y salidas de gentes desconocidas, etcétera.

Nunca supe bien cuál era la pieza de Colling y la de la familia que lo acompañaba de conventillo en conventillo. Era un matrimonio con muchos varones. En la edad escolar iban siendo —en las horas en que no iban a la escuela— lazarillos de Colling; y después, canillitas. A Colling no le parecía del todo completa la instrucción que recibían en la escuela y les enseñaba, por su cuenta, historia. En el momento que yo había llegado al café, le estaba hablando al niño de historia, estaban terminando con Napoleón.

Yo no había podido saber dónde quedaba la pieza de Colling a pesar de haber llegado varias veces y en distintas luces del día a la entrada del conventillo. Si en la noche el conventillo apretaba su boca negra, sucia y deshecha en el zaguán y el zaguán respondía al foco que se balanceaba en la mitad de la calle mascullando sombras contra la luz, en el día, a través de él, se veía un patio claro, a la intemperie, con sol sobre su ropa colgada (blanca, rosada, roja, salmón, negra, etcétera. Y una vez vi inflarse con el viento unos inmensos bolsones lila). El patio era de grandes piedras, barnizadas de mugre oscura, con charquitos de agua enjabonada y sobre las que pasaban sombras de las ropas colgadas. Además había sombras de turno: una vez ante las piezas de la derecha y otras en las de la izquierda. En la boca del zaguán, del lado de la derecha, aparecían Colling y el lazarillo cuando menos los esperaba.

Mucho tiempo después —no sé cuánto ni las cosas que mientras tanto pasaron— una mañana yo iba a buscar a Colling porque ese día el lazarillo no lo podía acompañar. Él vivía en otro conventillo y nosotros también nos habíamos mudado a otra casa de la calle Minas. Esa mañana yo no hubiera querido salir de casa. Y eso que dos días antes esperaba ansiosamente el momento de ir a buscarlo, pues había terminado una composición y tenía mucha impaciencia por que él la conociera. Pero ahora estaba saturado de ella y con esa saturación había descendido el concepto y la ilusión que tanto se remontara algún tiempo antes. Y lo más fuerte del caso era que ahora estaba en otra cosa: había empezado a desencadenar furia a favor —o contra— del *Carnaval* de Schumann. Lo había empezado a estudiar el día antes y me había prendido de él con todas mis fuerzas: tenía todo el espíritu lleno de su belleza y de un abismo de promesas que me hacía suponiendo todos los placeres que tendría cuando lo supiera. Y todo eso se multiplicaba y se transformaba aumentando ahora el placer inmediato, irrefrenable, de embestir casi brutalmente. La noche antes había revuelto en él las manos, la cabeza y toda el alma hasta muy tarde. Y antes de dormirme me había hecho la promesa de levantarme temprano para tener tiempo de seguir en él hasta el momento de salir a buscar a Colling. Pero yo tenía predisposición a quedarme demasiado tiempo en cualquier inercia y esa mañana me costaba mucho levantarme. La mañana era luminosa y límpida. Yo me había despertado muy cerca de ella porque mi habitación era un largo altillo que quedaba muy próximo a una claraboya y esta daba directamente al cielo y a la mañana. Al despertarme había pensado en el *Carnaval* y había sentido el día; era de esos que hacen decir a alguno de la familia, que el día es lindo, que sería lindo ir a tal o cual lugar; y las voces se sentían con una sonoridad especial y uno se quedaba escuchando las voces. Después, el ánimo está como para levantarse despacio y se compensa la tarea de levantarse encendiendo un cigarrillo. La luz fuerte hace arrugar la cara para defender los ojos. Al arrugarse la cara se estira la boca como si se sonriera. De ahí a la sonrisa no hay nada. Y como la mañana está linda y se dice alguna broma y es el día, la hora y la oportunidad de reconciliarse con alguna cosa, entonces uno se queda con la sonrisa. Solamente se suspende cuando los labios se amontonan alrededor de la bombilla del mate amargo. Y así es como se hace tarde y tengo que salir apurado a buscar a Colling sin haber metido las manos en el *Carnaval*.

Nosotros vivíamos en Minas entre Asunción y Lima. En la vereda había viejos paraísos. Seguí por Minas en dirección a 18. El sol quebraba todas las cosas y hasta parecía que también era él el que quebraba los ruidos del día. La mañana era milagrosa. La atención flotaba sobre todas las cosas y sin embargo había que pensar en mantener el apresuramiento de los pasos. Pero uno se distraía hasta con el polvo que se levantaba entre las patas de los caballos y los rayos de las ruedas de un carro pesado. Había que renovar a cada momento el apresuramiento de los pasos. Y entonces, al mucho rato, cuando uno lograba acomodarse en la nueva inercia, podía seguir ligero y de un tirón hasta lo de Colling. Por él había sabido que el nuevo conventillo quedaba en Gaboto, cerca del mar; era la primera vez que iba. Este conventillo era un poco menos concurrido y un poco menos sucio que el anterior; pero la disposición de las piezas bastante parecida. En el medio del patio había piletas. Una de ellas tenía al borde una mujer lavando.

—¿Aquí vive el maestro Colling?

—Aquí no vive ningún maestro.

—¿No lo habrá visto pasar con un lazarillo?

—¿Con qué se come eso?

—Es el botija que acompaña a un ciego.

—Ah, el ciego. Aquella pieza. Una antes de la del fondo.

Llamé con los nudillos. La mujer me gritó «entre» con voz y gesto que parecían una síntesis de «*dejate* de cumplimientos y *entrá; ya con lo del lazarillo me *quisistes tapiar*». ¡Qué pena! Era joven y linda; pero desde adentro de aquel gran pañuelo blanco con que se cubría la cabeza no salía nada que fuera amable.

Empujé la puerta y ¡blum!... Se me vino encima el formidable vaho de Colling. Sin embargo entré. Pero no me animé a cerrar la puerta del todo. A dos pasos estaban los pies de la cama; la cabecera daba contra la pared. A medida que me iba acostumbrando a la oscuridad y mientras esperaba a que se despertara Colling, iba descubriendo los objetos. Ya le había dicho con voz no muy fuerte «maestro»; y él no me había contestado. Como era ciego no me podía dar cuenta cuándo estaba despierto. El cuarto era chico y estaba lleno de cachivaches: pedazos de un aparador, sillas sin esterilla y con alguna pata de menos; y otros muebles deshechos. En el rincón de la izquierda un roperito de madera blanca que estaba negro; y que también parecía tuerto porque tenía un pedazo de espejo de un solo lado. Y tal vez cuando pensé que Colling no podría mirarse en él, fue cuando se despertó. Dijo «¿aha?» como el que descubre algo que esperaba. Y entonces empezaron a ocurrir una serie de acontecimientos extraños para mí. Primero él dijo que era temprano; y en seguida empezó a sacarse una frazada rosácea y apareció en su pescuezo el cuello y una corbata de moña, de esas que se sujetaban con un resorte; después el chaleco y por fin la mano se metió en el bolsillo y sacó el reloj —regalo de no sé quién a los ciegos de la gran guerra—; tanteó la aguja sobre los puntos en relieve y después cerró la tapa y lo volvió a guardar. La otra mano —todo esto sin él levantarse— fue al cajón de la mesa de luz —de la misma madera blanca que el roperito tuerto— y sacó los cigarrillos y los fósforos. Cuando echó humo por la sombra que tenía debajo de la nariz y tosió, la mano que sacó el reloj —y la que me había acostumbrado a esperar de ella sorpresas melódicas— fue para abajo de la cama y sacó un balde hecho de una lata de querosene. Allí escupió. Pero la gran sorpresa fue cuando de pronto se sacó toda la frazada rosácea —digo rosácea por decir algún color— y se paró al lado de la cama. Yo pensé —también sorpresivamente— en un paje de la Edad Media de una novela de Dumas. Donde terminaba el chaleco, empezaba la camisa, repollada, en forma de pollerín o volado. Y tenía manchas desvanecidas como se suelen ver en los mapamundis. Después todo el cuerpo desnudo, muy blanco. Este súbito desnudo es lo que me debe haber hecho pensar en la malla o tela ajustada al cuerpo de los pajes. Y el ambiente de la novela de Dumas me lo debe haber hecho recordar el tugurio. Al final de su persona —la que había empezado a ver desde la cabeza— estaban las medias dobladas sobre los botines. Estos tenían cierto lustre; sin duda se debía haber dado muchas vueltas durante el sueño.

En seguida de ponerse los pantalones llamó a una puerta que quedaba a la izquierda y vino la madre de los lazarillos. Me la presentó. Ella era amable, sonriente. Y recién en ese momento fue cuando yo miré la frazada y vi en ella moverse unos bichos que no sé si eran pulgas o chinches. Después levanté la vista y me encontré con el ojo vivo del roperito tuerto. Yo no había hecho ningún gesto; pero pensé en los chillidos que hubieran dado mi madre y mis hermanas si hubieran visto aquello. La señora se había ido y vuelto con una palangana. Cuando se fue y cerró la puerta Colling me dijo con una sonrisa: «Hoy me trajo agua caliente porque está *usted*». Tomó la toalla que estaba en el respaldo de una silla y mojó una punta en la palangana, que estaba en el asiento de la silla. Se pasó la punta mojada por detrás de las orejas, por la frente, solamente por el hueco donde había vivido el otro ojo y volvió a dejar la toalla en el respaldo de la silla. Entonces no me extrañé de las manchas debajo de la nariz ni de la costra agrietada que tenía en la cabeza.

Yo quería salir de allí cuanto antes; pero él decía que no había apuro y me contaba que el padre de los lazarillos llegaba todas las noches muy tarde, borracho y que solicitaba a la mujer a gritos.

Salimos a la mañana muy contentos y él me empezó a relatar una anécdota que le había ocurrido con Saint-Saëns. Yo ya la había oído, aunque con menos detalles, porque la había contado una familia uruguaya que la había sabido en París. De manera que tenía posibilidades de ser cierta. Colling me describía la sala de París donde había tenido lugar aquel curioso encuentro. Yo iba pensando en el tugurio de donde acabábamos de salir, en el contraste con la sala de París y de pronto recordé los bichos y me di cuenta que al darle el brazo podían correrse para mí. Aunque esa idea me sobrecogía traté de no hacer caso; porque la mañana era muy linda y porque me parecía una mezquindad y una traición preocuparme de eso, ahora que íbamos tan contentos y él me contaba una anécdota tan interesante:

Habían sido invitados los dos, Colling y Saint-Saëns, a la tal sala de París, como a un duelo; pues parece que le habían ido «con cuentos» a Saint-Saëns, de que Colling era un gran improvisador. Ya en el terreno del honor, Saint-Saëns dijo a Colling: «Me han dicho que usted, a pesar de su juventud, hace cosas extraordinarias. Y eso me recuerda mi propia juventud, porque en esa época yo también hacía cosas raras». Aquí Colling me decía como comentario propio, que Saint-Saëns era muy orgulloso. Yo, que sabía todo lo orgulloso que también era Colling recordé no sé qué dibujo en que dos grandes mentirosos se daban la mano y que en la leyenda decía: «Dos potencias se saludan». Y efectivamente Colling le contestó: «Bueno, vamos a ver si las cosas que yo hago ahora, que soy joven, se pueden comparar con las cosas que *usted* hace ahora que no es joven». A lo que el otro respondió: «Entonces yo improvisaré primero». Improvisarían a los estilos de Palestrina, Bach, Beethoven, Schumann, Schubert, Chopin, Wagner y Liszt. Se sortearon entre los músicos concurrentes para dar los temas. Saint-Saëns empezó al estilo de Palestrina. Cuando más antiguo es un autor más difícil es improvisar en su estilo porque hay que sujetarse a los medios de aquella época, que eran muy restringidos y las leyes muy severas; el improvisador de ahora tendería, naturalmente a aprovechar las libertades y los medios que se han agregado desde aquellos tiempos hasta ahora. Al primer acorde, Colling puso la mano en el hombro de Saint-Saëns y le preguntó: «¿Este acorde pertenece a la improvisación?». Y cuando Saint-Saëns le contestó muy molestado que sí, y que aquel acorde lo usaba Palestrina, Colling le respondió: «Sí, pero nunca para empezar; ese acorde lo usaba Palestrina en tal circunstancia y en relación a tal otro acorde; y ninguno de esos en el comienzo de una composición». Y de ahí para adelante la cosa seguía peor porque Colling lo interrumpía muy a menudo. Entonces se decidió que Colling debía esperar hasta el final. Según Colling, Saint-Saëns había improvisado todo, más o menos mal; pero Wagner lo peor de todo. (Colling se calificaba a sí mismo de «fanático admirador de Wagner».) Y por fin Colling dijo que lo que Saint-Saëns había improvisado mejor, era Liszt. Después improvisó Colling sin que Saint-Saëns lo interrumpiera ninguna vez. Y al final había dicho: «Este joven me ha vencido; pero es el único». Así, con este final, me lo contó Colling. Y agregó que después se habían hecho muy amigos y que Saint-Saëns lo había invitado a una posesión que tenía en Argelia.

Casi todo el tiempo yo iba mirando al suelo para que Colling no tropezara. Recordaba que él se había quejado de que Héctor —el último lazarillo— no le avisaba al bajar y subir las veredas ni le advertía cuando había impedimentos; y él andaba a los tropezones y casi cayéndose. Yo había escuchado la anécdota de Colling con dificultad, con una atención desigual y como fragmentada. Y no era porque él se interrumpiera ni tampoco porque yo hubiera sido demasiado atraído, ahora, por los ruidos y la visión de la mañana; ni porque tuviera una guardia demasiado constante contra los tropezones de Colling. Más bien diría que era mi atención la de los tropezones; y que tropezaba en pensamientos incómodos, en ciertos impedimentos o angustias que yo había tenido siempre para no poder ser feliz en el momento que hubiera podido serlo. De pronto, mientras Colling hablaba, me di cuenta que me había atrasado en su relato y corría detrás de sus palabras dando traspiés y tratando de alcanzarlo. Entonces tenía que acudir al recuerdo reciente de sus palabras, cuando todavía no habían terminado de grabarse ni habían empezado a hacerse recuerdo. Y me daba fastidio tener que correr detrás del rastro, de las huellas frescas que iban quedando en la memoria; y me veía ridículo atrapando el eco y revisando apresuradamente su contenido. Si la anécdota de Colling hubiera sido una alfombra que se desenrollara mientras caminábamos y mis ojos hubieran sido llamados por su trama, dibujo y color, también podría decirse que había otras cosas que llamaban los ojos;

y eran algo así como bultos que se movían debajo de la alfombra. Yo veía los bultos y los movimientos pero no sabía qué objetos los producían. Y entonces, para ahuyentar las angustias, tenía que levantar la alfombra y descubrir los objetos; pero no tenía tiempo de observar estos movimientos de las angustias porque tenía que correr detrás de las palabras de Colling. Solamente cuando la conversación de él aflojaba o tenía poco interés, aprovechaban a entrar en mi atención los pensamientos de las angustias; ellos cubrían esos otros instantes y exigían que se les atendiera. Ya habían estado merodeando algunos: eran a propósito de la actitud que había tenido la muchacha del pañuelo en la cabeza. ¿No habría sido cierto que por ser una muchacha linda yo hubiera querido sobreponerme a ella diciéndole una palabra refinada? Para ella, «lazarillo», sería una palabra refinada. ¿Y que después me hubiera angustiado porque habría sentido que ella reaccionaba respondiendo con aquella actitud? Siempre me ocurría lo mismo con algunos hechos: yo era despertado por ellos; accionaba espontánea y alegremente; ellos llegaban inesperados y sorpresivos; y yo no sabía ni pensaba que después volverían y empezarían a merodear; ni cuáles de ellos serían los que me volverían, los que se me habrían quedado pegados con angustia. Cuando la muchacha me habló con aquella reacción, yo me quedé contemplándola; estaba completamente ocupado en contemplarla; y hasta en obedecerla, como cuando me dijo que entrara. Después, me había quedado en la memoria mi propia actitud pasiva; y me avergonzaba y me fastidiaba hasta la angustia. A veces atinaba, yo también, a reaccionar a tiempo. Pero mi maldito ritmo, mi lentitud, hacía que casi siempre llegara tarde o fuera de lugar. Entonces esos serían de los hechos que después volverían. Y eran capaces de volver, hasta después de años. Y al recordarlos, de pronto, hacía inevitablemente, una contracción de todos los músculos.

Otras de las cosas que en aquella mañana me volvían, eran los bichos de Colling. Después de la sorpresa y de pensar en el escándalo que habrían armado en casa, si hubieran visto aquello, me di cuenta que en realidad a mí no me había causado una impresión tan grande como debía, que para sentir una gran repugnancia hubiera tenido que dedicarme a meditar sobre el desprestigio de aquellos bichos. Y entonces empecé a pensar si no me fallaría la sensibilidad, si no estaría sintiendo asco con conceptos prestados; y una serie de pensamientos más, de esos que apenas llegan a hacerse pensamientos.

Cuando Colling, en su anécdota, había nombrado a Schumann, yo había recordado el *Carnaval* y me habían atacado los deseos de embestir hacia él y la angustia de no poder hacerlo. Ese día, mi capricho tendría muchos opositores: personas, hechos, circunstancias; lo peor sería la clase de armonía; y no solo porque esas clases cada día me resultaban más penosas y complicadas, sino porque además tendría que ocuparme de mi composición, la cual me había desilusionado. Y ahora, en vez de pensar en otra cosa, seguía pensando en eso: sentía la necesidad de atender los inconvenientes que se me presentaban como si se me hubiera despertado la pasión de coleccionarlos; tal vez porque así justificaba, en cierto modo, lo que tomaba proporciones de desgracia; mi manera de protestar contra los opositores era mostrarles lo mal que me iba a causa de sus oposiciones. Pero a los opositores no les importaba nada de esto y el que salía perdiendo era yo, porque después que ponía en marcha ese sentimiento de disgusto no lo podía detener. Y todavía se me aguzaba más la susceptibilidad, se me hacía más delicada y me acarreaba más angustias. De ahí el sentirme desgraciado y ridículo corriendo detrás de las palabras de Colling para atrapar el eco; y de pronto pisarle los talones, detenerme, pensar en mi capricho y en la angustia que insistía sordamente como aquellos bultos que se movían con lentitud debajo de la alfombra; y volver a correr detrás de Colling y volver a pensar en los hechos que se me habían quedado pegados como patas y alas de insectos en un pantano.

A la hora de la siesta, mi hermana, la mayor, le leía los artículos de política que publicaba la revista *Atlántida*. Si esto hubiera ocurrido al principio de nuestras relaciones yo me hubiera sentido obligado —por alguna debilidad del momento— a acompañarlo en la lectura, aunque no me interesara. Como siempre, me hubiera costado entrar en ella; y después me hubiera costado salir. Pero ahora teníamos la suficiente confianza como para no sentirnos obligados a estar en la misma cosa si no nos interesaba a los dos. Entonces me había tirado en la cama. Desde allí sentía la tos de Colling y empecé a pensar en su vida. Él no parecía sentir preocupación por ella: tenía puesta una vida vieja y se sentía muy cómodo. Claro que su vida vieja tenía bichos y eso no siempre sería cómodo; pues recuerdo que algunas veces en las clases, sin duda cuando ya no podía aguantar más la picazón, soltaba de pronto, con sorpresa violenta de resorte escapado, un manotazo que empezaba a rascar con rabia largo tiempo contenida. Ahora yo trataba de imaginarme cómo Colling habría llegado a eso, a tal estado de despreocupación. Tal vez si le hubieran dicho que alguien, alguno de sus admiradores, iría a su pieza y le mataría los bichos, para cuando él llegara no hubiera ninguno, él hubiera contestado, «bueno» —como decía cuando yo le proponía una forma de resolver acordes de armonía que no tuviera errores—. Pero si el matar los bichos implicara una inmediata molestia o incomodidad cualquiera, si en el momento de salir se le dijera que esperase un momento, que le iríamos a buscar a la farmacia polvos insecticidas, entonces hubiera rehusado el ofrecimiento: «No, entonces no; puedo seguir como hasta ahora».

También en su placer sería perezoso; por no ir a buscarlo a un lugar que no quedara cerca, obligaría al placer a arrinconarse en los lugares que primero se le presentaran; aquí, el placer, se le acomodaría en el inmediato hecho de rascarse.

La tristeza que me inspiraba el abandono de Colling, tenía distintos matices: cuando pensaba que él era abúlico por naturaleza, la tristeza tenía cierto matiz de gracia, era una humorada triste; si pensaba que él era así a consecuencia de la incomprensión de los demás, entonces me sentía aludido en alguna forma y la tristeza tenía cierta contrariedad que no se prestaba a describirla placenteramente. Acaso, para estar profundamente triste por alguien, habría que tener entre muchas otras cosas, una gran imaginación. Yo apenas alcanzaba a tener la impresión de que Colling antes no había sido así, o por lo menos hasta ese extremo; que de todas las cosas que habría hecho andar en su vida, la que había tomado más fuerza y conservaba más inercia, era la armonía. Y todo lo demás, se le iría muriendo primero. A lo mejor, antes, el orgullo de ser un gran músico se le habría extendido a todos los demás actos de su vida y habría mostrado más unidad o relación en sus actos; a lo mejor se le habrían juntado, a su joven orgullo, los deseos de mostrarse con actitudes o formas de vida que tuvieran tanta dignidad estética como lo que él pensaba que habría en su arte. Después deben haber ido acentuándose las tendencias a dejarse ir, a emplear menos preocupación por todo lo que no fuera música; y a justificar su abandono con cierto concepto de fatalidad ya tan hecho en tantos espíritus; ya lo estarían esperando con los brazos abiertos los conceptos de que él no podría preocuparse de sí mismo —en el sentido del aseo— porque «estaba en otra cosa» y porque «a un artista se le perdona todo». Pero Colling —por lo menos ahora—

justificaba su desaseo de otra manera: «La culpa la tenían los demás, porque lo habían abandonado». Una vez, en un café, me había dicho: «¡Debajo de este buen humor *fránces*, tengo un pesimismo!». En aquel tiempo, aquella manera de hablar me había parecido una postura cursi. Después me he encontrado con franquezas expresadas en formas tan desmañadas y blandas, que en el primer momento me indignaron por su aspecto de falsedad; otras veces tenían cierta ridiculez tan cómica, que se necesitaba un gran esfuerzo para no reír; y no siempre el dueño de un dolor tenía a mano la expresión correspondiente, sabida por nosotros. Lo que daba más angustia, no era que se escondiera un dolor, sino que el que lo sufriera diera la terrible sensación de haberse equivocado de careta. Y Colling me había hecho equivocar muchas veces. Ya, en lo de tener juntas sus grandes virtudes y su poca higiene, me había predispuesto a querer encontrar en el misterio de otros hombres célebres, poca higiene cuando veía grandes virtudes. Y realmente, algunas veces no ocurría así.

Cuando aquella tarde nos encontramos en la sala, yo ya había tenido tiempo, un rato antes, de tocar el *Carnaval*. Y todavía él, ya fuera por la oportunidad de tener por delante una obra importante o porque percibiera mi entusiasmo, me propuso que analizara algunas de sus partes. Recuerdo que también toqué mi composición, la que después de haberla abandonado por la saturación que me había producido y porque se me había despertado el entusiasmo del *Carnaval*, me pareció mejor. Y fue entonces, cuando él, para corregírmela, se sentó al piano y tocó de memoria algunos trozos de ella; y cuando yo empecé a pensar en su memoria; y por ahí deben haber llegado a formarse aquellos conceptos y aquellos sentimientos sobre su obra y sobre su vida que tantas consecuencias tuvieron. No sé precisamente si fue aquella tarde o fue otra muy parecida, cuando también yo pensé en su memoria y después él me enseñó los modos chinos. Antes él me había contado, que habiendo oído dos veces una sinfonía que duraba cuarenta minutos, la había conservado tan bien en la memoria, que después había podido transcribirla entera para piano. Después me había empezado a enseñar los modos chinos. Hacía mucho tiempo él había compuesto una obra con ellos: se llamaba *Manchuriana*. Me dijo que como los modos chinos tenían algo de celestial, él los había aprovechado para describir un casamiento en Manchuria; o había inventado la boda para aprovechar los modos chinos. Después, para darle «*variédad*» a la obra, había aprovechado la brusquedad pintoresca de unos acordes que había encontrado; y con ellos había interrumpido el casamiento haciendo pasar en medio de la boda, un batallón de cosacos. Después volvía la boda y al final se sentía el eco del batallón.

Aquella tarde, yo estaba triste. Al principio, la composición de Colling me dio una alegría de regalo infantil. Pero después fui sintiendo tristeza. Y me di cuenta que en la alegría que había tenido antes, ya venía empezada la tristeza. Era como una tristeza que dan algunos juguetes ajenos después del primer instante; cuando uno siente que no son lindos y que el otro los ama mucho. También era como una reliquia gastada que otro conserva. Colling había puesto aquellos muñecos —los novios de la boda y los cosacos— en una vitrina con telas de araña y todo estaba lejísimo, en su juventud. Y él no sabía que estaba lejos y con telas de araña; y vivía con aquel tiempo encerrado; y como se comunicaba con nosotros, él creía que vivía ahora. Pero seguía viviendo ahora con aquel tiempo de antes encerrado. Sabiendo poco uno de otro, nos entendíamos muy bien; pero vivíamos tiempos y vidas distintas.

Él tenía mucha memoria. Pero yo empecé a hacer poco caso de eso: eso era como una mala costumbre de él. Cuando viniera gente a oírlo, yo mostraría la memoria de él como si mostrara un mono viejo, cansado de hacer la misma prueba. Pero además de la mala costumbre de ponerse las cosas en la memoria, tenía la manía de improvisar; y en esto, la testarudez de un recordista.

Ahora Colling era como una estación de la que salían y a la que llegaban ciertos vehículos, más o menos siempre los mismos —aunque de pronto él los reformara y yo tardara un momento en darme cuenta que eran los mismos—. Al principio me parecía que los vehículos fueran siempre distintos y de novedades sorprendentes. Y esto ocurría hasta cierto tiempo. Pero después las transformaciones o los cambios iban perdiendo iniciativa; y por más recorridos distintos que hicieran, ya empezaban a ser demasiado los mismos y se reconocía en seguida la empresa. De pronto empecé a descubrir que Colling se me presentaba, más como gerente o administrador de compañía de vehículos, que como creador de la empresa. Si se le pedía que improvisara al estilo de un autor, si se le daban, por ejemplo, cuatro notas para que improvisara al estilo de Beethoven, él ya tenía pronto el vehículo-Beethoven. Y cosa curiosa, según él, también se ponía en el espíritu de Beethoven. Al escucharlo se encontraba algo, formas, acordes que habían sido constantes en la vida de las composiciones de Beethoven: aquello tenía un fuerte gusto a Beethoven. Pero en seguida daba en cara, nos encontrábamos con la alegría engañada y con el fastidio de la adulteración. Aquello había sido hecho quién sabe con qué residuos de Beethoven, con qué consecuencias que se podían sacar después. Aquel Beethoven de cera daba tristeza. Pero se podía tomar un vehículo-Beethoven auténtico. Aquella falsificación no tenía objeto. Y entonces tomando una composición auténtica de Beethoven, todo cambiaba como en un sueño y las composiciones de Beethoven vivían y no había más vehículo.

Pero claro, Colling no pretendía hacer pasar como de Beethoven lo que era de él. Precisamente, el mérito estaba en que aquello no fuera de Beethoven; y que sin embargo se pareciera. Colling era un romántico falsificador de billetes, que no pretendía hacerlos pasar por verdaderos, ni pretendía comprar nada con ellos. Él no especulaba con billetes falsos. Al contrario, tenía interés en mostrar que aquello era suyo y que el hacerlo acreditaba conocimiento y habilidad. Y aquella habilidad caería en cabezas somnolientas de asombro y pensarían en los genios. Cuando la admiración empezara por la habilidad, seguiría suponiendo quién sabe qué cosas; y a lo mejor deducirían algo así: Si un hombre puede imitar así la obra de los demás, ¡cómo será la suya! Para mí, la suya era triste, como cuando un niño ama un juguete vulgar y lo guarda con cariño.

Pero mucha más tristeza me dio al mucho tiempo, al saber que él había mandado los muebles a depósito y que dormía en el Ejército de Salvación. Fue una de aquellas tardes cuando mi hermana, la de «Pobre María», me dijo: «Mamá ya está convencida; ahora falta papá. Lo pondremos en la piecita donde está la escalera que va a tu altillo». Y se nos abrió toda la alegría.

Una mañana llegaron los muebles: el roperito tuerto de madera blanca y la mesa de luz; la cama y otra mesa pequeña en la que él trabajaba. Él vendría al anochecer. En casa habíamos resuelto que cuando él llegara no habría nadie más que yo. Entonces le ofrecería lavarle los pies y era posible que aceptara. Estábamos muy contentos. Yo fingía tristeza y le decía: «Parece mentira, maestro, ¡cómo lo han abandonado! ¡Pensar que ha tenido que ir a dormir a ese lugar donde a lo mejor hay bichos!». Y él empezó a contestar antes que yo terminara la frase: «Yo en París era un *gentlemán*», subiendo el tono de la frase hasta terminar en el acento agudo de «*gentlemán*». Cuando aceptó poner los pies en el agua, traje una gran palangana y empecé a sacarle los zapatos. Tenía puestos dos pares de medias. El primero se lo había dejado, porque si se lo hubiera sacado, le hubieran hecho doler mucho unas lastimaduras y barritos que tenía en las piernas. Yo se las fui sacando muy despacito y mojándole los pies con el agua tibia. Todavía recuerdo la luz de la portátil que daba sobre todo aquello. La situación era tan extraña que mi cabeza, para animarme, me pensaba cosas como en broma. Cuando me encontré que las uñas al alargarse se habían hecho una garra doblada hacia abajo, la cabeza se me puso a pensar esto: Tenía razón Darwin, el hombre desciende del mono.

Aunque su gran facilidad para improvisar y para memorizar, parecía que le hubiera avanzado hasta comerle la mayor parte de la cabeza y del alma; o que le hubiera salido de algún lugar de su persona y se le hubiera desarrollado fuera del contorno natural de su alma; a pesar de que hubieran bajado las acciones con que yo cotizaba sus virtudes —es cierto que le quedaba el organista; y en eso era un maestro—; a pesar de su estado, que en aquella época no se prestaba para ilusiones, la primera mañana que me desperté sabiendo que Colling estaba en casa, sentí su presencia como la de un prestigio aún no calificado. Habría llegado a casa por un accidente, por un privilegio de circunstancias no comprendidas del todo. Había algo en su misterio que viajaba de incógnito. Uno confiaba en su inocencia y después estaba el misterio. Y todo era tan inofensivo como leer un libro de la antigüedad.

En la noche se levantaba a menudo y hurgaba en el cajoncito de su mesa de trabajo. Mi sueño liviano era deshilvanado por el ruido de sus pasos —siempre persistía en dormir con zapatos—. Las etapas de mi sueño no se alejaban; porque mi sueño era confiado y las cosas que habían quedado cerca se juntaban para seguir.

La primera vez que lo vi lavarse las manos había abierto la canilla hasta que la palangana estuvo llena; después tomaba el jabón con la punta de los dedos y lo pasaba —con la lentitud con que manejaría una piedra maravillosa— por ambas caras de la mano contraria. Después sumergía las dos manos lentamente hasta que las palmas tocaban el fondo de la palangana y hacía algunos movimientos, igualmente lentos, siempre con las manos estiradas y los dedos juntos, como si moviera objetos de una sola pieza. Después, con la lentitud que tendrían los submarinos en aparecer en la superficie, las iba sacando y pedía la toalla. Otra vez, antes de ir a la mesa y cuando se le invitó a lavarse las manos las sacudió una contra otra como si tocara los platillos en una banda y como si esperara que se desprendiera de ellas algún polvo fino, y dijo: «No hay *necesidad*».

Lo vi enojado una vez, en broma. El roperito tuerto estaba lleno de manojos de papel en blanco, que para él estaban escritos porque tenían puntos en relieve. La mañana del enojo en broma acomodaba los manojos y decía: «Esta es la miseria en cuatro tomos». Pero cuando reíamos hasta las lágrimas, era cuando cantaba: cantaba nombrando las notas y también las alteraciones; pero mientras nombraba las alteraciones pasaban como de contrabando, otras notas. Por ejemplo, si cantaba las ocho notas de la escala —contando la octava— decía: «Do-na-tu-ral-y-re-tam-bién». En rigor había nombrado dos notas, do y re; pero mientras decía «natural y también», pasaban todas las demás. En medio de un melancólico nocturno de Chopin, cuando de pronto cantaba: «Y mi bemol también» no era posible no entregar el alma a una manera tan ingenua de la alegría.

En casa decían que él se disgustaba cuando no cumplimentaban al lazarillo. En ese tiempo el lazarillo se llamaba Héctor y tenía ocho años. Se le daban revistas para que las mirara en el comedor. Y cuando había dulce con almíbar se le servía un plato. Una tarde mi hermana menor me llamó para que desde un lugar escondido viéramos al lazarillo: después de haberse comido el dulce del plato iba al aparador, metía las manos entre una sopera que tenía dulce de boniato, sacaba los pedazos chorreando almíbar y los echaba en su plato.

Siempre que mis hermanas subían a mi altillo se ponía al pie de la escalera para verlas mientras subían. Tenía unos ojos negros inmensos que se le llenaban de lágrimas cuando se reía de los cuentos de Colling. En su casa comían mucho y con vino. Una vez lo vi en un estado impresionante. Estábamos con Colling en los bajos del Templo Evangelista, donde preparaban largas mesas para un banquete. Después que invitaron a Colling y este rehusó y cuando la presidenta de la comisión se hubo retirado, el lazarillo, con los ojos desorbitados se prendía del sobretodo de Colling y con desesperación salvaje le gritaba: «Aproveche, aproveche maestro».

Colling tomaba mucho, pero jamás pudo decirse que se le notara el más insignificante síntoma de ebriedad. Tomaba fuera de casa porque Petrona le sacaba las botellas de caña. Primero él las escondía —en el roperito, debajo de la cama, etcétera—. Después Petrona, con su viejo procedimiento, le cambiaba la caña por agua; y él con el suyo, después las traía de afuera con agua.

Una mañana creí que estaba muerto. Era el mediodía y no se había levantado. El lazarillo esperaba con tanta inmovilidad como el perro de los discos Víctor que escuchaba la voz del amo. Cuando lo fui a despertar estaba amoratado y no le oía la respiración. Tampoco lo podía dar vuelta porque como el centro de su cama casi tocaba en el piso, dormía casi sentado. Entonces, después, le rogué que no tomara mucho porque yo tenía miedo. Y él lo aceptó de muy buena manera. También le dije que si después del próximo concierto se compraba un colchón, nosotros le arreglaríamos la cama. También aceptó bañarse y ropa interior. Después del baño tenía el pelo blanco y nos acercábamos y lo tomábamos del brazo como en una reconciliación que había sido precedida por un largo resentimiento. Él me confesó que estaba incómodo porque se había puesto no sé qué ropa con la abertura para atrás. Después decía que se bañaba en La Sagrada Familia —el colegio donde iba a comer—. Y creo que hasta llegó a dormir algunas noches sin zapatos. Pero esa fue la época de su última tentativa con el mundo de la higiene.

Así como el sentido de lo nuevo —cuando yo llegaba a un país que no conocía— de pronto se me presentaba en ciertos objetos —las formas de las cajas de cigarrillos y fósforos, el color de los tranvías (y no siempre el espíritu muy diferenciado de las gentes)— Colling me dio un sentido nuevo de la vida con muchas clases de objetos. Yo observaba sus hechos, sus sentimientos, el ritmo de sus instantes, como otros objetos, o con sorpresa de objetos. Una noche yo iba subiendo la escalera y en una oscuridad densa él trabajaba en el cajón de su mesa. En cada uno de los cuatro rincones tenía una pila de figuritas de cajas de fósforos y en cada figurita había una fórmula de armonía hecha en puntos. Hacía con ellos combinaciones que nunca pude comprender. Él me decía que en un rincón estaba la música de cámara, en otro la de ópera, en otro la de instrumentistas y en otro música sinfónica. Esa noche había hecho tan extrañas combinaciones, que llegó a decirme: «¿Sabe una cosa? Que tienen razón Stravinski, Prokofiev, usted y todos los locos como usted». Antes había sido muy enemigo de ellos. Otras veces escribía en la pizarra de puntos —algo complicada de explicar— y decía que eran novelas de apaches; que eran como las de *Tit-Bits* de aquí; y que con eso había ayudado a vivir a los hijos en París. Otra vez, después que yo vine de una ciudad lejana donde iba una vez por mes a ver a una novia, él me había dicho: «Usted va a buscar la belleza fuera de aquí teniéndola en su propia casa; si yo tuviera unos años menos le arreglaría las cuentas». Se refería a mi hermana mayor, la de «Pobre María», la que le leía. Yo contestaba con una sonrisa que él no veía. Debo haber sonreído así la última vez que lo vi, cuando nos mudamos nuevamente de casa, a una de los suburbios y él se acomodaría en otra del centro. Ya en la vereda, cuando cerrábamos la casa vacía, me contaba otro hecho en que su poca higiene había llegado al colmo. El lazarillo se reía y yo debo haber hecho la sonrisa. Después me fui a otra ciudad lejana. Y cuando vine, después de un año, me dijeron que había muerto en el Hospital Pasteur, a consecuencia de la bebida. En realidad nunca supe a consecuencia de qué había muerto. El momento en que me lo dijeron, era un poco después de cenar. Y recuerdo que paseando debajo de grandes árboles, pensé —como se suele pensar en esos casos— en la edad que tendría al morir: tendría cincuenta años, porque dentro del año en que vivió en casa cumplió los cuarenta y nueve. Después pensé en su misterio.

Si alguna vez fui llamado o hice un movimiento instintivo hacia otra persona cuando el misterio de ella me hacía alguna seña y esa seña era desconocida por la misma persona, yo me sentía tentado a seguir una pista como escondiéndome entre árboles; y sintiendo con ternura lo pequeños que seríamos bajo tan inmensos árboles. Cuando Colling empezó a vivir en casa, me encontré con que su misterio estaba lleno de señas y de pistas; pero no era necesario seguirlas: ellas desfilaban por mi contemplación; y también concurrían o pasaban otras cosas. Como si en aquella noche de los árboles, yo olvidara la pista, mirara los troncos, oyera el viento en las copas, mirara cómo las ramas se juntaban y se separaban bajo cielo con estrellas, pensara que las hojas, por más murmullo que hicieran no se dirían nada. Y cosas por el estilo.

Cuando Colling vino a casa, aquellas ideas que se amontonaban y hacían conceptos y provocaban sentimientos de desilusión, no ocupaban toda la persona de Colling: no se extendían por todo su misterio ni tampoco desaparecían del todo: los conceptos y las desilusiones eran unas de las tantas cosas que entraban en el misterio de Colling. No solo el misterio se hacía intrascendente sino que necesitaba que entraran ideas trascendentes. Pero estas eran una cosa más: objetos, hechos, sentimientos, ideas, todos eran elementos del misterio; y en cada instante de vivir, el misterio acomodaba todo de la más extraña manera. En esa extraña reunión de elementos de un instante, un objeto venía a quedar al lado de una idea —a lo mejor ninguno de los dos había tenido ninguna relación antes ni la tendría después—; una cosa quieta venía a quedar al lado de una que se movía; otras cosas llegaban, se iban, interrumpían, sorprendían, eran comprendidas o incomprensibles o la reunión se deshacía. De pronto el misterio tenía inesperados movimientos; entonces pensaba que el alma del misterio sería un movimiento que se disfrazara de distintas cosas: hechos, sentimientos, ideas; pero de pronto el movimiento se disfrazaba de cosa quieta y era un objeto extraño que sorprendía por su inmovilidad. De pronto no solo los objetos tenían detrás una sombra, sino que también los hechos, los sentimientos y las ideas tenían una sombra. Y nunca se sabía bien cuándo aparecía ni dónde se colocaba. Pero si pensaba que la sombra era una seña del misterio, después me encontraba con que el misterio y su sombra andaban perdidos, distraídos, indiferentes, sin intenciones que los unieran. Y así el misterio de Colling llegó a ser un misterio abandonado. Pero desde aquellos tiempos hasta ahora, el misterio ha vivido y ha crecido en los recuerdos. Y vuelve a venir en muchos instantes y en formas inesperadas. Ahora recuerdo a una de las longevas, la que salía a hacer visitas. Tenía un agujero grande en un lugar del tul; y cuando venía a casa se arreglaba el tul de manera que el agujero grande quedara en la boca. Y por allí metía la bombilla del mate.

EL CABALLO PERDIDO

(1943)

Primero se veía todo lo blanco: las fundas grandes del piano y del sofá y otras, más chicas, en los sillones y las sillas. Y debajo estaban todos los muebles; se sabía que eran negros porque al terminar las polleras se veían las patas. Una vez que yo estaba solo en la sala le levanté la pollera a una silla; y supe que aunque toda la madera era negra el asiento era de un género verde y lustroso.

Como fueron muchas las tardes en que ni mi abuela ni mi madre me acompañaron a la lección y como casi siempre Celina —mi maestra de piano cuando yo tenía diez años— tardaba en llegar, yo tuve bastante tiempo para entrar en relación íntima con todo lo que había en la sala. Claro que cuando venía Celina los muebles y yo nos portábamos como si nada hubiera pasado.

Antes de llegar a la casa de Celina había tenido que doblar, todavía, por una calle más bien silenciosa. Y ya venía pensando en cruzar la calle hacia unos grandes árboles —casi siempre interrumpía bruscamente este pensamiento para ver si venía algún vehículo—. En seguida miraba las copas de los árboles sabiendo, antes de entrar en su sombra, cómo eran sus troncos, cómo salían de unos grandes cuadrados de tierra a los que tímidamente se acercaban algunas losas. Al empezar, los troncos eran muy gruesos, ellos ya habrían calculado hasta dónde iban a subir y el peso que tendrían que aguantar, pues las copas estaban cargadísimas de hojas oscuras y grandes flores blancas que llenaban todo de un olor muy fuerte porque eran magnolias.

En el instante de llegar a la casa de Celina tenía los ojos llenos de todo lo que habían juntado por la calle. Al entrar en la sala y echarles encima de golpe las cosas blancas y negras que allí había, parecía que todo lo que los ojos traían se apagaría. Pero cuando me sentaba a descansar —y como en los primeros momentos no me metía con los muebles porque tenía temor a lo inesperado, en una casa ajena— entonces me volvían a los ojos las cosas de la calle y tenía que pasar un rato hasta que ellas se acostaran en el olvido.

Lo que nunca se dormía del todo, era una cierta idea de magnolias. Aunque los árboles donde ellas vivían hubieran quedado en el camino, ellas estaban cerca, escondidas detrás de los ojos. Y yo de pronto sentía que un caprichoso aire que venía del pensamiento las había empujado, las había hecho presentes de alguna manera y ahora las esparcía entre los muebles de la sala y quedaban confundidas con ellos.

Por eso más adelante —y a pesar de los instantes angustiosos que pasé en aquella sala— nunca dejé de mirar los muebles y las cosas blancas y negras con algún resplandor de magnolias.

Todavía no se habían dormido las cosas que traía de la calle cuando ya me encontraba caminando en puntas de pie —para que Celina no me sintiera— y dispuesto a violar algún secreto de la sala.

Al principio iba hacia una mujer de mármol y le pasaba los dedos por la garganta. El busto estaba colocado en una mesita de patas largas y débiles; las primeras veces se tambaleaba. Yo había tomado a la mujer del pelo con una mano para acariciarla con la otra. Se sobreentendía que el pelo no era de pelo sino de mármol. Pero la primera vez que le puse la mano encima para asegurarme que no se movería se produjo algún instante de confusión y olvido. Sin querer, al encontrarla parecida a una mujer de la realidad, había pensado en el respeto que le debía, en los actos que correspondían al trato con una mujer real. Fue entonces que tuve el instante de confusión. Pero después sentía el placer de violar una cosa seria. En aquella mujer se confundía algo conocido —el parecido a una de carne y hueso, lo de saber que era de mármol y cosas de menor interés—; y algo desconocido —lo que tenía de diferente a las otras, su historia (suponía vagamente que la habrían traído de Europa —y más vagamente suponía a Europa—, en qué lugar estaría cuando la compraron, los que la habrían tocado, etcétera)— y sobre todo lo que tenía que ver con Celina. Pero en el placer que yo tenía al acariciar su cuello se confundían muchas cosas más. Me desilusionaban los ojos. Para imitar el iris y la niña habían agujereado el mármol y parecían los de un pescado. Daba fastidio que no se hubieran tomado el trabajo de imitar las rayitas del pelo: aquello era una masa de mármol que enfriaba las manos. Cuando ya iba a empezar el seno, se terminaba el busto y empezaba un cubo en el que se apoyaba toda la figura. Además, en el lugar donde iba a empezar el seno había una flor tan dura que si uno pasaba los dedos apurados podía cortarse. (Tampoco le encontraba gracia imitar una de esas flores: había a montones en cualquiera de los cercos del camino.)

Al rato de mirar y tocar la mujer también se me producía como una memoria triste de saber cómo eran los pedazos de mármol que imitaban los pedazos de ella; y ya se habían deshecho bastante las confusiones entre lo que era ella y lo que sería una mujer real. Sin embargo, a la primera oportunidad de encontrarnos solos, ya los dedos se me iban hacia su garganta. Y hasta había llegado a sentir, en momentos que nos acompañaban otras personas —cuando mamá y Celina hablaban de cosas aburridísimas— cierta complicidad con ella. Al mirarla de más lejos y como de paso, la volvía a ver entera y a tener un instante de confusión.

Dentro de un cuadro había dos óvalos con las fotografías de un matrimonio pariente de Celina. La mujer tenía una cabeza bondadosamente inclinada, pero la garganta, abultada, me hacía pensar en un sapo. Una de las veces que la miraba, fui llamado, no sé cómo, por la mirada del marido. Por más que yo lo observaba de reojo, él siempre me miraba de frente y en medio de los ojos. Hasta cuando yo caminaba de un lugar a otro de la sala y tropezaba con una silla, sus ojos se dirigían al centro de mis pupilas. Y era fatalmente yo, quien debía bajar la mirada. La esposa expresaba dulzura no solo en la inclinación sino en todas las partes de su cabeza: hasta con el peinado alto y la garganta de sapo. Dejaba que todas sus partes fueran buenas: era como un gran postre que por cualquier parte que se probara tuviera rico gusto. Pero había algo que no solamente dejaba que fuera bueno, sino que se dirigía a mí: eso estaba en los ojos. Cuando yo tenía la preocupación de no poder mirarla a gusto porque al lado estaba el marido, los ojos de ella tenían una expresión y una manera de entrar en los míos que equivalía a aconsejarme: «No le hagas caso, yo te comprendo, mi querido». Y aquí empezaba otra de mis preocupaciones. Siempre pensé que las personas buenas, las que más me querían, nunca me comprendieron; nunca se dieron cuenta que yo las traicionaba, que tenía para ellas malos pensamientos. Si aquella mujer hubiera estado presente, si todavía se hubiera conservado joven, si hubiera tenido esa enfermedad del sueño en que las personas están vivas pero no se dan cuenta cuando las tocan y si hubiera estado sola conmigo en aquella sala, con seguridad que yo hubiera tenido curiosidades indiscretas.

Cuando yo sin querer caía bajo la mirada del marido y bajaba rápidamente la vista, sentía contrariedad y fastidio. Y como esto se produjo varias veces, me quedó en los párpados la memoria de bajarlos y la angustia de sentir humillación. De manera que cuando me encontraba con los ojos de él, ya sabía lo que me esperaba. A veces aguantaba un rato la mirada para darme tiempo a pensar cómo haría para sacar rápidamente la mía sin sentir humillación: ensayaba sacarla para un lado y mirar de pronto el marco del cuadro, como si estuviera interesado en su forma. Pero aunque los ojos miraban el marco, la atención y la memoria inmediata que me había dejado su mirada, me humillaban más; y además pensaba que tenía que hacerme trampa a mí mismo. Sin embargo, una vez conseguí olvidarme un poco de su mirada o de mi humillación. Había sacado rápidamente la mirada de los ojos de él y la había colocado rígidamente en sus bigotes. Después del engorde negro que tenía encima de la boca salían para los costados en línea recta y seguían así un buen trecho. Entonces pensé en los dedos de mi abuela: eran gordos, rechonchos —una vez se pinchó y le saltó un chorro de sangre hasta el techo— y aquellos bigotes parecían haber sido retorcidos por ella. (Ella se pasaba mucho rato retorciendo con sus dedos transpirados el hilo negro para que pasara la aguja; y como veía poco y para ver mejor echaba la cabeza hacia atrás y separaba demasiado el hilo y la aguja de los ojos, aquello no terminaba nunca.) Aquel hombre también debió haberse pasado mucho rato retorciéndose el bigote; y mientras hacía eso y miraba fijo, quién sabe qué clase de ideas tendría.

Aunque los secretos de las personas mayores pudieran encontrarse en medio de sus conversaciones o de sus actos, yo tenía mi manera predilecta de hurgar en ellos: era cuando esas personas no estaban presentes y cuando podía encontrar algo que hubieran dejado al pasar; podrían ser rastros, objetos olvidados, o sencillamente objetos que hubieran dejado acomodados mientras se ausentaban —y sobre todo los que hubieran dejado desacomodados por apresuramiento—. Pero siempre objetos que hubieran sido usados en un tiempo anterior al que yo observaba. Ellos habrían entrado en la vida de esas personas, ya fuera por azar, por secreta elección, o por cualquier otra causa desconocida; lo importante era que habrían empezado a desempeñar alguna misión o significarían algo para quien los utilizaba y que yo aprovecharía el instante en que esos objetos no acompañaran a esas personas, para descubrir sus secretos o los rastros de sus secretos.

En la sala de Celina había muchas cosas que me provocaban el deseo de buscar secretos. Ya el hecho de estar solo en un lugar desconocido, era una de ellas. Además, el saber que todo lo que había allí pertenecía a Celina, que ella era tan severa y que apretaría tan fuertemente sus secretos me aceleraba con una extraña emoción, el deseo de descubrir o violar secretos.

Al principio había mirado los objetos distraídamente; después me había interesado por los secretos que tuvieran los objetos en sí mismos; y de pronto ellos me sugerían la posibilidad de ser intermediarios de personas mayores; ellos —o tal vez otros que yo no miraba en ese momento— podrían ser encubridores o estar complicados en actos misteriosos. Entonces me parecía que alguno me hacía una secreta seña para otro, que otro se quedaba quieto haciéndose el disimulado, que otro le devolvía la seña al que lo había acusado primero, hasta que por fin me cansaban, se burlaban, jugaban entendimientos entre ellos y yo quedaba desairado. Debe de haber sido en uno de esos momentos que me rozaron la atención, como de paso, las insinuantes ondulaciones de las curvas de las mujeres. Y así me debo de haber sentido navegando en algunas ondas, para ser interferido después, por la mirada de aquel marido. Pero cuando ya había sido llamado varias veces y de distintos lugares de la sala por los distintos personajes que al rato me desairaban, me encontraba con que el principio había estado orientado hacia un secreto que me interesaba más, y después había sido interrumpido y entretenido por otro secreto inferior. Tal vez anduviera mejor encaminado cuando le levantaba las polleras a las sillas.

Una vez las manos se me iban para las polleras de una silla y me las detuvo el ruido fuerte que hizo la puerta que daba al zaguán, por donde entraba apurada Celina cuando venía de la calle. Yo no tuve más tiempo que el de recoger las manos, cuando llegó hasta mí, como de costumbre y me dio un beso —esta costumbre fue despiadadamente suprimida una tarde a la hora de despedirnos; le dijo a mi madre algo así: «Este caballero ya va siendo grande y habrá que darle la mano»—. Celina traía severamente ajustado de negro su cuerpo alto y delgado como si se hubiese pasado las manos muchas veces por encima de las curvas que hacía el corsé para que no quedara la menor arruga en el paño grueso del vestido. Y así había seguido hasta arriba ahogándose con un cuello que le llegaba hasta las orejas. Después venía la cara muy blanca, los ojos muy negros, la frente muy blanca y el pelo muy negro, formando un peinado redondo como el de una reina que había visto en unas monedas y que parecía un gran budín quemado.

Yo recién empezaba a digerir la sorpresa de la puerta, de la entrada de Celina y del beso, cuando ella volvía a aparecer en la sala. Pero en vez de venir severamente ajustada de negro, se había puesto encima un batón blanco de tela ligera y almidonada, de mangas cortas, acampanadas y con volados —del volado salía el brazo con el paño negro del vestido que traía de la calle, ajustado hasta las muñecas—. Esto ocurría en invierno; pero en verano, de aquel mismo batón salía el brazo completamente desnudo. Al aparecer de entre los volados endurecidos por el almidón, ya pensaba en unas flores artificiales que hacía una señora a la vuelta de casa. (Una vez mamá se paró a conversar con ella. Tenía un cuerpo muy grande, de una gordura alegre; y visto desde la vereda cuando ella estaba parada en el umbral de su puerta, parecía inmenso. Mi madre le dijo que me llevaba a la lección de piano; entonces ella, un poco agitada le contestó: «Yo también empecé a estudiar el piano; y estudiaba y estudiaba y nunca veía el adelanto, no veía el resultado. En cambio ahora que hago flores y frutas de cera, las veo... las toco... es algo, usted comprende». Las frutas, eran grandes bananas amarillas y grandes manzanas coloradas. Ella era hija de un carbonero, muy blanca, rubia, con unos cachetes naturalmente rojos y las frutas de cera parecían como hijas de ella.)

Un día de invierno me había acompañado a la lección mi abuela; ella había visto sobre las teclas blancas y negras mis manos de niño de diez años, moradas por el frío, y se le ocurrió calentármelas con las de ella. (El día de la lección se las perfumaba con agua Colonia —mezclada con agua simple, que quedaba de un color lechoso, como la horchata. Con esa misma agua hacía buches para disimular el olor a unos cigarros de hoja que venían en paquetes de veinticinco y por los que tanto rabiaba si mi padre no se los conseguía exactamente de la misma marca, tamaño y gusto—.)

Como estábamos en invierno, pronto era la noche. Pero las ventanas no la habían visto entrar: se habían quedado distraídas contemplando hasta último momento, la claridad del cielo. La noche subía del piso y de entre los muebles, donde se esparcían las almas negras de las sillas. Y entonces empezaban a flotar tranquilas, como pequeños fantasmas inofensivos, las fundas blancas. De pronto Celina se ponía de pie, encendía una pequeña lámpara y la engarzaba por medio de un resorte, en un candelabro del piano. Mi abuela y yo al acercarnos nos llenábamos de luz como si nos hubieran echado encima un montón de paja transparente. En seguida Celina ponía la pantalla y ya no era tan blanca su cara cargada de polvos, como una aparición, ni eran tan crudos sus ojos, ni su pelo negrísimo.

Cuando Celina estaba sentada a mi lado yo nunca me atrevía a mirarla. Endurecía el cuerpo como si estuviera sentado en un carricoche, con el freno trancado y ante un caballo. (Si era lerdo lo castigarían para que se apurara; y si era brioso, tal vez disparara desbocado y entonces las consecuencias serían peores.) Únicamente cuando ella hablaba con mi abuela y apoyaba el antebrazo en una madera del piano, yo aprovechaba a mirarle una mano. Y al mismo tiempo ya los ojos se habían fijado en el paño negro de la manga que le llegaba hasta la muñeca.

Los tres nos habíamos acercado a la luz y a los sonidos (más bien a esperar sonidos, porque yo los hacía con angustiosos espacios de tiempo y siempre se esperaban más y casi nunca se satisfacía del todo la espera y éramos tres cabezas que trabajábamos lentamente, como en los sueños, y pendientes de mis pobres dedos). Mi abuela había quedado rezagada en la penumbra porque no había arrimado bastante su sillón y parecía suspendida en el aire. Con su gordura —forrada con un eterno batón gris de cuellito de terciopelo negro— cubría todas las partes del sillón: solamente sobraba un poco de respaldo a los costados de la cabeza. La penumbra disimulaba sus arrugas —las de las mejillas eran redondas y separadas como las que hace una piedra al caer en una laguna; las de la frente eran derechas y añadidas como las que hace un poco de viento cuando pasa sobre agua dormida—. La cara redonda y buena, venía muy bien para la palabra «abuela»; fue ella la que me hizo pensar en la redondez de esa palabra. (Si algún amigo tenía una abuela de cara flaca, el nombre de «abuela» no le venía bien y tal vez no fuera tan buena como la mía.)

En muchos ratos de la lección mi abuela quedaba acomodada y como guardada en la penumbra. Era más mía que Celina; pero en aquellos momentos ocupaba el espacio oscuro de algo demasiado sabido y olvidado. Otras veces ella intervenía espontáneamente movida por pensamientos que yo nunca podía prever pero que reconocía como suyos apenas los decía. Algunos de esos pensamientos eran abstrusos y para comunicarlos elegía palabras ridículas —sobre todo si se trataba de música—. Cuando ya había repetido muchas veces esas mismas palabras, yo no las atendía y me eran tan indiferentes como objetos que hubiera puesto en mi pieza mucho tiempo antes: de pronto, al encontrarlos en un sitio más importante, me irritaba, pues creía descubrir el engaño de que ellos pretendieran aparecer como nuevos siendo viejos, y porque me molestaba su insistencia, la intención de volver a mostrármelos para que los viera mejor, para que me convenciera de su valor y me arrepintiera de la injusticia de no haberlos considerado desde un principio. Sin embargo es posible que ella pensara cosas distintas y que a pesar del esfuerzo por decirme algo nuevo, esos pensamientos vinieran a sintetizarse, al final, en las mismas palabras, como si me mostrara siempre un mismo jarrón y yo no supiera que adentro hubiera puesto cosas distintas. Algunas veces parecía que ella se daba cuenta, después de haber dicho una misma cosa, que no solo no decía lo que quería sino que repetía siempre lo mismo. Entonces era ella que se irritaba y decía a tropezones y queriendo ser irónica: «Hacé caso a lo que te dice la maestra; ¿no ves que sabe más que vos?».

En casa de Celina —y aunque ella no estuviera presente— los arrebatos de mi abuela no eran peligrosos. Algo había en aquella sala que se los enfriaba a tiempo. Además, aquel era un lugar en que no solo yo debía mostrar educación, sino también ella. Tenía un corazón fácil a la bondad y muchas actitudes mías le hacían gracia. Aunque el estilo de mis actitudes fuera el mismo, a ella le parecían nuevas si yo las producía en situaciones distintas y en distintas formas: le gustaba reconocer en mí algo ya sabido y algo diferente al mismo tiempo. Todavía la veo reírse saltándole la barriga debajo de un delantal, saltándole entre los dedos un papel verde untado de engrudo que iba envolviendo en un alambre mientras hacía cabos a flores artificiales —aquellos cabos le quedaban demasiado gruesos, grotescos, abultados por pelotones de engrudo y desproporcionados con las flores—. Además le saltaba un pañuelo que tenía en la cabeza y un pucho de cigarro de hoja que siempre tenía en la boca. Pero su corazón también era fácil a la ira. Entonces se le llenaba la cara de fuego, de palabrotas y de gestos; también se le llenaba el cuerpo de movimientos torpes y enderezaba a un lugar donde estaba colgado un rebenque muy lindo con unas anillas de plata que había sido del esposo.

En casa de Celina, apenas si se le escapaba la insinuación de una amenaza. Y mucho menos un manotón: yo podía sentarme tranquilamente al lado de ella. Aún más: cuando Celina era muy severa o se olvidaba que yo no había podido estudiar por alguna causa ajena a mi voluntad, yo buscaba a mi abuela con los ojos; y si no me atrevía a mirarla, la llamaba con la atención, pensando fuertemente en ella y endureciendo mi silencio. Ella tardaba en acudir; al fin la sentía venir en mi dirección, como un vehículo que avanza con lentitud, con esfuerzo, echando humo y haciendo una cantidad de ruidos raros provocados por un camino pedregoso. En aquellos instantes, cuando aparecían en la superficie severa de Celina rugosidades ásperas, cuando yo trancaba mi carricoche y mi abuela acudía afanosa como una aplanadora antigua, parecía que habíamos sido invitados a una pequeña pesadilla.

Colocado a través de las teclas, como un riel sobre durmientes, había un largo lápiz rojo. Yo no lo perdía de vista porque quería que me compraran otro igual. Cuando Celina lo tomaba para apuntar en el libro de música, los números que correspondían a los dedos, el lápiz estaba deseando que lo dejaran escribir. Como Celina no lo soltaba, él se movía ansioso entre los dedos que lo sujetaban, y con su ojo único y puntiagudo miraba indeciso y oscilante de un lado para otro. Cuando lo dejaban acercarse al papel, la punta parecía un hocico que husmeaba algo, con instinto de lápiz, desconocido para nosotros, y registraba entre las patas de las notas buscando un lugar blanco donde morder. Por fin Celina lo soltaba y él, con movimientos cortos, como un chanchito cuando mama, se prendía vorazmente del blanco del papel, iba dejando las pequeñas huellas firmes y acentuadas de su corta pezuña negra y movía alegremente su larga cola roja.

Celina me hacía poner las manos abiertas sobre las teclas y con los dedos de ella levantaba los míos como si enseñara a una araña a mover las patas. Ella se entendía con mis manos mejor que yo mismo. Cuando las hacía andar con lentitud de cangrejos entre pedruscos blancos y negros, de pronto las manos encontraban sonidos que encantaban todo lo que había alrededor de la lámpara y los objetos quedaban cubiertos por una nueva simpatía.

Una vez ella me repetía una cosa que mi cabeza entendía pero las manos no. Llegó un momento en que Celina se enojó y vi aumentar su ira más rápidamente que de costumbre. Me tomó tan distraído como si me hubiera olvidado algo en el fuego y de pronto lo sintiera derramarse. En el apuro ya ella había tomado aquel lápiz rojo tan lindo y yo sentía sonar su madera contra los huesos de mis dedos, sin darme tiempo a saber que me pegaba. Tenía que atender muchas cosas que me asaltaban a la vez; pero ya me había empezado a crecer un dolor que no tenía más remedio que atender en primer término. Se me hinchaban unas inaguantables ganas de llorar. Las apretaba con todas mis fuerzas mientras me iba cayendo en los oídos, en la cara, en la cabeza y por todo el cuerpo un silencio de pesadilla. De todo aquello que era el piano, la lámpara y Celina con el lápiz todavía en la mano, me llegaba un calor extraño. En aquel momento los objetos tenían más vida que nosotros. Celina y mi abuela se habían quedado quietas y forradas con el silencio que parecía venir de lo oscuro de la sala junto con la mirada de los muebles. En el instante de sorpresa se me había producido un vacío que en seguida empezó a llenarse con muchas angustias. Después había hecho un gran esfuerzo por salir del vacío y dejar que se llenara solo. Di algo así como un salto hacia atrás retrocediendo en el tiempo de aquel silencio y pensé que también ellas los estarían rellenando con algo. Me pareció sentir que se habían mirado y que esas miradas me habían rozado las espaldas y querían decir: «Fue necesario castigarlo; pero la falta no es grave; además, él sufre mucho». Pero esa desdichada suposición, fue la señal para que alguien rompiera las represas de un río. Fue entonces cuando se llenó el vacío de mi silencio. Por la corriente del río había visto venir —y no lo había conocido— un pensamiento retrasado. Había llegado sigilosamente, se había colocado cerca y después había hecho explosión. ¿Cómo era que Celina me pegaba y me dominaba, cuando era yo el que me había hecho la secreta promesa de dominarla? Hacía mucho que yo tenía la esperanza de que ella se enamorara de mí —si es que no lo estaba ya—. Y aquella suposición de hacía un instante —la de que me tendría lástima— fue la que atrajo y apresuró este pensamiento antagónico: mi propósito íntimo de dominarla.

Saqué las manos del teclado y apreté los puños contra mis pantalones. Ella quiso, sin duda, evitar que yo llorara —recuerdo muy bien que no lo hice— y me mandó que siguiera la lección. Yo me quedé mucho rato sin levantar la cabeza ni las manos hasta que ella volvió a enojarse y dijo: «Si no quiere dar la lección, se irá». Siguió hablándole a mi abuela y yo me puse de pie. Apenas estuvimos en la puerta de calle la despedida fue corta y mi abuela y yo empezamos a cruzar la noche. En seguida de pasar bajo unos grandes árboles —las magnolias estaban apagadas— mi abuela me amenazó para cuando llegáramos a casa: había dado lugar a que Celina me castigara y además no había querido seguir la lección. A mí no se me importaba ya las palizas que me dieran. Pensaba que Celina y yo habíamos terminado. Nuestra historia había sido bien triste. Y no solo porque ella fuera mayor que yo —me llevaría treinta años—.

Nuestras relaciones habían empezado —como ocurre tantas veces— por una vieja vinculación familiar. (Celina había estudiado el piano con mi madre en las faldas. Mamá tendría entonces cuatro años.) Esta vinculación ya se había suspendido antes que yo naciera. Y cuando las familias se volvieron a encontrar, entre las novedades que se habían producido, estaba yo. Pero Celina me había inspirado el deseo de que yo fuera para ella una novedad interesante. A pesar de su actitud severa y de que su cara no se le reía, me miraba y me atendía de una manera que me tentaba a registrarla: era imposible que no tuviera ternura. Al hablarle a mamá se veía que la quería. Una vez, en las primeras lecciones, había dicho que yo me parecía a mi madre. Entonces, en los momentos que nos comparaba, cuando miraba algunos rasgos de mi madre y después los míos, parecía que sus ojos negros sacaran un poco de simpatía de los rasgos de mi madre y la pusieran en los míos. Pero de pronto se quedaba mirando los míos un ratito más y sería entonces cuando encontraba algo distinto, cuando descubría lo nuevo que había en mi persona y cuando yo empezaba a sentir deseos de que ella siguiera preocupándose de mí. Además, yo no solo sería distinto a mi madre en algunos rasgos, sino también en algunas maneras de ser. Yo tenía una manera de estar parado al lado de una silla, con un brazo recostado en el respaldo y con una pierna cruzada, que no la tenía mi madre.

Como siempre tenía dificultad para engañar a las personas mayores —me refiero a uno de los engaños que se prolongan hasta que se hace difícil que las personas mayores los descubran— por eso no creí haber engañado a Celina con mis poses hasta después de mucho tiempo y cuando ella le había llamado la atención a mi madre sobre la condición natural mía de quedar siempre en una buena postura. Y sobre todo creí, porque también habían comentado las poses en que quedaban algunas personas cuando dormían. Y eso era cierto. Casi diría que esa verdad había acogido y envuelto cariñosamente mi mentira. Al principio la observación de Celina me produjo extrañeza y emoción. Ella no sabía qué sentimientos míos había sacudido. Primero yo estaba tan tranquilo como un vaso de agua encima de una mesa; después ella había pasado muy cerca y sin darse cuenta había tropezado con la mesa y había agitado el agua del vaso.

A mí me parecía mentira que hubiera logrado engañarla. En seguida empecé a mirarla queriendo saber si se reía de mí; después pensé si yo, realmente no podría hacer las poses sin querer. Y por último recordé que cuando Celina me había inspirado la idea de que yo debía gustarle, cuando me daba tanto placer suponer lo que ella pensaría de mí y cuando empecé a creer que yo tendría algo, un no sé qué interesante, entonces decidí cuidar mis poses y tuve el propósito de tratar continuamente de llamarle la atención con una manera de ser original y llena de novedades. Estos recuerdos me fueron tranquilizando, como si el agua del vaso que estaba en la mesa donde Celina había tropezado sin querer, hubiera vuelto a quedarse quieta. Ahora que yo había logrado engañarla —como podría engañar cualquier persona mayor y sobre todo estando de visita— me sentía más independiente, más personal: y hasta podría encontrar la manera de que Celina se enamorara de mí. Pero claro, esto era muy difícil; y además, como yo era muy tímido no me hubiera atrevido a preguntar a nadie cómo se hacía. Tendría que conformarme con seguir siendo interesante, novedoso y esperar que ella me hiciera algunas manifestaciones. Mientras tanto yo iría buscando su ternura y escondiéndome entre los arbustos que habría al borde de uno de los caminos que me llevarían hacia ella. Además, si ella tuviera la ternura que yo creía, entraría en mi silencio y adivinaría mi deseo. Yo no podía dejar de suponer cómo sería una persona severa en el momento de ablandarse, de ser tierna con alguien a quien quisiera. Tal vez aquella mano nudosa, que tenía una cicatriz, se ablandara para hacer una caricia y no importara nada el grueso paño negro que le llegaba hasta las muñecas. Tal vez todo eso fuera lindo y tuviera gracia, como tenían todos los objetos, cuando recibían los sonidos que se levantaban del piano. A lo mejor, mientras me hacía una caricia, inclinaría la cabeza, como en el momento de prender la lámpara, y mientras al piano, como a un viejo somnoliento, no le importaba que le pusieran aquella luz en el costado.

Ahora Celina había roto en pedazos todos los caminos; y había roto secretos antes de saber cómo eran sus contenidos. Claro que de cualquier manera todas las personas mayores estaban llenas de secretos. Aunque hablaran con palabras fuertes, esas palabras estaban rodeadas por otras que no se oían. A veces se ponían de acuerdo a pesar de decir cosas diferentes y era tan sorprendente como si creyendo estar de frente se dieran la espalda o creyendo estar en presencia uno de otro anduvieran por lugares distintos y alejados. Como yo era niño tenía libertad de andar alrededor de los muebles donde esas personas estaban sentadas; y lo mismo me dejaban andar alrededor de las palabras que ellas utilizaban. Pero ahora yo no tenía más ganas de buscar secretos. Después de la lección en que Celina me pegó con el lápiz, nos tratábamos con el cuidado de los que al caminar esquivan pedazos de cosas rotas. En adelante tuve el pesar de que nuestra confianza fuera clara pero desoladora, porque la violencia había hecho volar las ilusiones. La claridad era tan inoportuna como si en el cine y en medio de un drama hubieran encendido la luz. Ella tenía mi inocencia en sus manos, como tuvo en otro tiempo la de mi madre.

Cuando llegamos a casa —aquella noche que Celina me pegó y que mi abuela me amenazó por la calle— no me castigaron. El camino era oscuro; mi abuela descifraba los bultos que íbamos encontrando. Algunos eran cosas quietas, pilares, piedras, troncos de árboles, otros eran personas que venían en dirección contraria y hasta encontramos un caballo perdido. Mientras ocurrían estas cosas, a mi abuela se le fue el enojo y la amenaza se quedó en los bultos del camino o en el lomo del caballo perdido.

En casa descubrieron que yo estaba triste; lo atribuyeron al desusado castigo de Celina, pero no sospecharon lo que había entre ella y yo.

Fue una de esas noches en que yo estaba triste, y ya me había acostado y las cosas que pensaba se iban acercando al sueño, cuando empecé a sentir la presencia de las personas como muebles que cambiaran de posición. Eso lo pensé muchas noches. Eran muebles que además de poder estar quietos se movían; y se movían por voluntad propia. A los muebles que estaban quietos yo los quería y ellos no me exigían nada; pero los muebles que se movían no solo exigían que se les quisiera y se les diera un beso sino que tenían exigencias peores; y además, de pronto, abrían sus puertas y le echaban a uno todo encima. Pero no siempre las sorpresas eran violentas y desagradables; había algunas que sorprendían con lentitud y silencio como si por debajo se les fuera abriendo un cajón y empezaran a mostrar objetos desconocidos. (Celina tenía sus cajones cerrados con llave.) Había otras personas que también eran muebles cerrados pero tan agradables, que si uno hacía silencio sentía que adentro tenían música, como instrumentos que tocaran solos. Tenía una tía que era como un ropero de espejos colocado en una esquina frente a las puertas: no había nada que no cayera en sus espejos y había que consultarla hasta para vestirse. El piano era una buena persona. Yo me sentaba cerca de él; con unos pocos dedos míos apretaba muchos de los suyos, ya fueran blancos o negros; en seguida le salían gotas de sonidos; y combinando los dedos y los sonidos, los dos nos poníamos tristes.

Una noche tuve un sueño extraño. Estaba en el comedor de Celina. Había una familia de muebles rubios: el aparador y una mesa con todas sus sillas alrededor. Después Celina corría alrededor de la mesa; era un poco distinta, daba brincos como una niña y yo la corría con un palito que tenía un papel envuelto en la punta.

Ha ocurrido algo imprevisto y he tenido que interrumpir esta narración. Ya hace días que estoy detenido. No solo no puedo escribir, sino que tengo que hacer un gran esfuerzo para poder vivir en este tiempo de ahora, para poder vivir hacia adelante. Sin querer había empezado a vivir hacia atrás y llegó un momento en que ni siquiera podía vivir muchos acontecimientos de aquel tiempo, sino que me detuve en unos pocos, tal vez en uno solo; y prefería pasar el día y la noche sentado o acostado. Al final había perdido hasta el deseo de escribir. Y esta era precisamente, la última amarra con el presente. Pero antes que esta amarra se soltara, ocurrió lo siguiente: yo estaba viviendo tranquilamente en una de las noches de aquellos tiempos. A pesar de andar con pasos lentos, de sonámbulo, de pronto tropecé con una pequeña idea que me hizo caer en un instante lleno de acontecimientos. Caí en un lugar que era como un centro de rara atracción y en el que me esperaban unos cuantos secretos embozados. Ellos asaltaron mis pensamientos, los ataron y desde ese momento estoy forcejeando. Al principio, después de pasada la sorpresa, tuve el impulso de denunciar los secretos. Después empecé a sentir cierta laxitud, un cierto placer tibio en seguir mirando, atendiendo el trabajo silencioso de aquellos secretos y me fui hundiendo en el placer sin preocuparme por desatar mis pensamientos. Fue entonces cuando se fueron soltando lentamente, las últimas amarras que me sujetaban al presente. Pero al mismo tiempo ocurrió otra cosa. Entre los pensamientos que los secretos embozados habían atado, hubo uno que a los pocos días se desató solo. Entonces yo pensaba: «Si me quedo mucho tiempo recordando esos instantes del pasado, nunca más podré salir de ellos y me volveré loco: seré como uno de esos desdichados que se quedaron con un secreto del pasado para toda la vida. Tengo que remar con todas mis fuerzas hacia el presente».

«Hasta hace pocos días yo escribía y por eso estaba en el presente. Ahora haré lo mismo, aunque la única tierra firme que tenga cerca sea la isla donde está la casa de Celina y tenga que volver a lo mismo. La revisaré de nuevo: tal vez no haya buscado bien.» Entonces, cuando me dispuse a volver sobre aquellos mismos recuerdos me encontré con muchas cosas extrañas. La mayor parte de ellas no habían ocurrido en aquellos tiempos de Celina, sino ahora, hace poco, mientras recordaba, mientras escribía y mientras me llegaban relaciones oscuras o no comprendidas del todo, entre los hechos que ocurrieron en aquellos tiempos y los que ocurrieron después, en todos los años que seguí viviendo. No acertaba a reconocerme del todo a mí mismo, no sabía bien qué movimientos temperamentales parecidos había en aquellos hechos y los que se produjeron después; si entre unos y otros había algo equivalente; si unos y otros no serían distintos disfraces de un mismo misterio.

Por eso es que ahora intentaré relatar lo que me ocurría hace poco tiempo, mientras recordaba aquel pasado.

Una noche de verano yo iba caminando hacia mi pieza, cansado y deprimido. Me entregaba a la inercia que toman los pensamientos cuando uno siente la maligna necesidad de amontonarlos porque sí, para sentirse uno más desgraciado y convencerse de que la vida no tiene encanto. Tal vez la decepción se manifestaba en no importárseme jugar con el peligro y que las cosas pudieran llegar a ser realmente así; o quizá me preparaba para que al otro día empezara todo de nuevo, y sacara más encanto de una pobreza más profunda. Tal vez, mientras me entregaba a la desilusión, tuvieran bien agarradas en el fondo del bolsillo las últimas monedas.

Cuando llegué a casa todavía se veían bajo los árboles torcidos y sin podar, las camisas blancas de vecinos que tomaban el fresco. Después de acostado y apagada la luz, daba gusto quejarse y ser pesimista, estirando lentamente el cuerpo entre sábanas más blancas que las camisas de los vecinos.

Fue en una de esas noches, en que hacía el recuento de los años pasados como de monedas que hubiera dejado resbalar de los dedos sin mucho cuidado, cuando me visitó el recuerdo de Celina. Eso no me extrañó como no me extrañaría la visita de una vieja amistad que recibiera cada mucho tiempo. Por más cansado que estuviera, siempre podría hacer una sonrisa para el recién llegado. El recuerdo de Celina volvió al otro día y a los siguientes. Ya era de confianza y yo podía dejarlo solo, atender otras cosas y después volver a él. Pero mientras lo dejaba solo, él hacía en mi casa algo que yo no sabía. No sé qué pequeñas cosas cambiaba y si entraba en relación con otras personas que ahora vivían cerca. Hasta me pareció que una vez que llegó y me saludó, miró más allá de mí y debe haberse entendido con alguien que estaba en el fondo. Pero no solo ese y otros recuerdos miraban más allá de mí; también me atravesaban y se alejaban pensamientos después de haber estado poco tiempo en mi tristeza.

Y fue una noche en que me desperté angustiado cuando me di cuenta de que no estaba solo en mi pieza: el otro sería un amigo. Tal vez no fuera exactamente un amigo: bien podía ser un socio. Yo sentía la angustia del que descubre que sin saberlo ha estado trabajando a medias con otro y que ha sido el otro quien se ha encargado de todo. No tenía necesidad de ir a buscar las pruebas: estas venían escondidas detrás de las sospechas como bultos detrás de un paño; invadían el presente, tomaban todas sus posiciones y yo pensaba que había sido él, mi socio, quien se había entendido por encima de mi hombro con mis propios recuerdos y pretendía especular con ellos: fue él quien escribió la narración. ¡Con razón yo desconfiaba de la precisión que había en el relato cuando aparecía Celina! A mí, realmente a mí, me ocurría otra cosa. Entonces traté de estar solo, de ser yo solo, de saber cómo recordaba yo. Y así esperé que las cosas y los recuerdos volvieran a ocurrir de nuevo.

En la última velada de mi teatro del recuerdo hay un instante en que Celina entra y yo no sé que la estoy recordando. Ella entra, sencillamente; y en ese momento yo estoy ocupado en sentirla. En algún instante fugaz tengo tiempo de darme cuenta de que me ha pasado un aire de placer porque ella ha venido. El alma se acomoda para recordar, como se acomoda el cuerpo en la banqueta de un cine. No puedo pensar si la proyección es nítida, si estoy sentado muy atrás, quiénes son mis vecinos o si alguien me observa. No sé si yo mismo soy el operador; ni siquiera sé si yo vine o alguien me preparó y me trajo para el momento del recuerdo. No me extrañaría que hubiera sido la misma Celina: desde aquellos tiempos yo podía haber salido de su lado con hilos que se alargan hacia el futuro y ella todavía los manejara.

Celina no siempre entra en el recuerdo como entraba por la puerta de su sala: a veces entra estando ya sentada al costado del piano o en el momento de encender la lámpara. Yo mismo, con mis ojos de ahora no la recuerdo; yo recuerdo los ojos que en aquel tiempo la miraban; aquellos ojos le transmiten a estos sus imágenes; y también transmiten el sentimiento en que se mueven las imágenes. En ese sentimiento hay una ternura original. Los ojos del niño están asombrados pero no miran con fijeza. Celina tan pronto traza un movimiento como termina de hacerlo; pero esos movimientos no rozan ningún aire en ningún espacio: son movimientos de ojos que recuerdan.

Mi madre o mi abuela le han pedido que toque y ella se sienta ante el piano. Mi abuela pensará: «Va a tocar la maestra», mi madre: «Va a tocar Celina», y yo: «Va a tocar ella». Seguramente que es verano porque la luz de la lámpara hace transparencias en las campanas blancas de sus mangas y en sus brazos desnudos; ellos se mueven haciendo ondas que van a terminar en las manos, las teclas y los sonidos. En verano siento más el gusto a la noche, a las sombras con reflejos de plantas, a las noticias sorprendentes, a esperar que ocurra algo, a los miedos equivocados, a los entresueños, a las pesadillas y a las comidas ricas. Y también siento más el gusto a Celina. Ella no solo tiene gusto como si la probara en la boca. Todos sus movimientos tienen gusto a ella: y sus ropas y las formas de su cuerpo. En aquel tiempo su voz también debía tener gusto a ella; pero ahora yo no recuerdo directamente nada que sea de oír; ni su voz, ni el piano ni el ruido de la calle; recuerdo otras cosas que ocurrían cuando en el aire había sonido. El cine de mis recuerdos es mudo. Si para recordar me puedo poner los ojos viejos, mis oídos son sordos a los recuerdos.

Ahora han pasado unos instantes en que la imaginación, como un insecto de la noche, ha salido de la sala para recordar los gustos del verano y ha volado distancias que ni el vértigo ni la noche conocen. Pero la imaginación tampoco sabe quién es la noche, quién elige dentro de ella lugares del paisaje, donde un cavador da vuelta la tierra de la memoria y la siembra de nuevo. Al mismo tiempo alguien echa a los pies de la imaginación pedazos de pasado y la imaginación elige apresurada con un pequeño farol que mueve, agita y entrevera los pedazos y las sombras. De pronto se le cae el pequeño farol en la tierra de la memoria y todo se apaga. Entonces la imaginación vuelve a ser insecto que vuela olvidando las distancias y se posa en el borde del presente. Ahora, el presente en que ha caído es otra vez la sala de Celina y en este momento Celina no toca el piano. El insecto que vuela en el recuerdo ha retrocedido en el tiempo y ha llegado un poco antes que Celina se siente al piano. Mi abuela y mi madre le vuelven a pedir que toque y lo hacen de una manera distinta a la primera vez. En esta otra visión Celina dice que no recuerda. Se pone nerviosa y al dirigirse al piano tropieza con una silla —que debe de hacer algún ruido—; nosotros no debemos darnos cuenta de esto. Ella ha tomado una inercia de fuerte impulso y sobrepasa el accidente olvidándolo en el acto. Se sienta al piano, nosotros deseamos que no le ocurra nada desagradable. Ya va a empezar y apenas tenemos tiempo de suponer que será algo muy importante y que después lo contaremos a nuestras relaciones. Como Celina está nerviosa y ella también comprende que es la maestra quien va a tocar, mi abuela y mi madre tratan de alcanzarle un poco de éxito adelantado: hacen desbordar sus mejores suposiciones y están esperando ansiosamente que Celina empiece a tocar, para poner y acomodar en la realidad lo que habían pensado antes.

Las cosas que yo tengo que imaginar son muy perezosas y tardan mucho en arreglarse para venir. Es como cuando espero el sueño. Hay ruidos a los que me acostumbro pronto y puedo imaginar o dormir como si ellos no existieran. Pero el ruido y los pequeños acontecimientos con los que aquellas tres mujeres llenaban la sala me sacudían la cabeza para todos lados. Cuando Celina empezó a tocar me entretuve en recibir lo que me llegaba a los ojos y a los oídos; me iba acostumbrando demasiado pronto a lo que ocurría sin estar muy sorprendido y sin dar mucho mérito a lo que ella hacía.

Mi madre y mi abuela se habían quedado como en un suspiro empezado y tal vez tuvieran miedo de que en el instante preciso, cuando tuvieran que realizar el supremo esfuerzo para comprender, sus alas fueran tan pobres y de tan corto alcance como las de las gallinas.

Es posible que pasados los primeros momentos, me haya aburrido mucho.

Me he detenido de nuevo. Estoy muy cansado. He tenido que hacer la guardia alrededor de mí mismo para que él, mi socio, no entre en el instante de los recuerdos. Ya he dicho que quiero ser yo solo. Sin embargo, para evitar que él venga tengo que pensar siempre en él; con un pedazo de mí mismo he formado el centinela que hace la guardia a mis recuerdos y a mis pensamientos; pero al mismo tiempo yo debo vigilar al centinela para que no se entretenga con el relato de los recuerdos y se duerma. Y todavía tengo que prestarle mis propios ojos, mis ojos de ahora.

Mis ojos ahora son insistentes, crueles, exigen un gran esfuerzo a los ojos de aquel niño que debe estar cansado y ya debe ser viejo. Además tiene que ver todo al revés; a él no se le permite que recuerde su pasado: él tiene que hacer el milagro de recordar hacia el futuro. Pero ¿por qué es que yo, sintiéndome yo mismo, veo de pronto todo distinto? ¿Será que mi socio se pone mis ojos? ¿Será que tenemos ojos comunes? ¿Mi centinela se habrá quedado dormido y él le habrá robado mis ojos? ¿Acaso no le es suficiente ver lo que ocurre en la calle a través de las ventanas de mi habitación sino que también quiere ver a través de mis ojos? Él es capaz de abrir los ojos de un muerto para registrar su contenido. Él acosa y persigue los ojos de aquel niño; mira fijo y escudriña cada pieza del recuerdo como si desarmara un reloj. El niño se detiene asustado y a cada momento interrumpe su visión. Todavía el niño no sabe —y es posible que ya no lo sepa nunca más— que sus imágenes son incompletas e incongruentes; no tiene idea del tiempo y debe haber fundido muchas horas y muchas noches en una sola. Ha confundido movimientos de muchas personas; ha creído encontrar sentimientos parecidos en seres distintos y ha tenido equivocaciones llenas de encanto. Los ojos de ahora saben esas cosas, pero ignoran muchas otras; ignoran que las imágenes se alimentan de movimiento y que tienen que vivir en un sentimiento dormido. Mi socio detiene las imágenes y el sentimiento se despierta. Clava su mirada en las imágenes como si pinchara mariposas en un álbum. Aunque las imágenes del niño parezcan estar quietas, lo mismo se alimentan de movimiento: hay alguien que hace latir y soñar a los movimientos. Es a ese a quien traicionan mis ojos de ahora. Cuando los ojos del niño toman una parte de las cosas, él supone que están enteras. (Y como a los sueños, al niño no se le importa si sus imágenes son parecidas a las de la vida real o si son completas: él procede como si lo fueran y nada más.) Cuando el niño miraba el brazo desnudo de Celina sentía que toda ella estaba en aquel brazo. Los ojos de ahora quieren fijarse en la boca de Celina y se encuentran con que no pueden saber cómo era la forma de sus labios en relación a las demás cosas de la cara; quieren tomar una cosa y se quedan sin ninguna; las partes han perdido la misteriosa relación que las une; pierden su equilibrio, se separan y se detiene el espontáneo juego de sus proporciones: parecen hechos por un mal dibujante. Si se le antoja articular los labios para ver si encuentra palabras, los movimientos son tan falsos como los de una torpe muñeca de cuerda.

Hay un solo instante en que los ojos de ahora ven bien: es el instante fugaz en que se encuentran con los ojos del niño. Entonces los ojos de ahora se precipitan vorazmente sobre las imágenes creyendo que el encuentro será largo y que llegarán a tiempo. Pero los ojos del niño están defendidos por una inocencia que vive invisible en el aire del mundo. Sin embargo los ojos de ahora persisten hasta cansarse. Todavía antes de dormirse, mi socio, intenta recordar la cara de Celina y al mover el agua del recuerdo las imágenes que están debajo se deforman como vistas en espejos ordinarios donde se movieran los nudos del vidrio.

Recién me doy cuenta de que el recuerdo ha pasado cuando siento en los ojos una molestia física, presente, como un escozor de lágrimas que se han secado en los párpados.

Hace pocos días, al anochecer, se produjo un acontecimiento extraño y sin precedentes en mi persona. Antes, por más raro que fuera lo que ocurría, siempre le encontraba antecedentes: en algún lugar del alma había estado escondido un principio de aquel acontecimiento, alguna otra vez ya se había empezado a ensayar, en mi existencia, un pasaje —acaso el argumento— de aquella última representación. Pero hace pocos días, al anochecer, se inauguró en mí una función sin anuncio previo. No sé si la compañía teatral se había equivocado de teatro, o sencillamente lo había asaltado. Si a mi estado de aquel anochecer le llamara enfermedad, diría que yo no sabía que estaba predispuesto a tenerla; y si esa enfermedad fuera un castigo, diría que habían equivocado la persona del delito. No era el caso que yo sintiera cerca de mí un socio: durante unas horas, yo, completamente yo, fui otra persona: la enfermedad traía consigo la condición de cambiarme. Yo estaba en la situación de alguien que toda la vida ha supuesto que la locura es de una manera; y un buen día, cuando se siente atacado por ella se da cuenta de que la locura no solo no es como él se imaginaba, sino que el que la sufre, es otro, se ha vuelto otro, y a ese otro no le interesa saber cómo es la locura: él se encuentra metido en ella o ella se ha puesto en él y nada más.

Mientras yo no había dejado de ser del todo quien era y mientras no era quien estaba llamado a ser, tuve tiempo de sufrir angustias muy particulares. Entre la persona que yo fui y el tipo que yo iba a ser, quedaría una cosa común: los recuerdos. Pero los recuerdos, a medida que iban siendo del tipo que yo sería, a pesar de conservar los mismos límites visuales y parecida organización de los datos, iban teniendo un alma distinta. Al tipo que yo sería se le empezaba a insinuar una sonrisa de prestamista, ante la valoración que hace de los recuerdos quien los lleva a empeñar. Las manos del prestamista de los recuerdos pesaban otra cualidad de ellos: no el pasado personal, cargado de sentimientos íntimos y particulares, sino el peso del valor intrínseco.

Después venía otra etapa: la sonrisa se amargaba y el prestamista de los recuerdos ya no pesaba nada en sus manos: se encontraba con recuerdos de arena, recuerdos que señalaban, simplemente, un tiempo que había pasado: el prestamista había robado recuerdos y tiempos sin valor. Pero todavía vino una etapa peor. Cuando al prestamista le aparecía una sonrisa amarga por haber robado inútilmente, todavía le quedaba alma. Después llegó la etapa de la indiferencia. La sonrisa se borró y él llegó a ser quien estaba llamado a ser: un desinteresado, un vagón desenganchado de la vida.

Al principio, cuando en aquel anochecer empecé a recordar y a ser otro, veía mi vida pasada, como en una habitación contigua. Antes yo había estado y había vivido en esa habitación; aún más; esa habitación había sido mía. Y ahora la veía desde otra, desde mi habitación de ahora, y sin darme cuenta bien qué distancia de espacio ni de tiempo había entre las dos. En esa habitación contigua, veía a mi pobre yo de antes, cuando yo era inocente. Y no solo lo veía sentado al piano con Celina y la lámpara a un lado y rodeado de la abuela y la madre, tan ignorantes del amor fracasado. También veía otros amores. De todos los lugares y de todos los tiempos llegaban personas, muebles y sentimientos, para una ceremonia que habían iniciado los «habitantes» de la sala de Celina. Pero aunque en el momento de llegar se mezclaran o se confundieran —como si se entreveraran pedazos de viejas películas— en seguida quedaban aislados y se reconocían y se juntaban los que habían pertenecido a una misma sala; se elegían con un instinto lleno de seguridad —aunque reflexiones posteriores demostraran lo contrario—. (Algunos, aun después de estas reflexiones, se negaban a separarse y al final no tenían más remedio que conformarse. Otros insistían y lograban apabullar o confundir las reflexiones. Y había otros que desaparecían con la rapidez con que el viento saca un papel de nuestra mesa. Algunos de los que desaparecían como soplados, volaban indecisos, nos llevaban los ojos tras su vuelo y veíamos que iban a caer en otro lugar conocido.) Hechas estas salvedades puedo decir que todos los lugares, tiempos y recuerdos que simpatizaban y concurrían en aquella ceremonia, por más unidos que estuvieran por hilos y sutiles relaciones, tenían la virtud de ignorar absolutamente la existencia de otros que no fueran de su misma estirpe. Cuando una estirpe ensayaba el recuerdo de su historia, solía quedarse mucho rato en el lugar contiguo al que estaba yo cuando observaba. De pronto se detenían, empezaban una escena de nuevo o ensayaban otra que había sido muy anterior. Pero las detenciones y los cambios bruscos, eran amortiguados como si los traspiés fueran hechos por pasos de seda. No se avergonzaban jamás de haberse equivocado y tardaba mucho en cansarse o deformarse la sonrisa, que se repetía mil veces. Siempre, un sentimiento anhelante que buscaba algún detalle perdido en la acción animaba todo de nuevo. Cuando un detalle ajeno, traía la estirpe que correspondía al intruso, la anterior se desvanecía; y si al rato aparecía de nuevo, aparecía sin resentimiento.

La simpatía que unía a estas estirpes desconocidas entre sí y no dispuestas jamás ni a mirarse, estaba por encima de sus cabezas; era un cielo de inocencia y un mismo aire que todos respiraban. Todavía y además de reunirse en un mismo lugar y en un cercano tiempo para la ceremonia y los ensayos del recuerdo, tenían otra cosa común: era como una misma orquesta que tocara para distintos «ballets»; todos recibían el compás que les marcaba la respiración del que los miraba. Pero el que los miraba —es decir, yo, cuando me faltaba muy poco para empezar a ser otro— sentía que los habitantes de aquellos recuerdos, a pesar de ser dirigidos por quien los miraba y de seguir con tan mágica docilidad sus caprichos, tenían escondida, al mismo tiempo, una voluntad propia llena de orgullo. En el camino del tiempo que pasó desde que ellos actuaron por primera vez —cuando no eran recuerdos—, hasta ahora, parecía que se hubieran encontrado con alguien que les habló mal de mí y que desde entonces tuvieron cierta independencia; y ahora, aunque no tuvieran más remedio que estar bajo mis órdenes, cumplían su misión en medio de un silencio sospechoso; yo me daba cuenta de que no me querían, de que no me miraban, de que cumplían resignadamente un destino impuesto por mí, pero sin recordar siquiera la forma de mi persona: si yo hubiera entrado en el ámbito de ellos, con seguridad que no me hubieran conocido. Además, vivían una cualidad de existencia que no me permitía tocarlos, hablarles, ni ser escuchado; yo estaba condenado a ser alguien de ahora; y si quisiera repetir aquellos hechos, jamás serían los mismos. Aquellos hechos eran de otro mundo y sería inútil correr tras ellos. Pero ¿por qué yo no podía ser feliz viendo vivir aquellos habitantes en su mundo? ¿Sería que mi aliento los empañaba o les hacía daño porque yo ahora tenía alguna enfermedad? ¿Aquellos recuerdos serían como niños que de pronto sentían alguna instintiva repulsión a sus padres o pensaban mal de ellos? ¿Yo tendría que renunciar a esos recuerdos como un mal padre renuncia a sus hijos? Desgraciadamente, algo de eso ocurría.

En la habitación que yo ocupaba ahora, también había recuerdos. Pero estos no respiraban el aire de ningún cielo de inocencia ni tenían el orgullo de pertenecer a ninguna estirpe. Estaban fatalmente ligados a un hombre que tenía «cola de paja» y entre ellos existía el entendimiento de la complicidad. Estos no venían de lugares lejanos ni traían pasos de danza; estos venían de abajo de la tierra, estaban cargados de remordimientos y reptaban en un ambiente pesado, aun en las horas más luminosas del día.

Es angustiosa y confusa la historia que se hizo en mi vida, desde que fui el niño de Celina hasta que llegué a ser el hombre de «cola de paja».

Algunas mujeres veían al niño de Celina, mientras conversaban con el hombre. Yo no sabía que ese niño era visible en el hombre. Pero fue el mismo niño quien observó y quien me dijo que él estaba visible en mí, que aquellas mujeres lo miraban a él y no a mí. Y sobre todo, fue él quien las atrajo y las engañó primero. Después las engañó el hombre valiéndose del niño. El hombre aprendió a engañar como engañan los niños; y tuvo mucho que aprender y que copiarse. Pero no contó con los remordimientos y con que los engaños, si bien fueron aplicados a pocas personas, estas se multiplicaban en los hechos y en los recuerdos de muchos instantes del día y de la noche. Por eso es que el hombre pretendía huir de los remordimientos y quería entrar en la habitación que había tenido antes, donde ahora los habitantes de la sala de Celina habían iniciado la ceremonia. Pero la tristeza de que en aquellas estirpes no lo quisieran y que ni siquiera lo miraran se agrandaba cada vez más, al recordar algunas personas engañadas. El hombre las había engañado con las artimañas del niño; pero después el niño había engañado al mismo hombre que lo utilizaba, porque el hombre se había enamorado de algunas de sus víctimas. Eran amores tardíos, como de lejana o legendaria perversidad. Y esto no fue lo más grave. Lo peor fue que el niño, con su fuerza y su atracción, logró seducir al mismo hombre que él fue después; porque los encantos del niño fueron más grandes que los del hombre y porque al niño le encantaba más la vida que al hombre.

Y fue en las horas de aquel anochecer, al darme cuenta de que ya no podía tener acceso a la ceremonia de las estirpes que vivían bajo el mismo cielo de inocencia, cuando empecé a ser otro.

Primero había comprendido que los representantes de aquellas estirpes no me miraban, porque yo estaba del otro lado de los recuerdos, de los que tenían el lomo cargado de remordimientos; y la carga estaba tan bien pegada como la joroba de los camellos. Después comprendí que los dos lados de los recuerdos eran como los dos lados de mi cuerpo: me apoyaba en uno o en otro, cambiaba de posición como el que no se puede dormir y no sabía sobre cuál de los dos caería la suerte del sueño. Pero antes de dormir estaba a expensas de los recuerdos como un espectador obligado a presenciar el trabajo de dos compañías de cualidades muy distintas y sin saber qué escenario y qué recuerdos se encenderían primero, cómo sería su alternancia y las relaciones que tendrían los que actuaban, pues las compañías tenían un local y un empresario común, participaba casi siempre un mismo autor y trabajaban siempre un niño y un hombre.

Entonces, cuando supe que no podría prescindir de aquellos espectáculos y de que a pesar de ser tan imprecisos y actuar en un tiempo tan mezclado, tenían tan fuerte influencia en la vida que se dirigía hacia el futuro, entonces, empecé a ser otro, a cambiar el presente y el camino del futuro, a ser el prestamista que ya no pesaba nada en sus manos y a tratar de suprimir el espacio donde se producían todos los espectáculos del recuerdo. Tenía una gran pereza de sentir; no quería tener sentimientos ni sufrir con recuerdos que eran entre sí como enemigos irreconciliables. Y como no tenía sentimientos había perdido hasta la tristeza de mí mismo: ni siquiera tenía tristeza de que los recuerdos ocuparan un lugar inútil. Yo también me volvía tan inútil como si quedara para hacer la guardia alrededor de una fortaleza que no tenía soldados, armas ni víveres.

Solamente me había quedado la costumbre de dar pasos y de mirar cómo llegaban los pensamientos: eran como animales que tenían la costumbre de venir a beber a un lugar donde ya no había más agua. Ningún pensamiento cargaba sentimientos: podía pensar, tranquilamente en cosas tristes: solamente eran pensadas. Ahora se me acercaban los recuerdos como si yo estuviera tirado bajo un árbol y me cayeran hojas encima: las vería y las recordaría porque me habían caído y porque las tenía encima. Los nuevos recuerdos serían como atados de ropa que me pusieran en la cabeza: al seguir caminando lo sentiría pesar en ella y nada más, o era como aquel caballo perdido de la infancia: ahora llevaba un carro detrás y cualquiera podía cargarle cosas: no las llevaría a ningún lado y me cansaría pronto.

Aquella noche, al rato de estar acostado, abrí los párpados y la oscuridad me dejó los ojos vacíos. Pero allí mismo empezaron a levantarse esqueletos de pensamientos —no sé qué gusanos les habrían comido la ternura—. Y mientras tanto, a mí me parecía que yo iba abriendo, con la más perezosa lentitud, un paraguas sin género.

Así pasé las horas que fui otro. Después me dormí y soñé que estaba en una inmensa jaula acompañado de personas que había conocido en mi niñez; además había muchas terneras que salían por una puerta para ir al matadero. Entre las terneras había una niña que también llevarían a matar. La niña decía que no quería ir porque estaba cansada y todas aquellas gentes se reían por la manera con que la inocente quería evitar la muerte; pero para ellos ir a la muerte era una cosa que tenía que ser así y no había por qué afligirse.

Cuando me desperté me di cuenta de que en el sueño, la niña era considerada como ternera por mí también; yo tenía el sentimiento de que era una ternera; no sentía la diferencia más que como una mera variante de forma y era muy natural que se le diera trato de ternera. Sin embargo me había conmovido que hubiera dicho que no quería ir porque estaba cansada; y yo estaba bañado en lágrimas.

Durante el sueño la marea de las angustias había subido hasta casi ahogarme. Pero ahora me encontraba como arrojado sobre una playa y con un gran alivio. Iba siendo más feliz a medida que mis pensamientos palpaban todos mis sentimientos y me encontraba a mí mismo. Ya no solo no era otro, sino que estaba más sensible que nunca: cualquier pensamiento, hasta la idea de una jarra con agua, venía lleno de ternura. Amaba mis zapatos, que estaban solos, desabrochados y siempre tan compañeros uno al lado del otro. Me sentía capaz de perdonar cualquier cosa, hasta los remordimientos —más bien serían ellos los que tenían que perdonarme a mí—.

Todavía no era la mañana. En mí todo estaba aclarando un poco antes que el día. Había pensado escribir. Entonces reapareció mi socio: él también se había salvado: había sido arrojado a otro lugar de la playa. Y apenas yo pensara escribir mis recuerdos, ya sabía que él aparecía.

Al principio, mi socio apareció como de costumbre: esquivando su presencia física, pero amenazando entrar en la realidad bajo la forma vulgar que trae cualquier persona que viene del mundo. Porque antes de aquella madrugada, yo estaba en un lugar y el mundo en otro. Entre el mundo y yo había un aire muy espeso; en los días muy claros yo podía ver el mundo a través de ese aire y también sufrir el ruido de la calle y el murmullo que hacen las personas cuando hablan. Mi socio era el representante de las personas que habitaban el mundo. Pero no siempre me era hostil y venía a robar mis recuerdos y a especular con ellos; a veces se presentaba casi a punto de ser una madre que me previniera contra un peligro y me despertaba el instinto de conservación; otras veces me reprendía porque yo no salía al mundo —y como si me reprendiera mi madre, yo bajaba los ojos y no lo veía—; también aparecía como un amigo que me aconsejaba escribir mis recuerdos y despertaba mi vanidad. Cuando más lo apreciaba era cuando me sugería la presencia de amigos que yo había querido mucho y que me ayudaban a escribir dándome sabios consejos. Hasta había sentido, algunas veces, que me ponía una mano en un hombro. Pero otras veces yo no quería los consejos ni la presencia de mi socio bajo ninguna forma. Era en algunas etapas de la enfermedad del recuerdo: cuando se abrían las representaciones del drama de los remordimientos y cuando quería comprender algo de mi destino a través de las relaciones que había en distintos recuerdos de distintas épocas. Si sufría los remordimientos en una gran soledad, después me sentía con derecho a un período más o menos largo de alivio; ese sufrimiento era la comida que por más tiempo calmaba a las fieras del remordimiento. Y el placer más grande estaba en registrar distintos recuerdos para ver si encontraba un secreto que les fuera común, si los distintos hechos eran expresiones equivalentes de un mismo sentido de mi destino. Entonces, volvía a encontrarme con un olvidado sentimiento de curiosidad infantil, como si fuera a una casa que había en un rincón de un bosque donde yo había vivido rodeado de personas y ahora revolviera los muebles y descubriera secretos que en aquel tiempo yo no había sabido —tal vez los hubieran sabido las otras personas—. Esta era la tarea que más deseaba hacer solo, porque mi socio entraría en esa casa haciendo mucho ruido y espantaría el silencio que se había posado sobre los objetos. Además mi socio traería muchas ideas de la ciudad, se llevaría muchos objetos, les cambiaría su vida y los pondría de sirvientes de aquellas ideas; los limpiaría, les cambiaría las partes, los pintaría de nuevo y ellos perderían su alma y sus trajes. Pero mi terror más grande era por las cosas que suprimiría, por la crueldad con que limpiaría sus secretos, y porque los despojaría de su real imprecisión, como si quitara lo absurdo y lo fantástico a un sueño.

Era entonces cuando yo disparaba de mi socio; corría como un ladrón al centro de un bosque a revisar solo mis recuerdos y cuando creía estar aislado empezaba a revisar los objetos y a tratar de rodearlos de un aire y un tiempo pasado para que pudieran vivir de nuevo. Entonces empujaba mi conciencia en sentido contrario al que había venido corriendo hasta ahora; quería volver a llevar savia a plantas, raíces o tejidos que ya debían estar muertos o disgregados. Los dedos de la conciencia no solo encontraban raíces de antes sino que descubrían nuevas conexiones; encontraban nuevos musgos y trataban de seguir las ramazones; pero los dedos de la conciencia entraban en un agua en que estaban sumergidas las puntas; y como esas terminaciones eran muy sutiles y los dedos no tenían una sensibilidad bastante fina, el agua confundía la dirección de las raíces y los dedos perdían la pista. Por último los dedos se desprendían de mi conciencia y buscaban solos. Yo no sabía qué vieja relación había entre mis dedos de ahora y aquellas raíces; si aquellas raíces dispusieron en aquellos tiempos que estos dedos de ahora llegaran a ser así y tomaran estas actitudes y estos caminos de vuelta, para encontrarse de nuevo con ellas. No podía pensar mucho en esto, porque sentía pisadas. Mi socio estaría detrás de algún tronco o escondido en la copa de un árbol. Yo volvía a emprender la fuga como si disparara más hacia el centro de mí mismo; me hacía más pequeño, me encogía y me apretaba hasta que fuera como un microbio perseguido por un sabio; pero bien sabía yo que mi socio me seguiría, que él también se transformaría en otro cuerpo microscópico y giraría a mi alrededor atraído hacia mi centro.

Y mientras me rodeaba, yo también sabía qué cosas pensaba, cómo contestaba a mis pensamientos y a mis actos; casi diría que mis propias ideas llamaban las de él; a veces yo pensaba en él con la fatalidad con que se piensa en un enemigo y las ideas de él me invadían inexorablemente. Además tenían la fuerza que tienen las costumbres del mundo. Y había costumbres que me daban una gran variedad de tristezas. Sin embargo aquella madrugada yo me reconcilié con mi socio. Yo también con las del mundo, yo debía tratar de mezclarlas. Como yo quería entrar en el mundo, me propuse arreglarme con él y dejé que un poco de mi ternura se derramara por encima de todas las cosas y las personas. Entonces descubrí que mi socio era el mundo. De nada valía que quisiera separarme de él. De él había recibido las comidas y las palabras. Además cuando mi socio no era más que el representante de alguna persona —ahora él representaba al mundo entero—, mientras yo escribía los recuerdos de Celina, él fue un camarada infatigable y me ayudó a convertir los recuerdos —sin suprimir los que cargaban remordimientos—, en una cosa escrita. Y eso me hizo mucho bien. Le perdono las sonrisas que hacía cuando yo me negaba a poner mis recuerdos en un cuadriculado de espacio y de tiempo. Le perdono su manera de golpear con el pie cuando le impacientaba mi escrupulosa búsqueda de los últimos filamentos del tejido del recuerdo; hasta que las puntas se sumergían y se perdían en el agua; hasta que los últimos movimientos no rozaban ningún aire en ningún espacio.

En cambio debo agradecerle que me siguiera cuando en la noche yo iba a la orilla de un río a ver correr el agua del recuerdo. Cuando yo sacaba un poco de agua en una vasija y estaba triste porque esa agua era poca y no corría, él me había ayudado a inventar recipientes en que contenerla y me había consolado contemplando el agua en las variadas formas de los cacharros. Después habíamos inventado una embarcación para cruzar el río y llegar a la isla donde estaba la casa de Celina. Habíamos llevado pensamientos que luchaban cuerpo a cuerpo con los recuerdos; en su lucha habían derribado y cambiado de posición muchas cosas; y es posible que haya habido objetos que se perdieran bajo los muebles. También debemos de haber perdido otros por el camino; porque cuando abríamos el saco del botín, todo se había cambiado por menos, quedaban unos poquitos huesos y se nos caía el pequeño farol en la tierra de la memoria.

Sin embargo, a la mañana siguiente volvíamos a convertir en cosa escrita lo poco que habíamos juntado en la noche.

Pero yo sé que la lámpara que Celina encendía aquellas noches, no es la misma que ahora se enciende en el recuerdo. La cara de ella y las demás cosas que recibieron aquella luz, también están cegadas por un tiempo inmenso que se hizo grande por encima del mundo. Y escondido en el aire de aquel cielo, hubo también un cielo de tiempo: fue él quien le quitó la memoria a los objetos. Por eso es que ellos no se acuerdan de mí. Pero yo los recuerdo a todos y con ellos he crecido y he cruzado el aire de muchos tiempos, caminos y ciudades. Ahora, cuando los recuerdos se esconden en el aire oscuro de la noche y solo se enciende aquella lámpara, vuelvo a darme cuenta de que ellos no me reconocen y que la ternura, además de haberse vuelto lejana también se ha vuelto ajena. Celina y todos aquellos habitantes de su sala me miran de lado; y si me miran de frente, sus miradas pasan a través de mí, como si hubiera alguien detrás, o como si en aquellas noches yo no hubiera estado presente. Son como rostros de locos que hace mucho se olvidaron del mundo. Aquellos espectros no me pertenecen. ¿Será que la lámpara y Celina y las sillas y su piano están enojados conmigo porque yo no fui nunca más a aquella casa? Sin embargo yo creo que aquel niño se fue con ellos y todos juntos viven con otras personas y es a ellos a quienes los muebles recuerdan. Ahora yo soy otro, quiero recordar a aquel niño y no puedo. No sé cómo es él mirado desde mí. Me he quedado con algo de él y guardo muchos de los objetos que estuvieron en sus ojos; pero no puedo encontrar las miradas que aquellos «habitantes» pusieron en él.

Montevideo, 1943

NADIE ENCENDÍA LAS LÁMPARAS

(1947)

Nadie encendía las lámparas

Hace mucho tiempo leía yo un cuento en una sala antigua. Al principio entraba por una de las persianas un poco de sol. Después se iba echando lentamente encima de algunas personas hasta alcanzar una mesa que tenía retratos de muertos queridos. A mí me costaba sacar las palabras del cuerpo como de un instrumento de fuelles rotos. En las primeras sillas estaban dos viudas dueñas de casa; tenían mucha edad, pero todavía les abultaba bastante el pelo de los moños. Yo leía con desgano y levantaba a menudo la cabeza del papel; pero tenía que cuidar de no mirar siempre a una misma persona; ya mis ojos se habían acostumbrado a ir a cada momento a la región pálida que quedaba entre el vestido y el moño de una de las viudas. Era una cara quieta que todavía seguiría recordando por algún tiempo un mismo pasado. En algunos instantes sus ojos parecían vidrios ahumados detrás de los cuales no había nadie. De pronto yo pensaba en la importancia de algunos concurrentes y me esforzaba por entrar en la vida del cuento. Una de las veces que me distraje vi a través de las persianas moverse palomas encima de una estatua. Después vi, en el fondo de la sala, una mujer joven que había recostado la cabeza contra la pared; su melena ondulada estaba muy esparcida y yo pasaba los ojos por ella como si viera una planta que hubiera crecido contra el muro de una casa abandonada. A mí me daba pereza tener que comprender de nuevo aquel cuento y transmitir su significado; pero a veces las palabras solas y la costumbre de decirlas producían efecto sin que yo interviniera y me sorprendía la risa de los oyentes. Ya había vuelto a pasar los ojos por la cabeza que estaba recostada en la pared y pensé que la mujer acaso se hubiera dado cuenta; entonces, para no ser indiscreto, miré hacia la estatua. Aunque seguía leyendo, pensaba en la inocencia con que la estatua tenía que representar un personaje que ella misma no comprendería. Tal vez ella se entendería mejor con las palomas: parecía consentir que ellas dieran vueltas en su cabeza y se posaran en el cilindro que el personaje tenía recostado al cuerpo. De pronto me encontré con que había vuelto a mirar la cabeza que estaba recostada contra la pared y que en ese instante ella había cerrado los ojos. Después hice el esfuerzo de recordar el entusiasmo que yo tenía las primeras veces que había leído aquel cuento; en él había una mujer que todos los días iba a un puente con la esperanza de poder suicidarse. Pero todos los días surgían obstáculos. Mis oyentes se rieron cuando en una de las noches alguien le hizo una proposición y la mujer, asustada, se había ido corriendo para su casa.

La mujer de la pared también se reía y daba vuelta la cabeza en el muro como si estuviera recostada en una almohada. Yo ya me había acostumbrado a sacar la vista de aquella cabeza y ponerla en la estatua. Quise pensar en el personaje que la estatua representaba; pero no se me ocurría nada serio; tal vez el alma del personaje también habría perdido la seriedad que tuvo en vida y ahora andaría jugando con las palomas. Me sorprendí cuando algunas de mis palabras volvieron a causar gracia; miré a las viudas y vi que alguien se había asomado a los ojos ahumados de la que parecía más triste. En una de las oportunidades que saqué la vista de la cabeza recostada en la pared, no miré la estatua sino a otra habitación en la que creí ver llamas encima de una mesa; algunas personas siguieron mi movimiento; por encima de la mesa solo había una jarra con flores rojas y amarillas sobre las que daba un poco de sol.

Al terminar mi cuento se encendió el barullo y la gente me rodeó; hacían comentarios y un señor empezó a contarme un cuento de otra mujer que se había suicidado. Él quería expresarse bien pero tardaba en encontrar las palabras; y además hacía rodeos y digresiones. Yo miré a los demás y vi que escuchaban impacientes; todos estábamos parados y no sabíamos qué hacer con las manos. Se había acercado la mujer que usaba esparcidas las ondas del pelo. Después de mirarla a ella, miré la estatua. Yo no quería oír el cuento porque me hacía sufrir el esfuerzo de aquel hombre persiguiendo palabras: era como si la estatua se hubiera puesto a manotear las palomas.

La gente que me rodeaba no podía dejar de oír al señor del cuento; él lo hacía con empecinamiento torpe y como si quisiera decir: «Soy un político, sé improvisar un discurso y también contar un cuento que tenga su interés».

Entre los que oíamos había un joven que tenía algo extraño en la frente: era una franja oscura en el lugar donde aparece el pelo; y ese mismo color —como el de una barba tupida que ha sido recién afeitada y cubierta de polvos— le hacía grandes entradas en la frente. Miré a la mujer del pelo esparcido y vi con sorpresa que ella también me miraba el pelo a mí. Y fue entonces cuando el político terminó el cuento y todos aplaudieron. Yo no me animé a felicitarlo y una de las viudas dijo: «Siéntense, por favor». Todos lo hicimos y se sintió un suspiro bastante general; pero yo me tuve que levantar de nuevo porque una de las viudas me presentó a la joven del pelo ondeado: resultó ser sobrina de ella. Me invitaron a sentarme en un gran sofá para tres; de un lado se puso la sobrina y del otro el joven de la frente pelada. Iba a hablar la sobrina, pero el joven la interrumpió. Había levantado una mano con los dedos hacia arriba —como el esqueleto de un paraguas que el viento hubiera doblado— y dijo:

—Adivino en usted un personaje solitario que se conformaría con la amistad de un árbol.

Yo pensé que se había afeitado así para que la frente fuera más amplia, y sentí la maldad de contestarle:

—No crea; a un árbol, no podría invitarlo a pasear.

Los tres nos reímos. Él echó hacia atrás su frente pelada y siguió:

—Es verdad; el árbol es el amigo que siempre se queda.

Las viudas llamaron a la sobrina. Ella se levantó haciendo un gesto de desagrado; yo la miraba mientras se iba, y solo entonces me di cuenta que era fornida y violenta. Al volver la cabeza me encontré con un joven que me fue presentado por el de la frente pelada. Estaba recién peinado y tenía gotas de agua en las puntas del pelo. Una vez yo me peiné así, cuando era niño, y mi abuela me dijo: «Parece que te hubieran *lambido* las vacas». El recién llegado se sentó en el lugar de la sobrina y se puso a hablar:

—¡Ah, Dios mío, ese señor del cuento, tan recalcitrante!

De buena gana yo le hubiera dicho: «¿Y usted?, ¿tan femenino?». Pero le pregunté:

—¿Cómo se llama?

—¿Quién?

—El señor... recalcitrante.

—Ah, no recuerdo. Tiene un nombre patricio. Es un político y siempre lo ponen de miembro en los certámenes literarios.

Yo miré al de la frente pelada y él me hizo un gesto como diciendo: «¡Y qué le vamos a hacer!».

Cuando vino la sobrina de las viudas sacó del sofá al «femenino» sacudiéndolo de un brazo y haciéndole caer gotas de agua en el saco. Y en seguida dijo:

—No estoy de acuerdo con ustedes.

—¿Por qué?

—... y me extraña que ustedes no sepan cómo hace el árbol para pasear con nosotros.

—¿Cómo?

—Se repite a largos pasos.

Le elogiamos la idea y ella se entusiasmó:

—Se repite en una avenida indicándonos el camino; después todos se juntan a lo lejos y se asoman para vernos; y a medida que nos acercamos se separan y nos dejan pasar.

Ella dijo todo esto con cierta afectación de broma y como disimulando una idea romántica. El pudor y el placer la hicieron enrojecer. Aquel encanto fue interrumpido por el femenino:

—Sin embargo, cuando es la noche en el bosque, los árboles nos asaltan por todas partes; algunos se inclinan como para dar un paso y echársenos encima; y todavía nos interrumpen el camino y nos asustan abriendo y cerrando las ramas.

La sobrina de las viudas no se pudo contener.

—¡Jesús, parece Blancanieves!

Y mientras nos reíamos, ella me dijo que deseaba hacerme una pregunta y fuimos a la habitación donde estaba la jarra con flores. Ella se recostó en la mesa hasta hundirse la tabla en el cuerpo; y mientras se metía las manos entre el pelo, me preguntó:

—Dígame la verdad: ¿por qué se suicidó la mujer de su cuento?

—¡Oh!, habría que preguntárselo a ella.

—Y usted, ¿no lo podría hacer?

—Sería tan imposible como preguntarle algo a la imagen de un sueño.

Ella sonrió y bajó los ojos. Entonces yo pude mirarle toda la boca, que era muy grande. El movimiento de los labios, estirándose hacia los costados, parecía que no terminaría más; pero mis ojos recorrían con gusto toda aquella distancia de rojo húmedo. Tal vez ella viera a través de los párpados; o pensara que en aquel silencio yo no estuviera haciendo nada bueno, porque bajó mucho la cabeza y escondió la cara. Ahora mostraba toda la masa del pelo; en un remolino de las ondas se le veía un poco de la piel, y yo recordé a una gallina que el viento le había revuelto las plumas y se le veía la carne. Yo sentía placer en imaginar que aquella cabeza era una gallina humana, grande y caliente; su calor sería muy delicado y el pelo era una manera muy fina de las plumas.

Vino una de las tías —la que no tenía los ojos ahumados— a traernos copitas de licor. La sobrina levantó la cabeza y la tía le dijo:

—Hay que tener cuidado con este; mira que tiene ojos de zorro.

Volví a pensar en la gallina y le contesté:

—¡Señora! ¡No estamos en un gallinero!

Cuando nos volvimos a quedar solos y mientras yo probaba el licor —era demasiado dulce y me daba náuseas—, ella me preguntó:

—¿Usted nunca tuvo curiosidad por el porvenir?

Había encogido la boca como si la quisiera guardar dentro de la copita.

—No, tengo más curiosidad por saber lo que le ocurre en este mismo instante a otra persona; o en saber qué haría yo ahora si estuviera en otra parte.

—Dígame, ¿qué haría usted ahora si yo no estuviera aquí?

—Casualmente lo sé: volcaría este licor en la jarra de las flores.

Me pidieron que tocara el piano. Al volver a la sala la viuda de los ojos ahumados estaba con la cabeza baja y recibía en el oído lo que la hermana le decía con insistencia. El piano era pequeño, viejo y desafinado. Yo no sabía qué tocar; pero apenas empecé a probarlo la viuda de los ojos ahumados soltó el llanto y todos nos callamos. La hermana y la sobrina la llevaron para adentro; y al ratito vino la sobrina y nos dijo que su tía no quería oír música desde la muerte de su esposo —se habían amado hasta llegar a la inocencia—.

Los invitados empezaron a irse. Y los que quedamos hablábamos en voz cada vez más baja a medida que la luz se iba. Nadie encendía las lámparas. Yo me iba entre los últimos, tropezando con los muebles, cuando la sobrina me detuvo:

—Tengo que hacerle un encargo.

Pero no me dijo nada: recostó la cabeza en la pared del zaguán y me tomó la manga del saco.

El balcón

Había una ciudad que a mí me gustaba visitar en verano. En esa época casi todo un barrio se iba a un balneario cercano. Una de las casas abandonadas era muy antigua; en ella habían instalado un hotel y apenas empezaba el verano la casa se ponía triste, iba perdiendo sus mejores familias y quedaba habitada nada más que por los sirvientes. Si yo me hubiera escondido detrás de ella y soltado un grito, este en seguida se hubiese apagado en el musgo.

El teatro donde yo daba los conciertos también tenía poca gente y lo había invadido el silencio: yo lo veía agrandarse en la gran tapa negra del piano. Al silencio le gustaba escuchar la música; oía hasta la última resonancia y después se quedaba pensando en lo que había escuchado. Sus opiniones tardaban. Pero cuando el silencio ya era de confianza, intervenía en la música: pasaba entre los sonidos como un gato con su gran cola negra y los dejaba llenos de intenciones.

Al final de uno de esos conciertos, vino a saludarme un anciano tímido. Debajo de sus ojos azules se veía la carne viva y enrojecida de sus párpados caídos; el labio inferior, muy grande y parecido a la baranda de un palco, daba vuelta alrededor de su boca entreabierta. De allí salía una voz apagada y palabras lentas; además, las iba separando con el aire quejoso de la respiración.

Después de un largo intervalo me dijo:

—Yo lamento que mi hija no pueda escuchar su música.

No sé por qué se me ocurrió que la hija se habría quedado ciega; y en seguida me di cuenta que una ciega podía oír, que más bien podía haberse quedado sorda, o no estar en la ciudad; y de pronto me detuve en la idea de que podría haberse muerto. Sin embargo aquella noche yo era feliz; en aquella ciudad todas las cosas eran lentas, sin ruido y yo iba atravesando, con el anciano, penumbras de reflejos verdosos.

De pronto me incliné hacia él —como en el instante en que debía cuidar de algo muy delicado— y se me ocurrió preguntarle:

—¿Su hija no puede venir?

Él dijo «ah» con un golpe de voz corto y sorpresivo; detuvo el paso, me miró a la cara y por fin le salieron estas palabras:

—Eso, eso; ella no puede salir. Usted lo ha adivinado. Hay noches que no duerme pensando que al día siguiente tiene que salir. Al otro día se levanta temprano, apronta todo y le viene mucha agitación. Después se le va pasando. Y al final se sienta en un sillón y ya no puede salir.

La gente del concierto desapareció en seguida de las calles que rodeaban al teatro y nosotros entramos en el café. Él le hizo señas al mozo y le trajeron una bebida oscura en un vasito. Yo lo acompañaría nada más que unos instantes; tenía que ir a cenar a otra parte. Entonces le dije:

—Es una pena que ella no pueda salir. Todos necesitamos pasear y distraernos.

Él, después de haber puesto el vasito en aquel labio tan grande y que no alcanzó a mojarse, me explicó:

—Ella se distrae. Yo compré una casa vieja, demasiado grande para nosotros dos, pero se halla en buen estado. Tiene un jardín con una fuente; y la pieza de ella tiene, en una esquina, una puerta que da sobre un balcón de invierno; y ese balcón da a la calle; casi puede decirse que ella vive en el balcón. Algunas veces también pasea por el jardín y algunas noches toca el piano. Usted podrá venir a cenar a mi casa cuando quiera y le guardaré agradecimiento.

Comprendí en seguida; y entonces decidimos el día en que yo iría a cenar y a tocar el piano.

Él me vino a buscar al hotel una tarde en que el sol todavía estaba alto. Desde lejos, me mostró la esquina donde estaba colocado el balcón de invierno. Era un primer piso. Se entraba por un gran portón que había al costado de la casa y que daba a un jardín con una fuente y estatuillas que se escondían entre los yuyos. El jardín estaba rodeado por un alto paredón; en la parte de arriba le habían puesto pedazos de vidrio pegados con mezcla. Se subía a la casa por una escalinata colocada delante de una galería desde donde se podía mirar al jardín a través de una vidriera. Me sorprendió ver, en el largo corredor, un gran número de sombrillas abiertas; eran de distintos colores y parecían grandes plantas de invernáculo. En seguida el anciano me explicó:

—La mayor parte de estas sombrillas se las he regalado yo. A ella le gusta tenerlas abiertas para ver los colores. Cuando el tiempo está bueno elige una y da una vueltita por el jardín. En los días que hay viento no se puede abrir esta puerta porque las sombrillas se vuelan, tenemos que entrar por otro lado.

Fuimos caminando hasta un extremo del corredor por un trecho que había entre la pared y las sombrillas. Llegamos a una puerta, el anciano tamborileó con los dedos en el vidrio y de adentro respondió una voz apagada. El anciano me hizo entrar y en seguida vi a su hija de pie en medio del balcón de invierno; frente a nosotros y de espaldas a vidrios de colores. Solo cuando nosotros habíamos cruzado la mitad del salón ella salió de su balcón y nos vino a alcanzar. Desde lejos ya venía levantando la mano y diciendo palabras de agradecimiento por mi visita. Contra la pared que recibía menos luz había recostado un pequeño piano abierto, su gran sonrisa amarillenta parecía ingenua.

Ella se disculpó por el hecho de no poder salir y señalando al balcón vacío, dijo:

—Él es mi único amigo.

Yo señalé al piano y le pregunté:

—Y ese inocente ¿no es amigo suyo también?

Nos estábamos sentando en sillas que había a los pies de la cama de ella. Tuve tiempo de ver muchos cuadritos de flores pintadas colocados todos a la misma altura y alrededor de las cuatro paredes como si formaran un friso. Ella había dejado abandonada en medio de su cara, una sonrisa tan inocente como la del piano; pero su cabello rubio y desteñido y su cuerpo delgado también parecían haber sido abandonados desde mucho tiempo. Ya empezaba a explicar por qué el piano no era tan amigo suyo como el balcón, cuando el anciano salió casi en puntas de pie. Ella siguió diciendo:

—El piano era un gran amigo de mi madre.

Yo hice un movimiento como para ir a mirarlo; pero ella, levantando una mano y abriendo los ojos me detuvo:

—Perdone, preferiría que probara el piano después de cenar, cuando haya luces encendidas. Me acostumbré desde muy niña a oír el piano nada más que por la noche. Era cuando lo tocaba mi madre. Ella encendía las cuatro velas de los candelabros y tocaba notas tan lentas y tan separadas en el silencio como si también fuera encendiendo, uno por uno, los sonidos.

Después se levantó y pidiéndome permiso se fue al balcón; al llegar a él puso los brazos desnudos en los vidrios como si los recostara sobre el pecho de otra persona. Pero en seguida volvió y me dijo:

—Cuando veo pasar varias veces a un hombre por el vidrio rojo, casi siempre resulta que él es violento o de mal carácter.

No pude dejar de preguntarle:

—Y yo ¿en qué vidrio caí?

—En el verde. Casi siempre les toca a las personas que viven solas en el campo.

—Casualmente a mí me gusta la soledad entre plantas —le contesté.

Se abrió la puerta por donde yo había entrado y apareció el anciano seguido por una sirvienta tan baja que yo no sabía si era niña o enana. Su cara roja aparecía encima de la mesita que ella misma traía en sus bracitos. El anciano me preguntó:

—¿Qué bebida prefiere?

Yo iba a decir «ninguna»; pero pensé que se disgustaría y le pedí una cualquiera. A él le trajeron un vasito con la bebida oscura que yo le había visto tomar a la salida del concierto. Cuando ya era del todo la noche fuimos al comedor y pasamos por la galería de las sombrillas; ella cambió algunas de lugar y mientras yo se las elogiaba se le llenaba la cara de felicidad.

El comedor estaba en un nivel más bajo que la calle y a través de pequeñas ventanas enrejadas se veían los pies y las piernas de los que pasaban por la vereda. La luz, no bien salía de una pantalla verde, ya daba sobre un mantel blanco; allí se habían reunido, como para una fiesta de recuerdos, los viejos objetos de la familia. Apenas nos sentamos, los tres nos quedamos callados un momento; entonces todas las cosas que había en la mesa parecían formas preciosas del silencio. Empezaron a entrar en el mantel nuestros pares de manos: ellas parecían habitantes naturales de la mesa. Yo no podía dejar de pensar en la vida de las manos. Haría muchos años, unas manos habían obligado a estos objetos de la mesa a tener una forma. Después de mucho andar ellos encontrarían colocación en algún aparador. Estos seres de la vajilla tendrían que servir a toda clase de manos. Cualquiera de ellas echaría los alimentos en las caras lisas y brillosas de los platos; obligarían a las jarras a llenar y a volcar sus caderas; y a los cubiertos, a hundirse en la carne, a deshacerla y a llevar los pedazos a la boca. Por último los seres de la vajilla eran bañados, secados y conducidos a sus pequeñas habitaciones. Algunos de estos seres podrían sobrevivir a muchas parejas de manos; algunas de ellas serían buenas con ellos, los amarían y los llenarían de recuerdos; pero ellos tendrían que seguir sirviendo en silencio.

Hacía un rato, cuando nos hallábamos en la habitación de la hija de la casa y ella no había encendido la luz —quería aprovechar hasta último momento el resplandor que venía de su balcón—, estuvimos hablando de los objetos. A medida que se iba la luz, ellos se acurrucaban en la sombra como si tuvieran plumas y se prepararan para dormir. Entonces ella dijo que los objetos adquirían alma a medida que entraban en relación con las personas. Algunos de ellos antes habían sido otros y habían tenido otra alma (algunos que ahora tenían patas, antes habían tenido ramas, las teclas habían sido colmillos), pero su balcón había tenido alma por primera vez cuando ella empezó a vivir en él.

De pronto apareció en la orilla del mantel la cara colorada de la enana. Aunque ella metía con decisión sus bracitos en la mesa para que las manitas tomaran las cosas, el anciano y su hija le acercaban los platos a la orilla de la mesa. Pero al ser tomados por la enana, los objetos de la mesa perdían dignidad. Además el anciano tenía una manera apresurada y humillante de agarrar el botellón por el pescuezo y doblegarlo hasta que le salía vino.

Al principio la conversación era difícil. Después apareció dando campanadas un gran reloj de pie; había estado marchando contra la pared situada detrás del anciano; pero yo me había olvidado de su presencia. Entonces empezamos a hablar. Ella me preguntó:

—¿Usted no siente cariño por las ropas viejas?

—¡Cómo no! Y de acuerdo a lo que usted dijo de los objetos, los trajes son los que han estado en más estrecha relación con nosotros —aquí yo me reí y ella se quedó seria—; y no me parecería imposible que guardaran de nosotros algo más que la forma obligada del cuerpo y alguna emanación de la piel.

Pero ella no me oía y había procurado interrumpirme como alguien que intenta entrar a saltar cuando están torneando la cuerda. Sin duda me había hecho la pregunta pensando en lo que respondería ella. Por fin dijo:

—Yo compongo mis poesías después de estar acostada —ya, en la tarde había hecho alusión a esas poesías— y tengo un camisón blanco que me acompaña desde mis primeros poemas. Algunas noches de verano voy con él al balcón. El año pasado le dediqué una poesía.

Había dejado de comer y no se le importaba que la enana metiera los bracitos en la mesa. Abrió los ojos como ante una visión y empezó a recitar:

—A mi camisón blanco.

Yo endurecía todo el cuerpo y al mismo tiempo atendía a las manos de la enana. Sus deditos, muy sólidos, iban arrollados hasta los objetos, y solo a último momento se abrían para tomarlos.

Al principio yo me preocupaba por demostrar distintas maneras de atender; pero después me quedé haciendo un movimiento afirmativo con la cabeza, que coincidía con la llegada del péndulo a uno de los lados del reloj. Esto me dio fastidio; y también me angustiaba el pensamiento de que pronto ella terminaría y yo no tenía preparado nada para decirle; además, al anciano le había quedado un poco de acelga en el borde del labio inferior y muy cerca de la comisura.

La poesía era cursi; pero parecía bien medida; con «camisón» no rimaba ninguna de las palabras que yo esperaba; le diría que el poema era fresco. Yo miraba al anciano y al hacerlo me había pasado la lengua por el labio inferior; pero él escuchaba a la hija. Ahora yo empezaba a sufrir porque el poema no terminaba. De pronto dijo «balcón» para rimar con «camisón», y ahí terminó el poema.

Después de las primeras palabras, yo me escuchaba con serenidad y daba a los demás la impresión de buscar algo que ya estaba a punto de encontrar.

—Me llama la atención —comencé— la calidad de adolescencia que le ha quedado en el poema. Es muy fresco y...

Cuando yo había empezado a decir «es muy fresco», ella también empezaba a decir:

—Hice otro...

Yo me sentí desgraciado; pensaba en mí con un egoísmo traicionero. Llegó la enana con otra fuente y me serví con desenfado una buena cantidad. No quedaba ningún prestigio: ni el de los objetos de la mesa, ni el de la poesía, ni el de la casa que tenía encima, con el corredor de las sombrillas, ni el de la hiedra que tapaba todo un lado de la casa. Para peor, yo me sentía separado de ellos y comía en forma canallesca; no había una vez que el anciano no manoteara el pescuezo del botellón que no encontrara mi copa vacía.

Cuando ella terminó el segundo poema, yo dije:

—Si esto no estuviera tan bueno —yo señalaba el plato—, le pediría que me dijera otro.

En seguida el anciano dijo:

—Primero ella debía comer. Después tendrá tiempo.

Yo empezaba a ponerme cínico, y en aquel momento no se me hubiera importado dejar que me creciera una gran barriga. Pero de pronto sentí como una necesidad de agarrarme del saco de aquel pobre viejo y tener para él un momento de generosidad. Entonces señalándole el vino le dije que hacía poco me habían hecho un

cuento de un borracho. Se lo conté, y al terminar, los dos empezaron a reírse desesperadamente; después yo seguí contando otros. La
risa de ella era dolorosa, pero me pedía por favor que siguiera
contando cuentos; la boca se le había estirado para los lados como
un tajo impresionante; las «patas de gallo» se le habían quedado
prendidas en los ojos llenos de lágrimas, y se apretaba las manos
juntas entre las rodillas. El anciano tosía y había tenido que dejar
el botellón antes de llenar la copa. La enana se reía haciendo un saludo de medio cuerpo.

Milagrosamente todos habíamos quedado unidos, y yo no tenía el menor remordimiento.

Esa noche no toqué el piano. Ellos me rogaron que me quedara, y me llevaron a un dormitorio que estaba al lado de la casa que
tenía enredaderas de hiedra. Al empezar a subir la escalera, me fijé
que del reloj de pie salía un cordón que iba siguiendo a la escalera,
en todas sus vueltas. Al llegar al dormitorio, el cordón entraba y
terminaba atado en una de las pequeñas columnas del dosel de mi
cama. Los muebles eran amarillos, antiguos, y la luz de una lámpara hacía brillar sus vientres. Yo puse mis manos en mi abdomen y
miré el del anciano. Sus últimas palabras de aquella noche habían
sido para recomendarme:

—Si usted se siente desvelado y quiere saber la hora, tire de
este cordón. Desde aquí oirá el reloj del comedor; primero le dará
las horas y después de un intervalo, los minutos.

De pronto se empezó a reír, y se fue dándome las «buenas
noches». Sin duda se acordaría de uno de los cuentos, el del borracho que conversaba con un reloj.

Todavía el anciano hacía crujir la escalera de madera con sus
pasos pesados cuando yo ya me sentía solo con mi cuerpo. Él —mi
cuerpo— había atraído hacia sí todas aquellas comidas y todo
aquel alcohol como un animal tragando a otros; y ahora tendría
que luchar con ellos toda la noche. Lo desnudé completamente y lo
hice pasear descalzo por la habitación.

En seguida de acostarme quise saber qué cosa estaba haciendo
yo con mi vida en aquellos días; recibí de la memoria algunos acontecimientos de los días anteriores, y pensé en personas que estaban
muy lejos de allí. Después empecé a deslizarme con tristeza y con
cierta impudicia por algo que era como las tripas del silencio.

A la mañana siguiente hice un recorrido sonriente y casi feliz
de las cosas de mi vida. Era muy temprano; me vestí lentamente y
salí a un corredor que estaba a pocos metros sobre el jardín. De

este lado también había yuyos y altos árboles espesos. Oí conversar al anciano y a su hija, y descubrí que estaban sentados en un banco colocado bajo mis pies. Entendí primero lo que decía ella:

—Ahora Úrsula sufre más; no solo quiere menos al marido, sino que quiere más al otro.

El anciano preguntó:

—¿Y no puede divorciarse?

—No; porque ella quiere a los hijos, y los hijos quieren al marido y no quieren al otro.

Entonces el anciano dijo con mucha timidez:

—Ella podría decirle a los hijos que el marido tiene varias amantes.

La hija se levantó enojada:

—¡Siempre el mismo, tú! ¡Cuándo comprenderás a Úrsula! ¡Ella es incapaz de hacer eso!

Yo me quedé muy intrigado. La enana no podía ser —se llamaba Tamarinda—. Ellos vivían, según me había dicho el anciano, completamente solos. ¿Y esas noticias? ¿Las habrían recibido en la noche? Después del enojo, ella había ido al comedor y al rato salió al jardín bajo una sombrilla color salmón con volados de gasas blancas. A mediodía no vino a la mesa. El anciano y yo comimos poco y tomamos poco vino. Después yo salí para comprar un libro a propósito para ser leído en una casa abandonada entre yuyos, en una noche muda y después de haber comido y bebido en abundancia.

Cuando iba de vuelta pasó frente al balcón, un poco antes que yo, un pobre negro viejo y rengo, con un sombrero verde de alas tan anchas como las que usan los mejicanos.

Se veía una mancha blanca de carne, apoyada en el vidrio verde del balcón.

Esa noche, apenas nos sentamos a la mesa, yo empecé a hacer cuentos, y ella no recitó.

Las carcajadas que soltábamos el anciano y yo nos servían para ir acomodando cantidades brutales de comida y de vinos.

Hubo un momento en que nos quedamos silenciosos. Después, la hija nos dijo:

—Esta noche quiero oír música. Yo iré antes a mi habitación y encenderé las velas del piano. Hace ya mucho tiempo que no se encienden. El piano, ese pobre amigo de mamá, creerá que es ella quien lo irá a tocar.

Ni el anciano ni yo hablamos una palabra más. Al rato vino Tamarinda a decirnos que la señorita nos esperaba.

Cuando fui a hacer el primer acorde, el silencio parecía un animal pesado que hubiera levantado una pata. Después del primer acorde salieron sonidos que empezaron a oscilar como la luz de velas. Hice otro acorde como si adelantara otro paso. Y a los pocos instantes, y antes que yo tocara otro acorde más, estalló una cuerda. Ella dio un grito. El anciano y yo nos paramos; él fue hacia su hija, que se había tapado los ojos, y la empezó a calmar diciéndole que las cuerdas estaban viejas y llenas de herrumbre. Pero ella seguía sin sacarse las manos de los ojos y haciendo movimientos negativos con la cabeza. Yo no sabía qué hacer; nunca se me había reventado una cuerda. Pedí permiso para ir a mi cuarto; y al pasar por el corredor tenía miedo de pisar una sombrilla.

A la mañana siguiente llegué tarde a la cita del anciano y la hija en el banco del jardín; pero alcancé a oír que la hija decía:

—El enamorado de Úrsula trajo puesto un gran sombrero verde de alas anchísimas.

Yo no podía pensar que fuera aquel negro viejo y rengo que había visto pasar en la tarde anterior; ni podía pensar en quién traería esas noticias por la noche.

Al mediodía volvimos a almorzar el anciano y yo solos. Entonces aproveché para decirle:

—Es muy linda la vista desde el corredor. Hoy me quedé más porque ustedes hablaban de una Úrsula, y yo temía ser indiscreto.

El anciano había dejado de comer, y me había preguntado en voz baja:

—¿Usted oyó?

Vi el camino fácil para la confidencia, y le contesté:

—Sí, oí todo; ¡pero no me explico cómo Úrsula puede encontrar buen mozo a ese negro viejo y rengo que ayer llevaba sombrero verde de alas tan anchas!

—¡Ah! —dijo el anciano—, usted no ha entendido. Desde que mi hija era casi una niña me obligaba a escuchar y a que yo interviniera en la vida de personajes que ella inventaba. Y siempre hemos seguido sus destinos como si realmente existieran y recibiéramos noticias de sus vidas. Ella les atribuye hechos y vestimentas que percibe desde el balcón. Si ayer vio pasar a un hombre de sombrero verde, no se extrañe que hoy se lo haya puesto a uno de sus personajes. Yo soy muy torpe para seguirle esos inventos, y ella se enoja conmigo. ¿Por qué no le ayuda usted? Si quiere yo...

No lo dejé terminar.

—De ninguna manera, señor. Yo inventaría cosas que le harían mucho daño.

A la noche ella tampoco vino a la mesa. El anciano y yo comimos, bebimos y conversamos hasta muy tarde de la noche.

Después que me acosté sentí crujir una madera que no era de los muebles. Por fin comprendí que alguien subía la escalera. Y a los pocos instantes llamaron suavemente a mi puerta. Pregunté quién era, y la voz de la hija me respondió:

—Soy yo; quiero conversar con usted.

Encendí la lámpara, abrí una rendija en la puerta y ella me dijo:

—Es inútil que tenga la puerta entornada; yo veo por la rendija el espejo, y el espejo lo refleja a usted desnudito detrás de la puerta.

Cerré en seguida y le dije que esperara. Cuando le indiqué que podía entrar abrió la puerta de entrada y se dirigió a otra que había en mi habitación y que yo nunca pude abrir. Ella la abrió con la mayor facilidad y entró a tientas en la oscuridad de otra habitación que yo no conocía. Al momento salió de allí con una silla que colocó al lado de mi cama. Se abrió una capa azul que traía puesta y sacó un cuaderno de versos. Mientras ella leía yo hacía un esfuerzo inmenso para no dormirme; quería levantar los párpados y no podía; en vez, daba vuelta para arriba los ojos y debía parecer un moribundo. De pronto ella dio un grito como cuando se reventó la cuerda del piano, y yo salté en la cama. En medio del piso había una araña grandísima. En el momento que yo la vi ya no caminaba: había crispado tres de sus patas peludas, como si fuera a saltar. Después yo le tiré los zapatos sin poder acertarle. Me levanté, pero ella me dijo que no me acercara, que esa araña saltaba. Yo tomé la lámpara, fui dando la vuelta a la habitación cerca de las paredes hasta llegar al lavatorio, y desde allí le tiré con el jabón, con la tapa de la jabonera, con el cepillo, y solo acerté cuando le tiré con la jabonera. La araña arrolló sus patas y quedó hecha un pequeño ovillo de lana oscura. La hija del anciano me pidió que no le dijera nada al padre porque él se oponía a que ella trabajara o leyera hasta tan tarde. Después que ella se fue, reventé la araña con el taco del zapato y me acosté sin apagar la luz. Cuando estaba por dormirme, arrollé sin querer los dedos de los pies; esto me hizo pensar en que la araña estaba allí, y volví a dar un salto.

A la mañana siguiente vino el anciano a pedirme disculpas por la araña. Su hija se lo había contado todo. Yo le dije al anciano que nada de aquello tenía la menor importancia, y para cambiar de conversación le hablé de un concierto que pensaba dar por esos días en una localidad vecina. Él creyó que eso era un pretexto para irme y tuve que prometerle volver después del concierto.

Cuando me fui, no pude evitar que la hija me besara una mano: yo no sabía qué hacer. El anciano y yo nos abrazamos, y de pronto sentí que él me besaba cerca de una oreja.

No alcancé a dar el concierto. Recibí a los pocos días un llamado telefónico del anciano. Después de las primeras palabras, me dijo:

—Es necesaria su presencia aquí.

—¿Ha ocurrido algo grave?

—Puede decirse que una verdadera desgracia.

—¿A su hija?

—No.

—¿A Tamarinda?

—Tampoco. No se lo puedo decir ahora. Si puede postergar el concierto venga en el tren de las cuatro y nos encontraremos en el Café del Teatro.

—¿Pero su hija está bien?

—Está en la cama. No tiene nada, pero no quiere levantarse ni ver la luz del día; vive nada más que con luz artificial, y ha mandado cerrar todas las sombrillas.

—Bueno. Hasta luego.

En el Café del Teatro había mucho barullo, y fuimos a otro lado. El anciano estaba deprimido, pero tomó en seguida las esperanzas que yo le tendía. Le trajeron la bebida oscura en el vasito, y me dijo:

—Anteayer había tormenta, y a la tardecita nosotros estábamos en el comedor. Sentimos un estruendo, y en seguida nos dimos cuenta que no era la tormenta. Mi hija corrió para su cuarto y yo fui detrás. Cuando llegué ella ya había abierto las puertas que dan al balcón, y se había encontrado nada más que con el cielo y la luz de la tormenta. Se tapó los ojos y se desvaneció.

—¿Así que le hizo mal esa luz?

—¡Pero, mi amigo! ¿Usted no ha entendido?

—¿Qué?

—¡Hemos perdido el balcón! ¡El balcón se cayó! ¡Aquella no era la luz del balcón!

—Pero un balcón...

Más bien me callé la boca. Él me encargó que no le dijera a la hija una palabra del balcón. Y yo, ¿qué haría? El pobre anciano tenía confianza en mí. Pensé en las orgías que vivimos juntos. Entonces decidí esperar blandamente a que se me ocurriera algo cuando estuviera con ella.

Era angustioso ver el corredor sin sombrillas.

Esa noche comimos y bebimos poco. Después fui con el anciano hasta la cama de la hija y en seguida él salió de la habitación. Ella no había dicho ni una palabra; pero apenas se fue el anciano miró hacia la puerta que daba al vacío y me dijo:

—¿Vio cómo se nos fue?

—¡Pero señorita! Un balcón que se cae...

—Él no se cayó. Él se tiró.

—Bueno, pero...

—No solo yo lo quería a él; yo estoy segura de que él también me quería a mí; él me lo había demostrado.

Yo bajé la cabeza. Me sentía complicado en un acto de responsabilidad para el cual no estaba preparado. Ella había empezado a volcarme su alma y yo no sabía cómo recibirla ni qué hacer con ella.

Ahora la pobre muchacha estaba diciendo:

—Yo tuve la culpa de todo. Él se puso celoso la noche que yo fui a su habitación.

—¿Quién?

—¿Y quién va a ser? El balcón, mi balcón.

—Pero, señorita, usted piensa demasiado en eso. Él ya estaba viejo. Hay cosas que caen por su propio peso.

Ella no me escuchaba, y seguía diciendo:

—Esa misma noche comprendí el aviso y la amenaza.

—Pero escuche, ¿cómo es posible que?...

—¿No se acuerda quién me amenazó?... ¿Quién me miraba fijo tanto rato y levantando aquellas tres patas peludas?

—¡Oh!, tiene razón. ¡La araña!

—Todo eso es muy suyo.

Ella levantó los párpados. Después echó a un lado las cobijas y se bajó de la cama en camisón. Iba hacia la puerta que daba al balcón, y yo pensé que se tiraría al vacío. Hice un ademán para agarrarla; pero ella estaba en camisón. Mientras yo quedé indeciso, ella había definido su ruta. Se dirigía a una mesita que estaba al lado de la puerta que daba al vacío. Antes que llegara a la mesita, vi el cuaderno de hule negro de los versos.

Entonces ella se sentó en una silla, abrió el cuaderno y empezó a recitar:

—La viuda del balcón...

El acomodador

Apenas había dejado la adolescencia me fui a vivir a una ciudad grande. Su centro —donde todo el mundo se movía apurado entre casas muy altas— quedaba cerca de un río.

Yo era acomodador de un teatro; pero fuera de allí lo mismo corría de un lado para otro; parecía un ratón debajo de muebles viejos. Iba a mis lugares preferidos como si entrara en agujeros próximos y encontrara conexiones inesperadas. Además, me daba placer imaginar todo lo que no conocía de aquella ciudad.

Mi turno en el teatro era el último de la tarde. Yo corría a mi camarín, lustraba mis botones dorados y calzaba mi frac verde sobre chaleco y pantalones grises; en seguida me colocaba en el pasillo izquierdo de la platea y alcanzaba a los caballeros tomándoles el número; pero eran las damas las que primero seguían mis pasos cuando yo los apagaba en la alfombra roja. Al detenerme extendía la mano y hacía un saludo en paso de minué. Siempre esperaba una propina sorprendente, y sabía inclinar la cabeza con respeto y desprecio. No importaba que ellos no sospecharan todo lo superior que era yo. Ahora yo me sentía como un solterón de flor en el ojal que estuviera de vuelta de muchas cosas; y era feliz viendo damas en trajes diversos; y confusiones en el instante de encenderse el escenario y quedar en penumbra la platea. Después yo corría a contar las propinas; y por último salía a registrar la ciudad.

Cuando volvía cansado a mi pieza y mientras subía las escaleras y cruzaba los corredores, esperaba ver algo más a través de puertas entreabiertas. Apenas encendía la luz, se coloreaban de golpe las flores del empapelado: eran rojas y azules sobre fondo negro. Habían bajado la lámpara con un cordón que salía del centro del techo y llegaba casi hasta los pies de mi cama. Yo hacía una pantalla de diario y me acostaba con la cabeza hacia los pies; de esa manera podía leer disminuyendo la luz y apagando un poco las flores. Junto a la cabecera de la cama había una mesa con botellas y objetos que yo miraba horas enteras. Después apagaba la luz y seguía despierto hasta que oía entrar por la ventana ruidos de huesos serruchados, partidos con el hacha, y la tos del carnicero.

Dos veces por semana un amigo me llevaba a un comedor gratuito. Primero se entraba a un hall casi tan grande como el de un teatro; y después se pasaba al lujoso silencio del comedor. Pertenecía a un hombre que ofrecería aquellas cenas hasta el fin de sus días. Era una promesa hecha por haberse salvado su hija de las aguas del río. Los comensales eran extranjeros abrumados de recuerdos. Cada uno tenía derecho a llevar a un amigo dos veces por semana; y el dueño de casa comía en esa mesa una vez por mes. Llegaba como un director de orquesta después que los músicos estaban prontos. Pero lo único que él dirigía era el silencio. A las ocho, la gran portada blanca del fondo abría una hoja y aparecía el vacío en penumbra de una habitación contigua; y de esa oscuridad salía el frac negro de una figura alta con la cabeza inclinada hacia la derecha. Venía levantando una mano para indicarnos que no debíamos pararnos; todas las caras se dirigían hacia él; pero no los ojos: ellos pertenecían a los pensamientos que en aquel instante habitaban las cabezas. El director hacía un saludo al sentarse, todos dirigían la cabeza hacia los platos y pulsaban sus instrumentos. Entonces cada profesor de silencio tocaba para sí. Al principio se oían picotear los cubiertos; pero a los pocos instantes aquel ruido volaba y quedaba olvidado. Yo empezaba, simplemente, a comer. Mi amigo era como ellos y aprovechaba aquellos momentos para recordar su país. De pronto yo me sentía reducido al círculo del plato y me parecía que no tenía pensamientos propios. Los demás eran como dormidos que comieran al mismo tiempo y fueran vigilados por los servidores. Sabíamos que terminábamos un plato porque en ese instante lo escamoteaban; y pronto nos alegraba el siguiente. A veces teníamos que dividir la sorpresa y atender al cuello de una botella que venía arropada en una servilleta blanca. Otras veces nos sorprendía la mancha oscura del vino que parecía agrandarse en el aire mientras la sostenía el cristal de la copa.

A las pocas reuniones en el comedor gratuito, yo ya me había acostumbrado a los objetos de la mesa y podía tocar los instrumentos para mí solo. Pero no podía dejar de preocuparme por el alejamiento de los invitados. Cuando el «director» apareció en el segundo mes, yo no pensaba que aquel hombre nos obsequiaba por haberse salvado su hija; yo insistía en suponer que la hija se había ahogado. Mi pensamiento cruzaba con pasos inmensos y vagos las pocas manzanas que nos separaban del río; entonces yo me imaginaba a la hija, a pocos centímetros de la superficie del agua; allí recibía la luz de una luna amarillenta; pero al mismo tiempo resplandecía de blanco, su lujoso vestido y la piel de sus brazos y su cara. Tal vez aquel privilegio se debiera a las riquezas del padre y a sacrificios ignorados. A los que comían frente a mí y de espaldas al río, también los imaginaba ahogados: se inclinaban sobre los platos como si quisieran subir desde el centro del río y salir del agua; los que comíamos frente a ellos, les hacíamos una cortesía pero no les alcanzábamos la mano.

Una vez en aquel comedor oí unas palabras. Un comensal muy gordo había dicho: «Me voy a morir.» En seguida cayó con la cabeza en la sopa, como si la quisiera tomar sin cuchara; los demás habían dado vuelta sus cabezas para mirar la que estaba servida en el plato, y todos los cubiertos habían dejado de latir. Después se había oído arrastrar las patas de las sillas, los sirvientes llevaron al muerto al cuarto de los sombreros e hicieron sonar el teléfono para llamar al médico. Y antes que el cadáver se enfriara ya todos habían vuelto a sus platos y se oían picotear los cubiertos.

Al poco tiempo yo empecé a disminuir las corridas por el teatro y a enfermarme de silencio. Me hundía en mí mismo como en un pantano. Mis compañeros de trabajo tropezaban conmigo, y yo empecé a ser un estorbo errante. Lo único que hacía bien era lustrar los botones de mi frac. Una vez un compañero me dijo: «¡*Apúrate*, hipopótamo!». Aquella palabra cayó en mi pantano, se me quedó pegada y empezó a hundirse. Después me dijeron otras cosas. Y cuando ya me habían llenado la memoria de palabras como cacharros sucios, evitaban tropezar conmigo y daban vuelta por otro lado para esquivar mi pantano.

Algún tiempo después me echaron del empleo y mi amigo extranjero me consiguió otro en un teatro inferior. Allí iban mujeres mal vestidas y hombres que daban poca propina. Sin embargo, yo traté de conservar mi puesto.

Pero en uno de aquellos días más desgraciados apareció ante mis ojos algo que me compensó de mis males. Había estado insinuándose poco a poco. Una noche me desperté en el silencio oscuro de mi pieza y vi, en la pared empapelada de flores violetas, una luz. Desde el primer instante tuve la idea de que me ocurría algo extraordinario, y no me asusté. Moví los ojos hacia un lado y la mancha de luz siguió el mismo movimiento. Era una mancha parecida a la que se ve en la oscuridad cuando recién se apaga la lamparilla; pero esta otra se mantenía bastante tiempo y era posible ver a través de ella. Bajé los ojos hasta la mesa y vi las botellas y los objetos míos. No me quedaba la menor duda; aquella luz salía de mis propios ojos, y se había estado desarrollando desde hacía mucho tiempo. Pasé el dorso de mi mano por delante de mi cara y vi mis dedos abiertos. Al poco rato sentí cansancio; la luz disminuía y yo cerré los ojos. Después los volví a abrir para comprobar si aquello era cierto. Miré la bombita de luz eléctrica y vi que ella brillaba con luz mía. Me volví a convencer y tuve una sonrisa. ¿Quién, en el mundo, veía con sus propios ojos en la oscuridad?

Cada noche yo tenía más luz. De día había llenado la pared de clavos; y en la noche colgaba objetos de vidrio o porcelana: eran los que se veían mejor. En un pequeño ropero —donde estaban grabadas mis iniciales pero no las había grabado yo—, guardaba copas atadas del pie con un hilo, botellas con el hilo al cuello; platitos atados en el calado del borde; tacitas con letras doradas, etcétera. Una noche me atacó un terror que casi me lleva a la locura. Me había levantado para ver si me quedaba algo más en el ropero; no había encendido la luz eléctrica y vi mi cara y mis ojos en el espejo, con mi propia luz. Me desvanecí. Y cuando me desperté tenía la cabeza debajo de la cama y veía los fierros como si estuviera debajo de un puente. Me juré no mirar nunca más aquella cara mía y aquellos ojos de otro mundo. Eran de un color amarillo verdoso que brillaba como el triunfo de una enfermedad desconocida, los ojos eran grandes redondeles, y la cara estaba dividida en pedazos que nadie podría juntar ni comprender.

Me quedé despierto hasta que subió el ruido de los huesos serruchados y cortados con el hacha.

Al otro día recordé que hacía pocas noches iba subiendo el pasillo de la platea en penumbra y una mujer me había mirado los ojos con las cejas fruncidas. Otra noche mi amigo extranjero me había hecho burla diciéndome que mis ojos brillaban como los de los gatos. Yo trataba de mirarme la cara en las vidrieras apagadas, y prefería no ver los objetos que había tras los vidrios. Después de haber pensado mucho en los modos de utilizar la luz siempre había llegado a la conclusión de que debía utilizarla cuando estuviera solo.

En una de las cenas y antes que apareciera el dueño de casa en la portada blanca, vi la penumbra de la puerta entreabierta y sentí deseos de meter los ojos allí. Entonces empecé a planear la manera de entrar en aquella habitación, pues ya había entrevisto en ella vitrinas cargadas de objetos y había sentido aumentar la luz de mis ojos.

El hall del gran comedor daba a una calle; pero la casa cruzaba toda la manzana y tenía la entrada principal por otra calle; yo ya me había paseado muchas veces por la calle del hall y había visto varias veces al mayordomo: era el único que andaba por allí a esas horas. Cuando caminaba de frente con las piernas y los brazos torcidos hacia afuera, parecía un orangután; pero al verlo de costado, con la cola del frac muy dura, parecía un bicharraco. Una tarde, antes de cenar, me atreví a hablarle. Él me miraba escondiendo los ojos detrás de cejas espesas, mientras yo le decía:

—Me gustaría hablarle de un asunto particular; pero tengo que pedirle reserva.

—Usted dirá, señor.

—Yo... —ahora él miraba el piso y esperaba—... tengo en los ojos una luz que me permite ver en la oscuridad...

—Comprendo, señor.

—¡Comprende, no! —le contesté irritado—. Usted no puede haber conocido a nadie que viera en la oscuridad.

—Dije que comprendía sus palabras, señor; pero ya lo creo que ellas me asombran.

—Escuche. Si nosotros entramos a esa habitación —la de los sombreros— y cerramos la puerta, usted puede poner encima de la mesa cualquier objeto que tenga en el bolsillo y yo le diré qué es.

—Pero, señor —decía él—, si en ese momento viniera...

—Si es el dueño de la casa, yo le doy autorización para que se lo diga. Hágame el favor; es un momentito nada más.

—¿Y para qué?

—Ya se lo explicaré. Ponga cualquier cosa en la mesa apenas yo cierre la puerta; y en seguida le diré...

—Lo más pronto que pueda, señor...

Pasó ligero, se acercó a la mesa, yo cerré la puerta y al instante le dije:

—¡Usted ha puesto la mano abierta y nada más!

—Bueno, me basta, señor.

—Pero ponga algo que tenga en el bolsillo...

Puso el pañuelo; y yo, riéndome, le dije:

—¡Qué pañuelo sucio!

Él también se rio; pero de pronto le salió un graznido ronco y enderezó hacia la puerta. Cuando la abrió tenía la mano en los ojos y temblaba. Entonces me di cuenta que me había visto la cara; y eso yo no lo había previsto. Él me decía, suplicante:

—¡Váyase, señor! ¡Váyase, señor!

Y empezó a cruzar el comedor. Estaba ya iluminado pero vacío.

En la próxima vez que el dueño de casa comió con nosotros, yo le pedí a mi amigo que me permitiera sentarme cerca de la cabecera —donde se ubicaba el dueño—. El mayordomo tendría que servir allí, y no podría esquivarme. Cuando traía el primer plato sintió sobre él mis ojos y le empezaron a temblar las manos. Mientras el ruido de los cubiertos entretenía el silencio, yo acosaba al mayordomo. Después lo volví a ver en el hall. Él me decía:

—¡Señor, usted me va a perder!

—Si no me escucha, ya lo creo que lo perderé.

—¿Pero qué quiere el señor de mí?

—Que me permita ver, simplemente ver, puesto que usted me revisará a la salida, las vitrinas de la habitación contigua al comedor.

Empezó a hacer señas con las manos y la cabeza antes de poder articular ninguna palabra. Y cuando pudo, dijo:

—Yo vine a esta casa, señor, hace muchos años...

A mí me daba pena; y fastidio de tener pena. Mi lujuria de ver me lo hacía considerar como un obstáculo complicado. Él me hacía la historia de su vida y me explicaba por qué no podía traicionar al dueño de casa. Entonces lo interrumpí intimidándolo:

—Todo eso es inútil puesto que él no se enterará; además, usted se portaría mucho peor si yo le revolviera la cabeza por dentro. Esta noche vendré a las dos, y estaré en aquella habitación hasta las tres.

—Señor, revuélvame la cabeza y máteme.

—No; te ocurrirían cosas mucho más horribles que la muerte.

Y en el instante de irme le repetía:

—Esta noche, a las dos, estaré en esta puerta.

Al salir de allí necesité pensar algo que me justificara. Entonces me dije: «Cuando él vea que no ocurre nada no sufrirá más». Yo quería ir esa noche porque me tocaba cenar allí; y aquellas comidas con sus vinos me excitaban mucho y me aumentaban la luz.

Durante esa cena el mayordomo no estuvo tan nervioso como yo esperaba, y pensé que no me abriría la puerta. Pero fui a las dos, y me abrió. Entonces, mientras cruzaba el comedor detrás de él y de su candelabro, se me ocurrió la idea de que él no habría resistido la tortura de la amenaza, le habría contado todo al dueño y me tendrían preparada una trampa. Apenas entramos en la habitación de las vitrinas lo miré: tenía los ojos bajos y la cara inexpresiva; entonces le dije:

—Tráigame un colchón. Veo mejor desde el piso, y quiero tener el cuerpo cómodo.

Vaciló haciendo movimientos con el candelabro y se fue. Cuando me quedé solo y empecé a mirar creí estar en el centro de una constelación. Después pensé que me atraparían. El mayordomo tardaba. Para prenderme a mí no hubieran necesitado mucho tiempo. Apareció arrastrando un colchón con una mano porque en la otra traía el candelabro. Y con voz que sonó demasiado entre aquellas vitrinas, dijo:

—Volveré a las tres.

Al principio yo tenía miedo de verme reflejado en los grandes espejos o en los cristales de las vitrinas. Pero tirado en el suelo no me alcanzaría ninguno de ellos. ¿Por qué el mayordomo estaría tan tranquilo? Mi luz anduvo vagando por aquel universo; pero yo no podía alegrarme. Después de tanta audacia para llegar hasta allí, me faltaba coraje para estar tranquilo. Yo podía mirar una cosa y hacerla mía teniéndola en mi luz un buen rato; pero era necesario estar despreocupado y saber que tenía derecho a mirarla. Me decidí a observar un pequeño rincón que tenía cerca de los ojos. Había un libro de misa con tapas de carey veteado como el azúcar quemada; pero en una de las esquinas tenía un calado sobre el que descansaba una flor aplastada. Al lado de él, enroscado como un reptil, yacía un rosario de piedras preciosas. Esos objetos estaban al pie de abanicos que parecían bailarinas abriendo sus anchas polleras; mi luz perdió un poco de estabilidad al pasar sobre algunos que tenían lentejuelas; y por fin se detuvo en otro que tenía un chino con cara de nácar y traje de seda. Solo aquel chino podía estar aislado en aquella inmensidad; tenía una manera de estar fijo que hacía pensar en el misterio de la estupidez. Sin embargo, él fue lo único que yo pude hacer mío aquella noche. Al salir quise darle una propina al mayordomo. Pero él la rechazó diciendo:

—Yo no hago esto por interés, señor; lo hago obligado por usted.

En la segunda sesión miré miniaturas de jaspe; pero al pasar mi luz por encima de un pequeño puente sobre el que cruzaban elefantes me di cuenta de que en aquella habitación había otra luz que no era la mía. Di vuelta los ojos antes que la cabeza y vi avanzar una mujer blanca con un candelabro. Venía desde el principio de la ancha avenida bordeada de vitrinas. Me empezaron espasmos en la sien que en seguida corrieron como ríos dormidos a través de las mejillas; después los espasmos me envolvieron el pelo con vueltas de turbante. Por último aquello descendió por las piernas y se anudó en las rodillas. La mujer venía con la cabeza fija y el paso lento. Yo esperaba que su envoltura de luz llegara hasta el colchón y ella soltara un grito. Se detenía unos instantes; y al renovar los pasos yo pensaba que tenía tiempo de escapar; pero no me podía mover. A pesar de las pequeñas sombras en la cara se veía que aquella mujer era bellísima: parecía haber sido hecha con las manos y después de haberla bosquejado en un papel. Se acercaba demasiado; pero yo pensaba quedarme quieto hasta el fin del mundo. Se paró a un costado del colchón. Después empezó a caminar pisando con un pie en el piso y el otro en el colchón. Yo estaba como un muñeco extendido en un escaparate mientras ella pisaba con un pie en el cordón de la vereda y el otro en la calle. Después permanecí inmóvil a pesar de que la luz de ella se movía de una manera extraña. Cuando la vi pasar de vuelta ella hacía un camino en forma de eses por entre el espacio de una vitrina a la otra, y la cola del peinador se iba enredando suavemente en las patas de las vitrinas. Tuve la sensación de haber dormido un poco antes que ella hubiera llegado a la puerta del fondo. La había dejado abierta al venir y también la dejó al irse. Todavía no había desaparecido del todo la luz de ella, cuando descubrí que había otra detrás de mí. Ahora me pude levantar. Tomé el colchón por una punta y salí para encontrarme con el mayordomo. Le temblaba todo el cuerpo y el candelabro. No podía entender lo que me decía porque le castañeteaban los dientes postizos.

Yo sabía que en la próxima sesión ella aparecería de nuevo; no podía concentrarme para mirar nada, y no hacía otra cosa que esperarla. Apareció y me sentí más tranquilo. Todos los hechos eran iguales a la primera vez; el hueco de los ojos conservaba la misma fijeza; pero no sé dónde estaba lo que cada noche tenía de diferente. Al mismo tiempo yo ya sentía costumbre y ternura. Cuando ella venía cerca del colchón tuve una rápida inquietud: me di cuenta que no pasaría por la orilla sino que cruzaría por encima de mí. Volví a sentir terror y a creer que ella gritaría. Se detuvo cerca de mis pies. Después dio un paso sobre el colchón; otro encima de mis rodillas —que temblaron, se abrieron e hicieron resbalar el pie de ella—; otro paso del otro pie en el colchón; otro paso en la boca de mi estómago; otro más en el colchón y otro de manera que su pie descalzo se apoyó en mi garganta. Y después perdí el sentido de lo que ocurría de la más delicada manera: pasó por mi cara toda la cola de su peinador perfumado.

Cada noche los hechos eran más parecidos; pero yo tenía sentimientos distintos. Después todos se fundían y las noches parecían pocas. La cola del peinador borraba memorias sucias y yo volvía a cruzar espacios de un aire tan delicado como el que hubieran podido mover las sábanas de la infancia. A veces ella interrumpía un instante el roce de la cola sobre mi cara; entonces yo sentía la angustia de que me cortaran la comunicación y la amenaza de un presente desconocido. Pero cuando el roce continuaba y el abismo quedaba salvado, yo pensaba en una broma de la ternura y bebía con fruición todo el resto de la cola.

A veces el mayordomo me decía:

—¡Ah, señor! ¡Cuánto tarda en descubrirse todo esto!

Pero yo iba a mi pieza, cepillaba lentamente mi traje negro en el lugar de las rodillas y el estómago, y después me acostaba para pensar en ella. Había olvidado mi propia luz: la hubiera dado toda por recordar con más precisión cómo la envolvía a ella la luz de su candelabro. Repasaba sus pasos y me imaginaba que una noche ella se detendría cerca de mí y se hincaría; entonces, en vez del peinador, yo sentiría sus cabellos y sus labios. Todo esto lo componía de muchas maneras; y a veces le ponía palabras: «Querido mío, yo te mentía...». Pero esas palabras no me parecían de ella y tenía que empezar a suponer todo de nuevo. Esos ensayos no me dejaban dormir; y hasta penetraban un poco en los sueños. Una vez soñé que ella cruzaba una gran iglesia. Había resplandores de luces de velas sobre colores rojos y dorados. Lo más iluminado era el vestido blanco de novia con una larga cola que ella llevaba lentamente. Se iba a casar; pero caminaba sola y con una mano se tomaba la otra. Yo era un perro lanudo de un color negro muy brillante y estaba echado encima de la cola de la novia. Ella me arrastraba con orgullo y yo parecía dormido. Al mismo tiempo yo me sentía ir entre un montón de gente que seguía a la novia y al perro. En esa otra manera mía, yo tenía sentimientos e ideas parecidos a los de mi madre y trataba de acercarme todo lo posible al perro. Él iba tan tranquilo como si se hubiera dormido en una playa y de cuando en cuando abriera los ojos y se viera rodeado de espuma. Yo le había transmitido al perro una idea, y él la había recibido con una sonrisa. Era esta: «Tú te dejas llevar; pero tú piensas en otra cosa».

Después, en la madrugada, oía serruchar la carne y golpear con el hacha.

Una noche en que había recibido pocas propinas, salí del teatro y bajé hasta la calle más próxima al río. Mis piernas estaban cansadas; pero mis ojos tenían gran necesidad de ver. Al pararme en una casucha de libros viejos vi pasar una pareja de extranjeros; él iba vestido de negro y con una gorra de apache; ella llevaba en la cabeza una mantilla española y hablaba en alemán. Yo caminaba en la dirección de ellos, pero ellos iban apurados y me habían sacado ventaja. Sin embargo, al llegar a la esquina tropezaron con un niño que vendía caramelos y le desparramaron los paquetes. Ella se reía, le ayudaba a juntar la mercancía y al fin le dio unas monedas. Y fue al volverse a mirar por última vez al vendedor, cuando reconocí a mi sonámbula y me sentí caer en un pozo de aire. Seguí a la pareja ansiosamente: yo también tropecé con una gorda que me dijo:

—*Mirá* por dónde vas, imbécil.

Yo casi corría y estaba a punto de sollozar. Ellos llegaron a un cine barato, y cuando él fue a sacar las entradas ella dio vuelta la cabeza. Me miró con cierta insistencia porque vio mi ansiedad, pero no me conoció. Yo no tenía la menor duda. Al entrar me senté algunas filas delante de ellos, y en una de las veces que me di vuelta para mirarla, ella debe haber visto mis ojos en la oscuridad, pues empezó a hablarle a él con alguna agitación. Al rato yo me di vuelta otra vez; ellos hablaron de nuevo, pero pocas palabras y en voz alta. E inmediatamente abandonaron la sala. Yo también. Corría detrás de ella sin saber lo que iba a hacer. Ella no me reconocía; y además se me escapaba con otro. Yo nunca había tenido tanta excitación y, aunque sospechaba que no iría a buen fin, no podía detenerme. Estaba seguro de que en todo aquello había confusión de destinos; pero el hombre que iba apretado al brazo de ella se había hundido la gorra hasta las orejas y caminaba cada vez más ligero. Los tres nos precipitábamos como en un peligro de incendio; yo ya iba cerca de ellos, y esperaba quién sabe qué desenlace. Ellos bajaron la vereda y empezaron a cruzar la calle corriendo; yo iba a hacer lo mismo, y en ese instante me detuvo otro hombre de gorra; estaba sentado en un auto, había descargado un cornetazo y me estaba insultando. Apenas desapareció el auto yo vi a la pareja acercarse a un policía. Con el mismo ritmo con que caminaba tras ellos me decidí a ir para otro lado. A los pocos metros me di vuelta, pero no vi a nadie que me siguiera. Entonces empecé a disminuir la velocidad y a reconocer el mundo de todos los días. Había que andar despacio y pensar mucho. Me di cuenta que iba a tener una gran angustia y entré en una taberna que tenía poca luz y poca gente; pedí vino y empecé a gastar de las propinas que reservaba para pagar la pieza. La luz salía hacia la calle por entre las rejas de una ventana abierta; y se le veían brillar las hojas a un árbol que estaba parado en el cordón de la vereda. A mí me costaba decidirme a pensar en lo que me pasaba. El piso era de tablas viejas con agujeros. Yo pensaba que el mundo en que ella y yo nos habíamos encontrado, era inviolable; ella no lo podría abandonar después de haberme pasado tantas veces la cola del peinador por la cara; aquello era un ritual en que se anunciaba el cumplimiento de un mandato. Yo tendría que hacer algo. O tal vez esperar algún aviso que ella me diera en una de aquellas noches. Sin embargo, ella no parecía saber el peligro que corría en sus noches despiertas, cuando violaba lo que le indicaban los pasos del sueño. Yo me sentía orgulloso de ser un acomodador, de estar en la más pobre taberna y de saber, yo solo —ni siquiera ella lo sabía—, que con mi luz había penetrado en un mundo cerrado para todos los demás. Cuando salí de la taberna vi un hombre que llevaba gorra. Después vi otros. Entonces tuve una idea de los hombres de gorra: eran seres que andaban por todas partes pero que no tenían nada que ver conmigo. Subí a un tranvía pensando que cuando fuera a la sala de las vitrinas llevaría escondida una gorra y de pronto se la mostraría. Un hombre gordo descargó su cuerpo, al sentarse a mi lado, y yo ya no pude pensar más nada.

A la próxima reunión yo llevé la gorra, pero no sabía si la utilizaría. Sin embargo, apenas ella apareció en el fondo de la sala yo saqué la gorra y empecé a hacer señales como con un farol negro. De pronto la mujer se detuvo y yo, instintivamente, guardé la gorra; pero cuando ella empezó a caminar volví a sacarla y a hacer las señales. Cuando ella se paró cerca del colchón tuve miedo y le tiré con la gorra: primero le pegó en el pecho y después cayó a sus pies. Todavía pasaron unos instantes antes de que ella soltara un grito. Se le cayó el candelabro haciendo ruido y apagándose. En seguida oí caer el bulto blando de su cuerpo seguido de un golpe más duro que sería la cabeza. Yo me paré y abrí los brazos como para tantear una vitrina; pero en ese instante me encontré con mi propia luz que empezaba a crecer sobre el cuerpo de ella. Había caído como si en seguida fuera a tener un sueño dichoso; los brazos le habían quedado entreabiertos, la cabeza echada hacia un lado y la cara pudorosamente escondida bajo las ondas del pelo. Yo recorría su cuerpo con mi luz como un bandido que le registrara con una linterna; y cerca de los pies me sorprendí al encontrar un gran sello negro, en el que pronto reconocí mi gorra. Mi luz no solo iluminaba a aquella mujer, sino que tomaba algo de ella. Yo miraba complacido la gorra y pensaba que era mía y no de ningún otro; pero de pronto mis ojos empezaron a ver en los pies de ella un color amarillo verdoso parecido al de mi cara aquella noche que la vi en el espejo de mi ropero. Aquel color se hacía brillante en algunos lados del pie y se oscurecía en otros. Al instante aparecieron pedacitos blancos que me hicieron pensar en los huesos de los dedos. Ya el horror giraba en mi cabeza como un humo sin salida. Empecé a hacer de nuevo el recorrido de aquel cuerpo; ya no era el mismo, y yo no reconocía su forma; a la altura del vientre encontré, perdida, una de sus manos, y no veía de ella nada más que los huesos. No quería mirar más y hacía un gran esfuerzo para bajar los párpados. Pero mis ojos, como dos gusanos que se movieran por su cuenta dentro de mis órbitas, siguieron revolviéndose hasta que la luz que proyectaban llegó hasta la cabeza de ella. Carecía por completo de pelo, y los huesos de la cara tenían un brillo espectral como el de un astro visto con un telescopio. Y de pronto oí al mayordomo: caminaba fuerte, encendía todas las luces y hablaba enloquecido. Ella volvió a recobrar sus formas; pero yo no la quería mirar. Por una puerta que yo no había visto entró el dueño de casa y fue corriendo a levantar a la hija. Salía con ella en brazos cuando apareció otra mujer; todos se iban, y el mayordomo no dejaba de gritar:

—Él tuvo la culpa; tiene una luz del infierno en los ojos. Yo no quería y él me obligó...

Apenas me quedé solo pensé que me ocurría algo muy grave. Podría haberme ido; pero me quedé hasta que entró de nuevo el dueño. Detrás venía el mayordomo y dijo:

—¡Todavía está aquí!

Yo iba a contestarle. Tardé en encontrar la respuesta; sería más o menos esta: «No soy persona de irme así de una casa. Además tengo que dar una explicación». Pero también me vino la idea de que sería más digno no contestar al mayordomo. El dueño ya había llegado hasta mí. Se arreglaba el pelo con los dedos y parecía muy preocupado. Levantó la cabeza con orgullo y, con el ceño fruncido y los ojos empequeñecidos, me preguntó:

—¿Mi hija lo invitó a venir a este lugar?

Su voz parecía venir de un doble fondo que él tuviera en su persona. Yo me quedé tan desconcertado que no pude decir más que:

—No, señor. Yo venía a ver estos objetos... y ella me caminaba por encima...

El dueño iba a hablar, pero se quedó con la boca entreabierta. Volvió a pasarse los dedos por el pelo y parecía pensar: «No esperaba esta complicación».

El mayordomo empezó a explicarle otra vez la luz del infierno y todo lo demás. Yo sentía que toda mi vida era una cosa que los demás no comprenderían. Quise reconquistar el orgullo y dije:

—Señor, usted no podrá entender nunca. Si le es más cómodo, envíeme a la comisaría.

Él también recobró su orgullo:

— No llamaré a la policía porque usted ha sido mi invitado; pero ha abusado de mi confianza, y espero que su dignidad le aconsejará lo que debe hacer.

Entonces yo empecé a pensar un insulto. Lo primero que me vino a la cabeza fue decirle «mugriento». Pero en seguida quise pensar en otro. Y fue en esos instantes cuando se abrió, sola, una vitrina, y cayó al suelo una mandolina. Todos escuchamos atentamente el sonido de la caja armónica y las cuerdas. Después el dueño se dio vuelta y se iba para adentro en el momento que el mayordomo fue a recoger la mandolina; le costó decidirse a tomarla, como si desconfiara de algún embrujo; pero la pobre mandolina parecía, más bien, un ave disecada. Yo también me di vuelta y empecé a cruzar el comedor haciendo sonar mis pasos; era como si anduviera dentro de un instrumento.

En los días que siguieron tuve mucha depresión y me volvieron a echar del empleo. Una noche intenté colgar mis objetos de vidrio en la pared; pero me parecieron ridículos. Además fui perdiendo la luz: apenas veía el dorso de mi mano cuando la pasaba por delante de los ojos.

Menos Julia

En mi último año de escuela veía yo siempre una gran cabeza negra apoyada sobre una pared verde pintada al óleo. El pelo crespo de ese niño no era muy largo; pero le había invadido la cabeza como si fuera una enredadera; le tapaba la frente, muy blanca, le cubría las sienes, se había echado encima de las orejas y le bajaba por la nuca hasta metérsele entre el saco de pana azul. Siempre estaba quieto y casi nunca hacía los deberes ni estudiaba las lecciones. Una vez la maestra lo mandó a la casa y preguntó quién de nosotros quería acompañarlo y decirle al padre que viniera a hablar con ella. La maestra se quedó extrañada cuando yo me paré y me ofrecí, pues la misión era antipática. A mí me parecía posible hacer algo y salvar a aquel compañero; pero ella empezó a desconfiar, a prever nuestros pensamientos y a imponernos condiciones. Sin embargo, al salir de allí, fuimos al parque y los dos nos juramos no ir nunca más a la escuela.

Una mañana del año pasado mi hija me pidió que la esperara en una esquina mientras ella entraba y salía de un bazar. Como tardaba, fui a buscarla y me encontré con que el dueño era el amigo mío de la infancia. Entonces nos pusimos a conversar y mi hija se tuvo que ir sin mí.

Por un camino que se perdía en el fondo del bazar venía una muchacha trayendo algo en las manos. Mi amigo me decía que él había pasado la mayor parte de su vida en Francia. Y allá, él también había recordado los procedimientos que nosotros habíamos inventado para hacer creer a nuestros padres que íbamos a la escuela. Ahora él vivía solo; pero en el bazar lo rodeaban cuatro muchachas que se acercaban a él como a un padre. La que venía del fondo traía un vaso de agua y una píldora para mi amigo. Después él agregó:

—Ellas son muy buenas conmigo; y me disculpan mis...

Aquí hizo un silencio y su mano empezó a revolotear sin saber dónde posarse; pero su cara había hecho una sonrisa. Yo le dije un poco en broma:

—Si tienes alguna... rareza que te incomode, yo tengo un médico amigo...

Él no me dejó terminar. Su mano se había posado en el borde de un jarrón; levantó el índice y parecía que aquel dedo fuera a cantar. Entonces mi amigo me dijo:

—Yo quiero a mi... enfermedad más que a la vida. A veces pienso que me voy a curar y me viene una desesperación mortal.

—¿Pero qué... cosa es esa?

—Tal vez un día te lo pueda decir. Si yo descubriera que tú eres de las personas que pueden agravar mi... mal, te regalaría esa silla nacarada que tanto le gustó a tu hija.

Yo miré la silla y no sé por qué pensé que la enfermedad de mi amigo estaba sentada en ella.

El día que él se decidió a decirme su mal era sábado y recién había cerrado el bazar. Fuimos a tomar un ómnibus que salía para afuera y detrás de nosotros venían las cuatro muchachas y un tipo de patillas que yo había visto en el fondo del bazar entre libros de escritorio.

—Ahora todos iremos a mi quinta —me dijo—, y si quieres saber aquello tendrás que acompañarnos hasta la noche.

Entonces se detuvo hasta que los demás estuvieron cerca y me presentó a sus empleados. El hombre de las patillas se llamaba Alejandro y bajaba la vista como un lacayo.

Cuando el ómnibus hubo salido de la ciudad y el viaje se volvió monótono, yo le pedí a mi amigo que me adelantara algo... Él se rio y por fin dijo:

—Todo ocurrirá en un túnel.

—¿Me avisarás antes que el ómnibus pase por él?

—No; ese túnel está en mi quinta y nosotros entraremos en él a pie. Será para cuando llegue la noche. Las muchachas estarán esperándonos dentro, hincadas en reclinatorios a lo largo de la pared de la izquierda y tendrán puesto en la cabeza un paño oscuro. A la derecha habrá objetos sobre un largo y viejo mostrador. Yo tocaré los objetos y trataré de adivinarlos. También tocaré las caras de las muchachas y pensaré que no las conozco...

Se quedó un instante en silencio. Había levantado las manos y ellas parecían esperar que se les acercaran objetos o tal vez caras. Cuando se dio cuenta de que se había quedado en silencio, recogió las manos; pero lo hizo con el movimiento de cabezas que se escondieran detrás de una ventana. Quiso volver a su explicación, pero solo dijo:

—¿Comprendes?

Yo apenas pude contestarle:

—Trataré de comprender.

Él miró el paisaje. Yo me di vuelta con disimulo y me fijé en las caras de las muchachas: ellas ignoraban lo que nosotros hablábamos y parecía fácil descubrir su inocencia. A los pocos instantes yo toqué a mi amigo en el codo para decirle:

—Si ellas están en la oscuridad, ¿por qué se ponen paños en la cabeza?

Él contestó distraído:

—No sé... pero prefiero que sea así.

Y volvió a mirar el paisaje. Yo también puse los ojos en la ventanilla; pero atendía a la cabeza negra de mi amigo; ella se había quedado como una nube quieta a un lado del cielo y yo pensaba en los lugares de otros cielos por donde ella habría cruzado. Ahora, al saber que aquella cabeza tenía la idea del túnel, yo la comprendía de otra manera. Tal vez en aquellas mañanas de la escuela, cuando él dejaba la cabeza quieta apoyada en la pared verde, ya se estuviera formando en ella algún túnel. No me extrañaba que yo no hubiera comprendido eso cuando paseábamos por el parque; pero así como en aquel tiempo yo lo seguía sin comprender, ahora debía hacer lo mismo. De cualquier manera todavía conservábamos la misma simpatía y yo no había aprendido a conocer las personas.

Los ruidos del ómnibus y las cosas que veía, me distraían; pero de cuando en cuando no tenía más remedio que pensar en el túnel.

Cuando mi amigo y yo llegamos a la quinta, Alejandro y las muchachas estaban empujando un portón de hierro. Las hojas de los grandes árboles habían caído encima de los arbustos y los habían dejado como papeleras repletas. Y sobre el portón y las hojas, parecía haber descendido una cerrazón de herrumbre. Mientras buscábamos los senderos entre plantas chicas, yo veía a lo lejos una casa antigua. Al llegar a ella las muchachas hicieron exclamaciones de pesar: al costado de la escalinata había un león hecho pedazos: se había caído de la terraza. Yo sentía placer en descubrir los rincones de aquella casa; pero hubiera deseado estar solo y hacer largas estadías en cada lugar.

Desde el mirador vi correr un arroyo. Mi amigo me dijo:

—¿Ves aquella cochera con una puerta grande cerrada? Bueno; dentro de ella está la boca del túnel; corre en la misma dirección del arroyo. ¿Y ves aquella glorieta cerca de la escalinata del fondo? Allí está escondida la cola del túnel.

—¿Y cuánto tardas en recorrerlo? Me refiero a cuando tocas los objetos y las caras...

—¡Ah! Poco. En una hora ya el túnel nos ha digerido a todos. Pero después yo me tiro en un diván y empiezo a evocar lo que he recordado o lo que ha ocurrido allí. Ahora me cuesta hablar de eso. Esta luz fuerte me daña la idea del túnel. Es como la luz que entra en las cámaras de los fotógrafos cuando las imágenes no están fijadas. Y en el momento del túnel me hace mal hasta el recuerdo de la luz fuerte. Todas las cosas quedan tan desilusionadas como algunos decorados de teatro al otro día de mañana.

Él me decía esto y nosotros estábamos parados en un recodo oscuro de la escalera. Y cuando seguimos descendiendo, vimos desde lo alto la penumbra del comedor; en medio de ella flotaba un inmenso mantel blanco que parecía un fantasma muerto y acribillado de objetos.

Las cuatro muchachas se sentaron en una cabecera y los tres hombres en la otra. Entre los dos bandos había unos metros de mantel en blanco, pues el viejo sirviente acostumbraba a servir toda la mesa desde la época en que habitaba allí la gran familia de mi amigo. Únicamente hablábamos él y yo. Alejandro permanecía con su cara flaca apretada entre las patillas y no sé si pensaría: «No me tomo la confianza que no me dan» o «No seré yo quien les dé confianza a estos». En la otra cabecera las muchachas hablaban y se reían sin hacer mucho barullo. Y de este lado mi amigo me decía:

—¿Tú no necesitas, a veces, estar en una gran soledad?

Yo empecé a tragar aire para un gran suspiro y después dije:

—Frente a mi pieza hay dos vecinos con radio; y apenas se despiertan se meten con las radios en mi cuarto.

—¿Y por qué los dejas entrar?

—No, quiero decir que las encienden con tal volumen que es como si entraran en mi pieza.

Yo iba a contar otras cosas; pero mi amigo me interrumpió:

—Tú sabrás que cuando yo caminaba por mi quinta y oía chillar una radio, perdía el concepto de los árboles y de mi vida. Esa vejación me cambiaba la idea de todo: mi propia quinta no me parecía mía y muchas veces pensé que yo había nacido en un siglo equivocado.

A mí me costaba aguantar la risa porque en ese instante Alejandro, siempre con sus párpados bajos, tuvo una especie de hipo y se le inflaron las mejillas como a un clarinetista. Pero en seguida le dije a mi amigo:

—¿Y ahora no te molesta más esa radio?

La conversación era tonta y me prometí dedicarme a comer. Mi amigo siguió diciendo:

—El tipo que antes me llenaba la quinta de ruido vino a pedirme que le saliera de garantía para un crédito...

Alejandro pidió permiso para levantarse un momento, le hizo señas a una muchacha y mientras se iban le volvió el hipo que le hacía mover las patillas: parecían las velas negras de un barco pirata. Mi amigo seguía:

—Entonces yo le dije: «No solo le salgo de garantía, sino que le pago las cuotas. Pero usted me apaga esa radio sábados y domingos» —después, mirando la silla vacía de Alejandro, me dijo—: Este es mi hombre; compone el túnel como una sinfonía. Ahora se levantó para no olvidarse de algo. Antes yo derrochaba mucho su trabajo, porque cuando no adivinaba una cosa se la preguntaba; y él se deshacía todo para conseguir otras nuevas. Ahora, cuando yo no adivino un objeto lo dejo para otra sesión y cuando estoy aburrido de tocarlo sin saber qué es, le pego una etiqueta que llevo en el bolsillo y él lo saca de la circulación por algún tiempo.

Cuando Alejandro volvió, nosotros ya habíamos adelantado bastante en la comida y los vinos. Entonces mi amigo palmeó el hombro de Alejandro y me dijo:

—Este es un gran romántico; es el Schubert del túnel. Y además tiene más timidez y más patillas que Schubert. Fíjate que anda en amores con una muchacha a quien nunca vio ni sabe cómo se llama. Él lleva los libros en una barraca después de las diez de la noche. Le encanta la soledad y el silencio entre olores de maderas. Una noche dio un salto sobre los libros porque sonó el teléfono; la que se equivocó de llamado, siguió equivocándose todas las noches; y él, apenas *la toca* con los oídos y las intenciones.

Las patillas negras de Alejandro estaban rodeadas de la vergüenza que le había subido a la cara, y yo le empecé a tomar simpatía.

Terminada la comida, Alejandro y las muchachas salieron a pasear; pero mi amigo y yo nos recostamos en los divanes que había en su cuarto. Después de la siesta, nosotros también salimos y caminamos todo el resto de la tarde. A medida que iba oscureciendo mi amigo hablaba menos y hacía movimientos más lentos. Ahora la luz era débil y los objetos luchaban con ella. La noche iba a ser muy oscura; mi amigo ya tanteaba los árboles y las plantas y pronto entraríamos al túnel con el recuerdo de todo lo que la luz había confundido antes de irse. Él me detuvo en la puerta de la cochera y antes que me hablara yo oí al arroyo. Después mi amigo me dijo:

—Por ahora tú no tocarás las caras de las muchachas: ellas te conocen poco. Tocarás nada más que lo que esté a tu derecha y sobre el mostrador.

Yo ya había oído los pasos de Alejandro. Mi amigo hablaba en voz baja y me volvió a encargar:

—No debes perder en ningún momento tu colocación que será entre Alejandro y yo.

Encendió una pequeña linterna y me mostró los primeros escalones, que eran de tierra y tenían pastitos desteñidos. Llegamos a otra puerta y él apagó la linterna. Todavía me dijo otra vez:

—Ya sabes, el mostrador está a la derecha y lo encontrarás apenas camines dos pasos. Aquí está el borde, y, aquí encima, la primera pieza: yo nunca la adiviné y la dejo a tu disposición.

Yo me inicié poniendo las manos sobre una pequeña caja cuadrada de la que sobresalía una superficie curva. No sabía si aquella materia era muy dura; pero no me atreví a hincarle la uña. Tenía una canaleta suave, una parte un poco áspera y cerca de uno de los bordes de la caja había lunares... o granitos. Yo tuve una mala impresión y saqué las manos. Él me preguntó:

—¿Pensaste en algo?

—Esto no me interesa.

—Por tu reacción veo que has pensado alguna cosa.

—Pensé en los granitos que cuando era niño veía en el lomo de unos sapos muy grandes.

—¡Ah!, sigue.

Después me encontré con un montón de algo como harina. Metí las manos con gusto. Y él me dijo:

—Al borde del mostrador hay un paño sujeto con una chinche para que después te limpies las manos.

Y yo le contesté, insidiosamente:

—Me gustaría que hubiera playas de harina...

—Bueno, sigue.

Después encontré una jaula que tenía forma de pagoda. La sacudí para ver si tenía algún pájaro. Y en ese instante se produjo un ligero resplandor; yo no sabía de dónde venía ni de qué se trataba. Oí un paso de mi amigo y le pregunté:

—¿Qué ocurre?

Y él a su vez me preguntó:

—¿Qué te pasa?

—¿No viste un resplandor?

—Ah, no te preocupes. Como las muchachas son pocas para un túnel tan largo, tienen que estar repartidas a mucha distancia; entonces, con esta linterna cada una me avisa dónde está.

Me di vuelta y vi encenderse varias veces el resplandor como si fuera un bichito de luz. En ese instante mi amigo dijo:

—Espérame aquí.

Y al ir hacia la luz la cubrió con su cuerpo. Entonces yo pensé que él iba sembrando sus dedos en la oscuridad; después los recogería de nuevo y todos se reunirían en la cara de la muchacha.

De pronto le oí decir:

—Ya va la tercera vez que te pones la primera, Julia.

Pero una voz tenue le contestó:

—Yo no soy Julia.

En ese momento oí acercarse los pasos de Alejandro y le pregunté:

—¿Qué tenía aquella primera caja?

Tardó en decirme:

—Una cáscara de zapallo.

Me asusté al oír la voz enojada de mi amigo:

—Sería conveniente que no le preguntaras nada a Alejandro.

Yo pasé aquellas palabras con un trago de saliva y puse las manos en el mostrador. El resto de la sesión lo hicimos en silencio. Los objetos que yo había reconocido, estaban en este orden: una cáscara de zapallo, un montón de harina, una jaula sin pájaro, unos zapatitos de niño, un tomate, unos impertinentes, una media de mujer, una máquina de escribir, un huevo de gallina, una horquilla de primus, una vejiga inflada, un libro abierto, un par de esposas y una caja de botines conteniendo un pollo pelado. Lamenté que Alejandro hubiera colocado el pollo como último número, pues fue muy desagradable la sensación al tantear su cuero frío y granulado. Apenas salimos del túnel Alejandro me alumbró los escalones que daban a la glorieta. Al llegar a la luz de un corredor mi amigo me puso cariñosamente la mano en el cuello como para decirme: «Perdona mi brusquedad de hoy», pero al mismo tiempo dio vuelta la cabeza para otro lado como diciendo: «Sin embargo ahora estoy en otra cosa y tendré que seguir en ella».

Antes de ir a su habitación me hizo señas con el índice para que lo siguiera; y después se llevó el mismo dedo a la boca para pedirme silencio. En su pieza empezó a acomodar los divanes de manera que cada uno mirara en sentido contrario y nosotros no nos viéramos las caras. Él fue descargando su cuerpo en un diván y yo en el otro. Me entregué a mis pensamientos y me juré internarme, todo lo posible, en aquel asunto.

Al rato me sorprendió la voz más baja de mi amigo, diciéndome:

—Me gustaría que pasaras todo el día de mañana aquí; pero siento tener que ofrecértelo con una condición...

Yo esperé unos segundos y le contesté:

—Si yo aceptara, tendría que ser, también, con una condición...

Al principio él se rio, y después dijo:

—Mira, cada uno apuntará en un papel la condición. ¿Aceptas?

—Muy bien.

Yo saqué una tarjeta. Después, como nuestras cabeceras estaban cerca, nos alargamos los papeles sin mirarnos. El de mi amigo decía: «Necesito andar solo, por la quinta, durante todo el día». Y el mío: «Quisiera pasarlo encerrado en una habitación». Él se volvió a reír. Después se levantó y salió unos minutos. Al volver, dijo:

—Tu habitación estará encima de esta. Y ahora vamos a la mesa.

Allí encontré un conocido: el pollo del túnel.

Al terminar la cena me dijo:

—Te invito a oír el cuarteto de don Claudio.

Me hizo gracia la familiaridad con Debussy. Nos recostamos en los divanes; y en una de las veces que fue a dar vuelta un disco, se detuvo con él en la mano para decirme:

—Cuando estoy allí, siento que me rozan ideas que van a otra parte.

El disco terminó y él siguió diciendo:

—Yo he vivido cerca de otras personas y me he guardado en la memoria recuerdos que no me pertenecen.

Esa noche él no me dijo nada más y cuando yo estuve solo en mi pieza, empecé a pasearme por ella; me sentía en una excitación dichosa y pensaba que el gran objeto del túnel era mi amigo. Precisamente, en ese momento él subía apresuradamente la escalera. Abrió la puerta, asomó la cabeza con una sonrisa y me pidió:

—Tus pasos no me dejan tranquilo; se oyen demasiado, allá abajo...

—¡Oh, discúlpame!

Apenas se fue yo me saqué los zapatos y me empecé a pasear en medias. Y él no tardó en volver a subir:

—Ahora peor, querido. Tus pasos parecen palpitaciones. Ya he sentido otras veces el corazón como si me anduviera un rengo en el cuerpo.

—¡Ah! Cuánto te habrás arrepentido de ofrecerme tu casa.

—Al contrario. Estaba pensando que en adelante me disgustaría saber que está vacía la habitación donde estuviste tú.

Yo le contesté con una sonrisa artificial y él se fue en seguida. Me dormí pronto pero me desperté al rato. Había relámpagos y truenos lejanos. Me levanté pisando despacio y fui a abrir la ventana y a mirar la luz blancuzca de un cielo que quería echarse encima de la casa con sus nubes carnosas. Y de pronto vi sobre un camino un hombre agachado buscando algo entre plantas rastreras. Pasados unos instantes dio unos pasos de costado, sin levantarse y yo decidí ir a avisarle a mi amigo. La escalera crujía y yo tenía miedo de que él se despertara y creyera que era yo el ladrón. La puerta de su cuarto estaba abierta y su cama vacía. Cuando volví arriba no vi al hombre. Me acosté y volví a dormir. Al otro día, mientras bajé a lavarme, el sirviente me subió el servicio del mate; y mientras lo tomaba, recordé lo que había soñado: Mi amigo y yo estábamos parados frente a una tumba; y él me dijo: «¿Sabes quién yace aquí? El pollo en su caja». Nosotros no teníamos ningún sentimiento de muerte. Aquella tumba era como una heladera que imitara graciosamente a un sepulcro y nosotros sabíamos que allí se alojaban todos los muertos que después comeríamos.

Recordaba esto, miraba la quinta a través de cortinas amarillentas y tomaba mate. De pronto vi a mi amigo cruzar un sendero y sin querer hice un gesto de espía. Después me decidí a no mirarlo; y al pensar que él no me oía empecé a caminar por la habitación. En una de las veces que llegué hasta la ventana vi que mi amigo iba hacia la cochera; creí que fuera al túnel y me llené de sospechas; pero después él dobló para un lugar donde había ropa tendida y puso una mano abierta en medio de una sábana que yo supuse húmeda.

Nos vimos únicamente a la hora de la cena. Él me decía:

—Cuando estoy en el bazar deseo este día; y aquí sufro aburrimientos y tristezas horribles. Pero necesito de la soledad y de no ver ningún ser humano. ¡Oh, perdóname!...

Entonces yo le dije:

—Anoche deben haber andado perros por la quinta... Esta mañana vi violetas tiradas en un camino.

—Fui yo; me gusta buscarlas entre las hojas un poco antes del amanecer —entonces me miró con una nueva sonrisa y me dijo—: Había dejado la puerta abierta, y al volver la encontré cerrada.

Él sonrió.

Yo también me sonreí:

—Temí que fuera un ladrón y bajé a avisarte.

Esa noche regresamos al centro y él se sentía bien.

El sábado siguiente estábamos en el mirador y de pronto vi venir hacia mí a una de las muchachas. Creí que me quería decir un secreto y puse la cabeza de costado; entonces la muchacha me dio un beso en la cara. Aquello parecía algo previsto y mi amigo dijo:

—¿Qué es eso?

Y la muchacha le contestó:

—Ahora no estamos en el túnel.

—Pero estamos en mi casa —dijo él.

Ya habían llegado las otras muchachas; nos dijeron que estaban jugando a las prendas y aquel beso era un castigo. Yo, para disimular, dije:

—¡Otra vez no den castigos tan graves!

Y una muchacha pequeña me contestó:

—¡Ese castigo lo hubiera deseado para mí!

Todo terminó bien; pero mi amigo quedó contrariado.

A la hora de costumbre entramos en el túnel. Yo volví a encontrar la cáscara de zapallo; pero ya mi amigo le había pegado una etiqueta para que la sacaran del mostrador. Después empecé a tocar una gran masa de material arenoso. Aquello no me interesó; me distraje pensando que pronto se encendería la luz de la primera mujer; pero mis manos seguían distraídas en la masa. Después toqué unos géneros con flecos y de pronto me di cuenta de que eran guantes. Me quedé pensando en el significado que eso tenía para las manos y en que se trataba de una sorpresa para ellas y no para mí. Mientras tocaba un vidrio se me ocurrió que las manos querían probarse los guantes. Me dispuse a hacerlo; pero me detuve de nuevo; yo parecía un padre que no quisiera consentirle a sus hijas todos los caprichos. Y en seguida me empezó a crecer otra sospecha. Mi amigo estaba demasiado adelantado en aquel mundo de las manos. Tal vez él les habría hecho desarrollar inclinaciones que le permitieran vivir una vida demasiado independiente. Pensé en la harina que con tanto gusto mis manos habían tocado en la sesión anterior y me dije: «A las manos les gusta la harina cruda». Entonces hice lo posible por dejar esa idea y volví al vidrio que había tocado antes; detrás tenía un soporte. ¿Aquello sería un retrato? ¿Y cómo podía saberse? También podría ser un espejo... Peor todavía. Me encontraba con la imaginación engañada y con cierta burla de la oscuridad. Casi en seguida vi el resplandor de la primera muchacha. Y no sé por qué, en ese instante, pensé en la masa de material que toqué al principio y comprendí que era la cabeza del león. Mi amigo le estaba diciendo a una muchacha:

—¿Qué es esto? ¿Una cabeza de muñeca?... ¿un perro?... ¿una gallina?

—No —le contestaron—; es una de aquellas flores amarillas que...

Él la interrumpió:

—¿Ya no les he dicho que no traigan nada?...

La muchacha dijo:

—¡Estúpido!

—¿Cómo? ¿Quién eres tú?

—Yo soy Julia —dijo una voz decidida.

—Nunca más traigas nada en las manos —contestó débilmente mi amigo.

Cuando él volvió al mostrador, me dijo:

—Me gusta saber que entre esta oscuridad hay una flor amarilla.

En ese momento sentí que me rozaban el saco y mi primer pensamiento fue para los guantes y como si ellos pudieran andar solos. Pero casi simultáneamente pensé en alguna persona. Entonces le dije a mi amigo:

—Alguien me ha rozado el saco.

—Absolutamente imposible. Es una alucinación tuya. ¡Suele ocurrir eso en el túnel!

Y cuando menos lo esperábamos oímos un viento tremendo. Mi amigo gritó:

—¿Qué es eso?

Lo curioso era que oíamos el viento pero no lo sentíamos en las manos ni en la cara. Entonces Alejandro dijo:

—Es una máquina para imitar el viento que me prestó el utilero de un teatro.

—Muy bien —dijo mi amigo—, pero eso no es para las manos...

Se quedó callado unos instantes y de pronto preguntó:

—¿Quién hizo andar la máquina?

—La primera muchacha: fue para allá después que usted la tocó.

—¡Ah! —dije yo—, ¿viste? Fue ella quien me rozó.

Esa misma noche, mientras cambiaba los discos, me dijo:

—Hoy tuve mucho placer. Confundía los objetos, pensaba en otros distintos y tenía recuerdos inesperados. Apenas empecé a mover el cuerpo en la oscuridad me pareció que iba a tropezar con algo raro, que mi cuerpo empezaría a vivir de otra manera y que mi cabeza estaba a punto de comprender algo importante. Y de pronto, cuando había dejado un objeto y mi cuerpo se dio vuelta para ir a tocar una cara, descubrí quién me había estafado en un negocio.

Yo fui a mi cuarto y antes de dormir pensé en unos guantes de gamuza apenas abultados por unas manos de mujer. Después yo sacaría los guantes como si desnudara las manos. Pero mientras pasaba al sueño los guantes iban siendo cáscaras de bananas. Y ya haría mucho rato que estaba dormido cuando sentí que unas manos me tocaban la cara. Me desperté gritando, estuve unos instantes flotando en la oscuridad y por fin me di cuenta que había tenido una pesadilla. Mi amigo subió corriendo la escalera y me preguntó:

—¿Qué te pasa?

Yo le empecé a decir:

—Tuve un sueño...

Pero me detuve; no quise contarle el sueño porque temí que pudiera ocurrírsele tocarme la cara. Él se fue en seguida y yo me quedé despierto; pero al poco rato oí abrir despacito la puerta y grité con voz descompuesta:

—¿Quién es?

Y en ese mismo instante oí pezuñas que bajaban la escalera. Cuando mi amigo subió de nuevo le dije que él había dejado la puerta abierta y que había entrado un perro. Él empezó a bajar la escalera.

El sábado siguiente, apenas habíamos entrado al túnel, se sintieron unos quejidos mimosos y yo pensé en un perrito. Alguna de las muchachas se empezó a reír y en seguida nos reímos todos. Mi amigo se enojó mucho y dijo palabras desagradables; todos nos callamos inmediatamente; pero en un intervalo que se produjo entre las palabras de mi amigo, se oyeron con más fuerza los quejidos del perrito y todos nos volvimos a reír. Entonces mi amigo gritó:

—¡Váyanse todos! ¡Afuera! ¡Que salgan todos!

Los que estábamos cerca lo oímos jadear; y en seguida, con voz más débil, y como escondiendo la cara en la oscuridad, le oímos decir:

—Menos Julia.

A mí se me ocurrió algo que no pude dejar de hacer: quedarme en el túnel. Mi amigo esperó que salieran todos. Después, desde lejos, Julia empezó a hacer señales con su linterna. La luz aparecía a intervalos regulares, como la de un faro, mi amigo caminaba pisando fuerte y yo trataba de hacer coincidir el ruido de mis pasos con los de él. Cuando estuve cerca de Julia, ella decía:

—¿Usted recuerda otras caras cuando toca la mía?

Él hizo zumbar un rato la «s» antes de decir «sí». Y en seguida agregó:

—... es decir... Ahora pienso en una vienesa que estaba en París.

—¿Era amiga suya?

—Yo era amigo del esposo. Pero una vez a él lo tiró un caballo de madera...

—¿Usted habla en serio?

—Te explicaré. Resulta que él era débil y una tía rica que vivía en provincias le pedía que hiciera gimnasia. Ella lo había criado. Él le enviaba fotografías vestido en traje de deportes; pero nunca hacía otra cosa que leer. Al poco tiempo de casado quiso sacarse una fotografía montado a caballo. Él estaba muy orgulloso con su sombrero de alas anchas; pero el caballo era de madera carcomida por la polilla; de pronto se le rompió una pata, y en seguida se cayó el jinete y se rompió un brazo.

Julia se rio un poco y él siguió:

—Entonces, con ese motivo, fui a la casa y conocí a la señora... Al principio ella me hablaba con una sonrisa burlona. El marido estaba con el brazo colgado y rodeado de visitas. Ella le trajo caldo y él dijo que estando así no tenía ningún apetito. Todas las visitas dijeron que realmente ocurría eso cuando se estaba así. Yo pensé que todos los concurrentes habían tenido fracturas y me los imaginé en la penumbra que había en aquella pieza con piernas y brazos de blanco y abultados por las vendas.

(Cuando menos lo esperábamos volvimos a oír los gemidos del perrito y Julia se rio. Yo temí que mi amigo lo fuera a buscar y tropezara conmigo. Pero a los pocos instantes siguió el relato.)

—Cuando él pudo levantarse caminaba despacio y con el brazo en cabestrillo. Visto de atrás, con una manga del saco puesta y la otra no, parecía que llevara un organillo y adivinara la suerte. Él me invitó a ir al sótano para traer una botella del mejor vino. La señora no quiso que fuera solo. Adelante iba él; llevaba una vela; la llama quemaba las telas y las arañas huían; detrás iba ella, y después iba yo...

Mi amigo se detuvo y Julia le preguntó:

—Usted dijo hace unos instantes que esa señora, al principio, tenía para usted una risa burlona. ¿Y después?

Mi amigo empezó a incomodarse:

—No era burlona solamente conmigo: ¡yo no dije eso!

—Usted dijo que era así al principio.

El perrito gimió y Julia dijo:

—No crea que eso me preocupa; pero... me ha dejado la cara ardiendo.

Oí arrastrar el reclinatorio y los pasos de ellos al salir y cerrar la puerta. Entonces yo corrí y me apresuré a golpear la puerta con los puños y con un pie. Mi amigo abrió y preguntó:

—¿Quién es?

Yo le contesté y él tartamudeó para decirme:

—No quiero que vengas nunca más al túnel...

Iba a agregar algo, pero prefirió irse.

Esa noche yo tomé el ómnibus con las muchachas y Alejandro; ellos iban adelante y yo detrás. Ninguno de ellos me miraba y yo viajaba como un traicionero.

A los pocos días mi amigo vino a mi casa; era de noche y yo ya me había acostado. Él me pidió disculpas por hacerme levantar y por lo que me había dicho a la salida del túnel. A pesar de mi alegría, él estaba preocupado. Y de pronto me dijo:

—Hoy fue al bazar el padre de Julia: no quiere que le toque más la cara a la hija; pero me insinuó que él no me diría nada si hubiera compromiso. Yo miré a Julia y en ese momento ella tenía los ojos bajos y se estaba raspando el barniz de una uña. Entonces me di cuenta que la quería.

—Mejor —le contesté yo—. ¿Y no te puedes casar con ella?

—No. Ella no quiere que toque más caras en el túnel.

Mi amigo estaba sentado con los codos apoyados en las rodillas y de pronto escondió la cara; en ese instante me pareció tan pequeña como la de un cordero. Yo le fui a poner mi mano en un hombro y sin querer toqué su cabeza crespa. Entonces pensé que había rozado un objeto del túnel.

La mujer parecida a mí

Hace algunos veranos empecé a tener la idea de que yo había sido caballo. Al llegar la noche ese pensamiento venía a mí como a un galpón de mi casa. Apenas yo acostaba mi cuerpo de hombre, ya empezaba a andar mi recuerdo de caballo.

En una de las noches yo andaba por un camino de tierra y pisaba las manchas que hacían las sombras de los árboles. De un lado me seguía la luna; en el lado opuesto se arrastraba mi sombra; ella, al mismo tiempo que subía y bajaba los terrones iba tapando las huellas. En dirección contraria venían llegando, con gran esfuerzo, los árboles, y mi sombra se estrechaba con la de ellos.

Yo iba arropado en mi carne cansada y me dolían las articulaciones próximas a los cascos. A veces olvidaba la combinación de mis manos con mis patas traseras, daba un traspiés y estaba a punto de caerme.

De pronto sentía olor a agua; pero era un agua pútrida que había en una laguna cercana. Mis ojos eran también como lagunas y en sus superficies lacrimosas e inclinadas se reflejaban simultáneamente cosas grandes y chicas, próximas y lejanas. Mi única ocupación era distinguir las sombras malas y las amenazas de los animales y los hombres; y si bajaba la cabeza hasta el suelo para comer los pastitos que se guarecían junto a los árboles, debía evitar también las malas hierbas. Si se me clavaban espinas tenía que mover los belfos hasta que ellas se desprendieran.

En las primeras horas de la noche y a pesar del hambre, yo no me detenía nunca. Había encontrado en el caballo algo muy parecido a lo que había dejado hacía poco en el hombre: una gran pereza; en ella podían trabajar a gusto los recuerdos. Además, yo había descubierto que para que los recuerdos anduvieran, tenía que darles cuerda caminando. En esa época yo trabajaba con un panadero. Fue él quien me dio la ilusión de que todavía podía ser feliz. Me tapaba los ojos con una bolsa; me prendía a un balancín enganchado a una vara que movía un aparato como el de las norias, pero que él utilizaba para la máquina de amasar. Yo daba vueltas horas enteras llevando la vara, que giraba como un minutero. Y así, sin tropiezos, y con el ruido de mis pasos y de los engranajes, iba pasando mis recuerdos.

Trabajábamos hasta tarde de la noche; después él me daba de comer y con el ruido que hacía el maíz entre los dientes seguían deslizándose mis pensamientos.

(En este instante, siendo caballo, pienso en lo que me pasó hace poco tiempo, cuando todavía era hombre. Una noche que no podía dormir porque sentía hambre, recordé que en el ropero tenía un paquete de pastillas de menta. Me las comí; pero al masticarlas hacían un ruido parecido al maíz.)

Ahora, de pronto, la realidad me trae a mi actual sentido de caballo. Mis pasos, tienen un eco profundo; estoy haciendo sonar un gran puente de madera.

Por caminos muy distintos he tenido siempre los mismos recuerdos. De día y de noche ellos corren por mi memoria como los ríos de un país. Algunas veces yo los contemplo; y otras veces ellos se desbordan.

En mi adolescencia tuve un odio muy grande por el peón que me cuidaba. Él también era adolescente. Ya se había entrado el sol cuando aquel desgraciado me pegó en los hocicos; rápidamente corrió el incendio por mi sangre y me enloquecí de furia. Me paré de manos y derribé al peón mientras le mordía la cabeza; después le trituré un muslo y alguien vio cómo me volaba la crin cuando me di vuelta y lo rematé con las patas de atrás.

Al otro día mucha gente abandonó el velorio para venir a verme en el instante en que varios hombres vengaron aquella muerte. Me mataron el potro y me dejaron hecho un caballo.

Al poco tiempo tuve una noche muy larga; conservaba de mi vida anterior algunas «mañas» y esa noche utilicé la de saltar un cerco que daba sobre un camino; apenas pude hacerlo y salí lastimado. Empecé a vivir una libertad triste. Mi cuerpo no solo se había vuelto pesado sino que todas sus partes querían vivir una vida independiente y no realizar ningún esfuerzo; parecían sirvientes que estaban contra el dueño y hacían todo de mala gana. Cuando yo estaba echado y quería levantarme, tenía que convencer a cada una de las partes. Y a último momento siempre había protestas y quejas imprevistas. El hambre tenía mucha astucia para reunirlas; pero lo que más pronto las ponía de acuerdo era el miedo de la persecución. Cuando un mal dueño apaleaba a una de las partes, todas se hacían solidarias y procuraban evitar mayores males a las desdichadas; además, ninguna estaba segura. Yo trataba de elegir dueños de cercos bajos; y después de la primera paliza me iba y empezaba el hambre y la persecución.

Una vez me tocó un dueño demasiado cruel. Al principio me pegaba nada más que cuando yo lo llevaba encima y pasábamos frente a la casa de la novia. Después empezó a colocar la carga del carro demasiado atrás; a mí me levantaba en vilo y yo no podía apoyarme para hacer fuerza; él, furioso, me pegaba en la barriga, en las patas y en la cabeza. Me fui una tardecita; pero tuve que correr mucho antes de poder esconderme en la noche. Crucé por la orilla de un pueblo y me detuve un instante cerca de una choza; había fuego encendido y a través del humo y de una pequeña llama inconstante veía en el interior a un hombre con el sombrero puesto. Ya era la noche; pero seguí.

Apenas empecé a andar de nuevo me sentí más liviano. Tuve la idea de que algunas partes de mi cuerpo se habrían quedado o andarían perdidas en la noche. Entonces, traté de apurar el paso.

Había unos árboles lejanos que tenían luces movedizas entre las copas. De pronto comprendí que en la punta del camino se encendía un resplandor. Tenía hambre; pero decidí no comer hasta llegar a la orilla de aquel resplandor. Sería un pueblo. Yo iba recogiendo el camino cada vez más despacio y el resplandor que estaba en la punta no llegaba nunca. Poco a poco me fui dando cuenta que ninguna de mis partes había desertado. Me venían alcanzando una por una; la que no tenía hambre tenía cansancio; pero habían llegado primero las que tenían dolores. Yo ya no sabía cómo engañarlas; les mostraba el recuerdo del dueño en el momento que las desensillaba; su sombra corta y chata se movía lentamente alrededor de todo mi cuerpo. Era a ese hombre a quien yo debía haber matado cuando era potro, cuando mis partes no estaban divididas, cuando yo, mi furia y mi voluntad éramos una sola cosa.

Empecé a comer algunos pastos alrededor de las primeras casas. Yo era una cosa fácil de descubrir porque mi piel tenía grandes manchas blancas y negras; pero ahora la noche estaba avanzada y no había nadie levantado. A cada momento yo resoplaba y levantaba polvo; yo no lo veía, pero me llegaba a los ojos. Entré a una calle dura donde había un portón grande. Apenas crucé el portón vi manchas blancas que se movían en la oscuridad. Eran guardapolvos de niños. Me espantaron y yo subí una escalerita de pocos escalones. Entonces me espantaron otros que había arriba. Yo hice sonar mis cascos en un piso de madera y de pronto aparecí en una salita iluminada que daba a un público. Hubo una explosión de gritos y de risas. Los niños vestidos de largo que había en la salita salieron corriendo; y del público ensordecedor, donde también había muchos niños, sobresalían voces que decían: «Un caballo, un caballo...». Y un niño que tenía las orejas como si se las hubiera doblado encajándose un sombrero grande, gritaba: «Es el tubiano de los Méndez». Por fin apareció, en el escenario, la maestra. Ella también se reía; pero pidió silencio, dijo que faltaba poco para el fin de la pieza y empezó a explicar cómo terminaba. Pero fue interrumpida de nuevo. Yo estaba muy cansado, me eché en la alfombra y el público volvió a aplaudirme y a desbordarse. Se dio por terminada la función y algunos subieron al escenario. Una niña como de tres años se le escapó a la madre, vino hacia mí y puso su mano, abierta como una estrellita, en mi lomo húmedo de sudor. Cuando la madre se la llevó, ella levantaba la manita abierta y decía: «Mamita, el caballo está mojado».

Un señor, aproximando su dedo índice a la maestra como si fuera a tocar un timbre, le decía con suspicacia: «Usted no nos negará que tenía preparada la sorpresa del caballo y que él entró antes de lo que usted pensaba. Los caballos son muy difíciles de enseñar. Yo tenía uno...». El niño que tenía las orejas dobladas me levantó el belfo superior y mirándome los dientes dijo: «Este caballo es viejo». La maestra dejaba que creyeran que ella había preparado la sorpresa del caballo. Vino a saludarla una amiga de la infancia. La amiga recordó un enojo que habían tenido cuando iban a la escuela; y la maestra recordó a su vez que en aquella oportunidad la amiga le había dicho que tenía cara de caballo. Yo miré sorprendido, pues la maestra se me parecía. Pero de cualquier manera aquello era una falta de respeto para con los seres humildes. La maestra no debía haber dicho eso estando yo presente.

Cuando el éxito y las resonancias se iban apagando, apareció un joven en el pasillo de la platea, interrumpió a la maestra —que estaba hablándoles a la amiga de la infancia y al hombre que movía el índice como si fuera a apretar un timbre— y le gritó:

—Tomasa, dice don Santiago que sería más conveniente que fuéramos a conversar a la confitería, que aquí se está gastando mucha luz.

—¿Y el caballo?

—Pero, querida, no te vas a quedar toda la noche ahí con él.

—Ahora va a venir Alejandro con una cuerda y lo llevaremos a casa.

El joven subió al escenario, siguió conversando para los tres y trabajando contra mí.

—A mí me parece que Tomasa se expone demasiado llevando ese caballo a casa de ella. Ya las de Zubiría iban diciendo que una mujer sola en su casa, con un caballo que no piensa utilizar para nada, no tiene sentido; y mamá también dice que ese caballo le va a traer muchas dificultades.

Pero Tomasa dijo:

—En primer lugar yo no estoy sola en mi casa porque Candelaria algo me ayuda. Y en segundo lugar, podría comprar una volanta, si es que esas solteronas me lo consiente.

Después entró Alejandro con la cuerda; era el chiquilín de las orejas dobladas. Me ató la soga al pescuezo y cuando quisieron hacerme levantar yo no podía moverme. El hombre del índice, dijo:

—Este animal tiene las patas varadas; van a tener que hacerle una sangría.

Yo me asusté mucho, hice un gran esfuerzo y logré pararme. Caminaba como si fuera un caballo de madera; me hicieron salir por la escalerita trasera y cuando estuvimos en el patio Alejandro me hizo un medio bozal, se me subió encima y empezó a pegarme con los talones y con la punta de la cuerda. Di la vuelta al teatro con increíble sufrimiento; pero apenas nos vio la maestra hizo bajar a Alejandro.

Mientras cruzábamos el pueblo y a pesar del cansancio y de la monotonía de mis pasos, yo no me podía dormir. Estaba obligado, como un organito roto y desafinado, a ir repitiendo siempre el mismo repertorio de mis achaques. El dolor me hacía poner atención en cada una de las partes del cuerpo, a medida que ellas iban entrando en el movimiento de los pasos. De vez en cuando, y fuera de este ritmo, me venía un escalofrío en el lomo; pero otras veces sentía pasar, como una brisa dichosa, la idea de lo que ocurriría después, cuando estuviera descansando; yo tendría una nueva provisión de cosas para recordar.

La confitería era más bien un café; tenía billares de un lado y salón para familias del otro. Estas dos reparticiones estaban separadas por una baranda de anchas columnas de madera. Encima de la baranda había dos macetas forradas de papel *crêpe* amarillo; una de ellas tenía una planta casi seca y la otra no tenía planta; en medio de las dos había una gran pecera con un solo pez. El novio de la maestra seguía discutiendo; casi seguro que era por mí. En el momento en que habíamos llegado, la gente que había en el café y en el salón de familias —muchos de ellos habían estado en el teatro— se rieron y se renovó un poco mi éxito. Al rato vino el mozo del café con un balde de agua; el balde tenía olor a jabón y a grasa, pero el agua estaba limpia. Yo bebía brutalmente y el olor del balde me traía recuerdos de la intimidad de una casa donde había sido feliz. Alejandro no había querido atarme ni ir para adentro con los demás; mientras yo tomaba agua me tenía de la cuerda y golpeaba con la punta del pie como si llevara el compás a una música. Después me trajeron pasto seco. El mozo dijo:

—Yo conozco este tubiano.

Y Alejandro, riéndose, lo desengañó:

—Yo también creí que era el tubiano de los Méndez.

—No, ese no —contestó en seguida el mozo—; yo digo otro que no es de aquí.

La niña de tres años que me había tocado en el escenario apareció de la mano de otra niña mayor; y en la manita libre traía un puñadito de pasto verde que quiso agregar al montón donde yo hundía mis dientes; pero me lo tiró en la cabeza y dentro de una oreja.

Esa noche me llevaron a la casa de la maestra y me encerraron en un granero; ella entró primero; iba cubriendo la luz de la vela con una mano.

Al otro día yo no me podía levantar. Corrieron una ventana que daba al cielo y el señor del índice me hizo una sangría. Después vino Alejandro, puso un banquito cerca de mí, se sentó y empezó a tocar una armónica. Cuando me pude parar me asomé a la ventana; ahora daba sobre una bajada que llegaba hasta unos árboles; por entre sus troncos veía correr, continuamente, un río. De allí me trajeron agua; y también me daban maíz y avena. Ese día no tuve deseos de recordar nada. A la tarde vino el novio de la maestra; estaba mejor dispuesto hacia mí; me acarició el cuello y yo me di cuenta, por la manera de darme los golpecitos, que se trataba de un muchacho simpático. Ella también me acarició; pero me hacía daño; no sabía acariciar a un caballo; me pasaba las manos con demasiada suavidad y me producía cosquillas desagradables. En una de las veces que me tocó la parte de adelante de la cabeza, yo dije para mí: «¿Se habrá dado cuenta que ahí es donde nos parecemos?». Después el novio fue del lado de afuera y nos sacó una fotografía a ella y a mí asomados a la ventana. Ella me había pasado un brazo por el pescuezo y había recostado su cabeza en la mía.

Esa noche tuve un susto muy grande. Yo estaba asomado a la ventana, mirando el cielo y oyendo el río, cuando sentí arrastrar pasos lentos y vi una figura agachada. Era una mujer de pelo blanco. Al rato volvió a pasar en dirección contraria. Y así todas las noches que viví en aquella casa. Al verla de atrás con sus caderas cuadradas, las piernas torcidas y tan agachada, parecía una mesa que se hubiera puesto a caminar. El primer día que salí la vi sentada en el patio pelando papas con un cuchillo de mango de plata. Era negra. Al principio me pareció que su pelo blanco, mientras inclinaba la cabeza sobre las papas, se movía de una manera rara; pero después me di cuenta que, además del pelo, tenía humo; era de un cachimbo pequeño que apretaba a un costado de la boca. Esa mañana Alejandro le preguntó:

—Candelaria, ¿le gusta el tubiano?

Y ella contestó:

—Ya vendrá el dueño a buscarlo.

Yo seguía sin ganas de recordar.

Un día Alejandro me llevó a la escuela. Los niños armaron un gran alboroto. Pero hubo uno que me miraba fijo y no decía nada. Tenía orejas grandes y tan separadas de la cabeza que parecían alas en el momento de echarse a volar; los lentes también eran muy grandes; pero los ojos, bizcos, estaban junto a la nariz. En un momento en que Alejandro se descuidó, el bizco me dio tremenda patada en la barriga. Alejandro fue corriendo a contarle a la maestra; cuando volvió, una niña que tenía un tintero de tinta colorada me pintaba la barriga con el tapón en un lugar donde yo tenía una mancha blanca; en seguida Alejandro volvió a la maestra diciéndole: «Y esta niña le pintó un corazón en la barriga.»

A la hora del recreo otra niña trajo una gran muñeca y dijo que a la salida de la escuela la iban a bautizar. Cuando terminaron las clases, Alejandro me llevó por otra calle y al dar vuelta la iglesia me hizo parar en la sacristía. Llamó al cura y le preguntó:

—Diga, padre, ¿cuánto me cobraría por bautizarme el caballo?

—¡Pero mi hijo! Los caballos no se bautizan.

Y se puso a reír con toda la barriga.

Alejandro insistió:

—¿Usted se acuerda de aquella estampita donde está la Virgen montada en el burro?

—Sí.

—Bueno, si bautizan el burro, también pueden bautizar el caballo.

—Pero el burro no estaba bautizado.

—¿Y la Virgen iba a ir montada en un burro sin bautizar?

El cura quería hablar; pero se reía.

Alejandro siguió:

—Usted, bendijo la estampita; y en la estampita estaba el burro.

Nos fuimos muy tristes.

A los pocos días nos encontramos con un negrito y Alejandro le preguntó:

—¿Qué nombre le pondremos al caballo?

El negrito hacía esfuerzo por recordar algo. Al fin dijo:

—¿Cómo nos enseñó la maestra que había que decir cuando una cosa era linda?

—Ah, ya sé —dijo Alejandro—, «ajetivo».

A la noche Alejandro estaba sentado en el banquito, cerca de mí, tocando la armónica, y vino la maestra.

—Alejandro, vete para tu casa que te estarán esperando.

—Señorita: ¿sabe qué nombre le pusimos al tubiano? «Ajetivo.»

—En primer lugar, se dice «adjetivo»; y en segundo lugar, adjetivo no es nombre; es... adjetivo —dijo la maestra después de un momento de vacilación.

Una tarde que llegamos a casa yo estaba complacido porque había oído decir detrás de una persiana: «Ahí va la maestra y el caballo».

Al poco rato de hallarme en el granero —era uno de los días que no estaba Alejandro— vino la maestra, me sacó de allí y con un asombro que yo nunca había tenido, vi que me llevaba a su dormitorio. Después me hizo las cosquillas desagradables y me dijo: «Por favor, no vayas a relinchar». No sé por qué salió en seguida. Yo, solo en aquel dormitorio, no hacía más que preguntarme: «¿Pero qué quiere esta mujer de mí?». Había ropas revueltas en las sillas y en la cama. De pronto levanté la cabeza y me encontré conmigo mismo, con mi olvidada cabeza de caballo desdichado. El espejo también mostraba partes de mi cuerpo; mis manchas blancas y negras parecían también ropas revueltas. Pero lo que más me llamaba la atención era mi propia cabeza; cada vez yo la levantaba más. Estaba tan deslumbrado que tuve que bajar los párpados y buscarme por un instante a mí mismo, a mi propia idea de caballo cuando yo era ignorado por mis ojos.

Recibí otras sorpresas. Al pie del espejo estábamos los dos, Tomasa y yo, asomados a la ventana en la foto que nos sacó el novio. Y de pronto las patas se me aflojaron; parecía que ellas hubieran comprendido, antes que yo, de quién era la voz que hablaba afuera. No pude entender lo que «él» decía; pero comprendí la voz de Tomasa cuando le contestó: «Conforme se fue de su casa, también se fue de la mía. Esta mañana le fueron a traer el pienso y el granero estaba tan vacío como ahora».

Después las voces se alejaron. En cuanto me quedé solo se me vinieron encima los pensamientos que había tenido hacía unos instantes y no me atrevía a mirarme al espejo. ¡Parecía mentira! ¡Uno podía ser un caballo y hacerse esas ilusiones! Al mucho rato volvió la maestra. Me hizo las cosquillas desagradables; pero más daño me hacía su inocencia.

Pocas tardes después Alejandro estaba tocando la armónica cerca de mí. De pronto se acordó de algo; guardó la armónica, se levantó del banquito y sacó de un bolsillo la foto donde estábamos asomados Tomasa y yo. Primero me la puso cerca de un ojo; viendo que a mí no me ocurría nada, me la puso un poco más lejos; después hizo lo mismo con el otro ojo y por último me la puso de frente y a distancia de un metro. A mí me amargaban mis pensamientos culpables. Una noche que estaba absorto escuchando al río, desconocí los pasos de Candelaria, me asusté y pegué una patada al balde de agua. Cuando la negra pasó dijo: «No te asustes, que ya volverá tu dueño». Al otro día Alejandro me llevó a nadar al río; él iba encima mío y muy feliz en su bote caliente. A mí se me empezó a oprimir el corazón y casi en seguida sentí un silbido que me heló la sangre; yo daba vuelta mis orejas como si fueran periscopios. Y al fin llegó la voz de «él» gritando: «Ese caballo es mío». Alejandro me sacó a la orilla y sin decir nada me hizo galopar hasta la casa de la maestra. El dueño venía corriendo detrás y no hubo tiempo de esconderme. Yo estaba inmóvil en mi cuerpo como si tuviera puesto un ropero. La maestra le ofreció comprarme. Él le contestó: «Cuando tenga sesenta pesos, que es lo que me costó a mí, vaya a buscarlo». Alejandro me sacó el freno, añadido con cuerdas pero que era de él. El dueño me puso el que traía. La maestra entró en su dormitorio y yo alcancé a ver la boca cuadrada que puso Alejandro antes de echarse a llorar. A mí me temblaban las patas; pero él me dio un fuerte rebencazo y eché a andar. Apenas tuve tiempo de acordarme que yo no le había costado sesenta pesos; él me había cambiado por una pobre bicicleta celeste sin gomas ni inflador. Ahora empezó a desahogar su rabia pegándome seguido y con todas sus fuerzas. Yo me ahogaba porque estaba muy gordo. ¡Bastante que me había cuidado Alejandro! Además, yo había entrado a aquella casa por un éxito que ahora quería recordar y había conocido la felicidad hasta en el momento en que ella me trajo pensamientos culpables. Ahora me empezaba a subir de las entrañas un mal humor inaguantable. Tenía mucha sed y recordaba que pronto cruzaría un arroyito donde un árbol estiraba un brazo seco casi hasta el centro del camino. La noche era de luna y de lejos vi brillar las piedras del arroyo como si fueran escamas. Casi sobre el arroyito empecé a detenerme; él comprendió y me empezó a pegar de nuevo. Por unos instantes me sentí invadido por sensaciones que se trababan en lucha como enemigos que se encuentran en la oscuridad y que primero se tantean olfateándose apresuradamente. Y en seguida me tiré para el lado del arroyito donde estaba el brazo seco del árbol. Él no tuvo tiempo más que para colgarse de la rama dejándome libre a mí; pero el brazo seco se partió y los dos cayeron al agua luchando entre las piedras. Yo me di vuelta y corrí hacia él en el momento en que él también se daba vuelta y salía de abajo de la rama. Alcancé a pisarlo cuando su cuerpo estaba de costado; mi pata resbaló sobre su espalda; pero con los dientes le mordí un pedazo de la garganta y otro pedazo de la nuca. Apreté con toda mi locura y me decidí a esperar, sin moverme. Al poco rato, y después de agitar un brazo, él también dejó de moverse. Yo sentía en mi boca su carne ácida y su barba me pinchaba la lengua. Ya había empezado a sentir el gusto a la sangre cuando vi que se manchaban el agua y las piedras.

Crucé varias veces el arroyito de un lado para otro sin saber qué hacer con mi libertad. Al fin decidí ir a lo de la maestra; pero a los pocos pasos me volví y tomé agua cerca del muerto.

Iba despacio porque estaba muy cansado; pero me sentía libre y sin miedo. ¡Qué contento se quedaría Alejandro! ¿Y ella? Cuando Alejandro me mostraba aquel retrato yo tenía remordimientos. Pero ahora, ¡cuánto deseaba tenerlo!

Llegué a la casa a pasos lentos; pensaba entrar al granero; pero sentí una discusión en el dormitorio de Tomasa. Oí la voz del novio hablando de los sesenta pesos; sin duda los que hubiera necesitado para comprarme. Yo ya iba a alegrarme de pensar que no les costaría nada, cuando sentí que él hablaba de casamiento;

y al final, ya fuera de sí y en actitud de marcharse, dijo: «O el caballo o yo».

Al principio la cabeza se me iba cayendo sobre la ventana colorada que daba al dormitorio de ella. Pero después, y en pocos instantes, decidí mi vida. Me iría. Había empezado a ser noble y no quería vivir en un aire que cada día se iría ensuciando más. Si me quedaba llegaría a ser un caballo indeseable. Ella misma tendría para mí, después, momentos de vacilación.

No sé bien cómo es que me fui. Pero por lo que más lamentaba no ser hombre era por no tener un bolsillo donde llevarme aquel retrato.

Mi primer concierto

El día de mi primer concierto tuve sufrimientos extraños y algún conocimiento imprevisto de mí mismo. Me había levantado a las seis de la mañana. Esto era contrario a mi costumbre, ya que de noche no solo tocaba en un café sino que tardaba en dormirme. Y algunas noches al llegar a mi pieza y encontrarme con un pequeño piano negro que parecía un sarcófago, no podía acostarme y entonces salía a caminar. Así me había ocurrido la noche antes del concierto. Sin embargo, al otro día me encerré desde muy temprano en un teatro vacío. Era más bien pequeño y la baranda de la tertulia estaba hecha de columnas de latón pintadas de blanco. Allí sería el concierto. Ya estaba en el escenario el piano; era viejo, negro y lo rodeaban papeles rojos y dorados: representaban una sala. Por algunos agujeros entraban rayos de sol empolvados y en el techo el aire inflaba telas de araña. Yo tenía desconfianza de mí, y aquella mañana me puse a repasar el programa como el que cuenta su dinero porque sospecha que en la noche lo han robado. Pronto me di cuenta que yo no poseía todo lo que pensaba. La primera sospecha la había tenido unos días antes; fue en el momento de comprometer mi palabra con los dueños del teatro; me vino un calor extraño al estómago y tuve el presentimiento de un peligro inmediato. Reaccioné yendo a estudiar en seguida; pero como tenía varios días por delante, pronto empecé a calcular con el mismo error de siempre lo que podría hacer con el tiempo que me quedaba. Solo en la mañana del concierto me di cuenta de todas las concesiones que me hacía cuando estudiaba y que ahora no solo no había llegado a lo que quería, sino que no lo alcanzaría ni con un año más de estudio. Pero donde más sufría, era en la memoria. En cualquier pasaje que se me ocurriera comprobar si podía hacer lentamente todas las notas, me encontraba con que en ningún caso las recordaba. Estaba desesperado y me fui a la calle. A la vuelta de una esquina me encontré con un carro que tenía a los costados dos grandes carteles con mi nombre en letras inmensas. Aquello me descompuso más. Si las letras hubieran sido más chicas, tal vez mi compromiso hubiera sido menor; entonces volví al teatro, traté de estar sereno y pensar en lo que haría. Me había sentado en la platea y miraba el escenario, donde el piano estaba solo y me esperaba con su negra tapa levantada. A poca distancia de mi asiento estaban las butacas donde acostumbraban a sentarse dos hermanos amigos míos; y detrás de ellos se sentaba una familia que había criticado, horrorizada, un concierto en que habían tomado parte muchachas de allí; en pleno escenario las muchachas se agarraban la cabeza y después se retiraban del piano buscando la salida; parecían gallinas asustadas. Fue en el instante de recordar eso, cuando a mí se me ocurrió por primera vez ensayar la presentación de un concierto en lo que él tuviera de teatral. Primero revisé bien todo el teatro para estar seguro de que nadie me veía y en seguida empecé a ensayar la cruzada del escenario; iba desde la puerta del decorado hasta el piano. La primera vez entré tan ligero como un repartidor apurado que va a dejar la carne encima de una mesa. Esa no era la manera de resolver las cosas. Yo tendría que entrar con la lentitud del que va a dar el concierto vigesimocuarto de la decimonovena temporada; casi con aburrimiento; y no debía lanzarme cuando mi vanidad estuviera asustada; debía dar la impresión de llevar con descuido, algo propio, misterioso, elaborado en una vida desconocida. Empecé a entrar lentamente; supuse con bastante fuerza la presencia del público y me encontré con que no podía caminar bien y que al poner atención en mis pasos yo no sabía cómo caminaba yo; entonces traté de pasear distraído por otro lado que no fuera el escenario y de copiarme mis propios pasos. Algunas veces pude sorprenderme descuidado; pero aun cuando llevaba el cuerpo flojo y quería ser natural, experimentaba distintas maneras de andar: movía las caderas como un torero, o iba duro como si llevara una bandeja cargada, o me inclinaba hacia los lados como un boxeador.

Después me encontré con otra dificultad grande: las manos. Ya me había parecido feo que algunos concertistas, en el momento de saludar al público, dejaran colgar y balancearse los brazos, como si fueran péndulos. Ensayé caminar llevándolos al mismo ritmo que los pasos; pero eso resultaba mejor para una parada militar. Entonces se me ocurrió algo que por mucho tiempo creí novedoso: entraría tomándome el puño izquierdo con la mano derecha, como si fuera abrochándome un gemelo. (Años después un actor me dijo que aquello era una vulgaridad y que la llamaban «la pose del bailarín»; entonces, riéndose, imitó los pasos de una danza y alternativamente se iba tomando el puño izquierdo con la mano derecha y después el puño derecho con la mano izquierda.)

Ese día almorcé apenas y pasé toda la tarde en el escenario. A la nochecita vino el electricista y combinamos las penumbras de la sala y la escena. Después me probé el smoking que me había regalado un amigo; era muy chico y me dejó inmovilizado; con él hubiera tenido que dar por inútiles todos los ensayos de naturalidad y soltura; además, en cualquier momento podía rompérseme. Por fin decidí utilizar mi traje de calle; todo tendría más naturalidad; claro que tampoco me parecía bien lo que fuera demasiado familiar; yo hubiera querido inventar, al mismo tiempo, algo extraño; pero yo estaba muy cansado y sentía en las axilas las lastimaduras que me había dejado el smoking. Entonces me fui a esperar la hora del concierto en la penumbra de la platea. Apenas me quedaba un instante quieto me volvía el empecinamiento de querer recordar las notas de un pasaje cualquiera; era inútil que tratara de desecharlo; el único alivio consistía en ir a buscar la música y fijarme en las notas.

Un rato antes del concierto llegaron los dos hermanos amigos míos y el afinador. Les dije que me esperaran un momento y me encerré en el camarín, porque si no hubiese terminado el pasaje que repasaba no hubiera tenido un instante de tranquilidad. Después, cuando hablara con ellos, tendría la atención ocupada y no empezaría a recordar ningún otro pasaje. Todavía no había nadie en la sala. Uno de ellos se asomó a la puerta del decorado y miró el piano negro como si se tratara de un féretro. Y después todos me hablaban tan bajo como si yo fuera el deudo más allegado al muerto. Cuando empezó a entrar la gente, hicimos pequeños agujeros en el decorado y mirábamos al público un poco agachados y como desde una trinchera. A veces el piano, como un gran cañón, impedía ver una zona grande de la platea. Yo iba a ver un poco por los agujeros de los otros como un oficial que les fuera dando órdenes. Deseaba que hubiera poca gente porque así el desastre se comentaría menos; además habría un promedio menor de entendidos. Y todavía tendría en mi favor todo lo que había ensayado en escena para la gente que no pudiera juzgar directamente la música. Y aun los que entendieran poco, dudarían. Entonces empecé a envalentonarme y a decirles a mis amigos:

—¡Parece mentira! ¡La indiferencia que hay para estas cosas! ¡Cuántos sacrificios inútiles!

Después empezó a venir más gente y yo me sentí aflojar; pero me frotaba las manos y les decía:

—Menos mal, menos mal.

Parecía que ellos también tuvieran miedo. Entonces yo, en un momento dado, hice como que recién me daba cuenta que ellos podrían estar preocupados y empecé a hablarles subiendo la voz:

—Pero, díganme una cosa... ¿Ustedes están preocupados por mí? ¿Ustedes creen que es la primera vez que me presento en público y que voy a ir al piano como si fuera a un instrumento de tortura? ¡Ya lo verán! Hasta ahora me callé la boca. Pero esperaba esta noche para después decirles, a esas profesoras que charlan, cómo «un pianista de café» —yo había ido contratado a tocar en un café— puede dar conciertos; porque ellas no saben que puede ocurrir lo contrario, que en este país un pianista de concierto tenga que ir a tocar a un café.

Aunque mi voz no se oía desde la sala, ellos trataron de calmarme.

Ya era la hora; mandé tocar la campana y le pedí a mis amigos que se fueran a la platea. Antes de irse me dijeron que vendrían al final y me transmitirían los comentarios. Di orden al electricista de dejar la sala en penumbra; hice memoria de los pasos, me tomé el gemelo del puño izquierdo con la mano derecha y me metí en el escenario como si entrara en el resplandor próximo a un incendio. Aunque miraba mis pasos desde arriba, desde mis ojos, era más fuerte la suposición con que me representaba mi manera de caminar vista desde la platea, y me rodeaban pensamientos como pajarracos que volaran obstaculizándome el camino; pero yo caminaba con fuerza y trataba de ver cómo mis pasos cruzaban el escenario.

Había llegado a la silla y todavía no aparecían los primeros aplausos. Al fin llegaron y tuve que inclinarme a saludar interrumpiendo el movimiento con que había empezado a sentarme. A pesar de este pequeño contratiempo traté de seguir desarrollando mi programa. Miré al público de una manera más bien general y distraída; pero alcancé a ver en la penumbra el color blancuzco de las caras como si hubieran sido de cáscaras de huevo. Y encima del terciopelo de la baranda hecha de columnitas de latón pintadas de blanco vi sembrados muchos pares de manos. Entonces yo puse las mías en el piano, dejé escapar acordes repetidos velozmente y en seguida me volví a quedar quieto. Después, y según mi programa, debía mirar unos instantes el teclado como para concentrar el pensamiento y esperar la llegada de la musa o del espíritu del autor —era el de Bach y debía estar muy lejano—. Pero siguió entrando gente y tuve que cortar la comunicación. Aquel inesperado descanso me reconfortó; volví a mirar a la sala y pensé que estaba en un mundo posible. Sin embargo, al pasar unos instantes sentí que me iba a alcanzar aquel miedo que había dejado atrás hacía un rato. Traté de recordar las teclas que intervenían en los primeros acordes; pero en seguida tuve el presentimiento de que por ese camino me encontraría con algún acorde olvidado. Entonces me decidí a atacar la primera nota. Era una tecla negra; puse el dedo encima de ella y antes de bajarla tuve tiempo de darme cuenta que todo iba a empezar, que estaba preparado y que no debía demorar más. El público hizo un silencio como el vacío que se siente antes del accidente que se ve venir. Sonó la primera nota y parecía que hubiera caído una piedra en un estanque. Al darme cuenta que aquello había ocurrido sentí como una señal que me ofuscó y solté un acorde con la mano abierta que sonó como una cachetada. Seguí trabado en la acción de los primeros compases. De pronto me incliné sobre el piano, lo apagué bruscamente y empecé a picotear un «pianísimo» en los agudos. Después de este efecto se me ocurrió improvisar otros. Metía las manos en la masa sonora y la moldeaba como si trabajara con una materia plástica y caliente; a veces me detenía modificando el tiempo de rigor y ensayaba dar otra forma a la masa; pero cuando veía que estaba a punto de enfriarse, apresuraba el movimiento y la volvía a encontrar caliente. Yo me sentía en la cámara de un mago. No sabía qué sustancias había mezclado él para levantar este fuego; pero yo me apresuraba a obedecer apenas él me sugería una forma. De pronto caía en un tiempo lento y la llama permanecía serena. Entonces yo levantaba la cabeza inclinada hacia un lado y tenía la actitud de estar hincado en un reclinatorio. Las miradas del público me daban sobre la mejilla derecha y parecía que me levantarían ampollas. Apenas terminé estallaron los aplausos. Yo me levanté a saludar con parsimonia, pero tenía una gran alegría. Cuando me volví a sentar seguía viendo las columnitas de la tertulia y las manos aplaudiendo.

Todo ocurría sin novedad hasta que llegué a una «Cajita de Música». Yo había corrido la silla un poco hacia los agudos para estar más cómodo; y las primeras notas empezaron a caer como gotas al principio de una lluvia. Estaba seguro que aquella pieza no iba más mal que las anteriores. Pero de pronto sentí en la sala murmullos y hasta creí haber oído risas. Empecé a contraerme como un gusano, a desconfiar de mis medios y a entorpecerlos. También creí haber visto moverse una sombra alargada sobre el piso del escenario. Cuando pude echar una mirada fugaz me encontré con que realmente había una sombra; pero estaba quieta. Seguí tocando y seguían en la sala los murmullos. Aunque no miraba, ahora veía que la sombra hacía movimientos. No iba a pensar en nada monstruoso; ni siquiera en que alguien quisiera hacerme una broma. En un pasaje relativamente fácil vi que la sombra movía un largo brazo. Entonces miré y ya no estaba más. Volví a mirar en seguida y vi un gato negro. Yo estaba por terminar la pieza y la gente aumentó el murmullo y las risas. Me di cuenta que el gato se estaba lavando la cara. ¿Qué haría con él? ¿Lo llevaría para adentro? Me pareció ridículo. Terminé, aplaudieron y al pararme a saludar sentí que el gato me rozaba los pantalones. Yo me inclinaba y sonreía. Me senté y se me ocurrió acariciarlo. Pasó el tiempo prudente antes de iniciar la obra siguiente y no sabía qué hacer con el gato. Me parecía ridículo perseguirlo por el escenario y ante el público. Entonces me decidí a tocar con él al lado; pero no podía imaginar, como antes, ninguna forma que pudiera realizar o correr detrás de ninguna idea: pensaba demasiado en el gato. Después pensé en algo que me llenó de temor. En la mitad de la obra había unos pasajes en que yo debía dar zarpazos con la mano izquierda; era del lado del gato y no sería difícil que él también saltara sobre el teclado. Pero antes de llegar allí me había hecho esta reflexión: «Si el gato salta, le echarán las culpas a él de mi mala ejecución». Entonces me decidí a arriesgarme y a hacer locuras. El gato no saltó; pero yo terminé la pieza y con ella la primera parte del concierto. En medio de los aplausos miré todo el escenario; pero el gato no estaba.

Mis amigos, en vez de esperar el final, vinieron a verme en el intervalo y me contaron los elogios de la familia que se sentaba detrás de ellos y que tanto había criticado en el concierto anterior. También habían hablado con otros y habían resuelto darme un pequeño lunch después del concierto.

Todo terminó muy bien y me pidieron dos piezas fuera del programa. A la salida y entre un montón de gente, sentí que una muchacha decía: «Cajita de Música, es él».

El comedor oscuro

Durante algunos meses mi ocupación consistió en tocar el piano en un comedor oscuro. Me oía una sola persona. Ella no tenía interés en sentirme tocar precisamente a mí. Y yo, por otra parte, tocaba de muy mala gana. Pero en el tiempo que debía transcurrir entre la ejecución de las piezas —tiempo en que ninguno de los dos hablábamos—, se producía un silencio que hacía trabajar mis pensamientos de una manera desacostumbrada.

Primero yo había ido una tarde a la Asociación de Pianistas. Los muchachos de allí me habían conseguido trabajo muy a menudo en orquestas de música popular, y hacía poco tiempo habían patrocinado un concierto mío.

Aquella tarde el gerente de la sociedad me llamó aparte:

—Che, tengo un trabajito para vos. Es poca cosa —ya había empezado a poner cara de segunda intención— pero puede resultarte de gran porvenir. Una viuda rica quiere que le hagan música dos veces por semana. Son dos sesiones de una hora y paga uno cincuenta por sesión.

Aquí se interrumpió y salió un instante porque lo habían estado llamando de la pieza de al lado.

Él creía que a mí me deprimiría lo de ir a trabajar por tan poco; y dijo todo medio en broma y en tono de querer convencerme, porque había poco trabajo y era conveniente que yo me prendiera de lo primero que encontrara.

De buena gana yo le hubiera confiado lo contento que estaba con aquel ofrecimiento; pero a mí me hubiera sido muy difícil explicar, y a él comprender, por qué yo necesitaba entrar en casas desconocidas.

Cuando él volvió yo estaba flotando en plena vanidad, pensaba que la viuda habría oído mi concierto, o mi nombre, o visto fotografías o artículos en los diarios. Entonces le pregunté:

—¿Ella me mandó buscar a mí?

—No, ella mandó buscar un pianista.

—¿Para hacer música buena?

—Yo no sé. Tú te arreglas con ella. Aquí está la dirección. Tienes que preguntar por la señora Muñeca.

La casa era de altos, balcones de mármol. Apenas entré al zaguán fui detenido por dimensiones desacostumbradas y mármoles más finos que los del balcón; eran colores indefinidos y aun estando allí parecían vivir en lugares lejanos.

Me miraban los cristales biselados de las puertas que daban al patio; ellas tenían poca madera y parecían damas escotadas o de talle muy bajo; las cortinas eran muy tenues y daban la impresión de que uno sorprendiera a las puertas en ropa interior. Detrás de las cortinas se veía, inclinándose apenas, un helecho casi tan alto como una palmera.

Hacía rato que había tocado el timbre cuando vi aparecer en el fondo del patio una inmensa mujer. Hasta que no abrió la puerta no quise convencerme de que traía colgando de los labios un cigarrillo rubio. Sin saludarme, preguntó:

—¿Usted viene de la sociedad de los pianistas?

Apenas le hube contestado abrió la puerta, se dio vuelta y caminó hacia el patio como indicándome que la siguiera. Yo tenía pegado en los ojos, todavía, el recuerdo de su boca en el momento de hablarme; los labios eran carnosos y entre ellos se bamboleaba el cigarrillo encendido. Me había hecho pasar a un rincón del patio que no era visible desde el zaguán. No bien me senté en un sillón que ella me había indicado con una mirada de párpados bajos, le pregunté:

—¿Usted es la señora Muñeca?

—Si la señora Muñeca lo oye decirme eso a mí, nos echa a los dos. Pero no se aflija, tengo todo previsto.

Abrió la puerta que daba al comedor. En el vidrio había dibujado un paisaje de cigüeñas. La cabeza de la mujer daba a una altura del vidrio donde también había una cabeza de cigüeña que tenía un pescado en el pico y estaba a punto de tragárselo.

Yo apenas tuve tiempo de mirar el gran patio, lleno de plantas y mayólicas de colores; en seguida apareció de nuevo la mujer rubia con un platillo de postre. Se sentó en una silla que había cerca de mi sillón y puso el platillo en otra silla. Entonces dijo:

—No debe tardar mucho. La acostumbré a que toque el timbre cada vez que llegue. Le dije que si dejaba la puerta abierta podían robarle algo.

Yo fui a hablar y no encontraba la voz; tardé como si hubiera tenido que buscar el sonido en algún bolsillo.

—Ella ha tenido buen gusto...

No me dejó terminar.

—El gusto no es de ella. Aquí vivía un «dotor». A él se le murió una hija y le vendió la casa a esta, que ya era viuda y rica desde jovencita.

Echó la ceniza del cigarrillo en el platillo de postre y yo creí que el platillo se caería.

—Lo que no tenía el «dotor» era piano. Lo compró esta; y bastantes lágrimas que le costó.

Yo la miré, abriendo los ojos y tal vez la boca. Parecía que a ella le gustara mi manera de escuchar, porque después de tanto silencio despectivo estuvo de charla hasta que vino la dueña de casa. Lo que más la hacía conversar era algo que tuviera que ver con la señora Muñeca; aunque empezara hablando de otra cosa parecía que sin darse cuenta se fuera resbalando despacito hasta caer en el mismo tema.

Yo le pregunté:

—¿La señora Muñeca es alta como usted?

Se rio.

—Cuando vinimos aquí tuve que bajar todos los espejos; y la que me tengo que agachar soy yo.

De pronto y sin venir al caso volvió a lo del piano: era como algo que hubiera dejado cocinándose y ahora tuviera que seguir revolviendo.

—Buenas lágrimas le costó el piano. Lo compró para que tocara un novio que tuvo. Él hizo un tango y le puso *Muñeca,* por ella. Después, una noche en que él se iba para Buenos Aires y no quería que lo fueran a despedir, ella se encaprichó y fuimos las dos. Pero él llegó tarde al vapor; venía del brazo de otra y subieron corriendo «la escalerita».

Yo hice el ademán de agarrar el platillo en un momento que creí que se caería. Ella comprendió y me dijo que no tuviera miedo; pero como tocaron el timbre salió corriendo con el platillo y se introdujo en el paisaje de las cigüeñas.

A los pocos instantes alcancé a ver una mancha violeta pegada a la puerta que daba al zaguán. Unas uñas impacientes golpeaban el vidrio. Cuando la mujer grande abrió, entró en seguida una mujer chica y le empezó a hablar del carnicero. A mí me parecía que un ojo de la recién llegada miraba hacia mí; yo la veía de perfil; aunque ya de edad, no parecía fea; pero recuerdo lo que ocurrió cuando empezó a dar vuelta la cara lentamente y yo la empecé a ver de frente; era tan enjuta que fui recibiendo un chasco como el que dan las casas que uno ve de frente y después de pasarlas y mirarlas de costado resulta que no tienen fondo y terminan en un ángulo muy agudo. Casi podría decirse que aquella cara existía nada más que de perfil; y que de frente apenas era un poco ancha donde estaban los ojos; los tenía extraviados de manera que el izquierdo miraba hacia el frente y el derecho hacia la derecha. Para compensar la estrechez de la cara se peinaba haciéndose un gran promontorio; aparecían varios colores de pelo: negro, diversos matices del castaño y mechones sucios tendiendo al blanco. Encima de todo tenía un pequeño moño que en apretada síntesis era la muestra de todos los colores.

Cuando empezó a caminar hacia mí, nos miramos sin hablar; y así en todo el rato que ella empleó en cruzar el patio.

—¿Usted es el pianista? ¿Quiere pasar?

Llevó el promontorio hacia la puerta del comedor. A pesar de todo aquel pelo, apenas alcanzaba a las patas de la cigüeña del pescado en el pico. Cuando retiramos las sillas que estaban junto a la gran mesa, el ruido hizo un eco que parecía un rugido. Aquel comedor, oscuro por sus muebles y su poca luz, tenía un silencio propio. Daba pena que aquella mujer lo violara cuando me decía:

—En mi familia —movía los ojos y yo no sabía cuál mirarle, porque tampoco sabía cuál de ellos me miraba a mí—, en mi familia, todos han respetado la música. Y yo quiero que en esta casa, dos veces por semana, *se toque la música.*

En seguida la llamaron porque había venido el carnicero. Se levantó agitando una gran cadena dorada que le daba varias vueltas por el pecho y que al final terminaba atada al costado izquierdo de la cintura.

Había, paradas en el trinchante, dos bandejas ovaladas que miraban al patio y de allí recogían la única luz que iba quedando en el comedor. También blanqueaban un poco, los pescados de un cuadro que había encima del trinchante. Yo tenía adormecida la palma de la mano porque la había estado pasando por encima de la carpeta que ahora se veía de un color verde oscuro. Cuando ella volvió, yo traté de apresurar la entrevista.

—¿Qué clase de música desea la señora?

—¿Cómo qué clase de música? La que toca todo el mundo, la que está de moda.

—Muy bien. ¿Se puede probar el piano?

—Ya lo debía haber hecho.

—¿Dónde está?

—Detrás suyo. ¿No lo ve?

—No, señora, hay poca luz.

Arrimó una pantalla de pie al rincón donde estaba el piano. Tropezó y empezó a rezongar. Cuando encontró el enchufe, la luz dio sobre el color guindo de un piano chico. Después que lo probé y hube dicho otro «muy bien», se me ocurrió preguntarle:

—¿Con qué intervalo debo hacer las piezas?

—¿Qué quiere decir con eso?

—¿Cuántos minutos tienen que pasar después de terminar una pieza y...?

—Lo mismo que tardan en el café japonés.

Dije el último «muy bien» y me despedí hasta el día fijado.

La tarde que fui a tocar por primera vez, tampoco estaba la señora Muñeca. La mujer grande me hizo pasar al comedor y empezó a darme charla. Ella se llamaba Filomena, pero desde niña se había hecho llamar Dolly; era el nombre de una desdichada que se había tirado al mar en una película de aquel tiempo. Según pude averiguar después, ni ella ni la dueña de casa sabían que Dolly, en inglés, quería decir muñequita. Y, no sé por qué, temí sacarlas de esa ignorancia. Por último me habló de un hermano de la señora Muñeca. Ella le había hecho conseguir un empleo; y si seguía portándose «como es debido», le escrituraría, a nombre de él, una pequeña casa que tenía en el Prado al lado de un chalet que también era de ella.

A mí se me había dormido la palma de la mano porque la había estado pasando por el cuero repujado de una silla vecina.

Cuando la señora Muñeca tocó el timbre yo llevé mi silla al piano, puse las músicas en el atril y la esperé, pronto para empezar. Apenas ella entró, se llevó las manos al costado izquierdo y sacó la punta de la cadena, donde tenía un pequeño reloj; aquello era tan desproporcionado como si hubiera atado un perrito con una cadena de aljibe. Ella me dijo: «Puede empezar». Después se sentó en el otro extremo de la mesa y se le ocurrió como a mí, pasar la mano por encima de la carpeta.

Yo empecé a tocar un tango y, antes de terminarlo, apareció la grandota; hablaba fuerte para cubrir el ruido del piano.

—Muñeca, ¿dónde dejó la caldera?

Muñeca tenía otro sentido de las cosas que estaban sucediendo; a ella se le había ocurrido hacer tocar música y la pagaba como algo serio, como si hiciera dar teatro para ella; y esta otra venía a interrumpir la función y a romper ese sentido de dignidad y de aristocracia que ella quería tener en su casa. Entonces se paró enojada y dijo:

—Nunca más vengas a gritar y a interrumpir la música.

La grandota dio media vuelta y se fue. Pero casi al instante la señora Muñeca volvió a llamarla gritándole:

—¡Dolly!

Y en seguida contestó la otra:

—¿Muñeca?

—*Prepará* el mate. La caldera está en el cuarto de baño.

Yo ya había terminado el tango; miraba los muebles y pensaba en el doctor. Aquella casa tenía algo de tumba sagrada que había sido abandonada precipitadamente. Después se habían metido en ella aquellas mujeres y profanaban los recuerdos. Encima del trinchante había un paquete de yerba empezado; y dentro de una cristalera, para hacer entrar una botella de vino ordinario, habían empujado, unas encima de otras, las copas de cristal.

Dolly trajo en silencio lo que le habían pedido; yo empecé a tocar un «vals sentimental» y ya nadie habló más. La señora Muñeca tomaba mate, miraba hacia el patio y parecía, lo mismo que las bandejas, no hacer otra cosa que recibir la última luz. Yo no pedí que me encendieran la portátil de pie. Toqué algunas piezas de memoria y en los intervalos pensé en mis cosas. La señora Muñeca no solo parecía que no oía la música, sino que había dejado el mate y una de sus manos quedó inmóvil encima de la carpeta.

En las sesiones siguientes, ya tenían todo preparado. Y después que la señora Muñeca tomaba los primeros mates y yo tocaba los primeros tangos, ella se quedaba inmóvil y yo pensaba en mis asuntos.

Cuando ya hacía más de un mes que trabajaba allí, volvió a ocurrir que la señora Muñeca no tenía preparado el servicio del mate. Llegó un poco nerviosa a donde estaba yo y me dijo que ella me oiría lo mismo desde otra pieza. Aquella tarde volvió a decir a Dolly que le preparara el mate y que la caldera estaba en el cuarto de baño. Cuando Dolly volvió la señora no estaba en el comedor. Entonces aprovechó para decirme:

—Hoy hace dos años que vimos al novio de Muñeca cuando subía la escalerita del vapor dándole el brazo a la otra. Así que *tené* cuidado y *portate* bien.

A mí me hizo muy mala impresión que me tratara de tú y me disponía a reprochárselo cuando llegó la señora. Esa tarde ella aparecía y desaparecía como esas lloviznas que interrumpen el buen tiempo.

A los pocos días me mandaron buscar de la Asociación de Pianistas y el gerente me dijo:

—Estuvo aquí la señora Muñeca a pedir otro pianista. Dice que vos sos un tipo triste y que tu música no alegra. Yo le contesté: «Mire, señora, ese es el primer pianista de la asociación» y traté de convencerla diciéndole que cambiarías el repertorio y que tocarías con más vida.

Yo estaba deprimido. Y me fue violento ir a la sesión siguiente, pues tenía que tocar «con más vida» y además decirle a Dolly que no me tratara de tú. Pero, cuando llegué al comedor, ocurrieron cosas inesperadas. Estaba de visita el hermano de la señora Muñeca y resultó ser conocido mío. En seguida se paró, me dio la mano y me dijo:

—¿Cómo está, maestro? Lo felicito; ya sé que tuvo mucho éxito en su concierto. Vi los artículos y las fotografías en los diarios.

Los ojos de Muñeca disparaban miradas para todos lados y parecía que aquella desviación fuera a propósito para desconfiar de todo el mundo. Entonces nos interrumpió exclamando:

—¿Cómo? ¡No me habían dicho que usted era una persona que salía en los diarios!

Siguió el hermano:

—¡Sí, cómo no! Y una vez salimos juntos en el mismo diario: estábamos separados nada más que por una columna. Fue aquella vez que me nombraron secretario del club.

Intervino Muñeca:

—Y que te felicitó el presidente —y después dijo—: *Vení*.

Yo tenía la cabeza baja y vi salir del comedor oscuro, primero el vestido violeta y a poca distancia, los pantalones negros del hermano.

Después empecé a recordar el café donde yo tocaba cuando conocí a este muchacho. No sé por qué le llamaban «Arañita» y por qué él lo toleraba, ya que era tan bravo. Y ahora yo me había empecinado en hacer entrar a la señora Muñeca, con el vestido violeta, en la historia de este muchacho. Ella llegaba tarde a la idea que yo tenía de él; y aunque me hubiera sido más cómodo dejar este trabajo para otro día, no podía pasar sin imaginarme de nuevo todo lo que sabía de Arañita, pero agregándole esta hermana. También me parecía que era ella quien quería entrar en la historia; y tan a la fuerza como en un ómnibus repleto.

Aquel café estaba escondido detrás de unos árboles y debajo de un primer piso con balcones. Todo el que pretendiera entrar era detenido en la puerta. Apenas se ponía la mano en la manija, que era grande y negra como la de una plancha de sastre, esta daba vuelta para todos lados sin ofrecer resistencia. Parecía que la puerta se riera de uno. Si a pocos pasos del vidrio había una persona —estando más lejos ya la suciedad del vidrio no permitiría verla—, es posible que la persona hiciera un ademán con el brazo como diciendo: «¡Véngase! ¡Empuje!». Entonces uno pegaba un empellón y la puerta rezongaba, pero cedía. Después de estar adentro y apenas se daba la espalda a la calle, la puerta se vengaba descargando un golpe de resorte.

El humo tragaba mucha de la poca luz que daban unas lamparillas y mucho del color de los trajes. Además, se tragaba las columnitas en que se apoyaba el palco donde tocábamos nosotros. Éramos tres: «un violín», «una flauta» y yo. Parecía que también había sido el humo quien hubiera elevado nuestro palco hasta cerca del techo blanco. Como si fuéramos empleados del cielo, enviábamos a través de las nubes de humo aquella música que los de abajo no parecían escuchar. Apenas terminábamos una pieza, nos invadía la conversación de toda aquella gente. Era un murmullo fuerte, uniforme, y en invierno nos llenábamos de modorra. Nos asomábamos sentados en la baranda del palco y no sé qué hacíamos tanto rato con los ojos sobre las cosas. De pronto mirábamos, simplemente, cómo allá abajo las cabezas se asomaban a los círculos blancos de las mesas de mármol y las manos llevaban hasta cerca de la nariz el café, que se veía como una pequeña mancha negra. Uno de los mozos era miope y andaba detrás de unos cristales muy gruesos; ellos le aconsejaban con mucha lentitud dónde podía encontrar una cosa; después la nariz oscilaba como una brújula hasta que se detenía apuntando a su objetivo. En una mano llevaba una bandeja y con la otra iba tanteando a la gente. Era divorciado, vuelto a casar y lleno de hijos chicos. Nosotros lo contemplábamos como a un vaporcito que navegaba entre islas, encallando a cada rato o descargando los pedidos en puertos equivocados.

Todo esto ocurría en la noche. Pero en la sección *vermouth* era muy distinto; y no solo por saberse que aquella era una hora de la tarde y no de la noche; y porque hubiera otro público y se tomaran otras cosas. A esa hora venía la gente del club político ubicado encima del café. Llenaban dos mesas del fondo y casi todos eran compañeros o admiradores de Arañita. Antes de poder conversar con él lo miraban desde lejos un buen rato y esperaban que él terminara de preparar los cocktails detrás del mostrador. A esa hora, solamente, se encendía una luz muy fuerte que iluminaba el blanco del saco, la camisa y los dientes de Arañita. Contra todo eso se oponía la corbata, las cejas, los ojos y el pelo de él, que era del más decidido negro. Y como color conciliador estaba el de su cara; era aceituna y apenas sombreado en algunas partes, sobre todo encima de las cejas, pues estas hubieran resultado inmensas si no se las afeitara dejando apenas dos pedacitos parecidos al cordón de los zapatos.

Ninguna parte de la cara parecía moverse durante la ceremonia; ni se sabía cuál era el preciso instante en que él tomaba o dejaba una botella; la vista no alcanzaba a sincronizar el tiempo exacto en que él daba impulso a un objeto y el tiempo en que el objeto obedecía. Parecía que las botellas, los vasos, el hielo y los coladores tuvieran vida propia y hubieran sido educados en un régimen de libertad; no importaba que no obedecieran instantáneamente: ellos eran responsables y todo llegaría a su tiempo. En el único momento que los ojos podían saciar su grosera sed de ajuste era mientras Arañita sacudía enérgicamente la coctelera. En uno de esos momentos yo alcancé a pasar por una de las mesas del fondo y sentí decir: «Se conoce que es un hombre de carácter, ¿eh?».

Arañita sabía cuál cocktail tenía más salida a una hora determinada. Entonces preparaba muchos vasos al mismo tiempo. Después de sacudir la coctelera repartía el líquido en cada vaso con un mismo movimiento del pulso; pero era tal la precisión, que uno pensaba en los secretos de la naturaleza; cada gota iba a su corral de vidrio como por un instinto de familia. Después de haber depositado la primera carga de la coctelera —que podía ser de gotas de una raza oscura—, preparaba otra de raza blanca y volvía a depositar en la misma forma las nuevas familias. Entonces llegaban los instantes tan esperados por nosotros. Él tomaba una cucharita de cabo largo; con pocos golpes giratorios cruzaba rápidamente las familias que había en cada vaso y surgía lo inesperado: cada vaso cantaba un sonido distinto y comenzaba una música de azar. Porque lo único imprevisible de cada día era la acomodación de vasos aparentemente iguales con el secreto de sonidos distintos.

De pronto veíamos a Arañita ponerse el saco, negro y ajustado, y el sombrero, de alas planas y duras como si fueran de acero.

Daba vuelta por el lado de afuera del mostrador y el propio patrón —amigo y correligionario— le servía una caña. Ya los políticos iban saliendo y lo esperarían en el club. Varias veces, a esa hora, yo recordé algo que sabía de él. Había tenido una novia que una vez le pidió permiso para ir a un baile; aunque él se lo negó, ella lo mismo fue. Al poco tiempo él lo supo y cortó las relaciones con palabras que fueron como golpes secos. Una tarde ella vino al café; pero él la mandó despedir con un mozo. Y al poco tiempo ella se envenenó.

Al principio él era muy amigo de nosotros; pero un buen día dejó de saludarnos. En la baranda del palco había muchas bombitas de colores; y él era el encargado de encenderlas cuando empezaba la orquesta. Un día el «violín» descubrió que Arañita las encendía en el preciso instante en que sonaba el primer acorde de la pieza con que nosotros abríamos la sesión. Entonces, pensando en hacerle una broma, una noche hicimos todos al mismo tiempo un solo acorde cualquiera. El estampido del acorde junto con la luz llamó la atención de la gente y algunos aplaudieron. Pero Arañita caminaba rabiosamente detrás del mostrador y parecía próximo a saltar. No nos saludó más; pero mucho tiempo después y cuando yo ya no tocaba en el café, él me vio por la calle, me vino a saludar con una sonrisa muy franca y volvimos a quedar amigos.

Aquella tarde en el comedor oscuro también vino a saludarme, antes de irse, y me dijo:

—Puede estar tranquilo. En esta casa su empleo está seguro.

Menos mal. Esta era una de las consecuencias del concierto. Pero en seguida pensé que tenía una preocupación y que en ese momento no recordaba cuál era. Pronto la encontré. Era que Dolly no debía tratarme de «tú». Y precisamente en ese instante entró ella tendiéndome la mano. Había venido corriendo en puntas de pie. Yo no tuve más remedio que darle mi mano. Entonces ella me dijo:

—Te felicito —y salió corriendo.

En las sesiones siguientes Muñeca se volvió a sentar silenciosa a tomar mate en el comedor y yo pude pensar a gusto en mis cosas.

Después que Arañita hubo arreglado mi situación en casa de la hermana, Muñeca pasó mucho tiempo sin interrumpir mis pensamientos. Tomaba mate hasta que se le enfriaba el agua y después, dejando quietos sus ojos extraviados, ella también miraba sus recuerdos. Sin embargo, una tardecita que el comedor estaba muy oscuro y faltaba poco para terminar la sesión, Muñeca me habló. Yo en ese momento estaba lejísimo de pensar en ella. Cuando las palabras de Muñeca chocaron contra mí y el silencio se derrumbó, hice un movimiento brusco con los pies y le pegué al piano; la caja armónica quedó sonando y en seguida Muñeca soltó una carcajada chabacana. Después ella repitió sus palabras:

—Le preguntaba cómo se llama ese tanguito que tocó.

Mi primer impulso fue decirle el título; pero después pensé que si se lo decía —el tango se llamaba *¿Te fuiste? Ja, ja...*—, ella pensaría que era una alusión al que se había ido con otra por la «escalerita» del vapor. Entonces prendí la luz y fui a llevarle el ejemplar; pero ella, comprendiendo mi intención, me atajó:

—No, no, dígamelo usted no más.

Lo pronuncié con una voz rara; ella me lo hizo repetir y en seguida dijo:

—¡Jesús! ¡Parece un nombre de carnaval!

Yo no deseaba que ese título le trajera malos recuerdos. Sin embargo a mí me atraían los dramas en casas ajenas y una de las esperanzas que me había provocado mi concierto era la de hacer nuevas relaciones que me permitieran entrar en casas desconocidas.

Una tarde que yo pensaba en el drama ajeno sentí en el comedor oscuro un fuerte olor a lechón adobado. Entonces le dije a Dolly:

—¡Qué olor a lechón! ¿Por qué no lo saca de aquí? Es una pena... ¡Un comedor tan lindo...!

Ella se enojó:

—¿Y el lechón no es un olor de comedor? *¿Querés* que lo ponga en la sala?

Allí estaba, sobre el aparador, en una fuente esmaltada de color azul y tapado con un tul blanco. Dolly se había ido en seguida; pero al rato entró de nuevo y me dijo:

—Ya sé, *querés* comer lechón.

Yo empecé a protestar con fuerza pero ella me chistaba, quería cubrir mi voz y pretendía agarrarme las manos. Mientras yo las esquivaba y ella las perseguía, hacíamos a tientas dibujos en el aire y yo sentía en mi cara congestionada el viento que hacían las cuatro manos. Al fin puse mis manos en la espalda y me resigné a que Dolly hablara:

—*Mirá:* a las diez de la noche *venís* por la calle del fondo; allí hay un árbol con unas ramas gruesas que dan a la ventanilla de la cocina. No te hago entrar por el frente porque podrían chismear, y yo tengo novio y pienso casarme.

Quise interrumpirla, pero ella alcanzó a atraparme una mano. Yo la quité con brusquedad y mientras me quedé pensando en mi movimiento grosero, ella reanudó la explicación:

—Te *subís* al árbol y *entrás* a las diez; yo tendré pronto el lechón, un litrito de vino y verás qué fiesta vamos a hacer.

Por fin me dejó decir:

—¿Y si me oye Muñeca? ¿Voy a perder el empleo por un pedazo de lechón?

Me miró unos instantes en silencio y extrañada. Y después dijo:

—A las nueve y media yo ya he llevado a Muñeca a la cama completamente dormida y hasta podría desnudarla al otro día de mañana.

—¿Cómo? ¿Tiene sueño tan pesado?

Dolly se empezó a reír a gritos; después se sentó, desnudó los pies de unos zapatos rojos, los enrolló en las patas de la silla y me dijo:

—Apenas te vas, ella empieza a tomar vino; después come tomando vino; en seguida del postre sigue tomando vino y cuando está bien borracha la llevo a la cama.

Dolly miró mi cara, se entusiasmó y siguió diciendo:

—Mucho decir que haga las cosas como es debido, mucha aristocracia, mucho no dejarme conversar con nadie que la visite, ni siquiera con el hermano, y después se emborracha como una chancha.

Yo bajé la cabeza y en seguida ella me preguntó:

—¿Y en qué quedamos? ¿*Venís* a comer el lechón o no?

Yo empecé a improvisar disculpas torpes; una de las peores fue decirle que me podría caer del árbol; ella comprendió, arrugó la boca de un lado, se calzó y en el momento de irse me dijo:

—*Andá, andá;* a *vos* te arrancaron verde.

Una tarde, poco tiempo después, no salió a recibirme Dolly; apareció un criado de patillas, chaleco y mangas rayadas. Me entregó una carta en la que Muñeca me comunicaba la suspensión de mis servicios y me entregaba el dinero que me debía.

Después de esto pasé algún tiempo sin trabajo. Y hasta estuve por subir al árbol con la idea de ver a Dolly.

Una mañana de verano yo tenía mucho pesimismo y pensaba en todos mis fracasos. El concierto no solo no me había dado dinero sino que no me había traído nada de lo que yo esperaba. Ni siquiera relaciones como para entrar en casas desconocidas; la única casa había sido la del comedor oscuro; allí apenas sospeché un drama cuando supe que Muñeca se emborrachaba; y Dolly no parecía una mujer que tuviera drama.

Arrastraba lentamente estos pensamientos paseando con las manos atrás por una avenida del Prado, cuando sentí que me hacían cosquillas en la palma de una mano. Me di vuelta y encontré a Dolly. Me dijo:

—Te vi pasar por casa y te seguí.

—¿Cómo? ¿Usted no está más en lo de Muñeca?

—Esa vieja se acordará de mí para toda la vida. Una tarde le dije: «Vaya buscándose otra porque mañana me voy». Ella me contestó: «Y yo ¿qué te hice, ahora?». Entonces yo le solté esto: «Ahora nada; pero me voy a casar... con su hermano». Le vino un temblor raro y le empezó a salir espuma por la boca; porque esa misma mañana ella le había escriturado esta casita al hermano.

Habíamos seguido caminando. Pero cuando dijo lo de Arañita me paré a mirarla. Ella me tomó una mano y me dijo:

—Vení a ver la casita. A esta hora Arañita siempre está en el empleo.

Yo solté la mano y le dije:

—No, otro día.

A ella le volvió la rabia que tuvo cuando no quise subir al árbol y arrugó el labio de arriba para decirme:

—Andá, andá, pobre pianista.

El corazón verde

Hoy he pasado, en esta pieza, horas felices. No importa que haya dejado la mesa llena de pinchazos. Lo único que siento es tener que cambiar el diario que la cubre; hace tiempo que está puesto y le he tomado simpatía; es de un color verdoso, las letras grandes de los títulos son de color naranja y tiene la fotografía de unos quintillizos. Cuando la tarde estaba terminando y se apagaba un poco el gran calor, yo venía hacia mi pieza cansado de caminar. Había ido a pagar una cuota de un sobretodo comprado en invierno. Estaba un poco decepcionado de la vida pero tenía cuidado de que no me pisaran los vehículos; pensaba en mi pieza y recordé las cabecitas peladas de los quintillizos como si fueran las yemas de cinco dedos. Cuando ya estaba en mi cuarto con los brazos desnudos sobre el diario verde y un pequeño círculo de luz daba sobre los libros de colores, abrí una caja de lápices y saqué mi alfiler de corbata. Lo di vuelta entre mis manos hasta que se me cansaron los dedos y distraídamente pinchaba el diario en los ojos de los quintillizos.

Primero ese alfiler había sido una pequeña piedra verde que el mar había desgastado dándole forma de corazón; después la habían puesto en un prendedor y el corazón había quedado emplomado entre un cuadrilátero del tamaño de un diente de caballo. Al principio, mientras yo lo daba vuelta entre mis dedos, pensaba en cosas que no tenían que ver con él; pero de pronto él me empezó a traer a mi madre, después a un tranvía a caballos, una tapa de botellón, un tranvía eléctrico, mi abuela, una señora francesa que se ponía un gorro de papel y siempre estaba llena de plumitas sueltas, su hija, que se llamaba Ivonne y le daba un hipo tan fuerte como un grito, un muerto que había sido vendedor de gallinas, un barrio sospechoso de una ciudad de la Argentina y donde en un invierno yo dormía en el suelo y me tapaba con diarios, otro barrio aristocrático de otra ciudad donde yo dormía como un príncipe y me tapaba con muchas frazadas y, por último, un ñandú y un mozo de café.

Todos estos recuerdos vivían en algún lugar de mi persona como en un pueblito perdido: él se bastaba a sí mismo y no tenía comunicación con el resto del mundo. Desde hacía muchos años allí no había nacido ninguno ni se había muerto nadie. Los fundadores habían sido recuerdos de la niñez. Después, a los muchos años, vinieron unos forasteros: eran recuerdos de la Argentina. Esta tarde tuve la sensación de haber ido a descansar a ese pueblito como si la miseria me hubiera dado unas vacaciones.

En muchos años de mi niñez nosotros vivíamos en la falda del Cerro. La gente que subía la calle de mi casa llevaba el cuerpo echado hacia adelante y parecía que fuera buscando algo entre las piedras; y al bajar llevaban el cuerpo echado hacia atrás, parecían orgullosos y tropezaban con las piedras. De tarde mi tía me llevaba a unos morros que estaban cerca de la fortaleza. Desde allí se veían los barcos del dique, con muchos palos grandes y chicos como espinas de pescados. Cuando en la fortaleza tiraban el cañonazo de la entrada del sol, mi tía y yo empezábamos a bajar.

Una tarde mi madre me dijo que me llevaría a casa de una abuela que vivía en la dársena y que vería un tren eléctrico; sin embargo esa mañana yo me había portado mal; me habían mandado a buscar almidón en caja; pero yo lo traje suelto y me retaron; al ratito me mandaron a buscar yerba y como yo la quería en caja, los almaceneros, que eran amigos de casa, me la pusieron en una caja de botines; pero yo había cometido otra falta: me volví a casa con «la plata» y me retaron porque no había pagado; al rato me mandaron a buscar fideos con un peso; yo traje los fideos pero no quise traer el cambio porque eso era traer la plata y me retarían; en casa se alarmaron porque no había traído el cambio y me mandaron a buscarlo; entonces los almaceneros escribieron en un papelito algo que tranquilizó a mamá. Decía: «El cambio está entre los fideos».

Esa tarde todas las mujeres de casa quisieron ponerme un gran cuello almidonado que iba prendido a la camisa con botones de metal; la única que pudo fue otra abuela —esta no vivía en la dársena ni llevaba en el pecho el corazón verde—; esta tenía los dedos rechonchos y calientes y al metérmelos en el pescuezo para prenderme el cuello me había pellizcado la piel; yo me ahogué dos o tres veces y me habían venido arcadas.

Cuando salimos a la calle el sol hacía brillar mis zapatos de charol y a mí me daba pena tropezar con todas las piedras del camino; mi madre me llevaba de la mano y casi corriendo. Pero yo estaba contento y, cuando ella no contestaba a mis preguntas, me contestaba yo. De pronto ella me dijo:

—Cállate la boca; pareces el loco de siete cuernos.

Y en seguida pasamos por lo del loco. Era una casa sin revocar y muy vieja. En la reja de una ventana había latas atadas con alambres y detrás gritaba continuamente el loco llamando a la gente que pasaba. Él era grande, gordo y tenía una camisa a cuadros. A veces venía la mujer, que era chiquita y flaca, para hacerlo callar; pero en seguida él seguía gritando y de pronto los gritos eran roncos.

Después cruzamos frente a la carnicería: yo pasaba allí mañanas enteras esperando que me despacharan; la gente estaba callada; pero un mirlo cantaba fuerte, siempre el mismo canto, y yo me aburría mucho.

Al pie del Cerro estaba la calle donde pasaba el tren de caballos; primero se oía la corneta y después el ruido de los caballos, las cadenas y el látigo largo para alcanzar al cadenero. Yo me hincaba en uno de los dos asientos largos para estar frente a la ventanilla. Y mucho rato después me tenía que tapar las narices porque pasábamos por los frigoríficos que había cerca de un arroyo. A veces, cuando el tren y los caballos hacían ruido sobre el puente, yo me olvidaba de taparme la nariz y en seguida sentía el olor. Esa tarde nos bajamos en el Paso Molino y mi madre entró en una confitería a conversar con la dueña. Pasado un largo rato, la confitera dijo:

—Su niño mira los caramelos.

Y señalando los boyones me preguntaba:

—¿Quieres de estos?... ¿De estos otros?

Yo le dije a mi madre que quería la tapa del boyón. Se rieron y la confitera me trajo la tapa de otro que se había roto hacía poco. Mi madre no quería que yo fuera con aquello por la calle; pero la confitera lo envolvió, lo ató y le puso un palito para agarrarlo.

Cuando salimos era de nochecita y yo vi en medio de la calle un zaguán iluminado; mientras mi madre me llevaba hacia él yo miraba los vidrios de colores. Ella me decía que era un tren eléctrico. Pero como yo lo veía de la parte de atrás seguía pensando que era un zaguán. En ese instante tocaron un timbre, el «zaguán» soltó un suspiro fuerte y empezó a resbalar despacio hacia adelante. Al principio apenas se movía y las personas que alcancé a ver dentro de él iban quietas como muñecos dentro de una vidriera. Nosotros no llegamos a tiempo y al ratito el zaguán iba lejos y dio vuelta por entre unos árboles.

La casa de mi abuela quedaba en una calle cerca del puerto. Se entraba por un patio largo y teníamos que subir escaleras. Después pasamos por un comedor donde había una mesa con una fuente de pasteles. Mi madre me había encargado que no pidiera; entonces yo le dije a mi abuela:

—Si me dan, pido; si no, no.

A mi abuela le hizo mucha gracia y en una de las veces que me fue a besar le vi el corazón verde, se lo pedí y ella no me lo dio. Antes de cenar me dejaron jugar con una chiquilina que se llamaba Ivonne. La madre tenía en la cabeza un gorro de papel de diario y toda la cara y la pañoleta llenas de plumitas blancas muy chiquitas.

Esa noche antes de dormir vi en la pared una escalerita de luces que eran reflejo de las persianas. Después no me desperté a pesar de que todos se levantaron por el ruido que hizo la tapa del boyón cuando se resbaló de abajo de la almohada y se cayó al suelo. Al otro día, cuando tomaba el café con leche, sentía a cada momento un grito raro y me dijeron que era el hipo de Ivonne; parecía que ella lo hiciera por gusto. Esa mañana ella me convidó para ir a ver un muerto en las piezas del fondo. La madre no quería dejarla ir porque tenía hipo. Yo miraba el gorro de papel de la madre y esa mañana el color de las plumitas era violeta. En seguida pensé en el muerto. Ivonne le decía a la madre:

—Mamá, es un muerto de confianza; es aquel viejito que vendía gallinas.

Ivonne me dio la mano y me llevó; yo tenía miedo y no soltaba la mano. El viejito estaba solo y tapado con un tul. Ivonne no solo soltaba los gritos del hipo sino que quería apagar todas las velas que había alrededor del cajón. De pronto entró la madre, la agarró de un brazo y la sacó corriendo; y como yo estaba fuertemente agarrado a la mano de Ivonne, a mí también me llevaron.

Aquella misma mañana mi abuela me regaló el corazón verde; y hace pocos años, nuevos hechos vinieron a juntarse a esos recuerdos.

Yo estaba en una ciudad de la Argentina donde el encargado de arreglar mis conciertos había cometido errores desde el principio y al final no se había podido hacer nada. Mientras tanto tuve tiempo de ir descendiendo por todas las categorías de los hoteles del centro y al fin había caído en un barrio sospechoso de los suburbios, donde un amigo alquiló una pieza. A él los padres le habían mandado una cama y él me cedió un colchón. Hacía mucho frío y yo había gastado la mayor parte de mi dinero en comprar diarios viejos: los ponía abiertos encima de una cobija fina y arriba de ellos un sobretodo que me había prestado el encargado de mis conciertos. Una noche desperté a mi amigo con un grito feroz; yo también me desperté y me encontré poniendo una almohada en la pared: estaba soñando que allí había un agujero donde aparecía sonriendo un loco que tenía en la cabeza un gorro de papel de diario. Y después de pensar mucho en eso —no quería volver a dormirme porque tenía miedo de repetir la pesadilla— recordé el gorro de la mamá de Ivonne.

A los pocos días paseaba con tristeza entre las luces del centro de la ciudad, y de pronto decidí empeñar el corazón verde para ir al cine. Esa noche, después de la función me animé a pedirle dinero a otro amigo que tenía en Buenos Aires; ya le debía mucho, pero ahora me arriesgaría porque tenía casi arreglado un concierto en una ciudad vecina. Esa misma noche volví a pensar en el gorro de la mamá de Ivonne y decidí mandarle preguntar a la mía qué hacía aquella señora con las plumitas y el gorro de papel de diario. Es posible que mi madre lo hubiera sabido. También le dije que yo recordaba haber visto que la señora tironeaba algo que tenía en las faldas y yo había pensado que desplumaba a un animalito.

Cuando vino el dinero, rescaté el corazón verde y me fui a la ciudad vecina. Allí todo fue bien desde el principio y pude hospedarme en un hotel cómodo. Me habían dado una pieza con tres camas, una de matrimonio y dos de una plaza. Yo quería una pieza para mí solo y me dijeron que, efectivamente, esa pieza sería para mí solo y yo podía elegir la cama que quisiera. A la noche, después de una cena más bien exagerada, elegí la cama de matrimonio y puse en ella las frazadas de todas las camas. Los muebles eran de una vejez muy oscura y los espejos eran borrosos y veían mal la luz.

La tarde que di el primer concierto, tuve tiempo —antes que se cerraran los negocios— de comprar libros, lápices de colores para subrayarlos y un índice muy lindo al que después le buscaría aplicación. Apenas cené y me metí con los libros en la cama de matrimonio, pensé en el cine y no pude resistir a la tentación: me vestí de nuevo y fui a ver una película vieja en que unos enamorados se daban besos largos. Era muy feliz y no quería acostarme; fui a un café donde había un ñandú muy manso que vagaba a pasos lentos entre las mesas. Yo estaba distraído mirándolo y dando vuelta entre los dedos al alfiler de corbata cuando el ñandú vino apresuradamente hacia mí, me sacó de un picotón el corazón verde y se lo tragó. Mis ojos miraban con desesperación el alfiler bajando, como un bulto dentro de una media, por el cuello del ñandú; hubiera querido hacerlo correr hacia arriba; pero llegó el mozo con el café y me dijo:

—No se preocupe.

—¡Pero, señor! ¡Si es un viejo recuerdo de familia!

—Escuche, caballero —me decía el mozo levantando una mano como el vigilante que detiene un vehículo—; el ñandú se ha tragado muchas cosas y siempre las ha devuelto. Quédese tranquilo, que mañana o pasado yo le entregaré su alfiler como si nada hubiera ocurrido.

Al otro día vi en los diarios las crónicas de mis conciertos. Pero uno de ellos traía en primera plana un título que decía: «La estadía del pianista depende del ñandú». Y el artículo estaba lleno de bromas.

Ese mismo día recibí carta de mi madre en que me decía que la mamá de Ivonne hacía cisnes de polvera, que los hacía de todos los colores y que los tironeos serían para sacar las plumitas del paquete, porque a veces venían muy apretadas.

Al otro día el mozo del café me trajo el alfiler y me dijo:

—Ya le había dicho yo, señor; el ñandú es muy serio y devuelve todo.

Para otra vez que vaya a descansar a ese pueblito de recuerdos, tal vez me encuentre con que la población ha aumentado; casi seguro que allí estará aquel diario verde y los quintillizos a quienes les pinché los ojos con el alfiler.

Muebles El Canario

La propaganda de estos muebles me tomó desprevenido. Yo había ido a pasar un mes de vacaciones a un lugar cercano y no había querido enterarme de lo que ocurriera en la ciudad. Cuando llegué de vuelta hacía mucho calor y esa misma noche fui a una playa. Volvía a mi pieza más bien temprano y un poco malhumorado por lo que me había ocurrido en el tranvía. Lo tomé en la playa y me tocó sentarme en un lugar que daba al pasillo. Como todavía hacía mucho calor, había puesto mi saco en las rodillas y traía los brazos al aire, pues mi camisa era de manga corta. Entre las personas que andaban por el pasillo hubo una que de pronto me dijo:

—Con su permiso, por favor...

Y yo respondí con rapidez:

—Es de usted.

Pero no solo no comprendí lo que pasaba sino que me asusté. En ese instante ocurrieron muchas cosas. La primera fue que aun cuando ese señor no había terminado de pedirme permiso, y mientras yo le contestaba, él ya me frotaba el brazo desnudo con algo frío que no sé por qué creí que fuera saliva. Y cuando yo había terminado de decir «es de usted» ya sentí un pinchazo y vi una jeringa grande con letras. Al mismo tiempo una gorda que iba en otro asiento decía:

—Después a mí.

Yo debo haber hecho un movimiento brusco con el brazo porque el hombre de la jeringa dijo:

—¡Ah!, lo voy a lastimar... Quieto un...

Pronto sacó la jeringa en medio de la sonrisa de otros pasajeros que habían visto mi cara. Después empezó a frotar el brazo de la gorda y ella miraba operar muy complacida. A pesar de que la jeringa era grande, solo echaba un pequeño chorro con un golpe de resorte. Entonces leí las letras amarillas que había a lo largo del tubo: *Muebles El Canario*. Después me dio vergüenza preguntar de qué se trataba y decidí enterarme al otro día por los diarios. Pero apenas bajé del tranvía pensé: «No podrá ser un fortificante; tendrá que ser algo que deje consecuencias visibles si realmente se trata de una propaganda.» Sin embargo, yo no sabía bien de qué se trataba; pero estaba muy cansado y me empeciné en no hacer caso. De cualquier manera estaba seguro de que no se permitiría dopar al público con ninguna droga. Antes de dormirme pensé que a lo mejor habrían querido producir algún estado físico de placer o bienestar. Todavía no había pasado al sueño cuando oí en mí el canto de un pajarito. No tenía la calidad de algo recordado ni del sonido que nos llega de afuera. Era anormal como una enfermedad nueva; pero también había un matiz irónico; como si la enfermedad se sintiera contenta y se hubiera puesto a cantar. Estas sensaciones pasaron rápidamente y en seguida apareció algo más concreto: oí sonar en mi cabeza una voz que decía:

—Hola, hola; transmite difusora El Canario... Hola, hola, audición especial. Las personas sensibilizadas para estas transmisiones... etcétera, etcétera.

Todo esto lo oía de pie, descalzo, al costado de la cama y sin animarme a encender la luz; había dado un salto y me había quedado duro en ese lugar; parecía imposible que aquello sonara dentro de mi cabeza. Me volví a tirar en la cama y por último me decidí a esperar. Ahora estaban pasando indicaciones a propósito de los pagos en cuotas de los muebles El Canario. Y de pronto dijeron:

—Como primer número se transmitirá el tango...

Desesperado, me metí debajo de una cobija gruesa; entonces oí todo con más claridad, pues la cobija atenuaba los ruidos de la calle y yo sentía mejor lo que ocurría dentro de mi cabeza. En seguida me saqué la cobija y empecé a caminar por la habitación; esto me aliviaba un poco pero yo tenía como un secreto empecinamiento en oír y en quejarme de mi desgracia. Me acosté de nuevo y al agarrarme de los barrotes de la cama volví a oír el tango con más nitidez.

Al rato me encontraba en la calle: buscaba otros ruidos que atenuaran el que sentía en la cabeza. Pensé comprar un diario, informarme de la dirección de la radio y preguntar qué habría que hacer para anular el efecto de la inyección. Pero vino un tranvía y lo tomé. A los pocos instantes el tranvía pasó por un lugar donde las vías se hallaban en mal estado y el gran ruido me alivió de otro tango que tocaban ahora; pero de pronto miré para dentro del tranvía y vi otro hombre con otra jeringa; le estaba dando inyecciones a unos niños que iban sentados en asientos transversales. Fui hasta allí y le pregunté qué había que hacer para anular el efecto de una inyección que me habían dado hacía una hora. Él me miró asombrado y dijo:

—¿No le agrada la transmisión?

—Absolutamente.

—Espere unos momentos y empezará una novela en episodios.

—Horrible —le dije.

Él siguió con las inyecciones y sacudía la cabeza haciendo una sonrisa. Yo no oía más el tango. Ahora volvían a hablar de los muebles. Por fin el hombre de la inyección me dijo:

—Señor, en todos los diarios ha salido el aviso de las tabletas El Canario. Si a usted no le gusta la transmisión se toma una de ellas y pronto.

—¡Pero ahora todas las farmacias están cerradas y yo voy a volverme loco!

En ese instante oí anunciar:

—Y ahora transmitiremos una poesía titulada «Mi sillón querido», soneto compuesto especialmente para los muebles El Canario.

Después el hombre de la inyección se acercó a mí para hablarme en secreto y me dijo:

—Yo voy a arreglar su asunto de otra manera. Le cobraré un peso porque le veo cara honrada. Si usted me descubre pierdo el empleo, pues a la compañía le conviene más que se vendan las tabletas.

Yo lo apuré para que me dijera el secreto. Entonces él abrió la mano y dijo:

—Venga el peso —y después que se lo di agregó—: Dese un baño de pies bien caliente.

Las dos historias

El 16 de junio, y cuando era casi de noche, un joven se sentó ante una mesita donde había útiles de escribir. Pretendía atrapar una historia y encerrarla en un cuaderno. Hacía días que pensaba en la emoción del momento en que escribiera. Se había prometido escribir la historia muy lentamente, poniendo en ella los mejores recursos de su espíritu. Ese día iba a empezar: estaba empleado en una juguetería; había estado mirando una pizarrita que en una de las caras tenía alambres con cuentas azules y rojas, cuando se le ocurrió que esa tarde empezaría a escribir la historia. También recordaba que otra tarde que pensaba en un detalle de su historia, el gerente de la casa le había echado en cara la distracción con que trabajaba. Pero su espíritu le borraba esos feos recuerdos, apenas le venían, y él seguía pensando en lo que le hacía tan feliz y en lo que tan torpe le hizo no bien salió del empleo y se consideró libre; dejó que una parte muy pequeña de sí mismo se entendiera con las cosas exteriores y le llevara a su casa. Mientras se dejaba arrastrar por la pequeña fuerza que había dispuesto que lo guiara, se entregaba a pensar en su querida historia; a veces esa misma felicidad le permitía abandonar un poco su pensamiento dichoso, observar cosas de la calle y querer encontrarlas interesantes; y en seguida volvía a la historia; y todo esto dejándose arrastrar por la pequeña fuerza que había dispuesto que lo guiara.

Cuando estuvo en su pieza le pareció que si la acomodaba un poco antes de sentarse a escribir estaría más tranquilo; pero al mismo tiempo tuvo la impresión de que sus ojos, su frente y su nariz tropezarían con las cosas y las puertas y las paredes, y por fin decidió sentarse ante la mesita, que era baja y estaba pintada con nogalina. Después de sentarse, aún se tuvo que levantar para buscar una libretita donde tenía apuntada la fecha en que empezó la historia.

«El 16 de mayo era sábado, y serían aproximadamente las nueve de la noche cuando la conocí. Hace un momento recordaba el tipo que yo era aquella noche y cómo era mi indiferencia. También me imaginaba que si el tipo mío de ahora le dijera al tipo mío de aquella noche, al salir de casa de ella, que apuntara esa fecha por ser la de un gran acontecimiento, aquel le diría a este que era un decadente y que había caído en un lazo vulgar. Sin embargo, mi tipo de ahora se ríe de aquel y no se detiene a pensar si aquel tenía o no razón; aún más: trata de recordar los menores detalles de aquel para reírse más, y para ver cuándo y cómo fue que aquel empezó a ser este; pero aún más: a este le interesa recordar a aquel porque así la recuerda también a ella; pero —hombre— aún más; a este le interesa escribir esta historia para tener que preocuparse concretamente de ella, y ha escrito la fecha en que la conoció como lo podía haber hecho un enamorado vulgar, porque en esto, menos que en lo demás, no se avergüenza de no ser original. Por fin, la última advertencia: la fecha de esa noche la deduje con la ayuda de un gran amigo que me acompañó, esa noche y todas las otras, hasta que los dos nos convencimos de que ella me quería a mí y no a él.»

Al llegar a este párrafo se detuvo, se levantó y empezó a pasearse por la pieza. El sitio por donde paseaba era muy estrecho; hubiera podido apartar la mesita para que fuera más amplio; pero le gustaba llegar hasta la mesita y mirar el párrafo que había escrito. También hubiera podido continuar su tarea, pero sentía una secreta angustia: para escribir, al pensar en los hechos pasados, se daba cuenta de que se le deformaba el recuerdo, y él quería demasiado los hechos para permitirse deformarlos; pretendía narrarlos con toda exactitud, pero bien pronto advirtió que era imposible; y por eso lo empezó a torturar esa indefinida y secreta angustia.

Si tenía una secreta angustia porque se le deformaba el recuerdo, mucho más secreto, más íntimo fue el motivo por el cual al día siguiente ya no tuvo esa angustia. Ese motivo era el mismo que hacía que escribir la historia fuese para él una necesidad y un placer más intenso del que hubiera podido explicarse. Así como su espíritu le borró el feo recuerdo de que el gerente de la juguetería lo apartó bruscamente de sus más queridos pensamientos, así también su espíritu le escondió el motivo más hondo e implacable que entrañaba el deseo de realizar la historia. A pesar de él, su espíritu le ocultó ese motivo, valiéndose de las razones que nunca terminaba de exponer en el trozo que escribió. Pero él escribiría la historia porque ella no le amaba ya.

«Aquel tipo que era yo antes de conocerla, tenía la indiferencia del cansancio. Si yo la hubiera conocido mucho antes, mucho antes hubiera gastado mis energías en amarla; pero como no la encontré, esas energías las gasté en pensar: había pensado tanto que había descubierto lo vano y falso del pensamiento cuando este cree que es él, en primer término, quien dirige nuestro destino. Y a pesar de saber esto, seguía pensando, mis energías seguían minando el pensamiento, y sentía el más antipático cansancio. Este tipo que soy yo, ahora descansa en la inquietud de amar a su antojo; pero desde el 19 de mayo —dos días después de empezar la historia— hasta el 6 de junio —el día en que yo mismo suspendí la historia porque al día siguiente salí muy temprano de la ciudad donde ella vivía—, en esos veintidós días de entre esas dos fechas, descansé además en sus grandes ojos azules: también era grande la distancia que había entre sus ojos y las cejas; de ese espacio pintado de azul tenue y de esa bóveda azul, parecía descender eso que había en sus ojos, eso que me hizo descansar de mis pensamientos y amarla con toda la amplitud de mis ganas.»

Aunque su espíritu le escondía la causa de por qué escribía la historia, es posible que él haya sentido como el aliento de una desgracia que lo seguía de cerca. Precisamente, era su propio espíritu el que no dejaba que la impresión de que ella no le amaba ya se hiciera pensamiento, y entonces, además de querer tapar esa impresión con todas las razones con que explicaba la causa que tenía para escribir la historia, también se prendía de las fechas, porque sentía que en esa forma, comprometiendo las fechas, comprometía el tiempo y se aseguraba el amor de ella. Pero esa noche del 6 de junio, después que estuvo con ella, y cuando estaba conmigo en la pieza del hotel, hubo un momento en que yo vi la escondida y pequeña carga de duda que tenía en el espíritu: fue cuando hablándome de ella, y de quién sabe hasta cuándo no la volvería a ver, se fijó en el almanaque, y al ver el número 6 del día en que estábamos, dijo: «¡Pero qué 6!, parece un animal sentado... y con su cola muy enroscada». Fue cuando dijo eso que yo vi esa escondida y pequeña carga de duda, y cuando él debió de haber sentido el aliento de la desgracia que lo seguía de cerca.

Hace muchos años, y cuando empezó a torturarle el pensamiento, también había descansado en unos ojos azules. De lo que escribió en aquella época elegí lo que mejor me dio la sensación de lo que él sabía de él. Eran tres trozos: *La visita*, *La calle* y *El sueño*.

LA VISITA

Esta noche tuve forzosamente que atender a unos pensamientos. En los momentos que estaba cansado quería dejarlos aunque fuera por unos instantes; pero bien sabía yo la importancia que tenían, y no podía dejar de atenderlos. Solamente descansaba cuando alguien me interrumpía para preguntarme algo; pero si yo pretendía hacer algo para distraerme, yo mismo me obligaba a no hacerme trampa: estaba bien que los abandonara cuando espontáneamente ocurriera algo que me obligara a interrumpirme, pero yo no debía buscar la oportunidad; por el contrario, aunque la oportunidad se me presentara y yo me quedara contento porque descansaba, debía lamentar la interrupción. Me ocurría algo parecido cuando era niño y tenía que dar una lección que no sabía: si me venía tos me quedaba contento porque daba tregua a la tortura y porque a lo mejor, mientras tosía, podría ocurrir algo importante que me librara de la lección; pero si yo tosía a propósito, el maestro se daba cuenta. En aquel tiempo me hubiera parecido mentira que ahora, al ser grande, yo mismo me obligara a hacer una cosa como si tuviera al maestro dentro de mí.

Cuando se hizo muy tarde, llegó a mi casa, junto con mis hermanas, una muchacha rubia que tenía una cara grande, alegre y clara. Esa misma noche le confesé que mirándola descansaba de unos pensamientos que me torturaban, y que no me di cuenta cuándo fue que esos pensamientos se me fueron. Ella me preguntó cómo eran esos pensamientos, y yo le dije que eran pensamientos inútiles, que mi cabeza era como un salón donde los pensamientos hacían gimnasia, y que cuando ella vino todos los pensamientos saltaron por las ventanas.

La calle

Hoy me estuve acordando de una cosa que me pasó hace pocas noches. Esa noche yo había encontrado una mujer, y los dos fuimos por una calle solitaria. La calle tenía a los lados muros severos y blancos: serían de fábricas o depósitos. Las veredas parecían haber nacido del pie de los muros, y eran simpáticas; pero los focos, que también parecían haber nacido de los muros, tenían sombreritos blancos y eran ridículos. Como era una noche sin luna, ellos eran los únicos que alumbraban, y parecía que solamente alumbraban el aire y el silencio.

Caminábamos despacio. Yo le había pedido a ella que por un rato no me hablara porque quería pensar en una cosa; pero no podía pensar en eso, porque la cabeza se me entretenía en com-

prender que cuando ya iba a terminar la luz de un foco nos esperaba con solicitud estúpida la luz de otro.

De pronto yo me detuve y me di vuelta para atrás porque en
el fondo de la calle pasaba el ferrocarril. Ella dio unos pasos más
antes de detenerse, y yo no sé qué pensaría. A mí me había interesado siempre el espectáculo del ferrocarril al pasar, y tal vez por
eso me di vuelta y aproveché para verlo una vez más; pero esa
noche no tenía ganas de verlo, me había dado vuelta sin querer:
parecía que en ese mismo momento hubiera tenido dentro de mí
un personaje que hubiera salido al exterior sin mi consentimien-
to, y que había sido despertado por la violencia del ferrocarril.
Pero en seguida sentí que otro personaje, que también se había
desprendido de mí, había quedado mirando en la misma dirección en que antes caminaba, que quería predominar sobre el anterior y que me empujaba hacia adelante. Si estos dos personajes
no tenían sentido y quería huir, era porque yo, mi personaje central, tenía el espíritu complicado y perdido. Cuando me di cuenta
de esto quise espantar los personajes, llegar a la realidad y hacer
algo positivo: entonces me miré las manos. En seguida se me ocurrió —como un nuevo medio de llegar a lo normal, a la superficie
común— avanzar hasta ella, aprovechar que la calle era solitaria
y besarla: entonces, después que besé su cara tan rara, me di cuenta que me había pasado lo mismo que con el ferrocarril, que no
tenía ganas de besarla, que la había besado el personaje que miró
para atrás. Y en seguida, cuando reaccioné y quise ser positivo de
nuevo y la tomé a ella del brazo para seguir caminando, sentía
que me volvía a tomar el personaje que huía hacia adelante. Después
de caminar unos pasos, me paré a pensar en lo que me pasaba,
saqué un cigarrillo, me lo puse en los labios y como el esmerilado de
la caja de fósforos estaba gastado y yo frotaba inútilmente, la dejé
a ella en la mitad de la calle y me fui a frotar el fósforo contra el
muro.

Cuando dejamos esa calle y yo seguía acordándome de lo que
me pasó, pensé que la calle no había quedado como antes; que en
uno de los muros había quedado la cicatriz de un fósforo, y que
este había permanecido sin apagarse en la vereda que nacía de ese
muro. Más tarde pensé, como si despertara de un sueño y entendiera lo que en él pasó, que los muros severos y blancos habían cruzado sus miradas a través del aire y el silencio que alumbraban los
focos de sombreritos ridículos. Sin embargo, no puedo decir cómo
eran el aire y el silencio en esa noche y en esa calle. A pesar de todo

me parece que cada vez escribo mejor lo que me pasa: lástima que cada vez me vaya peor.

El sueño

En un pedazo grande de sueño, yo me encontraba en un dormitorio y era de noche. La silla en que yo estaba sentado había quedado arrimada a una gran cama, y en esa cama y entre las cobijas estaba sentada una joven. La joven era de esa edad insegura, entre niña y señorita; se movía continuamente y acomodaba y jugaba con cosas que a ella le parecería que a mí me interesaban; a mí me parecía mentira que ella, estando preocupada en cosas de niña y teniendo ese placer que tienen las niñas cuando están acomodando cosas y en continuo movimiento, también sintiera el placer casi puramente espiritual de un amor profundo como el que yo sabía que ella sentía por mí. A veces parecía que ella se daba cuenta de lo que yo pensaba y que eso lo hacía a propósito: le gustaba que yo la mirara mientras hacía eso. Pero de pronto interrumpía su juego y ponía su cara muy cerca de la mía; en ese momento, en su cara había un poco de tristeza, de súplica y de dolor precoz; pero de pronto me daba un beso corto y seguía jugando como antes; eso me hacía pensar que predominaba en ella el placer de su juego, de ese juego que yo no sabía bien a qué ni con qué era, y al que atendía y fingía interés como se atiende y se finge interés a los niños cuando en realidad son ellos, más que sus juegos, los que nos interesan. Entonces yo la miraba como a una niña y le perdonaba esas cosas que ella hacía como hacemos con los niños cuando no saben que molestan: ella se movía mucho, y me molestaba al inquietar durante tanto rato los rayos de luz y la sombra que salían de una lámpara portátil de pantalla verde que quedaba del lado contrario del que estaba yo. Mi manera de perdonarla tenía también cierta malicia, cierta indulgencia interesada, porque yo sabía que después que yo hubiera atendido a su juego durante un buen rato, le pediría que me besara y ella me colmaría de besos y de mimos. Sin embargo, al momento me encontré besándola, y sentía que no la amaba, que no estaba en una situación franca conmigo mismo y que hacía por encontrar agradable un compromiso complicado en que me había metido; entonces la besaba en las mejillas, donde le corrían abundantes lágrimas, y yo hacía lo posible por esquivar esas lágrimas, porque al encontrarlas me creía en el deber de sorberlas, y el líquido era cada vez más salado y abundante.

Tan pronto me encontraba en la silla y muy arrimado a la cama, como me encontraba a una distancia imprecisa de la cama y me veía a mí mismo sentado en la silla y con un traje claro. Cuando yo estaba en la silla y ella se hallaba cerca de mí, yo sentía la realidad de las cosas sin darme cuenta que la sentía, y además tenía el espíritu angustiado. Tan pronto me sentía contemplándola a ella, como sentía que hacía cosas que no eran las que yo quería hacer. Otras veces ella jugaba muy lejos de mí, en todos sus movimientos no había el más leve ruido, y esos movimientos se parecían a los de las películas pasadas sin música. Pero entonces tenía conciencia de ese silencio y de mi mutismo —yo no debía de hablar nada—, porque en vez de estar yo junto a la cama de ella, debía de estar otro que era el novio que los padres conocían y con quien le permitían hablar.

Cuando yo estaba retirado de la cama y me veía a mí mismo sentado en la silla y con el traje claro, me sentía menos angustiado, y ella y el «yo» que yo veía a esa distancia imprecisa eran una cosa más íntimamente conciliada.

En una de las veces que yo me hallaba cerca, ella tenía el cuerpecito de un niño de meses y su cabeza era muy grande; jugaba con un papel y tan pronto se lo ponía sobre los hombros o se lo ceñía al cuerpecito; el papel crujía fuertemente; los padres, que estaban en la habitación próxima, se inclinaron sobre los pies de la cama de ellos, y desde allí nos veían —porque la puerta que comunicaba las dos habitaciones estaba abierta—. De pronto, en la habitación de nosotros apareció la madre, en camisa, y me dijo: «No esperaba este triunfo de usted». ¡Cuánto sufrí por eso!... Sentí mi traición, y el dolor de la persona traicionada al concederme el triunfo... Mi sombrero estaba tan pronto en un sitio como en otro; yo no lo podía tomar ni salir; pero en seguida dije: «Escuche, señora —y se me ocurrió esta mentira—: Estoy muy enamorado de una amiga de su hija; y al pasar por aquí, pensé que su hija me diría cosas de la mujer que amo; entonces, como vi luz, me atreví a llamar y ella me hizo pasar». Cuando terminé de decir eso, ella lloraba desconsoladamente, y lo que yo había dicho se iba haciendo verdad...

«Al despertarme me ocurrió lo de muchas veces: empezaba a darme cuenta de por qué habían ocurrido algunas cosas, y esas soluciones me caían como fichas: los padres se habían despertado por el ruido que hacía el papel al crujir; ella lloraba porque sabía que yo amaba a otra, etcétera. Pero lo que más me asombró al despertarme fue comprobar que la madre de ella era mi propia madre.

»También recordé lo que me sucedió antes de dormir y al terminar el sueño: pensaba en las leyes físicas y humanas y veía pasar mis deseos por mí, como nubes por un cielo cuadriculado. Al ir pasando al sueño, esa red se rompía; pero yo seguía pensando y sintiendo como si estuviera entera: los pedazos rotos estaban como enteros; y había un cuadro tan bien escondido debajo de otro, que la madre de ella era la mía...».

El joven no quiere ir describiendo los hechos en el mismo orden que ocurrieron; tampoco quiere hablar de los personajes que tuvieron que ver con la mujer que amaba: ni siquiera los de su familia. Pero se le ha antojado describir la nariz de ella, aunque le resultara ridículo.

«En muchos de los instantes que viví cerca de ella, concentré toda mi atención y toda mi adoración en su nariz. También me parecía que muchos extraños pensamientos que vagaban por el aire se metían por mi cabeza y me salían por los ojos para ir a detenerse en su nariz. Entonces creía que su manera de sentarse, erguida; su manera de levantar la cabeza, adelantando la barbilla, y todo lo físico y espiritualmente bello que había en su persona, era un ardid de su naturaleza para preparar y llevar al espíritu a adorar su nariz.

»La nariz de ella sobresalía de su cara, como un deseo apasionado; pero ese deseo estaba insinuado disimuladamente, y hasta un poco recogido después de haber sido insinuado; y este recogimiento parecía hecho con un poco de perfidia. Cuando la miraba de frente y sus grandes ojos azules estaban entornados, su nariz parecía haber sido muy sensible a las lágrimas que salieron de aquellos ojos y que se habían secado en ella; también las lágrimas parecían haber dejado rastros en dos pequeñísimos bultitos pálidos que brillaban en la misma punta de su nariz.

»En los momentos que era yo quien le insinuaba mis deseos apasionados —pero por medio de palabras, y palabras que salían a ser oídas como saldrían a bailar por primera vez hombres grotescos y tímidos—, su nariz parecía que oía, y como sus ojos estaban casi cerrados, también parecía que era la nariz la que veía; y cuando asomaba la cabeza a la ventana para ver lo que ocurría en la calle, parecía que la nariz esperaba a que llegaran lentamente a posarse sobre ella unos impertinentes.»

«No puedo dedicarme a pensar por qué necesito explicar cómo anduvo hoy vagando en mí un terrible pensamiento. Pero lo cierto es que ahora quiero desparramarlo en esta página.

»Primero me senté en mi cama y miré la mesita pintada con nogalina; después miré muchas cosas de mi cuarto... —me doy cuenta que tengo deseos de decir cómo son todas las cosas que hay en mi cuarto, para tardar en recordar exactamente cómo llegó hasta mí ese pensamiento; pero no me torturaré tanto, porque es la primera vez que tengo que recordar esto—. De pronto sentí en el alma un espacio claro, donde vagaba una especie de avión. Voy a suponer que mis ojos miraran para adentro en la misma forma que para afuera; entonces, al ser esféricos y moverse para mirar hacia dentro, también se movían mirando hacia fuera, y por eso yo miraba los objetos que había en mi cuarto, sin atención: yo atendía al avión que andaba adentro y en el espacio claro.

»Después resultó que la parte de los ojos que miraba para afuera y sin atender, miró —como hubiera podido mirar un enamorado vulgar— una fotografía de ella que estaba en la mesita pintada con nogalina; entonces, en vez de atender al avión de adentro, atendí a la foto de afuera. Después quise volver a ver el avión, pero este se había perdido en el espacio claro; entonces yo dije para mí: "Ya volverá, y si tarda es porque debe de estar cargando algo". Cuando volvió, no solo me pareció que traía carga, sino que no era el mismo. También sentí que se dirigía a mí, a mi estúpida persona de aquel momento; y lo único que atiné fue a sacarme un trapo de otro lugar del alma, y a hacerle señas de que siguiera... pero le debo de haber hecho señas de que se detuviera, porque llegó hasta mí, y me rompió la cabeza y todos los escondidos lugares de mi estúpida persona.»

Creo que me durará mucho tiempo el asombro de lo que me pasó hoy: he visto al joven de la historia y me ha dicho que no tiene más ganas de seguir escribiéndola y que tal vez nunca más intente seguirla.

Yo lo siento mucho; porque después de haber conseguido esos datos que me parecen interesantes, no los podré aprovechar para esta historia. Sin embargo guardaré muy bien estos apuntes; en ellos encontraré siempre otra historia: la que se formó en la realidad, cuando un joven intentó atrapar la suya.

LAS HORTENSIAS

(1949)

A María Luisa

I

Al lado de un jardín había una fábrica y los ruidos de las máquinas se metían entre las plantas y los árboles. Y al fondo del jardín se veía una casa de pátina oscura. El dueño de la «casa negra» era un hombre alto. Al oscurecer sus pasos lentos venían de la calle; y cuando entraba al jardín y a pesar del ruido de las máquinas, parecía que los pasos masticaran el balasto. Una noche de otoño, al abrir la puerta y entornar los ojos para evitar la luz fuerte del hall, vio a su mujer detenida en medio de la escalinata; y al mirar los escalones desparramándose hasta la mitad del patio, le pareció que su mujer tenía puesto un gran vestido de mármol y que la mano que tomaba la baranda, recogía el vestido. Ella se dio cuenta de que él venía cansado, de que subiría al dormitorio, y esperó con una sonrisa que su marido llegara hasta ella. Después que se besaron, ella dijo:

—Hoy los muchachos terminaron las escenas...

—Ya sé, pero no me digas nada.

Ella lo acompañó hasta la puerta del dormitorio, le acarició la nariz con un dedo y lo dejó solo. Él trataría de dormir un poco antes de la cena; su cuarto oscuro separaría las preocupaciones del día de los placeres que esperaba de la noche. Oyó con simpatía como en la infancia, el ruido atenuado de las máquinas y se durmió. En el sueño vio una luz que salía de la pantalla y daba sobre una mesa. Alrededor de la mesa había hombres de pie. Uno de ellos estaba vestido de frac y decía: «Es necesario que la marcha de la sangre cambie de mano; en vez de ir por las arterias y venir por las venas, debe ir por las venas y venir por las arterias». Todos aplaudieron e hicieron exclamaciones; entonces el hombre vestido de frac fue a un patio, montó a caballo y al salir galopando, en medio de las exclamaciones, las herraduras sacaban chispas contra las piedras. Al despertar, el hombre de la casa negra recordó el sueño, reconoció en la marcha de la sangre lo que ese mismo día había oído decir —en ese país los vehículos cambiarían de mano— y tuvo una sonrisa. Después se vistió de frac, volvió a recordar al hombre del sueño y fue al comedor. Se acercó a su mujer y mientras le metía las manos abiertas en el pelo, decía:

—Siempre me olvido de traer un lente para ver cómo son las plantas que hay en el verde de estos ojos; pero ya sé que el color de la piel lo consigues frotándote con aceitunas.

Su mujer le acarició de nuevo la nariz con el índice; después lo hundió en la mejilla de él, hasta que el dedo se dobló como una pata de mosca y le contestó:

—¡Y yo siempre me olvido de traer unas tijeras para recortarte las cejas!

Ella se sentó a la mesa y viendo que él salía del comedor le preguntó:

—¿Te olvidaste de algo?

—Quién sabe.

Él volvió en seguida y ella pensó que no había tenido tiempo de hablar por teléfono.

—¿No quieres decirme a qué fuiste?

—No.

—Yo tampoco te diré qué hicieron hoy los hombres.

Él ya le había empezado a contestar:

—No, mi querida aceituna, no me digas nada hasta el fin de la cena.

Y se sirvió de un vino que recibía de Francia; pero las palabras de su mujer habían sido como pequeñas piedras caídas en un estanque donde vivían sus manías; y no pudo abandonar la idea de lo que esperaba ver esa noche. Coleccionaba muñecas un poco más altas que las mujeres normales. En un gran salón había hecho construir tres habitaciones de vidrio; en la más amplia estaban todas las muñecas que esperaban el instante de ser elegidas para tomar parte en escenas que componían en las otras habitaciones. Esa tarea estaba a cargo de muchas personas: en primer término, autores de leyendas (en pocas palabras debía expresar la situación en que se encontraban las muñecas que aparecían en cada habitación); otros artistas se ocupaban de la escenografía, de los vestidos, de la música, etcétera. Aquella noche se inauguraría la segunda exposición; él la miraría mientras un pianista, de espaldas a él y en el fondo del salón, ejecutaría las obras programadas. De pronto, el dueño de la casa negra se dio cuenta de que no debía pensar en eso durante la cena; entonces sacó del bolsillo del frac unos gemelos de teatro y trató de enfocar la cara de su mujer.

—Quisiera saber si las sombras de tus ojeras son producidas por vegetaciones...

Ella comprendió que su marido había ido al escritorio a buscar los gemelos y decidió festejarle la broma. Él vio una cúpula de vidrio; y cuando se dio cuenta de que era una botella dejó los gemelos y se sirvió otra copa del vino de Francia. Su mujer miraba los borbotones al caer en la copa; salpicaban el cristal de lágrimas negras y corrían a encontrarse con el vino que ascendía. En ese instante entró Alex —un ruso blanco de barba en punta—, se inclinó ante la señora y le sirvió porotos con jamón. Ella decía que nunca había visto un criado con barba; y el señor contestaba que esa había sido la única condición exigida por Alex. Ahora ella dejó de mirar la copa de vino y vio el extremo de la manga del criado; de allí salía un vello espeso que se arrastraba por la mano y llegaba hasta los dedos. En el momento de servir al dueño de casa, Alex dijo:

—Ha llegado Walter —era el pianista.

Al fin de la cena, Alex sacó las copas en una bandeja; chocaban unas con otras y parecían contentas de volver a encontrarse. El señor —a quien le había brotado un silencio somnoliento— sintió placer en oír los sonidos de las copas y llamó al criado:

—Dile a Walter que vaya al piano. En el momento en que yo entre al salón, él no debe hablarme. ¿El piano, está lejos de las vitrinas?

—Sí señor, está en el otro extremo del salón.

—Bueno, dile a Walter que se siente dándome la espalda, que empiece a tocar la primera obra del programa y que la repita sin interrupción hasta que yo le haga la seña de la luz.

Su mujer le sonreía. Él fue a besarla y dejó unos instantes su cara congestionada junto a la mejilla de ella. Después se dirigió hacia la salita próxima al gran salón. Allí empezó a beber el café y a fumar; no iría a ver sus muñecas hasta no sentirse bastante aislado. Al principio puso atención a los ruidos de las máquinas y los sonidos del piano; le parecía que venían mezclados con agua, y él los oía como si tuviera puesta una escafandra. Por último se despertó y empezó a darse cuenta de que algunos de los ruidos deseaban insinuarle algo; como si alguien hiciera un llamado especial entre los ronquidos de muchas personas para despertar solo a una de ellas. Pero cuando él ponía atención a esos ruidos, ellos huían como ratones asustados. Estuvo intrigado unos momentos y después decidió no hacer caso. De pronto se extrañó de no verse sentado en el sillón; se había levantado sin darse cuenta; recordó el instante, muy próximo, en que abrió la puerta, y en seguida se encontró con los pasos que daba ahora: lo llevaban a la primera vitrina. Allí encendió la luz de la escena y a través de la cortina verde vio una muñeca tirada en una cama. Corrió la cortina y subió al estrado —era más bien una tarima con ruedas de goma y baranda—; encima había un sillón y una mesita; desde allí dominaba mejor la escena. La muñeca estaba vestida de novia y sus ojos abiertos estaban colocados en dirección al techo. No se sabía si estaba muerta o si soñaba. Tenía los brazos abiertos; podía ser una actitud de desesperación o de abandono dichoso. Antes de abrir el cajón de la mesita y saber cuál era la leyenda de esta novia, él quería imaginar algo. Tal vez ella esperaba al novio, quien no llegaría nunca; la habría abandonado un instante antes del casamiento; o tal vez fuera viuda y recordara el día en que se casó; también podía haberse puesto ese traje con la ilusión de ser novia. Entonces abrió el cajón y leyó: «Un instante antes de casarse con el hombre a quien no ama, ella se encierra, piensa que ese traje era para casarse con el hombre a quien amó, y que ya no existe, y se envenena. Muere con los ojos abiertos y todavía nadie ha entrado a cerrárselos». Entonces el dueño de la casa negra pensó: «Realmente, era una novia divina». Y a los pocos instantes sintió placer en darse cuenta de que él vivía y ella no. Después abrió una puerta de vidrio y entró a la escena para mirar los detalles. Pero al mismo tiempo le pareció oír, entre el ruido de las máquinas y la música, una puerta cerrada con violencia; salió de la vitrina y vio, agarrado en la puerta que daba a la salita, un pedazo del vestido de su mujer; mientras se dirigía allí, en puntas de pie, pensó que ella lo espiaba; tal vez hubiera querido hacerle una broma; abrió rápidamente y el cuerpo de ella se le vino encima; él lo recibió en los brazos, pero, le pareció muy liviano y en seguida reconoció a Hortensia, la muñeca parecida a su señora; al mismo tiempo su mujer, que estaba acurrucada detrás de un sillón, se puso de pie y le dijo:

—Yo también quise prepararte una sorpresa; apenas tuve tiempo de ponerle mi vestido.

Ella siguió conversando, pero él no la oía; aunque estaba pálido le agradecía, a su mujer, la sorpresa; no quería desanimarla, pues a él le gustaban las bromas que ella le daba con Hortensia. Sin embargo esta vez había sentido malestar. Entonces puso a Hortensia en brazos de su señora y le dijo que no quería hacer un intervalo demasiado largo. Después salió, cerró la puerta y fue en dirección hacia donde estaba Walter, pero se detuvo a mitad del camino y abrió otra puerta, la que daba a su escritorio; se encerró, sacó de un mueble un cuaderno y se dispuso a apuntar la broma que su señora le dio con Hortensia y la fecha correspondiente. Antes leyó la última nota. Decía: «Julio 21. Hoy, María (su mujer se llamaba María Hortensia; pero le gustaba que la llamaran María; entonces, cuando su marido mandó hacer esa muñeca parecida a ella, decidieron tomar el nombre de Hortensia —como se toma un objeto arrumbado— para la muñeca) estaba asomada a un balcón que da al jardín; yo quise sorprenderla y cubrirle los ojos con las manos; pero antes de llegar al balcón, vi que era Hortensia. María me había visto ir al balcón, venía detrás de mí y me soltó una carcajada». Aunque ese cuaderno lo leía únicamente él, firmaba las notas; escribía su nombre, Horacio, con letras grandes y cargadas de tinta. La nota anterior a esta, decía: «Julio 18: Hoy abrí el ropero para descolgar mi traje y me encontré a Hortensia: tenía puesto mi frac y le quedaba graciosamente grande».

Después de anotar la última sorpresa, Horacio se dirigió hacia la segunda vitrina; le hizo señas con una luz a Walter para que cambiara la obra del programa y empezó a correr la tarima. Durante el intervalo que hizo Walter, antes de empezar la segunda pieza, Horacio sintió más intensamente el latido de las máquinas; y cuando corrió la tarima le pareció que las ruedas hacían el ruido de un trueno lejano.

En la segunda vitrina aparecía una muñeca sentada a una cabecera de la mesa. Tenía la cabeza levantada y las manos al costado del plato, donde había muchos cubiertos en fila. La actitud de ella y las manos sobre los cubiertos hacían pensar que estuviera ante un teclado. Horacio miró a Walter, lo vio inclinado ante el piano con las colas del frac caídas por detrás de la banqueta y le pareció un bicho de mal agüero. Después miró fijamente la muñeca y le pareció tener, como otras veces, la sensación de que ella se movía. No siempre estos movimientos se producían en seguida; ni él los esperaba cuando la muñeca estaba acostada o muerta; pero en esta última se produjeron demasiado pronto; él pensó que esto ocurría por la posición, tan incómoda, de la muñeca; ella se esforzaba demasiado por mirar hacia arriba; hacía movimientos oscilantes, apenas perceptibles; pero en un instante en que él sacó los ojos de la cara para mirarle las manos, ella bajó la cabeza de una manera bastante pronunciada; él, a su vez, volvió a levantar rápidamente los ojos hacia la cara de ella; pero la muñeca ya había reconquistado su fijeza. Entonces él empezó a imaginar su historia. Su vestido y los objetos que había en el comedor denunciaban un gran lujo pero los muebles eran toscos y las paredes de piedra. En la pared del fondo había una pequeña ventana y a espaldas de la muñeca una puerta baja y entreabierta como una sonrisa falsa. Aquella habitación sería un presidio en un castillo, el piano hacía ruido de tormenta y en la ventana aparecía, a intervalos, un resplandor de relámpagos; entonces recordó que hacía unos instantes las ruedas de la tarima hicieron pensar en un trueno lejano; y esa coincidencia lo inquietó; además, antes de entrar al salón, había oído los ruidos que deseaban insinuarle algo. Pero volvió a la historia de la muñeca: tal vez ella, en aquel momento, rogara a Dios esperando una liberación próxima. Por último, Horacio abrió el cajón y leyó: «Vitrina segunda. Esta mujer espera, para pronto un niño. Ahora vive en un faro junto al mar; se ha alejado del mundo porque han criticado sus amores con un marino. A cada instante ella piensa: "Quiero que mi hijo sea solitario y que solo escuche al mar"». Horacio pensó: «Esta muñeca ha encontrado su verdadera historia». Entonces se levantó, abrió la puerta de vidrio y miró lentamente los objetos; le pareció que estaba violando algo tan serio como la muerte; él prefería acercarse a la muñeca; quiso mirarla desde un lugar donde los ojos de ella se fijaran en los de él; y después de unos instantes se inclinó ante la desdichada y al besarla en la frente volvió a sentir una sensación de frescura tan agradable como en la cara de María. Apenas había separado los labios de la frente de ella vio que la muñeca se movía; él se quedó paralizado; ella empezó a irse para un lado cada vez más rápidamente, y cayó al costado de la silla; y junto con ella una cuchara y un tenedor. El piano seguía haciendo el ruido del mar; y seguía la luz en las ventanas y las máquinas. Él no quiso levantar la muñeca; salió precipitadamente de la vitrina, del salón, de la salita y al llegar al patio vio a Alex:

—Dile a Walter que por hoy basta; y mañana avisa a los muchachos para que vengan a acomodar la muñeca de la segunda vitrina.

En ese momento apareció María:

—¿Qué ha pasado?

—Nada, se cayó una muñeca, la del faro...

—¿Cómo fue? ¿Se hizo algo?

—Cuando yo entré a mirar los objetos debo haber tocado la mesa...

—¡Ah! ¡Ya te estás poniendo nervioso!

—No, me quedé muy contento con las escenas. ¿Y Hortensia? ¡Aquel vestido tuyo le quedaba muy bien!

—Será mejor que te vayas a dormir, querido —contestó María.

Pero se sentaron en un sofá. Él abrazó a su mujer y le pidió que por un minuto, y en silencio, dejara la mejilla de ella junto a la de él. Al instante de haber juntado las cabezas, apareció en la de él, el recuerdo de las muñecas que se habían caído: Hortensia y la del faro. Y ya sabía él lo que eso significaba: la muerte de María; tuvo miedo de que sus pensamientos pasaran a la cabeza de ella y empezó a besarla en los oídos.

Cuando Horacio estuvo solo, de nuevo, en la oscuridad de su dormitorio, puso atención en el ruido de las máquinas y pensó en los presagios. Él era como un hilo enredado que interceptara los avisos de otros destinos y recibiera presagios equivocados; pero esta vez todas las señales se habían dirigido a él: los ruidos de las máquinas y los sonidos del piano habían escondido a otros ruidos que huían como ratones; después Hortensia, cayendo en sus brazos, cuando él abrió la puerta y como si dijera: «Abrázame porque María morirá». Y era su propia mujer la que había preparado el aviso; y tan inocente como si mostrara una enfermedad que todavía ella misma no había descubierto. Más tarde, la muñeca muerta en la primera vitrina. Y antes de llegar a la segunda, y sin que los escenógrafos lo hubieran previsto, el ruido de la tarima como un trueno lejano, presagiando el mar y la mujer del faro. Por último ella se había desprendido de los labios de él, había caído, y lo mismo que María, no llegaría a tener ningún hijo. Después Walter, como un bicho de mal agüero, sacudiendo las colas del frac y picoteando el borde de su caja negra.

II

María no estaba enferma ni había por qué pensar que se iba a morir. Pero hacía mucho tiempo que él tenía miedo de quedarse sin ella y a cada momento se imaginaba cómo sería su desgracia cuando la sobreviviera. Fue entonces que se le ocurrió mandar a hacer la muñeca igual a María. Al principio la idea parecía haber fracasado. Él sentía por Hortensia la antipatía que podía provocar un sucedáneo. La piel era de cabritilla; habían tratado de imitar el color de María y de perfumarla con sus esencias habituales; pero cuando María le pedía a Horacio que le diera un beso a Hortensia, él se disponía a hacerlo pensando que iba a sentir gusto a cuero o que iba a besar un zapato. Pero al poco tiempo empezó a percibir algo inesperado en las relaciones de María con Hortensia. Una mañana él se dio cuenta de que María cantaba mientras vestía a Hortensia; y parecía una niña entretenida con una muñeca. Otra vez, él llegó a su casa al anochecer y encontró a María y a Hortensia sentadas a una mesa con un libro por delante; tuvo la impresión de que María enseñaba a leer a una hermana. Entonces él había dicho:

—¡Debe ser un consuelo el poder confiar un secreto a una mujer tan silenciosa!

—¿Qué quieres decir? —le preguntó María. Y en seguida se levantó de la mesa y se fue enojada para otro lado; pero Hortensia se había quedado sola, con los ojos en el libro y como si hubiera sido una amiga que guardara una discreción delicada. Esa misma noche, después de la cena y para que Horacio no se acercara a ella, María se había sentado en el sofá donde acostumbraban a estar los dos y había puesto a Hortensia al lado de ella. Entonces Horacio miró la cara de la muñeca y le volvió a parecer antipática; ella tenía una expresión de altivez fría y parecía vengarse de todo lo que él había pensado de su piel. Después Horacio había ido al salón. Al principio se paseó por delante de sus vitrinas; al rato abrió la gran tapa del piano, sacó la banqueta, puso una silla —para poder recostarse— y empezó a hacer andar los dedos sobre el patio fresco de teclas blancas y negras. Le costaba combinar los sonidos y parecía un borracho que no pudiera coordinar las sílabas. Pero mientras tanto recordaba muchas de las cosas que sabía de las muñecas. Las había ido conociendo, casi sin querer; hasta hacía poco tiempo, Horacio conservaba la tienda que lo había ido enriqueciendo. Todos los días, después que los empleados se iban, a él le gustaba pasearse solo entre la penumbra de las salas y mirar las muñecas de las vidrieras iluminadas. Veía los vestidos una vez más, y deslizaba, sin querer, alguna mirada por las caras. Él observaba sus vidrieras desde uno de los lados, como un empresario que mirara sus actores mientras ellos representaran una comedia. Después empezó a encontrar, en las caras de las muñecas, expresiones parecidas a las de sus empleadas: algunas le inspiraban la misma desconfianza; y otras, la seguridad de que estaban contra él; había una, de nariz respingada, que parecía decir: «Y a mí qué me importa». Otra, a quien él miraba con admiración, tenía cara enigmática: así como le venía bien un vestido de verano o uno de invierno, también se le podía atribuir cualquier pensamiento; y ella, tan pronto parecía aceptarlo como rechazarlo. De cualquier manera, las muñecas tenían sus secretos; si bien el vidrierista sabía acomodarlas y sacar partido de las condiciones de cada una, ellas, a último momento, siempre agregaban algo por su cuenta. Fue entonces cuando Horacio empezó a pensar que las muñecas estaban llenas de presagios. Ellas recibían día y noche, cantidades inmensas de miradas codiciosas; y esas miradas hacían nidos e incubaban en el aire; a veces se posaban en las caras de las muñecas como las nubes que se detienen en los paisajes, y al cambiarles la luz confundían las expresiones; otras veces los presagios volaban hacia las caras de mujeres inocentes y las contagiaban de aquella primera codicia; entonces las muñecas parecían seres hipnotizados cumpliendo misiones desconocidas o prestándose a designios malvados. La noche del enojo con María, Horacio llegó a la conclusión de que Hortensia era una de esas muñecas sobre la que se podía pensar cualquier cosa; ella también podía transmitir presagios o recibir avisos de otras muñecas. Era desde que Hortensia vivía en su casa que María estaba más celosa; cuando él había tenido deferencias para alguna empleada era en la cara de Hortensia que encontraba el conocimiento de los hechos y el reproche; y fue en esa misma época que María lo fastidió hasta conseguir que él abandonara la tienda. Pero las cosas no quedaron ahí: María sufría, después de las reuniones en que él la acompañaba, tales ataques de celos, que lo obligaron a abandonar, también, la costumbre de hacer visitas con ella.

En la mañana que siguió al enojo, Horacio se reconcilió con las dos. Los malos pensamientos le llegaban con la noche y se le iban en la mañana. Como de costumbre, los tres se pasearon por el jardín. Horacio y María llevaban a Hortensia abrazada; y ella, con un vestido largo —para que no se supiera que era una mujer sin pasos— parecía una enferma querida. (Sin embargo, la gente de los alrededores había hecho una leyenda en la cual acusaban al matrimonio de haber dejado morir a una hermana de María para quedarse con su dinero; entonces habían decidido expiar su falta haciendo vivir con ellos a una muñeca que, siendo igual a la difunta, les recordara a cada instante el delito.)

Después de una temporada de felicidad, en la que María preparaba sorpresas con Hortensia y Horacio se apresuraba a apuntarlas en el cuaderno, apareció la noche de la segunda exposición y el presagio de la muerte de María. Horacio atinó a comprarle a su mujer muchos vestidos de tela fuerte —esos recuerdos de María debían durar mucho tiempo— y le pedía que se los probara a

Hortensia. María estaba muy contenta y Horacio fingía estarlo, cuando se le ocurrió dar una cena —la idea partió, disimuladamente, de Horacio— a sus amigos más íntimos. Esa noche había tormenta, pero los convidados se sentaron a la mesa muy alegres; Horacio pensaba que esa cena le dejaría muchos recuerdos y trataba de provocar situaciones raras. Primero hacía girar en sus manos el cuchillo y el tenedor —imitaba a un cowboy con sus revólveres— y amenazó a una muchacha que tenía a su lado; ella, siguiendo la broma levantó los brazos; Horacio vio las axilas depiladas y le hizo cosquillas con el cuchillo. María no pudo resistir y le dijo:

—¡Estás portándote como un chiquilín mal educado, Horacio!

Él pidió disculpas a todos y pronto se renovó la alegría. Pero en el primer postre y mientras Horacio servía el vino de Francia, María miró hacia el lugar donde se extendía una mancha negra —Horacio vertía el vino fuera de la copa— y llevándose una mano al cuello quiso levantarse de la mesa y se desvaneció. La llevaron a su dormitorio y cuando se mejoró dijo que desde hacía algunos días no se sentía bien. Horacio mandó buscar el médico inmediatamente. Este le dijo que su esposa debía cuidar sus nervios, pero que no tenía nada grave. María se levantó y despidió a sus convidados como si nada hubiera pasado. Pero cuando estuvieron solos, dijo a su marido:

—Yo no podré resistir esta vida; en mis propias narices has hecho lo que has querido con esa muchacha...

—Pero María...

—Y no solo derramaste el vino por mirarla. ¡Qué le habrás hecho en el patio para que ella te dijera: «¡Qué Horacio, este!».

—Pero querida, ella me dijo: «¿Qué hora es?».

Esa misma noche se reconciliaron y ella durmió con la mejilla junto a la de él. Después él separó su cabeza para pensar en la enfermedad de ella. Pero a la mañana siguiente le tocó el brazo y lo encontró frío. Se quedó quieto, con los ojos clavados en el techo y pasaron instantes crueles antes que pudiera gritar: «¡Alex!». En ese momento se abrió la puerta, apareció María y él se dio cuenta de que había tocado a Hortensia y que había sido María quien, mientras dormía, la había puesto a su lado.

Después de mucho pensar resolvió llamar a Facundo —el fabricante de muñecas amigo de él— y buscar la manera de que, al acercarse a Hortensia, se creyera encontrar en ella, calor humano. Facundo le contestó:

—Mira, hermano, eso es un poco difícil; el calor duraría el tiempo que dura el agua caliente en un porrón.

—Bueno, no importa; haz como quieras pero no me digas el procedimiento. Además me gustaría que ella no fuera tan dura, que al tomarla se tuviera una sensación más agradable...

—También es difícil. Imagínate que si le hundes un dedo le dejas el pozo.

—Sí, pero de cualquier manera, podía ser más flexible; y te diré que no me asusta mucho el defecto de que me hablas.

La tarde en que Facundo se llevó a Hortensia, Horacio y María estuvieron tristes.

—¡Vaya a saber qué le harán! —decía María.

—Bueno querida, no hay que perder el sentido de la realidad. Hortensia era, simplemente, una muñeca.

—¡Era! Quiere decir que ya la das por muerta. ¡Y, además eres tú el que habla del sentido de la realidad!

—Quise consolarte...

—¡Y crees que ese desprecio con que hablas de ella me consuela! Ella era más mía que tuya. Yo la vestía y le decía cosas que no le puedo decir a nadie. ¿Oyes? Y ella nos unía más de lo que tú puedes suponer —Horacio tomó la dirección del escritorio—. Bastantes gustos que te hice preparándote sorpresas con ella. ¡Qué necesidad tenías de «más calor humano»!

María había subido la voz. Y en seguida se oyó el portazo con que Horacio se encerró en su escritorio. Lo de calor humano, dicho por María, no solo lo dejaba en ridículo sino que le quitaba la ilusión en lo que esperaba de Hortensia, cuando volviera. Casi en seguida se le ocurrió salir a la calle. Cuando volvió a su casa, María no estaba; y cuando ella volvió los dos disimularon, por un rato, un placer de encontrarse bastante inesperado. Esa noche él no vio sus muñecas. Al día siguiente, por la mañana, estuvo ocupado: después del almuerzo paseó con María por el jardín; los dos tenían la idea de que la falta de Hortensia era algo provisorio y que no debían exagerar las cosas; Horacio pensó que era más sencillo y natural, mientras caminaban, que él abrazara solo a María. Los dos se sintieron livianos, alegres, y volvieron a salir. Pero ese mismo día, antes de cenar, él fue a buscar a su mujer al dormitorio y le extrañó el encontrarse, simplemente, con ella. Por un instante él se había olvidado que Hortensia no estaba; y esta vez, la falta de ella le produjo un malestar raro. María podía ser, como antes, una mujer sin muñeca; pero ahora él no podía admitir la idea de María sin Hortensia; aquella resignación de toda la casa y de María ante el vacío de la muñeca, tenía algo de locura. Además, María iba de un lado para otro del dormitorio y parecía que en esos momentos no pensaba en Hortensia; y en la cara de María se veía la inocencia de un loco que se ha olvidado de vestirse y anda desnudo. Después fueron al comedor y él empezó a tomar el vino de Francia. Miró varias veces a María en silencio y por fin creyó encontrar en ella la idea de Hortensia. Entonces él pensó en lo que era la una para la otra. Siempre que él pensaba en María, la recordaba junto a Hortensia y preocupándose de su arreglo, de cómo la iba a sentar y de que no se cayera; y con respecto a él, de las sorpresas que le preparaba. Si María no tocaba el piano —como la amante de Facundo— en cambio tenía a Hortensia y por medio de ella desarrollaba su personalidad de una manera original. Descontarle Hortensia a María era como descontarle el arte a un artista. Hortensia no solo era una manera de ser de María sino que era su rasgo más encantador; y él se preguntaba cómo había podido amar a María cuando ella no tenía a Hortensia. Tal vez en aquella época la expresara en otros hechos o de otra manera. Pero hacía un rato, cuando él fue a buscar a María y se encontró, simplemente con María, ella le había parecido de una insignificancia inquietante. Además —Horacio seguía tomando vino de Francia—, Hortensia era un obstáculo extraño; y él podía decir que algunas veces tropezaba en Hortensia para caer en María.

Después de cenar Horacio besó la mejilla fresca de María y fue a ver sus vitrinas. En una de ellas era carnaval. Dos muñecas, una morocha y otra rubia, estaban disfrazadas de manolas con el antifaz puesto y recostadas a una baranda de columnas de mármol. A la izquierda había una escalinata; y sobre los escalones, serpentinas, caretas, antifaces y algunos objetos caídos como al descuido. La escena estaba en penumbra; y de pronto Horacio creyó reconocer, en la muñeca morocha, a Hortensia. Podría haber ocurrido que María la hubiera mandado buscar a lo de Facundo y haber preparado esta sorpresa. Antes de seguir mirando Horacio abrió la puerta de vidrio, subió a la escalinata y se acercó a las muñecas. Antes de levantarles el antifaz vio que la morocha era más alta que Hortensia y que no se parecía a ella. Al bajar la escalinata pisó una careta; después la recogió y la tiró detrás de la baranda. Este gesto suyo le dio un sentido material de los objetos que lo rodeaban y se encontró desilusionado. Fue a la tarima y oyó con disgusto el ruido de las máquinas separado de los sonidos del piano. Pero pasados unos instantes miró las muñecas y se le ocurrió que aquellas eran dos mujeres que amaban al mismo hombre. Entonces abrió el cajón y se enteró de la leyenda: «La mujer rubia tiene novio. Él, hace algún tiempo, ha descubierto que en realidad ama a la amiga de su novia, la morocha, y se declara. La morocha también lo ama; pero lo oculta y trata de disuadir al novio de su amiga. Él insiste; y en la noche de carnaval él confiesa a su novia el amor por la morocha. Ahora es el primer instante en que las amigas se encuentran y las dos saben la verdad. Todavía no han hablado y permanecen largo rato disfrazadas y silenciosas». Por fin Horacio había acertado con una leyenda: las dos amigas aman al mismo hombre; pero en seguida pensó que la coincidencia de haber acertado significaba un presagio o un aviso de algo que ya estaba pasando: él, como novio de las dos muñecas, ¿no estaría enamorado de Hortensia? Esta sospecha lo hizo revolotear alrededor de su muñeca y posarse sobre estas preguntas: ¿Qué tenía Hortensia para que él se hubiera enamorado de ella? ¿Él sentiría por las muñecas una admiración puramente artística? ¿Hortensia, sería, simplemente un consuelo para cuando él perdiera a su mujer? y ¿se prestaría siempre a una confusión que favoreciera a María? Era absolutamente necesario que él volviera a pensar en la personalidad de las muñecas. No quiso entregarse a estas reflexiones en el mismo dormitorio en que estaría su mujer. Llamó a Alex, hizo despedir a Walter y quedó solo con el ruido de las máquinas; antes pidió al criado una botella de vino de Francia. Después se empezó a pasear, fumando a lo largo del salón. Cuando llegaba a la tarima tomaba un poco de vino; y en seguida reanudaba el paseo reflexionando: «Si hay espíritus que frecuentan las casas vacías ¿por qué no pueden frecuentar los cuerpos de las muñecas?». Entonces pensó en castillos abandonados, donde los muebles y los objetos, unidos bajo telas espesas, duermen un miedo pesado: solo están despiertos los fantasmas y los espíritus que se entienden con el vuelo de los murciélagos y los ruidos que vienen de los pantanos... En este instante puso atención en el ruido de las máquinas y la copa se le cayó de las manos. Tenía la cabeza erizada. Creyó comprender que las almas sin cuerpo atrapaban esos ruidos que andaban sueltos por el mundo, que se expresaban por medio de ellos y que el alma que habitaba el cuerpo de Hortensia se entendía con las máquinas. Quiso suspender estas ideas y puso atención en los escalofríos que recorrían su cuerpo. Se dejó caer en el sillón y no tuvo más remedio que seguir pensando en Hortensia: con razón en una noche de luna, habían ocurrido cosas tan inexplicables. Estaban en el jardín y de pronto él quiso correr a su mujer; ella reía y fue a esconderse detrás de Hortensia —bien se dio cuenta él de que eso no era lo mismo que esconderse detrás de un árbol— y cuando él fue a besar a María por encima del hombro de Hortensia, recibió un formidable pinchazo. En seguida oyó con violencia, el ruido de las máquinas: sin duda ellas le anunciaban que él no debía besar a María por encima de Hortensia. María no se explicaba cómo había podido dejar una aguja en el vestido de la muñeca. Y él, había sido tan tonto como para creer que Hortensia era un adorno para María, cuando en realidad las dos trataban de adornarse mutuamente. Después volvió a pensar en los ruidos. Desde hacía mucho tiempo él creía que, tanto los ruidos como los sonidos tenían vida propia y pertenecían a distintas familias. Los ruidos de las máquinas eran una familia noble y tal vez por eso Hortensia los había elegido para expresar un amor constante. Esa noche telefoneó a Facundo y le preguntó por Hortensia. Su amigo le dijo que la enviaría muy pronto y que las muchachas del taller habían inventado un procedimiento... Aquí Horacio lo había interrumpido diciéndole que deseaba ignorar los secretos del taller. Y después de colgar el tubo sintió un placer muy escondido al pensar que serían muchachas las que pondrían algo de ellas en Hortensia. Al otro día María lo esperó para almorzar, abrazando a Hortensia por el talle. Después de besar a su mujer, Horacio tomó la muñeca en sus brazos y la blandura y el calor de su cuerpo le dieron, por un instante, la felicidad que esperaba; pero cuando puso sus labios en los de Hortensia le pareció que besaba a una persona que tuviera fiebre. Sin embargo, al poco rato ya se había acostumbrado a ese calor y se sintió reconfortado.

Esa misma noche, mientras cenaba, pensó: ¿Necesariamente la trasmigración de las almas se ha de producir solo entre personas y animales? ¿Acaso no ha habido moribundos que han entregado el alma, con sus propias manos a un objeto querido? Además, puede no haber sido por error que un espíritu se haya escondido en una muñeca que se parezca a una bella mujer. ¿Y no podría haber ocurrido que un alma, deseosa de volver a habitar un cuerpo, haya guiado las manos del que fabrica una muñeca? Cuando alguien persigue una idea propia, ¿no se sorprende al encontrarse con algo que no esperaba y como si otro le hubiera ayudado? Después pensó en Hortensia y se preguntó: ¿De quién será el espíritu que vive en el cuerpo de ella? Esa noche María estaba de mal humor. Había estado rezongando a Hortensia, mientras la vestía, porque no se quedaba quieta: se le venía hacia adelante; y ahora, con el agua, estaba más pesada. Horacio pensó en las relaciones de María y Hortensia y en los extraños matices de enemistad que había visto entre mujeres verdaderamente amigas y que no podían pasarse la una sin la otra. Al mismo tiempo recordó que eso ocurre muy a menudo entre madre e hija... Pocos instantes después levantó la cabeza del plato y preguntó a su mujer:

—Dime una cosa, María, ¿cómo era tu mamá?

—¿Y ahora a qué viene esa pregunta? ¿Deseas saber los defectos que he heredado de ella?

—¡Oh! querida, ¡en absoluto!

Esto fue dicho de manera que tranquilizó a María. Entonces ella dijo:

—Mira, era completamente distinta a mí, tenía una tranquilidad pasmosa; era capaz de pasarse horas en una silla sin moverse y con los ojos en el vacío.

«Perfecto», se dijo Horacio para sí. Y después de servirse una copa de vino, pensó: No sería muy grato, sin embargo, que yo entrara en amores con el espíritu de mi suegra en el cuerpo de Hortensia.

—¿Y qué concepto tenía ella del amor?

—¿Encuentras que el mío no te conviene?

—¡Pero María, por favor!

—Ella no tenía ninguno. Y gracias a eso pudo casarse con mi padre cuando mis abuelos se lo pidieron; él tenía fortuna; y ella fue una gran compañera para él.

Horacio pensó: «Más vale así; ya no tengo que preocuparme más de eso». A pesar de estar en primavera, esa noche hizo frío; María puso el agua caliente a Hortensia, la vistió con un camisón de seda y la acostó con ellos como si fuera un porrón. Horacio, antes de entrar al sueño tuvo la sensación de estar hundido en un lago tibio; las piernas de los tres le parecían raíces enredadas de árboles próximos: se confundían entre el agua y él tenía pereza de averiguar cuáles eran las suyas.

III

Horacio y María empezaron a preparar una fiesta para Hortensia. Cumpliría dos años. A Horacio se le había ocurrido presentarla en un triciclo; le decía a María que él lo había visto en el día dedicado a la locomoción y que tenía la seguridad de conseguirlo. No le dijo, que hacía muchos años, él había visto una película en que un novio raptaba a su novia en un triciclo y que ese recuerdo lo impulsó a utilizar ese procedimiento con Hortensia. Los ensayos tuvieron éxito. Al principio a Horacio le costaba poner el triciclo en marcha; pero apenas lograba mover la gran rueda de adelante, el aparato volaba. El día de la fiesta el *buffet* estuvo abierto desde el primer instante; el murmullo aumentaba rápidamente y se confundían las exclamaciones que salían de las gargantas de las personas y del cuello de las botellas. Cuando Horacio fue a presentar a Hortensia sonó en el gran patio, una campanilla de colegio y los convidados fueron hacia allí con sus copas. Por un largo corredor alfombrado vieron venir a Horacio luchando con la gran rueda de su triciclo. Al principio el vehículo se veía poco; y de Hortensia que venía detrás de Horacio, solo se veía el gran vestido blanco; Horacio parecía venir en el aire y traído por una nube. Hortensia se apoyaba en el eje que unía las pequeñas ruedas traseras y tenía los brazos estirados hacia adelante y las manos metidas en los bolsillos del pantalón de Horacio. El triciclo se detuvo en el centro del patio y Horacio, mientras recibía los aplausos y las aclamaciones, acariciaba, con una mano, el cabello de Hortensia. Después volvió a pedalear con fuerza el aparato; y cuando se fueron de nuevo por el corredor de las alfombras y el triciclo tomó velocidad, todos lo miraron un instante en silencio y tuvieron la idea de un vuelo. En vista del éxito, Horacio volvió de nuevo en dirección al patio; ya habían empezado otra vez los aplausos y las risas; pero apenas desembocaron en el patio al triciclo se le salió una rueda y cayó de costado. Hubo gritos, pero cuando vieron que Horacio no se había lastimado, empezaron otra vez las risas y los aplausos. Horacio cayó encima de Hortensia, con los pies para arriba y haciendo movimientos de insecto. Los concurrentes reían hasta las lágrimas; Facundo, casi sin poder hablar, le decía:

—¡Hermano, parecías un juguete de cuerda que se da vuelta patas arriba y sigue andando!

En seguida todos volvieron al comedor. Los muchachos que trabajaban en las escenas de las vitrinas habían rodeado a Horacio y le pedían que les prestara a Hortensia y el triciclo para componer una leyenda. Horacio se negaba pero estaba muy contento y los invitó a ir a la sala de las vitrinas a tomar vino de Francia.

—Si usted nos dijera lo que siente, cuando está frente a una escena —le dijo uno de los muchachos— creo que enriquecería nuestras experiencias.

Horacio se había empezado a hamacar en los pies, miraba los zapatos de sus amigos y al fin se decidió a decirles:

—Eso es muy difícil... pero lo intentaré. Mientras busco la manera de expresarme, les rogaría que no me hicieran ninguna pregunta más y que se conformen con lo que les pueda comunicar.

—Entendido —dijo uno, un poco sordo, poniéndose una mano detrás de la oreja.

Todavía Horacio se tomó unos instantes más; juntaba y separaba las manos abiertas; y después para que se quedaran quietas, cruzó los brazos y empezó:

—Cuando yo miro una escena... —aquí se detuvo de nuevo y en seguida reanudó el discurso con una digresión—: (El hecho de ver las muñecas en vitrinas es muy importante por el vidrio; eso les da cierta cualidad de recuerdo; antes, cuando podía ver espejos —ahora me hacen mal, pero sería muy largo de explicar el porqué— me gustaba ver las habitaciones que aparecían en los espejos.) Cuando miro una escena me parece que descubro un recuerdo que ha tenido una mujer en un momento importante de su vida; es algo así (perdonen la manera de decirlo) como si le abriera una rendija en la cabeza. Entonces me quedo con ese recuerdo como si le robara una prenda íntima; con ella imagino y deduzco muchas cosas y hasta podría decir que al revisarla tengo la impresión de violar algo sagrado; además, me parece que ese es un recuerdo que ha quedado en una persona muerta; yo tengo la ilusión de extraerlo de un cadáver; y hasta espero que el recuerdo se mueva un poco...

Aquí se detuvo; no se animó a decirles que él había sorprendido muchos movimientos raros...

Los muchachos también guardaron silencio, a uno se le ocurrió tomarse todo el vino que le quedaba en la copa y los demás lo imitaron. Al rato otro preguntó:

—Díganos algo, en otro orden, de sus gustos personales, por ejemplo.

—¡Ah! —contestó Horacio—, no creo que por ahí haya algo que pueda servirles para las escenas. Me gusta, por ejemplo, caminar por un piso de madera donde haya azúcar derramada. Ese pequeño ruido...

En ese instante vino María para invitarlos a dar una vuelta por el jardín; ya era noche oscura y cada uno llevaría una pequeña antorcha. María dio el brazo a Horacio; ellos iniciaban la marcha y pedían a los demás que fueran, también en parejas. Antes de salir, por la puerta que daba al jardín, cada uno tomaba la pequeña antorcha de una mesa y la encendía en una fuente de llamas que había en otra mesa. Al ver el resplandor de las antorchas, los vecinos se habían asomado al cerco bajo del jardín y sus caras aparecían entre los árboles como frutas sospechosas. De pronto María cruzó un cantero, y encendió luces instaladas en un árbol muy grande, y apareció, en lo alto de la copa, Hortensia. Era una sorpresa de María para Horacio. Los concurrentes hacían exclamaciones y vivas. Hortensia tenía un abanico blanco abierto sobre el pecho y detrás del abanico, una luz que le daba reflejos de candilejas. Horacio le dio un beso a María y le agradeció la sorpresa; después mientras los demás se divertían, Horacio se dio cuenta de que Hortensia miraba hacia el camino por donde él venía siempre. Cuando pasaron por el cerco bajo, María oyó que alguien entre los vecinos, gritó a otros que venían lejos: «Apúrense, que apareció la difunta en un árbol». Trataron de volver pronto al interior de la casa y se brindó por la sorpresa de Hortensia. María ordenó a las mellizas —dos criadas hermanas— que la bajaran del árbol y le pusieran el agua caliente. Ya habría transcurrido una hora después de la vuelta del jardín, cuando María empezó a buscar a Horacio; lo encontró de nuevo con los muchachos en el salón de las vitrinas. Ella estaba pálida y todos se dieron cuenta de que ocurría algo grave. María pidió permiso a los muchachos y se llevó a Horacio al dormitorio. Allí estaba Hortensia con un cuchillo clavado debajo de un seno y de la herida brotaba agua; tenía el vestido mojado y el agua ya había llegado al piso. Ella, como de costumbre, estaba sentada en su silla con los grandes ojos abiertos; pero María le tocó un brazo y notó que se estaba enfriando.

—¿Quién puede haberse atrevido a llegar hasta aquí y hacer esto? —preguntaba María recostándose al pecho de su marido en una crisis de lágrimas.

Al poco rato se le pasó y se sentó en una silla a pensar en lo que haría. Después dijo:

—Voy a llamar a la policía.

—¿Pero estás loca? —le contestó Horacio—. ¿Vamos a ofender así a todos nuestros invitados por lo que haya hecho uno? ¿Y vas a llamar a la policía para decirles que le han pegado una puñalada a una muñeca y que le sale agua? La dignidad exige que no digamos nada; es necesario saber perder. La daremos de nuevo a Facundo para que la componga y asunto terminado.

—Yo no me resigno —decía María—, llamaré a un detective particular. Que nadie la toque; en el mango del cuchillo deben estar las impresiones digitales.

Horacio trató de calmarla y le pidió que fuera a atender a sus invitados. Convinieron en encerrar la muñeca con llave, conforme estaba. Pero Horacio, apenas salió María, sacó el pañuelo del bolsillo, lo empapó en agua fuerte y lo pasó por el mango del cuchillo.

IV

Horacio logró convencer a María de que lo mejor sería pasar en silencio la puñalada a Hortensia. El día que Facundo la vino a buscar, traía a Luisa, su amante. Ella y María fueron al comedor y se pusieron a conversar como si abrieran las puertas de dos jaulas, una frente a la otra y entreveraran los pájaros; ya estaban acostumbradas a conversar y escucharse al mismo tiempo. Horacio y Facundo se encerraron en el escritorio; ellos hablaban en voz baja, uno por vez y como si bebieran, por turno, en un mismo jarro. Horacio decía:

—Fui yo quien le dio la puñalada: era un pretexto para mandarla a tu casa sin que se supiera, exactamente, con qué fin.

Después los dos amigos se habían quedado silenciosos y con la cabeza baja. María tenía curiosidad por saber lo que conversaban los hombres; dejó un instante a Luisa y fue a escuchar a la puerta del escritorio. Creyó reconocer la voz de su marido, pero hablaba como un afónico y no se le entendía nada. (En ese momento Horacio, siempre con la cabeza baja, le decía a Facundo: «Será una locura; pero yo sé de escultores que se han enamorado de sus estatuas».) Al rato María pasó de nuevo por allí; pero solo oyó decir a su marido la palabra *posible*; y después, a Facundo, la misma palabra. (En realidad, Horacio había dicho: «Eso tiene que ser posible». Y Facundo le había contestado: «Yo haré todo lo posible».)

Una tarde María se dio cuenta de que Horacio estaba raro. Tan pronto la miraba con amable insistencia como separaba bruscamente su cabeza de la de ella y se quedaba preocupado. En una de las veces que él cruzó el patio, ella lo llamó, fue a su encuentro y pasándole los brazos por el cuello, le dijo:

—Horacio, tú no me podrás engañar nunca; yo sé lo que te pasa.

—¿Qué? —contestó él abriendo ojos de loco.

—Estás así por Hortensia.

Él se quedó pálido:

—Pero no, María; estás en un grave error.

Le extrañó que ella no se riera ante el tono en que le salieron esas palabras.

—Sí... querido... ya ella es como hija nuestra —seguía diciendo María.

Él dejó por un rato, los ojos sobre la cara de su mujer y tuvo tiempo de pensar muchas cosas; miraba todos sus rasgos como si repasara los rincones de un lugar a donde había ido todos los días durante una vida de felicidad; y por último se desprendió de María y fue a sentarse a la salita y a pensar en lo que acababa de pasar. Al principio, cuando creyó que su mujer había descubierto su entendimiento con Hortensia, tuvo la idea de que lo perdonaría; pero al mirar su sonrisa comprendió el inmenso disparate que sería suponer a María enterada de semejante pecado y perdonándolo. Su cara tenía la tranquilidad de algunos paisajes; en una mejilla había un poco de luz dorada del fin de la tarde; y en un pedazo de la otra se extendía la sombra de la pequeña montaña que hacía su nariz. Él pensó en todo lo bueno que quedaba en la inocencia del mundo y en la costumbre del amor; y recordó la ternura con que reconocía la cara de su mujer cada vez que él volvía de las aventuras con sus muñecas. Pero dentro de algún tiempo, cuando su mujer supiera que él no solo no tenía por Hortensia el cariño de un padre sino que quería hacer de ella una amante, cuando María supiera todo el cuidado que él había puesto en organizar su traición, entonces, todos los lugares de la cara de ella serían destrozados: María no podría comprender todo el mal que había encontrado en el mundo y en la costumbre del amor; ella no conocería a su marido y el horror la trastornaría.

Horacio se había quedado mirando una mancha de sol que tenía en la manga del saco; al retirar la manga la mancha había pasado al vestido de María como si se hubiera contagiado; y cuando se separó de ella y empezó a caminar hacia la salita, sus órganos parecían estar revueltos, caídos y pesando insoportablemente. Al sentarse en una pequeña banqueta de la salita, pensó que no era digno de ser recibido por la blandura de un mueble familiar y se sintió tan incómodo como si se hubiera echado encima de una criatura. Él también era desconocido de sí mismo y recibía una desilusión muy grande al descubrir la materia de que estaba hecho. Después fue a su dormitorio, se acostó tapándose hasta la cabeza y contra lo que hubiera creído, se durmió en seguida.

María habló por teléfono a Facundo:

—Escuche, Facundo; apúrese a traer a Hortensia porque si no Horacio se va a enfermar.

—Le voy a decir una cosa, María; la puñalada ha interesado vías muy importantes de la circulación del agua; no se puede andar ligero; pero haré lo posible para llevársela cuanto antes.

Al poco rato Horacio se despertó; un ojo le había quedado frente a un pequeño barranco que hacían las cobijas y vio a lo lejos, en la pared el retrato de sus padres: ellos habían muerto, de una peste, cuando él era niño; ahora él pensaba que lo habían estafado; él era como un cofre en el cual en vez de fortuna, habían dejado yuyos ruines; y ellos, sus padres, eran como dos bandidos que se hubieran ido antes que él fuera grande y se descubriera el fraude. Pero en seguida estos pensamientos le parecieron monstruosos. Después fue a la mesa y trató de estar bien ante María. Ella le dijo:

—Avisé a Facundo para que trajera pronto a Hortensia.

¡Si ella supiera, se dijo Horacio, que contribuye, apurando el momento de traer a Hortensia, a un placer mío que será mi traición y su locura! Él daba vuelta la cara de un lado para otro de la mesa sin ver nada y como un caballo que busca la salida con la cabeza.

—¿Falta algo? —preguntó María.

—No, aquí está —dijo él tomando la mostaza.

María pensó que si no la veía, estando tan cerca, era porque él se sentía mal.

Al final se levantó, fue hacia su mujer y se empezó a inclinar lentamente, hasta que sus labios tocaron la mejilla de ella; parecía que el beso hubiera descendido en paracaídas sobre una planicie donde todavía existía la felicidad.

Esa noche, en la primera vitrina, había una muñeca sentada en el césped de un jardín; estaba rodeada de grandes esponjas, pero la actitud de ella era la de estar entre flores. Horacio no tenía ganas de pensar en el destino de esa muñeca y abrió el cajoncito donde estaban las leyendas: «Esta mujer es una enferma mental; no se ha podido averiguar por qué ama las esponjas». Horacio dijo para sí: «Pues yo les pago para que averigüen». Y al rato pensó con acritud: «Esas esponjas deben simbolizar la necesidad de lavar muchas culpas». A la mañana siguiente se despertó con el cuerpo arrollado y recordó quién era él, ahora. Su nombre y apellido le parecieron diferentes y los imaginó escritos en un cheque sin fondos. Su cuerpo estaba triste; ya le había ocurrido algo parecido, una vez que un médico le había dicho que tenía sangre débil y un corazón chico.

Sin embargo aquella tristeza se le había pasado. Ahora estiró las piernas y pensó: «Antes, cuando yo era joven, tenía más vitalidad para defenderme de los remordimientos: me importaba mucho menos el mal que pudiera hacer a los demás. ¿Ahora tendré la debilidad de los años? No, debe ser un desarrollo tardío de los sentimientos y de la vergüenza». Se levantó muy aliviado; pero sabía que los remordimientos serían como nubes empujadas hacia algún lugar del horizonte y que volverían con la noche.

V

Unos días antes que trajeran a Hortensia, María sacaba a pasear a Horacio; quería distraerlo; pero al mismo tiempo pensaba que él estaba triste porque ella no podía tener una hija de verdad. La tarde que trajeron a Hortensia, Horacio no estuvo muy cariñoso con ella y María volvió a pensar que la tristeza de Horacio no era por Hortensia; pero un momento antes de cenar ella vio que Horacio tenía, ante Hortensia, una emoción contenida y se quedó tranquila. Él, antes de ir a ver a sus muñecas, le fue a dar un beso a María; la miraba de cerca, con los ojos muy abiertos y como si quisiera estar seguro de que no había nada raro escondido en ningún lugar de su cara. Ya habían pasado unos cuantos días sin que Horacio se hubiera quedado solo con Hortensia. Y después María recordaría para siempre la tarde en que ella, un momento antes de salir y a pesar de no hacer mucho frío, puso el agua caliente a Hortensia y la acostó con Horacio para que él durmiera confortablemente la siesta. Esa misma noche él miraba los rincones de la cara de María seguro de que pronto serían enemigos; a cada instante él hacía movimientos y pasos más cortos que de costumbre y como si se preparara para recibir el indicio de que María había descubierto todo. Eso ocurrió una mañana. Hacía mucho tiempo, una vez que María se quejaba de la barba de Alex, Horacio le había dicho:

—¡Peor estuviste tú al elegir como criadas a dos mellizas tan parecidas!

Y María le había contestado:

—¿Tienes algo particular que decirle a alguna de ellas? ¿Has tenido alguna confusión lamentable?

—Sí, una vez te llamé a ti y vino la que tiene el honor de llamarse como tú.

Entonces María dio orden a las mellizas de no venir a la planta baja a las horas en que el señor estuviera en casa. Pero una vez que una de ellas huía para no dejarse ver por Horacio, él la corrió creyendo que era una extraña y tropezó con su mujer. Después de eso María las hacía venir nada más que algunas horas en la mañana y no dejaba de vigilarlas. El día en que se descubrió todo, María había sorprendido a las mellizas levantándole el camisón a Hortensia en momentos en que no debían ponerle agua caliente ni vestirla. Cuando ellas abandonaron el dormitorio, entró María. Y al rato las mellizas vieron a la dueña de casa cruzando el patio, muy apurada, en dirección a la cocina. Después había pasado de vuelta con el cuchillo grande de picar carne; y cuando ellas, asustadas la siguieron para ver lo que ocurría, María les había dado con la puerta en la cara. Las mellizas se vieron obligadas a mirar por la cerradura; pero como María había quedado de espalda tuvieron que ir a ver por otra puerta. María puso a Hortensia encima de una mesa, como si fuera a operar y le daba puñaladas cortas y seguidas; estaba desgreñada y le había saltado a la cara un chorro de agua; de un hombro de Hortensia brotaban otros dos, muy finos, y se cruzaban entre sí como en la fuente del jardín; y del vientre salían borbotones que movían un pedazo desgarrado del camisón. Una de las mellizas se había hincado en un almohadón, se tapaba un ojo con la mano y con el otro miraba sin pestañear junto a la cerradura; por allí venía un poco de aire y la hacía lagrimear; entonces cedía el lugar a su hermana. De los ojos de María también salían lágrimas; al fin dejó el cuchillo encima de Hortensia, se fue a sentar a un sillón y a llorar con las manos en la cara. Las mellizas no tuvieron más interés en mirar por la cerradura y se fueron a la cocina. Pero al rato la señora las llamó para que ayudaran a arreglar las valijas. María se propuso soportar la situación con la dignidad de una reina desgraciada. Dispuesta a castigar a Horacio, y pensando en las actitudes que tomaría ante sus ojos, dijo a las mellizas que si venía el señor le dijeran que ella no lo podía recibir. Empezó a arreglar todo para un largo viaje y regaló algunos vestidos a las mellizas; y al final, cuando María se iba en el auto de la casa, las mellizas, en el jardín, se entregaron con fruición a la pena de su señora; pero al entrar de nuevo a la casa y ver los vestidos regalados se pusieron muy contentas: corrieron las cortinas de los espejos —estaban tapados para evitarle a Horacio la mala impresión de mirarse en ellos— y se acercaron los vestidos al cuerpo para contemplar el efecto. Una de ellas vio por el espejo el cuerpo mutilado de Hortensia y dijo: «Qué tipo sinvergüenza». Se refería a Horacio. Él, había aparecido en una de las puertas y pensaba en la manera de preguntarles qué estaban haciendo con esos vestidos frente a los espejos desnudos. Pero de pronto vio el cuerpo de Hortensia sobre la mesa, con el camisón desgarrado y se dirigió hacia allí. Las mellizas iniciaron la huida. Él las detuvo:

—¿Dónde está la señora?

La que había dicho «qué tipo sinvergüenza» lo miró de frente y contestó:

—Nos dijo que haría un largo viaje y nos regaló estos vestidos.

Él les hizo señas para que se fueran y le vinieron a la cabeza estas palabras: «La cosa ya ha pasado». Miró de nuevo el cuerpo de Hortensia: todavía tenía en el vientre el cuchillo de picar la carne. Él no sentía mucha pena y por un instante se le ocurrió que aquel cuerpo podía arreglarse; pero en seguida se imaginó el cuerpo cosido con puntadas y recordó un caballo agujereado que había tenido en la infancia: la madre le había dicho que le iba a poner un remiendo; pero él se sentía desilusionado y prefirió tirarlo.

Horacio desde el primer momento tuvo la seguridad de que María volvería y se dijo para sí: «Debo esperar los acontecimientos con la mayor calma posible». Además él volvería a ser, como en sus mejores tiempos, un atrevido fuerte. Recordó lo que le había ocurrido esa mañana y pensó que también traicionaría a Hortensia. Hacía poco rato, Facundo le había mostrado otra muñeca; era una rubia divina y ya tenía su historia: Facundo había hecho correr la noticia de que existía, en un país del norte, un fabricante de esas muñecas; se habían conseguido los planos y los primeros ensayos habían tenido éxito. Entonces recibió, a los pocos días, la visita de un hombre tímido; traía unos ojos grandes embolsados en párpados que apenas podía levantar, y pedía datos concretos. Facundo, mientras buscaba fotografías de muñecas, le iba diciendo: «El nombre genérico de ellas es el de *Hortensias;* pero después el que ha de ser su dueño, le pone el nombre que ella le inspira íntimamente. Estos son los únicos modelos de Hortensias que vinieron con los planos». Le mostró solo tres y el hombre tímido se comprometió, casi irreflexivamente, con una de ellas y le hizo el encargo con dinero en la mano. Facundo pidió un precio subido y el comprador movió varias veces los párpados; pero después sacó una estilográfica en forma de submarino y firmó el compromiso. Horacio vio la rubia terminada y le pidió a Facundo que no la entregara todavía; y su amigo aceptó porque ya tenía otras empezadas. Horacio pensó, en el primer instante, ponerle un apartamento; pero ahora se le ocurría otra cosa, la traería a su casa y la pondría en la vitrina de las que esperaban colocación. Después que todos se acostaran él la llevaría al dormitorio; y antes que se levantaran la colocaría de nuevo en la vitrina. Por otra parte él esperaba que María no volvería a su casa en altas horas de la noche. Apenas Facundo había puesto la nueva muñeca a disposición de su amigo, Horacio se sintió poseído por una buena suerte que no había tenido desde la adolescencia. Alguien lo protegía, puesto que él había llegado a su casa después que todo había pasado. Además él podría dominar los acontecimientos con el impulso de un hombre joven. Si había abandonado una muñeca por otra, ahora él no se podía detener a sentir pena por el cuerpo mutilado de Hortensia. La vuelta de María era segura porque a él ya no se le importaba nada de ella; y debía ser María quien se ocupara del cuerpo de Hortensia.

De pronto Horacio empezó a caminar como un ladrón, junto a la pared; llegó al costado de un ropero, corrió la cortina que debía cubrir el espejo y después hizo lo mismo con el otro ropero. Ya hacía mucho tiempo que había hecho poner esas cortinas. María siempre había tenido cuidado de que él no se encontrara con un espejo descubierto: antes de vestirse cerraba el dormitorio y antes de abrirlo cubría los espejos. Entonces sintió fastidio de pensar que las mellizas, no solo se ponían vestidos que él había regalado a su esposa, sino que habían dejado los espejos libres. No era que a él no le gustara ver las cosas en los espejos; pero el color oscuro de su cara le hacía pensar en unos muñecos de cera que había visto en un museo la tarde que asesinaron a un comerciante; en el museo también había muñecos que representaban cuerpos asesinados y el color de la sangre en la cera le fue tan desagradable como si a él le hubiera sido posible ver, después de muerto, las puñaladas que lo habían matado. El espejo del tocador quedaba siempre sin cortinas; era bajo y Horacio podía pasar, distraído, frente a él e inclinarse, todos los días, hasta verse solamente el nudo de la corbata; se peinaba de memoria y se afeitaba tanteándose la cara. Aquel espejo podía decir que él había reflejado siempre un hombre sin cabeza. Ese día, después de haber corrido la cortina de los roperos, Horacio cruzó, confiado como de costumbre, frente al espejo del tocador; pero se vio la mano sobre el género oscuro del traje y tuvo un desagrado parecido al de mirarse la cara. Entonces se dio cuenta de que ahora la piel de sus manos tenía también color de cera. Al mismo tiempo recordó unos brazos que había visto ese día en el escritorio de Facundo: eran de un color agradable y muy parecido al de la rubia. Horacio, como un chiquilín que pide recortes a alguien que trabaja en madera le dijo a Facundo:

—Cuando te sobren brazos o piernas que no necesites, mándamelos.

—¿Y para qué quieres eso, hermano?

—Me gustaría que compusieran escenas en mis vitrinas con brazos y piernas sueltas; por ejemplo: un brazo encima de un espejo, una pierna que sale de abajo de una cama, o algo así.

Facundo se pasó una mano por la cara y miró a Horacio con disimulo. Ese día Horacio almorzó y tomó vino tan tranquilamente como si María hubiera ido a casa de una parienta a pasar el día. La idea de su suerte le permitía recomendarse tranquilidad. Se levantó contento de la mesa, se le ocurrió llevar a pasear un rato las manos por el teclado y por fin fue al dormitorio para dormir la siesta. Al cruzar frente al tocador, se dijo: «Reaccionaré contra mis manías y miraré los espejos de frente». Además le gustaba mucho encontrarse con sorpresas de personas y objetos en confusiones provocadas por espejos. Después miró una vez más a Hortensia, decidió que la dejaría allí hasta que María volviera y se acostó. Al estirar los pies entre las cobijas, tocó un cuerpo extraño, dio un salto y bajó de la cama; quedó unos instantes de pie y por último sacó las cobijas: era una carta de María: «Horacio: ahí te dejo a tu amante; yo también la he apuñalado; pero puedo confesarlo porque no es un pretexto hipócrita para mandarla al taller a que le hagan herejías. Me has asqueado la vida y te ruego que no trates de buscarme. María». Se volvió a acostar pero no podía dormir y se levantó. Evitaba mirar los objetos de su mujer en el tocador como evitaba mirarla a ella cuando estaban enojados. Fue a un cine; allí saludó, sin querer, a un enemigo y tuvo varias veces el recuerdo de María. Volvió a la casa negra cuando todavía entraba un poco de sol a su dormitorio. Al pasar frente a un espejo y a pesar de estar corrida la cortina, vio a través de ella su cara: algunos rayos de sol daban sobre el espejo y habían hecho brillar sus facciones como las de un espectro. Tuvo un escalofrío, cerró las ventanas y se acostó. Si la suerte que tuvo cuando era joven le volvía ahora a él le quedaría poco tiempo para aprovecharla; no vendría sola y él tendría que luchar con acontecimientos tan extraños como los que se producían a causa de Hortensia. Ella descansaba ahora, a pocos pasos de él; menos mal que su cuerpo, no se descompondría; entonces pensó en el espíritu que había vivido en él como en un habitante que no hubiera tenido mucho que ver con su habitación. ¿No podría haber ocurrido que el habitante del cuerpo de Hortensia hubiera provocado la furia de María, para que ella deshiciera el cuerpo de Hortensia y evitara así la proximidad de él, de Horacio? No podía dormir; le parecía que los objetos del dormitorio eran pequeños fantasmas que se entendían con el ruido de las máquinas. Se levantó, fue a la mesa y empezó a tomar vino. A esa hora extrañaba mucho a María. Al fin de la cena se dio cuenta de que no le daría un beso y fue para la salita. Allí tomando el café pensó que mientras María no volviera, él no debía ir al dormitorio ni a la mesa de su casa. Después salió a caminar y recordó que en un barrio próximo había un hotel de estudiantes. Llegó hasta allí. Había una palmera a la entrada y detrás de ella láminas de espejos que subían las escaleras al compás de los escalones; entonces siguió caminando. El hecho de habérsele presentado tantos espejos en un solo día era un síntoma sospechoso. Después recordó que esa misma mañana, antes de encontrarse con los de su casa, él le había dicho a Facundo que le gustaría ver un brazo sobre un espejo. Pero también recordó la muñeca rubia y decidió, una vez más, luchar contra sus manías. Volvió sus pasos hacia el hotel, cruzó la palmera y trató de subir la escalera sin mirarse en los espejos. Hacía mucho tiempo que no había visto tantos juntos; las imágenes se confundían, él no sabía dónde dirigirse y hasta pensó que pudiera haber alguien escondido entre los reflejos. En el primer piso apareció la dueña; le mostraron las habitaciones disponibles —todas tenían grandes espejos—, él eligió la mejor y dijo que volvería dentro de una hora. Fue a la casa negra, arregló una pequeña valija y al volver recordó que antes, aquel hotel, había sido una casa de citas. Entonces no se extrañó de que hubiera tantos espejos. En la pieza que él eligió había tres; el más grande quedaba a un lado de la cama; y como la habitación que aparecía en él era la más linda, Horacio miraba la del espejo. Estaría cansada de representar, durante años, aquel ambiente chinesco. Ya no era agresivo el rojo del empapelado y según el espejo parecía el fondo de un lago, color ladrillo, donde hubieran sumergido puentes con cerezos. Horacio se acostó y apagó la luz; pero siguió mirando la habitación con el resplandor que venía de la calle. Le parecía estar escondido en la intimidad de una familia pobre. Allí todas las cosas habían envejecido juntas y eran amigas; pero las ventanas todavía eran jóvenes y miraban hacia afuera; eran mellizas, como las de María, se vestían igual, tenían pegado al vidrio cortinas de puntillas y recogidos a los lados, cortinados de terciopelo. Horacio tuvo un poco la impresión de estar viviendo en el cuerpo de un desconocido a quien robara bienestar. En medio de un gran silencio sintió zumbar sus oídos y se dio cuenta de que le faltaba el ruido de las máquinas; tal vez le hiciera bien salir de la casa negra y no oírlas más. Si ahora María estuviera recostada a su lado, él sería completamente feliz. Apenas volviera a su casa él le propondría pasar una noche en este hotel. Pero en seguida recordó la muñeca rubia que había visto en la mañana y después se durmió. En el sueño había un lugar oscuro donde andaba volando un brazo blanco. Un ruido de pasos en una habitación próxima lo despertó. Se bajó de la cama y empezó a caminar descalzo sobre la alfombra; pero vio que lo seguía una mancha blanca y comprendió que su cara se reflejaba en el espejo que estaba encima de la chimenea. Entonces se le ocurrió que podrían inventar espejos en los cuales se vieran los objetos pero no las personas. Inmediatamente se dio cuenta de que eso era absurdo; además si él se pusiera frente a un espejo y el espejo no lo reflejara, su cuerpo no sería de este mundo. Se volvió a acostar. Alguien encendió la luz en una habitación de enfrente y esa misma luz cayó en el espejo que Horacio tenía a un lado. Después él pensó en su niñez, tuvo recuerdos de otros espejos y se durmió.

VI

Hacía poco tiempo que Horacio dormía en el hotel y las cosas ocurrían como en la primera noche: en la casa de enfrente se encendían ventanas que caían en los espejos; o él se despertaba y encontraba las ventanas dormidas. Una noche oyó gritos y vio llamas en su espejo. Al principio las miró como en la pantalla de un cine; pero en seguida pensó que si había llamas en el espejo también tenía que haberlas en la realidad. Entonces, con velocidad de resorte, dio media vuelta en la cama y se encontró con llamas que bailaban en el hueco de una ventana de enfrente, como diablillos en un teatro de títeres. Se tiró al suelo, se puso la salida de baño y se asomó a una de sus propias ventanas. En el vidrio se reflejaban las llamas y esta ventana parecía asustada de ver lo que ocurría a la de enfrente. Abajo —la pieza de Horacio quedaba en un primer piso— había mucha gente y en ese momento venían los bomberos. Fue entonces que Horacio vio a María asomada a otra de las ventanas del hotel. Ella ya lo estaba mirando y no terminaba de reconocerlo. Horacio le hizo señas con la mano, cerró la ventana, fue por el pasillo hasta la puerta que creyó la de María y llamó con los nudillos. En seguida apareció ella y le dijo:

—No conseguirás nada con seguirme.

Y le dio con la puerta en la cara. Horacio se quedó quieto y a los pocos instantes la oyó llorar detrás de la puerta. Entonces contestó:

—No vine a buscarte; pero ya que nos encontramos deberíamos ir a casa.

—Ándate, ándate tú solo —había dicho ella.

A pesar de todo, a él le pareció que tenía ganas de volver. Al otro día, Horacio fue a la casa negra y se sintió feliz. Gozaba de la suntuosidad de aquellos interiores y caminaba entre sus riquezas como un sonámbulo; todos los objetos vivían allí recuerdos tranquilos y las altas habitaciones le daban la impresión de que tendrían alejada una muerte que llegaría del cielo.

Pero en la noche, después de cenar fue al salón y le pareció que el piano era un gran ataúd y que el silencio velaba a un músico que había muerto hacía poco tiempo. Levantó la tapa del piano y aterrorizado la dejó caer con gran estruendo; quedó un instante con los brazos levantados, como ante alguien que lo amenazara con un revólver, pero después fue al patio y empezó a gritar:

—¿Quién puso a Hortensia dentro del piano?

Mientras repetía la pregunta seguía con la visión del pelo de ella enredado en las cuerdas del instrumento y la cara achatada por el peso de la tapa. Vino una de las mellizas pero no podía hablar. Después llegó Alex:

—La señora estuvo esta tarde; vino a buscar ropa.

—Esa mujer me va a matar a sorpresas —gritó Horacio sin poder dominarse. Pero súbitamente se calmó—: Llévate a Hortensia a tu alcoba y mañana temprano dile a Facundo que la venga a buscar. Espera —le gritó casi en seguida—. Acércate —y mirando el lugar por donde se habían ido las mellizas, bajó la voz para encargarle de nuevo—: Dile a Facundo que cuando venga a buscar a Hortensia ya puede traer la otra.

Esa noche fue a dormir a otro hotel; le tocó una habitación con un solo espejo; el papel era amarillo con flores rojas y hojas verdes enredadas en varillas que simulaban una glorieta. La colcha también era amarilla y Horacio se sentía irritado: tenía la impresión de que se acostaría a la intemperie. Al otro día de mañana fue a su casa, hizo traer grandes espejos y los colocó en el salón de manera que multiplicaran las escenas de sus muñecas. Ese día no vinieron a buscar a Hortensia ni trajeron la otra. Esa noche Alex le fue a llevar vino al salón y dejó caer la botella...

—No es para tanto —dijo Horacio.

Tenía la cara tapada con un antifaz y las manos con guantes amarillos.

—Pensé que se trataría de un bandido —dijo Alex mientras Horacio se reía y el aire de su boca inflaba la seda negra del antifaz.

—Estos trapos en la cara me dan mucho calor y no me dejarán tomar vino; antes de quitármelos tú debes descolgar los espejos, ponerlos en el suelo y recostarlos a una silla. Así —dijo Horacio, descolgando uno y poniéndolo como él quería.

—Podrían recostarse con el vidrio contra la pared; de esa manera estarán más seguros —objetó Alex.

—No, porque aun estando en el suelo, quiero que reflejen algo.

—Entonces podrían recostarse a la pared mirando para afuera.

—No, porque la inclinación necesaria para recostarlos en la pared, hará que reflejen lo que hay arriba y yo no tengo interés en mirarme la cara.

Después que Alex los acomodó como deseaba su señor, Horacio, se sacó el antifaz y empezó a tomar vino; paseaba por un caminero que había en el centro del salón; hacia allí miraban los espejos y tenían por delante la silla a la cual estaban recostados. Esa pequeña inclinación hacia el piso le daba la idea de que los espejos fueran sirvientes que saludaran con el cuerpo inclinado, conservando los párpados levantados y sin dejar de observarlo. Además por entre las patas de las sillas, reflejaban el piso y daban la sensación de que estuviera torcido. Después de haber tomado vino, eso le hizo mala impresión y decidió irse a la cama. Al otro día —esa noche durmió en su casa— vino el chofer a pedirle dinero de parte de María. Él se lo dio sin preguntarle dónde estaba ella; pero pensó que María no volvería pronto; entonces, cuando le trajeron la rubia, él la hizo llevar directamente a su dormitorio. A la noche ordenó a las mellizas que le pusieran un traje de fiesta y la llevaran a la mesa. Comió con ella enfrente; y al final de la cena y en presencia de una de las mellizas, preguntó a Alex:

—¿Qué opinas de esta?

—Muy hermosa señor, se parece mucho a una espía que conocí en la guerra.

—Eso me encanta, Alex.

Al día siguiente, señalando a la rubia, Horacio dijo a las mellizas:

—De hoy en adelante deben llamarla señora Eulalia.

A la noche Horacio preguntó a las mellizas (ahora ellas no se escondían de él):

—¿Quién está en el comedor?

—La señora Eulalia —dijeron las mellizas al mismo tiempo.

Pero no estando Horacio, y por burlarse de Alex, decían: «Ya es hora de ponerle el agua caliente a la espía».

VII

María esperaba, en el hotel de los estudiantes, que Horacio fuera de nuevo. Apenas salía algunos momentos para que le acomodaran la habitación. Iba por las calles de los alrededores llevando la cabeza levantada; pero no miraba a nadie ni a ninguna cosa; y al caminar pensaba: «Soy una mujer que ha sido abandonada a causa de una muñeca; pero si ahora él me viera, vendría hacia mí». Al volver a su habitación tomaba un libro de poesías, forrado de hule azul y empezaba a leer distraídamente, en voz alta y a esperar a Horacio; pero al ver que él no venía trataba de penetrar las poesías: era como si alguien, sin querer, hubiera dejado una puerta abierta y en ese instante ella hubiera aprovechado para ver un interior. Al mismo tiempo le pareció que el empapelado de la habitación, el biombo y el lavatorio con sus canillas niqueladas, también hubieran comprendido la poesía; y que tenía algo noble, en su materia, que los obligaba a hacer un esfuerzo y a prestar atención sublime. Muchas veces, en medio de la noche, María encendía la lámpara y escogía una poesía como si le fuera posible elegir un sueño. Al día siguiente volvía a caminar por las calles de aquel barrio y se imaginaba que sus pasos eran de poesía. Y una mañana pensó: «Me gustaría que Horacio supiera que camino sola, entre árboles, con un libro en la mano».

Entonces mandó buscar a su chofer, arregló de nuevo sus valijas y fue a la casa de una prima de su madre: era en las afueras y había árboles. Su parienta era una solterona que vivía en una casa antigua: cuando su cuerpo inmenso cruzaba las habitaciones, siempre en penumbra, y hacía crujir los pisos, un loro gritaba: «Buenos días, sopas de leche». María contó a Pradera su desgracia sin derramar ni una lágrima. Su parienta escuchó espantada; después se indignó y por último empezó a lagrimear. Pero María fue serenamente a despedir al chofer y le encargó que le pidiera dinero a Horacio y que si él le preguntaba por ella, le dijera, como cosa de él, que ella se paseaba entre los árboles con un libro en la mano: y que si le preguntaba dónde estaba ella, se lo dijera; por último le encargó que viniera al otro día a la misma hora. Después ella fue a sentarse bajo un árbol con el libro de hule; de él se levantaban poemas que se esparcían por el paisaje como si los formaran de nuevo las copas de los árboles y movieran, lentamente, las nubes. Durante el almuerzo Pradera estuvo pensativa; pero después preguntó a María:

—¿Y qué piensas hacer con ese indecente?

—Esperar que venga y perdonarlo.

—Te desconozco, sobrina; ese hombre te ha dejado idiota y te maneja como a una de sus muñecas.

María bajó los párpados con silencio de bienaventurada. Pero a la tarde vino la mujer que hacía la limpieza, trajo el diario *La Noche*, del día anterior, y los ojos de María rozaron un título que decía: «Las Hortensias de Facundo». No pudo dejar de leer el suelto: «En el último piso de la tienda La Primavera se hará una gran exposición y se dice que algunas de las muñecas que vestirán los últimos modelos serán Hortensias. Esta noticia coincide con el ingreso de Facundo, el fabricante de las famosas muñecas, a la firma comercial de dicha tienda. Vemos alarmados cómo esta nueva falsificación del pecado original —de la que ya hemos hablado en otras ediciones— se abre paso en nuestro mundo. He aquí uno de los volantes de propaganda, sorprendidos en uno de nuestros principales clubes: ¿Es usted feo? No se preocupe. ¿Es usted tímido? No se preocupe. En una Hortensia tendrá usted un amor silencioso, sin riñas, sin presupuestos agobiantes, sin comadronas.»

María despertaba a sacudones:

—¡Qué desvergüenza! El mismo nombre de nuestra...

Y no supo qué agregar. Había levantado los ojos y cargándolos de rabia, apuntaba a un lugar fijo.

—¡Pradera! —gritó furiosa—, ¡mira!

Su tía metió las manos en la canasta de la costura y haciendo guiñadas para poder ver, buscaba los lentes. María le dijo:

—Escucha —y leyó el suelto—. No solo pediré el divorcio —dijo después— sino que armaré un escándalo como no se ha visto en este país.

—Por fin, hija, bajas de las nubes —gritó Pradera levantando las manos coloradas por el agua de fregar las ollas.

Mientras María se paseaba agitada, tropezando con macetas y plantas inocentes, Pradera aprovechó a esconder el libro de hule. Al otro día, el chofer pensaba en cómo esquivaría las preguntas de María sobre Horacio; pero ella solo le pidió el dinero y en seguida lo mandó a la casa negra para que trajera a María, una de las mellizas. María —la melliza— llegó en la tarde y contó lo de la espía, a quien debían llamar «la señora Eulalia». En el primer instante María —la mujer de Horacio— quedó aterrada y con palabras tenues le preguntó:

—¿Se parece a mí?

—No, señora, la espía es rubia y tiene otros vestidos.

María —la mujer de Horacio— se paró de un salto, pero en seguida se tiró de nuevo en el sillón y empezó a llorar a gritos. Después vino la tía. La melliza contó todo de nuevo. Pradera empezó a sacudir sus senos inmensos en gemidos lastimosos; y el loro, ante aquel escándalo gritaba: «Buenos días, sopas de leche».

VIII

Walter había regresado de unas vacaciones y Horacio reanudó las sesiones de sus vitrinas. La primera noche había llevado a Eulalia al salón. La sentaba junto a él, en la tarima, y la abrazaba mientras miraba las otras muñecas. Los muchachos habían compuesto escenas con más *personajes* que de costumbre. En la segunda vitrina había cinco: pertenecían a la comisión directiva de una sociedad que protegía a jóvenes abandonadas. En ese instante había sido elegida presidente una de ellas; y otra, la rival derrotada, tenía la cabeza baja; era la que le gustaba más a Horacio. Él, dejó por un instante a Eulalia y fue a besar la frente fresca de la derrotada. Cuando volvió junto a su compañera quiso oír, por entre los huecos de la música, el ruido de las máquinas y recordó lo que Alex le había dicho del parecido de Eulalia, con una espía de la guerra. De cualquier manera aquella noche sus ojos se entregaron, con glotonería, a la diversidad de sus muñecas. Pero al día siguiente amaneció con un gran cansancio y a la noche tuvo miedo de la muerte. Se sentía angustiado de no saber cuándo moriría ni el lugar de su cuerpo que primero sería atacado. Cada vez le costaba más estar solo; las muñecas no le hacían compañía y parecían decirle: «Nosotras somos muñecas; tú arréglate como puedas». A veces silbaba, pero oía su propio silbido como si se fuera agarrando de una cuerda muy fina que se rompía apenas se quedaba distraído. Otras veces conversaba en voz alta y comentaba estúpidamente lo que iba haciendo: «Ahora iré al escritorio a buscar el tintero». O pensaba en lo que hacía como si observara a otra persona: «Está abriendo el cajón. Ahora este imbécil le saca la tapa al tintero. Vamos a ver cuánto tiempo le dura la vida». Al fin se asustaba y salía a la calle.

Al día siguiente recibió un cajón; se lo mandaba Facundo; lo hizo abrir y se encontró con que estaba lleno de brazos y piernas sueltas; entonces recordó que una mañana él le había pedido que le mandara los restos de muñecas que no necesitara. Tuvo miedo de encontrar alguna cabeza suelta —eso no le hubiera gustado—. Después hizo llevar el cajón al lugar donde las muñecas esperaban el momento de ser utilizadas; habló por teléfono a los muchachos y les explicó la manera de hacer participar las piernas y los brazos en las escenas. Pero la primera prueba resultó desastrosa y él se enojó mucho. Apenas había corrido la cortina vio una muñeca de luto sentada al pie de una escalinata que parecía el atrio de una iglesia; miraba hacia el frente; debajo de la pollera le salía una cantidad impresionante de piernas: eran como diez o doce; y sobre cada escalón había un brazo suelto con la mano hacia arriba. «Qué brutos —decía Horacio— no se trata de utilizar todas las piernas y los brazos que haya». Sin pensar en ninguna interpretación abrió el cajoncito de las leyendas para leer el argumento: «Esta es una viuda pobre que camina todo el día para conseguir qué comer y ha puesto manos que piden limosna como trampas para cazar monedas». «Qué mamarracho —siguió diciendo Horacio— esto es un jeroglífico estúpido». Se fue a acostar, rabioso; y ya a punto de dormirse veía andar la viuda con todas las piernas como si fuera una araña.

Después de este desgraciado ensayo, Horacio sintió una gran desilusión de los muchachos, de las muñecas y hasta de Eulalia. Pero a los pocos días, Facundo lo llevaba en un auto por una carretera y de pronto le dijo:

—¿Ves aquella casita de dos pisos, al borde del río? Bueno, allí vive el «tímido» con su muñeca hermana de la tuya; como quien dice, tu cuñada... —Facundo le dio una palmada en una pierna y los dos se rieron—. Viene solo al anochecer; y tiene miedo que la madre se entere.

Al día siguiente, cuando el sol estaba muy alto, Horacio fue solo, por el camino de tierra que conducía al río, a la casita del Tímido. Antes de llegar al camino pasaba por debajo de un portón cerrado y al costado de otra casita, más pequeña, que sería del guardabosque. Horacio golpeó las manos y salió un hombre, sin afeitar, con un sombrero roto en la cabeza y masticando algo.

—¿Qué desea?

—Me han dicho que el dueño de aquella casa tiene una muñeca...

El hombre se había recostado a un árbol y lo interrumpió para decirle:

—El dueño no está.

Horacio sacó varios billetes de su cartera y el hombre, al ver el dinero, empezó a masticar más lentamente. Horacio acomodaba los billetes en su mano como si fueran barajas y fingía pensar. El otro tragó el bocado y se quedó esperando. Horacio calculó el tiempo en que el otro habría imaginado lo que haría con ese dinero; y al fin dijo:

—Yo tendría mucha necesidad de ver esa muñeca hoy...

—El patrón llega a las siete.

—¿La casa está abierta?

—No. Pero yo tengo la llave. En caso que se descubra algo —dijo el hombre alargando la mano y recogiendo «la baza»— yo no sé nada.

—Tiene que darle dos vueltas... La muñeca está en el piso de arriba... Sería conveniente que dejara las cosas *esatamente* como las encontró.

Horacio tomó el camino a paso rápido y volvió a sentir la agitación de la adolescencia. La pequeña puerta de entrada era sucia como una vieja indolente y él revolvió con asco la llave en la cerradura. Entró a una pieza desagradable donde había cañas de pescar recostadas a una pared. Cruzó el piso, muy sucio, y subió una escalera recién barnizada. El dormitorio era confortable; pero allí no se veía ninguna muñeca. La buscó hasta debajo de la cama; y al fin la encontró entre un ropero. Al principio tuvo una sorpresa como las que le preparaba María. La muñeca tenía un vestido negro, de fiesta, rociado con piedras como gotas de vidrio. Si hubiera estado en una de sus vitrinas él habría pensado que era una viuda rodeada de lágrimas. De pronto Horacio oyó una detonación: parecía un balazo. Corrió hacia la escalera que daba a la planta baja y vio, tirada en el piso y rodeada de una pequeña nube de polvo, una caña de pescar. Entonces resolvió tomar una manta y llevar la Hortensia al borde del río. La muñeca era liviana y fría. Mientras buscaba un lugar escondido, bajo los árboles, sintió un perfume que no era del bosque y en seguida descubrió que se desprendía de la Hortensia.

Encontró un sitio acolchado, en el pasto, tendió la manta abrazando a la muñeca por las piernas y después la recostó con el cuidado que pondría en manejar una mujer desmayada. A pesar de la soledad del lugar, Horacio no estaba tranquilo. A pocos metros de ellos apareció un sapo, quedó inmóvil y Horacio no sabía qué dirección tomarían sus próximos saltos. Al poco rato vio, al alcance de su mano, una piedra pequeña y se la arrojó. Horacio no pudo poner la atención que hubiera querido en esta Hortensia; quedó muy desilusionado; y no se atrevía a mirarle la cara porque pensaba que encontraría en ella, la burla inconmovible de un objeto. Pero oyó un murmullo raro mezclado con ruido de agua. Se volvió hacia el río y vio, en un bote, un muchachón de cabeza grande haciendo muecas horribles; tenía manos pequeñas prendidas de los remos y solo movía la boca, horrorosa como un pedazo suelto de intestino y dejaba escapar ese murmullo que se oía al principio. Horacio tomó la Hortensia y salió corriendo hacia la casa del Tímido.

Después de la aventura con la Hortensia ajena y mientras se dirigía a la casa negra, Horacio pensó en irse a otro país y no mirar nunca más a una muñeca. Al entrar a su casa fue hacia su dormitorio con la idea de sacar de allí a Eulalia; pero encontró a María tirada en la cama boca abajo llorando. Él se acercó a su mujer y le acarició el pelo; pero comprendió que estaban los tres en la misma cama y llamó a una de las mellizas ordenándole que sacara la muñeca de allí y llamara a Facundo para que viniera a buscarla. Horacio se quedó recostado a María y los dos estuvieron silenciosos esperando que entrara del todo la noche. Después él tomó la mano de ella y buscando trabajosamente las palabras, como si tuviera que expresarse en un idioma que conociera poco, le confesó su desilusión por las muñecas y lo mal que lo había pasado sin ella.

IX

María creyó en la desilusión definitiva de Horacio por sus muñecas y los dos se entregaron a las costumbres felices de antes. Los primeros días pudieron soportar los recuerdos de Hortensia; pero después hacían silencios inesperados y cada uno sabía en quién pensaba el otro. Una mañana, paseando por el jardín, María se detuvo frente al árbol en que había puesto a Hortensia para sorprender a Horacio; después recordó la leyenda de los vecinos; y al pensar que realmente ella había matado a Hortensia, se puso a llorar. Cuando vino Horacio y le preguntó qué tenía, ella no le quiso decir y guardó un silencio hostil. Entonces él pensó que María, sola, con los brazos cruzados y sin Hortensia, desmerecía mucho. Una tarde, al oscurecer, él estaba sentado en la salita; tenía mucha angustia de pensar que por culpa de él no tenían a Hortensia y poco a poco se había sentido invadido por el remordimiento. Y de pronto se dio cuenta de que en la sala había un gato negro. Se puso de pie, irritado, y ya iba a preguntar a Alex cómo lo habían dejado entrar, cuando apareció María y le dijo que ella lo había traído. Estaba contenta y mientras abrazaba a su marido le contó cómo lo había conseguido. Él, al verla tan feliz, no la quiso contrariar; pero sintió antipatía por aquel animal que se había acercado a él tan sigilosamente en instantes en que a él lo invadía el remordimiento. Y a los pocos días aquel animalito fue también el gato de la discordia. María lo acostumbró a ir a la cama y echarse encima de las cobijas. Horacio esperaba que María se durmiera; entonces producía, debajo de las cobijas, un terremoto que obligaba al gato a salir de allí. Una noche María se despertó en uno de esos instantes:

—¿Fuiste tú que espantaste al gato?

—No sé.

María rezongaba y defendía al gato. Una noche, después de cenar, Horacio fue al salón a tocar el piano. Había suspendido, desde hacía unos días, las escenas de las vitrinas y contra su costumbre había dejado las muñecas en la oscuridad —solo las acompañaba el ruido de las máquinas—. Horacio encendió una portátil de pie colocada a un lado del piano y vio encima de la tapa los ojos del gato —su cuerpo se confundía con el color del piano—. Entonces, sorprendido desagradablemente, lo echó de mala manera. El gato saltó y fue hacia la salita; Horacio lo siguió corriendo, pero el animalito, encontrando cerrada la puerta que daba al patio, empezó a saltar y desgarró las cortinas de la puerta; una de ellas cayó al suelo; María la vio desde el comedor y vino corriendo. Dijo palabras fuertes; y las últimas fueron:

—Me obligaste a deshacer a Hortensia y ahora querrás que mate al gato.

Horacio tomó el sombrero y salió a caminar. Pensaba que María, si lo había perdonado —en el momento de la reconciliación le había dicho: «Te quiero porque eres loco»—, ahora no tenía derecho a decirle todo aquello y echarle en cara la muerte de Hortensia; ya tenía bastante castigo en lo que María desmerecía sin la muñeca; el gato, en vez de darle encanto la hacía vulgar. Al salir, él vio que ella se había puesto a llorar; entonces pensó: «Bueno, ahora que se quede ella con el gato del remordimiento». Pero al mismo tiempo sentía el malestar del saber que los remordimientos de ella no eran nada comparados con los de él; y que si ella no le sabía dar ilusión, él, por su parte, se abandonaba a la costumbre de que ella le lavara las culpas. Y todavía, un poco antes de que él muriera, ella sería la única que lo acompañaría en la desesperación desconocida —y casi con seguridad cobarde— que tendría en los últimos días, o instantes. Tal vez muriera sin darse cuenta: todavía no había pensado bien en qué sería peor.

Al llegar a una esquina se detuvo a esperar el momento en que pudiera poner atención en la calle para evitar que lo pisara un vehículo. Caminó mucho rato por calles oscuras; de pronto despertó de sus pensamientos en el Parque de las Acacias y fue a sentarse a un banco. Mientras pensaba en su vida, dejó la mirada debajo de unos árboles y después siguió la sombra, que se arrastraba hasta llegar a las aguas de un lago. Allí se detuvo y vagamente pensó en su alma: era como un silencio oscuro sobre aguas negras; ese silencio tenía memoria y recordaba el ruido de las máquinas como si también fuera silencio: tal vez ese ruido hubiera sido de un vapor que cruzaba aguas que se confundían con la noche, y donde aparecían recuerdos de muñecas como restos de un naufragio. De pronto Horacio volvió a la realidad y vio levantarse de la sombra a una pareja; mientras ellos venían caminando en dirección a él, Horacio recordó que había besado a María por primera vez, en la copa de una higuera; fue después de comerse los primeros higos y estuvieron a punto de caerse. La pareja pasó cerca de él, cruzó una calle estrecha y entró en una casita; había varias iguales y algunas tenían cartel de alquiler. Al volver a su casa se reconcilió con María; pero en un instante en que se quedó solo, en el salón de las vitrinas, pensó que podía alquilar una de las casitas del parque y llevar una Hortensia. Al otro día, a la hora del desayuno, le llamó la atención que el gato de María tuviera dos moñas verdes en la punta de las orejas. Su mujer le explicó que el boticario perforaba las orejas a todos los gatitos, a los pocos días de nacidos, con una de esas máquinas de agujerear papeles para poner en las carpetas. Esto hizo gracia a Horacio y lo encontró de buen augurio. Salió a la calle y le habló por teléfono a Facundo preguntándole cómo haría para distinguir, entre las muñecas de la tienda La Primavera, las que eran Hortensias. Facundo le dijo que en ese momento había una sola, cerca de la caja, y que tenía una sola caravana en una oreja. La casualidad que hubiera una sola Hortensia en la tienda, le dio a Horacio la idea de que estaba predestinada y se entregó a pensar en la recaída de su vicio como en una fatalidad voluptuosa. Hubiera podido tomar un tranvía; pero se le ocurrió que eso lo sacaría de sus ideas: prefirió ir caminando y pensar en cómo se distinguiría aquella muñeca entre las demás. Ahora él también se confundía entre la gente y también le daba placer esconderse entre la muchedumbre. Había animación porque era víspera de carnaval. La tienda quedaba más lejos de lo que él había calculado. Empezó a cansarse y a tener deseos de conocer, cuanto antes, la muñeca. Un niño apuntó con una corneta y le descargó en la cara un ruido atroz. Horacio, contrariado, empezó a sentir un presentimiento angustioso y pensó en dejar la visita para la tarde; pero al llegar a la tienda y ver otras muñecas, disfrazadas, en las vidrieras, se decidió a entrar. La Hortensia tenía un traje del Renacimiento color vino. Su pequeño antifaz parecía hacer más orgullosa su cabeza y Horacio sintió deseos de dominarla; pero apareció una vendedora que lo conocía, haciéndole una sonrisa con la mitad de la boca y Horacio se fue en seguida. A los pocos días ya había instalado la muñeca en una casita de Las Acacias. Una empleada de Facundo iba a las nueve de la noche, con una limpiadora, dos veces por semana; a las diez de la noche le ponía el agua caliente y se retiraba. Horacio no había querido que le sacaran el antifaz, estaba encantado con ella y la llamaba Herminia. Una noche en que los dos estaban sentados frente a un cuadro, Horacio vio reflejados en el vidrio los ojos de ella; brillaban en medio del color negro del antifaz y parecía que tuvieran pensamientos. Desde entonces se sentaba allí, ponía su mejilla junto a la de ella y cuando creía ver en el vidrio —el cuadro presentaba una caída de agua— que los ojos de ella tenían expresión de grandeza humillada, la besaba apasionadamente. Algunas noches cruzaba con ella el parque —parecía que anduviera con un espectro— y los dos se sentaban en un banco cerca de una fuente; pero de pronto él se daba cuenta que a Herminia se le enfriaba el agua y se apresuraba a llevarla de nuevo a la casita.

Al poco tiempo se hizo una gran exposición en la tienda La Primavera. Una vidriera inmensa ocupaba todo el último piso; estaba colocada en el centro del salón y el público desfilaba por los cuatro corredores que habían dejado entre la vitrina y las paredes. El éxito de público fue extraordinario. (Además de ver los trajes, la gente quería saber cuáles de entre las muñecas eran Hortensias.) La gran vitrina estaba dividida en dos secciones por un espejo que llegaba hasta el techo. En la sección que daba a la entrada, las muñecas representaban una vieja leyenda del país, La Mujer del Lago, y había sido interpretado por los mismos muchachos que trabajaban para Horacio. En medio de un bosque donde había un lago, vivía una mujer joven. Todas las mañanas ella salía de su carpa y se iba a peinar a la orilla del lago; pero llevaba un espejo. (Algunos decían que lo ponía frente al lago para verse la nuca.) Una mañana, algunas damas de la alta sociedad, después de una noche de fiesta, decidieron ir a visitar la mujer solitaria; llegarían al amanecer, le preguntarían por qué vivía sola y le ofrecerían ayuda. En el instante de llegar, la mujer del lago se peinaba; vio por entre sus cabellos los trajes de las damas y cuando ellas estuvieron cerca les hizo una humilde cortesía. Pero apenas una de las damas inició las preguntas, ella se puso de pie y empezó a caminar siguiendo el borde del lago. Las damas, a su vez, pensando que la mujer les iba a contestar o a mostrar algún secreto, la siguieron. Pero la mujer solitaria solo daba vueltas al lago seguida por las damas, sin decirles ni mostrarles nada. Entonces las damas se fueron enojadas; y en adelante la llamaron «la loca del lago». Por eso, en aquel país, si ven a alguien silencioso le dicen: «Se quedó dando la vuelta al lago».

Aquí en la tienda La Primavera, la mujer del lago aparecía ante una mesa de tocador colocada a la orilla del agua. Vestía un peinador blanco bordado de hojas amarillas y el tocador estaba lleno de perfumes y otros objetos. Era el instante de la leyenda en que llegaban las damas en traje de fiesta de la noche anterior. Por la parte de afuera de la vitrina, pasaban toda clase de caras; y no solo miraban las muñecas de arriba a abajo para ver los vestidos; había ojos que saltaban, llenos de sospecha, de un vestido a un escote y de una muñeca a la otra; y hasta desconfiaban de muñecas honestas como la mujer del lago. Otros ojos, muy prevenidos, miraban como si caminaran cautelosamente por encima de los vestidos y temieran caer en la piel de las muñecas. Una jovencita, inclinaba la cabeza con humildad de cenicienta y pensaba que el esplendor de algunos vestidos tenía que ver con el destino de las Hortensias. Un hombre arrugaba las cejas y bajaba los párpados para despistar a su esposa y esconder la idea de verse, él mismo en posesión de una Hortensia. En general, las muñecas tenían el aire de locas sublimes que solo pensaban en la «pose» que mantenían y no se les importaba si las vestían o las desnudaban.

La segunda sección se dividía, a su vez, en otras dos: una parte de playa y otra de bosque. En la primera, las muñecas estaban en traje de baño. Horacio se había detenido frente a dos que simulaban una conversación: una de ellas tenía dibujadas, en el abdomen, circunferencias concéntricas como un tiro al blanco (las circunferencias eran rojas) y la otra tenía pintados peces en los omóplatos. La cabeza pequeña de Horacio sobresalía, también, con fijeza de muñeco. Aquella cabeza siguió andando por entre la gente hasta detenerse, de nuevo, frente a las muñecas del bosque: eran indígenas y estaban semidesnudas. De la cabeza de algunas, en vez de cabello, salían plantas de hojas pequeñas que les caían como enredaderas; en la piel, oscura, tenían dibujadas flores o rayas, como los caníbales; y a otras les habían pintado, por todo el cuerpo, ojos humanos muy brillantes. Desde el primer instante, Horacio sintió predilección por una negra de aspecto normal; solo tenía pintados los senos: dos cabecitas de negros con boquitas embetunadas de rojo. Después Horacio siguió dando vueltas por toda la exposición hasta que llegó Facundo. Entonces le preguntó:

—De las muñecas del bosque, ¿cuáles son Hortensias?

—Mira hermano, en aquella sección, todas son Hortensias.

—Mándame la negra a Las Acacias...

—Antes de ocho días no puedo sacar ninguna.

Pero pasaron veinte antes que Horacio pudiera reunirse con la negra en la casita de Las Acacias. Ella estaba acostada y tapada hasta el cuello.

A Horacio no le pareció tan interesante; y cuando fue a separar las cobijas, la negra le soltó una carcajada infernal. María empezó a descargar su venganza de palabras agrias y a explicarle cómo había sabido la nueva traición. La mujer que hacía la limpieza era la misma que iba a lo de Pradera. Pero vio que Horacio tenía una tranquilidad extraña, como de persona extraviada y se detuvo.

—Y ahora ¿qué me dices? —le preguntó a los pocos instantes tratando de esconder su asombro.

Él la seguía mirando como a una persona desconocida y tenía la actitud de alguien que desde hace mucho tiempo sufre un cansancio que lo ha idiotizado. Después empezó a hacer girar su cuerpo con pequeños movimientos de sus pies. Entonces María le dijo: «Espérame». Y salió de la cama para ir al cuarto de baño a lavarse la pintura negra. Estaba asustada, había empezado a llorar y al mismo tiempo a estornudar. Cuando volvió al dormitorio Horacio ya se había ido; pero fue a su casa y lo encontró: se había encerrado en una pieza para huéspedes y no quería hablar con nadie.

X

Después de la última sorpresa, María pidió muchas veces a Horacio que la perdonara; pero él guardaba el silencio de un hombre de palo que no representara a ningún santo ni concediera nada. La mayor parte del tiempo lo pasaba encerrado, casi inmóvil, en la pieza de huéspedes. (Solo sabían que se movía porque vaciaba las botellas del vino de Francia.) A veces salía un rato, al oscurecer. Al volver comía un poco y en seguida se volvía a tirar en la cama con los ojos abiertos. Muchas veces María iba a verle tarde de la noche; y siempre encontraba sus ojos fijos, como si fueran de vidrio y su quietud de muñeco. Una noche se extrañó de ver arrollado cerca de él, al gato. Entonces decidió llamar al médico y le empezaron a poner inyecciones. Horacio les tomó terror; pero tuvo más interés por la vida. Por último María, con la ayuda de los muchachos que habían trabajado en las vitrinas, consiguió que Horacio concurriera a una nueva sesión. Esa noche cenó en el comedor grande, con María, pidió la mostaza y bebió bastante vino de Francia. Después tomó el café en la salita y no tardó en pasar al salón. En la primera vitrina había una escena sin leyenda: en una gran piscina, donde el agua se movía continuamente, aparecían, en medio de plantas y luces de tonos bajos, algunos brazos y piernas sueltas. Horacio vio asomarse, entre unas ramas, la planta de un pie y le pareció una cara; después avanzó toda la pierna; parecía un animal buscando algo; al tropezar con el vidrio quedó quieta un instante y en seguida se fue para el otro lado. Después vino otra pierna seguida de una mano con su brazo; se perseguían y se juntaban lentamente como fieras aburridas entre una jaula. Horacio quedó un rato distraído viendo todas las combinaciones que se producían entre los miembros sueltos, hasta que llegaron, juntos, los dedos de un pie y de una mano; de pronto la pierna empezó a enderezarse y a tomar la actitud vulgar de apoyarse sobre el pie; esto desilusionó a Horacio; hizo la seña de la luz a Walter, y corrió la tarima hacia la segunda vitrina. Allí vio una muñeca sobre una cama con una corona de reina; y a su lado estaba arrollado el gato de María. Esto le hizo mala impresión y empezó a enfurecerse contra los muchachos que lo habían dejado entrar. A los pies de la cama había tres monjas hincadas en reclinatorios. La leyenda decía: «Esta reina pasó a la muerte en el momento que daba una limosna; no tuvo tiempo de confesarse pero todo su país ruega por ella». Cuando Horacio la volvió a mirar, el gato no estaba. Sin embargo él tenía angustia y esperaba verlo aparecer por algún lado. Se decidió a entrar a la vitrina; pero no dejaba de estar atento a la mala sorpresa que le daría el gato. Llegó hasta la cama de la reina y al mirar su cara apoyó una mano en los pies de la cama; en ese instante otra mano, la de una de las tres monjas, se posó sobre la de él. Horacio no debe haber oído la voz de María pidiéndole perdón. Apenas sintió aquella mano sobre la suya levantó la cabeza, con el cuerpo rígido y empezó a abrir la boca moviendo las mandíbulas como un bicharraco que no pudiera graznar ni mover las alas. María le tomó un brazo; él lo separó con terror, comenzó a hacer movimientos de los pies para volver su cuerpo, como el día en que María pintada de negra había soltado aquella carcajada. Ella se volvió a asustar y lanzó un grito. Horacio tropezó con una de las monjas y la hizo caer; después se dirigió al salón pero sin atinar a salir por la pequeña puerta. Al tropezar con el cristal de la vitrina sus manos golpeaban el vidrio como pájaros contra una ventana cerrada. María no se animó a tomarle de nuevo los brazos y fue a llamar a Alex. No lo encontraba por ninguna parte. Al fin Alex la vio y creyendo que era una monja le preguntó qué deseaba. Ella le dijo, llorando, que Horacio estaba loco; los dos fueron al salón; pero no encontraron a Horacio. Lo empezaron a buscar y de pronto oyeron sus pasos en el balasto del jardín. Horacio cruzaba por encima de los canteros. Y cuando María y el criado lo alcanzaron, él iba en dirección al ruido de las máquinas.

LA CASA INUNDADA

(1960)

De esos días siempre recuerdo primero las vueltas de un bote alrededor de una pequeña isla de plantas. Cada poco tiempo las cambiaban; pero allí las plantas no se llevaban bien. Yo remaba colocado detrás del cuerpo inmenso de la señora Margarita. Si ella miraba la isla un rato largo, era posible que me dijera algo; pero no lo que me había prometido; solo hablaba de las plantas y parecía que quisiera esconder entre ellas otros pensamientos. Yo me cansaba de tener esperanzas y levantaba los remos como si fueran manos aburridas de contar siempre las mismas gotas. Pero ya sabía que, en otras vueltas del bote, volvería a descubrir, una vez más, que ese cansancio era una pequeña mentira confundida entre un poco de felicidad. Entonces me resignaba a esperar las palabras que me vendrían de aquel mundo, casi mudo, de espaldas a mí y deslizándose con el esfuerzo de mis manos doloridas.

Una tarde, poco antes del anochecer, tuve la sospecha de que el marido de la señora Margarita estaría enterrado en la isla. Por eso ella me hacía dar vueltas por allí y me llamaba en la noche —si había luna— para dar vueltas de nuevo. Sin embargo el marido no podía estar en aquella isla; Alcides —el novio de la sobrina de la señora Margarita— me dijo que ella había perdido al marido en un precipicio de Suiza. Y también recordé lo que me contó el botero la noche que llegué a la casa inundada. Él remaba despacio mientras recorríamos «la avenida de agua», del ancho de una calle y bordeada de plátanos con borlitas. Entre otras cosas supe que él y un peón habían llenado de tierra la fuente del patio para que después fuera una isla. Además yo pensaba que los movimientos de la cabeza de la señora Margarita —en las tardes que su mirada iba del libro a la isla y de la isla al libro— no tenían relación con un muerto escondido debajo de las plantas. También es cierto que una vez que la vi de frente tuve la impresión de que los vidrios gruesos de sus lentes les enseñaban a los ojos a disimular y que la gran vidriera terminada en cúpula que cubría el patio y la pequeña isla, era como para encerrar el silencio en que se conserva a los muertos.

Después recordé que ella no había mandado hacer la vidriera. Y me gustaba saber que aquella casa, como un ser humano, había tenido que desempeñar diferentes cometidos: primero fue casa de campo; después instituto astronómico; pero como el telescopio que habían pedido a Norteamérica lo tiraron al fondo del mar los alemanes, decidieron hacer, en aquel patio, un invernáculo; y por último la señora Margarita la compró para inundarla.

Ahora, mientras dábamos vuelta a la isla, yo envolvía a esta señora con sospechas que nunca le quedaban bien. Pero su cuerpo inmenso, rodeado de una simplicidad desnuda, me tentaba a imaginar sobre él un pasado tenebroso. Por la noche parecía más grande, el silencio lo cubría como un elefante dormido y a veces ella hacía una carraspera rara, como un suspiro ronco.

Yo la había empezado a querer, porque después del cambio brusco que me había hecho pasar de la miseria a esta opulencia, vivía en una tranquilidad generosa y ella se prestaba —como prestaría el lomo una elefanta blanca a un viajero— para imaginar disparates entretenidos. Además, aunque ella no me preguntaba nada sobre mi vida, en el instante de encontrarnos, levantaba las cejas como si se le fueran a volar, y sus ojos, detrás de los vidrios, parecían decir: «¿Qué pasa hijo mío?».

Por eso yo fui sintiendo por ella una amistad equivocada; y si ahora dejo libre mi memoria se me va con esta primera señora Margarita; porque la segunda, la verdadera, la que conocí cuando ella me contó su historia, al fin de la temporada, tuvo una manera extraña de ser inaccesible.

Pero ahora yo debo esforzarme en empezar esta historia por su verdadero principio, y no detenerme demasiado en las preferencias de los recuerdos.

Alcides me encontró en Buenos Aires en un día que yo estaba muy débil, me invitó a un casamiento y me hizo comer de todo. En el momento de la ceremonia, pensó en conseguirme un empleo, y ahogado de risa, me habló de una «atolondrada generosa» que podía ayudarme. Y al final me dijo que ella había mandado inundar una casa según el sistema de un arquitecto sevillano que también inundó otra para un árabe que quería desquitarse de la sequía del desierto. Después Alcides fue con la novia a la casa de la señora Margarita, le habló mucho de mis libros y por último le dijo que yo era un «sonámbulo de confianza». Ella decidió contribuir, en seguida, con dinero; y en el verano próximo, si yo sabía remar, me invitaría a la casa inundada. No sé por qué causa, Alcides no me llevaba nunca; y después ella se enfermó. Ese verano fueron a la casa inundada antes que la señora Margarita se repusiera y pasaron los primeros días en seco. Pero al darle entrada al agua me mandaron llamar. Yo tomé un ferrocarril que me llevó hasta una pequeña ciudad de la provincia, y de allí a la casa fui en auto. Aquella región me pareció árida, pero al llegar la noche pensé que podía haber árboles escondidos en la oscuridad. El chofer me dejó con las valijas en un pequeño atracadero donde empezaba el canal, «la avenida de agua», y tocó la campana, colgada de un plátano; pero ya se había desprendido de la casa la luz pálida que traía el bote. Se veía una cúpula iluminada y al lado un monstruo oscuro tan alto como la cúpula. (Era el tanque del agua.) Debajo de la luz venía un bote verdoso y un hombre de blanco que me empezó a hablar antes de llegar. Me conversó durante todo el trayecto (fue él quien me dijo lo de la fuente llena de tierra). De pronto vi apagarse la luz de la cúpula. En ese momento el botero me decía: «Ella no quiere que tiren papeles ni ensucien el piso de agua. Del comedor al dormitorio de la señora Margarita no hay puerta y una mañana en que se despertó temprano, vio venir nadando desde el comedor un pan que se le había caído a mi mujer. A la dueña le dio mucha rabia y le dijo que se fuera inmediatamente y que no había cosa más fea en la vida que ver nadar un pan».

El frente de la casa estaba cubierto de enredaderas. Llegamos a un zaguán ancho de luz amarillenta y desde allí se veía un poco del gran patio de agua y la isla. El agua entraba en la habitación de la izquierda por debajo de una puerta cerrada. El botero ató la soga del bote a un gran sapo de bronce afirmado en la vereda de la derecha y por allí fuimos con las valijas hasta una escalera de cemento armado. En el primer piso había un corredor con vidrieras que se perdían entre el humo de una gran cocina, de donde salió una mujer gruesa con flores en el moño. Parecía española. Me dijo que la señora, su ama, me recibiría al día siguiente; pero que esa noche me hablaría por teléfono.

Los muebles de mi habitación, grandes y oscuros, parecían sentirse incómodos entre paredes blancas atacadas por la luz de una lámpara eléctrica sin esmerilar y colgada desnuda, en el centro de la habitación. La española levantó mi valija y le sorprendió el peso. Le dije que eran libros. Entonces empezó a contarme el mal que le había hecho a su ama, «tanto libro»; y «hasta la habían dejado sorda, y no le gustaba que le gritaran». Yo debo haber hecho algún gesto por la molestia de la luz.

—¿A usted también le incomoda la luz? Igual que a ella.

Fui a encender una portátil; tenía pantalla verde y daría una sombra agradable. En el instante de encenderla sonó el teléfono colocado detrás de la portátil, y lo atendió la española. Decía muchos «sí» y las pequeñas flores blancas acompañaban conmovidas los movimientos del moño. Después ella sujetaba las palabras que se asomaban a la boca con una sílaba o un chistido. Y cuando colgó el tubo suspiró y salió de la habitación en silencio.

Comí y bebí buen vino. La española me hablaba pero yo, preocupado de cómo me iría en aquella casa, apenas le contestaba moviendo la cabeza como un mueble en un piso flojo. En el instante de retirar el pocillo de café de entre la luz llena de humo de mi cigarrillo, me volvió a decir que la señora me llamaría por teléfono. Yo miraba el aparato esperando continuamente el timbre, pero sonó en un instante en que no lo esperaba. La señora Margarita me preguntó por mi viaje y mi cansancio con voz agradable y tenue. Yo le respondí con fuerza separando las palabras.

—Hable naturalmente —me dijo—, ya le explicaré por qué le he dicho a María (la española) que estoy sorda. Quisiera que usted estuviera tranquilo en esta casa; es mi invitado; solo le pediré que reme en mi bote y que soporte algo que tengo que decirle. Por mi parte haré una contribución mensual a sus ahorros y trataré de serle útil. He leído sus cuentos a medida que se publicaban. No he querido hablar de ellos con Alcides por temor a disentir; soy susceptible; pero ya hablaremos...

Yo estaba absolutamente conquistado. Hasta le dije que al día siguiente me llamara a las seis. Esa primera noche, en la casa inundada, estaba intrigado con lo que la señora Margarita tendría que decirme, me vino una tensión extraña y no podía hundirme en el sueño. No sé cuándo me dormí. A las seis de la mañana, un pequeño golpe de timbre, como la picadura de un insecto, me hizo saltar en la cama. Esperé, inmóvil, que aquello se repitiera. Así fue. Levanté el tubo del teléfono.

—¿Está despierto?

—Es verdad.

Después de combinar la hora de vernos me dijo que podía bajar en piyama y que ella me esperaría al pie de la escalera. En aquel instante me sentí como el empleado al que le dieran un momento libre.

En la noche anterior, la oscuridad me había parecido casi toda hecha de árboles; y ahora, al abrir la ventana, pensé que ellos se habrían ido al amanecer. Solo había una llanura inmensa con un aire claro; y los únicos árboles eran los plátanos del canal. Un poco de viento les hacía mover el brillo de las hojas; al mismo tiempo se asomaban a la «avenida de agua» tocándose disimuladamente las copas. Tal vez allí podría empezar a vivir de nuevo con una alegría perezosa. Cerré la ventana con cuidado, como si guardara el paisaje nuevo para mirarlo más tarde.

Vi, al fondo del corredor, la puerta abierta de la cocina y fui a pedir agua caliente para afeitarme en el momento que María le servía café a un hombre joven que dio los «buenos días» con humildad; era el hombre del agua y hablaba de los motores. La española, con una sonrisa, me tomó de un brazo y me dijo que me llevaría todo a mi pieza. Al volver, por el corredor, vi al pie de la escalera —alta y empinada— a la señora Margarita. Era muy gruesa y su cuerpo sobresalía de un pequeño bote como un pie gordo de un zapato escotado. Tenía la cabeza baja porque leía unos papeles, y su trenza, alrededor de la cabeza, daba la idea de una corona dorada. Esto lo iba recordando después de una rápida mirada, pues temí que me descubriera observándola. Desde ese instante hasta el momento de encontrarla estuve nervioso. Apenas puse los pies en la escalera empezó a mirar sin disimulo y yo descendía con la dificultad de un líquido espeso por un embudo estrecho. Me alcanzó una mano mucho antes que yo llegara abajo. Y me dijo:

—Usted no es como yo me lo imaginaba... Siempre me pasa eso. Me costará mucho acomodar sus cuentos a su cara.

Yo, sin poder sonreír, hacía movimientos afirmativos como un caballo al que le molestara el freno. Y le contesté:

—Tengo mucha curiosidad de conocerla y de saber qué pasará.

Por fin encontré su mano. Ella no me soltó hasta que pasé al asiento de los remos, de espaldas a la proa. La señora Margarita se removía con la respiración entrecortada, mientras se sentaba en el sillón que tenía el respaldo hacia mí. Me decía que estudiaba un presupuesto para un asilo de madres y no podría hablarme por un rato. Yo remaba, ella manejaba el timón, y los dos mirábamos la estela que íbamos dejando. Por un instante tuve la idea de un gran error; yo no era botero y aquel peso era monstruoso. Ella seguía pensando en el asilo de madres sin tener en cuenta el volumen de su cuerpo y la pequeñez de mis manos. En la angustia del esfuerzo me encontré con los ojos casi pegados al respaldo de su sillón; y el barniz oscuro y la esterilla llena de agujeritos, como los de un panal, me hicieron acordar de una peluquería a la que me llevaba mi abuelo cuando yo tenía seis años. Pero estos agujeros estaban llenos de bata blanca y de la gordura de la señora Margarita. Ella me dijo:

—No se apure; se va a cansar en seguida.

Yo aflojé los remos de golpe, caí como en un vacío dichoso y me sentí por primera vez deslizándome con ella en el silencio del agua. Después tuve cierta conciencia de haber empezado a remar de nuevo. Pero debe haber pasado largo tiempo. Tal vez me haya despertado el cansancio. Al rato ella me hizo señas con una mano, como cuando se dice adiós, pero era para que me detuviera en el sapo más próximo. En toda la vereda que rodeaba al lago, había esparcidos sapos de bronce para atar el bote. Con gran trabajo y palabras que no entendí, ella sacó el cuerpo del sillón y lo puso de pie en la vereda. De pronto nos quedamos inmóviles, y fue entonces cuando hizo por primera vez la carraspera rara, como si arrastrara algo, en la garganta, que no quisiera tragar y que al final era un suspiro ronco. Yo miraba el sapo al que habíamos amarrado el bote pero veía también los pies de ella, tan fijos como los otros dos sapos. Todo hacía pensar que la señora Margarita hablaría. Pero también podía ocurrir que volviera a hacer la carraspera rara. Si la hacía o empezaba a conversar yo soltaría el aire que retenía en los pulmones para no perder las primeras palabras. Después la espera se fue haciendo larga y yo dejaba escapar la respiración como si fuera abriendo la puerta de un cuarto donde alguien duerme. No sabía si esa espera quería decir que yo debía mirarla; pero decidí quedarme inmóvil todo el tiempo que fuera necesario. Me encontré de nuevo con el sapo y los pies, y puse mi atención en ellos sin mirar directamente. La parte aprisionada en los zapatos era pequeña; pero después se desbordaba la gran garganta blanca y la pierna rolliza y blanda con ternura de bebé que ignora sus formas; y la idea de inmensidad que había encima de aquellos pies era como el sueño fantástico de un niño. Pasé demasiado tiempo esperando la carraspera; y no sé en qué pensamientos andaría cuando oí sus primeras palabras. Entonces tuve la idea de que un inmenso jarrón se había ido llenando silenciosamente y ahora dejaba caer el agua con pequeños ruidos intermitentes.

—Yo le prometí hablar... pero hoy no puedo... tengo un mundo de cosas en que pensar...

Cuando dijo «mundo», yo, sin mirarla, me imaginé las curvas de su cuerpo. Ella siguió:

—Además usted no tiene culpa, pero me molesta que sea tan diferente.

Sus ojos se achicaron y en su cara se abrió una sonrisa inesperada; el labio superior se recogió hacia los lados como algunas cortinas de los teatros y se adelantaron, bien alineados, grandes dientes brillantes.

—Yo, sin embargo, me alegro que usted sea como es.

Esto lo debo haber dicho con una sonrisa provocativa, porque pensé en mí mismo como en un sinvergüenza de otra época con una pluma en el gorro. Entonces empecé a buscar sus ojos verdes detrás de los lentes. Pero en el fondo de aquellos lagos de vidrio, tan pequeños y de ondas tan fijas, los párpados se habían cerrado y abultaban avergonzados. Los labios empezaron a cubrir los dientes de nuevo y toda la cara se fue llenando de un color rojizo que ya había visto antes en faroles chinos. Hubo un silencio como de mal entendido y uno de sus pies tropezó con un sapo al tratar de subir al bote. Yo hubiera querido volver unos instantes hacia atrás y que todo hubiera sido distinto. Las palabras que yo había dicho mostraban un fondo de insinuación grosera que me llenaba de amargura. La distancia que había de la isla a las vidrieras se volvía un espacio ofendido y las cosas se miraban entre ellas como para rechazarme. Eso era una pena, porque yo las había empezado a querer. Pero de pronto la señora Margarita dijo:

—Deténgase en la escalera y vaya a su cuarto. Creo que luego tendré muchas ganas de conversar con usted.

Entonces yo miré unos reflejos que había en el lago y sin ver las plantas me di cuenta de que me eran favorables; y subí contento aquella escalera casi blanca, de cemento armado, como un chiquilín que trepara por las vértebras de un animal prehistórico.

Me puse a arreglar seriamente mis libros entre el olor a madera nueva del ropero y sonó el teléfono:

—Por favor, baje un rato más; daremos unas vueltas en silencio y cuando yo le haga una seña usted se detendrá al pie de la escalera, volverá a su habitación y yo no lo molestaré más hasta que pasen dos días.

Todo ocurrió como ella lo había previsto, aunque en un instante en que rodeamos la isla de cerca y ella miró las plantas parecía que iba a hablar.

Entonces, empezaron a repetirse unos días imprecisos de espera y de pereza, de aburrimiento a la luz de la luna y de variedad de sospechas con el marido de ella bajo las plantas. Yo sabía que tenía gran dificultad en comprender a los demás y trataba de pensar en la señora Margarita un poco como Alcides y otro poco como María; pero también sabía que iba a tener pereza de seguir desconfiando. Entonces me entregué a la manera de mi egoísmo; cuando estaba con ella esperaba, con buena voluntad y hasta con pereza cariñosa, que ella me dijera lo que se le antojara y entrara cómodamente en mi comprensión. O si no, podría ocurrir, que mientras yo vivía cerca de ella, con un descuido encantado, esa comprensión se formara despacio, en mí, y rodeara toda su persona. Y cuando estuviera en mi pieza entregado a mis lecturas, miraría también la llanura, sin acordarme de la señora Margarita. Y desde allí, sin ninguna malicia, robaría para mí la visión del lugar y me la llevaría conmigo al terminar el verano.

Pero ocurrieron otras cosas.

Una mañana el hombre del agua tenía un plano azul sobre la mesa. Sus ojos y sus dedos seguían las curvas que representaban los caños del agua incrustados sobre las paredes y debajo de los pisos como gusanos que las hubieran carcomido. Él no me había visto, a pesar de que sus pelos revueltos parecían desconfiados y apuntaban en todas direcciones. Por fin levantó los ojos. Tardó en cambiar la idea de que me miraba a mí en vez de lo que había en los planos y después empezó a explicarme cómo las máquinas, por medio de los caños, absorbían y vomitaban el agua de la casa para producir una tormenta artificial. Yo no había presenciado ninguna de las tormentas; solo había visto las sombras de algunas planchas de hierro que resultaron ser bocas que se abrían y cerraban alternativamente, unas tragando y otras echando agua. Me costaba comprender la combinación de algunas válvulas; y el hombre quiso explicarme todo de nuevo. Pero entró María:

—Ya sabes tú que no debes tener a la vista esos caños retorcidos. A ella le parecen intestinos... y puede llegarse hasta aquí, como el año pasado... —y dirigiéndose a mí—: Por favor, usted oiga, y cierre el pico. Sabrá que esta noche tendremos «velorio»... Sí, ella pone velas en unas budineras que deja flotando alrededor de la cama y se hace la ilusión de que es su propio «velorio». Y después hace andar el agua para que la corriente se lleve las budineras.

Al anochecer oí los pasos de María, el gong para hacer marchar el agua y el ruido de los motores. Pero ya estaba aburrido y no quería asombrarme de nada.

Otra noche en que yo había comido y bebido demasiado, el estar remando siempre detrás de ella me parecía un sueño disparatado; tenía que estar escondido detrás de la montaña, que al mismo tiempo se deslizaba con el silencio que suponía en los cuerpos celestes; y con todo me gustaba pensar que «la montaña» se movía porque yo la llevaba en el bote. Después ella quiso que nos quedáramos quietos y pegados a la isla. Ese día habían puesto unas plantas que se asomaban como sombrillas inclinadas y ahora no nos dejaban llegar la luz que la luna hacía pasar por entre los vidrios. Yo transpiraba por el calor, y las plantas se nos echaban encima. Quise meterme en el agua, pero como la señora Margarita se daría cuenta de que el bote perdía peso, dejé esa idea. La cabeza se me entretenía en pensar cosas por su cuenta: «El nombre de ella es como su cuerpo; las dos primeras sílabas se parecen a toda esa carga de gordura y las dos últimas a su cabeza y sus facciones pequeñas»... Parece mentira, la noche es tan inmensa, en el campo, y nosotros aquí, dos personas mayores, tan cerca y pensando quién sabe qué estupideces diferentes. Deben ser las dos de la madrugada... y estamos inútilmente despiertos, agobiados por estas ramas... Pero qué firme es la soledad de esta mujer...

Y de pronto, no sé en qué momento, salió de entre las ramas un rugido que me hizo temblar. Tardé en comprender que era la carraspera de ella y unas pocas palabras:

—No me haga ninguna pregunta...

Aquí se detuvo. Yo me ahogaba y me venían cerca de la boca palabras que parecían de un antiguo compañero de orquesta que tocaba el bandoneón: «¿Quién te hace ninguna pregunta?... Mejor me dejaras ir a dormir...».

Y ella terminó de decir:

—... hasta que yo le haya contado todo.

Por fin aparecían las palabras prometidas —ahora que yo no las esperaba—. El silencio nos apretaba debajo de las ramas pero no me animaba a llevar el bote más adelante. Tuve tiempo de pensar en la señora Margarita con palabras que oía dentro de mí y como ahogadas en una almohada: «Pobre —me decía a mí mismo—, debe tener necesidad de comunicarse con alguien. Y estando triste le será difícil manejar ese cuerpo...».

Después que ella empezó a hablar, me pareció que su voz también sonaba dentro de mí como si yo pronunciara sus palabras. Tal vez por eso ahora confundo lo que ella me dijo con lo que yo pensaba. Además me será difícil juntar todas sus palabras y no tendré más remedio que poner aquí muchas de las mías.

«Hace cuatro años, al salir de Suiza, el ruido del ferrocarril me era insoportable. Entonces me detuve en una pequeña ciudad de Italia...»

Parecía que iba a decir con quién, pero se detuvo. Pasó mucho rato y creí que esa noche no diría más nada. Su voz se había arrastrado con intermitencias y hacía pensar en la huella de un animal herido. En el silencio, que parecía llenarse de todas aquellas ramas enmarañadas, se me ocurrió repasar lo que acababa de oír. Después pensé que yo me había quedado, indebidamente, con la angustia de su voz en la memoria, para llevarla después a mi soledad y acariciarla. Pero en seguida, como si alguien me obligara a soltar esa idea, se deslizaron otras. Debe haber sido con él que estuvo antes en la pequeña ciudad de Italia. Y después de perderlo, en Suiza, es posible que haya salido de allí sin saber que todavía le quedaba un poco de esperanza (Alcides me había dicho que no encontraron los restos) y al alejarse de aquel lugar, el ruido del ferrocarril la debe haber enloquecido. Entonces, sin querer alejarse demasiado, decidió bajarse en la pequeña ciudad de Italia. Pero en ese otro lugar se ha encontrado, sin duda, con recuerdos que le produjeron desesperaciones nuevas. Ahora ella no podrá decirme todo esto, por pudor, o tal vez por creer que Alcides me ha contado todo. Pero él no me dijo que ella está así por la pérdida de su marido, sino simplemente: «Margarita fue trastornada toda su vida»; y María atribuía la rareza de su ama a «tanto libro». Tal vez ellos se hayan confundido porque la señora Margarita no les habló de su pena. Y yo mismo, si no hubiera sabido algo por Alcides, no habría comprendido nada de su historia, ya que la señora Margarita nunca me dijo ni una palabra de su marido.

Yo seguí con muchas ideas como estas, y cuando las palabras de ella volvieron, la señora Margarita aparecía instalada en una habitación del primer piso de un hotel, en la pequeña ciudad de Italia a la que había llegado por la noche. Al rato de estar acostada, se levantó porque oyó ruidos y fue hacia una ventana de un corredor que daba al patio. Allí había reflejos de luna y de otras luces. Y de pronto, como si se hubiera encontrado con una cara que la había estado acechando, vio una fuente de agua. Al principio no podía saber si el agua era una mirada falsa en la cara oscura de la fuente de piedra; pero después el agua le pareció inocente; y al ir a la cama la llevaba en los ojos y caminaba con cuidado para no agitarla. A la noche siguiente no hubo ruidos pero igual se levantó. Esta vez el agua era poca, sucia y al ir a la cama, como en la noche anterior, le volvió a parecer que el agua la observaba; ahora era por entre hojas que no alcanzaban a nadar. La señora Margarita la siguió mirando, dentro de sus propios ojos y las miradas de las dos se habían detenido en una misma contemplación. Tal vez por eso, cuando la señora Margarita estaba por dormirse, tuvo un presentimiento que no sabía si le venía de su alma o del fondo del agua. Pero sintió que alguien quería comunicarse con ella, que había dejado un aviso en el agua y por eso el agua insistía en mirar y en que la miraran. Entonces la señora Margarita bajó de la cama y anduvo vagando, descalza y asombrada, por su pieza y el corredor; pero ahora, la luz y todo era distinto, como si alguien hubiera mandado cubrir el espacio donde ella caminaba con otro aire y otro sentido de las cosas. Esta vez ella no se animó a mirar el agua; y al volver a su cama sintió caer en su camisón, lágrimas verdaderas y esperadas desde hacía mucho tiempo.

A la mañana siguiente, al ver el agua distraída, entre mujeres que hablaban en voz alta, tuvo miedo de haber sido engañada por el silencio de la noche y pensó que el agua no le daría ningún aviso ni la comunicaría con nadie. Pero escuchó con atención lo que decían las mujeres y se dio cuenta de que ellas empleaban sus voces en palabras tontas, que el agua no tenía la culpa de que se las echaran encima como si fueran papeles sucios y que no se dejarían engañar por la luz del día. Sin embargo, salió a caminar, vio un pobre viejo con una regadera en la mano y cuando él la inclinó apareció una vaporosa pollera de agua, haciendo murmullos como si fuera movida por pasos. Entonces, conmovida, pensó: «No, no debo abandonar el agua; por algo ella insiste como una niña que no puede explicarse». Esa noche no fue a la fuente porque tenía un gran dolor de cabeza y decidió tomar una pastilla para aliviarse. Y en el momento de ver el agua entre el vidrio del vaso y la poca luz de la penumbra, se imaginó que la misma agua se había ingeniado para acercarse y poner un secreto en los labios que iban a beber. Entonces la señora Margarita se dijo: «No, esto es muy serio; alguien prefiere la noche para traer el agua a mi alma».

Al amanecer fue a ver a solas el agua de la fuente para observar minuciosamente lo que había entre el agua y ella. Apenas puso sus ojos sobre el agua se dio cuenta que por su mirada descendía un pensamiento. (Aquí la señora Margarita dijo estas mismas palabras: «un pensamiento que ahora no importa nombrar», y, después de una larga carraspera, «un pensamiento confuso y como deshecho de tanto estrujarlo. Se empezó a hundir, lentamente y lo dejé reposar. De él nacieron reflexiones que mis miradas extrajeron del agua y me llenaron los ojos y el alma. Entonces supe, por primera vez, que hay que cultivar los recuerdos en el agua, que el agua elabora lo que en ella se refleja y que recibe el pensamiento. En caso de desesperación no hay que entregar el cuerpo al agua; hay que entregar a ella el pensamiento; ella lo penetra y él nos cambia el sentido de la vida». Fueron estas, aproximadamente, sus palabras.)

Después se vistió, salió a caminar, vio de lejos un arroyo, y en el primer momento no se acordó que por los arroyos corría agua —algo del mundo con quien solo ella podía comunicarse—. Al llegar a la orilla, dejó su mirada en la corriente, y en seguida tuvo la idea, sin embargo, de que esta agua no se dirigía a ella; y que además esta podía llevarle los recuerdos para un lugar lejano, gastárselos. Sus ojos la obligaron a atender a una hoja recién caída de un árbol; anduvo un instante en la superficie y en el momento de hundirse la señora Margarita oyó pasos sordos, como palpitaciones. Tuvo una angustia de presentimientos imprecisos y la cabeza se le oscureció. Los pasos eran de un caballo que se acercó con una confianza un poco aburrida y hundió los belfos en la corriente; sus dientes parecían agrandados a través de un vidrio que se moviera, y cuando levantó la cabeza el agua chorreaba por los pelos de sus belfos sin perder ninguna dignidad. Entonces pensó en los caballos que bebían el agua del país de ella, y en lo distinta que sería el agua allá.

Esa noche, en el comedor del hotel, la señora Margarita se fijaba a cada momento en una de las mujeres que había hablado a gritos cerca de la fuente. Mientras el marido la miraba, embobado, la mujer tenía una sonrisa irónica, y cuando se fue a llevar una copa a los labios, la señora pensó: «En qué bocas anda el agua». En seguida se sintió mal, fue a su pieza y tuvo una crisis de lágrimas. Después se durmió pesadamente y a las dos de la madrugada se despertó agitada y con el recuerdo del arroyo llenándole el alma. Entonces tuvo ideas en favor del arroyo: «Esa agua corre como una esperanza desinteresada y nadie puede con ella. Si el agua que corre es poca, cualquier pozo puede prepararle una trampa y encerrarla: entonces ella se entristece, se llena de un silencio sucio, y ese pozo es como la cabeza de un loco. Yo debo tener esperanzas como de paso, vertiginosas, si es posible, y no pensar demasiado en que se cumplan; ese debe ser, también, el sentido del agua, su inclinación instintiva. Yo debo estar con mis pensamientos y mis recuerdos como en un agua que corre con gran caudal...». Esta marea de pensamientos creció rápidamente y la señora Margarita se levantó de la cama, preparó las valijas y empezó a pasearse por su cuarto y el corredor sin querer mirar el agua de la fuente. Entonces pensaba: «El agua es igual en todas partes y yo debo cultivar mis recuerdos en cualquier agua del mundo». Pasó un tiempo angustioso antes de estar instalada en el ferrocarril. Pero después el ruido de las ruedas la deprimió y sintió pena por el agua que había dejado en la fuente del hotel; recordó la noche en que estaba sucia y llena de hojas, como una niña pobre, pidiéndole una limosna y ofreciéndole algo; pero si no había cumplido la promesa de una esperanza o un aviso, era por alguna picardía natural de la inocencia. Después la señora Margarita se puso una toalla en la cara, lloró y le hizo bien. Pero no podía abandonar sus pensamientos del agua quieta: «Yo debo preferir —seguía pensando— el agua que esté detenida en la noche para que el silencio se eche lentamente sobre ella y todo se llene de sueño y de plantas enmarañadas. Eso es más parecido al agua que llevo en mí; si cierro los ojos siento como si las manos de una ciega tantearan la superficie de su propia agua y recordara borrosamente, un agua entre plantas que vio en la niñez, cuando aún le quedaba un poco de vista».

Aquí se detuvo un rato, hasta que yo tuve conciencia de haber vuelto a la noche en que estábamos bajo las ramas; pero no sabía bien si estos últimos pensamientos, la señora Margarita, los había tenido en el ferrocarril, o se le habían ocurrido ahora, bajo estas ramas. Después me hizo señas para que fuera al pie de la escalera.

Esa noche no encendí la luz de mi cuarto, y al tantear los muebles tuve el recuerdo de otra noche en que me había emborrachado ligeramente con una bebida que tomaba por primera vez. Ahora tardé en desvestirme. Después me encontré con los ojos fijos en el tul del mosquitero y me vinieron de nuevo las palabras que se habían desprendido del cuerpo de la señora Margarita.

En el mismo instante del relato no solo me di cuenta que ella pertenecía al marido, sino que yo había pensado demasiado en ella; y a veces, de una manera culpable. Entonces, parecía que fuera yo el que escondía los pensamientos entre las plantas. Pero desde el momento en que la señora Margarita empezó a hablar sentí una angustia como si su cuerpo se hundiera en un agua que me arrastrara a mí también; mis pensamientos culpables aparecieron de una manera fugaz y con la idea de que no había tiempo ni valía la pena pensar en ellos; y a medida que el relato avanzaba el agua se iba presentando como el espíritu de una religión que nos sorprendiera en formas diferentes, y los pecados, en esa agua, tenían otro sentido y no importaba tanto su significado. El sentimiento de una religión del agua era cada vez más fuerte. Aunque la señora Margarita y yo éramos los únicos felices de carne y hueso, los recuerdos de agua que yo recibía en mi propia vida, en las intermitencias del relato, también me parecían fieles de esa religión; llegaban con lentitud, como si hubieran emprendido el viaje desde hacía mucho tiempo y apenas cometido un gran pecado.

De pronto me di cuenta que de mi propia alma me nacía otra nueva y que yo seguiría a la señora Margarita no solo en el agua, sino también en la idea de su marido. Y cuando ella terminó de hablar y yo subía la escalera de cemento armado, pensé que en los días que caía agua del cielo había reuniones de fieles.

Pero, después de acostado bajo aquel tul, empecé a rodear de otra manera el relato de la señora Margarita; fui cayendo con una sorpresa lenta, en mi alma de antes, y pensando que yo también tenía mi angustia propia; que aquel tul en que yo había dejado prendidos los ojos abiertos, estaba colgado encima de un pantano y que de allí se levantaban otros fieles, los míos propios, y me reclamaban otras cosas. Ahora recordaba mis pensamientos culpables con bastantes detalles y cargados con un sentido que yo conocía bien. Habían empezado en una de las primeras tardes, cuando sospechaba que la señora Margarita me atraería como una gran ola; no me dejaría hacer pie y mi pereza me quitaría fuerzas para defenderme. Entonces tuve una reacción y quise irme de aquella casa; pero eso fue como si al despertar hiciera un movimiento con la intención de levantarme y sin darme cuenta me acomodara para seguir durmiendo. Otra tarde quise imaginarme —ya lo había hecho con otras mujeres— cómo sería yo casado con esta. Y por fin había decidido, cobardemente, que si su soledad me inspirara lástima y yo me casara con ella, mis amigos dirían que lo había hecho por dinero; y mis antiguas novias se reirían de mí al descubrirme caminando por veredas estrechas detrás de una mujer gruesísima que resultaba ser mi mujer. (Ya había tenido que andar detrás de ella, por la vereda angosta que rodeaba el lago, en las noches que ella quería caminar.)

Ahora a mí no me importaba lo que dijeran los amigos ni las burlas de las novias de antes. Esta señora Margarita me atraía con una fuerza que parecía ejercer a gran distancia, como si yo fuera un satélite, y al mismo tiempo que se me aparecía lejana y ajena, estaba llena de una sublimidad extraña. Pero mis fieles me reclamaban a la primera señora Margarita, aquella desconocida más sencilla, sin marido, y en la que mi imaginación podía intervenir más libremente. Y debo haber pensado muchas cosas más antes que el sueño me hiciera desaparecer el tul.

A la mañana siguiente, la señora Margarita me dijo, por teléfono: «Le ruego que vaya a Buenos Aires por unos días; haré limpiar la casa y no quiero que usted me vea sin el agua». Después me indicó el hotel donde debía ir. Allí recibiría el aviso para volver.

La invitación a salir de su casa hizo disparar en mí un resorte celoso y en el momento de irme me di cuenta de que a pesar de mi excitación llevaba conmigo un envoltorio pesado de tristeza y que apenas me tranquilizara tendría la necesidad estúpida de desenvolverlo y revisarlo cuidadosamente. Eso ocurrió al poco rato, y cuando tomé el ferrocarril tenía tan pocas esperanzas de que la señora Margarita me quisiera, como serían las de ella cuando tomó aquel ferrocarril sin saber si su marido aún vivía. Ahora eran otros tiempos y otros ferrocarriles; pero mi deseo de tener algo común con ella me hacía pensar: «Los dos hemos tenido angustias entre ruidos de ruedas de ferrocarriles». Pero esta coincidencia era tan pobre como la de haber acertado solo una cifra de las que tuviera un billete premiado. Yo no tenía la virtud de la señora Margarita de encontrar un agua milagrosa, ni buscaría consuelo en ninguna religión. La noche anterior había traicionado a mis propios fieles, porque aunque ellos querían llevarme con la primera señora Margarita, yo tenía, también, en el fondo de mi pantano, otros fieles que miraban fijamente a esta señora como bichos encantados por la luna. Mi tristeza era perezosa, pero vivía en mi imaginación con orgullo de poeta incomprendido. Yo era un lugar provisorio donde se encontraban todos mis antepasados un momento antes de llegar a mis hijos; pero mis abuelos aunque eran distintos y con grandes enemistades, no querían pelear mientras pasaban por mi vida: preferían el descanso, entregarse a la pereza y desencontrarse como sonámbulos caminando por sueños diferentes. Yo trataba de no provocarlos, pero si eso llegaba a ocurrir preferiría que la lucha fuera corta y se exterminaran de un golpe.

En Buenos Aires me costaba hallar rincones tranquilos donde Alcides no me encontrara. (A él le gustaría que le contara cosas de la señora Margarita para ampliar su mala manera de pensar en ella.) Además yo ya estaba bastante confundido con mis dos señoras Margaritas y vacilaba entre ellas como si no supiera a cuál, de dos hermanas, debía preferir o traicionar; ni tampoco las podía fundir, para amarlas al mismo tiempo. A menudo me fastidiaba que la última señora Margarita me obligara a pensar en ella de una manera tan pura, y tuve la idea de que debía seguirla en todas sus locuras para que ella me confundiera entre los recuerdos del marido, y yo, después, pudiera sustituirlo.

Recibí la orden de volver en un día de viento y me lancé a viajar con una precipitación salvaje. Pero ese día, el viento parecía traer oculta la misión de soplar contra el tiempo y nadie se daba cuenta de que los seres humanos, los ferrocarriles y todo se movía con una lentitud angustiosa. Soporté el viaje con una paciencia inmensa y al llegar a la casa inundada fue María la que vino a recibirme al embarcadero. No me dejó remar y me dijo que el mismo día que yo me fui, antes de retirarse el agua, ocurrieron dos accidentes. Primero llegó Filomena, la mujer del botero, a pedir que la señora Margarita la volviera a tomar. No la habían despedido solo por haber dejado nadar aquel pan, sino porque la encontraron seduciendo a Alcides una vez que él estuvo allí en los primeros días. La señora Margarita, sin decir una palabra, la empujó, y Filomena cayó al agua; cuando se iba, llorando y chorreando agua el marido la acompañó y no volvieron más. Un poco más tarde, cuando la señora Margarita acercó, tirando de un cordón, el tocador de su cama (allí los muebles flotaban sobre gomas infladas, como las que los niños llevan a las playas), volcó una botella de aguardiente sobre un calentador que usaba para unos afeites y se incendió el tocador. Ella pidió agua por teléfono, «como si allí no hubiera bastante o no fuera la misma que hay en toda la casa», decía María.

La mañana que siguió a mi vuelta era radiante y habían puesto plantas nuevas; pero sentí celos de pensar que allí había algo diferente a lo de antes: la señora Margarita y yo no encontraríamos las palabras y los pensamientos como los habíamos dejado, debajo de las ramas.

Ella volvió a su historia después de algunos días. Esa noche, como ya había ocurrido otras veces, pusieron una pasarela para cruzar el agua del zaguán. Cuando llegué al pie de la escalera la señora Margarita me hizo señas para que me detuviera; y después para que caminara detrás de ella. Dimos una vuelta por toda la vereda estrecha que rodeaba al lago y ella empezó a decirme que al salir de aquella ciudad de Italia pensó que el agua era igual en todas partes del mundo. Pero no fue así, y muchas veces tuvo que cerrar los ojos y ponerse los dedos en los oídos para encontrarse con su propia agua. Después de haberse detenido en España, donde un arquitecto le vendió los planos para una casa inundada —ella no me dio detalles— tomó un barco demasiado lleno de gente y al dejar de ver tierra se dio cuenta que el agua del océano no le pertenecía, que en ese abismo se ocultaban demasiados seres desconocidos. Después me dijo que algunas personas, en el barco, hablaban de naufragio y cuando miraban la inmensidad del agua, parecía que escondían miedo; pero no tenían escrúpulo en sacar un poquito de aquella agua inmensa, de echarla en una bañera, y de entregarse a ella con el cuerpo desnudo. También les gustaba ir al fondo del barco y ver las calderas, con el agua encerrada y enfurecida por la tortura del fuego. En los días que el mar estaba agitado la señora Margarita se acostaba en su camarote y hacía andar sus ojos por hileras de letras, en diarios y revistas, como si siguieran caminos de hormigas. O miraba un poco el agua que se movía entre un botellón de cuello angosto. Aquí detuvo el relato y yo me di cuenta que ella se balanceaba como un barco. A menudo nuestros pasos no coincidían, echábamos el cuerpo para lados diferentes y a mí me costaba atrapar sus palabras, que parecían llevadas por ráfagas desencontradas. También detuvo sus pasos antes de subir a la pasarela, como si en ese momento tuviera miedo de pasar por ella; entonces me pidió que fuera a buscar el bote. Anduvimos mucho rato antes que apareciera el suspiro ronco y nuevas palabras. Por fin me dijo que en el barco había tenido un instante para su alma. Fue cuando estaba apoyada en una baranda, mirando la calma del mar, como a una inmensa piel que apenas dejara entrever movimientos de músculos. La señora Margarita imaginaba locuras como las que vienen en los sueños: suponía que ella podía caminar por la superficie del agua; pero tenía miedo que surgiera una marsopa que la hiciera tropezar; y entonces, esta vez, se hundiría, realmente. De pronto tuvo conciencia que desde hacía algunos instantes caía, sobre el agua del mar, agua dulce del cielo, muchas gotas llegaban hasta la madera de cubierta y se precipitaban tan seguidas y amontonadas como si asaltaran el barco. En seguida toda la cubierta era, sencillamente, un piso mojado. La señora Margarita volvió a mirar el mar, que recibía y se tragaba la lluvia con la naturalidad con que un animal se traga a otro. Ella tuvo un sentimiento confuso de lo que pasaba y de pronto su cuerpo se empezó a agitar por una risa que tardó en llegarle a la cara, como un temblor de tierra provocado por una causa desconocida. Parecía que buscara pensamientos que justificaran su risa y por fin se dijo: «Esta agua parece una niña equivocada». Después sintió ternura en lo dulce que sería para el mar recibir la lluvia; pero al irse para su camarote, moviendo su cuerpo inmenso, recordó la visión del agua tragándose la otra y tuvo la idea de que la niña iba hacia su muerte. Entonces la ternura se le llenó de una tristeza pesada, se acostó en seguida y cayó en el sueño de la siesta. Aquí la señora Margarita terminó el relato de esa noche y me ordenó que fuera a mi pieza.

Al día siguiente recibí su voz por teléfono y tuve la impresión de que me comunicaba con una conciencia de otro mundo. Me dijo que me invitaba para el atardecer a una sesión de homenaje al agua. Al atardecer yo oí el ruido de las budineras, con las corridas de María, y confirmé mis temores: tendría que acompañarla en su «velorio». Ella me esperó al pie de la escalera cuando ya era casi de noche. Al entrar, de espaldas a la primera habitación, me di cuenta de que había estado oyendo un ruido de agua y ahora era más intenso. En esa habitación vi un trinchante. (Las ondas del bote lo hicieron mover sobre sus gomas infladas, y sonaron un poco las copas y las cadenas con que estaba sujeto a la pared.) Al otro lado de la habitación había una especie de balsa, redonda, con una mesa en el centro y sillas recostadas a una baranda: parecían un conciliábulo de mudos moviéndose apenas por el paso del bote. Sin querer mis remos tropezaron con los marcos de las puertas que daban entrada al dormitorio. En ese instante comprendí que allí caía agua sobre agua. Alrededor de toda la pared —menos en el lugar en que estaban los muebles, el gran ropero, la cama y el tocador— había colgadas innumerables regaderas de todas formas y colores; recibían el agua de un gran recipiente de vidrio parecido a una pipa turca, suspendido del techo como una lámpara; y de él salían, curvados como guirnaldas, los delgados tubos de goma que alimentaban las regaderas. Entre aquel ruido de gruta, atracamos junto a la cama; sus largas patas de vidrio la hacían sobresalir bastante del agua. La señora Margarita se quitó los zapatos y me dijo que yo hiciera lo mismo; subió a la cama, que era muy grande, y se dirigió a la pared de la cabecera, donde había un cuadro enorme con un chivo blanco de barba parado sobre sus patas traseras. Tomó el marco, abrió el cuadro como si fuera una puerta y apareció un cuarto de baño. Para entrar dio un paso sobre las almohadas, que le servían de escalón, y a los pocos instantes volvió trayendo dos budineras redondas con velas pegadas en el fondo. Me dijo que las fuera poniendo en el agua. Al subir, yo me caí en la cama; me levanté en seguida pero alcancé a sentir el perfume que había en las cobijas. Fui poniendo las budineras que ella me alcanzaba al costado de la cama, y de pronto ella me dijo: «Por favor, no las ponga así que parece un velorio». (Entonces me di cuenta del error de María.) Eran veintiocho. La señora se hincó en la cama y tomando el tubo del teléfono, que estaba en una de las mesas de luz, dio orden de que cortaran el agua de las regaderas. Se hizo un silencio sepulcral y nosotros empezamos a encender las velas echados de bruces a los pies de la cama y yo tenía cuidado de no molestar a la señora. Cuando estábamos por terminar, a ella se le cayó la caja de los fósforos en una budinera, entonces me dejó a mí solo y se levantó para ir a tocar el gong, que estaba en la otra mesa de luz. Allí había también una portátil y era lo único que alumbraba la habitación. Antes de tocar el gong se detuvo, dejó el palillo al lado de la portátil y fue a cerrar la puerta que era el cuadro del chivo. Después se sentó en la cabecera de la cama, empezó a arreglar las almohadas y me hizo señas para que yo tocara el gong. A mí me costó hacerlo: tuve que andar en cuatro pies por la orilla de la cama para no rozar sus piernas, que ocupaban tanto espacio. No sé por qué tenía miedo de caerme al agua —la profundidad era solo de cuarenta centímetros—. Después de hacer sonar el gong una vez, ella me indicó que bastaba. Al retirarme —andando hacia atrás porque no había espacio para dar vuelta—, vi la cabeza de la señora recostada a los pies del chivo, y la mirada fija, esperando. Las budineras, también inmóviles, parecían pequeñas barcas recostadas en un puerto antes de la tormenta. A los pocos momentos de marchar los motores el agua empezó a agitarse; entonces la señora Margarita, con gran esfuerzo salió de la posición en que estaba y vino de nuevo a arrojarse de bruces a los pies de la cama. La corriente llegó hasta nosotros, hizo chocar las budineras, unas contra otras, y después de llegar a la pared del fondo volvió con violencia a llevarse las budineras, a toda velocidad. Se volcó una y en seguida otras; las velas al apagarse echaban un poco de humo. Yo miré a la señora Margarita, pero ella, previendo mi curiosidad, se había puesto una mano al costado de los ojos. Rápidamente, las budineras se hundían en seguida, daban vueltas a toda velocidad por la puerta del zaguán en dirección al patio. A medida que se apagaban las velas había menos reflejos y el espectáculo se empobrecía. Cuando todo parecía haber terminado, la señora Margarita, apoyada en el brazo que tenía la mano en los ojos, soltó con la otra mano una budinera que había quedado trabada a un lado de la cama y se dispuso a mirarla; pero esa budinera también se hundió en seguida. Después de unos segundos, ella lentamente, se afirmó en las manos para hincarse o para sentarse sobre sus talones y con la cabeza inclinada hacia abajo y la barbilla perdida entre la gordura de la garganta, miraba el agua como una niña que hubiera perdido una muñeca. Los motores seguían andando y la señora Margarita parecía, cada vez más abrumada de desilusión. Yo, sin que ella me dijera nada, atraje el bote por la cuerda que estaba atada a una pata de la cama. Apenas estuve dentro del bote y solté la cuerda, la corriente me llevó con una rapidez que yo no había previsto. Al dar vuelta en la puerta del zaguán miré hacia atrás y vi a la señora Margarita con los ojos clavados en mí como si yo hubiera sido una budinera más que le diera la esperanza de revelarle algún secreto. En el patio, la corriente me hacía girar alrededor de la isla. Yo me senté en el sillón del bote y no me importaba dónde me llevara el agua. Recordaba las vueltas que había dado antes, cuando la señora Margarita me había parecido otra persona, y a pesar de la velocidad de la corriente sentía pensamientos lentos y me vino una síntesis triste de mi vida. Yo estaba destinado a encontrarme solo con una parte de las personas, y además por poco tiempo y como si yo fuera un viajero distraído que tampoco supiera dónde iba. Esta vez ni siquiera comprendía por qué la señora Margarita me había llamado y contaba su historia sin dejarme hablar ni una palabra; por ahora yo estaba seguro que nunca me encontraría plenamente con esta señora. Y seguí en aquellas vueltas y en aquellos pensamientos hasta que apagaron los motores y vino María a pedirme el bote para pescar las budineras, que también daban vuelta alrededor de la isla. Yo le expliqué que la señora Margarita no hacía ningún velorio y que únicamente le gustaba ver naufragar las budineras con la llama y no sabía qué más decirle.

Esa misma noche, un poco tarde, la señora Margarita me volvió a llamar. Al principio estaba nerviosa, y sin hacer la carraspera tomó la historia en el momento en que había comprado la casa y la había preparado para inundarla. Tal vez había sido cruel con la fuente, desbordándole el agua y llenándola con esa tierra oscura. Al principio, cuando pusieron las primeras plantas, la fuente parecía soñar con el agua que había tenido antes; pero de pronto las plantas aparecían demasiado amontonadas, como presagios confusos; entonces la señora Margarita las mandaba cambiar. Ella quería que el agua se confundiera con el silencio de sueños tranquilos, o de conversaciones bajas de familias felices (por eso le había dicho a María que estaba sorda y que solo debía hablarle por teléfono). También quería andar sobre el agua con la lentitud de una nube y llevar en las manos libros, como aves inofensivas. Pero lo que más quería, era comprender el agua. Es posible, me decía, que ella no quiera otra cosa que correr y dejar sugerencias a su paso; yo me moriré con la idea de que el agua lleva adentro de sí algo que ha recogido en otro lado y no sé de qué manera me entregará pensamientos que no son los míos y que son para mí. De cualquier manera yo soy feliz con ella, trato de comprenderla y nadie me podrá prohibir que conserve mis recuerdos en el agua.

Esa noche, contra su costumbre, me dio la mano al despedirse. Al día siguiente, cuando fui a la cocina, el hombre del agua me dio una carta. Por decirle algo le pregunté por sus máquinas. Entonces me dijo:

—¿Vio qué pronto instalamos las regaderas?

—Sí, y... ¿andan bien? —yo disimulaba el deseo de ir a leer la carta.

—Cómo no... Estando bien las máquinas, no hay ningún inconveniente. A la noche muevo una palanca, empieza el agua de las regaderas y la señora se duerme con el murmullo. Al otro día, a las cinco, muevo otra vez la misma palanca, las regaderas se detienen, y el silencio despierta a la señora; a los pocos minutos corro la palanca que agita el agua y la señora se levanta.

Aquí lo saludé y me fui. La carta decía:

«Querido amigo: el día que lo vi por primera vez en la escalera, usted traía los párpados bajos y aparentemente estaba muy preocupado con los escalones. Todo eso parecía timidez; pero era atrevido en sus pasos, en la manera de mostrar la suela de sus zapatos. Le tomé simpatía y por eso quise que me acompañara todo este tiempo. De lo contrario, le hubiera contado mi historia en seguida y usted tendría que haberse ido a Buenos Aires al día siguiente. Eso es lo que hará mañana.

»Gracias por su compañía; y con respecto a sus economías nos entenderemos por medio de Alcides. Adiós y que sea feliz; creo que buena falta le hace. Margarita.

»P. D. Si por casualidad a usted se le ocurriera escribir todo lo que le he contado, cuente con mi permiso. Solo le pido que al final ponga estas palabras: "Esta es la historia que Margarita le dedica a José. Esté vivo o esté muerto".»

EL COCODRILO[*]

(1962)

---

[*]   Cuento publicado originalmente en *Marcha*, n.º 510, 30/12/1949.

En una noche de otoño hacía calor húmedo y yo fui a una ciudad que me era casi desconocida; la poca luz de las calles estaba atenuada por la humedad y por algunas hojas de los árboles. Entré a un café que estaba cerca de una iglesia, me senté a una mesa del fondo y pensé en mi vida. Yo sabía aislar las horas de felicidad y encerrarme en ellas; primero robaba con los ojos cualquier cosa descuidada de la calle o del interior de las casas y después la llevaba a mi soledad. Gozaba tanto al repasarla que si la gente lo hubiera sabido me hubiera odiado. Tal vez no me quedara mucho tiempo de felicidad. Antes yo había cruzado por aquellas ciudades dando conciertos de piano; las horas de dicha habían sido escasas, pues vivía en la angustia de reunir gentes que quisieran aprobar la realización de un concierto; tenía que coordinarlos, influirlos mutuamente y tratar de encontrar algún hombre que fuera activo. Casi siempre eso era como luchar con borrachos lentos y distraídos: cuando lograba traer uno el otro se me iba. Además yo tenía que estudiar y escribirme artículos en los diarios.

Desde hacía algún tiempo ya no tenía esa preocupación: alcancé a entrar en una gran casa de medias para mujer. Había pensado que las medias eran más necesarias que los conciertos y que sería más fácil colocarlas. Un amigo mío le dijo al gerente que yo tenía muchas relaciones femeninas, porque era concertista de piano y había recorrido muchas ciudades: entonces, podría aprovechar la influencia de los conciertos para colocar medias.

El gerente había torcido el gesto; pero aceptó, no solo por la influencia de mi amigo, sino porque yo había sacado el segundo premio en las leyendas de propaganda para esas medias. Su marca era «Ilusión». Y mi frase había sido: «¿Quién no acaricia, hoy, una media *Ilusión*?». Pero vender medias también me resultaba muy difícil y esperaba que de un momento a otro me llamaran de la casa central y me suprimieran el viático. Al principio yo había hecho un gran esfuerzo. (La venta de medias no tenía nada que ver con mis conciertos: y yo tenía que entendérmelas nada más que con los comerciantes.) Cuando encontraba antiguos conocidos les decía que la representación de una gran casa comercial me permitía viajar con independencia y no obligar a mis amigos a patrocinar mis conciertos. En esta misma ciudad me habían puesto pretextos poco comunes: el presidente del Club estaba de mal humor porque yo lo había hecho levantar de la mesa de juego y me dijo que habiendo muerto una persona que tenía muchos parientes, media ciudad estaba enlutada. Ahora yo les decía: estaré unos días para ver si surge naturalmente el deseo de un concierto; pero les producía mala impresión el hecho de que un concertista vendiera medias. Y en cuanto a colocar medias, todas las mañanas yo me animaba y todas las noches me desanimaba: era como vestirse y desnudarse. Me costaba renovar a cada instante cierta fuerza grosera necesaria para insistir ante comerciantes siempre apurados. Pero ahora me había resignado a esperar que me echaran y trataba de disfrutar mientras me duraba el viático.

De pronto me di cuenta que había entrado al café un ciego con un arpa; yo le había visto por la tarde. Decidí irme antes de perder la voluntad de disfrutar de la vida; pero al pasar cerca de él volví a verlo con un sombrero de alas mal dobladas y dando vuelta los ojos hacia el cielo mientras hacía el esfuerzo de tocar; algunas cuerdas del arpa estaban añadidas y la madera clara del instrumento y todo el hombre estaban cubiertos de una mugre que yo nunca había visto. Pensé en mí y sentí depresión.

Cuando encendí la luz en la pieza de mi hotel, vi mi cama de aquellos días. Estaba abierta y sus varillas niqueladas me hacían pensar en una loca joven que se entregaba a cualquiera. Después de acostado apagué la luz pero no podía dormir. Volví a encenderla y la bombita se asomó debajo de la pantalla como el globo de un ojo bajo un párpado oscuro. La apagué en seguida y quise pensar en el negocio de las medias pero seguí viendo por un momento, en la oscuridad, la pantalla de luz. Se había convertido a un color claro; después, su forma como si fuera el alma en pena de la pantalla, empezó a irse hacia un lado y a fundirse en lo oscuro. Todo eso ocurrió en el tiempo que tardaría un secante en absorber la tinta derramada.

Al otro día de mañana, después de vestirme y animarme fui a ver si el ferrocarril de la noche me había traído malas noticias. No tuve carta ni telegrama. Decidí recorrer los negocios de una de las calles principales. En la punta de esa calle había una tienda.

Al entrar me encontré en una habitación llena de trapos y chucherías hasta el techo. Solo había un maniquí desnudo, de tela roja, que en vez de cabeza tenía una perilla negra. Golpeé las manos y en seguida todos los trapos se tragaron el ruido. Detrás del maniquí apareció una niña como de diez años que me dijo con mal modo:

—¿Qué quiere?

—¿Está el dueño?

—No hay dueño. La que manda es mi mamá.

—¿Ella no está?

—Fue a lo de doña Vicenta y viene en seguida.

Apareció un niño como de tres años. Se agarró de la pollera de la hermana y se quedaron un rato en fila, el maniquí, la niña y el niño. Yo dije:

—Voy a esperar.

La niña no contestó nada. Me senté en un cajón y empecé a jugar con el hermanito. Recordé que tenía un chocolatín de los que había comprado en el cine y lo saqué del bolsillo. Rápidamente se acercó el chiquilín y me lo quitó. Entonces yo me puse las manos en la cara y fingí llorar con sollozos. Tenía tapados los ojos y en la oscuridad que había en el hueco de mis manos abrí pequeñas rendijas y empecé a mirar al niño. Él me observaba inmóvil y yo cada vez lloraba más fuerte. Por fin él se decidió a ponerme el chocolatín en la rodilla. Entonces yo me reí y se lo di. Pero al mismo tiempo me di cuenta que yo tenía la cara mojada.

Salí de allí antes que viniera la dueña. Al pasar por una joyería me miré en un espejo y tenía los ojos secos. Después de almorzar estuve en el café; pero vi al ciego del arpa revolear los ojos hacia arriba y salí en seguida. Entonces fui a una plaza solitaria de un lugar despoblado y me senté en un banco que tenía enfrente un muro de enredaderas. Allí pensé en las lágrimas de la mañana. Estaba intrigado por el hecho de que me hubieran salido; y quise estar solo como si me escondiera para hacer andar un juguete que sin querer había hecho funcionar, hacía pocas horas. Tenía un poco de vergüenza, ante mí mismo, de ponerme a llorar sin tener pretexto, aunque fuera en broma, como lo había tenido en la mañana. Arrugué la nariz y los ojos, con un poco de timidez para ver si me salían las lágrimas; pero después pensé que no debería buscar el llanto como quien escurre un trapo; tendría que entregarme al hecho con más sinceridad; entonces me puse las manos en la cara. Aquella actitud tuvo algo de serio; me conmoví inesperadamente; sentí como cierta lástima de mí mismo y las lágrimas empezaron a salir.

Hacía rato que yo estaba llorando cuando vi que de arriba del muro venían bajando dos piernas de mujer con medias «Ilusión» semibrillantes. Y en seguida noté una pollera verde que se confundía con la enredadera. Yo no había oído colocar la escalera. La mujer estaba en el último escalón y yo me sequé rápidamente las lágrimas; pero volví a poner la cabeza baja y como si estuviese pensativo. La mujer se acercó lentamente y se sentó a mi lado. Ella había bajado dándome la espalda y yo no sabía cómo era su cara. Por fin me dijo:

—¿Qué le pasa? Yo soy una persona en la que usted puede confiar...

Transcurrieron unos instantes. Yo fruncí el entrecejo como para esconderme y seguir esperando. Nunca había hecho ese gesto y me temblaban las cejas. Después hice un movimiento con la mano como para empezar a hablar y todavía no se me había ocurrido qué podría decirle. Ella tomó de nuevo la palabra:

—Hable, hable nomás. Yo he tenido hijos y sé lo que son penas.

Yo ya me había imaginado una cara para aquella mujer y aquella pollera verde. Pero cuando dijo lo de los hijos y las penas me imaginé otra. Al mismo tiempo dije:

—Es necesario que piense un poco.

Ella contestó:

—En estos asuntos, cuanto más se piensa es peor.

De pronto sentí caer, cerca de mí, un trapo mojado. Pero resultó ser una gran hoja de plátano cargada de humedad. Al poco rato ella volvió a preguntar:

—Dígame la verdad, ¿cómo es ella?

Al principio a mí me hizo gracia. Después me vino a la memoria una novia que yo había tenido. Cuando yo no la quería acompañar a caminar por la orilla de un arroyo —donde ella se había paseado con el padre cuando él vivía— esa novia mía lloraba silenciosamente. Entonces, aunque yo estaba aburrido de ir siempre por el mismo lado, condescendía. Y pensando en esto se me ocurrió decir a la mujer que ahora tenía al lado:

—Ella era una mujer que lloraba a menudo.

Esta mujer puso sus manos grandes y un poco coloradas encima de la pollera verde y se rio mientras me decía:

—Ustedes siempre creen en las lágrimas de las mujeres.

Yo pensé en las mías; me sentí un poco desconcertado, me levanté del banco y le dije:

—Creo que usted está equivocada. Pero igual le agradezco el consuelo.

Y me fui sin mirarla.

Al otro día cuando ya estaba bastante adelantada la mañana, entré a una de las tiendas más importantes. El dueño extendió mis medias en el mostrador y las estuvo acariciando con sus dedos cuadrados un buen rato. Parecía que no oía mis palabras. Tenía las patillas canosas como si se hubiera dejado en ellas el jabón de afeitar. En esos instantes entraron varias mujeres; y él, antes de irse, me hizo señas de que no me compraría, con uno de aquellos dedos que habían acariciado las medias. Yo me quedé quieto y pensé en insistir; tal vez pudiera entrar en conversación con él, más tarde, cuando no hubiera gente; entonces le hablaría de un yuyo que disuelto en agua le teñiría las patillas. La gente no se iba y yo tenía una impaciencia desacostumbrada; hubiera querido salir de aquella tienda, de aquella ciudad y de aquella vida. Pensé en mi país y en muchas cosas más. Y de pronto, cuando ya me estaba tranquilizando, tuve una idea: «¿Qué ocurriría si yo me pusiera a llorar aquí, delante de toda esta gente?». Aquello me pareció muy violento; pero yo tenía deseos, desde hacía algún tiempo, de tantear el mundo con algún hecho desacostumbrado; además yo debía demostrarme a mí mismo que era capaz de una gran violencia. Y antes de arrepentirme me senté en una sillita que estaba recostada al mostrador; y rodeado de gente, me puse las manos en la cara y empecé a hacer ruido de sollozos. Casi simultáneamente una mujer soltó un grito y dijo: «Un hombre está llorando». Y después oí el alboroto y pedazos de conversación: «Nena, no te acerques»... «Puede haber recibido alguna mala noticia»... «Recién llegó el tren y la correspondencia no ha tenido tiempo»... «Puede haber recibido la noticia por telegrama»... Por entre los dedos vi una gorda que decía: «Hay que ver cómo está el mundo. ¡Si a mí no me vieran mis hijos, yo también lloraría!». Al principio yo estaba desesperado porque no me salían lágrimas; y hasta pensé que lo tomarían como una burla y me llevarían preso. Pero la angustia y la tremenda fuerza que hice me congestionaron y fueron posibles las primeras lágrimas. Sentí posarse en mi hombro una mano pesada y al oír la voz del dueño reconocí los dedos que habían acariciado las medias. Él decía:

—Pero compañero, un hombre tiene que tener más ánimo...

Entonces yo me levanté como por un resorte; saqué las dos manos de la cara, la tercera que tenía en el hombro, y dije con la cara todavía mojada:

—¡Pero si me va bien! ¡Y tengo mucho ánimo! Lo que pasa es que a veces me viene esto; es como un recuerdo...

A pesar de la expectativa y del silencio que hicieron para mis palabras, oí que una mujer decía:

—¡Ay! Llora por un recuerdo...

Después el dueño anunció:

—Señoras, ya pasó todo.

Yo me sonreía y me limpiaba la cara. En seguida se removió el montón de gente y apareció una mujer chiquita, con ojos de loca, que me dijo:

—Yo lo conozco a usted. Me parece que lo vi en otra parte y que usted estaba agitado.

Pensé que ella me habría visto en un concierto sacudiéndome en un final de programa; pero me callé la boca. Estalló la conversación de todas las mujeres y algunas empezaron a irse. Se quedó conmigo la que me conocía. Y se me acercó otra que me dijo:

—Ya sé que usted vende medias. Casualmente yo y algunas amigas mías...

Intervino el dueño:

—No se preocupe, señora —y dirigiéndose a mí—: Venga esta tarde.

—Me voy después del almuerzo. ¿Quiere dos docenas?

—No, con media docena...

—La casa no vende por menos de una...

Saqué la libreta de ventas y empecé a llenar la hoja del pedido escribiendo contra el vidrio de una puerta y sin acercarme al dueño. Me rodeaban mujeres conversando alto. Yo tenía miedo que el dueño se arrepintiera. Por fin firmó el pedido y yo salí entre las demás personas.

Pronto se supo que a mí me venía «aquello» que al principio era como un recuerdo. Yo lloré en otras tiendas y vendí más medias que de costumbre. Cuando ya había llorado en varias ciudades mis ventas eran como las de cualquier otro vendedor.

Una vez me llamaron de la casa central; yo ya había llorado por todo el norte de aquel país, esperaba turno para hablar con el gerente y oí desde la habitación próxima lo que decía otro corredor:

—Yo hago todo lo que puedo; ¡pero no me voy a poner a llorar para que me compren!

Y la voz enferma del gerente le respondió:

—Hay que hacer cualquier cosa; y también llorarles...

El corredor interrumpió:

—¡Pero a mí no me salen lágrimas!

Y después de un silencio, el gerente:

—¿Cómo, y quién le ha dicho?

—¡Sí! Hay uno que llora a chorros...

La voz enferma empezó a reírse con esfuerzo y haciendo intervalos de tos. Después oí chistidos y pasos que se alejaron.

Al rato me llamaron y me hicieron llorar ante el gerente, los jefes de sección y otros empleados. Al principio, cuando el gerente me hizo pasar y las cosas se aclararon, él se reía dolorosamente y le salían lágrimas. Me pidió, con muy buenas maneras, una demostración; y apenas accedí entraron unos cuantos empleados que estaban detrás de la puerta. Se hizo mucho alboroto y me pidieron que no llorara todavía. Detrás de una mampara, oí decir:

—Apúrate, que uno de los corredores va a llorar.

—¿Y por qué?

—¡Yo qué sé!

Yo estaba sentado al lado del gerente, en su gran escritorio; habían llamado a uno de los dueños, pero él no podía venir. Los muchachos no se callaban y uno había gritado: «Que piense en la mamita, así llora más pronto». Entonces yo le dije al gerente:

—Cuando ellos hagan silencio, lloraré yo.

Él, con su voz enferma, los amenazó y después de algunos instantes de relativo silencio yo miré por una ventana la copa de un árbol —estábamos en un primer piso—, me puse las manos en la cara y traté de llorar. Tenía cierto disgusto. Siempre que yo había llorado los demás ignoraban mis sentimientos; pero aquellas personas sabían que yo lloraría y eso me inhibía. Cuando por fin me salieron lágrimas, saqué una mano de la cara para tomar el pañuelo y para que me vieran la cara mojada. Unos se reían y otros se quedaban serios; entonces yo sacudí la cara violentamente y se rieron todos. Pero en seguida hicieron silencio y empezaron a reírse. Yo me secaba las lágrimas mientras la voz enferma repetía: «Muy bien, muy bien». Tal vez todos estuvieron desilusionados. Y yo me sentía como una botella vacía y chorreada; quería reaccionar, tenía mal humor y ganas de ser malo. Entonces alcancé al gerente y le dije:

—No quisiera que ninguno de ellos utilizara el mismo procedimiento para la venta de medias, y desearía que la casa reconociera mi... iniciativa y que me diera exclusividad por algún tiempo.

—Venga mañana y hablaremos de eso.

Al otro día el secretario ya había preparado el documento y leía: «La casa se compromete a no utilizar y a hacer respetar el sistema de propaganda consistente en llorar...». Aquí los dos se rieron y el gerente dijo que aquello estaba mal. Mientras redactaban el documento, yo fui paseándome hasta el mostrador. Detrás de él había una muchacha que me habló mirándome y los ojos parecían pintados por dentro.

—¿Así que usted llora por gusto?

—Es verdad.

—Entonces yo sé más que usted. Usted mismo no sabe que tiene una pena.

Al principio yo me quedé pensativo; y después le dije:

—Mire: no es que yo sea de los más felices; pero sé arreglarme con mi desgracia y soy casi dichoso.

Mientras me iba —el gerente me llamaba— alcancé a ver la mirada de ella: la había puesto encima de mí como si me hubiera dejado una mano en el hombro.

Cuando reanudé las ventas, yo estaba en una pequeña ciudad. Era un día triste y yo no tenía ganas de llorar. Hubiera querido estar solo, en mi pieza, oyendo la lluvia y pensando que el agua me separaba de todo el mundo. Yo viajaba escondido detrás de una careta con lágrimas; pero yo tenía la cara cansada.

De pronto sentí que alguien se había acercado preguntándome:

—¿Qué le pasa?

Entonces yo, como un empleado sorprendido sin trabajar, quise reanudar mi tarea y poniéndome las manos en la cara empecé a hacer los sollozos.

Ese año yo lloré hasta diciembre, dejé de llorar en enero y parte de febrero, empecé a llorar de nuevo después de carnaval. Aquel descanso me hizo bien y volví a llorar con ganas. Mientras tanto yo había extrañado el éxito de mis lágrimas y me había nacido como cierto orgullo de llorar. Eran muchos más los vendedores; pero un actor que representara algo sin previo aviso y convenciera al público con llantos...

Aquel nuevo año yo empecé a llorar por el oeste y llegué a una ciudad donde mis conciertos habían tenido éxito; la segunda vez que estuve allí, el público me había recibido con una ovación cariñosa y prolongada; yo agradecía parado junto al piano y no me dejaban sentar para iniciar el concierto. Seguramente que ahora daría, por lo menos, una audición. Yo lloré allí, por primera vez, en el hotel más lujoso; fue a la hora del almuerzo y en un día radiante. Yo había comido y tomado café, cuando de codos en la mesa, me cubrí la cara con las manos. A los pocos instantes se acercaron algunos amigos que yo había saludado; los dejé parados algún tiempo y mientras tanto, una pobre vieja —que no sé de dónde había salido— se sentó a mi mesa y yo la miraba por entre los dedos ya mojados. Ella bajaba la cabeza y no decía nada; pero tenía una cara tan triste que daban ganas de ponerse a llorar...

El día en que yo di mi primer concierto tenía cierta nerviosidad que me venía del cansancio; estaba en la última obra de la primera parte del programa y tomé uno de los movimientos con demasiada velocidad; ya había intentado detenerme; pero me volví torpe y no tenía bastante equilibrio ni fuerza; no me quedó otro recurso que seguir; pero las manos se me cansaban, perdía nitidez, y me di cuenta de que no llegaría al final. Entonces, antes de pensarlo, ya había sacado las manos del teclado y las tenía en la cara; era la primera vez que lloraba en escena.

Al principio hubo murmullos de sorpresa y no sé por qué alguien intentó aplaudir; pero otros chistaron y yo me levanté. Con una mano me tapaba los ojos y con la otra tanteaba el piano y trataba de salir del escenario. Algunas mujeres gritaron porque creyeron que me caería en la platea; y ya iba a franquear una puerta del decorado, cuando alguien, desde el paraíso, me gritó:

—¡¡Cocodriiilooooo!!

Oí risas; pero fui al camarín, me lavé la cara y aparecí en seguida y con las manos frescas terminé la primera parte. Al final vinieron a saludarme muchas personas y se comentó lo de «cocodrilo». Yo les decía:

—A mí me parece que el que me gritó eso tiene razón: en realidad yo no sé por qué lloro; me viene el llanto y no lo puedo remediar, a lo mejor me es tan natural como lo es para el cocodrilo. En fin, yo no sé tampoco por qué llora el cocodrilo.

Una de las personas que me habían presentado tenía la cabeza alargada; y como se peinaba dejándose el pelo parado, la cabeza hacía pensar en un cepillo. Otro de la rueda lo señaló y me dijo:

—Aquí, el amigo es médico. ¿Qué dice usted, doctor?

Yo me quedé pálido. Él me miró con ojos de investigador policial y me preguntó:

—Dígame una cosa: ¿cuándo llora más usted, de día o de noche?

Yo recordé que nunca lloraba en la noche porque a esa hora no vendía, y le respondí:

—Lloro únicamente de día.

No recuerdo las otras preguntas. Pero al final me aconsejó:

—No coma carne. Usted tiene una vieja intoxicación.

A los pocos días me dieron una fiesta en el club principal. Alquilé un frac con chaleco blanco impecable y en el momento de mirarme al espejo pensaba: «No dirán que este cocodrilo no tiene la barriga blanca. ¡Caramba! Creo que ese animal tiene papada como la mía. Y es voraz...».

Al llegar al Club encontré poca gente. Entonces me di cuenta que había llegado demasiado temprano. Vi a un señor de la comisión y le dije que deseaba trabajar un poco en el piano. De esa manera disimularía el madrugón. Cruzamos una cortina verde y me encontré en una gran sala vacía y preparada para el baile. Frente a la cortina y al otro extremo de la sala estaba el piano. Me acompañaron hasta allí el señor de la comisión y el conserje; mientras abrían el piano, el señor —tenía cejas negras y pelo blanco— me decía que la fiesta tendría mucho éxito, que el director del liceo —amigo mío— diría un discurso muy lindo y que él ya lo había oído; trató de recordar algunas frases, pero después decidió que sería mejor no decirme nada. Yo puse las manos en el piano y ellos se fueron. Mientras tocaba pensé: «Esta noche no lloraré... quedaría muy feo... el director del liceo es capaz de desear que yo llore para demostrar el éxito de su discurso. Pero yo no lloraré por nada del mundo».

Hacía rato que veía mover la cortina verde; y de pronto salió de entre sus pliegues una muchacha alta y de cabellera suelta; cerró los ojos como para ver lejos; me miraba y se dirigía a mí trayendo algo en una mano; detrás de ella apareció una sirvienta que la alcanzó y le empezó a hablar de cerca. Yo aproveché para mirarle las piernas y me di cuenta que tenía puesta una sola media; a cada instante hacía movimientos que indicaban el fin de la conversación; pero la sirvienta seguía hablándole y las dos volvían al asunto como a una golosina. Yo seguí tocando el piano y mientras ellas conversaban tuve tiempo de pensar: «¿Qué querrá con las medias?... ¿Le habrá salido mala y sabiendo que yo soy corredor...? ¡Y tan luego en esta fiesta!».

Por fin vino y me dijo:

—Perdone, señor, quisiera que me firmara una media.

Al principio me reí; y en seguida traté de hablarle como si ya me hubieran hecho ese pedido otras veces. Empecé a explicarle cómo era que la media no resistía la pluma; yo ya había solucionado eso firmando una etiqueta y después la interesada la pegaba en la media. Pero mientras daba estas explicaciones mostraba la experiencia de un antiguo comerciante que después se hubiera hecho pianista. Ya me empezaba a invadir la angustia, cuando ella se sentó en la silla del piano, y al ponerse la media me decía:

—Es una pena que usted me haya resultado tan mentiroso... Debía haberme agradecido la idea.

Yo había puesto los ojos en sus piernas; después los saqué y se me trabaron las ideas. Se hizo un silencio de disgusto. Ella, con la cabeza inclinada, dejaba caer el pelo; y debajo de aquella cortina rubia, las manos se movían como si huyeran. Yo seguía callado y ella no terminaba nunca. Al fin la pierna hizo un movimiento de danza, y el pie, en punta, calzó el zapato en el momento de levantarse, las manos le recogieron el pelo y ella me hizo un saludo silencioso y se fue.

Cuando empezó a entrar gente fui al bar. Se me ocurrió pedir whisky. El mozo me nombró muchas marcas y como yo no conocía ninguna le dije:

—Deme de esa última.

Trepé a un banco del mostrador y traté de no arrugarme la cola del frac. En vez de cocodrilo debía parecer un loro negro. Estaba callado, pensaba en la muchacha de la media y me trastornaba el recuerdo de sus manos apuradas.

Me sentí llevado al salón por el director del liceo. Se suspendió un momento el baile y él dijo su discurso. Pronunció varias veces las palabras «avatares» y «menester». Cuando aplaudieron yo levanté los brazos como un director de orquesta antes de «atacar» y apenas hicieron silencio dije:

—Ahora que debía llorar no puedo. Tampoco puedo hablar y no quiero dejar por más tiempo separados los que han de juntarse para bailar —y terminé haciendo una cortesía.

Después de mi vuelta, abracé al director del liceo y por encima de su hombro vi la muchacha de la media. Ella me sonrió y levantó su pollera del lado izquierdo y me mostró el lugar de la media donde había pegado un pequeño retrato mío recortado de un programa. Yo me sonreí lleno de alegría pero dije una idiotez que todo el mundo repitió:

—Muy bien, muy bien, la pierna del corazón.

Sin embargo yo me sentí dichoso y fui al bar. Subí de nuevo a un banco y el mozo me preguntó:

—¿Whisky Caballo Blanco?

Y yo, con el ademán de un mosquetero sacando una espada:

—Caballo Blanco o Loro Negro.

Al poco rato vino un muchacho con una mano escondida en la espalda:

—El Pocho me dijo que a usted no le hace mala impresión que le digan «Cocodrilo».

—Es verdad, me gusta.

Entonces él sacó la mano de la espalda y me mostró una caricatura. Era un gran cocodrilo muy parecido a mí; tenía una pequeña mano en la boca, donde los dientes eran un teclado; y de la otra mano le colgaba una media; con ella se enjugaba las lágrimas.

Cuando los amigos me llevaron a mi hotel yo pensaba en todo lo que había llorado en aquel país y sentía un placer maligno en haberlos engañado; me consideraba como un burgués de la angustia. Pero cuando estuve solo en mi pieza, me ocurrió algo inesperado: primero me miré en el espejo; tenía la caricatura en la mano y alternativamente miraba al cocodrilo y a mi cara. De pronto y sin haberme propuesto imitar al cocodrilo, mi cara, por su cuenta, se echó a llorar. Yo la miraba como una hermana de quien ignoraba su desgracia. Tenía arrugas nuevas y por entre ellas corrían las lágrimas. Apagué la luz y me acosté. Mi cara seguía llorando; las lágrimas resbalaban por la nariz y caían por la almohada. Y así me dormí. Cuando me desperté sentí el escozor de las lágrimas que se habían secado. Quise levantarme y lavarme los ojos; pero tuve miedo que la cara se pusiera a llorar de nuevo. Me quedé quieto y hacía girar los ojos en la oscuridad, como aquel ciego que tocaba el arpa.

CUENTOS, NARRACIONES
Y OTROS TEXTOS
PUBLICADOS EN VIDA DEL AUTOR
EXCLUSIVAMENTE EN REVISTAS
Y PRENSA PERIÓDICA

El fray

(1934)

Este no es un ministro de Dios: es un Dios que se ha disfrazado de ministro de sí mismo. No es extraño que un periodista de campaña tenga que disfrazarse de director, redactor, cajista, maquinista, etcétera. Pero don Juan Paseyro Monegal se ha disfrazado de Fray y de otros personajes que hacen de su diario un maravilloso teatro de acontecimientos y que a diferencia de la obra de Pirandello, todos los personajes han encontrado autor.

Como Fray, Dios no le ha impuesto la lucha contra los impulsos de su naturaleza, y por otra parte él no ha hecho fraude con sus impulsos, pues este Fray o Padre, es un Padre con prole.

Como Dios, no ha dicho «Creced y multiplicaos» y después ha hecho un barro con forma de hombre, y a este le ha restado una costilla para hacer un Adán y una Eva. Don Juan ha empezado él mismo por crecer en inteligencia, intensidad y voluntad, y se ha multiplicado en muchos hijos y muchos libros de páginas libres.

Su vida es sencilla como la de muchos grandes hombres. Se le puede encontrar a la vuelta de una esquina, darle la mano, ir a su casa, tomar mate amargo con él, y hasta muchos imbéciles podrán pensar por esto que no es tan grande como dicen. No está con el concepto corriente en que un escritor debe ser desaseado y negligente; en la calle viste con sencillez correcta y si en su taller se le encuentra con un traje sucio es porque trabaja entre los maquinistas como cualquier obrero. Tampoco cree que el hombre célebre debe forzosamente emborracharse y este Fray no toma vino ni en la misa ni en la mesa: en la misa porque si quisiera tomar no pondría la misa por pretexto y en la mesa porque un literato en nuestro país no puede permitirse el lujo de tomar vino bueno.

En su obra es tan sobrio, fuerte y fecundo como en su vida. Carece de la falsa modestia y cuando se habla de su obra la comenta como si la inteligencia fuera una lotería que tanto le tocó a él como le podría haber tocado a cualquier otro. No rebusca la originalidad en asuntos raros; es original donde es más difícil serlo: en las cosas comunes. Compone sayos para tipos comunes y al que le caiga que se lo ponga. Su estilo es tan agudo, claro, natural y de tal fuerza, que en seguida se reconocen los tipos que pinta. Este Dios no manda a los malos al diablo, pues él es pródigo en buenas palabras y buenos palos. Las imágenes de su literatura son tan sencillas y conocidas como puede serlo una salida de sol en un cuadro de una mañana; pero en él se vuelven originales por su fuerza y por su justeza.

¡Ah! Me olvidaba de que me propuse no hablar de su obra, pues esta se recomienda sola, y así este Dios tiene ministros por todas partes, de sincera vocación, que transcriben sus artículos y que extienden sus prédicas sin ir al tanto por ciento. Mi misión termina, al informar a alguno que no lo sepa, que la vida de este gran hombre es como su obra.

Filosofía de gangster

El taxi
(Circa 1938)

Estimado colega: sí, sí, me refiero a ti, lector, que te miro por los ojos, agujeros, cuerpos y desde los ángulos de estas letras. Tú pretenderás hacer lo mismo y aparentaremos el inocente juego de la «piedra libre», si al movernos entre las letras, escondemos las armas. Y ¡guarda con el que tropiece primero! ¡Si vieras con qué sonrisa cargué esta madrugada mi Parker! ¡Si supieras, si yo te pudiera decir, si yo supiera, lo que hay detrás de esa sonrisa! Porque sabrás que yo quiero trabajar con el que está detrás de la sonrisa. (Para mis adentros:) Qué sé yo con quién, ni con qué ni por qué quiero trabajar. ¡Ah, sí, sé! es decir quién sabe. Bueno, si no echo mano a la cintura y agarro una seguridad, estoy perdido. Tengo la última palabra en seguridades: ¡qué linda forma de arma! Es celosa, repetidora y va lejos, pega en un punto solamente y puede matar.

He tomado una metáfora de alquiler y me dirijo a «la oficina». La metáfora es un vehículo burgués, cómodo, confortable, va a muchos lados; pero antes tenemos que decirle al conductor dónde vamos a concretar el sitio: si le digo que quiero ir a lo incognoscible sabe dónde llevarme: al manicomio. ¡Siquiera se perdiera! Fugazmente puedo ver algo mientras el otro dirige. Pero hasta la velocidad está organizada: si vamos más lentamente que los demás, nos rompen los oídos con alaridos artificiales los que vienen detrás; si vamos más ligero podemos chocar, y no hay que olvidar que llevamos un número detrás, y como tenemos número, forzosamente alguno tendrá que ser culpable. ¡Si yo inventara un vehículo! Pero tengo que presentarlo después que una comisión esté de acuerdo. Perdería tiempo, y nada menos que el tiempo convenido en todos los relojes. A algunos lugares iré a pie. Además, puedo robar un vehículo con chapa de prueba. Y estaré predispuesto a encontrarlo útil: no hay como utilizar una cosa para encontrarla útil. La metáfora pasa por lugares parecidos a los que yo he recorrido a pie y sin atenderlos mucho, pues en esos momentos atendía a tipos determinados; es una coincidencia feliz que la metáfora pase por lugares parecidos a aquellos que no sé bien del todo por qué me han hecho feliz; estos lugares, a veces y en parte, me hacen recordar aquellos; la metáfora tiene la ventaja de la síntesis del tiempo, y de la provocación de recuerdos; de acuerdo con mi profesión, aquellos lugares tenían muchos rincones en sombras; las sombras que veo ahora no son iguales, pero me hacen recordar a aquellas y misteriosamente, y a pesar de la comparación geométrica de las calles, me despiertan sombras que he visto y me hacen ver otras nuevas, peculiares. Sin embargo, antes crucé por una cantidad mucho más grande de sombras —esto de las sombras me sugestiona sobremanera—. No siempre pienso que las cruzo y las miro, sino que siento que ellas me invaden. En este cruzar rápido de la metáfora, hay algo que no me concluye de conformar, ni mucho menos: por un lado me infla de satisfacción, pues me encuentro que mientras perseguía a tipos determinados, también me invadieron sombras que ahora tengo cierta ilusión de comprender; con respecto a la ilusión, no sé bien hasta qué punto es, y cómo esta se siente y se comprende; con respecto a comprender, no sé bien qué sentido tiene comprender; con respecto a sentido, no sé bien qué es sentido; con respecto a saber no sé qué es saber; y muy especialmente no sé, ni tengo el sentido, ni comprendo, ni tengo la ilusión, de lo que quiero; y así sucesivamente; sin saber bien, tampoco, lo que es ignorar, tal vez aspire a ignorar artísticamente o graciosamente; tengo terror a ignorar con seguridades, quiero ignorar sin seguridades, y lo que más me asusta es ignorar con una sola seguridad; tal vez si algún día me suicido me suicidaré con una seguridad-síntesis, y la peor manera de morir la considero esta: atended bien: que sea otro el que me mate con una seguridad-síntesis. Ahora, mientras voy en metáfora, siento que contengo mejor muchas sombras, que me las meto en el bolsillo y me aprieto fuertemente unos dedos con otros, porque de pronto me creo que la sombra tiene cuerpo; y, sin embargo, ¡cuántos cuerpos me he encontrado en la sombra! Ahora, miro las calles, y veo que por otro lado, la metáfora, en su velocidad, en su síntesis de tiempo en el espacio, en esta ilusión de achicar el espacio, tiene también, algo de provisorio que me exaspera; atropella demasiado al cruzar las calles; tendría que pensar y sentir con otro ritmo y con otra cualidad de pensamiento; el misterio de las sombras se transforma demasiado bruscamente en el misterio de lo fugaz. Pero ¿qué diablos quiero atrapar yo? ¿Será simplemente que me ataca el instinto de atrapar? Estoy un poco incomodado y no sé por qué, a veces, cuando lo descubro, me quedo tranquilo; pero al rato, zas. ¿Será el instinto que olfatea a la policía? No, yo quiero estar más allá de la policía, y, sobre todo, de donde me encierra la policía. Ya esta metáfora me inquieta y me predispone exageradamente en contra de ella. Esta metáfora la usa el burgués —la usa pero no la inventó; ¡y cómo hace penar a los que inventan! y todavía ciertas cosas parecen más del que las usa que del que las inventa ¡qué gangster es este burgués!— bueno, esta metáfora acostumbra a ir por caminos que previamente ha construido el burgués; con altoparlante tenemos la síntesis del tiempo y del espacio, ¡lástima que en él suenan palabras que también oímos de cerca y que tan poca cosa nueva nos traen! Arrellanados en la falsa oscuridad del cine, vemos la falsa claridad de la pantalla, donde tan falsamente viven otros. Pero algo olfateo entre tanta oscuridad y tanta falsedad: la gente que concurre lleva «cosas» en los bolsillos de fuera, y ¡qué cosas en los bolsillos de adentro! Claro que hay muchas clases de metáforas. ¡Caramba! Parezco un paisano que nunca hubiera andado en metáfora. Y eso que he subido en metáforas que andan por el aire y que me han empequeñecido las cosas mostrándomelas desde una altura inconveniente, y eso que he andado en subterráneos de gran profundidad donde no se ve nada para los costados. Bueno, ahora trataré de arrellanarme en esta metáfora y de recordar las sombras: una de las ventajas positivas de la metáfora, es que uno puede pensar en cosas que no tienen nada que ver con ella. Es posible que lo que me incomodara hace un momento fuera la intención de relacionar lo que ahora veo y las sombras anteriores: quería aprovechar el viaje en metáfora; y cuando el hombre se pone a intencionar los hechos es terrible, es peor que Dios, acaso él es el mismo Dios. Sin embargo, hay que intencionar. Si no intencionas, te intencionan.

El precio de la metáfora ha aumentado demasiado para mi bolsillo. Aprovecho las circunstancias de que el «varita» hace señal de que los vehículos se detengan; pero mis ideas siguen: ellas han comprendido que ya han estado demasiado tiempo adentro y que si no quiero que me encierren, deben trabajar para afuera. Entonces, he abierto de pronto la portezuela del taxi y me he perdido entre la multitud.

DEDICATORIA
(1939)

Este futuro libro lo dedicaré a mi persona «como muestra de profundo aprecio intelectual». No sé precisamente de quién he tomado esa frase que transcribo; posiblemente la debo haber visto en muchos lados. En esta oportunidad pienso, que pasándole la mano a la vanidad, me deje tranquilo por un rato. También pienso, que si me deja muy tranquilo, tal vez no escriba el libro. Pero, de todas maneras, ya veréis cómo escribo el libro: no solo siento desconfianza de la vanidad sino que hasta me vislumbro una cierta fe en ella. Por una parte soy tan presumido que no quiero que se me vea la vanidad, ni aun quiero vérmela yo mismo; y por otra parte no quisiera matarla del todo, porque ella me suministra, o es en sí, un cierto placer. A lo mejor ese cierto placer es tan grande que llena la vida entera y me hace vivir iluminado de dicha. Pero esa dicha puede ser contenida y concentrada en un punto microscópico; y ese punto podrá tener irradiaciones tan grandes que a lo mejor la vanidad se me conoce mucho. A lo mejor ese punto es como un resorte que cuando más trato de achicarlo, más concentra su fuerza y más fuerte me salta a la cara después. Otras veces me parece que la vanidad ni siquiera tiene la fuerza violenta de un resorte, sino que graciosamente me tapa los ojos y me pone en ridículo. La he sorprendido en medio de una conversación, como si distraídamente, al apoyar la mano en una mesa, la hubiera puesto encima de un «Tangle-foot» —papel para cazar moscas—. El primer movimiento, el más espontáneo, sería el de sacármelo con la otra mano y cambiar de mano la vanidad; después, si aún la persigo pisando el papel para sacar la mano, entonces saldría con el papel pegado en la base, como si el papel fuera para mí y no para las patas de las moscas. Ahora no hay que pensar, que porque la vanidad es inmortal, no la siga persiguiendo: yo también seguiré siendo presumido; ni hay que pensar, que esta franqueza mía es encomiable: por vanidad, al escribir un libro, podemos llegar a ser hasta impúdica y cínicamente francos, con tal de ganar la gloria de una buena observación. Claro que diré que escribir es una necesidad fatal: si es fatal, tantas veces, el placer del alcohol o cualquier alcaloide, siendo elementos venidos del exterior, ¿cómo no va a ser fatal el placer de la vanidad cuya materia prima la extraemos de nuestras entrañas? Claro es, también, que hay muchas clases de vanidades, que por vanidad se hacen cosas muy interesantes, que la vanidad suele ser fecunda y que es muy distinto el placer de la vanidad que se justifica con una creación estética, al placer que hace perder lo estético de la moral. Veis, ya estoy aflojando, ya estoy justificando la vanidad. Cuando el placer de la vanidad le pide al pensamiento que ella le haga justicia, por más que ni el pensamiento se entere que la vanidad se lo pide, él la justifica solícito. Y si se niega, suele ser a costa de grandes sacrificios. ¡Además, él tiene tantos medios! ¡Y el tenerlos, implica tantos deseos de emplearlos! Y emplearlos, si se piensa además que se hace con talento, ¿no es un placer más? Bueno, pero estos son chismes, objetos o funciones de la razón, y esta me es bastante desconocida. (¡Oh, lector, ya lo habrás pensado!) Como yo observo poco mi razón, cuando la observo —estas observaciones suelen ser separadas por largos períodos— ella se me aparece como una estrella que trae cola, es decir como un cometa, y me es tan desconocida ella como su cola: no sé si tocará mi planeta y lo asfixiará con gases que tengo a bien suponer, o en qué forma lo destrozará: ni siquiera sé si ya me habrá destrozado, porque yo tengo una manera de suponerme el destrozo —en forma violenta, de choque, o de asfixia— y ella bien puede destrozarme de otra manera: lenta, disimulada, y hasta como persuasiva. Ahora se me ocurre que la razón es como hija mía; yo le estoy pegando con alguna violencia en una parte que no le hace mucho daño; pero yo soy padre, al fin, y la quiero; y ella de cuando en cuando me hace algún mandadito.

—¡Cómo! ¿Qué tiene que ver esto con los gangsters? ¿Me dirás que no has visto todavía desaparecer una cabeza detrás de una esquina?, ¿una sombra en el hueco de una puerta?, ¿no has visto hasta que te han apuntado a la cabeza? o —escucha bien— ¿dónde quieres que te apunten? o ¿cómo quieres que sea la trama? Si tienes alguna idea de cómo te gustaría que fuera lo desconocido, o si ya te imaginas cómo será la obra, mándamelo decir, que te haré escribir por un personaje a sueldo (¡oh, lector, acaso ya mismo!) lo que tú te imagines.

Por otra parte te pediré que interrumpas la lectura de este libro el mayor número posible de veces: tal vez, casi seguro, lo que tú pienses en esos intervalos, sea lo mejor de este libro. ¿Visteis qué modesto? Bueno ahora quita la modestia y quédate con el hecho: esta es una de las veces que encontrarás algo detrás de la modestia.

Juan Méndez
o
Almacén de ideas
o
Diario de pocos días

(Circa 1940)

El primer día.

Me llamo Juan Méndez. Un poco más adelante diré por qué escribo. Me parece que tendré originalidad. Esta sensación de originalidad la he experimentado muchas veces: he ido a hablar con un hombre que entiende más que yo en un asunto determinado: le he confesado que yo no entiendo mucho de eso; pero... sin embargo, me he atrevido y le he hablado con esa fe que tenemos todos de tener alguna originalidad que de pronto sorprenda al mundo.

Al ponerme a escribir pensé en el título. Esto es muy bravo porque el título significa la síntesis de todo lo que se va a decir y la síntesis del sentimiento estético del autor. Muchos no leen un libro por el título; muchos lo leen por el título, y muchos se han educado leyendo los títulos y desconfiando todo lo que se dirá sobre ellos. Yo he elegido tres porque uno solo no alcanzaba a conformarme. Además, serán más eficaces porque se adaptarán a distintos lectores y discutirán entre ellos sobre el que les parezca mejor; unos dirán que uno, otros que otro, otros que uno combinado con otro, otros sacarán un promedio de los tres, otros dirán que eso no es serio, a otros les interesará porque no es serio, a otros no les interesará a pesar de saber que lo interesante no tiene nada que ver con lo serio ni con lo risueño, etcétera; pero yo seguiré adelante por si llega a salir una obra interesante, y entonces se diferenciará de las demás obras interesantes en que publicaré los ensayos, pues a veces nos interesa mucho saber los caminos que tomó un autor para llegar a tal lugar y que él por vanidad se los guarda. Yo me arriesgo a publicar esto aunque mañana piense que está mal, y mañana no negaré lo que era el día anterior para que sepan el proceso de mi pensamiento. En caso de que la obra valga poco, tampoco les extrañará que lo que valga menos tenga más proceso y más comentario. Yo quiero rellenar bien mi equivocación y, aunque sepa por experiencia ajena que una cosa es vulgar y yo en realidad no la sienta así, la confesaré y la gustaré hasta que espontáneamente mi espíritu la elimine y la desprecie. Si mi obra no resulta seria creeré que he tenido la disimulada vanidad de escribirla en broma para que se tome en serio qué es lo que les ocurre a muchos de los que escriben en broma. En tanto a lo trascendental estoy curado de espanto al pretender decirlo con palabras, además que no hay por qué decirlo, porque hoy resulta vulgar decir muchas cosas que para sentir son verdaderas. Es cierto que también depende de cómo se digan, y entonces llega Wilde diciendo que «A ningún artista la obra lo toma desprevenido». Por eso quiero prevenirme contra todos y sobre todo contra mí mismo y he aquí que estoy como si diez dedos me amenazaran a hacerme cosquillas y los tuviera que esquivar. Otra cosa de la cual tengo que prevenirme es del vicio de catalogar. Es cierto que la disciplina es buena como medio aunque mala como fin, pero todos se pasan y del medio que es disciplinar los pensamientos, lo hacen fin.

Bueno, ojalá que poniéndome en guardia y todo no caiga como caen muchos de los que se ponen en guardia. Pero en este momento he caído en una sensación superficial: es el placer del cuaderno en que escribo; quisiera llenarlo en seguida y después leerlo ligero como cuando apuran una cinta cinematográfica; y para llenar el cuaderno y hacer el juego del cine me servirán muchas prevenciones contra mí, contra los vicios y contra muchas ideas filosóficas. Sé que todo esto es superficial, pero lo superficial está más cerca del implacable destino de las cosas porque lo superficial es muy espontáneo y se le importa menos de las cosas y se va pareciendo al destino. Pero entonces veo llegar hasta mí los hilos de las miradas filosóficas de los «hondos» y me parecen otra pretensión tan ridícula como los superficiales, porque tanto unos como otros son objeto del destino, con la diferencia que a los «hondos» les interesa más averiguar la importancia del destino, porque la importancia la crean ellos. Demasiada importancia tendremos que darle al dolor cuando llega. Es cierto que los hondos prevén el dolor y muchas veces lo evitan, pero otras veces, preverlo es la manera de tenerlo más pronto.

Ahora quiero agarrarlos a todos, los «hondos», los superfluos y pasarlos por mi máquina cinematográfica a todo lo que da, ya me detendré cuando me canse. Pero antes tengo que decir qué fue lo que me impulsó a escribir esto.

Un día me di cuenta que estaba próximo a perder la razón. No me atrevía a afirmar si debía tener razón o si la debía perder. Entonces me decidí a vivir espontáneamente: si espontáneamente la perdía bien y si espontáneamente no la perdía también. Tampoco escribo esto para que los demás sabiendo mi caso prevean y eviten el de ellos: sería una pretensión que no me perdonaría atreverme a opinar si sería o no conveniente que los demás perdieran la razón. Escribo esto porque siento el deseo de escribir lo que me pasa, lo mismo que ahora siento la necesidad de decir por qué lo escribo. Este deseo me atacó hace mucho tiempo y tiene su pequeña historia. Todo esto me parecía raro, porque si bien yo sospechaba que me ocurrían cosas horribles, en realidad no sabía bien lo que me pasaba. Entonces decidí observarme: no me perdía de vista ni un momento. Al poco tiempo de compararme con los demás me encontré con que me ocurrían cosas mucho más horribles de lo que yo me sospechaba. Además pensé que por más que me observara nunca entendería bien nada de mí, nunca lo podría escribir, y si lo llegara a escribir no tendría ninguna utilidad ni ningún placer. Entonces me decidí a no cumplir mi deseo. Pero mi deseo, a medida que pasó el tiempo, insistió con tanta realidad y tanta violencia, como si hubiera nacido adentro de mí un personaje con una absurda y fatal existencia.

Hoy es otro día.

Mi personaje me ha dicho hoy: «Ante todo escribir con franqueza». ¡Qué disparate! Hay una franqueza que la tienen los hombres fuertes pero ignorantes, hay otra que es la franqueza consigo mismo y que es decir lo que francamente le conviene a uno decir: esto es de los fuertes-cínico inteligentes. Una de las defensas de los débiles, puede ser también que nos prometen decir las cosas francamente, aun en contra de ellos; pero todo no es en contra, quieren que los perdonen porque son francos y no pierden la esperanza de asombrar con su franqueza. Yo dejaré de ser franco y también lo seré en mi estilo, después veremos, al último todo se puede disculpar: si un hombre no tiene miedo es un héroe, si tiene miedo es porque tiene conciencia del peligro y es un sabio. Pero después vendrá la buena filosofía diciendo que es tan necesario el miedo como el coraje y que hay que tener las dos cosas. Pero yo soy enemigo de transar porque entonces las cosas irían bien y esto sería ir mal porque no habría emoción. Con respecto a esto hay el sentido de la perfección y el de la emoción: yo prefiero el de la emoción. Hay quien quiere transar y juntar los dos, pero no tengo tanta serenidad como para eso. Hoy me levanté con la maquinita de la velocidad, tomaré un aeroplano y viajaré por encima de las ciudades de los pensamientos ajenos, pero sin detenerme a pensar porque si se detiene la máquina me caigo. Con lo de escribir tampoco quiero transar: unos quieren escribir con lentitud para que las cosas salgan hondas —yo no me puedo detener— otros harán promedios de escribir con cierta espontaneidad y pensando un poco despacio cómo realizarán la espontaneidad. Esta transacción me enfurece. Yo no puedo detenerme ni un momento porque me caigo. A veces, cuando hago una afirmación, o termino o redondeo un concepto, siento instintivamente el error como si el avión encontrara en su marcha un pozo de aire. Pero no importa, sigo, quiero realizar la aventura de la velocidad, sentir el movimiento de las ideas con error y todo. Además sería una vergüenza descender de golpe cuando se va por encima de las ciudades de los pensamientos de los demás. No, no me detendré a prever. Una mujer había previsto la forma de seducir y se dejó el escote más grande que las demás, pero al hacer un movimiento se le salió un seno y ella, con su mano divina tuvo que tomarlo delante de todos y volverlo a guardar. No, no pensaré despacio. Me detendré a prever cuando me levante con la maquinita cinematográfica y vea la cinta pasada con *ralentisseur;* entonces los pensamientos me marcharán tan lentos como las patas de los caballos cuando van a dar un salto. Eso fue lo que hice antes, pasé la vida como vista con *ralentisseur.* Ahora ya ando lento y me parece que todo anda ligero, y después mis pensamientos, volverán a pasar a todo lo que da, y me reiré de ellos y otro día pasarán lentos y otro día ligero, y crearé el poema de lo absurdo y asombraré que es lo que quieren los espíritus vertiginosos. Iré a un café y diré muchos disparates seguidos a mis amigos; después que se rían, se cansen y me desprecien, entonces lloraré y creerán que estoy loco; después me reiré y me sentaré a conversar tranquilamente y les diré que no estoy loco, que lo que quería era asombrarlos, que tengo una vanidad asombrosa, que necesito ser actor y llamar la atención. Después me iré a pasar las cosas lentas y a prever, que es la escuela del miedo, porque yo me eduqué en la escuela del miedo previendo lo fantástico, y para prever siempre lo fantástico, siempre lo estuve creando: prever la crítica, el miedo, es una de las bases de la obra maestra. Es cierto que esta no es toda la verdad, pero me parece poco inteligente querer decir toda la verdad de golpe. El mundo es tan grande que cualquier cosa que se diga puede calzar y ser parte de la verdad, la cuestión es decirla con una vanidad inteligente. Además la verdad me hace acordar a un choque de vehículos: a todos se les antoja que un conductor es culpable y el otro no, como si no pudieran ser los dos o tener culpa, en parte, cada uno de ellos. Bueno, ahora me estoy cansando y la máquina se me está deteniendo; ya estoy sintiendo vergüenza de haber dicho cosas gruesas; pero en la velocidad se pasa por todo y hay posibilidad de ser oportuno; y si no hubiera sido así me hubiera caído. Ahora seré sabio y sentiré la vanidad lenta. Me sentiré superior a todos aunque ellos y yo mismo me pruebe que es una imbecilidad. Pero muchas veces triunfa esta obstinación en sentirse superior aunque no se sea. Esto es propio de los fuertes y es el poema que utilizamos para las mujeres. El poema está en sentirse superior porque sí, sin explicar el porqué: la lógica sería inoportuna y nos demuestra que no siempre se debe proceder por lógica, sino que se debe proceder por sensación. Yo ahora me siento superior aunque no lo sea y vencería muy fácilmente a la mujer que se diera cuenta que *no* tengo razón. A este encanto corresponde la mujer con el encanto de darse por vencida y más adelante triunfar con su fuerza secreta que es más imprecisa, pero que es tan real como exterior. Yo seré fuerte, tendré el armazón de la disciplina, porque ella necesita apoyar su persona y su espíritu para poder volar en lo maravillosamente fantástico. Yo no seré el instrumento de pensar y de decir la verdad. Para llegar a lo metafísico se tendría que ser impersonal, teniendo varias personalidades que analizaran todo de distinto modo. Esto no le conviene a la mujer; ella necesita que tengamos una personalidad bien definida, para que cuando ellas nos empujen tomemos una inercia firme, segura y lleguemos donde ellas prevean. Si fuéramos impersonales y comprendiéramos su propósito nos daríamos vuelta a la mitad del camino, no seríamos tan fuertes, sobrios y seguros y les descubriríamos sus pensamientos: y esto es lo que ellas no quieren entregar, aunque en realidad nos entregaran su sangre y su corazón.

Ahora he pensado lentamente y esto será el regocijo de mañana cuando pase los pensamientos a todo lo que da.

Otro día más.

Hoy mi personaje me ha visto tranquilo, ha pensado que estoy cuerdo y ha encontrado el momento oportuno de preguntarme dónde voy a parar con todo lo que escribo; que si alguien leyera esto y preguntara qué quiere decir, yo no podría responder nada formal; y precisamente como me ha visto formal quiere que escriba una obra que aconseje algo, que después de leer sus páginas se saque en consecuencia una moraleja, o una nueva frase que encamine algo de la humanidad, y así yo quedaré en un concepto bueno, y me sentiré superior a los demás, y de cuando en cuando fruncir las cejas y me quedaré pensativo...

Entonces me he animado a explicarle lo que no puede entender; que escribo sin tener interés de ir a parar a ningún lado —aunque esto sea ir a alguno— el más próximo sería sacarme un gusto y cumplir una necesidad; que esta necesidad no tiene en mí el interés de enseñar nada, y si la consecuencia de lo que escribo tiene interés por lo que entretiene y emociona, bien, pero no me propongo otra cosa que llenar este maravilloso cuaderno que poco a poco se irá llenando y que después que esté lleno lo leeré a todo lo que da.

Bueno, ya hice algo lento: dar explicaciones y hacer lo que no quería, pero como mi personaje me acosaba tenía que sacármelo de encima fuera como fuera. Pero no quiero estar más lento, saldré a la calle y trataré de enamorarme y de que mi amor no sea trascendental; quiero que sea sin pretensión, que sea ligero, sencillo, fino, que me enferme poco; claro, también quiero que se cumpla una necesidad espiritual y así tendré el espíritu ágil y saludable; no importa que haya algo de cinismo, eso está más cerca de llegar a lo que conviene más a cada uno, es decir, esto es arriesgado, mejor diré: a lo que conviene a la mayoría de los jóvenes de este siglo; me enamoraré al estilo de este siglo, puesto que los jóvenes de ahora estamos de vuelta de los amores tan enfermizos, trascendentales y ridículos.

Mientras me vestía para salir pensaba que quién sabe si me enamoraré al estilo de este siglo: es cierto que los otros amores, los lentos, los enfermizos, son pedantes, cargosos, polarizan demasiado, son inoportunos y con pretensión de lo trascendental; pero son también más nobles, más hondos, más responsables, y el hecho de estar de vuelta de ellos no quiere decir que no los prefiramos: muchas veces preferimos no estar de vuelta de muchas cosas. En fin, estas cosas de pensar cómo me enamoraré, son cosas del personaje que me observa. Yo viviré espontáneamente. Lo que sí que el personaje que me observa contribuye a que llene el cuaderno, y ese deseo es muy mío.

Un día de viento.

Hoy me han ocurrido cosas muy extrañas: salí para enamorarme y me encontré con que una señora se había puesto un gorro que le quedaba muy bien de frente, pero muy mal visto de perfil y de atrás: se lo había puesto de una manera especial que parecía que no le calzaba bien, que le incomodaría un poco y empecé a sentir una impaciencia loca por hundírselo un poco más hacia la nuca. ¡Qué tortura con ese poco que le faltaba para que le calzara! No dejaba de pensar y de obsesionarme por eso; pensé también que nunca podría ser rico, porque en aquel momento le hubiera ofrecido mi fortuna por que se dejara hundir el gorro aunque fuera un poco más de atrás; pero seguro que yo habría exagerado y se lo habría hundido hasta la nuca. También pensé en la impaciencia que tenía por llenar este cuaderno. Quise reaccionar de la obsesión del gorro, fui a la playa y empecé a pasear cerca de la orilla; pero seguía contrariado por no haber podido hundir aquel gorro. De pronto vino una ráfaga de viento muy fuerte, me llevó mi sombrero y me echó el pelo hacia adelante. Este hecho me salvó de la obsesión anterior, porque empecé a meditar sobre el viento y tenía dos proyectos: uno, escribir lo que pensaba sobre la impresión del viento en un tratado de psicología, y el otro, escribir sobre el viento en forma de cuento; en el tratado diría: cuando una persona tiene el pecho o el cerebro oprimido, está predispuesta a sentirse inferior a cuanto le rodea; en cambio está menos predispuesta a creer que la explicación de las cosas es sencilla o que no debe importársele la explicación; el espíritu se le oscurece y la explicación de cualquier cosa es trascendental; lo mismo le ocurre a un niño que de noche siente ruidos y tiene miedo: cuesta convencerle que ha sido una puerta con el viento o que aunque no sepamos las causas físicas que lo producen debemos dormir tranquilos: cuanto más sanas son las personas, más tranquilas duermen; como el viento me tomó desprevenido y dio la casualidad que se produjo el hecho de volarse mi sombrero cuando pensaba en aquel gorro, mi espíritu ensombrecido aprovechó a volar en el misterio; y si yo hubiese estado con el pecho abierto y sin obsesión; hubiera pensado que el viento me tomó, que hubiera sido una imbecilidad buscar las causas físicas de por qué sopló más fuerte en aquel momento. Bueno, si con el viento hubiera hecho un cuento, hubiera dado la impresión del misterio en la casualidad del gorro de la señora y mi sombrero; y que a pesar de haberme querido explicar que lo que me había llamado la atención era la descoincidencia rítmica de mi marcha por la playa con la marcha del viento, en realidad sobraba algo con la ridiculez que el viento me dio tirándome el sombrero y echándome el pelo hacia adelante, que al quedar en ridículo había desconfiado del propósito del viento como si hubiera sido un ser humano el que me hubiera hecho quedar en ridículo. Bueno, el cuento quedaría abierto y misterioso, y el tratado sería limitado. Y claro, aquí empezaría a pensar qué me enorgullecería más, si descubrir una verdad o hacer una cosa bella; yo me quedaría con las dos cosas, como si me pusiera dos trajes: un día de profesor de psicología y otro de literato. Pero, sin embargo, ocurrirá otra cosa mejor; iré llenando mi cuaderno.

El día de la gran obra.

Hoy es el día de una gran obra, de una obra que dará la vuelta al mundo y ganará muchos concursos. Apenas me levanté de la cama me di cuenta de lo importante que sería este día; me sentí brillantemente inspirado y tuve el presentimiento que anuncia las grandes cosas. El título de la obra surgió de la manera más natural, aunque todavía no pensaba ponerle el título, porque eso hay que pensarlo mucho. La historia de cómo se me ocurrió es tan extraña, como el nombre que le han puesto los padres a un personaje célebre; y no porque el nombre sea solamente feo, sino que tiene una intención ridícula y superficial que más tarde contrasta con su obra y con su vida. ¿No os ha ocurrido a veces que una persona con el nombre que tiene da la sensación de que no puede valer y después resulta ser un gran hombre? ¡Y con qué angustia y ganas de poner la cara avinagrada lo llamamos por su nombre las primeras veces! Pero después uno se acostumbra y asocia de nuevo el mismo nombre a un gran tipo en vez de a un imbécil. Sin embargo, esa descoincidencia de la etiqueta de un hombre con su interior es torturante y desencanta, como muchas vidas de grandes creadores, como muchas fisonomías de hombres geniales, como muchos pensamientos de grandes actores y grandes recordistas de algo. Bueno, esta mañana me di cuenta que realizar la gran obra era fácil, que dependía de cómo lo tomara a uno el tiempo y la vida, que sintiéndose tan seguro de que sería así no podría fracasar. La inspiración iba acompañada de un deseo inmediato de empezar, y entonces fui al almacén de la esquina a comprar un cuaderno. Este hecho que parece ser tan superficial podría ser de mucho comentario si la obra resultara: todo el mundo está de acuerdo en que a veces, de las cosas más tontas, salen las cosas más grandes. Cuando estuve en el almacén y pedí los cuadernos para verlos, estaba lejísimo de pensar que dentro de un momento resolvería el título que le pondría a la gran obra; pero sucedió así: me gustó mucho el color de las tapas de uno de los cuadernos, decidí comprar precisamente ese; el nombre del cuaderno era «Adelante» y así como los jugadores presienten la suerte en el primer número que ven, así presentí yo que si le ponía a la obra «Adelante» acertaría a realizar la gran obra: el título «Adelante» era la cábala para que saliera la gran obra. Fue la gran sorpresa; me di cuenta con qué naturalidad ocurren las grandes cosas; me pasé todo el día pensando en lo que me ocurrió en la mañana y pensando que hoy, aunque no se me ocurriera nada más ya había hecho bastante: había encontrado el nombre que diferenciaba mi obra de las demás y que tenía la cábala de ser la gran obra. Ahora es de noche y tengo mucho sueño.

Al otro día.

Hoy me he dado cuenta de muchas cosas: primero —y esto tiene poca importancia—, que todo lo que se me ocurrió ayer fue una novelería infame; después, que tuve un principio de infidelidad para este cuaderno porque me empecé a enamorar de otro. Aquí mi personaje me habla de la fidelidad; pero yo recuerdo de la fidelidad que muchos hombres han tenido a sus ideas, doctrinas, teorías, etcétera, y le he puesto una cara que creo que nunca más me hará esta observación. De lo último de que me di cuenta es que la infidelidad a este cuaderno y el deseo de escribir en el otro me han hecho ver algo muy interesante, la marcha de este: parece que la máquina tiende a detenerse y que debo terminar, y que es inútil que me prevenga contra el personaje que me observa, que ya caeré cuando menos piense que me observa. Pero también pienso, con un resto de optimismo ante lo que no puedo seguir, que bastante me hice el gusto llenando este cuaderno y que en él habré soltado muchas ideas malas: esto tiene mucha importancia porque, aunque nuestras ideas valgan poco, siempre buscamos la ocasión de meterlas en alguna parte, y de esta manera ya las maté.

ROCHA 1929

La pelota

(1945)

Cuando yo tenía ocho años pasé una larga temporada con mi abuela en una casita pobre. Una tarde le pedí muchas veces una pelota de varios colores que yo veía a cada momento en el almacén. Al principio mi abuela me dijo que no podía comprármela, y que no la cargoseara; después me amenazó con pegarme; pero al rato y desde la puerta de la casita —pronto para correr— yo le volví a pedir que me comprara la pelota. Pasaron unos instantes y cuando ella se levantó de la máquina donde cosía, yo salí corriendo. Sin embargo ella no me persiguió: empezó a revolver un baúl y a sacar trapos. Cuando me di cuenta que quería hacer una pelota de trapo, me vino mucho fastidio. Jamás esa pelota sería como la del almacén. Mientras ella la forraba y le daba puntadas, me decía que no podía comprar la otra y que no había más remedio que conformarse con esta. Lo malo era que ella me decía que la de trapo sería más linda; era eso lo que me hacía rabiar. Cuando la estaba terminando, vi cómo ella la redondeaba, tuve un instante de sorpresa y sin querer hice una sonrisa; pero en seguida me volví a encaprichar. Al tirarla contra el patio el trapo blanco del forro se ensució de tierra; yo la sacudía y la pelota perdía la forma: me daba angustia de verla tan fea; aquello no era una pelota; yo tenía la ilusión de la otra y empecé a rabiar de nuevo. Después de haberle dado las más furiosas «patadas» me encontré con que la pelota hacía movimientos por su cuenta: tomaba direcciones e iba a lugares que no eran los que yo imaginaba; tenía un poco de voluntad propia y parecía un animalito; le venían caprichos que me hacían pensar que ella tampoco tendría ganas de que yo jugara con ella. A veces se achataba y corría con una dificultad ridícula; de pronto parecía que iba a parar, pero después resolvía dar dos o tres vueltas más. En una de las veces que le pegué con todas mis fuerzas, no tomó dirección ninguna y quedó dando vueltas a una velocidad vertiginosa. Quise que eso se repitiera pero no lo conseguí. Cuando me cansé, se me ocurrió que aquel era un juego muy bobo; casi todo el trabajo lo tenía que hacer yo; pegarle a la pelota era lindo; pero después uno se cansaba de ir a buscarla a cada momento. Entonces la abandoné en la mitad del patio. Después volví a pensar en la del almacén y a pedirle a mi abuela que me la comprara. Ella volvió a negármela pero me mandó a comprar dulce de membrillo. (Cuando era día de fiesta o estábamos tristes, comíamos dulce de membrillo.) En el momento de cruzar el patio para ir al almacén, vi la pelota tan tranquila que me tentó y quise pegarle una «patada» bien en el medio y bien fuerte; para conseguirlo tuve que ensayarlo varias veces. Como yo iba al almacén, mi abuela me la quitó y me dijo que me la daría cuando volviera. En el almacén no quise mirar la otra, aunque sentía que ella me miraba a mí con sus colores fuertes. Después que nos comimos el dulce yo empecé de nuevo a desear la pelota que mi abuela me había quitado; pero cuando me la dio y jugué de nuevo me aburrí muy pronto. Entonces decidí ponerla en el portón y cuando pasara uno por la calle tirarle un pelotazo. Esperé sentado encima de ella. No pasó nadie. Al rato me paré para seguir jugando y al mirarla la encontré más ridícula que nunca; había quedado chata como una torta. Al principio me hizo gracia y me la ponía en la cabeza, la tiraba al suelo para sentir el ruido sordo que hacía al caer contra el piso de tierra y por último la hacía correr de costado como si fuera una rueda.

Cuando me volvió el cansancio y la angustia le fui a decir a mi abuela que aquello no era una pelota, que era una torta y que si ella no me compraba la del almacén yo me moriría de tristeza. Ella se empezó a reír y hacer saltar su gran barriga. Entonces yo puse mi cabeza en su abdomen y sin sacarla de allí me senté en una silla que mi abuela me arrimó. La barriga era como una gran pelota caliente que subía y bajaba con la respiración. Y después yo me fui quedando dormido.

Manos equivocadas

(1946)

A Irene:

No se inquiete. Es decir me gustaría que se inquietara un poco, si en esa inquietud hubiera curiosidad. Precisamente la curiosidad es la causa de que yo haya querido escribirle —ya le explicaré con todos los detalles posibles esta actitud—; pero antes tengo que decirle que no la comprometeré; lo que le escribo lo podrá leer todo el mundo: no encontrarán otra cosa que curiosidad, y sobre todo, una curiosidad libre, pues su nombre fue tomado al azar entre muchos. Yo no tenía ninguna disposición anterior acerca de su persona; pero su nombre, tomado entre muchos, fue la primer cosa de lo desconocido en que se detuvo mi curiosidad. En el movimiento que ella hizo para ir a posarse sobre su nombre también me encontré con lo desconocido. Y por último, en mi propia curiosidad, en lo hondo de ella, también me encuentro siempre con lo desconocido: lo poco que de ella sé, lo encontrará usted en la prometida historia; y mi empecinamiento en contestársela es por la necesidad de que le resulte lo menos violenta posible esta actitud mía. Sin embargo, lo primero que me impulsó a realizar esta carta, fue la esperanza de que la persona a quien me dirigía, sufriera una curiosidad parecida.

Desde hace muchos años y hasta hace pocos meses, mi locura anduvo vagando por las ciencias. Allí también sentí curiosidad y allí también sentí lo desconocido. Pero una noche en que estaba distraído y miraba la calle casi oscura de mi casa y por la cual pasaban algunas personas, se me empezó a cambiar la curiosidad y el interés de lo desconocido: se volvieron hacia las personas que pasaban. Algunas llevaban la cabeza baja y yo sentí deseos de saber lo que sentían y pensaban en aquel momento. Hubiera sido absurdo pretender saberlo; pero ese deseo estuvo en mí desde esa noche. A la mañana siguiente, cuando hacía poco rato que estaba despierto, tuve el precipitado deseo de salir de mi casa y ver cómo serían las personas que viajaban en los mismos ómnibus que yo y las que encontraría por las calles. Desde ese día me interesó ver y sentir desde temprano el movimiento de las calles con sus personas y sus cosas. Caminaba entre la gente con el mismo descuido que había tenido en mi casa para arreglarme antes de salir; no buscaba nada y sabía que encontraría algo: ya lo estaba encontrando. Era eso desconocido a que me entregué aquella noche en mi casa, cuando estaba apoyado con los brazos en la verja de madera, y cuando vi pasar a las personas como a figuras extrañas, mucho más desconocidas y alejadas que antes. Tan extrañas, desconocidas y alejadas las volví a ver al otro día de mañana, a pesar de la luz del día, a pesar de ser yo también otra de las personas que iban por las calles, y a pesar de tenerlas tan cerca cuando viajaba en los ómnibus.

Pero la noche de ese mismo día me di cuenta de que lo desconocido aparecía más en la noche que en el día: en la noche yo también sentía que alrededor del espíritu tenía un poco de oscuridad, y que a mis pensamientos, por más claros que fueran, les llegaba algo de la sugestión del espíritu y de la noche. Cuando más oscuro era el aire, más grande era la sugestión de lo desconocido. No importaba que ese mismo aire llegara hasta donde estaban las lamparillas; aunque yo estuviera distraído o pensando en otra cosa, sentía que más allá de donde ellas alcanzaban, estaba siempre aquel mismo aire cargado de oscuridad. Además comprendía que lo desconocido era furtivo: pasaba en el fondo de una calle, junto con un ferrocarril que cruzaba; cuando creía encontrarme con una persona conocida y después resultaba que no era; en momentos que una mujer en el cine se daba vuelta para atrás y miraba como buscando a alguien; al salir varias personas de un zaguán; cuando en una esquina a la que había mirado unos momentos antes, aparecían como llamitas recién encendidas las figuras de dos muchachas; cuando una mujer soltaba una carcajada y la ahogaba con un pañuelo; cuando dos personas desconocidas hablaban cerca, de otra que yo conocía; cuando al volver a mi casa tarde de la noche, me parecía ver de pronto la cara de un hombre que había muerto hacía tiempo; y cuántas cosas de extraña incoherencia.

Otra noche me di cuenta de otra cosa más de lo desconocido: no siempre llega de pronto y chocando contra mí, sino que a veces llega como si yo estuviera durmiendo y me empezaran a poner cobijas muy livianas y después más pesadas, hasta que me despertaba y las tiraba.

Una vez yo estaba sentado en el centro de la tertulia de un teatro y en la platea veía la parte de atrás de un saco de terciopelo negro de la cual salían una cabeza rubia y unas manos y brazos enguantados de cabritilla blanca. Yo miraba distraídamente los movimientos de aquella cabeza y de aquellos brazos, y poco a poco fui sintiendo que esos movimientos y esa gracia tan extraña, habían sido vistos por otra persona en uno de sus sueños... Después se levantó el telón y atendí a la escena.

Otra vez en un cine muy lujoso y casi vacío, empecé a sentir poco a poco una inexplicable angustia: aquella angustia me la había venido creando la suntuosidad, y en esa misma suntuosidad había un silencio extraño... Pero otra vez descubrí que sentía esa misma angustia desconocida en salas llenas de voces alegres y de mujeres graciosamente vestidas, y que además, en esas mismas salas alegres, también aparecía lo desconocido fugaz: en el momento en que una persona hacía un movimiento que aun visto por ella misma le hubiera resultado extraño; en la forma con que una persona miraba a otras que recién entraban; en una seña desconocida de una fina mano de mujer...

He interrumpido esta carta porque un amigo vino a buscarme para ir a una fiesta. Allí, alguien, comentando los colores con que una mujer se había pintado las ojeras, pronunció su nombre. El corazón se me detuvo. Y al ir constatando que no podía haber dos personas con su nombre, empecé a pensar de nuevo en lo desconocido. ¿Acaso el haberla encontrado cuando le escribía como a una persona desconocida no es otra cosa más de lo desconocido? Además, después que nos presentaron y de haber conversado juntos tanto rato, me di cuenta de que en usted había muchas cosas maravillosamente desconocidas; y entonces pensé que lo que faltaba decir en mi carta se volvía más fácil: pedirle que abandonara algo de los instantes en los que sienta eso que digo hasta el cansancio y con esa vulgar palabra: «desconocido». ¿Le interesará hacer la historia de estos instantes?

El cartero llega a casa al oscurecer y a esa hora yo estaré pensando que a lo mejor usted me escribe.

Un saludo.

A Inés:

Hoy me desperté tarde; sin embargo no me levanté en seguida, porque tuve que acordarme de lo que pasó anoche. Y como anoche la persona vestida de luto era usted, y los demás, y el ruido y la luz eran de una calidad de confusión como de una antigua película de cine, sentí que si me levantaba y le escribía, tendría el privilegio de dirigirme a la figura imprecisa de un sueño. Pero antes de levantarme, la atención se me detuvo en el clavel rojo de la solapa de mi saco, y me pareció que mi traje era del personaje que anoche habló con usted, de aquel «yo» que también era de sueño.

De usted brotaban cosas que no recuerdo tanto por sus palabras como por su actitud mientras conversaba; y cuando conversaba yo, no me parecía que yo mismo hablara sino que seguía sintiendo lo que usted decía con sus gestos.

La luz al pasar por el ala calada de su sombrero hacía arabescos de sombra en la parte superior de su cara, y lo que había en sus dientes muy blancos no parecía tener que ver con el brillo de sus ojos negros en la sombra de los arabescos. Pero cuando salimos del bar y caminábamos juntos, esa sombra se movía más, y cuando pasábamos debajo de los focos, parecía que de su frente caía un antifaz.

También siento sombras de sueño al acordarme de cómo caminábamos nosotros dos: tan pronto íbamos juntos, como nos separaban los compañeros y quedábamos en los extremos de la línea. Pero de pronto yo me adelantaba un poco, veía que usted con su gesto se dirigía a mí, y en seguida me encontraba a su lado. Después, yo me había adelantado mucho trecho con un compañero; sentimos que nos llamaban porque algunos se separarían del grupo; y entonces, al encontrarme con usted y verla sin aquel sombrero y con aquella cabellera, sentí algo que sería como el epílogo de la noche.

Ahora han pasado algunos días. Yo he deseado no mover más los recuerdos y he preferido que ellos durmieran, pero ellos han soñado.

Ahora hace veinticuatro horas que la vi por la calle y llevaba otro sombrero. Yo estoy muy lejos, es de noche, y también el presente me parece un sueño. ¿Cómo es que la volví a encontrar, y llevaba otro sombrero, y yo tuve que salir de Montevideo anoche mismo? El amigo con quien yo debía venir, salía de ahí a las pocas horas que usted se despedía de mí sin saberlo. Y recordar todo eso en un lugar donde nunca estuve, y que es solo y pintoresco, es lo que hace de sueño el presente.

Esta tarde, al pasar por un maravilloso lugar que hace el arroyo en el bosque, pensé que a lo mejor ahí mismo leería una carta que usted me mandaría, y hasta que venga, estaré ocupado en esperarla. ¿Me escribirá pronto?

Todavía estoy en el saludo que le ofrecí anoche, y todavía tengo el suyo.

A Inés:

Hace muchos días que vivo realizando cosas que siento como fuera de mí; aunque ellas sean espontáneas y ligadas a mi intimidad, igual las sigo sintiendo como fuera de mí: ocurren cuando estoy con mis amigos y cuando toco el piano. Pero en los poquísimos momentos que me encuentro solo, en los momentos antes de dormirme y en los antes de levantarme, siento que dentro de mí, y aun cuando no he pensado en ello, ha seguido formándose lo que empezó aquella noche.

La primera vez que me di cuenta de eso fue aquella otra noche que usted llevaba otro sombrero. Eso había crecido escondido en muchos instantes durante los cuales yo no pensaba en él, y cuando la encontré me sorprendió de una manera muy extraña: sentí, que sin saberlo, se me había preparado un espacio donde caería y quedaría como encerrada la emoción de ese encuentro.

Después, en ese mismo espacio donde cayó la emoción, se ha ido formando un sentimiento; ese sentimiento está siempre junto a mí, aun en los momentos que yo no recuerdo que existe; pero de pronto aparece y me sorprende con una suave palpitación; entonces hago un silencio en medio de una conversación, o me distraigo o siento con más intensidad lo que estoy tocando en el piano.

A veces, cuando me llega la suave palpitación, creo que sin darme cuenta la esperaba; pero hay otros momentos que me toman tan desprevenido como si me diera vuelta y viera en el sentido opuesto de mi camino, una imprecisa y larga sombra; después esa sombra se cambia y nunca acierto a prever de dónde me viene la luz y hacia dónde va mi sombra...

El día que llegó su carta —esa carta que ahora es muy mía y que tanto estimo y respeto— ya las palpitaciones no fueron suaves.

Un intenso saludo.

A Irene:

El deseo se me ha acostumbrado a escribirle algunas de las cosas que siento y pienso. Pero ni lo que pienso yo ni los hombres inteligentes, ni lo que descubren los sabios —aunque todo esto me interese mucho—, es lo que prefiero encontrar en la vida. Es decir, a veces me gustaría llegar en los momentos que los pensamientos de los hombres inteligentes toman extraños giros y se pierden... y en los momentos de apasionado empecinamiento de los sabios al buscar...

Sin embargo, ahora yo me tendré que valer del pensamiento para decirle qué es lo que prefiero encontrar. Siempre son esas mismas cosas de lo desconocido. Mi locura me ha hecho buscarlas por todas partes. Las he seguido buscando, en las novelas ligeras a pesar de ser cursis y falsas, y en las grandes obras a pesar de ser autores muy diestros en manejar el pensamiento; pero siempre en momentos que parece que el autor no supo que quedaba eso; en los momentos que dejó eso de paso; en los momentos que escribió algo que no le enorgullecerá, y que tal vez nunca citará ni recordará.

Anoche llegué al cine cuando la cinta estaba empezada; y fui sintiendo lo desconocido que me interesa mientras no percibí el plan de la película. También lo siento a veces a pesar del plan; y por esas pequeñas posibilidades, es que voy siempre al cine.

Una vez escribí dos trozos con muy poca intención y con poco producto del pensamiento; pero que tienen lo que me gusta encontrar.

COSAS QUE ME GUSTARÍA QUE PASARAN

Estaría sentado en el césped de un pequeño bosque.

Pensaría en otras cosas que no tendrían nada que ver con el bosque.

Pero de pronto estaría distraído y miraría de arriba abajo los grandes árboles.

Después, los troncos de los grandes árboles me interrumpirían la visión de las personas que cruzaban a alguna distancia.

Una de ellas caminaría levantando un poco de polvo y yo me daría cuenta de que por allí cruzaba un camino polvoriento.

Pero antes de terminar de suponerme el camino, cruzaría una mujer joven.

Sería linda, pero yo no sabría adónde iba, y por qué casi corría.

No se me ocurriría seguirla, ni pensaría que yo tenía tan agradable pereza; a lo mejor, algún otro día volvería a ver a aquella mujer.

Me levantaría del césped y después estaría en otro lado.

Pero aquella mujer y las demás cosas del pequeño bosque descansarían en mi olvido hasta quién sabe cuándo.

Sería de noche.

Yo estaría llegando de la oscuridad de una carretera que tendría quintas a los lados.

Al entrar en el cruce de una calle empedrada y alumbrada, me parecería que entraba en un escenario y que sentía miradas sobre mí: entonces me detendría en una de las esquinas como para esperar algo.

Nadie me miraría a pesar de haber enfrente un boliche concurrido.

Me miraría un hombre que estaría cerca del boliche y en actitud de esperar el tranvía: ese hombre sería un dramaturgo a quien me hubiera gustado conocer, pero todavía no se me habría presentado la oportunidad de que me lo presentaran.

Yo miraría para arriba. En el centro del cruce habría un foco.

La luz, más fuerte que él, estaría metida en las copas de los paraísos que a esa altura se encontrarían.

Después el dramaturgo tomaría el tranvía y yo entraría en el boliche.

Ahora se me antoja hacer la historia de mi atrevimiento al haber copiado aquí esas cosas tan simples.

Pensaba hace mucho que si nuestro apreciado pensamiento soñaba con plantear concretamente el orden y la ponderación de todo lo que hay en el espíritu, es posible que antes de morir su dueño, las fuerzas espontáneas de la Naturaleza le despertaran de semejante pesadilla, y se encontrara con que a veces la realidad es oscura y confusa en sí, y que cuando los escritores y psicólogos creen haberla aclarado, se refieren a otra cosa; ellos convierten la realidad oscura en realidad clara, y entonces esa no es la realidad con su real color, calidad y condición; que eso que ellos plantean es una realidad de sus cabezas y no tiene nada que ver con los hechos que espontáneamente ocurren en el espíritu.

En esa real confusión, tan pronto la vanidad parece que toma de sirviente al pensamiento como que es el pensamiento el autor de ella, o que es él quien la hace crecer, etcétera. Pero sé que al fin nuestro apreciado pensamiento interviene en nuestros dolores, placeres y sentimientos y especula para que nuestro espíritu sea superior y nuestra personalidad cotizada. Hasta cierto grado esto lo sentiría con simpatía; solo que cuando la vanidad es demasiado predominante y hace también demasiado predominante nuestro pensamiento, la vida es una rara tortura. Muchas veces no se tiene resistencia para esta tortura y el paciente se salva; pero otras veces resiste en ese estado hasta la muerte.

Yo había escrito esto en un cuento:

«Aquel tipo que era yo antes de conocerla, tenía la indiferencia del cansancio. Si la hubiera conocido mucho antes, mucho antes hubiera gastado mis energías en amarla; pero como no la encontré, esas energías las gasté en pensar: había pensado tanto, que había descubierto lo vano y lo falso del pensamiento cuando este cree que es en primer término, quien dirige nuestro destino. Y a pesar de esto, seguía pensando, mis energías seguían atacándome el pensamiento y sentía el más antipático cansancio. Este tipo que soy yo ahora descansa en la inquietud de amar a su antojo; pero desde el 19 de mayo —dos días después de empezar la historia— hasta el 6 de junio —el día en que yo mismo suspendí la historia porque al día siguiente temprano salí de la ciudad en que ella vivía— en esos veintidós días que median entre esas dos fechas, descansé además en sus grandes ojos azules —también era grande la distancia que había de sus ojos a las cejas, de ese espacio pintado de azul tenue, y de esa bóveda azul, parecía que descendía eso que había en sus ojos, eso que me hizo descansar de mis pensamientos y amarla con toda la amplitud de mis ganas—.»

El pensamiento, a pesar de haberse descubierto, insiste y da explicaciones de por qué insiste. Yo no hubiera querido escribirle en esta carta cosas del pensamiento y mire cuánto pienso para eliminar el pensamiento. Este es el castigo de quienes lo atacan: seguir pensando. Sin embargo ahora mi pensamiento me da explicaciones —y sigue pensando—: escribir lo que piensa es un medio de muchas posibilidades para eliminar el pensamiento. Además tengo la esperanza de que atacándolo fuertemente en los primeros momentos, nuestras cartas se verán más aliviadas de él. Precisamente, los dos trocitos que copié estaban muy aliviados. Pero no he hecho todavía toda mi defensa por haber copiado eso, aunque todo lo que haya dicho me sirva.

Si es cierto que en el recuerdo quedan algunas cosas, por la intensidad con que el pensamiento ha hecho jugar a los sentimientos, también es cierto que quedan otras cosas en las cuales el pensamiento ha tenido poca intervención. Eso ocurre con recuerdos de la niñez; y precisamente, porque yo creo que en mí algo se quedó niño, es que busco con una sencillez especial; por eso encontré esa onda de lo desconocido que me interesa. También me alegran y me gustan los recuerdos de los momentos en que he sentido la vida con tan poco significado y en ese estado tan sin tensión del espíritu y del pensamiento.

Todavía un poco más; no crea que cuando nos toma el pensamiento, nos suelta tan pronto. Aún quiero epilogar explicándole más ampliamente el objeto de todo cuanto he dicho del pensamiento —precisamente, el tener objeto es cosa del pensamiento—. Además quiero librar nuestras cartas en todo lo posible de cosas del pensamiento. Con respecto a mí mismo y con esa esperanza, es que quise dejar todo eso como medio de que no me atacara tanto en adelante; con respecto a lo desconocido, hacer más nítida la onda al especificar que en ella hay poco pensamiento; con respecto al recuerdo de hechos, pintar los que hayan tenido poca intervención de pensamientos; con respecto a lo que copié, defender —precisamente el pensamiento es una cosa de atacar y defender— la simplicidad de las cosas copiadas; para defenderme también de la falta de ilación —precisamente es el pensamiento el que hila— y por último, saber si a usted le interesa esa onda en que le propongo que escriba, porque jamás le pediría que lo hiciera sobre un tema impuesto, aunque tuviera la esperanza de que sufriera, como ahora, la misma curiosidad que yo.

Si usted me escribe, tampoco se tome trabajo para hacerlo, porque desearía que le resultara un placer ligero, y que tuviera algo de esa riqueza de cosas femeninas que hay en usted cuando juega y cuando mueve su espíritu con tantas alegrías inesperadas.

Un gran saludo.

A MARGARITA:

No es necesario que lea en seguida esta historia: preferiría que la leyera en momentos en que no tuviera necesidad ni ganas de pensar en nada —aunque en ese caso es cuando se piensa en esas cosas…—

Hace poco tiempo, y en el andén de una pequeña estación, mientras yo esperaba un ferrocarril que tardaría, se reunieron en mí unos recuerdos y unos pensamientos, y me hicieron comprender lo grande que era en mi vida un deseo sencillo. En el resultado exterior de este deseo, sentía inmensa dicha en escribir algunas cartas y recibir otras. Era más sencillo todavía el sentimiento que provocaba este deseo: un sentimiento de alegría tranquila y lenta, que quería ir a encontrarse con cosas inesperadas, y que al mismo tiempo las esperaba. Al otro día y cuando estaba en mi pequeña casa —que está en un barrio alejado, pintoresco y tranquilo— volvió a insistir —como insistiría un niño para que le hicieran un cuento—, el inmenso deseo de escribir algunas cartas y recibir otras. Y en seguida empecé a suponer la emoción que tendría, al dejar en una carta cosas sentidas en la soledad de mi pequeña casa; al ir a poner mi carta en medio del barullo de la ciudad; al volver a mi casa y suponer cómo habría llegado mi carta a la soledad íntima de una mujer que viviera en medio de una multitud desconocida; y por último, al pensar en el día que llegara a la tranquilidad de mi barrio pintoresco, la otra carta, la que traería escondidas algunas de las cosas que son para esperar.

Todas estas suposiciones no eran muy claras. Unas veces me parecía que aguardaban y otras que intervenían, con disimulo y vaguedad, el recuerdo y la suposición de mujeres extraordinarias. Pero a medida que mis pensamientos atacaban los recuerdos, desaparecían más las que imaginaba, y aparecían las que conocía; entonces todo se volvía más franco y más claro; cada una de ellas se detenía, y las rodeaban los recuerdos que a cada una correspondían. A veces los recuerdos de una se enganchaban con los de otra, y las veía juntas en una entrevista; pero de pronto recordaba una conversación en que cada una defendía sus encantos, y las volvía a ver separadas.

Al imaginarme cómo caería una carta mía en el misterio de cada una, pensaba que por más sencillo que fuera ese misterio, yo tendría la suerte de no saber qué cosas se producirían en cada espíritu. Y entonces, el inmenso deseo de sentir ese sencillo misterio, el inmenso deseo de moverlo y ver si era amigo del mío, me hizo caer en los mismos lugares hacia donde me habían empujado los pensamientos y los recuerdos que se habían reunido en mí el día anterior, cuando estaba en el andén de una pequeña estación y esperaba un ferrocarril que tardaría.

En esos momentos en que pensaba en el misterio de una mujer, el presentimiento se inquietaba y en el espíritu había algo doble: lo de saber que había una cosa y lo de querer saber cuál era su forma, lo de sentir que existía y lo de desear sentir su manera de moverse y de existir.

Otra de las cosas que percibí me ocurrían en el espíritu, era que no sentía límite ni distancia en el momento de producirse el presentimiento del misterio de un espíritu, y el deseo de llegar hasta él con los medios que necesitaría; estas dos cosas estaban más que ligadas, estaban juntas y se confundían en el momento que nacían; yo no sabía si el presentimiento del misterio me había despertado el deseo de caminar hacia él, o si el deseo de caminar me había hecho presentir el misterio. Pero lo que sabía seguro era que todo eso era la aventura que más deseaba mi espíritu, y que esa aventura había empezado cuando aquellos recuerdos y aquellos pensamientos se reunieron.

Al llegar aquí quise distraerme y no pensar en eso; me ponía el pretexto de que quería planear bien la aventura; pero también sentía como un ligero temor de gastar esa emoción porque esa emoción se me terminaría. Entonces, después de haber dominado el interés de seguir pensando en eso, y cuando hacía y pensaba otras cosas, me atacaba con mucha prudencia y con cierta contenida emoción, la curiosidad de saber a quién dirigiría mi primera carta y las cosas que en ella pondría.

Esa misma noche estaba muy contento. Había ido al centro de la ciudad y me encontraba rodeado de barullo y de personas conocidas. Pero esa noche, ese barullo, esas personas, y los pedazos de cosas que oía, me dieron una angustia rara y fea, porque he tenido otras angustias que, en recuerdo y hasta en el momento de ser sentidas, han tenido como algo de bueno; también han sido más mías y me ha parecido como que mi sentimiento las comprendía, y la tristeza que habían dejado en el recuerdo era de una calidad fina; pero angustias como la de aquella noche, eran como cosas que no pertenecían a mi vida, como incomprensibles para mi sentimiento, como una enfermedad para la cual mi organismo no hubiera tenido predisposición, como algo que hubiera llegado a mí equivocado.

Cuando volvía en el tranvía a mi casa, y trataba de sacudirme esa rara y fea angustia y miraba distraído los cuadros de luces del tranvía al pasar por las calles y subir las veredas, llegó hasta mí un pensamiento inútil, falso y vicioso; pensé en lo que hubiera ocurrido si yo hubiera descubierto mi secreto ante las personas conocidas; ese pensamiento me hacía sentir el mismo vértigo y la misma sugestión que sentiría si tocara con un pie la arista del borde de un rascacielos; y sin embargo me fue útil, pues por él llegué a otros pensamientos que me hicieron ver muchas de las dificultades que habría de franquear antes que mis cartas cayeran en el abismo del misterio de las mujeres extraordinarias. Pensé además en muchas dificultades que no correspondían a mujeres de esa calidad; pero también me sirvieron para llegar a saber algo de lo común del espíritu. Por más cultura, por más libertad inteligente que hubiera en una persona, el más pequeño hecho desacostumbrado que se produjera en el espíritu de otra con relación al de ella, le produciría siquiera una pequeña reacción, y esa reacción podría alcanzar a inhibir la espontaneidad. Es menos habitual que un hombre escriba a una mujer sin la oportunidad del más insignificante hecho concreto, y sin otra causa que el inspirado deseo de ver cómo siente la vida otra persona, de mover su misterio y ver si es amigo, y de sentir todas las cosas que traté de exponer. También es desacostumbrado que alguien sienta como yo un deseo tan sencillo.

Algo parecido les ocurre a dos personas cuando se encuentran y una se allega a la otra; pero como eso sería más común, no extrañaría; sin embargo ese espontáneo movimiento del espíritu es muy parecido al que tengo ahora al escribir, y la diferencia que habría no sería de actitud; mi deseo podría ser continuo de ese otro, porque después que dos personas hablaran y presintieran su afinidad, sería muy natural que también sintieran placer en que ese intercambio de sensaciones del espíritu y del pensamiento, se produjera a distancia. En ese caso el intercambio dependería de algo así como de la velocidad de las personas; para los que somos lentos y nos es lento el proceso de las sensaciones, es posible que cada hecho del espíritu tenga más duración y más comentario que en los de sensaciones rápidas; y entonces, para los lentos, la distancia tiene nuevos matices con respecto a esa comunicación, y hasta tendría cierta compensación, de alguna cosa que se produjera en lo vivo cuando se está cerca. Además, por más que cuando improvisemos ante otra persona, tomemos cosas del fondo de nuestra experiencia, también es posible que la improvisación nos lleve a traicionar hasta lo mejor de lo que tendríamos sabido, y ciertos detalles produjeran ciertas interferencias en el sentimiento de lo verdadero. No es que no crea tampoco en las otras cosas buenas que hay en el cambio vivo, en todo el misterio que puede empezar a suscitarse con la presencia física, y hasta en lo bueno que resulte cuando en el espíritu se producen esas interferencias que lo mueven y le dan otras posibilidades; pero hay almas en que el recuerdo de aquellas presencias provoca la creación de otra cualidad de matices, enriquece el sentimiento con nuevos elementos y con todo lo desconocido que se puede producir a la distancia, mientras reconstruimos de alguna manera la presencia física que ahora no tenemos.

Como en varias ocasiones he sido muy feliz hablando con usted de hechos que ocurren en el espíritu, es que ahora deseo tan intensamente el reposado y gran placer de hacerlo en esta otra forma; y le he contado semejante historia para que usted conozca ampliamente mis deseos y tenga los menores motivos posibles para reaccionar contra ellos.

Si en realidad las cartas que deseo escribir son desinteresadas, esta tiene la intención de pedirle que quiera realizar las otras, y por eso desearía que esta fuera el prólogo. No pido otra cosa que lo que en esta di primero: comentarios de cosas. A pesar de que la última vez que la vi, usted reaccionó diciéndome que no acostumbraba a contestar cartas, yo tengo la esperanza de que me escriba: esta carta no tiene el mérito de haber sido escrita en la seguridad de no ser contestada —ya ve con qué franqueza la hablo—. Además tendría una inmensa alegría si esta hubiera llegado a merecer que usted hiciera una excepción en su costumbre; a pesar de saber lo fuerte que es en usted la inercia de su vida, no puedo renunciar tan fácilmente a tan inmenso deseo.

A Irene:

No me acuerdo bien si usted ya había cerrado su pequeño paraguas y quedaba abierto el mío, grande, cuando hablábamos de aquel hombre que conocí en mi niñez y al que admiré y quise tanto. Pero recuerdo bien, que bajo aquella lluvia indecisa y bajo aquel foco y aquel verde de las copas de los árboles, sentí junto a usted aquello de lo desconocido que tanto hice por decir en mis cartas. Donde más sentía yo la presión de lo desconocido era al recordar a ese hombre que ahora no existe; y aquel oscurecer, con su lluvia imprecisa y su luz artificial y sus árboles y todas las cosas, hicieron una escena como para que después yo rememorara esos recuerdos. Y ahora al sentir ese anochecer, me parece que fue mucho más cerca de la época en que vivió él, que de esta en que hace pocos días nosotros nos encontramos. Pero hubo un momento en que esta época en que yo seguía viviendo y él no, me parecía que tenía algo de falso: el privilegio que yo tenía de existir después de él sería a expensas de que me fuera a ocurrir algo grave. Sin embargo, también sentí algo de lo de ahora: cuando yo con mis ojos me caía en los suyos, recordaba que los de él también eran negros y profundos; y entonces era cuando sentía con más intensidad lo desconocido: lo desconocido me miraba con los mismos ojos. Pero al mismo tiempo había en sus ojos y en su cara otra cosa que me hacía desplazar los momentos en que sentía lo falso del presente y que hacía que lo desconocido tuviera que empezar de nuevo. Al mismo tiempo que hablábamos había algo que no tenía que ver con las palabras; pero las palabras nos servían para atraernos mutuamente hacia el silencio de cada uno. Ahora me parece que conservo ese silencio y que en él escribo. Pero en aquel anochecer y al mismo tiempo que hablaba y desarrollaba inquietamente lo que pensaba, sentía como la presencia de otros pensamientos; también sentía que estos pensamientos aparecían y desaparecían, como si en un camino de un bosque, por el cual yo cabalgara velozmente y sin pensar en otra cosa que en llegar, de pronto cabalgaran cerca de mí otros jinetes que se perderían en el bosque y que volverían a aparecer.

A veces, de todas las palabras de mi conversación le hacía sonreír una; entonces yo miraba extrañado a su cara como a un lago en el que se me hubiera caído un objeto y viera las ondas que producía sin saber qué objeto era.

Ahora tengo muchas ganas de recordar algunas cosas y pocas ganas de escribir. Y usted, en su silencio, ¿no escribe?

A Margarita:

Hoy serían las cuatro de la tarde cuando llegaron a visitarme las jóvenes y alegres palabras que me enviaron tus manos. Las conocí desde lejos porque venían como siempre en una pequeña carta azul. Son las once de la noche y todavía no han terminado su visita.

Cuando todavía no era de noche, llamó en el portón de mi casa un mensajero: me traía una carta de una amiga: entonces pensé que las palabras de tu carta habrían aprovechado ese momento para irse; pero en seguida las sentí reír en mi cabeza. ¿Pasarán toda la vida conmigo? No comentaré lo que ellas dijeron porque temo se enojen y nunca más me muestren sus encantos. Además son pocas. Ya no todas quedan sonando en mi soledad. Ni las que tienen más amplia sonoridad son las que alcanzan los rincones preferidos. No sé quién las apaga ni cómo es la calidad o el secreto de su penetración. No sé cuáles son las que logran llegar, posarse y quedar dormidas sobre los misteriosos objetos que están escondidos desde quién sabe cuándo en los más oscuros desvanes. Pero allí esperan desconocidos silencios para levantar de nuevo su apagada sonoridad de recuerdo.

Mándame siempre palabras de larga permanencia.

A Margarita:

Ya sé. Te extraña que desde hace tanto no te escriba. Pero hace mucho que una noche, el viento cambió de dirección mi desesperación, dobló mi angustia para otro lado. Me reí de mí como si hubiera descubierto que había andado con el alma dada vuelta del revés, con las costuras para los demás y la trama suave para mí mismo. Revisé los oscuros trazos de mis cartas y me di cuenta de que mis manos se habían equivocado: en lo que dieron y en lo que esperaban. Había hecho un esfuerzo inútil por deducir un poco de misterio. Tal vez ese poco lo puse yo. Había sufrido mucho porque aunque mis amigas tuvieran una libertad inteligente y un espíritu lleno de colores me escribieron muy poco.

Pero aquella noche que el viento cambió su soplo, alguien desde la calle, llamó a mi corazón. Y él, desde mi sueño, se deslizó hasta el mundo. Entonces, como solamente él era capaz de buscar las cosas que me interesaban, nunca más busqué ni me interesé por nada. Ni siquiera lo he buscado a él mismo.

Mur

(1948)

Hace muchos años, al principio de un verano, yo fui a una pequeña ciudad para dar una conferencia. Como la llevaba escrita y no tenía preocupaciones, me propuse ser feliz. Allí había una feria ganadera y los hoteles estaban llenos; me tocó dormir con paisanos que conversaban a oscuras. Hablaban de los campos que convenían a sus animales, y me dormí cansado de imaginar vacas pastando en lugares distintos. Al otro día, después de la conferencia, un amigo me dijo:

—Mañana me voy para Montevideo, pero ya te conseguí una pieza de hotel donde dormirás con un muchacho que no habla de noche ni de día.

Y señalando a un joven que fumaba frente a un vidrio biselado —solo al otro día me di cuenta de que él echaba el humo sobre el vidrio— mi amigo le gritó:

—Che, Mur...

Mientras el joven venía hacia nosotros, yo dije:

—¡Qué nombre!... ¡Mur!

—No se llama Mur. Primero le decíamos «Murciélago»; y después Mur.

No tuve tiempo de preguntarle por qué le llamaban así. Mur venía trayendo la cabeza levantada y una gran nariz violácea que parecía decir: ¿Y?

Después de las primeras palabras mi amigo tomó por una punta la pequeña moña de la corbata de Mur y con un suave tirón se la deshizo. El otro soportó la broma con una sonrisa simpática y se fue hasta un espejo para hacerse la moña. No recuerdo si en esa ocasión echó el humo del cigarrillo contra el espejo. Al poco rato mi amigo se fue para su casa y Mur y yo empezamos a caminar —más bien lentamente— hacia el hotel. Después de haber andado algunas cuadras, él me dijo:

—Usted no tiene que acomodar sus pasos al compás de los míos, soy yo quien debe seguir el ritmo de los suyos.

—Esta es mi manera de caminar —le contesté.

Pero él hizo una sonrisa y nada más. Yo sentí necesidad de complacerlo y empecé a dar pasos largos y a balancearme hacia los costados. Al llegar al hotel tenía un poco de malestar en los riñones. El cuarto de él era grande y ya nos esperaban dos camitas vestidas de celeste. En un gran lavatorio antiguo de madera negra, había una palangana de porcelana blanca. Veía salir el agua del labio grueso de la jarra y el asa fresca me llenaba toda la mano. Después de lavarme vi a Mur sentado a una gran mesa redonda y fumando con los ojos bajos. Primero yo sentí necesidad de romper el silencio con alguna palabra: pero después pensé en esa costumbre mía como en una debilidad y decidí callarme la boca. De pronto Mur miró hacia un lado de la mesa y echó el humo al pie de un retrato; en él había una mujer que miraba el cielo; y cuando el humo subía, los ojos de ella parecían las ventanas de una casa en un principio de incendio. Entonces Mur me dijo:

—Le presento a mi novia.

Yo hice una cortesía un poco en broma y al levantar la cabeza vi colgado en la pared un fuelle; estuve luchando con la curiosidad de preguntarle para qué lo utilizaba; pero en ese momento Mur arrastró la silla con violencia y empezó a decir:

—Nos van a dejar sin cena...

Y los dos salimos de la habitación casi atropellándonos.

Esa noche en la mesa él no pidió vino. Comía silenciosamente y de pronto me dijo:

—Estuvo bien su conferencia...

—¡Ah! Me alegro...

—Espérese un momento; no he terminado de hablar. Usted dijo una cosa que no es de mi gusto.

—¿Cuál?

—Lo de un poeta que citó.

—¿«Es más interesante el más miserable de los hombres que el más maravilloso de los árboles»?

—Eso mismo. A mí me gusta más una plantita que muchos hombres.

—Está bien.

Y al rato me preguntó:

—¿Usted sabe quién soy?

Puse cara de no saber.

—El portero del banco —me dijo—. Yo antes era auxiliar; pero un día les pedí el puesto de portero. Entonces me dijeron que eso era un mal ejemplo; y después me mandaron a campaña, donde nadie sabía que fui auxiliar. Le estoy dando los datos porque si usted escribe ese cuento sobre mí...

Yo lo miré estupefacto.

—¿Cómo, usted no le dijo a Rafael que iba a escribir...?

Empecé a negar con la cabeza.

—¡Pero! —dijo él riéndose—. ¡Este Rafael!

Y al rato insistió:

—Mire, yo sé por qué se lo digo; usted podría hacer un cuento conmigo.

Yo no sabía cómo esquivarlo.

—No sé si realmente podría escribirlo. Además usted tiene novia; y generalmente a ellas no les gusta todo lo que se dice de su enamorado.

Por esa noche no insistió. Yo me fui a leer a la cama. Él se sentó en la mesa redonda y empezó a escribir y a echar humo sobre el papel. Antes de dormirme pensé en el apodo de Murciélago. Me despertó, al rato, el ruido del fuelle. Mur había abierto apenas la ventana y con el fuelle corría el humo hacia la rendija. Entonces me vino a la memoria algo que decía mi abuela: «Fumaba como un murciélago» y creí comprender el sobrenombre de Mur. Pero pronto hice otras conjeturas. Vi en los hombros desnudos de él dos mechones de vello tan abultados que parecían charreteras; y la parte de la espalda que dejaba ver la camisilla de verano la tenía cubierta por una capa de pelo bastante espesa. Y yo pensé: «Los murciélagos tienen todo el cuerpo lleno de pelo». Esto ocurría un viernes de noche. Al otro día se levantó temprano para ir al banco y al acercarse al espejo para arreglarse la corbata echó el humo en el vidrio; y recién entonces comprendí que el día anterior había echado humo en la puerta de cristales biselados. Esa mañana, por decirle algo, le pregunté:

—¿Así que usted prefirió ser portero?

—¡Ah! —dijo él—, si se decide a escribir el cuento, ya sabrá por qué.

Después que se fue pensé en el gran deseo de Mur; pero todavía yo no estaba decidido. Él llegó a la una, del banco, y al sentarse a la mesa pidió una botella de vino. Yo pedí otra, pero no la tomé toda. Él sí. Y mientras tanto yo pensaba: «A los murciélagos les gusta chupar la sangre». Cuando fuimos a la habitación, él encontró sobre su cama un ramo de flores y una cartita. Tomó el ramo, le echó una bocanada de humo y después hundió aquella enorme nariz violácea entre las flores y el humo. Cuando estaba leyendo la cartita vino una criada y le dijo:

—Hoy puede ir a la pieza 8.

Entonces yo me comedí:

—Si quiere utilizar esta pieza, yo...

—No —me interrumpió él—, no tiene nada que ver.

Había arrugado las cejas; no sé si por mi pregunta o por lo que diría la cartita. En el momento en que yo salía me volvió a repetir que él no necesitaba pieza. Yo salí para arreglar otra conferencia en otro club. A la hora de cenar no lo vi; después fui al cine; y cuando volví era más de media noche y él estaba dormido. A las dos de la madrugada me desperté por el ruido de una corneta de carnaval. Era él; había encendido la luz, se sonaba las narices con fuerza y me miraba por entre las ondas del pañuelo. Después empezó a leer, a fumar, y yo me di vuelta para el otro lado. Al rato me volvió a despertar el ruido del fuelle. Al otro día él fue a un paseo campestre desde temprano. En la tarde yo recorrí los suburbios de la ciudad y fui a tomar vino a una taberna que quedaba cerca del cementerio. Salí de noche. Me sorprendió un auto que cruzó la vereda, de tierra, y entró en un terreno lleno de arbustos que había al lado del cementerio. Yo me quedé parado porque había oído gritar: «¡Mur!» El auto se detuvo a poca distancia; pero solo bajó una mujer gorda y un hombre que no era Mur. Esa noche él no vino a cenar. Llegó tarde y yo le dije:

—Hoy creí haber oído su nombre dentro de un auto que pasó al lado del cementerio.

—No oyó mal —dijo él, riéndose.

—Pero solo bajó...

Él me interrumpió:

—Yo me quedé en el auto con mi muchacha; pero el otro domingo nosotros bajaremos a conversar entre los yuyos y la otra pareja quedará en el auto.

—¿Y a las muchachas no les hace mala impresión ese lugar?

—No; lo malo de la muerte no alcanza a llegar hasta el cementerio.

Entonces yo me dije definitivamente: «Ya sé por qué le dicen Murciélago».

El lunes se reunió la comisión del club que decidiría mi conferencia: yo estaba nervioso y no me fijé en Mur. El martes él no vino a cenar; después lo encontré en la calle:

—Vamos a un café: tengo que hablarle.

Pidió una bebida cara. Yo pensé que tendría algo más que el sueldo de portero. Y de pronto me dijo:

—Se ha sabido lo del cementerio y acabo de pelearme con mi novia. ¿Sabe lo que significa eso?

—Caramba, comprendo. Pero todo pasará...

—No, no, no, eso significa que usted puede escribir el cuento; ahora, a ella, no se le importará nada.

Yo me reí, le miré la cara y se me desvanccíó todo el sentido tenebroso que me sugería su apodo. Entonces le dije:

—Me alegro de que usted sea una persona tan clara.

—No sé lo que quiere decir —me contestó—, pero mi deseo que escriba algo sobre mi vida es porque a mí me gusta ver las cosas turbias. ¿Usted tiene tiempo, ahora?

—Sí.

Y me acomodé recostándome a la pared y disimulando un suspiro. Él se detuvo antes de empezar; se preparó como para un hecho histórico y se emocionó. Yo también me conmoví inesperadamente y me dispuse a recibir su confesión. Viendo que transcurría demasiado tiempo traté de ayudarlo.

—¿En qué sentido le gustan las cosas turbias?

—Yo le dije *ver* las cosas turbias; es en el sentido de la vista. A veces pienso que me comprendería mejor un pintor.

—No crea —le dije para animarlo—, a todos los artistas nos gustan las cosas turbias.

—Escuche —dijo él sin haberme oído—, si miro esa botella de cerca con la luz del día y los ojos bien abiertos, la botella se vuelve demasiado material; yo pensaría en cómo la fabricaron y cómo es su contenido de una manera indiferente y hasta desagradable. Pero si la botella está en la mesa redonda de mi cuarto y yo la miro con luz escasa y un poco antes de dormirme, usted comprenderá que se trata de una botella muy distinta.

En ese instante me pareció que yo había recibido un mensaje inesperado y me empecé a preparar para hablar; pero él no me dejó y siguió diciendo:

—Bueno, una noche yo estaba muy aburrido y después de haber tomado una botella de vino vi la vida con luz difusa y desde otra distancia; entonces sentí ternura por las casas, las mesas, los árboles y muchas otras cosas.

—¿Por personas también? —le interrumpí yo.

—De ninguna manera; esa noche yo separé para siempre las personas de las cosas.

—¿Y los animales?

—Mejor que las personas; pero ellos son cosas que se mueven; una casa y un árbol se quedan en el lugar donde uno los deja y sus sorpresas son más suaves. Al otro día descubrí que siempre había mirado las calles de cerca y a medida que necesitaba pasar por ellas; pero nunca había visto el fondo de las calles; ni los pisos intermedios de las casas altas; entonces me encontré con una ciudad nueva y con ventanas que nadie había mirado. Al principio tropecé muchas veces con la gente y estuvieron a punto de pisarme muchos autos; pero después me acostumbré a agarrarme de un árbol para ver las calles y a detenerme largo rato antes de bajar una vereda y esperar que yo pudiera poner atención en los vehículos. El primer día llegué tarde al banco y creyeron que yo estaba enfermo. Y ya esa misma noche comprendí que el banco me comía la cabeza, que yo me obstinaba en meterme números en ella, como si se llenara de seres que debía hacer mover y proliferarse.

Después de un intervalo bajó los ojos como si estuviera avergonzado y agregó:

—Por eso quise ser portero.

Esperé un rato y después le dije:

—Yo no creo que usted se haya separado tanto de las personas; ya ve, está hablando conmigo...

—¡Ah! —me dijo él—, cuando usted daba la conferencia parecía una higuera que se arrancara, ella misma, los higos. Y además usted siempre se queda en un mismo lugar.

Después se distrajo, echó una bocanada contra la botella y el humo también me envolvió a mí.

—Dígame, ¿por qué echa el humo sobre las cosas? ¿Será para verlas turbias?

—No; es costumbre...

Al poco rato fuimos a la pieza. Allí seguimos charlando y fumando hasta que llenamos la habitación de humo. Mur se arriesgó a abrir un poco más la ventana; pero cuando se dirigía hacia la pared, donde estaba colgado el fuelle, entró por la ventana un poco de viento y empezó a llevarle el humo, como si un fantasma lo manoteara.

En todas las otras noches él me siguió contando su vida y yo me propuse escribirla. Me quedé en aquella ciudad hasta el domingo. Pero el sábado al mediodía entró en la pieza la criada y le dijo a Mur:

—Hoy puede ir a la pieza 14.

Yo volví al hotel al oscurecer; la dueña estaba hablando con unos recién llegados y me dijo:

—¿Quiere decirle a su compañero que me deje libre la pieza 14?

—¿Cómo no? Y él, ¿dónde está?

—¡Pero muchacho! ¡En la pieza 14!

Estaba cerrada y a oscuras. Apenas abrí la puerta se me vino encima una espesa nube de humo. Primero vi las colchas blancas, y después a Mur; estaba sentado a una mesa frente a dos botellas vacías. Lo llevé a su cama con dificultad. Él se reía tapándose los ojos y yo le decía:

—¡El vino es un elemento, para ver turbio, de primer orden!

Al otro día nos despedimos como grandes amigos. Yo vine a Montevideo, busqué a Rafael y le pregunté por qué le decían «Murciélago» a mi compañero de pieza.

—¡Ah! ¿No sabes? Le tiene terror a los murciélagos y cree que entrarán por la ventana.

Mi primera maestra

(1950)

Cuando yo tenía seis años cruzaba, por las mañanas, una plaza inclinada —vivíamos en la falda de un cerro— y entraba a la escuela. La maestra era grandota; ponía, arrollados sobre el pupitre sus dedos gordos y nos permitía hacer ruido. Yo hacía emes minúsculas con vueltas redondas como los dedos de ella. Una tarde, sin que mi madre supiera, crucé la plaza, llamé con el pie a la puerta de la maestra y apareció por la ventana su cabeza grande, parecida a la de una vaca buena sin cuernos.

—¿Qué quieres?

—Vengo a hacerle una visita.

—Bueno... te quedas un ratito y en seguida te vas...

Cuando abrió un poco la puerta de la calle yo pasé cerca de su pollera gris. Ella, con su mano tomó la mía y me llevó al fondo. Debajo de un paraíso había una gallina echada; empezó a cloquear y por debajo de su cuerpo —de un gris parecido a la pollera de la señorita— se asomaban pollitos amarillos. Estarían tan calentitos como mis dedos entre la mano de la maestra. Después ella me acompañó hasta la puerta y yo le dije:

—De aquí un ratito voy a venir a hacerle otra visita.

—No, no; otro día.

Pero yo seguí pensando. Esa noche, cuando estuve solo en mi cama, me acordé de la gallina con pollos y empecé a imaginarme que vivía bajo la pollera de la maestra. Al día siguiente, a la siesta, volví a pensar lo mismo: a esa hora yo no dormía; y mis padres tenían los ojos cerrados. Suponía la maestra de pie, recostada al paraíso; y yo, debajo de sus polleras le acariciaba una pierna; o más bien las dos. Sentía su calor y veía que después de terminar las medias negras que yo conocía, las piernas eran gordas como las de mi abuela y muy blancas. Todo parecía muy natural; y mientras yo la acariciaba, la señorita se quedaba tan tranquila como la gallina de los pollos. Aunque estaba debajo de la pollera yo veía, sin embargo, la cara de la maestra; y ella miraba distraída para todos lados. A veces venía la madre: era una viejita muy buena —una vez me dio café con leche; pero yo no lo pude terminar porque ya había tomado en casa—. En algunas siestas yo me quedaba pensando en la viejita o en cualquier otra cosa; y de pronto me olvidaba que debía estar debajo de la pollera; eso me daba fastidio y hacía esfuerzos para imaginar todo de nuevo. En otra siesta pensé que la viejita le había preguntado a la hija:

—¿Qué están haciendo?

Y la maestra había respondido:

—Tengo cría.

Pero la madre sabía todo y hablaba como en los días que tenía caramelos y me decía, en broma: «No hay caramelos». Ahora la hija le hacía una guiñada y yo la veía mientras le acariciaba las piernas. En casi todas las siestas las gallinas de casa cacareaban y yo las odiaba; no me daba cuenta que estas gallinas eran iguales a las de la maestra.

Cuando llegaron las noches de verano mis padres me dejaban jugar un ratito antes de irme a la cama; entonces yo cruzaba la plaza, entraba al zaguán de la maestra y de pronto soltaba una carcajada y la asustaba. Una noche vi, desde la vereda, que ella iba a cada momento del comedor a la cocina llevando los platos. La lámpara que estaba encima de la mesa del comedor tenía pantalla y daba luz clara nada más que en el mantel. Sin que la maestra me viera, entré al comedor y me escondí debajo de la mesa. Al ratito ella vino, con los pasos de siempre, pero traía una pollera blanca; se acercó mucho a la mesa y yo, tocando el piso con la cabeza miré hacia arriba y me asomé al interior de su pollera: todo estaba un poco oscuro; pero se aclaraba más cuando ella, para alcanzar alguna cosa que estaría al otro lado de la mesa, apoyaba un pie y levantaba el otro en el aire. Yo hice varias veces la prueba sin que mi cabeza tocara sus pies. Después de levantar la mesa ella volvió al comedor con pasos lentos; se recostó al borde de la mesa, levantó un pie y dejó el otro en el suelo. Entonces yo me asomé por el lado de afuera de la pollera y vi que tenía la cara tapada con un libro.

Entre nosotros había mucha confianza; si ella me descubría debajo de su pollera, yo le diría que era jugando. Por fin me decidí a entrar. No sé si llegué a tocarle las piernas; ella soltó un grito y al bajar el pie que tenía en el aire, me pisó; también sentí que me apretaba la cabeza. En seguida vi caer todo su cuerpo, oí sonar unos vasos que había en el aparador y alcancé a ver un pedazo blanco de la pierna de ella. Cuando se levantó estaba muy enojada y creí que me pegaría; pero de pronto se echó a reír: quería hablarme y no podía: dio vuelta la cabeza, fue hasta el zaguán y miró para la cocina: la madre estaba lavando los platos y no había oído nada. La maestra volvió hacia mí y levantando un dedo me dijo que le mandaría decir a mi padre lo que yo había hecho y que ahora me fuera para mi casa. Yo pasé por delante de ella con la cabeza baja pero mirando la pollera blanca; caminaba lentamente, me daba cuenta que ella me perdonaba y me sentía feliz. Al cruzar la plaza recordé su risa y pensé: «A ella le gusta que yo me meta debajo de su pollera».

Lucrecia

(1953)

Siempre que me preguntaban cómo había hecho para ir a vivir en una época tan lejana, me daba un fastidio inaguantable. Y si alguien me interrumpía para enredarme en algún detalle histórico la cólera me dejaba mudo y yo abandonaba las mesas recién servidas.

La última vez que me interrumpieron yo iba subiendo una escalera detrás de una monja vestida de negro. Ella soltaba los pasos contra los escalones como si fuera tirando tiestos sobre estantes. Sus zapatos habían ensuciado de polvo el borde de la pollera. (Yo estaba tentado de sacarle una hilacha que tenía cerca de la cintura.) Parecía que aquella mujer estaba muy cansada y que le costaba coordinar cada paso con cada escalón. No se volvía hacia mí ni aun cuando se detenía a descansar. Hacía poco rato que la había visto de frente pero no recordaba, exactamente su cara; quería pensar que no era tan fea como me había parecido cuando me abrió el portón de hierro y los goznes hicieron un ruido tan horrible que yo tuve que meterme los índices en los oídos. Ahora solo recordaba una papada muy blanca desbordando un cuello muy apretado. Le había preguntado por Lucrecia; y como ella no parecía comprender el español, saqué de entre mi capa un sobre y se lo mostré hasta que ella leyó todo el nombre.

Yo también estaba cansado. Me sentaba en un escalón y cuando oía las descargas lejanas de los pasos de la monja, me acercaba a ella con unos cuantos saltos y volvía a esperar que se alejara.

Ahora yo aprovechaba a sumergirme en la tranquilidad de aquellos lugares y esperaba que mis ojos —los pobres habían tenido que vivir como bestias acosadas— eligieran un objeto cualquiera y se lo fueran tragando despacio. Pero esa misma mañana, antes de entrar en el convento, ellos habían tratado de mirar un árbol que encontraron al costado de un camino, y de pronto sentí una coz terrible cerca de un riñón y en seguida otra en el costado. Apenas fui desplazado del camino vi pasar un soldado con la cabeza baja; iba apurado y parecía lleno de preocupaciones. Yo esperaba a cada instante uno de estos accidentes y no sabía cuál de ellos me sería fatal.

Dejé de oír los pasos de la monja y pensé que se me había perdido de vista; pero resultó que estaba descansando.

Mis violencias y mis cansancios eran mucho más grandes que los sufridos en un futuro muy lejano, en este siglo donde nací y al que pude volver. Pero cuando recién llegué a aquella época creí que aquel aire mataría mi cuerpo. Además estoy seguro de que el sol daba en la tierra de otra manera y que las frutas tenían otro gusto. Sin embargo lo peor era la gente. Ya en este siglo yo había sido bastante propenso a la cobardía y había sentido que todos mis órganos apretaban sus caras avergonzadas y lloraban hacia adentro las más envenenadas lágrimas. Más de una vez me faltó la generosidad de entregar mi vida al imbécil anónimo que me daba un empujón e indicarle el cuidado que debía a otro ser humano. Y además yo también era culpable: pretendía andar como un sonámbulo por el centro de una ciudad. Pero aquella época me obligó a despertarme y tuve reacciones. Aquella misma mañana, cuando el soldado me separó tan violentamente del camino, corrí detrás de él, lo alcancé y le agarré un brazo; pero él, sin mirarme y con el mismo gesto que separó el brazo, lo pasó por encima de su cabeza como diciendo: «Déjame que tengo un enredo formidable». Entonces yo justifiqué mi cobardía pensando que no había nacido para enseñar a tanta gente.

Ahora me estaba cansando y me daba vergüenza pensar que la monja no lo estuviera tanto. Ella había empezado a cruzar corredores y yo la tenía que seguir de cerca para no perderla de vista. Apenas podía dedicarle alguna atención a los pisos desgastados, a los muros verdosos, al silencio de las puertas cerradas, a las formas fugaces que se movían en la oscuridad de algunos cuartos, a los patios inesperados, a las columnas delgadas como piernas de seres famélicos o a las gordas como las de seres sedentarios.

Después de ver tantas cosas hubiera querido acomodarlas en mi cabeza y dejarlas guardadas tal como las había encontrado. Pero fue imposible. Todo aparecía con incontenible multiplicidad. Entonces quise entregarme a pensar en mi soledad. Al mismo tiempo que me llamaban desde abajo mis piernas cansadas, yo me imaginaba que una persona amiga se condolía de ellas y sentía ternura. Pero ahora mi única vinculación con el mundo era la monja que iba adelante; ella iría pensando en otra cosa, pero recordaría —tal vez en cada vuelta del corredor— que la seguían. Yo la iba reconociendo a través de distintos lugares como si viera mi sombra; y no me extrañaba que mi propia sombra anduviera lejos de mí, ni que yo tuviera que correr detrás de ella con las piernas cansadas y sin saber adónde me llevaba.

Ahora cada vez empezaba a ver más gente: cruzaban los corredores, conversaban en los patios y se recostaban en las columnas. De una puerta salió un hombre que dio unos pasos a mi lado y en seguida entró en otra puerta y se dejó caer en una silla. Llevaba capa verde y pluma roja en un gorro caqui. No sé por qué pensé que aquel hombre era yo y que yo tenía que seguir en sus asuntos. Pero pronto me sentí caminar, miré a la monja y vi la hilacha blanca en su vestido negro.

Todavía seguí rozando un buen rato pisos gastados. Al fin la monja se detuvo frente a una puerta y revolvía en un bolsillo que tenía entre los hábitos. Sacó una llave que me pareció demasiado grande; entró en la oscuridad y al instante la vi abriendo un postigo que hizo entrar luz a través de vidrios pintados de blanco. La habitación era pequeña y solo había en ella un atril. La monja salió cerrando la puerta y dejándome de pie con el atril. A través de una parte raspada del vidrio vi moverse algo; acerqué un ojo y vi dos ojos de un azul muy claro que miraban hacia donde yo estaba; saqué el mío pero en seguida lo volví a poner, pues me di cuenta de que los otros no miraban al mío. La persona tenía desplegada al sol una inmensa cabellera rubia. Los ojos eran como objetos preciosos. Yo seguí mirándole los ojos y me pareció extraño que también le sirvieran para ver. De pronto me vino una contracción al estómago: fue al reconocer una carta que le acercaron unas manos: era mi carta. Entonces la mujer de los ojos tenía que ser Lucrecia. Recién entonces me fijé detenidamente en aquella carta que yo había traído y la encontré sucia y arrugada. Antes de romper el sobre hizo una sonrisa y empezó a levantar un dedo hacia la persona que llevó la carta; yo seguí la dirección del dedo y vi que él se fue a hundir en la papada de la monja que me guio. Mientras me daba cuenta que aquel gesto era cariñoso, Lucrecia se levantó y se fue con la monja. Pensé que vendrían en seguida a donde yo estaba; pero pasó mucho rato y yo tenía ganas de sentarme en el suelo. Apenas lo hice oí pasos y para levantarme me agarré del atril; él se tambaleó con mucha dignidad pero pronto sus movimientos se hicieron cortos y se quedó quieto. Entraron dos monjas. Una de ellas era la que me había guiado. Las dos llegaron hasta mí y yo no me explicaba cómo trayendo los ojos bajos no tropezaran conmigo. Empezó a hablar la que no me había guiado y dijo:

—La señora Lucrecia... —aquí nombres y títulos— le envía por intermedio de nosotras —parecía madrileña— la bienvenida.

Y le expresa que lamenta no poder atenderle personalmente en este día, pues...

Creo que fue aquí que ocurrió algo imprevisto. La española retiró bruscamente sus manos. Había roto la paz con que descansaban apoyadas en el vientre una encima de la otra. Aquel movimiento me hizo mirar hacia el lugar de donde sus manos habían huido. Y entonces vi la punta de mi pluma —yo tenía mi gorro debajo del brazo— y comprendí que le había hecho cosquillas en la piel blanca de sus manos regordetas. Ahora ella no sabía dónde ponerlas. Entonces yo retiré la pluma. La monja que me guio se había vuelto y parecía que aguantaba la presión de la risa; y la española se había quedado colorada y empezó a repetir el encargo de Lucrecia. Pero de pronto me hizo una cortesía y siguió a la otra que ya estaba cerca de la puerta. Yo me volví a quedar solo y esperé otro rato. Entonces aparecieron otras dos monjas. Una de ellas me explicó más o menos lo mismo pero agregó que Lucrecia me vería al día siguiente y que en seguida me darían alojamiento. Al mismo tiempo me invitaron a seguirlas y yo empecé a rozar de nuevo otros pisos de patios y corredores. Al fin me hicieron entrar en un refectorio con sillas alrededor de mesas recién lavadas. Me dijeron que pronto me servirían mi almuerzo y yo me senté cerca de una ventana. Esa mesa estaba casi seca y su madera rústica iba quedando cada vez más blanca. Allí, y al mismo tiempo que veía extenderse al sol un paisaje con montañas, sentía una gran felicidad en mis riñones cansados. Mientras pensaba en el descanso, mis ojos se entretenían en seguir a lo lejos un hombre a caballo y en ir descubriendo sus pequeños movimientos en la gran quietud de la tierra. Ella, echada boca arriba con sus montañas, era indiferente a todo lo que hacían los hombres. De pronto los ojos se me fueron hacia un lugar donde oí pasos y vi venir una monja con una jarra de vino, un cuchillo y un pedazo de pan. Apenas se fue la monja me serví vino a borbotones, y al probarlo comprendí de distinta manera todas las cosas de aquel país. El día entraba por la ventana con la confianza ingenua de un animal. Si a mí me hubiera venido a visitar un habitante de otro planeta yo le hubiera mostrado aquel día como el ejemplo de una mañana en la tierra.

Después de comer me hicieron caminar hacia un lugar donde el convento tenía otros portones. Frente a la salida y separada por una calle angosta había una gran hilera de piezas. Me metieron en una de ellas y abrieron una ventana de rejas que daba a un muro muy alto; estaba cubierto por una sombra verdosa, y entre él y la ventana había un callejón lleno de luz. Me tiré en la cama que era de madera oscura y colcha amarilla. Me dolía la espalda porque hacía pocos días me habían tirado contra el suelo para sacarme el dinero y yo me caí encima de una piedra. Salí de España con una escolta de dos hombres. Uno era alto, quijotesco y dejaba una familia hambrienta a la cual parecía querer mucho. El otro era bajo, andaba con la cabeza fija y echada un poco hacia adelante; parecía que su instinto le indicara un destino sospechoso; y se ponía con descuido un sombrero arrugado como una hoja podrida. (Yo había empezado a recordar lo que nos había pasado por el camino, cuando entraron en la pieza y pusieron encima de la mesa un candelabro de tres brazos; en uno de ellos había una vela nueva.) En una de las primeras noches, después de salir de España, mis compañeros se emborracharon y a la mañana siguiente me dijeron que les habían robado los caballos. Ese día yo anduve en el mío y ellos anduvieron a pie. Pero a la mañana siguiente me dijeron que nos seguían ladrones de caballos y que también me habían robado el mío. Además hablaron de compañerismo y de traición. Entonces les dije:

—Yo no tengo interés en ser compañero de ustedes. Y no se olviden de que si vuelven a España sin mí, serán ahorcados, y si llegan conmigo yo hablaré.

Desde ese día ellos marchaban adelante y a una distancia que les permitía hablar sin que yo les escuchara. Hicimos casi todo el resto del camino en mulas muy resistentes pero de trote incómodo. Pocos días antes de llegar a esta ciudad los «ladrones de caballos» nos volvieron a dejar de a pie. Y un día antes, los hombres de mi escolta me dejaron muy atrás y yo iba distraído cuando me sentí agarrado por los que me sacaron el bolso y salieron corriendo. Al mismo tiempo vi venir hacia mí otro hombre. Agarré dos piedras para defenderme; pero el hombre pasó corriendo y me di cuenta que los que me habían robado disparaban porque le tenían miedo a este. Era una vergüenza; yo podía haber hecho lo mismo; pero ahora hubiera tenido que correr a los tres. Cuando llegué a la casa de nuestro orador (el embajador español), él me dijo que mis compañeros me andaban buscando porque si yo no aparecía ellos no tendrían salvoconductos ni dinero.

Recordaba esto mirando la colcha amarilla y después me quedé dormido. Al rato me despertó un murmullo de muchas voces: venía del lado del callejón. Me levanté a cerrar las ventanas y vi una feria; miré mucho rato todas las cosas y me decidí a dar la vuelta y bajar a comprar una plantita; sus hojas parecían de encaje y eran planas. Tardaron mucho en vendérmela y me daba angustia lo apretado de la multitud y las peleas. A mi lado había un tipo vestido de azul y sentí como un terror de que aquel traje fuera mío y de que yo llegara a ser aquel tipo. Al fin salí con la plantita en la cabeza; me costó mucho defenderla; con una mano agarraba la planta y con la otra apretaba mi bolso en la cintura. A una muchacha se le ocurrió hacerme cosquillas debajo del brazo que yo llevaba levantado. Puse la plantita en la mesa, cerca del candelabro y me acosté de nuevo. Cuando me desperté era hora de comer y de tomar vino. Ahora el refectorio estaba lleno de gente y de barullo. Casi todas las mesas tenían ocupados los cuatro lados y cada una tenía un candelabro de tres brazos con tres velas encendidas. La luz no se levantaba mucho más arriba de las cabezas. Todos comían cerca de las velas y parecía que se comieran la luz. Fui a un lugar donde había menos gente alrededor de cada fogata y las llamas estaban más tranquilas. Me senté frente a un viejo; a un lado comía un niño como de seis años y el pobre hacía grandes esfuerzos para no dormirse. A veces se balanceaba y yo temía que se cayera. El abuelo lo miraba sonriendo y me empezó a hablar; pero yo no podía explicarle que no sabía italiano. Las monjas, al caminar y servir las mesas iban interrumpiendo las luces; pero ninguna venía para mi lado. El anciano me ofreció vino en la copa del niño. Él se dormía y no se daba cuenta de nada; pero una vez que fui a servirme vi el vaso pegado a su boca; parecía que no tragaba nada y que la poca atención que le quedaba la empleaba en seguir los balanceos que hacía con el vaso. Se despabiló un poco cuando la monja que traía mi servicio lo tocó en el brazo y le hizo derramar el vino. Cuando se fueron, el anciano se levantó de la mesa con mucho trabajo y una de las llamas alcanzó a chamuscar un poco de su pelo blanco. La vela de mi habitación tenía una llama que se movía como si hiciera señales y todo el piso, con sus tablas añadidas, daba vueltas con el movimiento de las sombras. Al rato me desperté porque hacía viento y se había golpeado la ventana. La luz se sacudía con desesperación, quería salirse de la vela. En el sueño que yo acababa de tener también había viento; solo recuerdo un árbol que había sido arrancado de cuajo y al pasar cerca de mí me había pegado en la cabeza con una rama. Iba silbando muy contento y yo sabía que él pensaba: «Voy siguiendo al viento, voy siguiendo al viento»... Ahora la luz estaba más tranquila y apenas hacía mover en la pared la sombra de la plantita. Pero ella, con sus hojas de encaje, tan planas y tan quietas, hubiera preferido mirarse en un espejo. Yo cerré mis ojos y me encontré con los de Lucrecia. Su color azul parecía haber sido desgastado por el roce de los párpados. Entonces sentí la molestia de la luz de la vela y me levanté a apagarla. En la oscuridad mis ojos no querían cerrarse y yo recordé historias de ojos. En un futuro lejano, en el siglo que nací había una sirvienta que limpiaba uno de sus ojos; era de vidrio y se le cayó de las manos; se le rompió y ella lloraba; entonces yo pensé: «Ella está llorando con un solo ojo». Volví a la época de antes y a un día en que vi unos ojos saltados. Primero yo iba por un callejón y me detuve a mirar letras de distintos tamaños garabateadas en un muro. Después me volví y vi a mis espaldas una puerta abierta y en el fondo de una pieza un hombre sentado; tenía algo horrible en los ojos; pero yo no sabía bien si eran órbitas vacías o carnosidades desbordadas; había un perro echado a sus pies y el hombre apoyaba sus manos en un bastón; me pareció que sonreía y al instante se levantó, le pegó con el pie al perro, colgó el bastón de un brazo y mientras se dirigía a mí se sacaba de los ojos dos mitades de cáscara de nuez; sus ojos eran azules y él me explicaba algo que yo no entendía; señalaba dos pequeños agujeros que había en el centro de las cáscaras y me decía que mirando por allí, acomodaba su punto de vista y corregía no sé qué defecto. Después recordé que un cuñado de Lucrecia se había enamorado de una prima de ella. La prima lo había rechazado diciéndole que él no valía ni un ojo del hermano (otro cuñado de Lucrecia). Entonces el despechado quiso sacarle los ojos al hermano; pero apenas pudo sacarle uno. Después el esposo de Lucrecia —el tercer hermano— le dio al despechado un latigazo tan fuerte que le reventó un ojo; y así resultaron dos hermanos tuertos. De pronto me encontré de nuevo con los ojos de Lucrecia y los vi asaltados por lágrimas saladas; ellas habían seguido lavando su color azul. Y por último aquellos ojos estaban tan gastados como los pisos que yo había rozado por la mañana. Todavía antes de pasar al sueño vi sus ojos como si tuvieran resortes y oí que una maestra decía: «Los ojos son las únicas partes dobles del cuerpo que giran al mismo tiempo».

Al día siguiente, apenas me desperté vi la plantita rodeada de la mañana. Fui a lavarme al rincón donde estaba el lavatorio y vi que la plantita se había hecho reflejar por el espejo. Debo haber pasado mucho rato sentado en la cama con la toalla en las manos hasta que se me ocurrió abrir la puerta. Después, mientras llevaba hacia la reja de la ventana la plantita y mis manos abarcaban toda la maceta, me vinieron a la cabeza estas palabras: «Pobrecita, tan frívola y tan querida». Yo había acercado la silla a la ventana y tenía puestos los ojos en el muro verdoso de enfrente, cuando entró a mi pieza un gatito blanco y negro; tenía dos agujeros en las orejas y allí le habían atado dos moñas de un verde sucio que le caían marchitas. Lo acaricié, lo puse al lado de la plantita y pensé que estaba en Italia. A veces venía un poco de viento y la plantita movía sus hojas; al mismo tiempo el gatito se lavaba la cara y movía sus moñas marchitas. Yo había empezado a dedicarle a aquellos dos seres un cariño escrupuloso.

A la tarde me mandó buscar Lucrecia. Su vestido era tan ancho que no vi nada del mueble donde estaba sentada. Tenía una seriedad un poco picaresca y miraba a las monjas que la rodeaban. Pero me preguntó al mismo tiempo que levantaba las cejas y abría toda la claridad de los ojos:

—¿Duró mucho, su viaje?

Le conté lo de los ladrones de caballos y se rieron. Cuando dije que las mulas tenían trote incómodo Lucrecia hizo pequeños movimientos con la cabeza; al principio parecía que afirmaba y después parecía que ella pensaba en el trote de alguna mula. Cuando les conté el robo de la bolsa les dio pena al principio pero al fin se rieron. Y de pronto Lucrecia se quedó seria y pálida; levantó una mano como si hiciera un gesto; las monjas se volvieron hacia ella con inquietud; pero ella las tranquilizó sonriéndoles y después me dijo:

—Tengo mucha curiosidad por saber cómo serán esos libros que harán en España y lo que ellos dirán de mí.

Yo aspiré con precipitación y ella me permitió hablar.

—A mí me encargaron que escribiera algo sobre usted, alguna cosa que testimoniara haberla visto en este convento... y estas amabilidades...

No encontraba palabras que vinieran bien. Pero ella sonrió, inclinó la cabeza hacia un lado y abruptamente me dijo:

—¿Usted no tiene miedo que lo envenene?

Todos nos quedamos quietos un ratito y en seguida nos reímos. Entonces yo dije:

—Mi confianza en...

Me volví a detener y ella contestó:

—Yo sé que usted prueba los vinos de acá con toda confianza.

Otra vez risas.

Me quedé avergonzado de que le hubieran contado eso. Pero en seguida se me abrió el corazón y apenas recobré la calma empecé a explicar:

—En este país siento como una falta de aire; pero apenas tomo vino respiro mejor.

Entonces Lucrecia dirigiéndose a una monja y con una mirada exageradamente condolida, dijo:

—Él necesita del vino como del aire.

Las risas fueron más fuertes y mi vergüenza más grande. Pero se me pasó con estas palabras de ella:

—¡Tiene ojos de poeta!... Los ojos de los gatos ven en la oscuridad...

Esto último lo dijo como alejándose de sí misma y mientras apagaba su sonrisa y bajaba las cejas. Después se puso de pie y yo me despedí.

Esa noche, en una de las veces que me desperté, volví a oír las palabras: «Tiene ojos de poeta». Y cuando recordé el instante en que Lucrecia se quedó pálida e inició un gesto con su mano, pensé que había hecho un movimiento inesperado y el cilicio se le hubiera hundido demasiado en la carne.

A la mañana siguiente nos volvimos a reunir en la ventana con la plantita y el gatito. Yo había venido a ocuparme de Lucrecia y sin embargo me pasaba el día con ellos. Además nos vino a interrumpir una niña furiosa; tendría unos diez años y hablaba con muchas aes y ya empleaba los sonidos pastosos de los italianos adultos. Yo acudí a la bolsa y le di una moneda. Ella la tiró al suelo y la moneda rodó por debajo de la cama. Mientras renegaba fue a la ventana y agarró el gato. Antes de salir y cuando parecía haberse calmado le ofrecí otra moneda. Ella la tomó, dejó el gato en el suelo y fue a buscar la que se había caído debajo de la cama. Después se fue sin el gato y al rato vino trayéndole una vasija con leche. Al terminar la mañana ella se fue con el gato y yo me quedé con la plantita. Pero al atardecer yo salí a caminar y al pasar por una casucha que tenía a la entrada una gran cortina roja muy sucia, vi delante de ella a la niña; estaba sentada en el suelo y en medio de las piernas tenía una palangana y jugaba con agua. Hablaba sola; y miraba caer las gotas de agua de sus manos como si fueran piedras preciosas. En cuanto me vio entró, sin saludarme y al instante apareció sonriendo y traía a la madre de la mano: era alta y una especie de batón lila sujetaba sus grandes montones de carne. Se sacaba los pelos que le caían sobre la cara y quería ser amable. Pero la hija metió un pie en la palangana y ella le pegó un manotazo en la cabeza. Yo estaba sacando el bolso cuando la niña vino, llorando a tomar la moneda que yo le iba a dar. En ese momento salió de entre la cortina sucia un soldado; se retorcía el bigote hacia arriba y miraba con condescendencia. Le di la mano a la niña y le hice señas a ellos —con un dedo y como si revolviera una olla— indicándoles que daría una vuelta con ella. La madre afirmó con la cabeza y empezamos a caminar hacia un montón de piedras. Después quería que yo tirara otras grandes y se divertía cuando las salpicaduras eran altas. Al rato, yo estaba cansado, sudoroso y regresamos. Entonces vi salir de entre la cortina al soldado; pero estaba sin uniforme y tenía los bigotes caídos y mal humor. Yo dejé la niña y me fui en seguida. Al otro día volví pero la niña no quería jugar —tenía las manitas calientes y la cara muy colorada—. La madre me dijo algo que no entendí; después salió el soldado uniformado y con gran sorpresa vi aparecer, en seguida, al mismo sin uniforme y como si se tratara de un doble; no se me había ocurrido que podían ser hermanos. El soldado había ido a España y sabía un poco de castellano; entonces me dijo que la niña estaba mala y que le harían una sangría. Esa noche yo hablé con la monja que había retirado sus manos por la cosquilla de mi pluma y le dije si no se podría disponer de un buen médico, porque a una niña muy flaquita querían hacerle una sangría. Ella levantó las dos manos y contestó:

—De cualquier manera y antes que nada hay que hacer una sangría; si el diablo está en la niña se escapará entre el rojo de la sangre.

Después que yo me había acostado y la luz de la vela se había quedado mirando la colcha amarilla yo pensé en lo difícil que sería combatir a aquellos médicos. Ellos dirían: «Y usted ¿qué autoridad tiene para...?». Ni por un instante pensé en decirles que yo era del siglo xx. Y en caso de que hubieran comprendido mi pasada vida futura ¿yo sabría explicar algo de mi siglo? Muchas veces pensé en todas las cosas que en él utilicé y en lo poco que las conocí. Ahora, en el Renacimiento, yo no sabía hacer ni una aspirina.

Al otro día de tarde me dijeron que la niña estaba grave. Volví a la noche y sentí los sollozos de la madre, que a veces los interrumpía para cantarle. Yo no me atrevía a entrar y sentía un perfume muy intenso que sería de una dama cuyo vestido lujoso vi por la cortina entreabierta. Hasta pensé que fuera Lucrecia; pero en ese momento apareció en un hueco de la cortina un ojo inmenso y el movimiento de una oreja peluda que me señalaba. Era una de las mulas que llevaban a los cortejos y a las cuales perfumaban con ungüentos. El soldado me puso una mano en el hombro y me hizo pasar. A la cabecera de la niña había una sola vela; y detrás de la madre estaban hincadas en círculo mujeres con rosarios. Yo salí en seguida. El soldado y el hermano no lloraban; pero yo no creí poder resistir y fui hacia un muro solitario y medio derruido; saqué el pañuelo pero no alcancé a llorar. El soldado me señaló, a la luz de la luna una montaña más o menos cercana. Al pie había un camino que daba vuelta en un valle; y allí enterrarían a la niña.

Al otro día vino a mi pieza la monja de las manos regordetas. Traía una botella y me dijo:

—Aquí le manda la señora Lucrecia este vino para que no le falte el aire; y dice que lo tome con confianza.

Yo había estado pensando en ir a la tumba de la niña; y ahora que veía la botella se me ocurrió que también podría llevar comida y pasar el resto del día en el valle. Al poco rato ya marchaba con un paquete en la mano y la botella recostada en el otro brazo y contra el cuerpo como si llevara una niña de meses. El camino era blando, polvoriento y yo pensaba: «¿Hubiera sido capaz de ir allá sin el vino? ¿O de dejar en su tumba la botella sin abrir? ¿Esto no será pretexto para el placer de beber en la soledad de un valle?». Iba llegando a él cuando vi unos hombres; pensé que se escondían y que ocurriría lo mismo que cuando me robaron el bolso. Entonces me di vuelta. Me sentía humillado de tener que caminar ligero y volverme con el paquete y la botella. Pero al rato encontré al soldado, que venía en la mula y le pedí que me acompañara a la tumba de la niña. Cuando llegamos al valle no había nadie. A mí solo me hubiera costado encontrar la tumba; estaba debajo de un árbol cuya copa era de un verde claro. La tierra negra, recién removida, estaba rodeada por palitos blancos de un corralito que parecía una cuna. La cruz estaba un poco inclinada de frente y como si mirara hacia abajo. El soldado estaba a unos metros de mí y no se había bajado de la mula. Yo me empecé a sentir mal; miraba hacia la tierra, pero como suponía que el soldado me miraba a mí, no sabía qué hacer. No se me ocurría ningún rito en homenaje a la niña; de buena gana hubiera perfumado la tierra regándola con el vino. Pero no sabía qué pensaría el soldado. Tampoco tenía ganas de comer; pero debía sacar el paquete de allí, pues podrían revolverlo los perros y profanar la tumba. Más bien vendría al otro día y traería al gatito y a la plantita.

En gran parte del camino de vuelta el soldado fue comiéndose el contenido del paquete y bebiéndose el vino. Al principio, cuando él recién había empezado a comer a mí me vino un gran apetito; pero no me parecía bien pedirle un poco de lo que yo le había dado.

Después me había entregado a mis pensamientos y había logrado recordar muchas cosas de la niña; pero de pronto desperté; fue cuando el soldado estrelló la botella contra las piedras. Después él, con la boca todavía llena, me dijo:

—Yo nunca pude saber si ella fue mi hija o mi sobrina.

Me quedé clavado en el camino; y mientras tragaba lo que terminaba de oír veía caminar la mula entre las piedras y recordaba a una mujer saliendo de un cabaret que yo había visto en mi siglo. Corrí hasta el soldado y le pregunté:

—¿Y su hermano qué dice?

Él me miró mientras su nariz ganchuda picoteaba al compás de los pasos de la mula y me contestó:

—Lo mismo.

Era al atardecer; yo tenía hambre y fui a una taberna antigua. Había poca luz y frente a mí se sentó un vendedor de patos. Puso en el suelo la yunta que traía. Tenían las patas atadas, pero a cada momento aleteaban y se cambiaban de lugar. Después de los primeros vasos yo empecé a pensar en Lucrecia. Sentía placer en recordar lo que ella había dicho de mis ojos; y volví a pensar que cuando se quedó pálida debió haber sentido hundirse el cilicio en sus carnes blancas.

Cuando terminé la última botella hacía rato que faltaba el vendedor de patos. Anduve por entre las cosas que la luna iluminaba; llegué hasta las piedras que había cerca de la laguna y me senté encima de ellas como en una poltrona.

La noche permitía que yo estuviera dentro de ella; pero no era serio que yo la admirara; yo estaba complicado con aquellas comidas y aquellos vinos que me había traído a la mesa un mozo rengo que al principio tropezaba con los platos. Pero no importaba; de cualquier manera la noche parecía indiferente y cadavérica. Miré la luna y recordé haberla visto por primera vez ante un telescopio cuando en mi siglo yo ya había cumplido los cuarenta años. En aquel paisaje blanco y como de cementerio vi las sombras de inmensas montañas y se me heló la sangre. No podía hacerme la idea de que yo admiraba un paisaje que no fuera de la Tierra y me parecía que aquel atrevimiento lo tendría que pagar con la locura. Ahora yo me sorprendí con los ojos en la laguna y decidí tirar a ella una piedra; fui a tomar una triangular y oscura que había cerca de mi mano y de pronto ella saltó. Antes de darme cuenta de que era un sapo, la «piedra» tuvo tiempo de seguir saltando y llegar al borde del agua.

Después de acostado sentí la cabeza cargada con la idea de la niña; entonces empecé a llorar como esas lluvias lentas que duran toda la noche. Pero no lloré solo por la niña: lloré hasta por las montañas de la luna. Yo estaba acostado sobre el lado izquierdo y del ojo derecho me salían lágrimas que al doblar el caballete de la nariz caían en la almohada; otras llegaban frías a la mejilla izquierda. Dormí poco tiempo. Y cuando me desperté lloré de nuevo. De pronto me di cuenta de que yo quería recordar más cosas para poder seguir llorando. Entonces dejé de llorar.

A la mañana siguiente, al despertarme, recordé que me había prometido llevar al gatito y a la plantita a la tumba de la niña. Pero desde ese instante esa idea se me hizo insoportable y decidí salir de allí lo más pronto posible. Fui a decirles a las monjas que me iría ese día y que se lo comunicaran a Lucrecia. Ella me mandó buscar como a las dos horas y me preguntó por qué me iba. Yo le contesté:

—No quiero abusar de su hospitalidad.

Ella me miró con una sonrisa que quería decir: «A ti no te importa el abuso de la hospitalidad ni de los vinos». Pero sus palabras fueron estas:

—¡Mentiroso! Usted se va porque lo ha trastornado la muerte de la niña.

Me quedé muy sorprendido. Entonces ella me dio un sobre y agregó:

—Es para España y le servirá de salvoconducto.

Después me dio una bolsa azul bordada que tenía en la falda. Era dinero. Me vino una alegría desproporcionada. No quise esperar más, me despedí apenas y salí corriendo para mi pieza con el deseo de ver el dinero que ella me había dado y de contarlo. Además sentí la esperanza de que en esas monedas viniera algo más de Lucrecia y pensé que al tocarlas encontraría algún secreto. Cuando abrí la puerta de mi cuarto entró el gato. Sentí un gran malestar pero vacié la bolsa en la colcha amarilla y quise echar al gato. Él se metió debajo de la cama y yo me decidí a meter las manos en las monedas. Se me cayó una al suelo y el gatito salió corriendo detrás de ella. Se la saqué, pero se me volvió a caer y se fue rodando debajo de la cama, en el lugar donde cayó aquella otra que la niña había tirado. Yo tenía que olvidar todo y me parecía que era como matar a toda una familia de inocentes. Apenas salí de abajo de la cama con la moneda tropecé con la mesa e hice tambalear la plantita. Pero no importaba, junté todas las monedas y salí corriendo.

Me acompañó la misma monja del primer día y antes de que termináramos de cruzar aquellos mismos patios y corredores, yo había perdido toda la alegría. Entonces empezamos a descender las escaleras. Yo pensé en los peligros del camino y tuve ganas de volverme. Pero no le hubiera podido devolver a Lucrecia la carta ni el dinero. Además no hubiera querido encararme con mis inocentes, aunque volví a pensar en todo lo que sufriría por haberlos traicionado. Pero en seguida me volvió la idea del camino. La bolsa nueva era pesada. Cuando la monja llegó al portón levantó los ojos y me sonrió. Yo no supe comprender aquella simpatía y le sonreí con cara de idiota, pues mi cabeza ya rodaba por el camino. El ruido que hizo el portón de hierro me taladró los oídos.

Explicación falsa de mis cuentos

(1955)

Obligado o traicionado por mí mismo a decir cómo hago mis cuentos, recurriré a explicaciones exteriores a ellos. No son completamente naturales, en el sentido de no intervenir la conciencia. Eso me sería antipático. No son dominados por una teoría de la conciencia. Esto me sería extremadamente antipático. Preferiría decir que esa intervención es misteriosa. Mis cuentos no tienen estructuras lógicas. A pesar de la vigilancia constante y rigurosa de la conciencia, esta también me es desconocida. En un momento dado pienso que en un rincón de mí nacerá una planta. La empiezo a acechar creyendo que en ese rincón se ha producido algo raro, pero que podría tener porvenir artístico. Sería feliz si esta idea no fracasara del todo. Sin embargo, debo esperar un tiempo ignorado; no sé cómo hacer germinar la planta, ni cómo favorecer, ni cuidar su crecimiento; solo presiento o deseo que tenga hojas de poesía; o algo que se transforme en poesía si la miran ciertos ojos. Debo cuidar que no ocupe mucho espacio, que no pretenda ser bella o intensa, sino que sea la planta que ella misma esté destinada a ser, y ayudarla a que lo sea. Al mismo tiempo ella crecerá de acuerdo a un contemplador al que no hará mucho caso si él quiere sugerirle demasiadas intenciones o grandezas. Si es una planta dueña de sí misma tendrá una poesía natural, desconocida por ella misma. Ella debe ser como una persona que vivirá no sabe cuánto, con necesidades propias con un orgullo discreto, un poco torpe y que parezca improvisado. Ella misma no conocerá sus leyes, aunque profundamente las tenga y la conciencia no las alcance. No sabrá el grado y la manera en que la conciencia intervendrá, pero en última instancia impondrá su voluntad. Y enseñará a la conciencia a ser desinteresada.

Lo más seguro de todo es que yo no sé cómo hago mis cuentos, porque cada uno de ellos tiene su vida extraña y propia. Pero también sé que viven peleando con la conciencia para evitar los extranjeros que ella les recomienda.

La casa nueva

(1959)

A Esterlina Vignart

Desde hace un rato estoy haciendo signos taquigráficos frente a un amigo que está del otro lado de la mesa del café. Le he pedido disculpas diciéndole que debo tomar unos apuntes. Él no juzgará mal. Siempre espera que yo haga algo que esté como fuera de la realidad. Lo que yo quiero, verdaderamente, es descansar los ojos —escribiendo me los canso menos—, la cara y el alma. Si yo no estuviera escribiendo tendría que mostrarle a mi amigo, una sonrisa, un gesto y unas palabras que respondieran a ideas que él se ha hecho de mí y que a mí me conviene que las tenga. Él piensa que aunque a mí me quede poco dinero encima, este no me preocupa mucho, porque soy un artista que vive, como dice él, «en una montaña de la luna» y que únicamente desciende en algunos instantes, lleno de gracia y perdón para esta pequeña ciudad, en la que se hace tan difícil que yo pueda dar aunque sea un solo concierto de piano. Por eso, porque no cree en mi angustia terrestre, es que me cuenta, con una riqueza de detalles, todos los fracasos que ha tenido para financiar ese concierto. Pero yo no solo estoy en la tierra, pensando cómo podré pagar el hotel y el ómnibus que me saque de aquí, sino que estoy en el suelo; y como me cuesta mucho levantarme y llegar a los altos lugares en que me han puesto las ilusiones que él se hace de mí, prefiero meter los ojos y la cara en este papel y despistar a mi amigo con esta fuga de signos. Dice que hay que tratar de reaccionar. Ya estoy aburrido de eso, pero pienso que si me dejo caer hasta el fondo de mi tristeza, es posible que tenga una mejor reacción después. Ahora quiero entregarme a prever lo peor. Tal vez tenga que lavar platos o trabajar de peón y destrozarme las manos. Sé escribir un poco a máquina pero, si al verme caído me desvalorizan del todo van a pensar que toco tan mal el piano como escribo a máquina. Dirán que si aquellas personas que antes me admiraban como pianista hubieran visto estas pruebas a máquina, mirando las hojas escritas, habrían descubierto que ellos no entendían nada de piano y que, a lo mejor, yo era tan mal pianista como dactilógrafo; ya en mala predisposición no escucharían la razón de que el piano lo estudié desde niño y que hace muy poco tiempo que escribo a máquina. Tampoco podría desafiar cualquier velocidad con la taquigrafía, ni se me ocurre quién lo pueda necesitar en esta ciudad lenta, de la que tengo que salir a cualquier precio pero en la que tanto me gustaría quedarme.

Tuve que dejar de escribir un rato porque los ojos se me escaparon para la calle donde hay una arenilla verdosa que brilla al sol del verano; también se me iban a la sombra de los naranjos nacidos al borde de las veredas. Pero de pronto tuve que traerlos a la cara de mi amigo, porque, al verme sin escribir me empezó a contar de nuevo lo del concierto. Me hace mal, pensar que haya personas tan generosas como este hombre, que ha trabajado tanto por mí, y que yo esté tan lejos de ser así. Él mismo debe haber provocado la desaparición de los últimos pesos que quedaban en la Intendencia destinados a actos culturales; me decía que la semana pasada una muchacha había dado un concierto de canto y que el público sufrió mucho por lo desagradable y malo que fue, pero que la cantante venía acompañada por su madre y hubo que salvarlas. A raíz de eso el Intendente había dicho que por este año no habría más conciertos con dinero de la Intendencia.

Los ojos se me habían trepado a las tejas de los viejos techos inclinados que tenían algunas de las casas. Para disimular lo del Intendente y hacer de conversación a mi amigo, le pregunté de qué tiempo serían esas casas. No me supo decir, pero en seguida empezó a repetir la historia del traslado del Inspector de Escuelas, causa por la cual la Inspección no podía pagar un concierto para los niños. Yo, con la misma tristeza y mientras esperaba algún cambio misterioso en mi situación, pensaba que de aquellas casas viejas habían salido los que construyeron las otras, más nuevas, que no mostraban los techos, que parecían como hijas de las más viejas, pero que ya tenían simpatía de tiempos largos, y, sobre todo, si las comparaba con una nueva y antipática que yo trataba de hacer culpable de que me fuera mal, porque allí viviría gente moderna, de esa que le interesa la cultura en una forma tan falsa. Esa casa nueva había arrancado los naranjos de su vereda para lucir mejor unos grandes bloques desproporcionados que se había echado encima de la fachada. Además despedía una estridente luz blanca que primero llamaba los ojos y en seguida los despedía con violencia. Ni siquiera permitía ver las casas vecinas. (Hacía algunos veranos que yo había tenido relación con una de aquellas casas.)

Mi amigo se encontró de pronto, con que yo me había ido de allí —a la luna según él—, y le había dejado mi cara, sin duda inexpresiva como el traje que dejamos colgado en una silla mientras dormimos. Cuando me «vio» llegar de nuevo, volvió a tomar el tema del concierto y ya no lo pude abandonar hasta que se produjo un instante de molestia, que él salvó con gran dignidad y se levantó de la silla pidiéndome disculpas y una nueva oportunidad para arreglar mi situación. La cosa empezó con que una Comisión Pro Fomento Escolar tenía mucho dinero y podría haber ofrecido un concierto para los niños, pero había empleado todo el dinero ofreciéndoles un servicio de dentista. Después había seguido el fracaso de los clubes: uno se había gastado todo en una fiesta y el otro no tenía ni para una fiesta. Entonces me dijo que, desde hacía tiempo, socios de dos clubes habían formado un grupo de contribuyentes para actos extraordinarios, pero que aun «esos» estaban «quemados» por los abusos. Y por último vino lo más sabido: que no se podría hacer un concierto vendiendo entradas porque no había ni tiempo, ni quien quisiera comprometerse para la venta y que, en el mejor de los casos, no cubría los gastos.

No sé bien por qué, cuando empezó a hablar de los contribuyentes ya quemados por los abusos, se encendió en el fondo de mi angustia cierta reacción incontenible. Entonces empecé a decir cosas que mi amigo interrumpía:

—Por favor, en el tiempo que nos queda para conversar, hablemos de algo más grato —tal vez yo tuviera que ir a la Comisaría por no pagar.

—Aquí son unos...

—Así mismo me iré con el orgullo de tener un amigo...

—Un momento, déjeme...

—Yo vendré nada más que a veranear...

Fue aquí, que ya levantado de la silla, mirando para la calle y apoyando en la mesa unas manos muy viejas con unas uñas muy largas de bordes muy negros, me pidió las disculpas y una última oportunidad.

—Usted no tiene por qué hacer este sacrificio. Eso me humilla más, mi querido amigo —alcancé a gritarle, casi.

Me quedé solo y con una mortificación increíble. Yo no quería deber aquella actitud tan digna con que parecía echar mano a las últimas reservas de su persona. Me alarmaba pensando en los medios a que él acudiría. Y, entonces, entregarme a una nueva esperanza de que él me salvara, me parecía canallesco. No quería que él perdiera la ilusión que yo le merecía. Por amor propio no quería que supiera el miedo que yo tenía de esa situación, aunque él descubriera que yo escondía el miedo. Yo sabía que él valoraría el hecho de «no mostrar el fleco de los calzoncillos», como había dicho él una vez hablando de otro. Pero, si por una parte a mí me convenía estar en un concepto que lo alentara a salvar la situación, ya que no había más remedio y ya que él tan generosamente se había ofrecido a resolverla, por otra parte parecía que yo lo utilizaba hasta un grado donde era vergonzoso emplear a otra persona en provecho propio. De muy poco me servía jurarme que le mandaría después un buen regalo. Además me mortificaba la desilusión de que mi piano no inspirara más deseos de oírlo, al extremo de permitir que este pobre amigo tuviera que sacrificarse tanto.

Por fin me encontré mirando con odio la casa nueva. Cuando estuve más tranquilo y casi resignado de entregarme a ser un poco canalla y perder un poco la vergüenza, pensé que no debía permitir a los ojos, como no se le debe permitir a los inocentes que conozcan y guarden odio. Además descubrí, que tampoco debía manchar de odio a otros inocentes, a los recuerdos, a aquellos recuerdos que guardaba de una de aquellas casas.

Hacía algunos años me había despertado en el cuarto de un hotel de campaña y había descubierto que nuestros pensamientos se producen en un ámbito de nuestra intimidad que tiene calidad de silencio. Aun en el barullo más estridente de una gran ciudad, pensamos en silencio adónde vamos, qué tenemos que hacer o en aquello que conviene a nuestros deseos. Pero todavía es más profundo el silencio en que se forman nuestros sentimientos que se esconden en el silencio, que no llegan a ser palabras, aunque también realicen actos escondidos. Pero hay sentimientos que en el silencio se esconden detrás de pensamientos engañosos. En el silencio en que se forman los sentimientos y los pensamientos, se forma el estilo de la vida y de la obra de un ser humano.

Desde aquella noche en aquel cuarto oscuro del hotel de campaña, he encontrado complacencia en descubrir los sentimientos y los pensamientos más distintos y contradictorios que existen, no solo en distintas personas, sino en un mismo ser humano. Tal vez a esto se deba que este amigo que me defiende, haya sentido mi comprensión en una época en que toda esta ciudad lo criticó. También se debe a eso la historia que me falta relatar de una de aquellas casas.

A las pocas horas de llegar por primera vez a esta ciudad, conocí a este amigo. En seguida él organizó un acto para un poeta, a quien yo acompañaba en esas giras y para mí. (Hacíamos números de poesía y de música en el mismo espectáculo.) A los pocos días a nuestro amigo se le murió la madre. Lo trajimos del cementerio a la casa hecho un trapo. Lloraba de a ratitos como esas lluvias intermitentes. Cuando se fue el poeta, a quien todos admirábamos y queríamos tanto, lloró seguido un rato largo y después se durmió profundamente. Entonces se fueron todas las otras personas. Solo quedamos una india vieja que dormía en otra pieza y yo, sentado en un sillón muy cómodo donde también me dormí. Esto ocurría al caer la tarde y él se despertó como a las diez de la noche. Entonces me pidió como favor muy especial que le fuera a buscar a una persona que estaba en el café de la esquina. Cuando se la traje y sin permitir que los dejara solos, mi amigo le dijo: «Mañana sin falta jugale treinta pesos». Yo acompañé al que llevaba la jugada hasta la puerta y este me dijo: «Está loco. Ese número es el que había en la cruz de la madre, en el cementerio». Después lo dijo a todo el mundo.

Las consecuencias, para mi amigo fueron terribles. No solo porque el número no salió y perdió los treinta pesos, que en aquella época eran mucho, sino porque lo acusaron de profanación, de usufructuar con la muerte de la madre; se hablaba de «treinta dineros» y se deducía que no había querido nada a la madre.

Aquí intervenía yo para indicar cómo era posible que pudieran vivir juntos en una misma persona, virtudes y defectos. Yo tenía para esto muchos ejemplos porque este era «mi juego». Así como mi amigo estaba siempre atento a la aparición de cualquier número, yo estaba atento a la aparición de sentimientos, pensamientos, actos o cualquier otra cosa de la realidad, que sorprendiera las ideas que sobre ellas tenemos hechas. Ya un poco aburrido de observar todo eso en mí mismo, también quería comprender qué cosas se producían en el silencio íntimo de los demás, si es que después lo demostraban —queriendo o sin querer—, y qué ocurría en el libre juego de las circunstancias. Ya había encontrado, precisamente, algo que me interesaba en el hecho de que mi amigo quisiera a la madre y tuviera pasión por el juego y de que la gente le fracasara la idea de que si era jugador no podría querer a la madre. Pero todavía en esta ciudad, me esperaban otras sorpresas que encontraría en mí mismo y en los demás.

El acto que hicimos el poeta y yo tuvo éxito. Él hablaba sobre Granada, por ejemplo —ese era uno de los números—, recordando la orgía del agua que los árabes habían hecho en La Alhambra para desquitarse de la que les faltaba en el desierto; hablaba de la luna como un alfanje bruñido, y antes de terminar sus palabras se dirigía a mí, y yo empezaba a tocar *Granada,* la serenata de Albéniz. Aunque los dos números eran de interés y se referían a una misma ciudad, el misterio, la materia y el «Silencio» de donde habían nacido eran diferentes, como lo son la literatura y la obra de cine a pesar de tener el mismo argumento y las mismas relaciones lógicas. Pero la gente que concurría a este acto maestro, se complacía con la idea, con la coordinación exterior de la poesía y la música, y esas personas pensarían algo así como que acumulaban una mayor cantidad de conocimientos sobre Granada. Como en aquellos momentos no hablaban ni aplaudían —ya que nosotros hacíamos los dos números sin interrupción—, a mí me encantaba verlos entregados a su «Silencio»; y como además, al pasar de la literatura a la música se daban vuelta, parecían dormidos que cambiaran de posición.

La actitud de ellos, hasta cuando venían a felicitar, era tan conmovedora que nos hacían pensar que nuestra actuación no había sido tan buena como esa actitud, y que en realidad los engañábamos.

Entre los que se quedaron últimos, había un señor con su hija, que nos invitó a visitarlos al día siguiente. Ese señor se parecía mucho a Einstein. Además usaba melena casi blanca, hirsuta y colocada en la cabeza como la quincha de los ranchos. La corbata era de moña caída como las orejas de los perros. No hablaba casi nada, llevaba los libros en casas importantes y tenía no sé qué puesto en la Intendencia; pero según él y la hija, era poeta. Ella hablaba de sus éxitos como recitadora y decía cursilerías con emoción falsa. A mí me convenía que hablara continuamente para disimular el hecho de que no podía sacarle los ojos de encima. Yo trataba de separarla de sus palabras como quien separa una golosina de infinitos cartones, papeles, hilos, flecos y otras incomodidades.

Al día siguiente fuimos a visitarlos a una de aquellas casas de techo de tejas que yo veía ahora. Entramos a un zaguán lleno de plantas y a una salita llena de chucherías que aparecían más frágiles y confusas en las últimas cortinas de sol empolvado. Yo tenía miedo de pisar un gato negro que había debajo de mi silla o de tropezar, en cualquier ademán, con una de las mesitas de patas débiles que tenía otro gato. Este era blanco, de tiza y si se caía arrastraría con él otras chucherías. Sin embargo la recitadora hacía toda clase de movimientos con una seguridad envidiable y hasta se permitía entornar los ojos. Yo le decía a mi compañero poeta, que la actitud de ella cuando ponía así los ojos, era entre el infinito y el estornudo. Pero era divina y yo me encontraba con todos mis sentimientos trabados. Ella recitaba poemas del padre, quien bajaba la cabeza cuando elogiábamos sus bellos sonetos. Yo elevaba la mía hasta la hija y ella me miraba con los ojos cada vez más entornados.

Ahora, después de unos años me encontré yo con mis ojos entornados, no solo por los recuerdos, sino por la angustia de no poder pagar el hotel y el ómnibus. Pero todavía existen ángeles inesperados que sacuden las alas. Llegó mi amigo sacudiendo los brazos y reprochándome por qué yo no le había dicho que el Intendente era tan amigo mío, que sacaría dinero de otro rubro y que esa noche yo debía encontrarlos allí, en ese mismo café.

A la noche encontré solo a mi amigo. Pero él me dijo: «No, dice que vayamos a la casa». Y después de unos pocos pasos, levantaba el índice —que bien podía ser para señalar mis errores que él conocía—, oprimió el timbre de la casa nueva. Entramos a un patio desolado como una cafetera descascarada. Después nos hicieron pasar a una sala con mesas débiles y el gato de tiza. Por fin apareció el poeta y cuando le pregunté si le iba bien, él me contestó: «Esta mañana cuando mi hija me hizo la corbata —la de moñas caídas como las orejas de los perros—, me dijo: "Padre, usted es un gran poeta, tiene una alta posición social y una casa nueva"».

TEXTOS DE PUBLICACIÓN PÓSTUMA

Selección
(fechas de composición estimadas)

Primera casa

(Circa 1940)

Atahualpa. Allí nací y tengo recuerdos desde un poco antes de los tres años. Uno de ellos casi lo perdí del todo: era un caballo y un tío abuelo. Los veía próximos uno al otro y no sé bien si entre ellos mediaba un maneador o un freno. Los recordé más o menos claramente hace pocos años. Se me acercaban antes de dormir y me acostumbré a recordarlos en alguna época de la adolescencia. A veces hacía esfuerzos para atraerlos. Los repasé mucho hasta que se gastaron o se cambiaron demasiado. Cuando me esforzaba era peor. Sin embargo hubo algunas veces que buscándoles, tentando con otro caballo cualquiera la simpatía de aquella primera visión, poniéndolo en la imaginación en distintas posiciones para ver si volvían, resultaba que el caballo se movía. Después el recuerdo fue más fugaz, borroso, diferente y yo dejé de perseguir su rastro. Pero alguna otra vez debo haber cruzado o pasado cerca de ese rastro y debo haber sentido un desvanecido matiz de angustia.

En un galpón, mi abuela que es gorda, está agachada y saca vino de una pipa. Parece que es la primera vez que van a tomar vino de una pipa; hay algo de cosa que se inaugura, y por allí deben entrar y salir, sin yo saber ni ver bien dónde están, mi padre, mi madre y mi abuelo. Pero siempre alguno cruza por el cuadro de luz que entra por la puerta y que está echado en el piso de tierra. No sé bien si es la luz o la sombra que se sube por los pantalones o las polleras cuando cruzan. Pero sé que se levanta un poco de polvo en pequeñas nubes de puntitos que se mueven en la luz.

El patio está lleno de sol. Estoy ubicado en una carretilla de mano que en aquel momento es «mi carro». Mi madre que tiene un pañuelo blanco en la cabeza y que le cubre casi toda la cara, trata de acomodarme «los caballos», cuyas crines son de color amarillo pajizo porque yo quiero que las escobas estén invertidas. Como es muy difícil colocar aquellos caballos en aquel carro, mi madre me ha puesto de espaldas a la rueda y ata las escobas en una cuerdita que va de una vara a otra. Lloro con gritos estridentes y con la más enconada y angustiosa rabia.

Mi casa es de material. Al lado hay un ranchito en el que viven no sé qué parientes. La China, prima lejana de mi madre, me ha llevado a comer al ranchito y me dan hígado de gallina. De pronto me quedo rojo, después morado y no articulo palabra. Tengo la boca abierta y hago una fuerza terrible. Creen que me ahogo. Es sencillamente que no me gusta el hígado de gallina.

Entre mi casa y el gran campo que da al fondo hay alambre tejido. El alambre tiene debajo un agujero por donde se puede pasar. Junto al agujero hay una zanja que para mí es grande. Paso mucho rato entretenido en el esfuerzo de salvar esos obstáculos. Me pongo en todas posiciones. Debo conversar solo y exhalar ayes y quejidos mientras me doy vueltas en la zanja y mientras ensayo meter en el agujero, primero la cabeza o los pies. Me debo revolcar la cabeza barriendo la tierra con el pelo cuando me toca ensayar de entrar primero con los pies. Me parece que algunas veces alguien me viene a ayudar. Pero, sin embargo, estando yo solo ¿por qué es que un día me cuesta mucho, otro día poco y otro mucho, de nuevo? ¿Por qué esa diferencia en el esfuerzo y en días distintos?

Vengo a mostrarle a mi madre el dedo índice señalando para abajo. Lo he metido en un hormiguero y lo traigo lleno de hormigas negras. Mi madre grita pero a mí no me duele.

Buenos días [Viaje a Farmi]

(Circa 1940)

Prólogo

Daré *algunas* noticias autobiográficas. Jamás se dan *todas*. Color de pelo negro y treinta y ocho años. Mi primer cartel —y casi el único, porque después que el mundo se hace una idea de una persona, le cuesta mucho hacerse una segunda o corregir la primera. Mi primer cartel lo tuve en música. Pero los juicios que más me enorgullecen los he tenido por lo que he escrito. No sé si lo que he escrito es la actitud de un filósofo valiéndose de medios artísticos para dar su conocimiento, o es la de un artista que toma para su arte temas filosóficos. Creo que mi especialidad está en escribir lo que no sé, pues no creo que solamente se debe escribir lo que se sabe. Y desconfío de los que en estas cuestiones pretenden saber mucho, claro y seguro. Lo que aprendí es desordenado con respecto a épocas, autores, doctrinas y demás formas ordenadas del conocimiento. Aunque para mí tengo cierto orden con respecto a mi marcha en problemas y asuntos. Pero me seduce cierto desorden que encuentro en la realidad y en los aspectos de su misterio. Y aquí se encuentran mi filosofía y mi arte. Soy un espectador ávido, extrañado —y otros calificativos o matices que ahora no tengo ganas de buscar— aun en los momentos en que la acción es furiosa, complicada, etcétera. Siempre me estoy dejando conceptuar. No solo me gusta viajar por distintas ciudades, sino por artes y ciencias. Tal vez sea como el pato que no vuela ni corre ni nada. Entonces diré que he sido un pato alegre algunas veces y un pato triste otras. Algunos me deben creer un pato extraviado. Y es que a veces me siento inefable en mi extravío. Algunos amigos filósofos llaman a este pato con ellos y le sugieren que no abandone el pensamiento filosófico. Algunos literatos llaman a este pato con ellos y le sugieren el terror que les inspira el drama del pensamiento, y a veces lo consideran algo peor, y a veces desean justificarse más o menos en block, ante lo que no han visto. Algunos amigos filósofos y literatos corren a este pato para la música, diciéndole que allí está su vocación, sus condiciones, su vena. Y viceversa le ha ocurrido con algunos amigos músicos. Pero todos, desde su punto, creen que lo ven todo. Y esto es cierto, porque cada cual ve todo con lo que tiene.

Por fin diré que tengo algunos amigos que toleran y hasta sienten curiosidad por los ritmos y los elementos heterogéneos que desfilan y se transforman en la secuencia de mi realidad.

Buenos días

Por fin he podido acomodarme más o menos cómodamente, para taquigrafiar pensamientos, cosas, hechos, lo que sea, antes que el avión llegue a Farmi. El hule negro de la libreta se me pega en la piel de la pierna cruzada, y eso me molesta. También me inhibe para concentrarme, la forma de las rodillas de la mujer que es mi compañera de asiento: tiene las rodillas puntiagudas como las de Cristo Crucificado. Y sin embargo el muslo empieza a ensancharse desproporcionadamente y forma una curva de ventana gótica. Bueno, trataré de pensar en Farmi. La primera vez que fui a Farmi, me sorprendí como ante ninguna otra de todas las ciudades que visité en el mundo. Antes de ir por primera vez me habían dicho que era una ciudad nudista y de las más adelantadas a causa... —para peor se ha pintado las rodillas de rojo sangre—... Precisamente, en el avión donde hice mi primer viaje a Farmi, recién en el avión, me dijeron que en esa región antes había doce montañas y ahora había once porque habían desintegrado una —cuando las primeras experiencias de la desintegración de la materia. Y allí, en el lugar que antes ocupaba la montaña, habían fundado a Farmi. En los primeros días yo tenía miedo... —Puso la mano encima de la rodilla, sin duda ha sentido mi mirada como si hubiera tenido un reflejo muy sensible en la rodilla—... Tenía miedo que también se desintegrara la ciudad y no quería morir siendo tragado por tierra desintegrada. Porque todavía no se sabe... —distraída sacó la mano de la rodilla pero la volvió a poner rápidamente—... si más adelante se desintegrará, como tampoco se sabe el efecto futuro de inyecciones que inmediatamente curan. Hace algunos segundos el guarda abrió la puerta que comunica con el piloto y al ver la cabeza de este me pareció la de un imbécil. Y eso es porque le tomé fastidio a causa de una mala maniobra, y ahora asociando la mala maniobra a la forma de la cabeza me parece un idiota. Claro que esto puede ser una injusticia porque un buen piloto puede hacer una mala maniobra, o parecerme a mí, etcétera. Pero es que yo tengo una larga historia contra los que guían o los que tienen mi vida en sus manos. Ahora, solo diré que confío en que un piloto tendrá cuidado de no quitarme la vida en un accidente, contando con que él temerá perder la suya. A pesar que un andaluz decía: «Permita dió que subas en un avión y a siete mil metros de artura descubras que er piloto es un loco escapao». Además hay pilotos prepotentes que se juegan en una experiencia, involucrando la vida de los pasajeros en su «jugada», y precisamente, el saber que también juegan *lo que no es de ellos* les aumenta la emoción. Por otra parte, como van aburridos... —Por fin el guarda cerró la puerta. Mi compañera lee un libro que tiene en el título la palabra «sueños». La primera vez que fui a Farmi sentí en una conversación que un fulano había soñado no sé qué cosa, y el relato lo sentí como de costado, sin hacer mucho caso. Al poco rato oí que una muchacha le decía a otra: «Esa misma noche yo soñé...» —El guarda volvió a abrir la puerta y vi al piloto de perfil; me sorprendió que el perfil no era como yo lo había imaginado cuando le vi la parte de atrás de la cabeza. Sin duda que visto de frente tendrá otra expresión, porque esto ya me ha ocurrido otras veces. Entonces, al oír hablar otra vez del sueño me dije: «Parece que en esta ciudad se sueña mucho. ¿Será el clima, será la desintegración?». Pero en seguida pensé en la manía de los deducidores, que viendo dos hechos parecidos en determinada circunstancia, ya empiezan a buscar una causa común. Así muchos sabios han descubierto grandes cosas, pero también cuántos chascos y cuánta manía de relacionismo. Sin embargo, en Farmi... —Mi compañera ha llamado al guarda y le empezó a preguntar cosas de la línea de aviones y de la hora de llegada. Yo al principio atendí, pero después, aprovechando que ella tenía la cabeza dada vuelta hacia el guarda, le miré el vientre donde tiene pintado también de rojo, esas circunferencias concéntricas que se dibujan para el tiro al blanco. Estas cosas no las podré contar a Eutilodia, porque aunque finja gran interés por mis observaciones, despúes irá a hacerse psicoanalizar. A propósito de los sueños que hoy venía apuntando: quería decir que Farmi es la ciudad o punto neurálgico de la civilización. Según su comisión fundadora y dirigente, la mejor civilización comprende: en parte un acercamiento a la naturaleza, y en parte seguir los caminos más modernos emprendidos por la ciencia. Allí se vive desnudo, la gimnasia y la alimentación es racional y muchas cosas más. Pero creo que lo más extraordinario lo han provocado los psicoanalistas. Todos los especialistas más... Después de tanto poner la mano en la rodilla y qué sé yo, ahora resulta que ha querido entrar en conversación hablándome de lo que tardan estos aviones. Yo solté un «es verdad» con voz rara, extraña a mí mismo, pero en seguida he carraspeado y tomado la actitud de escribir. Pero por un rato no me fue posible. Después pensé reanudar la conversación, pero si entre las sorpresas que me prepara Eutilodia para cuando llego la de hoy se cuenta entre las de venir a recibirme a la aduana, y me ve con esta otra, tendré oportunidad de ver que Eutilodia es de las que se acercan demasiado a la naturaleza. Además, en cada amor me gusta entregarme, como un adolescente, en una pasión honda y exclusiva. Tal vez sienta placer en realizar el amor como un farsante complicado. ¡Qué mala persona soy! ¡Y cuánto me apena esto! ¡Una vez hice una cosa tan ridícula! Estábamos jugando a las cartas y de pronto le dije: «Eutilodia, no te puedo traicionar ni en el juego a la baraja; tengo una carta con la que vengo pensando un plan para hacerte caer, y ahora no puedo, aquí está». Yo solté las cartas en la mesa. Jamás vi nada más falso. Pero mucho más canalla fui cuando ella se conmovió, me dio un beso en la frente y yo no le dije que todo aquello era una farsa. Sin embargo, yo creo que ella tampoco estuvo muy natural con aquella manera teatral de besarme en la frente. Tal vez tuviera razón el doctor Johannberg cuando nos dijo que «combinábamos» muy bien. —¡Algunos de los coloquios conmigo mismo me dejan tan mal! ¡Me parecen tan cínicos!—. A veces, cuando tengo un nuevo amor estoy tan contento que en esa alegría me prometo renunciar y ser fiel al antiguo. Pero bien sé yo que esa alegría me la da el nuevo y que al rato me entregaré con más fruición a traicionar. Mi médico me decía que mi infidelidad tenía origen bíblico... Por fin se ven las nubes de Farmi. Son nubes artificiales que contienen combustibles. Hay una de ellas a rayas blancas y negras que es una cárcel, por eso en Farmi ir al cielo significa también algo horrible... Yo no creía que Eutilodia y yo combináramos bien, y eso para mí tenía el encanto de traicionar al médico también... Ya cerró el libro; era el que yo suponía; capaz que me vuelve a dirigir la palabra... Cuando todavía yo no sabía que lo de los sueños, o el interés en ellos, era provocado por los psicoanalistas, aquel mismo día que oí hablar de ellos, pasaba por un café y entré. Cerca del mostrador uno le dijo a otro: «Tú sueñas con tal cosa y eso significa tal otra». Se fueron a las manos y yo me mandé mudar antes que llegara la policía. Pero aún no supe hasta algunos días después, cuando me mudé a un nuevo hotel, que allí el psicoanálisis era una industria, que junto a su verdad —como en tantas otras cosas— se había hecho una especulación infame y se había exagerado y deformado esa verdad. Por lo pronto... —Ha dicho «parece que llegaremos» y yo he tentado la conversación, o su continuidad. En la aduana le diré que tengo que salir precipitadamente. Pero mientras revisan tendré tiempo de algunas observaciones (por decir de alguna manera).

He conseguido «mi pieza» en este hotel. Tiene una mesa con un travesaño en el cual, poniendo el pie me he sentido tan cómodo que de eso ha dependido mi manera de conceptuar la vida en muchos instantes. En el techo hay una luz en tubo que forma un cuadro y dentro el aviso del doctor Johannberg. —Siempre siguen ingeniándose para meternos los avisos en la sangre. No hay más remedio que verlo en la noche, al mirar al techo, y de mañana, al despertarse. La primera vez que vine le pregunté a la camarera si no había otra habitación sin aquel letrero, y me contestó que todas lo tenían. Y así supe algo —lo que ella me supo decir— de los psicoanalistas. Más tarde me contaron, que para excitar la fantasía, para tener más material simbólico de trabajo y para enriquecer las discriminaciones de los clientes, es que provocaron la moda de pintarse el cuerpo con símbolos de toda especie e intención, que para eso provocaban el estudio de cuanta tribu se conocía o se descubría en expediciones a propósito.

Antes que me olvide, apuntaré lo que pasé esta mañana. Mi compañera resultó llamarse Trisca. En la aduana conversamos muy poco porque a pesar de no estar Eutilodia, a Trisca le esperaba un joven con quien cambiaba libretas —ya veremos qué es eso. Trisca venía de un lugar seminudista, pues se notaba que un calzoncillo oscuro había servido de negativo dejando marcado en su cuerpo un positivo más claro que lo demás de la piel. Ella pasó adelante y yo pensé que era para que la viera. Los muslos con curva de ventana ojival invertida le quedaban muy bien, pero sus caderas son un tanto cuadradas y forman dos grandes bultos casi próximos a la cintura. Su cabello pajizo es un poco raquítico y apenas le llega a los omóplatos. Llevaba pintadas las vértebras de la espina dorsal de plateado y un pez en cada pulmón. Si ella se hubiera quedado detrás mío hubiera visto las dos «eses» que me había pintado yo en los pulmones y me hubiera preguntado qué significaban —por más que el interés de una mujer por los símbolos de un hombre es un principio de compromiso. Mis «eses» eran una sorpresa para corresponder a la que seguramente me tenía preparada Eutilodia. Y yo pensé prepararle otra para después de nuestro encuentro. A ella siempre le gustaba verme la última cuando nos despedíamos, y entonces, esta vez, al irme se fijaría en mis espaldas y se encontraría con las dos eses que en nuestro sobreentendido amoroso quieren decir: «Siempre sí», símbolo que le halaga mucho por la perspectiva de asentir a sus caprichos.

Los ojos de Trisca son verdes, grandes y también dejan ver gran parte de la córnea. Eso le da ingenuidad sentimental. Y todavía, de su cara ovalada cae un poco la mandíbula y entreabre la boca. Pero la máxima ingenuidad está en no darse cuenta de lo mal que le queda la manera de pintarse la boca: es pequeña y ella quiere que sea grande. Parece una actriz que se ha pintado los labios para hacer un papel de negra. Yo tenía un poco de malestar al desear hablarle estando detrás de ella. El tiempo pasaba. Tal vez ella pensara lo mismo. (¡Qué pretensión, pero yo estaba en actitud de esperar algo!...) Otra vez más me encontraba ante la cobarde vergüenza de esperar que fuera ella la iniciadora. Yo sé que esto les fastidia mucho a ciertas mujeres. Mientras puedo aparentar desinterés todo va bien. Además ellas piensan que se dan cuenta antes que yo mismo de mi propio interés. Pero cuando descubren que es por timidez, ya es otra cosa. Hay algunas atrevidas a las cuales les gusta el tímido y lo ayudan... Tal vez se sientan un poco por encima de él, o lo sientan niño, o sean provocadas en su instinto maternal. Pero en seguida algo horrible ocurre conmigo mismo: todavía que las voy a traicionar, pretendo que el trabajo lo hagan ellas. Y después, para remache, ellas tienen que cargar con la culpa cuando las haya traicionado, pues fueron ellas las que empezaron. ¡Qué bajezas se producen en el ser humano! La comodidad para los placeres y conveniencias que suelen tomarse los hombres como yo, son de un cinismo infinito. ¡Y dicen que es la naturaleza espontánea! Cuando era adolescente, pensaba que la cosa ocurría como en una partida de ajedrez, que triunfaba el que tuviera más talento, y que la diferencia solo estaba en que en el ajedrez intervenían menos elementos de la personalidad, que en este juego. Además aquí había un placer biológico, primitivo de la «caza» y de la «pesca». No importaba que la forma de matar fuera distinta, que se desgarrara y se destrozara en los sentimientos. Estamos en plena naturaleza, en un parcial retorno a ella y en el que el pez grande se come al chico o el fuerte revienta al débil. Tal vez no sea retorno, tal vez en otras épocas no se haya admitido la justificación de ese estado *na-*

tural y nada más; tal vez la historia no nos haya mostrado todas las carnicerías. Pero hoy tenemos curiosas justificaciones. Una de las cosas que pasará a la historia como especialidad de nuestra época, será la inteligencia para justificar «lo que venga», y con las más ingeniosas teorías y mezclas de la verdad y la mentira. Ahora mismo, yo pretendo justificarme *comprendiendo*, siendo consciente de mi cinismo. Cuando adolescente la comprendía de otra manera. El destino, la naturaleza, la libertad, la irresponsabilidad, el diablo a cuatro, es fatal, cae tan naturalmente como la piedra en cabeza de otro, previo juego *natural* de nuestros sentimientos y nuestros músculos para el lanzamiento. El verdadero intercambio social lo enseña la naturaleza, salvo el caso en que tomamos lo que nos conviene de lo más nuevo y adelantado de la civilización. Pero tomamos lo que sea nuevo en la forma aunque viejo en su egoísmo profundo de placer. Placer de la mañana a la noche. Y después el placer de comprender esto mismo, del discurso hablado sin decir que es uno mismo, o echado en una mesa, largando con el sensualismo de correr en el desierto blanco de papel, el caballo fuerte y ágil de la inteligencia, y el placer de esta misma metáfora, etcétera, etcétera, etcétera. Y comprendiendo que es un impudor decirlo —aunque de originalidad literaria—, y así disparamos la inteligencia y la imbecilidad en una misma andanada.

Claro que aunque esta mañana no pensara esto, llegué a sentir algo parecido, algo que tenía que ver con el desarrollo de este discurso, y este discurso en que ahora tendía a quedarme, a dormirme con sueño de pesadilla, era uno de los sentimientos que intervenían en aquellos instantes, y es el que más siento ahora. Trisca dio vuelta de pronto la cabeza, hizo un movimiento con la mano que le debe haber parecido elegante, y la pulsera de colmillos le bajó en dirección al codo. Se apoyó sobre el lado derecho, y aflojando la pierna y relajando todo el lado izquierdo del cuerpo me dijo: «Voy a ser curiosa...». Apenas había empezado a hablar, el que estaba delante de ella inició la marcha; ella se dio cuenta que la fila se movía, pero prefirió terminar la pregunta muy tranquilamente: «¿Usted es psicoanalista?». El que venía detrás me tocó la espalda con los dedos. En seguida yo hice mención de tocarla a ella; abrí los brazos como si fuera a echarle una bendición; con ese movimiento amenazaba embolsar una parte de sus antebrazos en el hueco de mis manos; ella aún se detuvo un instante pero yo no terminé el movimiento. Por fin anduvo. Mientras tanto yo ya le había dicho: «Me gustaría serlo

pero no lo soy». Con la cabeza mirando al frente dejó escapar un
«ah» casi suspiro de alivio. «¿Por qué ese ah?» «Porque ante los
psicoanalistas no se puede hablar ni hacer nada, de todo deducen lo
que se les antoja, y lo peor es que lo aseguran. No digo que algunas
veces no acierten, ¡pero también nos atribuyen cada cosa!» Le entregaron su graciosa bolsa que le llegaba hasta el suelo y que tenía
en su base un armazón y cuatro rueditas. Mi rueda-equipaje ya era
conocida allí; pero Trisca se prendó de ella y quiso hacerla andar
—una gran rueda de cuero de más de un metro de diámetro y un
espesor de cuarenta centímetros; de cada lado del borde sale una
pestaña de diez centímetros que es de goma dura y asegura la duración en el roce con el piso, y entre las pestañas pequeños travesaños
de madera a cortos intervalos y por donde se la toma para hacerla
andar. En la mesa de documentos es que vi su nombre y una fotografía que tentaba a reírse por mucho rato: le habían quedado los
ojos cómicamente sorprendidos y muy abiertos, la posición de la
cabeza no era suya y el redondel pintado alrededor de la boca hacía
pensar fatalmente en una clownesa. Me dijo que no lo mirara, pero
ella miró el mío y mi nombre y pseudónimo —en aquellas regiones
todo el mundo lo usa; en Farmi da lugar a que siga la fantasía en eso
también, pero tienen que usar siempre el mismo porque se inscribe
junto al nombre auténtico, y cambiarlo cuesta mucho dinero y mo-
lestias. El mío es Gorno. Ella miró la puerta de entrada, levantó los
ojos al cielo dando vuelta la cabeza y se quedó colorada por aquel
gesto que yo había visto y que evidentemente era de fastidio. Sin
embargo él esperaba con cara ansiosa y alegre.

—Ahora voy a ser yo curioso.

—¿Qué?

Y se quedó seca. Yo pensaba que estaba fastidiada por haber
mostrado su gesto y porque el *secreto* que con él tenía —o había
tenido— la disgustaba. Después parecía invadida de cansancio y
contrariedad muy angustiosa. Yo, inoportunamente, con la inocencia de seguir adelante un proyecto, de decir algo que había pensado, aunque ahora quedara mal, con mi costumbre de seguir con
una cosa que empezaba en mí, y con la dificultad de poner frenos a
mi inercia, le dije:

—Llévelo al Clan del doctor Johannberg que es uno de los
más lindos.

—¿Cómo?

Podría haber aprovechado la oportunidad de que ella no había entendido, y desistir. Pero llevado por esa costumbre egoísta de

seguir con lo mío y abandonándome al apremio del momento, repetí la insinuación. Ella me contestó con un gesto que quería expresar que no tenía ganas de nada, y parecía no haberse dado cuenta que yo no tenía derecho a semejante entrometimiento y a insinuarle que hiciera algo por encima de él, contando con él y con una complicidad que yo suponía que ella debía tener conmigo. Pero ella, cándidamente, me preguntó:

—¿Qué Clan?

—Al del doctor Johannberg. Allí van los clientes, amigos y simpatizantes. Hay muchos médicos que tienen Clan. Y les dicen Clan por la moda retrospectiva, ¿sabe?

Las últimas palabras no las atendía porque llegábamos a la salida del despacho y allí estaba él, que se vino sonriente, nervioso y volátil, con el pecho cruzado con rayas amarillas y rojas en forma horizontal, y al sesgo por una correa azul que iba en dirección a la cadera, donde estaba asentada una carterita. Era un tipo fácilmente presentado por los que viajamos: nos recibe en la estación, lo vemos en un partido de cualquier cosa que sea atletismo, nos dice que una comisión de señoritas nos pide tal cosa, nos invita al baile de la kermesse, nos interrumpe inoportunamente para demostrarnos una admiración sincera que tiene escondida desde tal época, y nos hace sentir lo que tenemos de malas personas, porque en aquel momento no podemos considerar su sinceridad y porque esa admiración no es nada para nuestra vanidad. Sin saber por qué, al verlos juntos me parecía que comprendía un poco más cómo era ella. Él le habló en seguida algo de una canoa y la invitó a seguir. Ella había vuelto a cargar fastidio y miraba para otro lado. Yo me apresuré a despedirme. Ella se volvió rápidamente, me tendió la mano, me empezó a agradecer las atenciones; él hablaba al mismo tiempo de lo de la canoa; ella hacía movimientos casi imperceptibles con la cabeza y por fin la puso de lado con una sonrisa tierna e inaguantable por la sobre-boca o para-boca mal pintada; él me invitaba también a mí a ver la canoa: quedaba allí cerca, en el mismo lago donde había descendido el avión, aunque había que entrar por otro lado distinto del que veníamos y dar la vuelta al lago. Ella ponía cara de convencerme que era nada más que un momentito. Y aquel cambio iniciado con la decisión y la velocidad de la despedida apurada, iba perdiendo impulso. Tal vez yo, instintivamente, en aquella actitud precipitada había pensado en que ella reaccionaría, haciéndome quedar —cosa que deseaba en aquel instante—; pero ahora se produjeron otras cosas, me pisé otros resortes y decididamente les ofrecí el hotel, lamenté lo de la canoa que no vería y me despedí. Hoy yo no quiero revolver en todo lo que había en aquel instante, porque sé que me encontraré viejos sentimientos que inoportunamente se mezclarán con los nuevos; hoy quiero seguir con mis nuevas impresiones, con mis placeres nuevos, no quiero que en ellos intervenga nada feo, irritante, incómodo; quiero renovar mis sensaciones como el aire se renueva en mis pulmones; quiero ser un cínico brutal y encontrarme con la creación que sorprenda los sentidos cuando ha tenido una profunda elaboración estética; pero no quiero que esto involucre sentimientos, quisiera destilar del arte su novedad, su creación pura de placeres.

¡Qué pena! Ella me gustaba con una ternura que tiene nubes en el cielo de la infancia. Esas nubes llegan lentas, mansas, ingenuas; cuando queremos acordar están por encima de nuestras cabezas en el cielo y en el día claro de hoy. Su alma era clara y su picardía ingenua y entregada. Aquellas piernas gruesas, rollizas, como las de un niño que no saben que son así, en la inocencia de no saber cómo es, cómo es para nosotros, llena una pequeña porción de espacio en el mundo, en el que lo sentimos solo con su gracia tan tierna, tan ignorante de sus torpes desproporciones que nos tienta a quererlo más y a protegerlo más. Ella tenía algo de eso. Yo había sentido un poco —un poco no más— de recogimiento antes de traicionar esa inocencia indefensa y hasta ponerla en la situación de que ella traicionara a su vez al inocente de la canoa, llevada por la sugestión de un juguete nuevo como el que sería yo. También había en mí celos tristes provocados por él. Si ella hubiera sido menos indefensa o hubiera dado esa impresión (la de ser menos indefensa, como algunos intelectuales que presentan batalla a la cabeza y uno por eso los cree más responsables y fuertes) no me hubiera importado nada. Y menos por él que cambiaría fácilmente de compañera de canoa. Todo aquello era feo por la forma en que tendría que hacer nido yo, y tal vez por eso me fui. Pero apenas desprendido sentí que la dejaba sola; rápidamente todo se empezaba a hacer recuerdo embadurnado de angustia dulce. Traté de dar otra dirección a mi pesada y torpe angustia; entonces pensé en la novedad de la ciudad vista de nuevo con sus recuerdos llenos de Eutilodia. ¿Todavía no tendría tiempo de correr, hacer algo, y decirle a ella, a Trisca, cualquier cosa? ¡Qué vergüenza! Además la angustia presente era perezosa. Salí por la portada exterior de la aduana y detuve mi rueda-equipaje ante un kiosco —antes no estaba— y compré el diario verdoso que tanto me había gustado leer en aquella ciudad. Casualmente había nada más que ejemplares de ese diario, mi diario predilecto. La mujer que despachaba tenía un brazo y mano como si hubiera sido untado de pomada verde, y el otro azul. Saqué de mi cartera en bandolera un billete de cinco unidades. Me empezó a dar el cambio y tenía las uñas llenas de números, menos en los anulares que estaban completamente limpios de pintura y de números. Me llamó la atención que el cambio me lo empezara a dar en moneditas de centipartes y tendría que cargar una enormidad de ellas. Con cara adusta le fui a pedir otro cambio, y al agachar la cabeza para mirar por debajo de la ventanilla me veo espantado a Eutilodia. Gozaba inmensamente en mirar la idiotez de mi cara. Yo dejé por broma esa máscara un buen rato, y detrás de ella aproveché para pensar un poco en Trisca y en la cara distinta que ahora tendría Eutilodia si supiera.

Tierras de la memoria *

(1944)

Una noche, cuando tenía catorce años, trepé salteados los escalones que se amontonaban desesperadamente hasta llegar al paraíso del teatro. Oiría por primera vez a un pianista célebre. Pensaba en el «esfuerzo» que me costaba subir la escalera y lo que encontraría al «llegar» arriba, se me ocurrió la palabra «cumbre» al imaginarme el paraíso. Y era porque los maestros de piano, las mamás de los alumnos y los periodistas que elogiaban a los célebres no tenían otro lugar común que «el esfuerzo para llegar a la cumbre del arte».

Si es cierto que en la «cumbre» ya me esperaba el sonido de un piano, también me esperaban el chistido por «las patadas de ese que sube» y una voz más fuerte que gritó «animal».

Me quedé paralizado y me recogí con una timidez bastante apretada. Tardé mucho en asomarme a la penumbra de la sala. Pero en seguida proyecté toda el alma hacia el escenario iluminado. En aquel recuerdo —para siempre— había una cabeza color naranja que se inclinaba tanto sobre el gran piano que parecía que ya la iba a meter entre la caja; unas manos que se levantaban hacia el techo para caer contra el teclado; unas colas de frac que se debatían en la banqueta mientras el concertista saltaba en el asiento casi hasta pararse; y también aprovechó a entrar en el recuerdo un eterno decorado de sala con dorados sobre rojo.

Miré a mi alrededor riéndome de la extravagancia del que estaba allá abajo; pero en toda la sala había una seriedad expectante con algo de locura quieta que me obligó a recogerme de nuevo.

Terminó el primer movimiento de la sonata de Beethoven. El público se desencadenó. Bajo la cabeza naranja que esta vez se inclinaba hacia el público se veían colgar los brazos que sostenían unas manos muy grandes, y más abajo los zapatos de charol muy juntitos. En seguida colocó las manos para empezar el «scherzo» y

---

* Fragmentos de este texto fueron publicados en *El Plata*, Montevideo, 23/06/1944; en *Papeles de Buenos Aires*, agosto de 1944, y en *Hiperión*, n.º 127.

tuvo unos instantes en actitud de esperar algo. Yo no sabía bien si aquella actitud era para esperar el silencio del público o una concentración del pianista esperando la llegada de las musas. Sin embargo siempre he pensado que los momentos siguientes fueron los que decidieron mi vocación. Desde la altura y el lugar en que me hallaba, veía los movimientos de las manos coordinadas con los sonidos. Esto me sedujo en los primeros instantes: veía sembrar notas picadas y sentía su consecuencia sonora: una escala como un camino con cerco de postes pasado a toda velocidad; las manos retardaban el movimiento y se detenían contra una nota agradablemente extraña; el camino recomenzaba y tomaba otra dirección; el ritmo se interrumpía para reanudarse y de pronto se estaba en los caminos del principio; pero aquello tenía gracia y la gracia era intencionada. ¡Qué lindo si yo lo pudiera hacer! No parecía realmente que él lo hiciera allí, ya se lo traía hecho, no tenía más que desenvolver y desarrollar aquel juguete de tan maravillosos resortes. Él tenía como cierta independencia con el juguete y se permitía proceder como el que sabe que lo observan mientras hace algo. No era como los que iban al conservatorio y tocaban seriamente; este no vendría de un conservatorio, venía de la calle y quién sabe de qué lugares. Valía la pena gastarse la vida entera en conseguir aquello; él inspiraba facilidad al hacerlo y uno lo interpretaba como facilidad para conseguirlo. ¿Yo no podría también traer en mis manos, viniendo de la vida, un objeto sonoro y soltarlo apasionadamente por todos los lugares del teclado? Parecía que él adaptaba el objeto sonoro a ese instante en que vivía con el público. Él hipnotizaba al público pero a su vez el público lo hipnotizaba a él y todos crecíamos en la más loca excitación.

Estos recuerdos me habían quedado singularmente nítidos. Los repasaba ahora sentado en el vagón de un tren que pronto partiría para la ciudad de X. Había empezado por recordar la lucha —intensa, desigual, desorganizada— persiguiendo la realización de mis ideales pianísticos. Antes de aquel concierto oído a los catorce años, esos ideales habían sido vagos, imprecisos, pero después se habían hecho tan concretos como un juramento, y a ese juramento habían concurrido fuerzas de todos los ámbitos íntimos.

Tal vez si hubiera seguido recordando aquella época, hubiera descubierto entre las causas de mi vocación, otras que no eran solamente el placer artístico, la emoción vivida por la voluntad tan vital y misteriosa de aquel extravagante artista; ni el deseo de imitar —ese deseo que tan fuerte suele ser en un muchacho de catorce años—

lo que tanto me seducía. Tal vez hubiera encontrado otras causas que entraron muy escondidas pero con tanta o mayor fuerza que las primeras, e hicieron más definitiva mi decisión: se trata de ciertos pequeños éxitos y sus consecuencias. Entre estas consecuencias no entraba solamente el placer de vanidad: esas consecuencias de los pequeños éxitos se ligaban con la más honda, tal vez, de las causas que me inclinaban sobre el piano: esos pequeños éxitos a su vez inclinaban sobre mí, significativas manifestaciones femeninas. Y esta causa aún se ligaba con otra: yo era muy tímido y el piano me dispensaba de buscar aquellas «manifestaciones» con los medios comunes: «ellas» se acercaban al piano y yo miraba fijo el teclado.

Pero no llegué a pensar en esto porque fui interrumpido.

Aquellos recuerdos —¡cómo me cuesta desprenderme de ellos!— habían surgido, sin duda, por ser opuestos a la realidad en que tendría que sumergirme ahora. Yo trataba de defenderme, de evitar la amarga realidad presente, con el placer de aquellos recuerdos. Ya me había ocurrido eso otras veces, porque mientras luchaba por aquel ideal de adolescente, había tenido que disfrazar ese ideal con otro opuesto: la mala música, la única que me salvaba de la vergonzosa miseria. Por eso iba ahora a la ciudad de X.

Tengo ganas de creer que empecé a conocer la vida a las nueve de la mañana en un vagón de ferrocarril. Yo ya tenía veintitrés años. Mi padre me había acompañado a la estación y en el momento de subir al tren nos venía a recibir un desconocido que me preguntó:

—¿Usted es el pianista?

—Es verdad.

—Lo saqué por la pinta. Yo soy el «Mandolión».

Mientras íbamos entreverando las explicaciones, mi padre —que era un poco más lento que yo— lo miraba fijo a través de sus lentes que le agrandaban los ojos; y también tenía abierta la boca porque le iba a decir algo; pero tocaron el pito y no tuvo tiempo más que para abrazarme.

El Mandolión sentó lentamente su cuerpo, que había engordado dentro de una piel amarillenta y dura: parecía hinchado como un animal muerto. En la cintura, donde terminaba el pantalón y empezaba el chaleco, tenía desbordada la camisa blanca como si se hubiera puesto un salvavidas.

Me empezó a hablar del «Violín». El Violín vivía en la ciudad a donde nos dirigíamos y allí nos había conseguido el trabajo.

Yo pensaba en lo que mi padre le hubiera querido decir al Mandolión: lo habría envuelto en el compromiso de una protección hacia mí. Pero yo no podía imaginarme ningún entendimiento con este animal joven, que no dejaría salir ninguna idea sin la condición de dar una vuelta corta y volver a él, trayendo algo para engordar. Tal vez hubiera conformado a mi padre diciéndole «sí, pierda cuidado» —arrugaría un labio, lo apenas indispensable para dar entrada a un pucho—; y en seguida hubiera vuelto a hablar del Violín. Esta idea suya —que parecía estar sentada en la córnea de sus ojos grandes y tan tranquilos como los de un buey— estaría esperando el momento de encontrarse con el violinista; entonces la idea se sentaría cerca de este y esperaría que el violín hablara con el dueño del café donde íbamos a tocar. Y allí, cerca del dueño, la idea se sentaría tres meses —el plazo del contrato—, y durante este tiempo trataría de convencer al patrón de que alargara el contrato y aumentara el sueldo.

Al principio de la conversación yo había tenido cuidado de que él no viera los alargados y débiles filamentos de la melaza que yo sentía al irme despegando de Montevideo. Me mareaba la angustia, el ruido del ferrocarril, los grises de las casas rayados por la velocidad en la placa de la ventanilla y el pensamiento de lo que dejaba en Montevideo: mi mujer, que estaba en la mitad de una pesada espera.

Un pie del Mandolión había reventado el cordón de un pobre botín amarillo que estaba con la lengua afuera. El pie descansaba colocado encima de la caja del «mandolión» (instrumento). De pronto el pie salió de la caja. Después el Mandolión (hombre) sacó de la caja el «mandolión» (instrumento) y se puso a tocar.

Íbamos en primera. Yo no quería mirar la cara de los pasajeros. El Mandolión lamentaba que el dueño del café no hubiera mandado a la Asociación de Pianistas —donde se había contratado el trabajo— el importe del pasaje en vez de los boletos. Él habría sacado boleto de segunda y se hubiera guardado la diferencia. Yo también lo habría deseado, porque así él no estaría tocando el bandoneón en primera.

Al rato me preguntó si yo sabía algo de «mandolión». Entonces quiso enseñarme: «Cerrando, eran unas notas; y abriendo, otras». Tuve que decirle que estaba mareado. Por suerte aquellas manos empezaron a guardar todo de nuevo. Parecían guantes hechos de piel humana y rellenos con carne que hubieran apretado mucho hasta que los dedos quedaran separados. Eran muy pobres en movimientos: hacían los más indispensables, por el camino corto y empleando el mayor tiempo posible. Mientras preparaban el «mandolión» para guardarlo, los dedos pasaban duros, lentos y rechonchos por encima de las pequeñas flores y dibujos nacarados que estaban incrustados en la madera negra de aquel instrumento. Después, antes de cerrar la tapa del estuche, las manos cubrían el «mandolión» con un paño, también negro y también acribillado de flores y dibujos hechos con hilo de crochet. Tal vez aquel instrumento fuera el lujo de su vida y mirara con agrado las flores que lo cubrían. Tal vez, en seguida de entregarse a ese agrado, reaccionaría con el pudor que sienten esa especie de brutos ante cosas delicadas; tal vez en su cabeza se formaría la palabra «fantasías»; y si estaba con algún otro compinche pensaría «cosas para las mujeres»; tal vez, poniéndose irónico y con un pedazo de sonrisa en que el labio rodearía el pucho como un festón, intentara hacer un movimiento con aquellos dedos para indicar algo superfluo. Él pensaría que sus dedos habrían hecho algunas ondulaciones; pero apenas se moverían con una oscilación torpe y como si fueran enterizos; tal vez, si aquellos dedos tomaran un lápiz transpirarían en el esfuerzo de apretarlo y harían números y letras repugnantes.

Aunque yo no quisiera, aquel ser que tenía frente a mí y a medio metro de distancia, seguiría existiendo durante las ocho horas que duraría el viaje. Yo tenía la mala condición o la debilidad de no poder aislarme del todo de las personas que me rodeaban. Al tenerlas cerca no podía evitar el trabajo de imaginar lo que ellas pensarían. Ellas, con su manera de sentir sus vidas, entraban un poco en la mía y según fuera la calidad de esas personas, así sería el sentido que tomarían los instantes que yo viviría junto a ellas. Entonces no me podía entregar, delante del Mandolión, a pensar en lo que deseaba. Y además sentía dos fastidios: uno, porque hubiera preferido la muerte antes que él descubriera mis pensamientos en mi cara entregada; y otro por tener que defender mi cara, como si ella fuera una mujer dormida y desnuda. Y todavía —pensando con la condición de aquel bruto—, mi pudor parecería femenino y su brutalidad masculina.

Cuando el ferrocarril cruzó la calle Capurro, levantó un recuerdo de mi infancia. Pero como en ese momento me habló el Mandolión, el recuerdo se apagó. Al rato sentí la desconformidad de algo que no había cumplido; y en seguida me di cuenta de que me tiraba del saco para que lo atendiera de nuevo, el recuerdo infantil de la calle Capurro. Las agujas blancas que había visto ahora, eran distintas; y ya no estaba la pequeña casilla de madera cubierta de enredaderas, donde vivía, como una familia de arañas, el negro guardagujas con todos los suyos. (Una vez el negro bajó las agujas cuando el tranvía no había terminado de cruzar. El tranvía quedó encerrado en la bocacalle en el momento que venía el ferrocarril. El conductor dio toda la marcha, rompió la aguja que tenía adelante y algunos pasajeros, con la emoción de haberse salvado, abrazaban al conductor y le daban dinero.)

Cuando yo tenía doce años pasaba todos los días por aquel lugar; y a pocos metros de la vía entraba en la casa de dos maestras francesas. Pero antes de cruzar la vía me gustaba pararme a mirar los rieles; los cuatro rieles de las dos vías hacían una curva muy suave antes de perderse detrás de un cerco. Y mientras tanto los rieles esperaban, con su lomo al sol, que les pasaran por encima los monstruos egoístas del ferrocarril que siempre iban pensando en la dirección que llevaban. Después los rieles volvían a brillar ante la admiración de todas las gramillas que tan apaciblemente vivían rodeándolos.

Las dos maestras francesas eran hermanas y huérfanas; habían llegado a Montevideo jóvenes. Además de tener una escuela del Estado, daban clases particulares. Yo me encontraba en la casa de ellas con muchachas que estudiaban para maestras. La menor de las hermanas tenía una manera muy querida de llevar para todos lados su cuerpo alto; y un descuido lleno de ternura en su manera de ser gorda. Cuando los pies le habían traído el cuerpo cerca de mi silla y ella me obligaba a mirarla levantándome la cabeza con un dedo que enganchaba suavemente en mi barbilla, mis ojos la miraban como a una catedral, y cuando ella dejaba caer mi cabeza para que yo pensara en los deberes que no había hecho, mis ojos veían muy de cerca el tejido de la tela de su pollera gris en la disimulada montaña de su abdomen. La Menor era casi joven. Yo había oído decir que no podía tener novio porque entonces la hermana mayor se tiraría a un pozo. La Mayor hablaba siempre muy bajo; pero los demás tenían que hablarle muy fuerte; además ella ponía la mano detrás de la oreja, se inclinaba muy hacia adelante y arrugaba toda la cara de una manera muy angustiosa: parecía que sintiera dolor de oír. Su poca voz tardaba en llegar a la superficie como si tuviera que sacarla de un pozo con una bomba. El que oía también hacía fuerza y sentía atragantarse la poca voz antes de salir. Entonces, mientras hablaba, uno le podía perdonar que se le escaparan pequeños globitos de saliva.

Si alguna vez, al entrar en aquella casa yo encontraba en el primer patio a la Mayor, pensaba que un pedazo del fondo de la casa había venido hacia el frente. Si cuando estaba hablando con la Menor llegaba la Mayor y empezaba a bombear su poca voz, yo pensaba en el fondo del pasado de aquella familia. Si la Mayor cruzaba por algún lugar donde había sol, yo sentía que un rincón sombrío de la casa y del pasado, había cruzado sin querer por la luz.

Aquella casa era de doble fondo. El zaguán desembocaba en su primer patio. Siguiendo por un corredor se desembocaba en un segundo patio, que era el primer fondo y estaba rodeado por otro corredor. Allí vivían muchas plantas calladas y ciegas; pero en verano, cuando se movían un poco yo las veía tantear el aire y me hacían sonreír. Desde aquel segundo patio se veía el segundo fondo, que estaba lleno de yuyos altos y árboles bajos. Los dos fondos estaban separados por un alambre de tejido y un portoncito desvencijado. Para abrirlo había que darle muchos empujones; entonces parecía que él daba pasos cortos y los arrastraba muy pegados a la tierra. Un día lo rompió una chiquilla que tendría mi edad. Había tenido que abrirlo apresuradamente porque yo la venía corriendo. La chiquilla había sido criada por las maestras. Esa tarde las maestras no estaban y yo debía esperarlas. Ellas no vinieron. Yo tuve mucho tiempo para perseguir a mi compañera en aquella casa solitaria. Pero cuando corríamos entre los yuyos altos y los árboles bajos yo me caí y me ensucié de verde una pierna del pantalón, que era blanco. Lavé la mancha con jabón; era difícil frotarla con el pantalón puesto. Después mi compañera, para disimular la mancha y el lavado, me puso almidón y albayalde. En casa vieron aquella plasta y se rieron; pero no dijeron nada.

En la parte izquierda del primer fondo, había una puerta por donde aparecía casi siempre la Mayor. Cuando la puerta estaba cerrada y yo sabía que no había nadie detrás de ella —como la tarde que corría a mi compañera— la puerta no tenía mucha importancia; pero cuando estaba cerrada y yo sabía que en la habitación estaba la Mayor, con seguridad que la puerta tenía otra expresión. Era como la cara inmóvil de una cabeza que adentro tiene pensamientos que se están haciendo y uno no sabe cómo serán. A veces sentía rezongar sus pasos dentro de la habitación; tal vez se estaría vistiendo; y si por la puerta entreabierta veía pasar algún trapo blanco o un pedazo de hombro desnudo, me acordaba de su boca entreabierta en el instante en que le brillaban los dientes y las gotitas de saliva.

Una pequeña pieza que había al frente y que daba al primer patio, era el escritorio. Esa pieza la habían llenado con dos escritorios y dos bibliotecas. A mí no me gustaba que la Menor fuera dueña de aquellos escritorios, que eran cosas de hombres serios. Le perdonaba que mandara; pero no que tuviera esos escritorios. Nunca he encontrado una persona que mandara con más encanto. En seguida que se enojaba o decía una cosa con alguna agitación, se ponía colorada, retenía sus palabras y quedaba llena de la más responsable prudencia; y para que su persona no tuviera ninguna incorrección, se llevaba la mano derecha a una abertura que siempre tenía su pollera gris en el costado. Sus dedos eran los únicos broches, de manera que si los sacaba, volvía a insistir la espiga blanca que hacía la enagua, cuando se abría la pollera gris.

En la pieza de los escritorios la Menor daba clase a una señorita rubia que usaba la cabeza inclinada hacia adelante; fue ella la primera persona que me llamó la atención por la forma de sus córneas. Estas eran muy distintas a las del Mandolión; las del Mandolión parecían sucias de nicotina y de hilillos de tabaco. También aparecían sucios sus ojos, como si en ellos hubieran revuelto unos cuantos colores oscuros. Las córneas de la señorita rubia eran como globos terráqueos recién comprados; y daba gusto mirar el país azul del iris, con su capital en el centro, que era una niña muy grande. Una vez que yo estaba muy cerca de sus niñas vi reflejarse en ellas una lámpara portátil —la bombita era sostenida, dicho sea de paso, por una mujer de bronce bastante desnuda—. Yo no sabía si aquella señorita era delicada por afectación o era delicada por enfermedad. Tenía uñas muy largas y movía las manos como si temiera que le dolieran. Los abultamientos sensibles de las yemas sabían que serían los primeros en tocar la superficie; y parecían tan delicados como córneas. Los dedos aterrizaban sobre el verde de un papel secante que había en el escritorio; se posaban inclinados y las yemas quedaban mucho rato ocultas bajo las uñas.

Una vez esa señorita daba una lección en que explicaba cómo se debía acomodar una habitación, dijo que al costado de la cama de matrimonio debía haber un par de zapatillas. Ella y la maestra se miraron, sonrieron y yo me quedé mucho tiempo intrigado.

En una parte del segundo patio (primer fondo) había una mesa redonda que se llenaba de discípulas. Todas eran muchachas mayores que yo. La Menor se sentaba en un sillón y daba clase. Había una muchacha de luto que no usaba polvo y era muy atrevida: daba la lección apoyando un codo en la mesa y la mano en la cara. En los momentos de no recordar la lección se ponía la mano en la frente, como si tuviera dolor de cabeza y bajaba los ojos porque la mirada le caía sobre la falda, donde nosotros sabíamos que tenía un libro abierto. Una tarde la maestra le dijo que no mirara el libro. Yo me asusté. La muchacha negó. La maestra le dijo que se parara. La muchacha obedeció instantáneamente y separó los brazos del cuerpo para demostrar que no tenía ningún libro. Tampoco se sintió caer nada en el suelo. Todos nos quedamos extrañados. La chiquilina que tendría mi edad apareció en la puerta de la cocina pinchándose la nariz con un tenedor. En un momento en que la maestra tuvo que salir de allí, otra muchacha (esa sí que se empolvaba en grande, y los pelos del bigotito aparecían entre los polvos como pinchos de pinos entre la arena de los médanos; era del Cerro; una vez la corrió un toro y ella para poder disparar tuvo que levantarse su angosta pollera hasta la cintura), esa muchacha le preguntó a la del libro cómo lo había hecho y la otra nos explicó. En el momento de pararse, cerró y apretó el libro entre los muslos; la maestra no podía verlo porque estaba del otro lado de la mesa. La chiquilina que tendría mi edad, todavía estaba pinchándose, como si nos hiciera una cuarta de nariz con los deditos del tenedor.

Un día, cuando recién empezaba la tarde yo iba cruzando la vía y me salió al paso un negrito hijo del guardagujas. Él peleaba a menudo, tenía el instinto de la calle y se había dado cuenta de que yo le tenía miedo. Aquella tarde se me vino encima; yo no tuve más tiempo que ponerle mi cartera de los útiles como escudo y disparar hasta la casa de las maestras.

En la lección empecé a penar con ejercicios de aritmética, cosa que nunca sabía. La Menor me tomaba la lección y sus brazos desnudos descansaban en los del sillón. Yo explicaba: «Después de un décimo se dice: un onceavos, un doceavos, un treceavos» —como sabía poco, alargaba los ejemplos—, «un catorceavos...». Y recién cuando la maestra me dijo: «¿Hasta cuándo?», yo agregué: «Y así sucesivamente».

Llamaron a la puerta. Salió la maestra con los dedos abrochándose el costado de la pollera. Hablaba con la puerta de la calle entreabierta y con alguna agitación. Yo alcancé a ver el casco de un guardia civil y pensé en el negrito de la vía; pero como yo había disparado tuve la única tranquilidad de conciencia que puede tener un cobarde: la de no haber hecho nada a su agresor. Oí que la maestra decía en voz alta: «Qué esperanzas, yo no permito, es de muy buena familia». Vino muy colorada y no traía los dedos en la pollera.

—¿Qué pasó con el negrito?

—Él quiso pegarme... Mi mamá siempre me encarga que no pelee... y entonces yo me vine corriendo.

Sufría. De buena gana hubiera deseado tener valor.

—¡Cómo te atreves a mentirme!

—Es verdad, señorita.

—Pero si vino el guardia civil a buscarte con el padre del negrito porque tú le ensangrentaste las narices al hijo.

—Señorita, yo disparé.

—Dice que le pegaste con la cartera.

Junto con el asombro me empezó a brotar un extraño coraje, como si se me repartiera por todo el cuerpo el efecto de un licor fuerte que me cambiara el sentido de las cosas. Me venía la idea de apoderarme de algo, con un sentimiento de posible dominio. Miraba las plantas y el brazo blanco de la maestra como de paso, con poca precisión del detalle; pero las cosas abultaban en un aire espeso y jugoso. Los colores de los objetos se calzaban muy justos dentro de los contornos. Sentía una voracidad dispuesta a manotear las cosas en un desorden dichoso. Me hubiera animado hasta a dejar de lado la honestidad si era necesario; y no sabía si yo llegaría a ser hidalgo o pirata. Es cierto que aquel éxito no me correspondía; pero ensayaría, por todos los medios, de pegar con mis propios puños.

Aquella borrachera se me pasó pronto. Tardé mucho tiempo en realizar el ensayo de pelear. El negrito no se metió más conmigo; aunque un día vino a alcanzarme y me pidió un vintén.

Yo quería a mi maestra y le estaba agradecido porque me había librado de la comisaría; pero en el instante en que ella daba vuelta la cabeza, yo no podía dejar de pasarle mis ojos por sus brazos desnudos.

Una noche, después de haber hecho los deberes, leí un libro en que un Bandolero iba por un camino de abedules. Yo no sabía qué eran abedules pero suponía que fueran plantas. Había dejado de leer porque tenía mucho sueño, pero iba para la cama con la palabra *abedules* en los labios. Después de acostado pensaba en cómo habrían hecho para ponerle nombres a las cosas. No sabía si les habrían buscado nombres para después poder acordarse de ellas cuando no estuvieran presentes, o si les habrían tenido que adivinar los nombres que ellas tendrían antes que las conocieran. También pudiera haber sido que las gentes de antes ya tuvieran nombres pensados y después los repartieran entre las cosas. Si fuera así yo le hubiera puesto el nombre de abedules a las caricias que hicieran a un brazo blanco: *abe* sería la parte abultada del brazo blanco y los *dules* serían los dedos que lo acariciaban. Entonces prendí la luz, saqué de la cartera el cuaderno y el lápiz y escribí: «Yo quiero *hacerle abedules* a mi maestra». Después saqué la goma, borré y apagué la luz. Al otro día la maestra arrugaba las cejas sobre algo que yo había escrito; y era porque la frase que yo había compuesto la noche anterior no estaba bien borrada; entonces ella leía al mismo tiempo que preguntaba: «¿Yo quiero hacerle qué a mi maestra?». Luchó un rato para sacarme la palabra *abedules;* pero cuando quiso saber por qué la había puesto me empaqué y ella tuvo que desistir. Entonces dijo: «¡Qué niño más raro este!».

Una tarde empecé a imaginar lo que ocurriría si yo le acariciara un brazo a mi maestra y estuve muy cerca de hacerlo; pero después pensé que hubiera sido más fácil ensayar una pelea con los puños que acariciar a la maestra con los dedos.

La última vez que la vi ella estaba muy linda. Fue en la Universidad, cuando yo iba a dar examen de ingreso. Ella sufrió mucho, pobre, porque antes del examen me preguntó: «¿Cuántos gramos tiene un quilo?», y yo, con mucha mala suerte, elegí para contestarle el número seis. (Después ella se lo dijo a mi madre, en una carta muy apenada.)

No tuve necesidad de dar el examen oral. Casualmente fui el primero cuando nombraron los eliminados del escrito. Mi padre me había comprado unas cuantas corbatas para regalármelas si salvaba; pero tuvo que dármelas para consolarme de la vergüenza. Recuerdo el momento en que me las entregó: yo lloraba montado en un baúl que estaba detrás de una cortina.

En el momento que yo despertaba de mis recuerdos, el Mandolión dormía. Cuando llegamos a una estación, dio unos ronquidos más y es posible que haya sido el silencio quien lo despertó. Mientras él dormía no me inspiraba pensamientos desagradables; él tenía la actitud de pertenecer todavía, a su madre; a cada instante ella diría: «¡Pobre fulanito, cómo se quedó dormido!».

Apenas despierto se empezó a desperezar cerrando los puños, que se le quedaron pálidos; al estirarse, el salvavidas se le había agrandado; esta vez se dio cuenta y empezó a meterse la camisa en el pantalón. Después conversamos de cosas sueltas. Me daba trabajo seguirlo porque sus ideas se movían como si estuvieran borrachas: cuando parecía que iba a ir para un lado doblaba para otro;

pero en seguida daban vuelta, volvían a un mismo sitio y yo no sabía dónde se iban a reunir. Por fin llegué a comprender bien estos conceptos: «Buenos Aires es más importante que Montevideo; Buenos Aires viene a ser la capital de Montevideo».

Al mediodía compró bananas. Después de comerse una quiso abrir la ventanilla para tirar las cáscaras, pero como para abrir la ventanilla necesitaba las dos manos y tenía ocupada una con las cáscaras, resolvió tirarlas al suelo. La ventanilla quedó cerrada; el botín amarillo empujó con el talón las cáscaras hacia atrás para esconderlas debajo del asiento.

Ahora yo tenía que estar quieto ante el gran vacío del viaje y rechazar todas las cosas que pretendían llenar ese vacío. Apenas me descuidaba el Mandolión me ocupaba los ojos. Y si para sacarme el Mandolión ponía los ojos en la ventanilla, me cansaba el paisaje, que tanto tiempo había girado dentro de ellos. Además ya había meditado bastante tiempo sobre la situación en que había caído. Hacía pocos días, al llegar al café donde tocaba —uno de los principales de Montevideo— me encontré con todos los espejos llenos de grandes letras blancas que anunciaban otra orquesta para el día siguiente. El dueño estaba muy contento con nosotros y nos había prometido trabajo para tres años; pero a los tres meses —ya adelantada la estación— había contratado una orquesta de señoritas y nosotros nos quedamos en la calle. Se produjo el desbande de nuestra orquesta y yo acepté este nuevo trabajo. Con él seguiría pagando deudas a los bancos; y si conseguía las clases que había dejado un maestro recién venido a Montevideo, podría llevar a mi señora. Pero lo que ahora pensara sería demasiado abstracto, ya que no sabía bien dónde nos dejaría el ferrocarril. Cuando era niño había estado en esa ciudad. Apenas recordaba que había ido con otros niños —pertenecíamos a una institución— y como allí había poca agua teníamos que lavarnos unos cuantos en la misma y a mí me tocó ser de los últimos antes que cambiaran el agua de la palangana; y también recordaba las calles de tierra o balastro rojizo, como de ladrillos mojados. Con esa misma institución de niños —similar a los *boy scouts* de Inglaterra— había ido a Chile cruzando a pie la provincia de Mendoza y la cordillera de los Andes. Era en la época que estudiábamos historia y sabíamos cuándo sería el centenario de la batalla de Chacabuco ganada por San Martín. Para esa fecha habíamos sido invitados todos los *scouts* de América y se haría una gran concentración en los campos de Chacabuco. Íbamos cuatro uruguayos: tres muchachos y el jefe, un hombre que luchó desesperadamente por conservar esa institución y que la llamó Vanguardia de la Patria. Yo tenía catorce años y era la primera vez que me separaba tan lejos y por tanto tiempo de mi familia: la excursión duró poco más de un mes. Habíamos caminado cerca de quinientos kilómetros y habíamos subido a más de cuatro mil metros de altura.

Ahora pienso que en aquella época yo viajaba sin recuerdos: más bien los hacía; y para hacerlos intervenía en las cosas; pero mi acción era escasa comparada con la de mis compañeros; atendía la vida como quien come distraído. Yo era el último en comprender; y a menudo, fingía haber entendido. En el viaje en ferrocarril que hicimos desde Buenos Aires a Mendoza hice muy pocos recuerdos: había algunos más bien físicos, como el desasosiego en que buscaba posturas distintas en los asientos de segunda, hechos de tablillas barnizadas que llegaban hasta la mitad de la espalda; y en la noche no se sabía dónde dejar caer la cabeza, que se bamboleaba como un farol casi apagado. Los recuerdos hechos en la luz del día no me dejaban angustia: aunque estuviera cansado, las cosas ocurrían como si me entretuviera en hacer solitarios o mirar láminas. Recuerdo la forma de los panes —más parecidos a tortas— que algunas mujeres vendían en las estaciones; cuando empezaban a conversar, la voz hacía un pequeño canto que subía y bajaba graciosas montañas. Aquella región de la Pampa era llana. Pasamos por otra donde se levantaba un polvo tan fino que a pesar de haber cerrado las ventanillas, quedábamos con las cejas y el pelo canosos. Y el último recuerdo que guardo de esa etapa está lleno de viñedos que llegaban hasta el horizonte.

Hay recuerdos que viven en pedazos de espacio poco iluminados; reaparecen haciéndome sentir momentos en que nos acercamos y entramos en la franja oscura de la noche; es la franja que separó los dos días de ese viaje.

Un poco antes de la noche y cerca de la estación, cuando el ferrocarril disminuía la velocidad, el cielo que daba a mi ventanilla fue sorpresivamente tapado y destapado varias veces por unos grandes y oscuros vagones-tanques que estaban parados en la vía contigua a la nuestra. Era la primera vez que veía semejantes monstruos; pero ya tenía preparada el alma como para no asombrarme demasiado de cosas que hicieran los hombres. No sabía considerar lo que era el mundo antes que hubiera uno de esos tanques o cualquier otra cosa grande y el esfuerzo que significó haberla hecho; no creía mucho en lo verdaderamente grande y fantástico; si cuando era niño me decían que en un teatro daban una obra maravillosa, siempre salía desilusionado, como si antes hubiera esperado que los hombres hicieran volar el techo del teatro y aparecieran desde el cielo cosas más fantásticas que las que salían por los costados del pobre escenario.

Aquella noche tuve una repentina antipatía por los tanques y una apasionada simpatía por el cielo. Y cuando el ferrocarril dejó atrás todos los tanques y volví a mirar el cielo no me parecía que él perteneciera a las tierras que tenía debajo, sino que era el cielo de otros lugares que había más adelante y que todavía no conocía.

A medida que se iba apagando el cielo los ojos preferían ir tomando las cosas que había dentro del vagón. Era una luz amarillenta que además de empobrecer todas las cosas las hacía desconfiadas. Los bultos que pertenecían a un mismo pasajero se habían juntado en un mismo lugar y se estrechaban entre sí; aunque las partes abultadas, donde la poca luz daba de lleno, parecieran párpados cerrados por el sueño, lo mismo ellos seguían vigilando desde sus resquicios de sombra y uno no sabía dónde tenían su pupila. Durante el día habían estado indiferentes; cuando uno no los miraba se habían ido deslizando despacio y de pronto los encontrábamos en otro lugar; mirándolos, ellos nos ayudaban a recordar los distintos lugares donde habíamos pasado; pero ahora éramos pocos bajo la luz amarillenta y nos mirábamos con desconfianza. Yo tenía un poco de hambre, porque aquella noche había lengua en conserva pero no había pan para comer con ella. A dos de nosotros nos repugnó a los pocos bocados y le dimos nuestra parte al tercero, que no solo se comió toda la lengua sino también la gelatina.

Recién en este instante me doy cuenta de que el tema del hambre empezó con el ferrocarril, de que los hechos felices que ocurrieron en Mendoza y en gran parte del viaje, se echaron a perder con el hambre; que el desarrollo de este gran tema, trajo consecuencias que no solo cubrieron el cielo que más adelante tuvimos encima, sino que se formaron nubes que empezaron a deslizarse en sentido contrario a nuestro camino, que pasaron por lugares que ya habíamos dejado y cambiaron la luz a los recuerdos felices. Yo no solo aparecí como autor de una gran traición sino que mi imaginación de adolescente me llevó a pensar que por mi culpa habría conflicto entre los dos países: Argentina y Uruguay.

En Mendoza nos hospedaron en la casa del jefe de los *scouts*. Al rato de haber llegado yo disfrutaba de una soledad agradablemente sumergida en un baño de agua tibia. El agua me llegaba hasta el cuello y las baldosas blancas de aquel cuarto de baño llegaban casi hasta el techo. Miraba los objetos que habían dejado encerrados conmigo y pensaba en las personas que un momento antes habían estado en la sala; yo había tocado el piano y conversaba con las muchachas de la casa —que también pertenecían a la institución de *scouts* y también cruzarían a pie, con nosotros, la cordillera—. Aquellas personas siempre tenían pronta, para nosotros, una simpatía generosa; nos miraban como si hubieran tenido la dicha, mediante un procedimiento mágico, de tenernos cerca; pero pensaban en nosotros como al través de la distancia que separaba nuestros países. Deseaban sin duda sacar conclusiones de nuestra manera de ser para tener una idea de los uruguayos. Pero nosotros éramos muy distintos; y si podían encontrar algo común en la manera de pronunciar o de hacer uso de algunas palabras, en otras cosas los despistábamos a cada instante y les hacíamos mover la cabeza para todos lados. Yo mismo no tenía ideas definidas sobre mis compañeros; cada uno de ellos me producía un sentimiento diferente y este sentimiento aparecía cuando me encontraba con sus cuerpos, que siempre estaban moviéndose, diciendo cosas con sus voces tan distintas, y modelando dentro de la boca palabras apuradas. Sin embargo, el mayor de los tres tenía más cuidado en las palabras y antes ya había tenido cuidado de vestirse correctamente. Su cuerpo más bien alto y la espalda apenas un poco cargada, tenían la actitud de iniciar una inclinación de cortesía. Con eso y una sonrisa podía mantenerse flotando en cualquier superficie social. Además parecía haber abandonado desde muy niño la tierra de su secreto; había vadeado un río y estaba del otro lado, con el mundo, cambiando sonrisas y pasos de baile. Y como era rubio y tenía la piel blanca, en sociedad parecía un artículo más fino que nosotros dos, con nuestro pelo negro y nuestra piel cetrina. Cuando él adelantaba sus pasos en el terreno del cumplimiento —donde siempre parecía que otro lo había estado esperando o que en el mismo instante había tenido la misma idea que él—, nosotros nos quedábamos plantados en este lado de acá. Mi segundo compañero —el que se había comido la lengua y la gelatina sin pan, el otro cetrino— estaba en su cuerpo como dentro de una muralla dormida al borde de un río; cuando alguna persona estaba del otro lado lo llamaba y él tenía que lanzarse fuera de sí, no se podía mantener a flote como el rubio; contestaba muy ligero; tartamudeaba y parecía que tragaba agua; la piel, al arrugarse, parecía hecha de una materia difícil de doblar y en ese lugar el color cetrino se cambiaba por blanco. Después de pasar el instante en que había sido solicitado, aflojaba la tensión que hacía la sonrisa; sus ojos negros quedaban entre la gente, donde el rubio se inclinaba; y mirando a todos con instinto elemental, volvía para este otro lado, donde estaba yo. Detrás de la mirada que había dejado en la gente, trabajaban a escondidas pensamientos astutos, y a pesar de que su cuerpo macizo estuviera cerca del mío, de que no participara en la acción y de estar trabajando en sus tierras íntimas, sus pensamientos estaban más próximos a los del rubio y después comentaría con él la vida de los otros. Y aquí era donde yo abría mi asombro. Ellos hablaban de los demás como si yo no estuviera. Es cierto que ellos eran mayores —el cetrino me llevaba dos años y el rubio cuatro— pero lo mismo me ocurría con otros menores que yo. Casi diría que desde chicos ya se veía que iban a ser personas mayores. En cambio yo me quedaría menor para toda la vida. Cuando uno de ellos se encontraba con otro —sobre todo si era por primera vez— por más espontánea simpatía que se provocaran, ya uno empezaba a probar al otro —con un disimulo que parecía natural— uno de estos dos trajes: el de vivo o el de bobo. Apenas el otro calzara una manga o una pierna del pantalón que este le arrimara, ya este pensaría en el otro y lo vería siempre en el traje que primero hubiera calzado. Esta lucha de los trajes podía ser amistosa por mucho tiempo: cada uno luchaba con el otro detrás de las palabras que pronunciaba y muchas veces la paz era mantenida con la ilusión que cada uno tenía de estar él vestido de vivo y ver al otro con el traje de bobo; también había amistades en las que uno reconocía su traje de bobo y admiraba en el otro el traje de vivo. Yo me encontraba en un caso más raro: apenas el otro venía hacia mí lleno de simpatía, pero trayendo en los ojos la duda del traje que me pondría, yo ya levantaba un brazo o una pierna para calzar el traje de bobo. Al principio el otro se desconcertaba ante la facilidad con que ocurrían las cosas: tal vez él hubiera puesto un traje de bobo encima de uno de vivo. Pero no tardaba mucho en confirmar que yo tenía un solo traje; y cuando descubría que yo tocaba el piano pensaría: «Con razón: este está pensando en la música». En el mejor de los casos me mirarían como a un instrumento que utilizarían cuando tuvieran que cantar el himno nacional, cuando necesitaran bailar o para tocar «una pieza clásica» entre los números de una velada.

Aquella tarde de Mendoza en la casa del jefe, era oportuno que yo tocara «una pieza clásica». Así llamaban a las piezas que no eran bailables: y las personas de poca cultura hacían entrar en esta clasificación al lado de *La Patética* de Beethoven, *El Llanto de una viuda* y un *Nocturno* que yo había compuesto en aquellos tiempos. Aquella tarde yo toqué primero la *Serenata* de Schubert en un arreglo donde la serenata aparecía despedazada y uno reconocía los trozos tirados al descuido entre yuyos y flores artificiales. Al principio tenía unos arpegios como para que la musa preparara su arpa. Creo que los arpegios corrían de arriba para abajo: en ese caso los oyentes pensarían en una cascada. Había una parte en que la melodía aparecía en octavas repetidas, titilantes; y ahí, sin darse cuenta, muchas personas suspiraban.

Después toqué mi nocturno: al principio tenía acordes grandes, de sonidos graves, que yo hacía con las manos abiertas, y con la lentitud de un espiritista al ponerlas sobre la mesa y mientras espera que lleguen los espíritus, y aquellos acordes provocaban un silencio expectante; el ambiente se cubría de gruesos nubarrones sonoros y yo tenía la emoción del dibujante que aprieta el lápiz y pone mucho negro.

Me aplaudían y me elogiaban. Pero de pronto todos se detuvieron, una señorita se había parado, había llenado de aire los pulmones, levantado los hombros, había abierto la boca y las hornallas de la nariz, había entornado los ojos sobre una mirada lejana y como al principio yo no estaba seguro si iría a recitar, su actitud hacía oscilar mis pensamientos entre el infinito y el estornudo.

El gran piano negro de cola, como un viejo animal somnoliento apoyado sobre sus gruesas patas, recibía mansamente las manos que golpeaban su dentadura amarillenta y le llenaban el lomo de barullo. Así desfilamos unos cuantos. Al final pedí tres o cuatro notas en forma de tema para hacer una improvisación. Yo estaba preparado para esto, como una dama para ser sorprendida por el fotógrafo. El tema que me dieran lo ubicaría en formas o estructuras ya muy ensayadas, pues el juego de improvisar lo había practicado mucho tiempo: primero se lo oí a Clemente Colling —un organista francés— y después le había copiado el procedimiento. (Lo imitaba como un niño de dos años imita a una persona cuando escribe o cuando lee el diario.) Al principio nadie parecía darse cuenta de lo que yo me proponía: me decían que no sabían dar temas, o cosas por el estilo; entonces yo les decía que aun sin saber música, apretaran tres teclas distintas, una después de otra, como quien saca bolillas de una bolsa; por fin se decidía alguna que sabía y casi siempre me daba las tres notas de un arpegio común; esto era muy fácil; pero si me daba las notas alguien que no sabía, el tema se prestaba para algo más raro, podían poner más atención en el desarrollo y la prueba resultaba más interesante, encontraban interés, las personas que aún no se habían dado cuenta de que un tema era un modelo que se repetía; y les daba placer reconocerlo al través de las distintas maneras en que se presentaba, en las deformaciones que sufría, en el cambio de matices que recibía al cambiar de tonalidad, y los azares a que estaba expuesto en el camino de la improvisación. Yo iba construyendo ese camino, con una ignorancia bastante inocente, aunque por momentos sospechara que mi audacia sería irrespetuosa para quien fuera capaz de comprender la clase de recursos que utilizaba. A pesar de tener algunas formas previstas, a veces los temas me obligaban a buscar otras nuevas; entonces echaba mano de cualquier relleno sonoro: cuanto más mal me veía, más hacía crecer la marea del ruido: después bastaba que empezaran a sobrenadar como ángulos de cacharros conocidos, las notas del tema. Entonces bajaba la marea; hacía acordes lentos: los oyentes esperaban algo; yo también; los acordes lentos me daban tiempo a pensar. Aquellos silencios quedaban, o bien ridículos, o históricos: había personas que pensaban en las biografías de músicos que habían leído en las revistas y bajo ese prestigio volcaban sus imaginaciones en la muestra que tenían por delante.

Mis compañeros dirían «¡Con razón era bobo!». Además tendrían el orgullo de los que ostentan formar parte de un plan que nadie habría previsto; los representantes de nuestra institución habían sido equipados con un pianista; y hasta es posible que dijeran que «allá» había muchos pianistas e improvisadores como «este». Claro que no dirían que yo era bobo; al contrario, lo disimularían y tratarían de explicar que yo era distraído y tenía mis rarezas, como las tienen los místicos. Pero para sus intimidades pensarían que ser bobo era una desgracia sin compensación y que ser vivo era el principio más importante del hombre, era más que tener salud, era ser capaz de no carecer de nada y hasta daba más orgullo que la valentía. Ser vivo era el más importante instinto de lucha y el orgullo de la inteligencia. Sin embargo ellos pensarían que en la apreciación de este principio solía haber algunas injusticias: especialmente por parte de las muchachas. Yo no sabía ir hacia ellas como el rubio, ni me lanzaba fuera de mí por haber sido llamado, como le ocurría al otro cetrino: yo estaba entre ellos como si al ir caminando por una selva, de pronto me encontrara con que había cruzado su borde, había entrado en una ciudad y su barullo me obligara a atenderla —tal vez me hubieran llevado personas a quienes yo confiaba mis pasos. Nunca pedía cuentas a nadie de por qué me habían llevado: me conformaba, como ante la inexplicable transición de los sueños—. Además nunca sentiría del todo que estaba en la ciudad: llevaría alrededor un poco de selva como si fuera un convencimiento íntimo; haría los mismos movimientos que haría entre los árboles; las muchachas serían en algunos instantes plantas alegres en un claro de la selva; yo ya estaba acostumbrado a recibir estas sorpresas y les haría señas desde mi lugar como si fuera otra planta; pero de pronto inventarían un aire que las movía, las acercaba y me rozaban con sus hojas. A veces yo miraría esos movimientos sin respirar pero con el corazón atento. No escucharía todas las palabras que ellas dijeran porque de pronto una caería en un lugar donde en seguida saldría un camino que se alejaría del claro. Pero no tardaría mucho en estar de vuelta. Las encontraría enojadas, habrían descubierto que yo era bobo y me retarían; entonces me iría hacia el corazón de la selva: pero pensando en ellas. Y ahora ocurría lo más extraño: ellas seguían pensando que yo era un bobo, pero miraban hacia mí como hacia una selva confusa: miraban más allá del bobo; al mismo tiempo sus miradas estarían perdidas y mirarían en sentido contrario, como para atrás de sus ojos, hacia un pasado secreto, porque ellas también tenían selva y no haría mucho tiempo que la habrían abandonado. Entonces alguna me volvía a rozar con sus hojas.

Había una muy gorda que tenía el pelo tan corto como nosotros. A mí no me gustaba —aunque reconocía que en ella tenían gracia dos grandes aros de oro enganchados en las orejas: eran recuerdos de mujer en una cabeza de varón— pero esa gorda parecía ser el ideal del otro cetrino. Él le hablaba con la sonrisa que hacía doblar y empalidecer la carne de sus mejillas: las mejillas se vengaban invadiéndole los ojos y achicándolos. Ella lo atendía con pocas palabras y daba vuelta la cabeza para decirme algo que sabía de unos músicos. Yo tomé fuerzas y me dirigí a la que me gustaba a mí: era la que antes de recitar parecía que estaba entre el infinito y el estornudo. Hubiera sido una indiscreción pasear la vista por todo lo alto y lo gordo de su cuerpo. Lo tenía apretado dentro de un vestido blanco cuadriculado de negro: hacía pensar en meridianos. Encima de la piel tan blanca que se veía a la altura de su cara y de sus ojos azules, tenía una corona dorada que había nacido de su propia cabeza: usaba trenzas enroscadas. Me doblaría la edad. Yo la miraba como a una diosa y desde muy abajo: entre las pocas palabras que me dijo, algunas eran para pedirme que me sentara, pues ella iba a recitar. Cuando se paró, una distancia muy grande se hizo entre nosotros. Después de terminada la reunión y cuando me tocó el turno de bañarme y me quedé solo en el cuarto de baño, todavía me duró un buen rato la inercia en que me había puesto la gente de la sala; me costó encontrarme a mí mismo y seguía en la excitación de responder a todas las preguntas y de embarcarme en todas las velocidades que traían las personas que se me acercaban. Ahora, en el cuarto de baño, seguía procediendo un poco como si estuviera rodeado de gente: yo mismo era otra persona a quien me observaba mientras llenaba la bañera y me desnudaba. Pero todo esto era lento en relación a la inercia que traía de la sala: entonces me puse a silbar. Apenas sentí la sensación del aire en los labios arrugados me di cuenta de que era yo el que silbaba y que aquello era falso, que yo no tenía ganas de silbar y que tenía dificultad para estar solo. Por fin el cansancio y la decepción o la distancia que se produjo entre la recitadora y yo me fue deprimiendo. Pero al poco rato ya estaba tranquilo dentro del agua tibia. Mientras hacía girar lentamente en mi mano entreabierta un jabón verdoso de un perfume nuevo para mí, y después de haber flotado un rato con mis recuerdos en el agua tibia y de haber esparcido la viscosidad del jabón por mis brazos, tuve como una voluntad inusitada de indagar ciertas cosas.

Yo nunca tuve mucha confianza con mi cuerpo; ni siquiera mucho conocimiento de él. Mantenía con él algunas relaciones que tan pronto eran claras u oscuras; pero siempre con intermitencias que se manifestaban en largos olvidos o en atenciones súbitas. Lo conocían más los de mi familia. En casa lo habían criado como a un animalito, le tenían cariño y lo trataban con solicitud. Y cuando yo emprendía un viaje me encargaban que lo cuidara. Al principio yo iba con él como con un inocente y me era desagradable tener que hacerme responsable de su cuidado. Pero pronto me distraía y era feliz. En mi casa podía estar distraído mucho tiempo: ellos me cuidaban el cuerpo y yo podía enfrentarme a lo que me llegaba a los ojos: los ojos eran como una pequeña pantalla movible que caprichosamente recibía cualquier proyección del mundo. Y también podía entregarme a lo que me venía a la cabeza, que también eran recuerdos de los ojos o inventos de ellos. Esto lo podía hacer hasta cuando caminaba, porque si me dirigía donde no debía, en mi casa se ponían delante o abrían los brazos y mi cuerpo se daba vuelta y se iba para otro lado. Estando lejos de mi casa mi cuerpo podía tirarse a un abismo y yo irme con él: lo he sentido siempre vivir bajo mis pensamientos. A veces mis pensamientos están reunidos en algún lugar de mi cabeza y deliberan a puertas cerradas: es entonces cuando se olvidan del cuerpo. A veces el cuerpo es prudente con ellos y no los interrumpe: se limita a mandar noticias de su existencia cuando está cansado, cuando está triste o cuando le duele algo. Yo no sé quién lleva estas noticias ni qué caminos ha tomado para llegar a la cabeza. El recién llegado llama suavemente, empuja la puerta donde los pensamientos están reunidos, e inmediatamente el que va se transforma en otro pensamiento: este se entiende con los demás y da la noticia: allá lejos, en un pie, una uña está encarnada. Al principio los otros pensamientos no hacen caso al recién llegado, le dicen que espere un momento y hasta se enojan con él; pero el recién llegado insiste, y los otros tienen que suspender la reunión de mala gana y hacer otra cosa: tienen que volverse otros pensamientos y preocuparse del cuerpo. El cuerpo, a su vez, tiene que molestar a todas las demás regiones; entonces todo el cuerpo se levanta, va rengueando a calentar agua, la pone en una palangana y por último mete adentro la uña encarnada. Después vuelven los pensamientos a ser otros, a ser los que estaban reunidos a puerta cerrada y se olvidan del cuerpo y de la uña que ha quedado dentro de la palangana.

Yo creo que en todo el cuerpo habitan pensamientos, aunque no todos vayan a la cabeza y se vistan de palabras. Yo sé que por el cuerpo andan pensamientos descalzos. Cuando los ojos parecen estar ausentes porque su mirada está perdida y porque la inteligencia se ha retirado de ellos por unos instantes y los ha dejado vacíos, y mientras los pensamientos de la cabeza deliberan a puerta cerrada, los pensamientos descalzos suben por el cuerpo y se instalan en los ojos. Desde allí buscan un objeto para clavarle la mirada y parecen víboras que hipnotizan pájaros. También hipnotizan a los pensamientos que están encerrados y estos tienen que abandonar sus deliberaciones.

Aquella tarde —cuando recién me habían mostrado el cuarto de baño y estaba abierta la puerta que daba a un corredor— yo sonreía ante el encantamiento de que me ofrecieran un lugar y unos objetos que pertenecían a la intimidad de personas que había conocido recientemente y apenas podía explicarme este privilegio: aceptaba aquello como los niños aceptan algo que ha sido preparado por personas mayores. Pero después de haber cerrado la puerta y de haber ensayado, silbando, la manera de estar solo, sentí que me empezaban a subir del cuerpo pensamientos descalzos. Tal vez hayan sido provocados por los objetos después que ellos quedaron encerrados conmigo. Además parecía que los objetos tenían algo de la sonrisa o de la benevolencia de sus dueños y hasta podía pensarse que se ofrecían —me refiero a otros que no eran los que tenían autorización de acercarse a mí o los que lealmente podía yo tomar en el bien entendido que debían participar en el acto del baño—. Aunque aquellos objetos fueran ingenuos, yo ya había tenido oportunidad de sospechar de ciertas inocencias. Ya alguna vez me habían hecho dudar de si eran ingenuos o tenían picardía. Y aún algo peor: había pensado en la naturalidad con que vivían juntas, una gran inocencia y otras cosas terribles.

Fue un poco antes de entrar en el baño cuando descubrí que mis ojos se habían quedado fijos frente a una canasta de ropa usada y que me empezaron a subir del cuerpo pensamientos descalzos. Era verano y el cuerpo no tenía prisa por meterse en el agua tibia. Entonces dio unos pasos y me llevó junto a la canasta donde había ropa que yo no conocía: el cuerpo hizo sus pasos de carne sobre baldosas frescas, donde había pintadas flores verdes. Antes que las manos levantaran la tapa de la canasta, di vuelta la cabeza para mirar hacia la puerta que estaba cerrada, muda y los vidrios eran opacos y blancuzcos como las cataratas de los ciegos. En el viaje de ida y vuelta que la cabeza hizo hasta la puerta, los ojos vieron brillar distintas caras de las baldosas blancas de la pared. Apenas las manos empezaron a levantar la tapa de la canasta sentí carraspear —como si se tratara de una advertencia— las bisagras de paja; pero los ojos ya habían empezado a ver un pedazo de tela celeste entre otras blancas, con puntillas arrugadas en las axilas, y donde estaban desvanecidos otros colores que la transpiración había tomado a otras ropas que habían estado en el mismo cuerpo. Las pinzas que hacían los índices y pulgares tomaron la tela celeste y la iban extrayendo a pequeños tirones, como un prestidigitador saca de una chistera objetos unidos que antes habían estado separados. La pieza de ropa era íntima y bastante grande. Mi primer pensamiento fue para la recitadora; pero en seguida recordé que ella no era de la casa y pensé en la gorda del otro cetrino. Solté la ropa y cerré la canasta. Tuve que volverla a abrir para guardar un pedazo de tela celeste que había quedado fuera. Y por último se me ocurrió acomodarla y envolverla en la misma forma que la había encontrado. Sin embargo no dejó de preocuparme la idea de que ya me hubieran visto. ¿Qué pensarían al ver un hombre desnudo con una prenda femenina en las manos? ¿Acaso pretendía probársela? Pero cuando detuve la atención en este hecho —la idea me la repetí varias veces— pensé en cierto significado que podría haber en el acontecimiento. Se había producido el encuentro de dos cosas muy íntimas: mi desnudez y la ropa de ella. Por poca alma que los objetos tuvieran en sí —o que hubieran recibido de quienes los usaban— alcanzaría para que la violación de ellos fuera un acontecimiento extraño. ¿Qué se produciría si yo, delante de la dueña de aquella tela celeste le transmitiera este pensamiento: «Yo estuve desnudo con una prenda íntima de usted en las manos»? Tal vez si la persona que se hubiera encontrado en ese caso fuera la recitadora, otro pensamiento de ella hubiera contestado al mío: «Pedazo de idiota ¿qué importa que tuvieras esa ropa en tus manos si en ese momento yo no la tenía puesta?».

Fue entonces que sentí depresión. El cuerpo y yo estábamos decepcionados. Él me había arrastrado a una aventura pobre; y además de estar tristes teníamos la conciencia de haber hecho traición. Nos habían prestado el cuarto de baño, simplemente para que nos bañáramos —me lo habían prestado a mí para que lo bañara a él—. Pero él estaba predispuesto a olvidarse de todo y a no hacerse responsable de nada. Se entregaba al agua tibia como si se dejara consentir por una novia. Ella le mantenía las carnes flotantes y hasta se permitía moverle por su cuenta los brazos y las piernas. Es cierto que también, al rodearle el pecho, se lo había oprimido un poco; él había tenido que respirar apresuradamente y le había venido cierta alegría forzada. Por último ella le había llegado hasta el cuello y le hacía cosquillas con su borde.

A pesar de verlo a él contento jugando con ella, yo estaba triste. Después, mientras él olfateaba el jabón y ella hacía ondas casi imperceptibles, yo había puesto encima de ella la mirada, que había quedado como una sombra fija; y en esa sombra flotaban algunos pensamientos.

Yo no solo estaba decepcionado por el poco caso que me había hecho la recitadora y por la aventura pobre a que me había llevado el cuerpo, sino por lo que había ocurrido entre mi cuerpo y yo a causa de la ejecución de una pieza.

Yo no podía, en ningún instante, desmontarme de mi cuerpo. Esta obligada convivencia me exponía a toda clase de riesgos. Y no solo no quería deshacerme de él, ni siquiera descuidarlo (si se me moría no tenía la menor esperanza de sobrevivirlo, y si se me enfermaba era demasiado impertinente) sino que además me proporcionaba todas las comodidades para penetrar los misterios hacia donde estaba proyectada mi imaginación. (Tengo la sospecha de que esta pasión me venía en gran parte de él, lo mismo que todas las violencias a que necesitaba entregarme cuando no estaba contemplativo.) Después que el cuerpo y yo habíamos cometido un acto de violencia —como era el descargarnos sobre el piano— nos quedábamos con la sensación de estar vacíos. Y ahí el cuerpo tenía una parte muy importante. Apenas veía un piano se ponía como una locomotora que empieza a juntar presión. Si había muchachas se quedaba inmóvil, pero le echaba más carbón a la caldera. Y si las muchachas tocaban primero, él parecía que iba a estallar; cuando le pedían que tocara yo ya no lo podía sujetar, ni siquiera para el cumplimiento de hacerse rogar un poco: él ya veía desprenderse de sí los nubarrones del nocturno y ya estaba en marcha. Se veía a sí mismo dar unos pasos y sentarse junto al piano. Así como improvisaba una pieza de música, también el cuerpo improvisaba movimientos cuando sabía que lo miraban; yo también lo miraba como si fuera otra persona que observaban y trataba de corregirle los movimientos: eran lentos como los de un tigre que se acerca a su presa; después llegaría el momento en que asombraría con su zarpazo; pero mientras tanto había que conservar la atención de los espectadores y sugerir la promesa de grandes cosas; él sentía las miradas sobre su lomo y se erizaba de emoción. Al principio, la pasión con que modelaba los acordes y el fraseo de una melodía ligera de ropa eran lentos. Pero no podía detenerse demasiado tiempo en valles de suspiros: la atención del que entiende poco, exige variedad. Yo observaba a los espectadores y apremiaba al ejecutante. Entonces empezaban los zarpazos. Y aquí también empezaba el desastre. La excitación de los zarpazos crecía demasiado pronto y también era impaciente el deseo de asombrar; pero exageraba las velocidades y a los pocos instantes empezaba a perder el control; echaba mano, demasiado pronto, a todos los recursos; y en la velocidad, esos recursos pasaban por la imaginación pero no llegaban a realizarse: la fiera, en la persecución de la presa que se le escapaba, iba destrozando todo lo que encontraba por el camino. Pero ya aquello no era un camino: era una corriente que nos llevaba al cuerpo y a mí; eran ridículos y sin esperanza los manotones que dábamos cuando tratábamos de alcanzar un asidero en las orillas, que cada vez estaban más lejanas; y terminábamos la ejecución en estado de inconsciencia. Los espectadores aplaudían

475

rabiosamente, porque la angustia del desastre que con tanta sinceridad sentía yo, era para ellos la expresión artística de una incontenible pasión. Este accidente además de habernos dejado vacíos y
decepcionados al cuerpo y a mí, fue al mismo tiempo la causa del
distanciamiento que se produjo entre él y yo. En seguida de los
aplausos, yo salí del piano y fui hasta el zaguán; estaba muy disgustado, me avergonzaba de haber estado en el claro donde estaban las muchachas y de haber pensado en ellas, trataba de entrar
en mi selva y estar solo para curarme la vergüenza; pero no me
podía alejar del todo: rodeaba el claro donde ellas comentaban mi
«éxito», y desde allí las miraba escondiéndome entre árboles bajos
y tapándome la cara detrás de grandes hojas. Pero ocurrió que las
muchachas vinieron a buscarme para que tocara otra vez, y yo me
negué bruscamente. Aquello era muy triste; ellas me elogiaban virtudes que yo sabía muy bien que no tenía. Lo único que yo poseía
y ellas no, era la tristeza de haber tocado mal, de presenciar un
éxito tan falso y de que lo sostuvieran personas tan serias y de tan
conmovida ignorancia.

El cuerpo estaba consternado por el hecho de que yo hubiera
permitido que las muchachas me rogaran tanto rato —a él le parecía mucho tiempo— para que volviera a tocar, que les permitiera
durante todo ese tiempo dejar fijos los ojos sobre mí, mover tanto
los labios sobre dientes tan blancos y después no conceder ningún
pedido y ver que ellas se daban vueltas y se alejaban con sus cabezas, sus talles y sus piernas.

Mi cuerpo recibía todo el tiempo presente de aquella realidad
y trataba de hacerme comprender que yo debía ser un poco como
ellas, que se habían quedado tan frescas después de haber mostrado
la monótona corriente de sus ejecuciones, donde parecía que la música escrita les pasaba por la parte de afuera de los ojos, después por la
nariz, después por las manos, y por último llegaba al piano, donde
la corriente parecía arrastrar hojas, pedazos de madera, papeles y
donde esos residuos no hacían otra cosa que ir cambiando de
posición en la monotonía barullenta de la corriente.

Después, la reunión se terminó sin que yo alcanzara a caer en
la tentación de volver a tocar. Y aquella tarde, en aquel baño, pensé
que no debía tocar más el piano. Recordaba cuánto había estudiado
la obra que ahora había resultado tan mal, sabía que a ninguno de
mis condiscípulos le hubiera costado tanto esfuerzo; que ellos eran
despejados —menos bobos— y tenían más memoria. Hasta las mismas muchachas que tocaban con tanta indiferencia tenían más sol-

tura que yo. Y pensar que cuando sentía por primera vez una de esas piezas que me enloquecerían de placer, me juraba que las estudiaría, noches, días y años, con tal de aprenderlas. Había algunas que tenían una angustia apasionada; pero esa angustia solamente se alcanzaba en algún pasaje; sin embargo, en la segunda vez que se oía esa pieza y mientras se esperaba ese pasaje, la angustia se extendía por toda la obra; era un jugo triste que sentía en una vuelta o en un movimiento hecho sin querer por el talle de un cuerpo de sonidos blandos; a pesar de ser un movimiento lento no se podía alcanzar con todos los sentidos ni con toda la conciencia del gozo: eran ondas que mostraban las partes de un cuerpo sin que se cumpliera el deseo de verlo todo. Pero la parte que se llegaba a sentir era de un dolor dulce y se descubría que a pesar de parecer nueva, había estado esperando que la despertaran; había estado escondida, llena de simpatía, en un lugar disimuladamente preferido de nuestro pasado. Y mientras uno la había estado oyendo, los ojos habían estado mirando repetidas veces las partes de un mismo objeto; podía ser un jarrón de vidrio y su color borra de vino extenderse y confundirse con otros objetos. A veces, sin recordar las notas de una melodía, recordaba la sensación que ella me había dejado y lo que mientras tanto había estado mirando. Una tarde que sentí una pieza brillante y miraba para afuera por la ventana el corazón se me había salido por los ojos y había absorbido una casa de muchos pisos que se veía enfrente. Otra noche en la penumbra de una sala de conciertos sentía una melodía flotando entre las marejadas que hacía una gran orquesta; enfrente tenía la calva de un gordo donde brillaba un pequeño reflejo; yo tenía fastidio y quería mirar para otro lado; pero como la posición de mis ojos venía a quedar cómoda cuando tenía la mirada en el reflejo de aquella calva, no tuve más remedio que dejarla entrar en la memoria junto con la melodía; y al final ocurría lo de siempre: olvidaba las notas de la melodía —como si esta hubiera sido desplazada por la calva— y me quedaba en la memoria el placer de aquel instante apoyado únicamente en la calva. Entonces decidí mirar al suelo siempre que oyera música. Pero una vez que detrás mío había una señora con un niño de poca edad, vi aparecer agua entre mis propios pies; el agua iba cruzando como una víbora; de pronto empezó a agrandar su cabeza en una depresión del piso y ya venían corriendo por el cuerpo líquido, ojos de espuma que se iban a reunir en la cabeza.

Cuando yo oía en un concierto o en una reunión una de esas piezas que me entusiasmaban —siempre estaba dispuesto a entusiasmarme con cualquiera— y había decidido estudiarla, apretaba esta idea con toda el alma, pues sabía que podría escapárseme; más bien que escapárseme, diría que yo la abandonaría si a los pocos días oía otra pieza que me gustaba más. Y ahora me aferraba a esta, no tanto por el propósito de ser fiel a la obra que me hacía tan feliz, sino porque al saber que podría serle infiel, me encaprichaba en no dejar escapar esta inmediata posibilidad de placer; además pensaba que antes que me entusiasmara con otra, debía aprovechar el tiempo y ya tener dominada la primera: de esta manera no se me escaparía ninguna de las dos. Sentía la angustiosa voracidad de tenerlas a todas entre mis dedos, de llevarlas siempre conmigo, y anticipadamente me imaginaba el goce muscular de apretar en mis manos sus cuerpos de sonidos y de dominar sus movimientos. Según fuera mi capricho así tocaría y apretaría a unas o a otras y haría sufrir sus voces melódicas.

Era muy importante no decir a nadie que aquella pieza me gustaba: desde el instante en que dejara ver mi pasión, contraía el compromiso de mostrar cómo me comportaba con ella y cómo llegaría después a tocar esa pieza. Con este compromiso no solo la aventura perdía encanto: también dejaba de ser una aventura exclusivamente mía, era darle a los demás participación en ella. En cambio, cuando me echaba a la calle con el escondido propósito de ver lo que me ocurría si la encontraba y la estudiaba, cuando recordaba que los demás habían oído esa pieza en el concierto o en la reunión y ella había sido un poco de todos, yo pensaba que los demás la habrían olvidado y ahora sería exclusivamente mía; entonces apuraba los pasos hasta que me dolían las piernas; iba a su encuentro sin saber dónde la encontraría; como si fuera a buscar una mujer dormida en algún lugar de un bosque: y aunque ella no me conociera yo tendría el privilegio de poder tomarla e iniciar con ella toda clase de simpatías. Aunque muchos otros la hubieran tocado y ella los conociera a todos, ahora no tendría más remedio que permitirme una experiencia personal y en esa experiencia ella sería completamente otra y completamente mía. Si a pesar de que aquella pieza había sido oída por muchos, a nadie en Montevideo se le ocurriera estudiarla —me refiero a una pieza que hubiera hecho conocer un concertista de los que pasan— entonces yo tendría el privilegio de llevarla a mi casa y encerrarme con ella como si le hubiera detenido el paso a una mujer extranjera. Aunque en la casa de música hubiera varios ejemplares yo pensaba que ella era una sola; ver varios era como un defecto de la visión. Salía con ella en las manos sin dar tiempo a que me la envolvieran. Antes de llegar a mi piano había tropezado con mil cosas por el camino, había mirado y dejado de mirar la pieza mil veces y ya sabía de memoria el olor del papel y de la tinta.

Por fin cuando me había encerrado con ella en la sala de mi casa, la ponía en el atril del piano como quien coloca una imagen en un altar. En seguida mis manos, con la torpeza de alguien que buscara un objeto mientras tenía la cabeza levantada —como si le hubieran puesto un pañuelo en los ojos— empezaban la ceremonia. Yo esperaba que llegaran aquellos sonidos que había oído en el concierto: tal vez mis manos los pudieran reunir de una manera parecida a la del concertista, en aquel instante en que todos reconocimos, silenciosos, que aquellos sonidos que sus dedos levantaban, iban siendo una presencia apasionada: ella se iba mostrando, acostada en un tiempo lentamente esparcido, como en un lecho que ella misma hubiera preparado para siempre. Ahora yo tendría que volver a encontrar la circunstancia en que aquellos sonidos combinaran su proximidad secreta y entonces aparecería el milagro.

La más dichosa sorpresa la encontraba en la casualidad de que la melodía, además de mostrar tan fácilmente la obra que deseamos reconocer, fuera también lo más fácil de ejecutar.

En los lugares donde estaban escritas las melodías lentas se veía más campo blanco en el papel; las notas estaban sembradas en lugares caprichosos del camino —en el centro, en los bordes o fuera de él— pero casi siempre esparcidas a grandes distancias y en espacios abiertos. De pronto se llegaba a un sitio donde había un acorde y uno se detenía como a la sombra de un árbol extraño en un país nuevo; y después se volvían a seguir las huellas de las notas, ¡tan caprichosamente sembradas! Cuando ya reconocía aquella melodía del concierto —que ahora había vuelto a vivir en el hueco de mis manos mientras ellas trabajaban boca abajo— yo repetía esa melodía mil veces, hasta que quedaba exhausta y sin sentido. Recién entonces empezaba a preocuparme por las regiones de la obra, a intentar la penetración de los laberintos donde el papel estaba ennegrecido con el espeso ramaje enmarañado de signos; al principio pasaba la vista por encima de aquella selva como si cruzara con un avión y tratara de reconocer la flora de cada paraje; y después iniciaba la marcha a paso lento. Por cauteloso que fuera, siempre daba pasos en falso; después de tropezar empezaba de nuevo pensando entrar en otra forma y buscando la manera de vadear los pasos difíciles. En esos momentos yo trabajaba en silencio, y esperaba encontrar algo sorprendente; pero apenas podía comprender la intención de los sonidos, pues tenía que estar continuamente alerta a la posición que ellos tuvieran en el mapa; no podía descifrar los ruidos de aquella selva hasta después de algún tiempo, cuando estuviera familiarizado con su vida; pero me desesperaba tener que detenerme demasiado en un mismo lugar y hacía esfuerzos inútiles, repetía los mismos movimientos muchas veces con empecinamiento ciego, hacía contorsiones caprichosas y mis manos se volvían pequeños atados de esfuerzos trabados y terminaban en una inmovilidad tensa; sin embargo el apasionado propósito de seguir adelante me mantenía en esa tensión hasta que iba apretando poco a poco los dedos, las manos, las muñecas, las espaldas, las piernas y todo el cuerpo me quedaba endurecido. Recién entonces descansaba; pero mientras tanto me imaginaba cómo sería cuando tocara una pieza delante de algunas muchachas; yo era muy tímido; estando sentado en un piano ellas se acercarían a los lados del teclado y yo tiraría y recogería en seguida miradas fugaces, pues tendría que atender lo que estaba tocando. La pena era que los pasajes más difíciles fueran por lo general los menos interesantes: cualquier transición, una simple inquietud con que el autor hubiera manchado el fondo del tiempo que pasaba, daba un trabajo inmenso y desproporcionado con su importancia; pero había que aprender toda la obra y este era el tributo que tenía que pagar si quería lucirme o pasearme con ella en público. Sacaba los cálculos de lo que aprendería en un día y del tiempo que tardaría en llegar al final. Pero todos los cálculos eran falsos: siempre tardaba mucho más o me saturaba mucho antes. Después de pasado algún tiempo y de haber tenido otras ilusiones y otros fracasos con otras piezas, un día volvía accidentalmente a esta. Y así, después de muchos tropezones, lograba tocarla entera.

Aquella tarde de Mendoza había estrenado una pieza pensando que aunque todavía no la dominara del todo, podría, mediante grandes esfuerzos, realizar con ella una aventura extraordinaria; me imaginaba que llegaría a vivir instantes desconocidos de pasión, ya que no solo no sabía la impresión que produciría en los demás, sino que tampoco sabía lo que me ocurriría a mí mismo con ella. Además necesitaba lucirme y sentía curiosidad por ver qué dirían los demás. Fue entonces cuando ocurrió el desastre y yo me enojé con mi cuerpo; pero después no tuve más remedio que pensar que entre él y yo había, más bien, un entendimiento extraño. Por lo pronto, en el instante de tocar ante los demás, él no tenía miedo; al contrario, se inflaba de pretensiones que hubieran sido muy difíciles de cumplir, y llamaba a todos los sueños que yo había tenido antes para exigirles que volcaran en el presente todo aquel futuro que ellos habían soñado. El cuerpo miraba a sus diez dedos como desde la altura en que estaría colocado un director de orquesta que tuviera a sus pies el foso que está al borde del escenario, y donde diez músicos miserables se debatieran por servirlo. Su cabeza, erizada por el orgullo de sus sueños, se imaginaba que al final de aquel acto, él subiría al escenario y sus manos serían tomadas por otras, por las mujeres pálidas que lo llevarían al borde de la escena; él se inclinaría ante el público ensordecedor; y entonces, bajaría los párpados y no miraría a los diez músicos que estaban en el foso. Pero aquella tarde en Mendoza las cosas ocurrieron de otra manera. Al principio él esperaba que sus sueños se entenderían directamente con los sonidos. Pero lo empezaron a traicionar aquellos diez miserables que estaban en el foso. Sin embargo, él había sido el gran culpable: por un lado, el orgullo de sus sueños le había hecho tender entre él y los del foso una distancia llena de olvidos (era como un puente lleno de agujeros) y por otra parte él había tiranizado con ciega pasión a aquellos pobres miserables; les había quitado la libertad que hubieran necesitado para servirlo mejor: además, si su pasión no le hubiera enceguecido desde el principio, cuando trabajaba y ensayaba junto a ellos, se hubiera preocupado por la vida y los intereses de cada uno y entonces ellos le hubieran respondido mejor. Pero ahora su orgullo y su pasión habían sufrido un gran castigo; cuando él vio que ellos no podían cumplir lo que él les ordenaba, recién en ese instante quiso preocuparse de cada uno de ellos: fue un recurso de desesperación. Cuando ellos empezaron a quedarse rígidos, a trabar cada uno sus propios músculos y a confundir el juego que debían realizar con sus compañeros, se empezó a producir el desequilibrio: ellos se iban estrechando entre sí como jugadores groseros. Y fue entonces cuando el director había ido bajando poco a poco su orgullosa cabeza, cuando había ido agachando poco a poco su cuerpo como si se fuera a poner de cuclillas; intentaba comunicarse con cada uno por separado, pero todos estaban hechos una masa informe que iba deteniendo el juego, y empezaban a mostrar los instantes de detención en angustiosos silencios que no correspondían a la obra; entonces, cuando el director quería moverlos de nuevo, cambiaba de lugar la masa entera, pero no lograba separarlos. Por fin, él mismo se adhería al pelotón, y la cosa terminaba sin saber cómo: todos yacían en el mismo foso.

Todo esto lo iba recordando en este otro viaje que hacía ahora en compañía del «Mandolión». Estoy seguro que en los nueve años que transcurrieron entre los dos viajes, nunca los recuerdos de aquellos días de Mendoza habían tenido una vida tan amplia y desahogada como ahora. En este segundo viaje, todas las cosas, las personas y las angustias del primero, volvieron a vivir como si se hubiera producido una reencarnación de los recuerdos; era como si yo hubiera tenido el poder de hacer girar vertiginosamente el mundo en sentido contrario, hasta llegar de nuevo a los días de la adolescencia. Pero no siempre conseguía que el mundo se detuviera en un instante preferido: después de haber girado vertiginosamente, oscilaba y de pronto se volvía unos días hacia adelante: otras veces andaba demasiado despacio, como si se hubiera quedado enganchado en algún acontecimiento importante, o como si el tiempo hubiera sido de goma y el mundo lo fuera estirando con dificultad. También andaba despacio en los días que cruzábamos la cordillera; tal vez le costara dar vueltas con semejantes montañas; las volcaba lentamente en la noche y las volvía a levantar al otro día con la paciencia silenciosa de un viejo.

En alguno de los momentos en que recordaba lo que ocurría en Mendoza y tenía ansiedad por el trajín de los recuerdos cuando ellos estaban ocupados en recomponer el pasado; cuando mi conciencia no podía percibir todos los detalles que tan atropelladamente me invadían; cuando se presentaban recuerdos que yo no tenía por qué recordar, ya que pertenecían a los sentimientos y a los intereses de otras personas; cuando yo no comprendía la intención con que en esos recuerdos se habían suprimido algunas cosas y aparecían otras que no ocurrieron en aquel tiempo, era entonces que de pronto el mundo giraba unos días hacia adelante y se iba a detener, llamado por alguna fuerza desconocida, ante un simple recuerdo contemplativo: una mujer joven comía uvas bajo un parral; en el momento que yo la había encontrado había poca luz; pero yo había alcanzado a ver, primero, sus ojos cuando estaban cubiertos por los párpados; después, cuando los abría lentamente, parecía que fuera desnudando dos grandes uvas de sus hollejos. Entonces yo había tenido el placer de pensar que ella estaba muy necesitada de felicidad y que estuvo a punto de abandonar, silenciosamente, las uvas y todas las penas de su casa para irse conmigo.

Después yo estaba cansado, buscaba lugares donde detenerme, y los ojos querían descansar en las montañas.

Apenas habían pasado unos instantes, este recuerdo era interrumpido porque me atacaba una fuerte voluntad de querer seguir con los recuerdos de Mendoza, y no solo tenía que dar vuelta el mundo para atrás con todo el peso de sus montañas, a veces era interrumpido por el «Mandolión», y esas interrupciones, por más insignificantes que fueran, me obligaban a pensar un rato en ellas y a dedicarles un poco de fastidio.

Pero yo estoy seguro que a pesar del Mandolión, recordé algunas cosas más de Mendoza. Ocurrieron en la noche que vino a juntarse a la tarde en que toqué tan mal el piano y que después, en el cuarto de baño, abrí la canasta.

En la noche, una cantidad de muchachos nos encontrábamos en el patio de la casa del jefe mendocino; todos estábamos alrededor de una mesa muy larga; una luz fuerte salía de una pared y daba sobre el blanco del mantel, donde estaba repartido el brillo de las copas, donde habían quedado parados los colores negros de las botellas de vino y donde descansaban amontonadas sobre grandes platos empanadas que parecían tortugas inmóviles. Es posible que antes del asalto a la mesa haya habido algún silencio. Pero después había mucho barullo y el barullo iba siendo más uniforme a medida que íbamos tomando vino. ¡Yo había tomado una copa y ya estaba mareado! Me había quedado mirando a nuestro jefe mientras él hablaba con el jefe mendocino. Nuestro jefe era uno de los personajes más queridos de nuestra adolescencia. Constantemente —ya fuera cuando estaba severo o cuando la sonrisa le llenaba toda la cara— se frotaba las manos con fuerza y como si se las estuviera enjabonando en seco. De cuando en cuando hamacaba su cuerpo —más bien pequeño— hacia adelante y hacia atrás y en el momento de ir hacia atrás levantaba la punta de los pies. No había nada que interrumpiera la línea del óvalo de su cara, pues en la parte de arriba no había pelo, apenas la tenía un poco tiznada a los lados de las sienes. Pero dentro del óvalo estaban muy bien marcados de negro los bigotes y las cejas. Los bigotes estaban dados vuelta hacia arriba como dos picos de luz y las puntas venían a dar en medio de los pómulos abultados por la sonrisa. Las cejas acompañaban un buen trecho a los arcos de oro de los lentes, que eran otros dos pequeños óvalos acostados. Detrás del brillo del vidrio, estaba el brillo de los ojos, y estos se veían empequeñecidos por el cristal y por la sonrisa. En aquel instante todas las partes de su cara estaban alegremente reunidas, y los lentes que parecían hijos adoptivos de la cara, eran tan queridos como los bigotes y las cejas; además habían ayudado a los ojos, desde que eran niños, a ver mejor. Yo miraba aquellos pequeños seres, como si los quisiera comprender de nuevo y como si esperara que ellos me dieran una idea que reuniera todo lo que yo había sabido de aquel hombre y que pudiera acomodarse en una sola palabra. Mientras ellos se entregaban al juego que provocaba la conversación, los pómulos, muy apurados, empezaban a hacer una sonrisa; no esperaban a saber si las palabras que la otra boca les echaba encima eran graciosas o no. Yo tenía los ojos muy abiertos, pues quería que estuvieran prontos para barajar el menor acto sospechoso que se escapara de la otra cara que vigilaban. Los muchachos habían hecho pequeños grupos alrededor de la mesa y a cada momento se veían entrar manos y brazos en el blanco del mantel. Yo me sentía escondido entre el barullo; la atención de cada muchacho estaba prendida a la conversación de su grupo; yo parecía estar en el grupo y en la conversación de dos jefes, pero en realidad atendía solamente el juego de la cara de nuestro jefe. Aquella fue la primera noche en que recuerdo haber sentido algo que solamente se producía cuando había mucha gente reunida, cuando se tomaba alcohol, cuando el murmullo de las conversaciones era de una continuidad regular y, sobre todo, que por encima de todo estaba la noche. En esos instantes, mientras todos estaban un poco mareados por el alcohol, la luz fuerte, el humo, el barullo, por las cosas que andarían en las cabezas de cada uno y mientras estaban un poco olvidados de que afuera, en la oscuridad, parecía que sus destinos se ablandaran y salieran un poco más allá de los límites acostumbrados y se confundieran entre ellos. Aunque todo fuera confuso, es posible que lo poco que los seres humanos supieran unos de otros pudiera comprenderse mejor en esos instantes. Los caminos por donde se hubieran cansado los destinos de cada uno, los caminos por donde habrían venido y por donde seguirían después, convergerían de pronto, y todos harían una parada.

Mientras nuestro jefe se frotaba las manos, yo seguía esperando que en su cara ocurriera algo que me hiciera aparecer una idea nueva; era la idea de su persona, que yo esperaba tener; la esperaba, sobre todo, mi sentimiento. Desde el principio de la noche yo había tenido ganas de tener sospechas: aquella era una noche a propósito para tener sospechas y conocer destinos. Pero mi cabeza no me ayudaba: ella se había entretenido, en los primeros momentos, en ir comprendiendo las cosas aisladas que los ojos miraban; mi cabeza dejaba que los ojos miraran todo, como una madre distraída dejaría que sus mellizos anduvieran por todas partes. Después los mellizos se habían quedado mirando lo que ocurría en la cara de enfrente —que resultó ser la de nuestro jefe— y fue entonces cuando mi sentimiento —que se había acomodado detrás de los ojos con todas las ganas de sospechar que le había provocado la noche— quiso saber cómo era el destino que se asomaba y se movía en esa misma cara. Aunque ella me era muy conocida, ¡esa noche yo le encontraba algo desacostumbrado! Ya me había ocurrido lo mismo otras veces con otras personas: podría ser la luz, el lugar donde se hubieran colocado o alguna modificación que hubieran hecho en el arreglo de su cara, pero lo cierto era que de pronto tenían otra expresión, eran como retratos de ellas mismas que no alcanzaban a parecérseles del todo; además sugerían parecidos con otras personas a quienes nunca se nos hubiera ocurrido compararlas. La inestabilidad del parecido chocaba con el afecto y lo hacía tambalear unos instantes. Esas personas, al parecer otras, nos daban la angustia de suponer que apenas nos reconocerían o que podrían tener para nosotros sentimientos distintos o imprevisibles: tal vez nos habríamos equivocado en lo que siempre creímos comprender. Pero en esta cara de ahora las cosas no habían llegado a tanto; cerca de ella estaban las manos, que eran constantes y seguían restregándose con fuerza. Y en seguida no había más remedio que reconocer la reunión alegre de todas las partes de la cara. Si de pronto alguien lo hubiera llamado, él habría dado vuelta su cuerpo con un movimiento ciego, acudiría apagando su sonrisa por el camino, y mientras uno lo veía alejarse pensaría en su lealtad. Pero lo que en él nunca se apagaría del todo, sería una cierta inquietud —podría ser una inquietud de su temperamento, de su honradez o de ese destino suyo que yo quería conocer—. Esa inquietud estaba encendida de tal manera que iluminaba toda su inocencia. Pero él quería emplear su inquietud en cuidar la inocencia de todas las cosas. Era un hombre bueno y siempre pensaba en el mal: usaba su inteligencia para preverlo. Tal vez, para estar alerta, o para poder tomar en seguida la inercia que necesitaba, es que se frotaba las manos: sería como dejar un motor en marcha.

Además de ser nuestro jefe, también era dentista: hacía pocos días, antes de hacer ese gran viaje, él me había sacado una muela. Al principio, cuando yo recién me había sentado en el sillón, él hablaba de cualquier cosa; con preferencia se hacía preguntas y respuestas: «¿Cómo está esto? Un poco difícil. La muela está muy rota. Entonces vamos a ver». Iba hacia una vitrina. Revolvía objetos ignorados por mí. La mayoría eran niquelados; tenían, sarcásticamente previstas, múltiples formas de agresividad, y su brillo y su inquietud eran como una sonrisa expectante hecha un momento antes de actuar. Mientras él los iba tomando y dejando —como si tanteara el pan para saber si era fresco— ellos me iban alarmando y tranquilizando. De pronto tomaba por segunda vez el mismo: yo ya no tenía escapatoria; pero el mismo instrumento era abandonado por segunda vez. Al caer en el vidrio o en la cubeta de donde lo había tomado, cada instrumento hacía un chasquido diferente; pero todos estos ruidos eran bruscos y hacían pensar en escapes de rabia de bichos salvajes al ver frustrado su deseo de participación. Tal vez se quedaran juntando encono, y si los volvía a tomar estarían más rabiosos que nunca. Nuestro jefe —o nuestro dentista— parecía no estar seguro de tomar el objeto que buscaba. De pronto se metió bruscamente la mano en el bolsillo —como si el instrumento estuviera allí—, sacó una caja de fósforos y encendió la lamparilla de alcohol. Se había pasado un rato sin hablar y en el silencio yo tragaba saliva a cada momento, como si echara baldes de agua para apagar el corazón. Después él vino hacia mí, me hizo abrir la boca, se puso los lentes en la frente, achicó los ojos y se puso a mirar como si quisiera reconocer desde un avión un pueblito en ruinas. Se frotó un poco las manos, fue a una mesita, tomó una pinza, metió las puntas en una caja, tiró hacia arriba como quien levanta pasto con una horquilla y sacó una porción grande de algodón. Al darse vuelta para venir hacia mí, la poca luz que entraba por la ventana le hizo brillar los lentes como los faroles de un vehículo en un viraje; al acercarse la luz le dio de espaldas, su figura se oscureció y el vehículo avanzaba agrandándose. Sus dedos cortos, al levantarme los labios, eran como pinzas; después, la verdadera pinza metió el fardo de algodón entre los labios y los dientes: la boca me quedó trompuda y sentía como la hinchazón que queda después de una bofetada. Volvió a la mesita, se puso completamente de espaldas y empezó a hablar del gran viaje que haríamos a Chile. Iba soltando las palabras con dificultad: le salían algunas que le quedaban aisladas; y después unas cuantas juntas: parecían animalitos indecisos que de pronto se reunieran. Vino hacia mí con un algodón mucho más chico, me frotó la encía y yo aspiré un fuerte olor a alcohol. En otro rápido viaje de ida y vuelta trajo la inyección y me clavó, en distintos lugares de la encía, varias puñaladas muy finas. Dejó la jeringa y frotándose las manos vino a mirar el pueblito en ruinas. Se produjeron filtraciones entre los cimientos de la muela rota y empecé a sentir en la boca un líquido amargo. Él se dio cuenta y me dijo que salivara. Al hacerlo fui a juntar los dos labios y me faltaba uno: el de arriba, que estaba inmovilizado por el algodón; entonces escupí apoyando el labio inferior en los dientes de arriba como una maestra enseña a pronunciar una v labiodental. Cuando terminé, él ya me esperaba con una pinza en la mano; los dientes de la pinza eran como las patas de un cangrejo. Yo me agarré de los brazos del sillón; él metió con cuidado la pinza en la boca y las patas del cangrejo agarraron la corona de la muela; después él hizo un movimiento con el brazo como alguien que retuerce un trapo mojado; pero como la corona estaba rota la pinza se escapó; después de hacer varias veces esta operación decidió cambiar de pinza; yo ya tenía miedo; tal vez porque no había sentido dolor. Me había acomodado a esa situación como el que hace un ejercicio violento y todavía no se ha cansado. Cuando él trajo la otra pinza, tenía una cara extraña; creí ver en ella la expresión preocupada de un niño al que por primera vez le mandaran retorcerle el pescuezo a una gallina. El cangrejo de esta otra pinza no soltaba la corona, pero a pesar de la fuerza que hacía, la muela no aflojaba. Al rato él se sacó los lentes de la frente y se secó el sudor con un pañuelo de medio luto. Entonces, con la honradez que yo le conocía, me dijo: «Aquí hay dos peligros: el desenganche, o la fractura de la mandíbula». Yo le tenía mucha confianza; creía que en lo que decía hubiera un exceso de precaución y le dije que probara otro poco. Entonces fue hacia el fondo de la casa y entró en la cocina. A los pocos instantes lo vi salir con un banquito; detrás de él venía la familia, a quien también nosotros queríamos mucho. La familia no entró al consultorio. Él puso el banquito al lado del sillón, volvió a tomar la pinza y se subió al banquito. (Como era más bien bajo, así estaría más alto y se afirmaría mejor.) Al rato se dio por vencido y uno de la familia se llevó el banquito. Nunca, en su larga carrera, le había ocurrido aquello. Entonces tomó un punzón y me dividió la muela en cuatro: al romperse hacía un crujido como el de las astillas de leña cuando les entra el hacha. Volvió a tomar la pinza y me fue sacando la muela como si fueran cuatro.

Después entró la familia y me dijeron que yo era muy valiente.

Aquella noche en Mendoza yo debo haber abandonado la cara de nuestro jefe cuando llegaron las muchachas de la casa. También venía la recitadora; pero con un vestido de terciopelo color vino claro. Ya las botellas de la mesa habían perdido su color oscuro y sus cuerpos de vidrio —de un verde discreto— tenían cierta humillación de viudas desnudas. En el instante en que las muchachas entraron parecía que ellas trajeran un poco del fresco y de la oscuridad de la noche. En todos nosotros se produjo alguna agitación. La recitadora, al recibir de pronto la atención de tantos muchachos tomó una actitud majestuosa y preparó todo su cuerpo como para ser visto, según alguna idea que ella tendría de sí misma. Las muchachas se saludaron desde lejos y en su actitud cariñosa parecían estar sobreentendidos los acontecimientos de la tarde, una me hizo adiós con la mano y aprovechó el movimiento de los dedos para aludir al piano. La recitadora, viendo que las demás saludaban miró hacia mí y me hizo un lento movimiento de cabeza, como si les hubiera concedido a las muchachas la gracia de adherirse a sus espontaneidades. Algunos muchachos fueron hacia las recién llegadas y todas las cosas se mezclaron de nuevo; las botellas volvieron a reunirse en grupos, pero ahora las caras de cada grupo habían quedado combinadas de manera tan distinta como los dados en otra tirada de cubilete. De pronto vino hacia mí la gorda de pelo corto y aros de oro en las orejas. En ese instante un *scout* chileno también se acercaba hacia mí y me ofrecía una copa de vino, yo inicié un movimiento con la mano para indicarle que no bebería y en ese momento mis dedos tropezaron con la copa: él hizo un juego con las dos manos para barajarla; la copa iba perdiendo el líquido pero parecía que se salvaría. Sin embargo al fin se cayó. Mientras yo pedía disculpas, llamaban de otro lado a la gorda de los aros. Mi compañero —el otro cetrino— se acercó a mi oído y me dijo: «La gorda se cortó el pelo porque tenía piojos».

Al rato empezó a cambiar de nuevo todo el juego de las caras: daban vuelta, mostraban la nuca y se amontonaban en un ángulo del patio. La recitadora estaba en actitud de esperar que se reunieran en su alma las palabras de un poema. Se hizo bastante silencio y el cuerpo de ella estaba inmóvil. Después empezaron a moverse solamente los labios y le salía una voz tan tenue que me hizo pensar en la flauta de un encantador de serpientes. Ella tenía los ojos fijos en un lugar del espacio y allí vería desenroscarse el poema. Yo me di cuenta de que podía mirarla impunemente y me acerqué todo lo que pude. Su cara era muy distinta a la de nuestro jefe. Las partes de la cara de la recitadora no parecían haberse reunido espontáneamente: habían sido acomodadas con la voluntad de una persona que tranquilamente compra lo mejor en distintas casas y después reúne y acomoda todo con gusto y sin olvidarse de nada: allí estaba todo lo necesario para una cara. En la casa de los ojos había elegido un par grande, de color azul y se había fijado bien si su mecanismo estaba perfecto; con seguridad que los habría probado dándolos vuelta para todos lados; en la casa de las bocas se había elegido una de un tamaño regular, pero cómoda, y con labios de un rojo bastante abultado. Como era recitadora aquí habría puesto el máximo cuidado: debía emitir palabras claras a gran velocidad, palabras lentas en tonos velados, y debía tener gran facilidad de maniobra. Realmente, su arma más eficaz era la boca. En un instante en que yo observaba su estrategia combinada —que era cuando iba elevando los brazos, entornando los ojos y deteniendo las palabras en los labios— mis ojos se habían quedado en su boca. Al mismo tiempo que casi había cerrado del todo el escape de la voz, el labio superior había hecho una onda hacia un lado de la boca y expresaba la angustia de un escepticismo romántico. En los últimos estertores del poema, daba vuelta los ojos hacia el cielo y los párpados movían lentamente las pestañas como esclavos abanicando a un rajá. En las últimas palabras, el labio superior subía y bajaba con la lentitud de un telón final de un espectáculo. Al mismo tiempo que el borde de los labios rozaba los dientes, parecía que ella gustara caramelos amorosos y en todo aquello sentía la posibilidad de un placer más delicado que el de los vinos y las empanadas de la mesa. De pronto, en medio de uno de los poemas, ella empezó a dar largos pasos de un lado para otro. Como era muy alta y los pasos eran más bien largos, tuvimos que hacerle más espacio. Yo, en vez de correrme más atrás, aproveché la confusión para colocarme más adelante. Ella, para ir de un lado al otro, no siempre daba vuelta el cuerpo y caminaba de frente: algunos pasos de costado y sus piernas parecían un compás que se abría y se cerraba. Yo había dejado de atender su boca y sus palabras. Sus pasos eran un acontecimiento extraño, no solo por el hecho de caminar así en medio de un poema, sino porque ponía en movimiento dimensiones y volúmenes desacostumbrados. En el paño encorpado de aquel vestido se veía ondular un oleaje color vino; y esas ondas eran lentas, aun en los instantes en que de pronto subía la marea y sorprendía la rotación de aquellos grandes volúmenes. En un lado de la pollera había una fila de botones; el oleaje los hacía aparecer y desaparecer como a los corchos de un aparejo. A mis ojos se les ocurrió ir hasta el otro extremo de ella y ver sus brazos, que eran muy blancos y se elevaban más allá de mi cabeza; mis ojos hicieron ese recorrido, como si hubieran ido desde el mar hasta las nubes.

Después todos estábamos de nuevo alrededor de la mesa donde el vino era más oscuro que en el vestido de la recitadora y donde las empanadas abultaban sin provocarme apetito.

Hacía poco tiempo yo había tenido que estudiar historia antigua; y aunque aprendí poco —ni siquiera me alcanzó para salvar el examen— me habían quedado flotando lejanamente las figuras de algunas diosas y los ritos de algunas religiones. Ahora, mientras había estado mirando a la recitadora, aquellas nociones flotantes se habían acercado y habían traído recuerdos de formas y proporciones extrañas a mis ojos. Cuando los ojos se aburrían de estar inclinados ante las palabras y las fechas de la historia, trataban de evadirse hacia las páginas donde había figuras. Allí corrían por todo el blanco papel, persiguiendo a las cándidas líneas que rodeaban el cuerpo de las diosas. Aunque en aquellos momentos yo hubiera olvidado las palabras y las fechas de la historia, es posible que ellas intervinieran en los sentimientos que yo debía formarme de aquella época. A pesar de todo, el sentimiento era claro y la imaginación trataba de hendir el aire de un cielo lejano. Las cosas y las personas eran de una humanidad extraña y demasiado alejada de esta tierra del presente. Hice todo lo que pude por acercarme a la vida de aquellas figuras y allí encontré por primera vez las raras proporciones y los pasos de costado. Ahora, mientras yo miraba a la recitadora, aquellas figuras me habían devuelto la visita. Primero ellas habrían cruzado alguna zona oscura del recuerdo; después habrían acercado al presente su nave sigilosa, y por último yo las había visto alejarse de nuevo llevándose aquel sentimiento mío que era claro y de una humanidad extraña. Ahora la recitadora había tomado esas mismas líneas y las había llevado con toda la realidad que encarnaba el presente: los espacios blancos que antes yacían en el cuerpo de las diosas, ahora habían sido cargados con este encorpado vestido color de vino, que formaba la resistencia y la elasticidad de los contornos. Y en los lentos movimientos que hacía la recitadora, no solo se confundían las líneas y se forzaban sus límites: también se forzaba su inocencia. Era entonces cuando yo levantaba los ojos y de pronto ellos se encontraban en los brazos blancos de la recitadora.

Aquella noche en Mendoza yo reconocía la realidad presente por su angustia. Pero si ahora tengo ganas de decir que empecé a conocer la vida a las nueve de la mañana en un vagón de ferrocarril, es porque aquel día que salía de Montevideo, acompañado por el Mandolión, no solo volví a reconocer esa angustia, sino que me di cuenta que la tendría conmigo para toda la vida. Ella estaría en mí aun cuando yo pensara en las cosas más diversas: en las nubes que viajaban junto con el ferrocarril; en la llave de mi casa, que la llevaba olvidada en mi bolsillo sin saber cuándo la volvería a usar; en el Mandolión, y en aquel botín amarillo que se había atragantado con el pie y tenía la lengua afuera. Pero mi angustia no solo cubría con su densidad las cosas más diversas y se echaba caprichosamente, como una mujer impúdica sobre un objeto cualquiera: cuando yo era niño y mi angustia era ingenua, ella también solía mezclarse en extraños placeres. Recuerdo que entre todas las maestras de mi infancia tres habían sido grandes y gordas. Estas me inspiraban más respeto y curiosidad; pero también me inspiraban más deseos de no respetarlas. Yo tenía mi manera secreta de faltarles al respeto, pero esta manera se cumplía nada más que en mi imaginación. La primera vez que me ocurrió esto, yo vivía en la falda de un cerro; y cruzando una plaza yo podía entrar en la casa de la maestra. Esta era la segunda de las maestras grandes y gordas. Una mañana ella iba hacia el fondo de su casa y yo la seguía a pocos pasos. Yo tendría unos ocho años y ella me había prometido mostrarme una gallina con pollos. Apenas llegamos la gallina empezó a cloquear y debajo de su cuerpo lleno de pintas blancas y negras se asomaban pollitos amarillos. Allí abajo debía estar muy calentito. La maestra tenía una pollera de un color gris muy parecido al de la gallina. Y ese mismo día en mi casa, después del almuerzo y cuando me obligaron a dormir la siesta, yo empecé a imaginarme lo lindo que sería vivir bajo la pollera de la maestra. Allí también habría un calor agradable; y sus piernas, después que terminaran las medias, serían muy blancas. En mi ensueño yo suponía que a la maestra todo aquello le parecería muy natural, que mientras yo estaba bajo su pollera ella miraría distraída, para otro lado y que si yo le tocaba una pierna ella se quedaría tan quieta y tan tranquila como la gallina de los pollos.

En aquellos tiempos yo no pretendía que las personas mayores tomaran en cuenta todos mis deseos. Ya ellas me habían dado una idea de sus costumbres y cuando yo veía que un capricho mío iría más allá de lo permitido, me lo callaba; entonces trataba de realizarlo a escondidas; y en último caso me conformaba con imaginarme que lo cumplía; así, las personas mayores irían por un lado, yo por otro, y todos estaríamos en paz. Claro que antes ensayaba, por todos los medios posibles, la manera de realizar mi capricho; y para estas experiencias elegía la hora de la siesta porque la luz del día me daba miedo y porque a esa hora las personas mayores tenían los ojos cerrados. Pero para poder meterme debajo de las polleras de una mujer, necesitaba que ella estuviera parada; y en ese caso ya no dormiría la siesta. Entonces tuve que resignarme a hacer el ensayo con una mujer despierta. Una noche de verano toda mi familia tomaba el fresco en la vereda. Yo no sé cuándo fue que mi tía se levantó de su silla y la llevó para adentro. Pero recuerdo el momento en que me sorprendió su gran pollera blanca cruzando el patio oscuro. Ella hacía muchos viajes de allí a la cocina porque levantaba la mesa. Una gran lámpara colgada del techo del comedor echaba luz encima del mantel; pero fuera de la mesa —yo me había metido debajo— di vuelta la cabeza casi junto al piso y mirando hacia arriba me asomé al interior de su pollera. Todo estaba muy oscuro. Únicamente se aclaraba un poco cuando ella, para alcanzar algún plato que estaría del otro lado de la mesa, apoyaba un pie y levantaba el otro en el aire. Repetí la operación varias veces sin que mi cabeza tocara sus pies. Después de levantar la mesa, ella volvió por última vez; pero con pasos lentos; yo creí que me había visto. Se acercó de nuevo al borde de la mesa y se quedó quieta un rato: yo no sabía qué estaría haciendo. Un ruido de grillos me llenó por un momento la cabeza; ella se sentó al borde de la mesa levantando un pie y dejando el otro en el suelo. Me asomé con mucha precaución —esta vez fuera de la pollera— y descubrí, mirando hacia arriba, que ella tenía tapada la cara con un libro. Yo tenía mucha confianza con mi tía. El meterme debajo de sus polleras podía ser una broma. Me decidí a entrar lentamente: pero apenas ella me sintió soltó un grito tremendo; yo salí corriendo para mi cama; los que estaban en la vereda corrieron hacia el comedor. A mi tía le dio algo así como un ataque. Enfrente de mi casa había una comisaría; de allí mandaron preguntar con un guardia civil, qué había ocurrido. En casa se decía que el comisario tenía pretensiones por mi tía.

Este fracaso no me dejó angustia; porque después que el mundo había respondido a mi deseo con tanta violencia y yo me había asustado tanto, me alegré de pensar que las cosas no hubieran llegado a peores consecuencias y de que en casa no me dijeran nada esa noche ni al otro día. Aún más: aquella noche creí haber oído risas.

Pero en Mendoza —cuando yo tenía más de catorce años— había vuelto a encontrarme con la angustia que me dejaban las cosas imposibles. No es que entonces pretendiera realizar ensayos tan definitivos como cuando quería estar bajo las polleras con la naturalidad de un explorador que vive en una carpa. La noche de Mendoza me había propuesto realizar un ensayo disimulado; me acercaría a la rueda de admiradores que se movía alrededor de la recitadora; en el momento que ella pasara su mirada por la zona donde estaba yo, aprovecharía a poner a su alcance algunas palabras elogiosas. Ella podría tropezar con mis palabras y mezclar, por un momento, su alma con la mía. Ya estaría temblando; pero debía animarme a tantear su voluntad y a provocar algún sentimiento de simpatía. Estaba seguro de tener gran experiencia en el amor; no importaba que por ahora no conociera el instante en que los enamorados necesitan estar solos. Yo conocía los sentimientos que llevan al borde de la soledad; esto era lo principal; lo demás podría llegar en cualquier momento. Para los pocos días que nosotros estaríamos en Mendoza, hubiera podido ser oportuna una ofensiva violenta; pero esto no estaba de acuerdo con mi dignidad; y por otra parte hubiera quedado mal cualquier sugerencia de lucha entre dos personas de volúmenes tan diferentes —ella era tres veces más corpulenta que yo—. Además yo no podría prescindir del placer de ir entrando lentamente en el alma de una mujer y acomodarme en ella con mi piano y mis libros. De cualquier manera, decidí acercarme a la órbita de la recitadora; esperaba el momento de estar bajo su mirada y repasaba las palabras que le diría. En el instante de verme bajó las cejas como para esconder la mirada detrás de ellas. No tuvo más remedio que escuchar mis palabras. Yo las iba acomodando con la lentitud que necesitaría para ir llevando piedras pesadas al lugar donde haría los cimientos de una casa que sería muy sólida y de muchos pisos. Ella se preparó para ir bajando los párpados; además había empezado un suspiro que la iba hinchando en una forma impresionante. En ese momento una muchacha me pidió disculpas y le dijo algo a un mendocino que estaba a mi lado. Ese muchacho era retacón, tenía los pelos parados y también se había preparado para oírme; su actitud era la de querer hacer fuerza y ayudarme a descargar las palabras. En seguida de la interrupción empecé a decir todo de nuevo. A medida que iba hablando pensaba que los demás se darían cuenta de que empleaba las mismas palabras y que se trataba de un discurso aprendido de antemano; pero yo no podía detener las explicaciones sobre la historia antigua y los pasos de la recitadora. Ella tampoco se pudo contener y me interrumpió diciendo que daba los pasos porque ella tenía «escena» y que la mayoría de los recitadores no la tenían. Después habló del porvenir de la recitación y de lo que pagaban en los teatros de Buenos Aires. Cuando me desprendí de esa rueda, me sentí como un cuarto vacío, dentro de él ni siquiera estaba yo. Un momento antes la recitadora había pretendido cambiar mis ideas y acomodar a su manera las cosas de mi cuarto; pero los pasos de costado, según la interpretación de ella, me parecían un relleno sin sentido; y tener continuamente en la cabeza la idea de lo que pagarían en Buenos Aires, era como querer hacer de mi cuarto una casa de comercio. A pesar de que yo jamás toleraría que ella me acomodara el cuarto, sentí por unos instantes que había perdido la idea de mi propia intimidad; ahora mi cuarto no estaba acomodado ni por mí, ni por ella; y lo que menos podría acomodar en él, sería la idea del amor.

El fastidio que me había atacado al salir de la rueda de la recitadora me hizo vagar un rato entre los grupos que estaban alrededor de la mesa. Andaba con el cuarto revuelto y sin ganas de acomodarlo.

Después de pasado algún tiempo —el necesario para asentarse el polvo que hubieran sacudido en mi habitación— yo había sentido mis piernas pesadas. Aguantaba mi angustia como a una mujer que me hubiera elegido entre otros antes que yo naciera. Cuando más deprimido me veía ella, más se me echaba encima. Y lo peor de todo era que yo iba sintiendo en eso cierta complacencia. Yo necesitaba entregarme a pensar en mi propia angustia.

De pronto se me ocurrió ir a buscar una silla. Esta idea me la había provocado mi cuerpo, quien desde hacía rato me venía cargoseando con su cansancio. Al mismo tiempo pensé en el coloquio que yo tendría con mi angustia si me desentendiera del cuerpo; sentándolo en una silla, él se ocuparía de digerir las empanadas y el vino, y nos dejaría tranquilos a mi angustia y a mí. Pero a último momento, el cuerpo se me echó atrás. Claro que no me lo hizo saber abiertamente. Él empezó a hacer en mi pensamiento un trabajo desganado pero astuto; se valió de mi timidez y mi vergüenza; y al final me salió con que en aquella reunión todos estaban parados, quedaría mal que yo me sentara. En el mismo momento en que yo desistí de ir a buscar la silla, él dio un gran suspiro. Pero después hacía trabajar poco a los pulmones. Cada vez hacía más largos los intervalos de la respiración. Mi angustia se movía lentamente y llenaba un espacio desconocido de mí mismo. Yo ya no era un cuarto vacío; más bien era una cueva oscura en cuyo fondo de paja húmeda y en un ambiente de viscosidad cálida, se movía una boa que despertaba de su letargo. A la cabeza me llegaban efluvios que terminaban en palabras. Pero estas palabras, que parecían haber andado por muchas bocas, y haberme encontrado en voces muy distintas, que habrían cruzado lugares y tiempos ajenos, ahora se presentaban a reclamar un significado que yo nunca les había concedido. Un poco antes que ellas llegaran a mi cabeza yo había adivinado, a través de mi oscuridad, su inminencia. Desde hacía tiempo esas palabras me habían estado siguiendo de cerca; y ahora, en aquella reunión habían esperado el momento de encontrarme solo, habían aprovechado mi desilusión con la recitadora y en el instante en que yo me sentía más angustiado, se acercaron y empezaron a hacer sonar dentro de mí sus intenciones proféticas. Aunque sus voces eran tan desteñidas como vestidos obligados a soportar malos tiempos, el significado era expresado con tanta seguridad como el que nos transmitiría una boca que habla para este mundo mientras los ojos están puestos en otro.

Yo ya había escuchado en muchas oportunidades a estas y otras palabras. Pero no siempre ellas se dirigían a mí. A veces mi cabeza era como una taberna pobre en medio de una feria; y mientras yo miraba distraído a través de las ventanas, entraban toda clase de palabras. Y así fue como escuché a muchas que no se dirigían a mí. Al entrar pasaban cerca y yo les hacía poco caso. Algunas venían a pasar el rato o por su puro gusto de charlar. Otras, al mostrar sus fisonomías a través de humo de cigarrillos, parecía que no andaban en negocios muy limpios.

Fue a esta taberna adonde llegaron de pronto aquellas palabras que me habían estado siguiendo de cerca. Apenas empezaron a reunirse me di cuenta que formarían un juicio y me darían un consejo. Las primeras eran como recién llegados que se fueran sentando alrededor de una mesa grande. Después, cuando el círculo estaba cerrado, ponían encima de la mesa su conclusión. Esta se refería, sin duda, a lo que me había ocurrido hacía unos momentos con la recitadora. Decía así: «Si deseas cruzar este mundo llevando a otra persona del brazo, tendrás que escucharla hasta el fin». Yo atendía más a la conclusión que a la fisonomía de las palabras que la traían. Sin embargo, a causa de un accidente, dos de las palabras eran «del brazo». Al principio, cuando ellas entraron en mi taberna, yo no les hice mucho caso. «Brazo» era la palabra importante y «del», parecía un perrito que la seguía. Mientras ocurría todo esto, mi cuerpo se había quedado en medio de aquel patio, respirando a largos intervalos y tal como yo lo había dejado. Y de pronto varios muchachos —que corrían a ver no sé qué—, se lo llevaron por delante. Y uno de ellos dijo: «Menos mal que llevaba dos muchachas *del brazo*». Yo apenas tuve tiempo de reconocer, fuera de mi taberna a la palabra importante seguida de perrito. Sentí el cambio brusco como si me hubiera caído y de pronto me encontrara con que mis manos están agarrando la tierra. Después resultó que aquellos muchachos que se llevaron mi cuerpo por delante corrían hacia un lugar del patio donde había una zanja de material que tendría medio metro de hondura. Allí, en un momento de distracción, nuestro jefe metió toda una pierna. Y fue entonces cuando los muchachos lo ayudaron a salir. En seguida él hizo la sonrisa, se frotó las manos y yo reconocí su inocencia. Después ofreció de nuevo el brazo a las muchachas y siguió paseando con ellas. Él sentía un gran placer en aquel paseo. Yo me preguntaba si tendría el mismo placer paseando con dos muchachas o dos viejas. Tuve algo de complicación y de pereza en contestarme eso y dejé la pregunta para más adelante. De cualquier manera él tenía sentimientos más libres que la recitadora. Él podía dejar que sus sentimientos se desparramaran en cualquier cosa, en lo primero que tuviera delante de los ojos.

Cuando yo recién entré en los «Vanguardias» y él nos enseñaba los estatutos y códigos de la institución, se había detenido mucho en explicarnos cómo un vanguardia debía ser servicial y no esperar recompensa. Para esto puso muchos ejemplos; pero a mí me quedó en la memoria, sobre todo este: si nosotros encontrábamos en la vereda una cáscara de banana, debíamos echarla a la calle para que otro que pasara no resbalara. Yo tenía curiosidad por saber qué ocurriría si echaban una cáscara de banana a la calle sin esperar recompensa. El primer encuentro con una cáscara lo tuve una noche que iba con mis padres y que también nos acompañaba un primo lejano, ya entrado en años y del cual hablaban oprobios. Yo vi la cáscara unos cuantos metros antes: me adelanté unos pasos y la tomé por el tronquito: era muy amarilla y el forro interior bastante blanco. Después que yo la tiré, el primo lejano dijo:

—¿Por qué la tiraste?

—Para que otro que pase no la pise y se resbale.

—Que se embrome. ¿Qué se te importa de los otros?

Mis padres y yo nos quedamos callados. Después ellos hablaron de otras cosas. Al principio a mí me había dado fastidio. Pero después fui llevado, como por una ola que me empujara suavemente, hacia el recuerdo de lugares y personas donde a cada momento oía decir cosas por el estilo. Esas personas cada vez se amontonaban más, en el recuerdo, y me traían como un sentimiento de realidad o de sentido común donde mi nueva conducta parecía algo extraña o artificiosa. Si ellos y el primo lejano hubieran sabido lo que decía nuestro jefe se hubieran burlado. Pero este sentimiento me duró pocos instantes, porque en seguida hice pie de nuevo y volví a sentir felicidad de pertenecer a esta especie de pandilla secreta cuya seña era tirar a la calle las cáscaras de banana. Otra vez que me encontré con una cáscara yo llevaba el uniforme de vanguardia. Había mucho sol y era la hora del silencio de la siesta. Yo iba por el único trecho de la calle Asencio que no había sido dividido en cuadras. Al borde de un gran campo de alfalfa había una vereda blanca; desde lejos yo vi la cáscara amarilla en medio de la vereda. Aquel día estaba muy lejos de pensar que la cáscara de banana era algo dañino; ella con su color amarillo era muy simpática y además se prestaba para el ritual de mi pandilla secreta. No sé por qué, en vez de tirarla a la calle se me ocurrió tirarla en el campo de alfalfa; preparé el brazo para que la cáscara fuera lejos; pero después, cuando vi caer y desaparecer tan bruscamente aquel pedacito amarillo en aquel inmenso verde me quedé un poco triste; miraba el oleaje que hacía un poco de viento en el verde de la alfalfa y tenía cierta pena de pensar que aquella pequeña cáscara que hacía un instante había estado en mis manos y había sido un poco mía, hubiera tenido el destino, impuesto por mí, de ser tragada por aquel inmenso campo; además, ahora, hubiera sido muy difícil saltar el alambrado y buscarla entre tanta alfalfa.

Me sorprendí mucho cuando me encontré con estos recuerdos y pensé que tal vez podrían haber sido provocados por esta otra cáscara de banana que ahora tenía enfrente, cuando hacía el viaje en ferrocarril acompañado por el Mandolión, y después que él mismo la había empujado con el botín amarillo debajo del asiento.

Pero allá, en aquella noche de Mendoza, todavía tuve otra sorpresa. Ocurrió cuando yo pensaba en el placer que sentiría nuestro jefe llevando a dos muchachas del brazo y mientras sentía hablar a mis espaldas de un gato al horno. Hacía unos instantes me había dado vuelta con disimulo, pero sin mucho deseo de saber quién era la que hacía exclamaciones de asombro porque se cocinara ese animalito. Resultó ser la señora del jefe mendocino. Según la conversación, la otra parecía ser hija de fiambrero. Hacía algún tiempo habían tomado como peón de la fiambrería un indio viejo; y él era el que les había enseñado a hacer el gato al horno. La hija del fiambrero explicaba el proceso que debía tener el sacrificio; y cuando llegó el momento en que el gato, cuereado y abierto, debía condimentarse y ponerse a la intemperie la noche antes de cocinarse, yo no podía dejar de imaginarme el cuerpo sin cuero pero la cabeza, no solo forrada con su piel, sino también con sus bigotes y una mueca en que se veían las dos filas de dientes. Fue mientras me imaginaba esto que recibí la sorpresa: de pronto me di cuenta que la voz que sentía a mis espaldas me era conocida; entonces me di vuelta bruscamente y me encontré con la recitadora.

Al principio me pareció que mis ojos se habían quedado vacíos y que ella me los empezaba a llenar de nuevo. La idea que yo tenía de la recitadora había dado un gran tropezón, y por unos instantes yo había perdido el sentido de su persona y daba pasos en falso. Apenas sentía escapárseme un poco de ilusión que me había quedado escondida no sé dónde; pero no tuve tiempo de sentir tristeza; la sorpresa me había obligado a hacerme inmediatamente otra idea de ella. El simple dato de la fiambrería había descubierto a otros datos que estaban complicados con él. Ella pensaba en lo que pagaban en Buenos Aires, en el porvenir de la recitación y en la rivalidad de los que «no tenían escena». Todo esto podía haber sido pensado en la fiambrería. Yo empezaba a enojarme como si me hubieran estafado, pues había descubierto que bajo la recitadora había una fiambrera. Ella no tenía derecho a provocar ilusiones de recitadora ni a llenarme los ojos, como quien llena embutidos, con su cuerpo tan grande y ahora tan próximo. Yo pensaba en la palabra «fiambrera» con escarnio y con la alegría ruin de vengarme por mi fracaso amoroso; pero esa misma noche, un poco antes de dormirme, ya había conciliado la idea de fiambrera con la de recitadora y me sentía mejor dispuesto a tener un poco de tristeza.

Me habían hecho la cama a mí solo, en una pieza pequeña donde había un maniquí. Yo había apagado la luz; pero la del patio entraba por las rendijas de los postigos y daba sobre el gran busto rosado del maniquí —arriba, en vez de cabeza, tenía una perilla negra—. Di vuelta la cara contra la pared. A pesar del cansancio no podía dormir y empezaba a imaginarme a la recitadora en la fiambrería, envolviendo un pedazo grande de tocino blanco. Mientras hacía el paquete, conversaba; de pronto una mano tenía el papel y la otra hacía girar en el aire su blanca gordura, al mismo tiempo que la boca decía: «Después se lo mando». Recordaba las piruetas que esa misma mano había hecho mientras recitaba. Cuando yo estaba a punto de pensar que esos movimientos eran ridículos, me interrumpía la idea de que la recitadora era hija de gentes extranjeras, tal vez llegadas de algún país que quedaba en el norte del mundo. Entonces pensaba que sería de allí de donde habrían traído, envueltos entre otras costumbres, esos movimientos de las manos. Pero todavía, un momento antes de entrar en el sueño, yo me imaginaba a la recitadora sentada en un balancín, y mientras una mano se agarraba de una cuerda, la otra hacía la misma pirueta que yo había visto cuando recitaba; pero esta vez esa voltereta era para indicar al público que la prueba había terminado.

Esa noche parecía que mi sueño hacía su trabajo tranquilamente. Pero de pronto me desperté con un grito de terror. Me encontré sentado en la cama. Y aún después de estar despierto seguía con la visión de tres puertas; estaban en un lugar en que había tres calles y cada puerta daba a cada una de las calles. Yo las veía por fuera, cerradas y con inexplicable simultaneidad. Al despertarme tuve inmediatamente el sentido de la casa donde me encontraba; pero no sabía la posición que tenía mi cama en relación al cuarto. En seguida me acordé del maniquí; pero tampoco lo pude ubicar. Sentía un poco desgarrada la garganta por el grito que había dado y no me extrañó haber tenido terror a cosas tan inocentes como aquellas tres puertas pues ya otras veces, en otros sueños, me había ocurrido lo mismo. Pero antes de entregarme de nuevo a pensar en las puertas quise saber cómo estaba colocada mi cama y el maniquí. Siempre tuve dificultad de sacar una mano fuera de la cama estando en la oscuridad; porque pensaba que si mi mano llegara a encontrarse con otra que no fuera mía, yo me volvería loco. Sin embargo toqué la pared con la mano izquierda y pronto me di cuenta de que el maniquí estaba a mis pies y que en la misma dirección estaba la puerta. Yo ya tenía hecho cierto sentimiento a propósito de aquella cama; era como si hubiera pensado que ella era buena porque había dejado que yo me subiera encima; se había quedado quieta, había conservado algo de mi calor y había puesto un poco del suyo. Del maniquí tenía cierto sentimiento de desconfianza: apenas yo me distraía su busto me sugería la presencia de una persona; y su cabeza, del tamaño de una perilla, parecía que le produjera ideas mezquinas. Pero el sentimiento más fuerte que yo había tenido aquella noche me lo habían producido las tres puertas del sueño. Hundí de nuevo todo el cuerpo en la cama.

Los ojos, libres del esfuerzo de recordar la posición de las cosas de aquel cuarto, se fueron al lugar del sueño donde estaban las tres puertas y empecé a vivir otra vez —pero ahora despierto—, el sentimiento que había tenido cuando dormía. Era como si mi curiosidad de persona despierta hubiera quedado en la parte de afuera de una casa de vidrio. Yo le había encargado que cuando estuviera por dormirme o me fuera a ocurrir algo desagradable, ella rompiera el vidrio y me despertara del todo. Así fue como entré de nuevo al ámbito todavía caliente del sueño y encontré la extraña intención, el mismo significado lleno de terror; volví a sentir el gusto a ese jugo del alma, a ese aire cargado de silencio maléfico que se desprendía de las tres puertas. Sin embargo no volví a vivir mucho tiempo lo que había pasado en el sueño. La persona mía que esperaba despierta fuera de la casa de vidrio me llamó alarmada; yo me fui con ella y abandoné el ámbito del sueño. Y cuando supe lo que ella había descubierto se me volvió a erizar el pelo. Hasta ese momento yo había creído que había sido el sueño quien había echado una mala sombra sobre aquellas inocentes puertas. Pero mi persona que vigilaba despierta tuvo un recuerdo angustioso y en él reconoció a las tres puertas del sueño. Hacía tiempo me habían contado que en una fiambrería de Europa vendían productos porcinos que fueron famosos. Y el secreto del productor estaba en mezclar carne y sangre humanas con las de cerdo. Las víctimas eran reclutadas entre la clientela a la hora de mayor concurrencia. Algunas de las personas —que eran invitadas a pasar a lugares interiores de la casa con el pretexto de mostrarles algún producto— no salían más. Después, si preguntaban por ellas, hablaban del gran gentío, de posibles confusiones y de que no sabían por cuál de las tres puertas habrían salido. Pero una vez, el novio de una sirvienta esperaba que ella saliera colocado frente a una de las puertas; allí acostumbraban a encontrarse. Al pasar mucho tiempo sin que ella apareciera, el novio, alarmado, dio cuenta a la policía; y por ahí se llegó a la verdad. Cuando me hicieron ese cuento yo había tenido que suponer tres puertas que dieran a tres calles; y ahora ellas habían vuelto en el sueño. Pero aunque habían aparecido sin el cuento yo había sentido tanto terror como si él hubiera estado presente; él podría haber estado escondido detrás de las puertas mientras ellas estaban cerradas y se mostraban indiferentes. Tal vez si yo hubiera podido abrirlas y mirar detrás no habría encontrado el cuento; él podría haber quedado fundido en las caras de las puertas y haberlas saturado de una maldición que haría daño a quien las mirara; ellas mancharían el fondo de los ojos con un veneno imborrable.

A mí no me hubiera extrañado que el sueño me trajera una fiambrería después de lo que había ocurrido con la recitadora; yo ya sabía que a él le gustaba componer sus locuras tomando algún tema cercano. Pero el hecho de que la fiambrería hubiera estado escondida y yo la hubiera tenido que descubrir después de estar despierto y de haber excavado el recuerdo, me produjo escalofrío. Todavía me asusté más cuando recordé que en el momento de descubrir el cuento y su coincidencia con la fiambrería de la recitadora, el pelo se me hubiera erizado un instante antes de mi descubrimiento.

Después de haber dado el grito que hizo derrumbar las paredes del sueño y me dejó con los ojos abiertos en plena noche, seguí revolviendo los escombros para ver de dónde había salido el grito. Al pensar en quién habría sido se me volvió a erizar el pelo: podría haber sido el gato. La idea que yo había tenido de su muerte con su mueca y su grito, podría haber estado tan escondida y presente como los crímenes de la fiambrería. El alma del gato podría haber abandonado su cuerpo escapándose con el último grito; después habría seguido navegando en aquel sonido como alma en pena. Y aquella noche, encontrando en mi cuerpo un instrumento simpático, habría vibrado de nuevo.

De pronto me di cuenta que había arrojado todo el terror y me había quedado con el espíritu limpio. Dejaba que la cabeza hiciera pensamientos inútiles como un padre dejaría a un hijo revolver el agua con una varita. Después de mucho vagar, mis pensamientos habían vuelto a reunirse alrededor de la recitadora. Ahora, mi curiosidad por ella estaba muy desganada; sabía que me sería imposible comprenderla; pero me volvía a detener ante su recuerdo próximo como si hojeara por un instante el libro que tuviera más a mano. Mientras me había durado la influencia del sueño sentía hacia ella antipatía con miedo; pero ahora pensaba en ella como en una persona simplemente extraña. Por lo que había sabido, ella me parecía capaz de un sacrificio sincero; hubiera podido sacrificar un gato al dios que amara con toda su alma; pero también sería capaz de levantarse en medio de la noche diciendo: «El sacrificio del gato a Dios fue sincero pero simbólico; en realidad Dios no tiene interés en comerse el gato». Y entonces se lo comería ella.

Al otro día empecé a levantarme antes que me llamaran; de esa manera podría vestirme despacio y permitirle a los ojos que fueran mirando una cosa y después otra sin mayor apuro. A pesar de esto noté que mientras yo estaba distraído, los ojos habían tocado el busto del maniquí y habían retirado en seguida la mirada. Yo los tenía enseñados a no detenerse en ningún busto de mujer; y ahora, en el primer instante, ellos habían procedido como si hubieran visto un busto de verdad. Después, en otro momento de distracción y mientras me abrochaba la ropa, vine a quedar parado al lado del maniquí y me volvió a inquietar esa insistente alusión a una persona de carne y hueso. Entonces pensé que en cada pieza de aquella casa había un objeto que la defendía con su sola presencia y que me obligaba a mí a ser cauteloso.

De pronto yo dejé de recordar lo que ocurrió dentro de aquella casa y volví a sentir con algo de primera vez, la sorpresa de las calles y del aire y el cielo de Mendoza sobre los árboles y las casas. Pero antes de volver a dormirme en el recuerdo, como quien se despierta un instante mientras el cuerpo se da vuelta, vi —en el viaje que hacía un ferrocarril diez años después— que el asiento de enfrente estaba vacío, y, consultando la memoria de los ojos, deduje que el Mandolión faltaba desde hacía rato y que por eso yo había tenido un recuerdo tan largo. Me levanté para sacar de mi valija unos cuadernos que había escrito cuando hacía el viaje a Chile, pues no recordaba si algunas cosas habían ocurrido en Mendoza, a la ida o a la vuelta. Mientras revisaba mi valija alguien abrió la puerta del vagón y entonces vi al Mandolión tomando mate en el coche de segunda.

Decidí sumergirme en mis cuadernos; los revisaría con el escrúpulo con que un médico examinaría a un hombre que se va a casar. La noche anterior, cuando pensé que al salir de Montevideo tendría que cambiar de vida había decidido investigar primero mi vida anterior; y por eso cargué toda mi historia escrita en un rincón de la valija.

Del viaje a Chile tenía dos cuadernos: uno era chico y contenía el relato escueto y en forma de diario —así lo había ordenado nuestro jefe—; después del viaje alguien, en nuestra institución, lo había encuadernado con tapas de «un color serio», creo que sepia. El otro cuaderno era grande, íntimo, escrito en días salteados, y lleno de inexplicables tonterías. Tenía tapas color tabaco muy grasientas.

En mi primera mañana en Mendoza muchas cosas se atrevían a ser distintas a las de mi país; pero la inocencia con que lo hacían me encantaba y yo iba corriendo a apuntarlas en el cuaderno íntimo. En él aparecía un camarada levantando una mano hasta casi la altura del hombro y diciendo: «Este invierno nevó de este porte». Yo tuve que imaginarme apresuradamente un invierno con nieve; no tenía a mano en mi memoria ningún recuerdo que me ayudara; sin embargo en seguida se había aparecido un invierno nevado compuesto quién sabe con qué restos de figuras; lo que más me costaba era imaginármelo allí, en aquella calle clara de balastro con sol y árboles parecidos a los de mi país. Además, cuando yo había mirado figuras con nieve, el alma siempre se me había puesto seria y tan callada como en un cine mudo. Ahora, este muchachito que había vivido un invierno con nieve, se había quedado muy alegre y muy parecido a un chiquilín que no hubiera visto nevar. Entonces no había tenido más remedio que pensar otra cosa del invierno con nieves. Y para colmo el muchachito había dicho: «... Nevó de este porte».

La palabra «porte» no se usaba en nuestro país; pero él se había acostumbrado a decirla como a ver el invierno. Si yo tuviera que quedarme en aquella ciudad también me acostumbraría en seguida a muchas cosas nuevas. Aquella mañana quise imaginarme cómo sería allí el invierno. Primero el tiempo iría preparando despacio todas las cosas; traería el frío —tal vez con un poco de oscuridad— y después mientras yo iría leyendo un libro de aventuras sentado en un tranvía, empezaría a caer la nieve y al instante de verla yo no tendría de qué asombrarme. Ya con otras cosas me había pasado lo mismo.

Antes que yo hubiera terminado de pensar esto ya había llegado a la vereda un señor que yo había visto la noche antes en el banquete; me decía que todos los días a las dos de la tarde la municipalidad hacía correr agua por las cunetas de todas las calles; siguió hablando de las conveniencias de esa disposición, pero eso a mí no me interesaba. Habíamos empezado a caminar y de pronto me encontré con algo que me sorprendió de verdad: eran los tranvías. Tenían en medio de la carrocería una franja verde —en mi país era roja— y en vez de un trole tenían dos —uno en cada extremo del techo—; parecían grandes abridores de botellas de cerveza. En eso los mendocinos estaban más adelantados que los uruguayos.

Mi cuaderno íntimo tenía muchas indicaciones sobre los tranvías y algunos dibujos.

Al mediodía nos llevaron a la escuela Alberdi; allí almorzamos y cenamos. En la tarde se hizo una gran reunión cerca de un piano. Yo volví a tocar —a pesar de que la tarde anterior en el baño me había jurado no tocar más—.

El director de la escuela me llamó aparte y me dijo: «Usted va a ser célebre; acuérdese de lo que yo le digo; si entonces pasa por aquí venga a verme».

Yo pensaba en las razones que él tendría para decir eso; había tocado mal pero todo podía ser cierto; me sentía alcanzado por una profecía y sonreía tan dichoso como un agonizante que había visto hacía poco tiempo (no sé qué enfermedad lo había dejado tan flaco; hacía unos instantes se había confesado; miraba al cielo a través del techo oscuro del hospital y tenía esa misma sonrisa que yo debía tener después de la profecía). Lamentaba que la recitadora no hubiera oído las palabras del director; tal vez se hubiera ablandado.

A la mañana siguiente asistimos a la bendición de la bandera. En la tarde el pueblo se reunió alrededor de nosotros para despedirnos. Fue en la plaza San Martín y hubo discursos. Había un negro viejo que tenía una barba blanca, corta y crespa como si se hubiera enjabonado para afeitarse; estaba nervioso y gritó: «Viva Chile...» y agregó una palabra obscena; los *scouts* chilenos repitieron la misma frase con la misma palabra obscena; las muchachas tenían cara de no haber oído esa palabra. Después un chileno me dijo que ese era el grito popular chileno y que esa palabra le daba mucha fuerza a la frase.

En seguida de los discursos empezamos a caminar y el pueblo nos acompañó un trecho iniciando con nosotros esa gran cruzada; pero después empezó a lloviznar y la gente se dio vuelta.

Al anochecer llegamos a un lugar llamado Godoy Cruz y nos alojaron en una escuela parroquial. Los jefes fueron invitados a una reunión que se hizo en la sala de la parroquia. Había piano y me llevaron a mí (el nocturno y todo lo demás). De pronto alguien me trajo al piano un vaso de cerveza tan grande como un balde; otro me ayudó a tenerlo mientras yo tomé un poco. A mí me dieron primero porque el piano estaba cerca de la puerta de entrada. A ese vaso lo llamaban «el potrillo»; lo iban pasando de mano en mano y antes de que lo bebieran todo lo volvían a llenar.

Úrsula

(Circa 1955)

Úrsula era callada como una vaca. Ya había empezado el verano cuando yo la veía llevar su cuerpo grande por una calle estrecha; a cada paso sus pantorrillas se rozaban y las carnes le quedaban temblando. A mí me gustaba que se pareciera a una vaca. Una noche que el cielo estaba bajo y se esperaba la lluvia, un auto descargó sus focos sobre el cuerpo de Úrsula. Ella dio vuelta la cabeza y en seguida corrió para un lado de la calle estrecha; parecía una vaca sacudiendo las ubres. El auto se detuvo y alguien, desde adentro, preguntó algo. Úrsula contestó moviendo la cabeza; estaba rodeada del polvo que había levantado y se veía brillar las córneas de sus grandes ojos. Después yo me quedé entre unos árboles bajos hasta que llegó la lluvia. Úrsula volvería a pasar al otro día. Yo oía el ruido de gotas gordas tragadas por el polvo y me había agachado como si los árboles fueran capuchones que me pesaran sobre los hombros. Pensé en mi casa; a cada instante yo elegía en ella lugares y libros que aún no conocía. Y cuando estaba desasosegado subía una escalera de caracol que en vez de baranda tenía colgada en el centro una cuerda gruesa. A veces me quedaba un rato agarrado a ella y me parecía que esperaba el momento de subir un telón. Después entraba a una de las habitaciones y me tiraba en la cama.

Aquella noche yo oía la lluvia desde un sillón acolchado y pensaba en Úrsula. La primera vez que la vi ella estaba sentada a la mesa en el mismo restorán donde comía yo. Su cuerpo parecía haberse desarrollado como los alrededores de un pueblo por los cuales ella no se interesaba. Ella estaba únicamente en sus ojos azules. Sobre la frente, muy blanca, se abrían dos grandes ondas de su pelo rubio y yo pensaba en los cortinados de una habitación antigua; los ojos se movían debajo de sus párpados como personas dormidas bajo las cobijas. A veces iba a su mesa una mujer pequeña vestida de negro; hablaba agitadamente pero en voz baja; la boca carnosa de Úrsula pertenecía a sus alrededores: comía pero no hablaba; la pequeña enlutada no dejaba de conversar por eso: le bastaba con que los ojos de enfrente levantaran un poco las cobijas y se taparan de nuevo. No sé por qué tuve la idea de que Úrsula entregaría su cuerpo como si él fuese un animal. Y se me ocurrió que si yo entraba en relaciones con él, amaría disimuladamente a una vaca. La primera vez que la vi caminar parecía que los muros estrecharan las calles para tocar su cuerpo. Otra vez pasaba un carro y un techo de dos aguas rozó una cadera de Úrsula con el filo de un ala.

Esa noche yo estaba desasosegado y a último momento decidí ir al restorán; pero cuando llegué ya habían sacado los manteles. Me sorprendió ver, únicamente, a Úrsula con un niño de tres años. ¿Sería de ella? Lo había sentado al borde del mostrador; ella estaba de espaldas y no dio vuelta la cabeza para ver quién entraba; le sobresalía una cadera porque estaba apoyada sobre una pierna. El niño me miraba fijo. Ella esperaría al dueño. Me acerqué un poco más y vi que Úrsula se había hundido el borde del mostrador en el vientre. Los ojos del niño me molestaban: se habían quedado tan firmes como un espejo y yo tuve que dar vuelta la cabeza. Por fin vino el dueño; a pesar de ser viejo su voz era como la de un adolescente en el período de cambiarla. Yo no le entendía nada. A mí tenían que hablarme lentamente y separando las palabras. De pronto me di cuenta que Úrsula le contestaría alguna cosa: sería como oír hablar una vaca. El niño estornudó; ella le puso un pañuelo en la nariz y esperó que él se sonara. En ese instante el dueño se dirigió a mí y le pedí una botella de cerveza; empezó a servirme el primer vaso y sonó la voz de Úrsula como un reloj de pared. Era una voz gruesa y un poco afónica: haría mucho que no la usaba, si hubiera tosido como cuando se tiene carraspera, la voz se habría aclarado.

Yo recordaba esto, aquella noche que llovía. Oí golpear en una de las puertas y tuve un sobresalto. Me di cuenta de que en ese momento no llovía. Al levantarme del sillón quedó sonando un elástico y no sé por qué pensé en un instrumento profético y no iba a abrir la puerta. Después crucé un corredor donde había colgadas armas antiguas en las paredes. La persona que había llamado entró y dirigía sus pasos hacia mí, cuando reconocí al amigo que me había prestado aquella casa.

Él se había desprendido, recién, de un lugar donde había mucha gente encendida —desde París hasta donde estaba yo se tardaba dos horas—, y sacudiéndome por los hombros me decía:

—Pero ¿qué te pasa? ¿Estás dormido? —no me dio tiempo a contestarle—. Yo me quedaré hasta el viernes y después te llevaré por unos días.

Ya tendría tiempo, yo, de convencerlo de que no debía ir. Él se había dado vuelta; fue para las piezas de arriba y yo volví a lo que recordaba antes; encontré un fondo de aguas revueltas; allí estaban las plantas verdosas y la poca luz del restorán; pero no podía ver los alrededores de Úrsula. Mi amigo volvió trayendo la cara alegre y la intención de seguir removiéndome.

—¿Trabajaste?

—Poco.

—¿Qué te pasa? ¿Qué es lo que necesitas?

La palabra *necesitas* me dio fastidio. ¡Pero él era tan buen amigo! Antes de dormir estuvimos hablando a oscuras y de pronto él me dijo:

—Te resultaría mejor comer aquí; una mujer podría hacer la limpieza y algunas comidas sencillas.

Pensé que había descubierto mi deseo de que viniera Úrsula; y no hice otra cosa que sacar la lengua, en la oscuridad, y guardarla inmediatamente. Al otro día de mañana caminamos por los alrededores; mi amigo detuvo a una anciana que salía del cementerio y le preguntó por alguna mujer que quisiera emplearse. La anciana tenía los ojos llorosos y dijo que no conocía ninguna. Después vimos a la mujer enlutada, amiga de Úrsula. Mi amigo la interrogó y ella se puso a pensar. Entonces yo, con toda la naturalidad posible, dije:

—Pregúntale por una mujer gorda que come en el restorán...

No entendí lo que decía la enlutada; pero mi amigo me tradujo:

—Dice que es muy haragana.

—¡Para lo que hay que hacer allí! —le contesté.

La enlutada pensaba en otra y yo perdí la esperanza. Al atardecer me paseaba por el camino de los árboles bajos y mi amigo me llamó. Al entrar en la casa me encontré con Úrsula, la pequeña enlutada y un hombre bajito. Mi amigo me los presentó; y señalando a Úrsula dijo:

—Esta es la que va a venir mañana.

Después le preguntó el nombre. Úrsula juntó los labios —se hubiera dicho que se preparaba para besarlo— y contestó «Ursule».

Al despedirme ella levantó los párpados durante el tiempo de tomar una instantánea y yo apreté su mano como a la bomba de goma de una máquina fotográfica. Después seguí paseando bajo los árboles: deseaba estar solo con la idea de Úrsula. El destino la había traído hasta mi casa y ahora él no dejaría las cosas a medio hacer. Ella se aproximaba a paso lento y su instinto sería seguro. A la mañana siguiente oí subir pesadamente la escalera. Yo todavía estaba en la cama y me pasé las manos por la cabeza para acomodarme el pelo. Ella dio un golpe en la puerta. Sin querer le grité algo en castellano para que entrara. Desde mi cama —que era baja— ella apareció inmensa. Mi amigo me mandaba decir si yo prefería café o té. Entonces, clavando mis ojos en los párpados de Úrsula contesté: «J'aime du lait.» Ella levantó los párpados y me mostró sus ojos desnudos: tenían el asombro de un presentimiento. Yo sentía voluptuosidad en haber empleado el verbo amar para hablarle de la leche. Ella se limitó a decir: «Il n'y a pas du lait.» Pero insistí señalando una valija y haciendo señas para que la abriera. Ella tenía la torpeza de un animal amaestrado. Sacó un tarro de leche desecada y lo daba vuelta entre sus manos para mirar todas las vacas pintadas alrededor. Yo quise destaparlo para ver si era ese el que estaba empezado. Me dolían las yemas de los dedos y Úrsula se quedaba allí, con su gran barriga, esperando. Yo no podía hacer saltar la tapa y pasábamos por uno de esos silencios que se hacen en los circos cuando la prueba es difícil. Por último decidí que ella me trajera otros tarros; tal vez conociera el empezado por el peso. Úrsula me los alcanzaba con una sola mano; no se le ocurría emplear las dos y traer dos tarros por vez. Conocí el empezado al sacudirlo. Ella hizo una sonrisa y empezó a dar vuelta su cuerpo y a irse. Yo temía que se cayera de la escalera. Mi amigo estuvo todo el día de mal humor y a cada momento tropezaba con Úrsula. A la hora de cenar Úrsula venía con una bandeja y tropezó con un aparador oscuro. Algo, dentro de él, quedó sonando: fue como despertar a un dormido que se hubiera puesto a rezongar. Entonces mi amigo soltó una carcajada. Yo me quedé serio; a Úrsula se le llenó la cara de vergüenza y se fue en seguida. Cuando volvió tenía los ojos enrojecidos. Al terminar la cena mi amigo levantó una lámpara para mirar un cuadro en el momento que Úrsula traía el café; entonces le preguntó:

—¿Le gusta este cuadro?

Ella recorrió, con sus ojos azules, todo el paisaje y dijo:

—Sí. Mi abuelo pintaba en las iglesias y hacía cuadros como este.

—¿En las iglesias pintaba así? ¿Paisajes con vacas?

Entonces Úrsula se rio poniéndose una mano en la boca y repitió:

—¡Vacas en las iglesias!

Mi amigo le tomó un brazo. Yo sentí, también, la piel de ella en mi mano; pero odié a mi amigo. Antes de dormir pensé en Úrsula; nos habíamos encontrado varias veces en el corredor de las armas y ella se ponía de costado. Me dormí pronto pero me desperté al rato. Creía comprender más a Úrsula cuando ella caminaba por las calles estrechas. Ahora todo se volvía más simple pero yo lo comprendía menos. Ni siquiera tenía para Úrsula los pensamientos de costumbre; era como si en la oscuridad no reconociera mi saco ni pudiera calzar las mangas.

Al otro día mi amigo se fue. Aunque Úrsula y yo no hablábamos nunca, ahora parecíamos más silenciosos. Al anochecer empecé a mirar un juego de barajas nuevas; pero sin la intención de hacer solitarios. Pensaba que debía buscar la manera de conversar con Úrsula. Y fue ella la que se acercó para preguntarme si sabía adivinar lo que decían las cartas. Le dije que no y me arrepentí en seguida. Pero cuando ella volvió al comedor se me ocurrió proponerle:

—Puedo adivinar mejor en las manos...

Ella se detuvo sin decirme nada. Me pareció que era supersticiosa y haciendo un esfuerzo le dije:

—Si quiere, después de cenar, podríamos ver qué dicen sus manos.

Seguí trabajando en silencio, y antes de irse a su casa, yo insistí:

—¿No tiene tiempo ahora?

—¿Y si me sale una desgracia? —contestó.

Se acercaba a la mesa con timidez y traía movimientos raros en el cuerpo; tal vez quería que le perdonaran los alrededores. Se miraba una mano y me hizo pensar que tendría una espina. Entonces le pedí que fuéramos a la lámpara de pie con flecos amarillos. Le tomé la mano y acercamos nuestras cabezas a la pantalla. Yo pasaba mis dedos sobre su palma como si su destino estuviera escrito en un papel arrugado. Ya había pensado lo que le iba a decir. Antes le miré la cara; tenía la seriedad de una novia en el momento de casarse. Cuando volví los ojos a nuestras manos la luz no me pareció suficiente. Entonces separé los flecos con una mano y en seguida hice pasar las otras debajo de la luz. Nuestros ojos miraban la ceremonia detrás de los flecos, mientras las manos tomadas esperaban con la más inocente delicadeza; y de pronto yo, con mi voz lejana, dije:

—Usted ha tenido, en su vida... preocupaciones...

Me detuve todo el tiempo posible. Después, arrugando las cejas, agregué:

—Hay una persona, sobre todo, que la ha disgustado mucho...

Me detuve de nuevo. Ella aspiró un poco de aire y tuvo un quejido entrecortado, como en medio de un sueño y mientras su cuerpo cambiaba de posición. Al rato, con la actitud de estar seguro de todo, le propuse:

—Si le parece mejor abandonamos el pasado y averiguamos el futuro.

Y antes de que se arrepintiera cerré los ojos diciendo:

—Voy a descansar un instante.

Saqué las manos de la luz sin soltar la de ella; la sentía en la mía pero yo no hacía ningún movimiento; temía que la de ella se asustara. El resplandor me hacía pensar en que estábamos al borde de una hoguera. A los pocos instantes la mano de ella hizo un movimiento; entonces yo volví a llevar las tres debajo de la luz. Colocamos las frentes junto a la pantalla, que parecía otra cabeza, y su cara vacía pero encendida atendía al mismo acontecimiento.

—Veo llegar, a sus días futuros, un extranjero.

Hubo un silencio demasiado largo. Lo interrumpió ella:

—¿Qué tipo de hombre es él?

Me acerqué a su mano como para observar un insecto. Al fin contesté:

—Parece morocho... y la hará feliz.

Al mismo tiempo pasé mi mano por mi pelo negro.

—¿Qué más?

—Por ahora no me doy cuenta.

Di vuelta la mano de ella para mirar el dorso; pero ella la retiró llevándola a la penumbra con un movimiento de pezuña. Al rato le pregunté:

—¿Qué le pasa? ¿No le gusta estar enamorada?

—Después no se puede dormir ni comer y vienen los disgustos.

—¿Qué disgustos?

Pero ella dio vuelta torpemente su cuerpo y se fue.

Esa noche recordé la ceremonia de las manos y tuve para ellas un sentimiento de futuro lejano y como si dijera: «¡Ah! ¡Cuando nuestras manos eran jóvenes!». Después pensé en los dedos de ella, siempre juntos y temerosos de separarse; y en los míos que parecían moverse en una pecera iluminada.

A la mañana siguiente Úrsula me dijo que llevaría a su sobrino la cucharada de leche desecada que tomaría en casa. Con la alegría de saber que aquel niño del restorán no era su hijo, fui a mi pieza y traje un tarro. Ella estaba conmovida y quiso llevarlo en seguida a casa del niño. La acompañé hasta el portón y al verla alejarse pensé en los días primeros del verano, cuando no éramos amigos. De pronto ella dio vuelta la cabeza; a mí se me ocurrió hacerle adiós con la mano y ella me contestó levantando la suya. Entonces yo me dije: «Esto va bien: ninguna sirvienta saluda así a su patrón». Después subí la escalera lentamente y agarraba de la cuerda lleno de esperanzas.

Ese día, un poco antes de la noche, ella entró en la pieza donde yo trabajaba y con una sonrisa rara, me anunció:

—Lo buscan.

—¿Quién?

—Un señor.

Y al decir esto me mostraba su mano.

—El señor que usted vio en la mano anoche...

—¡Oh! Muy bien. Voy en seguida.

Pero yo no sabía quién sería; de pronto recordé lo del «extranjero morocho» y pensé: «¡Yo no le habré arreglado el destino a otro!». Y recién al cruzar el corredor de las armas recordé haberle dicho que una persona del pasado le daba disgustos. El visitante era el hombre bajito que había venido con la señora enlutada cuando tomamos a Úrsula. Yo trataba de comprender su francés y miraba sus pantalones negros muy apretados de donde salían pies tan grandes que parecían guadañas. Él me hablaba de la leche desecada y me agradecía el tarro. Tal vez fuera cuñado de Úrsula; pero ¿por qué la había hecho sufrir? Él dio vuelta la cabeza hacia un lado y el perfil era tan alargado como una sombra en la pared.

—¿Usted es el papá del niño? ¿Y aquella señora de luto la mamá?

Él miró a Úrsula y ella dijo:

—Él es el abuelo, el padre de mi hermana; y la señora de luto es amiga de él.

Yo me sentí feliz y me prometí estrechar las relaciones con Úrsula. Al otro día, antes del almuerzo, le propuse:

—En honor a su abuelo, que fue un gran pintor, le ruego que me acompañe a comer.

Ella se quedó perpleja, fue a buscar una fuente y al volver me contestó:

—Yo no puedo... Todos mis parientes no son honorables.

—¡Oh! Hágalo por nuestra amistad. Estoy muy solo...

¿Por qué ella habría dicho eso? En la tardecita Úrsula se sentó cerca de la ventana; parecía que estuviera en un palco y mirara la escena donde unos árboles bajos se cubrían con un follaje oscuro. Después encendió las lámparas; y la luz, al salir por la ventana daba sobre troncos grises y parecía que alumbraba pantalones. Ella se quedó inmóvil mucho rato. A la noche, en el instante de sentarse bajo la lámpara de flecos amarillos, Úrsula se acomodaba en la silla como si fuera a tocar el arpa. Y al rato, cuando yo miré de nuevo me pareció que ella y la lámpara me esperaban. Entonces me acerqué y le dije:

—¿Me permite que le hable de algo íntimo?

Levantó los párpados tan rápidamente como si se le hubieran volado; y con los ojos espantados me empezó a decir:

—Mi padre... Ya es tarde. Yo esperaba que usted terminara de leer para decirle que mañana no podía venir.

—Muy bien, no se preocupe; yo le iba a hablar de la persona que le daba disgustos.

Ella se había parado; pero después de un instante sus párpados volvieron a posarse sobre los ojos y me preguntó:

—¿Tardará mucho?

—Creo que no; pero si está apurada...

Al descargar su cuerpo en la silla las maderas se quejaron.

—¡Su papá parece un hombre bueno!

—Sí...

—¿En qué se ocupa?

Después de un silencio ella me dijo algo que no entendí.

—¿Cómo?

Entonces levantó la cabeza; y desafiando la verdad repitió:

—De robos.

Y después de otro silencio:

—Ahora hace mucho que no lo llevan preso.

Y empezó a contar detalles. Su padre robaba de día. El año pasado ella le había cosido en el sobretodo unos bolsillos que le llegaban hasta abajo; allí él metía las piezas de género como si envainara espadas. Me contó otras cosas más; y parecía que hablara de la técnica de un cazador que para cada ave se preparara de manera distinta. De pronto vi que Úrsula se pellizcaba un seno; pero en realidad solo se pellizcaba la bata para decirme:

—Esta seda me la trajo él.

A último momento decidí acompañarla a la casa. En las calles estrechas encontramos algunos vehículos; yo le tomaba el brazo y procuraba quedarme con él; ella se resistía; pero cuando salimos de la aldea fue más condescendiente. Desde ese camino se veía la ciudad y se me ocurrió invitarla al cine. Convinimos en ir el domingo por la tarde y no conversamos más. Ahora llevábamos el apresuramiento torpe de los que están próximos a un pecado. A veces nuestros pasos no coincidían y los cuerpos chocaban; parecían bestias desiguales prendidas en el mismo carro. Su casa quedaba en la orilla del bosque y antes de llegar ella me dijo:

—Suélteme; papá es muy celoso.

Esa noche no pude dormir. Y a la noche siguiente hicimos la misma carrera; yo quería rodearle el talle pero el brazo no me alcanzaba. El domingo, en seguida de almorzar había sol y fuimos caminando despacio hasta el cine. En el informativo había vacas y yo puse mi brazo en el hombro de Úrsula. La película era triste y cuando un niño huérfano iba solo por un camino polvoriento a Úrsula le salieron lágrimas. Yo se las sequé con mi pañuelo y le di un beso en la cara; la carne de su mejilla era dura, pero estoy seguro que tenía olor a leche. Después le di muchos besos más hasta que se enojó y me dijo cosas que no entendí. Yo también me enojé y no hablamos ni en el camino de vuelta ni en la cena; pero me pidió que la acompañara a la casa y por las calles estrechas empezaron de nuevo los besos; ella no quería detenerse ni un instante; para besarla yo iba saltando a su alrededor; debía parecer un insecto que conservaba el vuelo mientras picaba. Me extrañó que a la noche siguiente ella aceptara otra invitación al cine. Al salir de allí, tarde de la noche y cuando pasábamos por mi casa le propuse que tomáramos una taza de leche. Entonces se me ocurrió decirle:

—¡Es tan tarde! Si su papá no fuera tan celoso usted podría quedarse en mi casa.

En ese momento ella tenía la taza en la boca; la separó apenas de los labios y sintiéndose escondida detrás de ella, me dijo:

—Mi padre está preso.

Hicimos un minuto de silencio para pensar en el padre; pero yo estaba contento.

A la mañana siguiente ella fue un momento a su casa. Yo sentía la libertad de un estudiante después de una temporada de exámenes. Me tiré en un montón de paja que había entre una cochera. Desde allí veía el verano. Los techos eran viejos, les faltaban tejas y se echaban encima de casas que apenas podían soportarlos. Yo me imaginaba que vivía un día de antes cuando el sol daba de otra manera sobre la tierra. Tal vez el silencio de Úrsula fuera de aquel tiempo. Ella lo habría heredado desde la época en que él fue repartido entre todas las cosas. Y ahora yo deseaba el silencio que se había amontonado en Úrsula.

Durante unos días yo creí saber cómo era Úrsula. Pero una tarde, ya cerca de la noche, yo estaba tirado en el montón de paja con los ojos cerrados; y al abrirlos vi delante de mí, una vaca. Me asusté y tuve un instante de ofuscación. Entonces le grité con todas mis fuerzas: «¡Úrsula!». Los dos nos quedamos quietos; y a los pocos segundos Úrsula vino corriendo, empezó a reírse y se llevó la vaca. Las dos iban sacudiendo sus cuerpos hacia un portoncito del fondo; y yo las miré hasta que una salió y la otra cerró el portón.

Estoy sentado,
con los brazos apoyados en la mesa...

(1955)

Estoy sentado, con los brazos apoyados en la mesa y acabo de descubrir un gran placer. A mi derecha hay una puerta vidriera que ha sido condenada; de ella bajan, hasta el piso, dos escalones; las patas de mi mesa y de la silla tocan el último escalón; yo, sentado, apoyé el pie, casi sin querer, en el escalón. Es increíble el placer que eso le da a mi cuerpo. Por gusto, saqué el pie de allí y lo puse en el piso, al lado del otro: la diferencia es extraordinaria; no puedo concebir que se pueda estar sentado sin tener un pie en el escalón. Hace mucho tiempo, en otro café, apoyé también el pie en un travesaño de hierro que tenía la mesa y también sentí un gran placer. Y era también un gran descanso del espíritu, podía divagar a gusto y sin preocupaciones. Pero es mejor este escalón. Nunca nadie me dijo que había este placer en la vida; y lo siento más a medida que me apoyo sobre la mesa. Hace rato que estoy así y ese placer no me cansa. Tuve que levantarme y caminar unos cuantos pasos hacia el teléfono —me es horriblemente desagradable hablar por teléfono— y al volver encontré de nuevo el mismo placer.

Diario del sinvergüenza

(Circa 1957)

Una noche el autor de este trabajo descubre que su cuerpo, al cual llama «el sinvergüenza», no es de él; que su cabeza, a quien llama «ella», lleva, además, una vida aparte: casi siempre está llena de pensamientos ajenos y suele entenderse con el sinvergüenza y con cualquiera.

Desde entonces el autor busca su verdadero yo y escribe sus aventuras.

F. H.

Nota: El autor persigue su yo todos los días; pero solo escribe algunos; estos se distinguen por números y no por fechas. La forma es de diario.

Día 1

Cuando era niño vi a un enfermo al que le mostraban su propia mano y decía que era de otro.

Hace algunos meses descubrí que yo tenía esa enfermedad desde hacía muchos años. Tal vez habría empezado en aquella noche de mi niñez en que después de apagada la luz veía andar sola la mano de aquel hombre enfermo y escondía las mías entre las cobijas. Después escondía la cabeza; pero seguía pensando que a la mañana siguiente aquella mano podía tomar las mías descuidadas, del pequeño patio de teclas blancas y negras del piano de Celina. Y creo que fue otra noche que empecé a sentir soledad, en mis manos. Le pedí a mi madre que encendiera la luz para arreglarme las cobijas y aproveché a mirarme las manos: las vi como si nunca las hubiera mirado, las encontré extrañas y tenía pena de que no fueran mías. Y todavía mi madre me dijo: «Parecen las manos de un cavador; nunca te las lavas antes de acostarte».

No sé cuándo olvidé la mano del enfermo; pero ella, escondida entre otros recuerdos, debe haber trabajado en mis sueños, en

516

mis juegos y debe haber engañado mis manos, las debe haber llevado, de la mano, quién sabe adónde o a quién y debe haber traído
estas otras. Pero aquella mano no se detuvo nunca; y en la noche
de hace pocos meses sentí todo mi cuerpo como si fuera de otro.
Y después algo peor: descubrí que mi cuerpo ya había sido ajeno
desde hacía muchos años. Él había estado pensando y escribiendo
en mi nombre y ahora hasta mi propio nombre tiene otro sentido y
parece de él, de este cuerpo con el que fui teniendo tan larga complicidad y al que he terminado por llamarle «el sinvergüenza».

Cuando yo era niño no ponía mucha atención en mi cuerpo.
Es que lo miraba con cierta indiferencia, pero a veces casi me hacía
gracia y sentía por él esa pena que se tiene por algún predestinado
a una enfermedad incurable. Muchas veces trataba de que esquiva-
ra pellizcones, de que huyera de las palizas y lo acompañaba en los
rincones de penitencias. Él se entretenía en cerrar los ojos, tirar un
alfiler y buscarlo a tientas; o en acercar los ojos, muy abiertos, al
piso y a las paredes para ver bien las cosas muy pequeñas.

Pero ahora no quiero entregarme a los recuerdos. Tengo otras
cosas importantes que descubrir. Sin embargo hoy tampoco puedo
pensar. Mañana me levantaré temprano y empezaré a buscar mi yo,
mi verdadero yo; quiero saber dónde y cómo vive en este misterioso continente, en este cuerpo, en este sinvergüenza.

DÍA 2

A pesar de haberme prometido buscar mi yo a la mañana siguiente
lo empecé a perseguir esa misma noche. Y no solo dentro de mi cuerpo sino también dentro del sótano donde vivo. Hay que pasar por
una puerta chica como la de cubierta de algunos barcos; se bajan
unos escalones y las piezas, de techos bajos cruzados por caños,
también hacen pensar en un vapor. Y si en la mañana me despierta
la máquina de lavar la ropa, la ilusión de soledad en alta mar es completa.

Esa noche, para no despertar a mi señora, tuve que tantear
con cuidado el camino a mi cama y hacer contorsiones y fuerza para
sacar obstáculos. Pero de pronto, en la poca luz, tuve una sorpresa.
En el instante de descubrir que mi señora no estaba, la cama de
ella, muy bien tendida con su almohadón inclinado, me dio la impresión de que la propia cama, acostada en sí misma, estaba inocentemente dormida. Y fue en ese momento, al ver redondeados los

bordes de las cobijas con algo de ternura, que me asaltó el sentimiento angustioso de estar solo con mi cuerpo, de tenerlo que revisar como a un mal compañero y recriminarle su impostura.

Encendí una pequeña luz, debajo de la cama. Está allí para no despertar a mi mujer cuando el sinvergüenza quiere levantarse en medio de la noche. Ahora en el momento de ponerlo de pie, casi en la oscuridad —la luz, como una candileja, solo iluminaba los zapatos—, me di cuenta de que él estaba prevenido y nervioso como un bandido que presiente la policía. Estoy seguro de que caminaba de un lado para otro sin motivo; yo alcancé a verle las rodilleras del pantalón y tenía cierta expresión de desfachatez. Después, mientras yo estaba distraído, encendió la luz de una portátil encima de una mesa, fue al fondo de la pieza y echó mano a una botella de vino puro que había traído mi señora. Entonces —esta vez supongo que fui yo—, lo obligué a sentarse a una mesa con intención de interrogarlo.

En primer término ¿quién lo enteró de mis propósitos? Él había demorado la boca en el vino y ocurrió lo de muchas veces: llegó mi señora a punto de salvarlo y con esa extraña relación que ella tiene con él por encima, o aparte de mi yo, y que yo nunca sé bien cómo es. ¿Pero quién le avisó, al mismo tiempo, a ella también? Creo haberlo descubierto esa misma noche.

Esa mañana, apenas mi señora subió a «cubierta», y yo me quedé solo con mi cuerpo, me encontré comprometido, con él, como con un compañero, en un largo viaje, al que tuviera que revisarle los bolsillos y recriminarle algo.

Esa primera mañana me pareció que él era inocente, que yo lo traicionaba, y que debía mirar bien lo que hacía antes de proceder. Esto me trajo a la memoria lo que me ocurría con algunos compañeros cuando yo iba a un empleo que dejé hace poco tiempo; ahora lo comprendo todo mejor.

Las calles próximas a la de mi oficina eran malditas. Sabía que al entrar allí me iba a encontrar una persona horrible, cobarde y artificial, que me enfermaba de angustia. Esa persona era yo. Ya, si en las calles era visto por compañeros —si me veían los esquivaba—, ya los apreciara o los detestara, mi persona artificial se dirigía insistentemente hacia ellas, cordial y lleno de bromas. Ese era mi cuerpo. No, era este cuerpo solitario como un perro resentido, que una vez me cambiaron, que no sé de dónde vino y cuál es su historia. ¿Por qué le cuesta tanto salirse de sí mismo y cuando lo hace es con tanta violencia y en una forma tan poco natural? ¿Por qué es cobarde, y perezoso y tiene una dificultad tan grande en escuchar a los demás, en esperar a comprenderlos, y después hablarles con su propio criterio tranquila y valientemente?

¿Por qué esa dificultad de improvisar frente a las personas cuando ellas están presentes? ¿De dónde le viene ese miedo que lo vuelca anticipadamente ante las personas conocidas con esa cordialidad llena de bromas que eviten el silencio, que no dejen pasar mucho tiempo sin palabras, sin alguna manifestación exterior?

¿Por qué le tiene miedo al vacío de la conversación y al tiempo que pasa sin responder? ¿Es porque tiene alguna dificultad desconocida en el trato?

Si se sabe inferior, físicamente, para resistir una pelea, ¿también se sabe incapaz de emplear su cabeza para arreglar una situación?

Ante estas recriminaciones se quedó callado. No sabía lo que él haría; pero el hecho de que yo no lo temiera me decía que él era un cobarde, que yo sabía que él se quedaría callado, que yo estaba acostumbrado a que él se encogiera.

Pero no ocurrió exactamente eso. Esa mañana al cerrar la puerta de la «cubierta» tuve un instante la sensación de que él había quedado adentro, debajo, en el camarote. Pero en seguida sentí que venía conmigo y que yo tenía la incomodidad de andar junto a un enemigo, de no sentirme libre. Entonces recordé otra cosa que me ocurría en el empleo: cuando él se enojaba ante una mala contestación de un compañero (el perro resentido era muy susceptible) era insufrible la situación de pensar, de tener continuamente la atención, de cómo tendría que comportarme con el compañero. Le era más cómoda la violencia máxima que la forma obsesiva de la atención ante la circunstancia de tener que improvisar a cada instante los gestos de una persona resentida. La obsesión era tan enloquecedora que trataba de hablarle como si nada hubiera pasado (pero con un odio inmenso) al que me había agraviado.

El cuerpo, el sinvergüenza, tiene una cabeza y le ha hecho una seña imperceptible, instintiva, para que ella lo justifique.

Voy a esperar a que ella hable.

Esta tranquilidad de la espera es de ellos, de mi cuerpo y de mi cabeza. Mi yo, en la situación de quererse agarrar el alma con una mano que no es de él, siente otra cosa.

He andado buscando mi propio yo desesperadamente como alguien que quisiera agarrarse el alma con una mano que no es de él. Y lo sigo buscando entre mis pensamientos, de los cuales desconfío, y entre mis sueños. Y para colmo, todos ellos, ni siquiera se me aparecen de él solamente, sino como de muchos cuerpos confusos, de los que vivieron en sus antepasados.

¿Y quién es el que busca mi yo? Debe ser él, mi cuerpo. Tal vez él presiente mi yo como un bandido presiente la policía. Pero la idea de la justicia ¿será de mi yo? En todo caso mi yo la puede haber tomado de otros. No solo mi cuerpo sino también mi yo, debemos estar llenos de pensamientos ajenos. ¿Y ahora será él que quiere confundir mi yo con el de los otros?

He vivido instantes en que creía encontrarlo en la pena de estar enfermo, en la angustia de encontrarme dividido, de no tener unidad leal ante el mundo. Pero he aquí que un día descubrí que no estaba solo: empecé a mirar a los demás con mi condición y encontré hombres mucho más divididos que yo, de grandes culturas y grandes sentimientos por una parte y con sinvergüenzas mucho más grandes que el mío.

A mí me queda la ilusión de luchar con el sinvergüenza y crear con él una unidad de lucha. Pienso que este diario me ayudará para crearme un yo que lo pueda ver sin tanta vergüenza.

Pero oigo a mi sinvergüenza decirme: Yo soy grande y misterioso; no me hice solo, soy múltiple... Ya sé, mi yo es débil; y debo admitir, también pensamientos ajenos para que me ayuden. Pero también en esto tengo que luchar con él, con su vanidad de ser él solo, por encima de todos los otros: él tiene un egoísmo inmenso y yo estoy a expensas de su poder.

Sin embargo hoy debo decir que buscaré mi yo, también, en el pasado, con pasos de fantasma y entre hechos con la falsa claridad de algunos sueños. Y por último ¿quién es que ama la vida también en los recuerdos? Y si es él que me obliga a escribirlos ¿quiere relamerse del pasado o es para representarse una presa del futuro?

Me desperté en completa oscuridad sabiendo que la cama de Acacia, mi mujer, estaba a mi derecha y junto a la mía. Entonces saqué mi mano izquierda de entre las cobijas y la dejé colgando, fuera de la cama, en el aire oscuro. Y en el instante de preguntarme «¿qué estaba soñando?», empecé a comprender, como si la oyera, otra pregunta. Era hecha con mi voz, con mi voz imaginada de otras veces, cuando pienso con palabras en medio de la noche; esa pregunta tomaba descuidada a la primera con una insinuación irónica pero que se iba llenando de miedo: «¿Y si una mano, que no es de ninguna de las de este cuerpo, viniera acercándose, en la oscuridad, y de pronto tomara esta mano caída?».

Primero la cabeza y después el cuerpo, se fueron erizando. Yo no alcancé a percibir el movimiento de la mano al meterse entre las cobijas. Pero ¿quién hizo la pregunta? ¿O dónde y por qué se produjo esa pregunta? Tenía que haber una «ella», inesperada, actuando en mis propias narices. Precisamente ¿quién es la que se mira en el espejo de mañana? ¿Quién es la gran vanidosa, la que todo lo quiere saber y hace caso a lo que dice cualquiera? ¡Tan desconfiada y tan crédula! Cuando Acacia dice que recibe de mí pensamientos telepáticos, yo me quedo sorprendido; pero ¿quién se los transmite? Todas estas preguntas son mías, estoy seguro, pero aún me quedan otras: ¿por qué ellos, la cabeza y el cuerpo se asustaron y «ella» hizo la pregunta? Ellos sabían que podría venir a visitarme una mano de mi propio yo cuando ellos no la vieran. Entonces tuve una tristeza tierna, casi infantil; empecé a sentir que una mano mía, desde hacía muchos años, debía andar perdida; que aprovecharía a confundirse con la noche, que debía haber pasado muchas necesidades creciendo sola y pidiendo limosna escondida en un paño negro.

Hubiera querido llorar pero no quería hacerlo porque las lágrimas serían de «ella», aparecería en los ojos de esta cabeza, que esconde, en alguna parte de «ella» o del cuerpo, mi yo.

El día que descubrí mi sinvergüenza caía una lluvia fina y yo había ido a un barrio pobre a buscar una valija. Necesitaba mucho la valija; pero con aquel tiempo y pensando en la molestia que me traería el viaje en ómnibus con ella, estaba contento de no haber encontrado la familia que me tenía que dar la valija. Esperaba el ómnibus debajo de una cina-cina y al lado mío había un caballo con una cuerdita al pescuezo que se me ocurrió que había sido atada por un chiquilín. Tenía ganas de pasar la mano por la pradera caliente y lustrosa que parecía la piel del caballo, pero de pronto ella producía un pequeño terremoto para ahuyentar una mosca. La cuerdita me hizo acordar del director de mi escuela cuando yo tenía trece años. Él tenía una nariz inmensa, usaba un cuello anchísimo y decía que la corbata finita, más angosta que un dedo, armonizaba con sus facciones. Los muchachos decían que era una cinta de hilera y que compraba toda la pieza para hacerse corbatas.

El caballo movió la cola y me acordé del hospital donde hacía poco me habían sacado la última vértebra y me habían dejado un agujero tan grande que parecía que le hubieran arrancado de raíz la cola a un caballo. Un médico, al comentar la fístula, les hablaba a los estudiantes de algo como una equivocación de la naturaleza al cerrar las vértebras. De pronto me di cuenta que el caballo y yo, al mismo tiempo, habíamos hecho el mismo movimiento para apoyar el cuerpo del otro costado y descansar, él en otra pata y yo en otra pierna.

Ahora estoy más tranquilo; pero hace algunos días tuve como una locura de hombre que corre perdido en una selva y lo excita el roce de plantas desconocidas.

La realidad se parecía a los sueños y yo me preguntaba: ¿Pero quién es que busca mi yo? ¿No será él, mi cuerpo? ¿O será que él huye de mi yo como un bandido que presiente la policía? Entonces, la idea de justicia, ¿será de mi yo?

Después pensaba que esa idea estaba formada de pensamientos ajenos, que ellos me vigilaban desde la infancia y habrían empezado a invadirme, como a un continente, a una señal hecha por aquella mano y que tanto mi cuerpo como yo nos habíamos empezado a llenar de pensamientos ajenos. Pero yo, mi yo más yo, ¿no estaría escondido en algún rincón de este grande y misterioso continente? ¿No lo dejarán salir, alguna vez? ¿No tendrá recreos? ¿No intentará evadirse?

Debe estar muy vigilado.

Al anochecer saqué mi cuerpo a caminar; pero en el momento de cerrar la puerta de mi pieza me vino el sentimiento desagradable de una época en que tenía que vivir en una pieza con otra persona. Habiendo otra persona ya hay traición. Pero nunca creí que podría estar en esa situación con el cuerpo donde vivo. Esto es sin esperanza.

No, no se puede buscar el «yo» por la mañana, hay que esperar a la noche, a la hora en que salen los fantasmas.

Pero ¿quién es que quiere trabajar ahora, en la mañana? ¿Cuál es la parte del cuerpo que puede estar más contra mi yo? ¿No es la que está arriba, que vigila desde lo alto y que está tan despejada en las mañanas? ¿Pero quién se puede fiar de ella? Ella está con el cuerpo, ella está con mi yo, ella está con todos y contra todos. Ella es intermediaria de cualquiera.

Día...

Hoy he pensado en los amaneceres de algunas conciencias. Es impresionante como un abismo, lo que puede entreverse dentro de los límites de un cuerpo o de un sinvergüenza.

La curiosa, la conciencia, quiere ver y comprender todo. Todo lo entrevera o todo lo acomoda, lo cual es lo mismo para el sinvergüenza. Cuando el cuerpo se despierta y empieza a mover sus límites, ella le recuerda una existencia casi siempre inconveniente y lo pone de mal humor. Ella ha estado sentada al lado de él, en el teatro del sueño y apenas se rompe el hechizo él se la encuentra conversando y poniendo todo en orden. Él no puede prescindir de ella porque si él se enferma o tiene hambre ella le sugiere lo que tiene que hacer. (Entre muchas otras cosas el sinvergüenza es maula y voraz.) Ella ocupa el piso superior y se deja caer con insinuaciones terribles: «¿Si eso que tienes resultara ser tal cosa y después te viene tal otra y te mueres? A lo mejor no es nada, es hambre nada más». Ella sabe moverlo, conoce su instrumento. Ha pulsado primero la bordona del miedo. La vibración duraría largo rato si ella no se apresurara a apagarla con la delicadeza de su dulce yema. Se produce el vacío expectante, el movimiento de otro dedo para pulsar otra cuerda: ese vacío era ya la sensación del hambre: suena la cuerda que lo decide a conseguir el desayuno.

Pero mientras come, ella empieza a ejecutar, en todo el instrumento, los arpegios de la ambición: «Debías tener auto, heladera, aspiradora y radio-ortofónica, como fulano».

Mientras suenan los arpegios modulando a diferentes tonalidades, se oye al mismo tiempo una nota en el bajo que insiste; es una nota pedal. Rivalidad, guerra, competencia, lucha cuerpo a cuerpo, de sinvergüenza a sinvergüenza. Y la conciencia ha puesto en marcha al gran instinto.

Hay sinvergüenzas que marchan a dos conciencias, la de él y la de la señora...

El mozo de café me ha visto reír solo y ha venido a darme charla.

Creo haber sentido por primera vez a mi yo. Mi cuerpo estaba sentado en una silla y los ojos miraron por una ventana que daba sobre copas de árboles. Bueno, era mi yo quien se asomó a mis ojos y miró largo rato los movimientos de las hojas mientras la cabeza pensaba en sus cosas. Y debe haber sido él quien se asustó cuando una palmera movió sus palmas como si fueran ciempiés muy grandes.

Ya es la hora en que la cabeza se burle de mí y me diga que es el cuerpo y ella misma que me hacen escribir y que el yo tal vez sea la burla y el desengaño; que tal vez la burla y el desengaño del cuerpo y de la cabeza sean el yo que busca el yo o el yo que busca la cabeza y el cuerpo.

Me parece que se están burlando, nuevamente, de mi yo.

¿Tengo ilusión o tengo curiosidad de buscar el yo?

El cuerpo, o su cabeza, que todas las mañanas se burlan de mí, tienen curiosidad por saber cómo la utilizaré para buscar el yo.

Pero mi tristeza tiene ilusión. ¿Y esta tristeza no será del cuerpo?, me dice la pretenciosa cabeza.

Mi yo ¿no se habrá ido de mí como un padre a quien lo acusaron de un crimen y cuando se descubrió que era inocente, un hijo lo salió a buscar por la selva?

Es decir, el padre había cometido el crimen, pero en el pueblo había cambiado la moral que lo acusaba. El muerto pretendía vender y esclavizar a aquella gente y el matador fue un héroe.

La madre, en el momento de despedirse del hijo, le advirtió: Si encuentras a tu padre no lo traigas, porque puede cambiar la política del pueblo y lo meterán en la cárcel o lo lincharán.

¿Y si el hijo encuentra al padre y lo trae y la política del pueblo cambia el concepto del muerto?

Los días que las palmeras me parecen ciempiés movidos por el viento, siento caminar cerca de mí enfermeras que me ponen inyecciones, y los días que las palmeras me parecen árboles que dan persianas inmóviles viene una sola enfermera y me besa uno por uno los dedos de los pies.

Quiero comprenderme de alguna manera...

Todo lo que ignoro de mí, se me ocurre que se produce dentro de los límites de mi cuerpo y más de una vez he pensado que ando en él como montado en un animal desconocido. Además le tengo miedo porque no sé qué cosa de él me fallará primero y si me hará sufrir mucho tiempo antes de morir.

No sé dónde estoy yo, o cómo soy yo, o cómo es este sentimiento de ser yo... A veces lo siento muy seguro y otras me siguen de cerca dudas...

Solo puedo decir que como no soy el que con nostalgia y pena desearía ser y como el que comprendo de mí, lo considero un sinvergüenza, así lo llamaré. No creo que decir esto es cinismo ofensivo. Si el cinismo es una manera franca de mostrar los defectos, bastante a menudo veo en mis congéneres que tal vez sin saberlo ellos, o creyendo que lo disimulan, o cubiertos con telas tan finas que son peores que la desnudez, también son cínicos. (El sinvergüenza se defiende.)

Parece que todo ese yo mío ocurre dentro de los límites de mi cuerpo.

El cuerpo siente en la noche, en verano, en un viaje en ómnibus con poca luz, un placer inesperado. Otras veces ha sentido ese placer pero no atina a contenerlo con toda la conciencia, sin duda esperando quién sabe qué otro placer. Ahora sabe (después de mucho tiempo y muchos sacrificios) que debe aprovecharlo lo más posible. Ese instante le recuerda habitaciones sombrías en verano con persianas y sabiendo que afuera el sol da sobre vegetaciones extendidas vistas en un cine.

Sin duda en el cine el cuerpo los disfrutó recordando otras persianas y sol sobre vegetaciones vistas en la niñez, y aquellas sensaciones lo habían preparado para el instante del cine.

Al empezar este diario el autor creyó descubrir, una noche, que tenía una enfermedad parecida a los que piensan que una parte de su cuerpo no es de ellos. Y después pasó por etapas en las que experimentó lo siguiente: *Todo* su cuerpo era ajeno. Empezó a buscar dentro de ese cuerpo —con el que había estado complicado desde hacía muchos años y había terminado por llamarle el sinvergüenza—, su verdadero yo.

El cuerpo había estado pensando y escribiendo en nombre de un «yo» que no le pertenecía y hasta el nombre mismo parecía ser del cuerpo.

Todo ese cuerpo no era, sin embargo, de esa otra persona: la cabeza pertenecía a una tercera. Ese cuerpo y la cabeza tenían extraños entendimientos y desentendimientos; pero los dos obstaculizaban la búsqueda del «yo» del autor del diario.

El «yo» tenía que valerse de la cabeza y del cuerpo para descubrirse a sí mismo. Los otros dos se burlaban. El yo los odiaba y, misteriosamente, también los amaba —podría decirse que tenía con ellos relaciones más estrechas y más extrañas que las que podría haber en una familia—.

El yo creía existir en instantes fugaces. Desde el interior del cuerpo y por medio de él observaba a las demás personas y por medio de la cabeza pensaba: Este «yo», este enfermo, dividido como un feudo que ha ido cediendo terreno a otros, no está solo en su enfermedad. Ha mirado a otros, con su condición, desde luego, y encontró que hay muchos «divididos» sin saberlo. Hasta hay quienes tienen «sinvergüenzas» más grandes que el de él y cuyas cabezas hacen «arreglos» no solo con sus sinvergüenzas, sino hasta con los más profundos, misteriosos e inaprensibles «yos». Y a su vez con otros «sinvergüenzas» y cabezas y «yos».

A veces, el autor de este diario ha sentido envidia de los yos seguros, con sinvergüenzas inocentes y cabezas sin grandes problemas; sinvergüenzas que no piden mucho, cabezas que olvidan o justifican cualquier cosa y yos sin preocuparse de si existen o no.

En una etapa casi de optimismo, y casi de cura, el autor buscó cierta unidad de lucha, por lo menos, entre el cuerpo, la cabeza y él, para poder tener una actitud leal ante el mundo. Pero después cayó en una gran desilusión. Su yo, además de fantasma inaprensible, era solitario. Ni el cuerpo, con sus múltiples codicias, pudo hacer de él un «yo» social; ni la cabeza, con su astucia y con una inmensa fuerza de pensamientos ajenos, pudo atraparlo.

Aún no sabe, mi yo, cómo vive con ellos y con todos. Parece que quisiera crearse otra existencia que no sabe cómo será, sin importársele gran cosa de él, con un egoísmo que no parece ni del cuerpo ni de la cabeza.

Tal vez un movimiento

(Sin fecha establecida)

DÍA 1

Hace tiempo que tengo una idea. Y como hace tiempo que tengo una idea, me recluyeron. Ahora estoy mejor. Pero estoy mejor por otra cosa: no porque me vaya curando de esa idea, sino porque ahora voy a poder realizar la idea. Antes tenía que trabajar en cosas que me sostuvieron la vida y no tenía tiempo de realizar la idea. Ahora, como estoy enfermo, me sostienen la vida de tal manera, que puedo realizar la idea. Si un día se me termina la realización de esa idea, es posible que me crean curado y me den de alta. Y si me dejan encerrado, pagaré con gusto entregando la vida —no a la muerte sino al encierro—, por la realización de esa idea. Pero lo más posible es que si al terminar la realización no quieren reconocer que la idea se terminó y me dejan encerrado, vuelva a realizar la idea de nuevo, porque esa idea es mi vida, la siento siempre y necesito sentirla siempre. Si alguna vez dejo de sentirla por un momento, es para tenerla mejor de nuevo, como si por un momento dejara de sentir el perfume y los recuerdos arrugados en un pequeño pañuelo, y respirara el aire puro, y mirara la casa de enfrente, y pensara que por la altura del sol deben ser las once de la mañana, y mientras tanto, estuviera vigilando el deseo de volver al pañuelo con los recuerdos y las arrugas.

Esa idea para mí —afortunadamente—, es inmensamente difícil de realizar. Soy dichoso cuando pienso cómo realizar esa aventura; seré dichoso mientras la esté realizando; pero seré desgraciado si al estar por terminarla no siento deseos de empezarla de nuevo.

Tú, mi lector, o sobre todo tú, mi director de clínica, ya te habrás hecho, seguramente, una idea de lo que será la mía. Pero una de las formas que yo utilizaré para exponer mi idea, será la de suponer también tus ideas posibles, y decir, precisamente, que la mía no tiene nada que ver con las tuyas. En general, me veré obligado a expresar ideas que no son la mía, para que se comprenda mejor cómo es la mía. Aun en ese caso las ideas de otros que mejor comprendan la mía, han de ser distintas. Y por último diré que esa idea mía la siento distinta en otros instantes del día, y en otros días de la vida. En cada instante del mundo que se diga, idea, todo el mundo tiene ideas distintas.

Día 2

Cualquiera de los locos que hay aquí, tienen una idea fija. Pero yo soy un loco que tiene más bien, una idea movida. Pero si como dije ayer, mi idea de cada instante es distinta, ¿cómo reconozco al mismo tiempo que es una misma idea? ¿Tengo que imaginarme algo común en las ideas de cada instante? Sí, a esa cosa común empezaría a llamarle movimiento. ¿Entonces tendría que tener otra idea, la de movimiento? No, yo quiero tener como idea importante, como la que más me preocupa, la idea de movimiento. Realizar esa idea sería realizar un movimiento. ¿Pero qué movimiento? ¿Un movimiento de qué? Realizar un movimiento de una idea. Pero la idea de por sí, ¿no describe un movimiento? Sí, pero yo quiero describirla con otra cosa que no sea la idea, pero que me haga sentir la idea moviéndose. No entiendo. Pues bien, yo quiero ver moverse una idea fuera de mí. Claro que para eso tendré que representármela dentro de mí y entonces parecerían dos ideas simultáneas. ¿Pero otra idea moviéndose fuera de mí con persona y todo?

¿La idea que está fuera de mí no necesita ser producida por otra persona? No señor, yo no sé por qué cosa necesita ser producida, pero quiero que sea producida por lo que fuera, aunque intervinieran pedazos de personas y de cosas para dar el movimiento de una idea; que yo sienta que es una idea que se mueve, que vive, y no ideas muertas; y que esté fuera de mí. Pero que todo eso, lo de adentro y lo de afuera sea una misma cosa, que sea el movimiento de una idea mientras se hace. La idea que yo siento se alimenta de movimiento. Y de una porción de cosas más que no quiero saber del todo, porque cuando las sepa se detiene el movimiento, se muere la idea y viene el pensamiento vestido de negro a hacerle un cajón de medida con agarraderas doradas. Yo sé que hay muertos que han abonado la tierra de una manera especial, y son los muertos que en la vida sufrieron con grandes ideas, que transformaron algo de la tierra con el abono de su cuerpo cansado de sufrir, que esa tierra dio frutos para que los hombres que comieran, soñaran y persiguieran un sueño loco en el que el mundo apareciera lo que llamarían, un poco mejor, que ya este sueño le daba al mundo otra calidad, aunque de pronto aparecieran hombres nuevos que no habían sufrido ideas profundas y pisotearan la tierra con frutos y todo. Aquel sería el hombre bueno, o el de mejor calidad, el que especula con la idea para el bien, y que sufre por ella y con ella.

Pero yo soy otra cosa. He dicho que soy otra cosa, y cuando uno dice eso después de haber citado una cosa buena, o la mejor, parece que lo de él, lo nuevo, ha de ser mejor todavía. Pues no señor. Yo me considero, con profunda sinceridad, peor. Y esto es lo que costará creer; en mi sinceridad. Entonces, ¿dónde iré a parar? A ningún lado. Precisamente, lo que no quiero es parar. Yo soy un loco más bien movido y más bien malo. Pero yo soy malo porque no quiero especular para el bien, yo no quiero sufrir con una idea, yo quiero el placer egoísta de gozar con una idea mientras ella se mueve. Si los otros conceptúan, para aprovechar el concepto, yo quiero dejarme conceptuar y sentir el momento en que se me forma el concepto. Si la idea que yo quiero hacer mover, les sirve a los demás y la aprovechan, bien. Pero yo no me propongo otra cosa que perseguir la realización de esa idea, de un movimiento vivo que se realice fuera de mí y que siga viviendo y moviéndose solo. No hay ni que decir que no ha de ser el caso de un físico que persigue el movimiento continuo. En realidad yo ya he especulado con esta idea aunque todavía ella no haya empezado a moverse fuera de mí. Al menos así lo creo. Cuando yo vine a esta clínica pública, no dije que venía a pedir hospedaje. Vine como hombre malo que aprovecha su sinceridad cuando sabe que no han de creer en ella. Fui al escritorio y le dije al director: mire señor, yo tengo una idea. Después él tocó un timbre, yo seguí exponiendo la idea y él revisando unos papeles. Cuando vino el médico de guardia el director dijo: «Este señor tiene una idea, pabellón primero, pieza diez y ocho». El pabellón primero era el de los paranoicos. Además yo había sido recomendado a él por otros a quienes les había hablado de mi idea.

Día 3

Hablando con muertos conocidos, o expresándome con pensamientos corrientes, diré que encuentro tres muertos que se interponen en la realización de mi idea: Primero, la dificultad que existe en dejar vivir una idea, en que esta no se pare, se termine, se asfixie, se muera, se haga pensamiento conceptual, es decir, otro muerto más. Segundo, que al observar la idea con otra idea no se detengan las dos, en vez de una. Y tercero, que al expresar esa idea con muertos, o pintarlas con letras, o con lo que sea, no se detengan ninguna de las tres. Pero es difícil hacer algo vivo con muertos; tendré que sentir con otra cualidad de ideas, con otra cualidad de pensamiento que sea vivo; que este no mate a otros: al que observa y al que describe. ¿Cómo cambio tres vivos por tres muertos? Y en caso que de los tres muertos hicieran tres vivos ¿cómo hago un vivo con los tres vivos?, ¿cómo los fundo?, ¿cómo hago un movimiento vivo? Ese movimiento vivo lo tengo que sacar del mientras vivo, del mientras siento, del mientras pienso. Pero ¿cómo? Algunos dicen que eso se hace espontáneamente. Sin embargo yo he visto obras teatrales que para que las escenas hayan quedado con una secuencia espontánea, el autor ha pasado años y años matando ideas. Yo he visto caras, que en el momento en que su dueño sentía ideas, en el mientras las sentía, esas caras han tenido el aspecto de cosas colgadas y muertas. Y han sido espontáneas. Yo he visto fracasar relacionismos, implicancias, deduccionismos y determinismos, en la flor de la juventud. He conocido artificiosidades espontáneas, gestos artificiosos que se les quedaron olvidados en el cuerpo desde la época de la adolescencia; he visto personas que espontáneamente nunca pudieron quedar naturales; y otras que no saben ser naturales y espontáneas.

Así como algunos caminan con movimientos muertos en el cuerpo, otros se han dejado olvidados y tropiezan siempre, con ideas muertas. Pero hay muertos que ni siquiera abonan la tierra. Y hay muertos que transforman sustancias de la tierra donde nacen y florecen toda clase de plantas misteriosas, del bien y del mal, y de la vida y de la muerte.

Pero esto no es mi idea. Tal vez lo fuera mientras lo estaba pensando. Ahora ya pasó.

Versión anterior de «Tal vez un movimiento»

(Sin fecha establecida)

I

Muchas veces me he prometido iniciar la aventura de describir, cierto sentimiento que tengo de la vida y su misterio. Mientras tenía la ilusión de poder siquiera iniciar esa aventura, me lo pasaba pensando, sintiendo, haciendo y deshaciendo formas, estructuras, abstracciones, etcétera. Pero me duraba muy poco la seguridad de haber empezado. Y en la noche con los ojos abiertos ante el embrollo y las sombras, algún pájaro intencionado que yo no alcanzaba a ver, debía cruzar todavía, antes que llegara a dormirme. Al otro día, al abrir de nuevo mis ojos al embrollo, volvía a sentir un nuevo ímpetu hacia el no sé dónde y el no sé qué; un nuevo impulso hacia la aventura por describirse, por conocerse y hasta por sentirse del todo. Pero si no lograba siquiera empezar a describir ese sentimiento, él me aguardaba escondido detrás de algún instante; y yo ni siquiera sabía si había estado escondido o si había estado demasiado presente. Yo no sabía si yo jugaba o no jugaba a las escondidas conmigo mismo.

En los días en que además de sentir el sentimiento con fugacidad abstracta —mientras veía moverse hojas con el viento, por ejemplo—, también creía sentirlo con un símbolo más concreto, entonces abandonaba por un momento el símbolo para poder sentirlo de nuevo y mejor, después; como si por un momento dejara de sentir el perfume y los recuerdos arrugados en un pequeño pañuelo y respirara el aire puro, y mirara la casa de enfrente, y pensara que por la altura del sol debían ser las once de la mañana, y mientras tanto estuviera vigilando el deseo de volver al pañuelo con los recuerdos y las arrugas. En total: primero jugaba con el sentimiento de la vida y el misterio; después jugaba, además, con el símbolo que lo representaba en forma más o menos aprehensible. Y cuando venía la desilusión y el cansancio, el símbolo se iba y el sentimiento se escondía. Y entonces quedaban abandonadas muchas palabras en muchos papeles y muchos pensamientos. Pero al otro día, al sentir de nuevo el sentimiento y al recoger de nuevo el pensamiento, los empezaba a transformar en algo que ya había empezado a transformarse, y me expandía en nuevos movimientos hacia un infinito que ya había empezado a moverse. Y otra vez empezaba el hacer y deshacer y pensar y sentir formas, estructuras y abstracciones, que después volvería a abandonar y que después volverían a transformarse y a hacer durar y persistir, más que nada el sentimiento, y después algunos pensamientos y algunas formas.

Pero un día tuve un símbolo para expresar ese sentimiento, que me duró hasta hoy. La cosa ocurrió así: mientras como de costumbre, estaba entretenido —por así decirlo— en hacer y deshacer, entreobservé algo más, algo distinto que se deslizaba subrepticiamente, mientras yo hacía y deshacía. No supe bien si se deslizaba superpuesto, entrepuesto, o cómo estaba fundido en mi acostumbrada función. Me hizo temblar el corazón y pensar que no solo con eso simbolizaría, expresaría mi sentimiento de la vida y su misterio, sino que eso era la esencia de mi sentimiento. Pero ¿cómo atraparlo? ¿Debía buscarlo con otra cualidad de pensamiento, con otra actitud de mi espíritu que transformara mi ser en otra sustancia? ¿Ya estaría empezando en mí esa transformación? Pero lo más inmediato era poner manos a la obra. Pero poner manos dónde, ¿a qué obra? Entonces trataba de reducirme a los hechos pasados. Yo creí observar eso cuando estaba ocupado en desarrollar pensamientos, hipótesis, etcétera. Entonces había que volver a empezar de nuevo, a seguir en lo mismo, a tratar de provocar la misma función, para, a su vez, provocar de nuevo la aparición de eso, aunque fuera fugaz y lejanísima. Eso aparecería dentro o fuera de mí; yo no sabía dónde manotearía mi pensamiento para poder atraparlo. Tarde de la noche, me levantaba, encendía una lámpara que hacía una pequeña isla de luz encima de la mesa, y deslizando las palabras en silencio, con movimientos de mi lapicera hechos como en un cine mudo —tengo una letra muy liviana y mi pluma roza apenas el papel—, y mientras hacía y deshacía pensamientos, yo escuchaba el misterio. Pero no sabía bien cuándo escuchaba atento y cuándo escuchaba distraído. Sin embargo a veces aparecía aquello; aparecía sobre el movimiento de las ideas replegadas sobre sí mismas. Ahora, por ejemplo, repetiría la pirueta de una idea para que aquello apareciera por encima de ella. La pirueta tentadora, posible provocadora, podría ser esta, muy parecida a la que dije antes: cuando escuchaba atento, me daba cuenta de que ya había estado escuchando cuando estaba distraído. Así trataba de cazar, en un espacio, o en un hueco que un instante antes había aparecido, un pájaro que en ese momento, cuando la atención quería ocupar el hueco, él la sorprendía huyendo sin ruido, sin dar tiempo a que la atención lo cazara y sin dejar otra huella que un poco de aire agitado. ¿Pero el pájaro no sería la misma idea? ¿No sería la idea que buscaba hacer nido en algún hueco oscuro, en algún lugar extraño? No, no podía hablar de una idea hecha, aunque ella incubara otras. Se trataba de una idea mientras se hacía, cuando todavía no se sabía qué pájaro le volaba por encima. Eso pasaba mientras una idea se hacía, sin antecedentes definidos, sin el propósito de aprovecharla, cuando yo no quería plantar una idea para que diera frutos, cuando la idea se transformaba y todavía no había terminado de hacerse, tal vez cuando dos o más ideas se criticaban entre sí y se iba formando otra por encima de ellas. Mientras ocurría esto era que aquello aparecía y me daba el sentimiento de la vida y su misterio. Por eso me interesé tanto por el *mientras* de las ideas, y el *mientras* de muchas otras cosas después. Aquello se alimentaba de movimiento, y del movimiento que tenía un pensamiento vivo, *mientras* se transformaba y *mientras* era libre y desinteresado. Así que todo lo que había descubierto a propósito de aquel posible símbolo del sentimiento de mi vida era esto: que vivía entre otras cosas en el *mientras* del pensamiento vivo, mientras este se transformaba; que se alimentaba de movimiento; por eso, si el pensamiento se terminaba, no había movimiento y aquello desaparecía. Y por último había descubierto que el pensamiento tendría que moverse desinteresadamente, sin el previo propósito de especular con él: tendría que tener una generosidad absolutamente libre, no aprovechable, de esas generosidades que se diluyen sin alcanzar nada o que vuelan al infinito. Por eso era tan difícil cazarlo, porque la caza implicaba un interés. Había que dejarse conceptuar sin pretender aprovechar el concepto. Y un día de buen humor, recordando la teoría «El hombre es lo que come» y pensando que mi posible símbolo se alimentaba de movimiento, decidí bautizarlo con el nombre de Movimiento.

[Mi primer concierto en Montevideo]

(Sin fecha establecida)

Esa noche, antes de dormirme —en ese tiempo yo paraba en la casa de un amigo— empecé a ver el comedor de la señora Muñeca. Pensaba en la vida de esos muebles recordando los de mi casa. Quién sabe dónde andarían ahora; los habíamos tenido que mandar a remate un día antes de mi concierto; cuando se venció el plazo que le habían dado a mi padre para el desalojo de la casa —no podía pagar el alquiler— tuvimos que vender los muebles.

Yo recordaba aquella dicha como si hiciera una guiñada ante un pequeño agujero donde viera iluminado el fondo de mi casa. Recordaba el instante del mediodía en que yo había llegado de una ciudad del interior y ellos todavía no me habían visto. Estaban alrededor de la mesa que tenían bajo los árboles y yo, sin estar todavía allí, sabía que el mantel estaba lleno de grandes monedas de sombra y de luz que se confundían apenas el aire movía las hojas. Ellos estaban ocupados ante sus pequeñas comidas y su poco de felicidad y parecían olvidados de mí. Todavía, antes que me vieran yo había alcanzado a tener una idea absurda: pensaba que aquel instante era un recuerdo que yo tendría muchos años después, cuando los hubiera sobrevivido a todos ellos.

Hubo algunas tardes en el comedor oscuro en que ese instante fue el más recordado: a cada momento los míos volvían a comer en aquel paisaje y yo volvía a pensar que ellos estaban olvidados de mí.

Esa misma noche, después de un sueño corto, me desperté y abrí los ojos en la oscuridad; recordé que estaba en una cama ajena; pensé en los pedazos dispersos de mi familia; y de pronto volví a lo que había ocurrido esa tarde en el comedor oscuro. Yo no entendía a Muñeca. Si la hubiera conocido mi amigo —el que fue mi maestro en la escuela— tal vez hubiera desconfiado algo interesante de esa vida. A través de todos los años que yo fui amigo de él, se me fue agrandando la curiosidad por los dramas ajenos. Por eso, una de las consecuencias más secretas que yo esperaba del concierto, era que él me trajera conocimientos de gentes extrañas y yo pudiera entrar en casas desconocidas. Este era mi pensamiento más peligroso mientras yo preparaba mi concierto; y no siempre conseguí rechazarlo. Yo no solo deseaba que en mi casa no hubiera drama por lo que él nos hacía sufrir, sino también porque yo quería internarme en el drama ajeno. Yo no sé por qué me producía un placer tan grande. Ya en el intervalo del concierto había pensado en él como en un vicio incontenible. Al principio yo había tocado las primeras notas agujereando el silencio con la punta de los dedos. A pesar de que la platea estaba sembrada de orejas acechantes, el juicio más severo era el del silencio; él abría una boca oscura que pronto se hacía demasiado grande apenas aparecía el más humilde sonido, quien corría a reunirse con otros; pero después, cuando en la sala se producía alguna simpatía, los sonidos esperaban que el silencio fuera a apagarlos con su capa.

En aquel comedor yo adquirí una nueva manera de pensar en mis contrariedades; me parecía extraño que en mi casa, y en medio de tantos disgustos, hubiéramos tenido instantes de felicidad. Me refiero a los días anteriores al concierto, antes que vendiéramos los muebles y la familia se disgregara. Habíamos hecho uno de los últimos esfuerzos por reunirla, pero mi mujer y mi hija aún estaban lejos de Montevideo. Yo había venido a la capital después de haber trabajado en balnearios y en ciudades del interior. Al mismo tiempo había ido preparando un concierto y había puesto muchas esperanzas en las diversas consecuencias que él pudiera traerme.

En esa época cada uno de los de casa trataba de esconder sus disgustos particulares; pero también había disgustos generales.

El fondo de nuestra casa tenía un encanto que detenía por un instante todo pensamiento de desdicha. Daba a un pequeño bosque de árboles inmensos. Nosotros prendíamos nuestras manos del alambre del cerco y echábamos a andar los ojos hasta que se iban lejos, donde los troncos se confundían con los caminos. Muy por encima de nuestras cabezas había muchas hojas tiernas que no tenían idea del cerco de alambre e inclinaban las copas hacia nuestra casa. Nosotros bebíamos aquella sombra en silencio. Pero de pronto sonaba la campanilla de entrada y la sombra se nos quedaba amarga. Eran hombres que perseguían a mi padre por deudas. Mi padre era bueno; pero le salían mal las cuentas. Trabajaba mucho y corría a todas partes con idas y venidas que le permitirían evitar el derrumbe brusco: estaba terminando de ser dueño de una empresa constructora.

La campanilla sonaba a cualquier hora del día; solamente la noche apagaba su sonido; pero tenía que estar bastante entrada.

La agonía de la empresa fue larga y cada vez eran más fuertes los gritos de los que venían a cobrar. Un día él estaba enfermo y quiso que entrara uno de aquellos hombres. A medida que los gritos subían la familia se acercaba al dormitorio; después rodeamos la cama; por último aquel hombre se fue llevando hasta la calle las maldiciones y las amenazas. Eso duró unos meses; exactamente los que demoré yo en preparar definitivamente mi concierto.

Desde hacía muchos años yo ya había tenido que estudiar bajo ese disgusto general de mi casa. Al principio él no se me había presentado como un mal de deudas. En casa se decía que mi padre tenía enemigos; y cuando apareció el primero —solo apareció su nombre; venía mezclado en hechos que envolvían malas consecuencias para mi padre— yo pensé en vengarlo: primero estudiaría para llegar a ser *alguien* lo más pronto posible; y después buscaría la manera de avergonzar al enemigo. Entonces juntaba todas mis energías frente al piano. Pero la agresividad contra un piano no podía durar mucho tiempo; los impulsos perdían fuerza demasiado pronto. Yo había sido lanzado a esos impulsos como una pelota contra el suelo; después rebotaba cada vez menos y por último corría a esconderme debajo del piano.

El disgusto general de mi casa era como una enfermedad; pero yo no sabía si nosotros habíamos estado predispuestos para ella y después la habríamos tomado de los enemigos de mi padre, o si el contagio había venido de los números. Mi padre sabía que ellos lo ilusionaban mucho al principio y que después lo traicionarían; sin embargo él les tenía cariño y andaba todo el día con ellos.

Aun en las épocas en que estábamos más atacados de disgusto general nosotros no podíamos pasar sin un poco de felicidad. Esperábamos el instante de reunirnos y sentirla, como se prepararían personas enfermas ante comiditas desabridas, para devorarlas como si fueran manjares.

Si en uno de esos momentos tocaban la campanilla la felicidad se cortaba; pero nosotros estábamos fuertemente predispuestos a reconquistarla. Mis hermanos menores salían corriendo a despistar al perseguidor señalando una esquina por la que mi padre recién se habría ido; estaban contentos de prestar ese servicio a la hora de la mesa; y aun en las circunstancias más críticas ellos sabían acomodarse la desdicha como si hubieran aprendido a tragar sables.

En la época que yo preparaba mi concierto había esperado de él otras consecuencias. Pocos días antes, en mi casa, habían cambiado de lugar todos los muebles. La sala vino a quedar donde estaba el dormitorio de mis padres; y el piano lo pusieron donde estaba la cabecera de la cama aquel día que todos nos reuníamos alrededor de ella porque un hombre amenazaba a mi padre.

Durante el día yo no me preocupaba demasiado por las desdichas; trabajaba en el piano y nada más. Aun en el caso que tocaran la campanilla yo no salía. En la noche y a pesar del cansancio no podía dormir mucho.

A veces venían dos pintores amigos míos. Entraban *sin tocar la campanilla*, daban vuelta por el costado de la casa y subían hasta el altillo donde yo dormía; entonces bajábamos a la cocina y jugábamos a la baraja. Uno era alto y la frente le sobresalía como un huevo de avestruz. El otro se reía levantando demasiado el labio superior y se le veían todos sus dientes chicos y su gran encía. A veces conversábamos la noche entera. Así había ocurrido una vez que no estaban mis padres y los tres nos acostamos en la cama de matrimonio. Pero en las noches que ellos no venían era cuando yo pensaba en lo que me traería mi concierto. No me hacía ilusiones sobre el dinero que él pudiera darme; pensaba en otras consecuencias, tal vez demasiado vagas pero posibles y múltiples. Si yo lograba destacarme no me faltarían amigos que influyeran en las autoridades para que me ayudaran a vivir en Montevideo con mi mujer y mi hija. Ellas estaban lejos, en una ciudad antigua. Me gustaba recordar la habitación donde dormían. Era en casa de la familia de mi señora. En aquella pieza yo también había dormido la noche que conocí a mi hija. Ella tenía ya más de cuatro meses. En el momento que la vi ella lloraba porque estaba un poco enferma; pero hubo un instante en que dejó de llorar y me sonrió. Esa noche hacía viento; pero yo sentí otro ruido que no parecía del viento; más bien parecía subterráneo. Entonces mi mujer me explicó: en tiempo de los españoles habían hecho un túnel que cruzaba por allí abajo y en los días de viento el agua arrastraba palos que golpeaban las paredes del túnel.

Cuando yo estudiaba no debía atender a nada que viniera de la imaginación ni asomarme a ningún recuerdo. Si en el día aparecía alguno yo lo ahuyentaba con los sonidos del piano y el movimiento de los brazos y los dedos. Pero en la noche, después de estar acostado, todo era más difícil. Además de los pensamientos que tenían que ver con el piano, se me venían encima los de mi casa con su arrastre general y el recuerdo de mi mujer y mi hija con mi vergüenza y mi desesperación particular. Claro que yo podría estar a punto de solucionar todo muy pronto; pero por más optimismo que tuviera, el tiempo que debía transcurrir hasta llegar al concierto tenía la imprevisible angustia de las noches; ellas me detenían como zanjas en un campo oscuro por donde yo corría desesperadamente. Y no solo debía apresurarme para llegar a tiempo al lugar donde iba y evitar para siempre a los que me venían corriendo de cerca y me alcanzaban en la noche, a aquella muchedumbre de malos pensamientos; también debía apresurarme para evitar otra clase de peligros; ellos rondaban la región de mi casa y yo nunca sabía bien hasta qué punto venían del temperamento de mi familia o del centro de mí mismo. Si yo me detenía, podía acostumbrarme a la desdicha que tiene un poco de felicidad y no salir más de ella. Mi casa era como un mar de aguas verdosas que nunca tenían grandes cóleras. Nosotros navegábamos por ellas como piratas pobres que tienen poco ánimo para conquistar ningún botín.

Yo ya tenía miedo de haberme revolcado demasiado tiempo en los mismos trapos y me daba vuelta en la cama sin poderme dormir. Y de pronto sentía latir el corazón como si fuera un rengo que empezara a saltar con su pie único. Entonces me ponía boca arriba y recordaba cómo mi mujer andaba por el cuarto antes de acostarse. Al recordarla, la iba dando vuelta en los ojos hasta que me dormía. Una noche soñé con ella.

En el sueño ella cruzaba una gran iglesia. Había resplandores de luces de velas sobre colores rojos y dorados. Lo más iluminado era el vestido blanco de novia con una larga cola que ella llevaba lentamente. Se iba a casar; pero caminaba sola y con una mano se tomaba la otra. Yo era un perro lanudo de color negro muy brillante y estaba echado encima de la cola de la novia. Ella me arrastraba con orgullo y yo parecía dormido. Al mismo tiempo yo me sentía ir entre un montón de gente que seguía a la novia y al perro. En esa otra manera mía, yo reñía sentimientos e ideas parecidos a los de mi madre y trataba de acercarme todo lo posible al perro. Él iba tan tranquilo como si se hubiera dormido en una playa y de cuando en cuando abriera los ojos y se viera rodeado de espuma. Yo le había transmitido al perro una idea y él la recibió con una sonrisa. Era esta: «Tú te dejas llevar. Pero tú piensas en otra cosa».

El peligro más grande a que yo estaba expuesto en aquellos días me venía de mí mismo; pero de pronto yo caía en él como si me fuera para otro mundo; y ya sabía yo cómo eran las cosas allí; en ese lugar no crecían los sonidos: era un mundo mudo. Sin embargo a cada momento me querían brotar ante los ojos plantíos donde la imaginación se iba en vicio y enredaba continuamente los hechos.

Yo tenía que estudiar el piano y había decidido librarme de la imaginación como un borracho que se decidiera a abandonar el alcohol; pero llevaba todo el día la botella conmigo, dormía toda la noche con ella en la almohada y al otro día me encontraba con que los sueños se habían emborrachado.

En la mañana del día del concierto, después de haber ido apresuradamente a sellar los programas para que no me cobraran multa, fui a la casa de música. Allí me dijeron que no debía estar tan tranquilo, que el día del concierto todos los concertistas estaban un poco nerviosos. El piano ya estaba en el teatro. Fui a ensayar y me encontré con que el piso del escenario estaba demasiado inclinado hacia la sala y al tocar yo me resbalaba para un costado. Hablé con la casa de música y me dijeron que arreglarían todo con unas maderitas. No sé por qué recuerdo tanto un instante del mediodía en que yo comía lechuga y miraba el brazo de mi hermano que venía a quedar al lado del mío. Aquel era el brazo de un hombre que ese día no daría ningún concierto ni tendría ninguna responsabilidad; en cambio mi brazo no estaba libre y quién sabe cómo lo miraría yo unas cuantas horas después. Sin embargo deseaba que el hecho ocurriera lo más pronto posible; yo esperaba tener el placer de mostrar coraje delante de mucha gente. En casa ya no había muebles; pero había quedado la mesa donde comíamos. Yo hubiera preferido que se la hubieran llevado; ella me recordaba lo que me habían contado hacía poco. Cuando yo estaba en una ciudad del interior y mi hermano se había ido a un pueblito, vino un hombre alto y grueso a cobrar una cuenta; el enojo se le desbordó y sacando un cuchillo corrió a mi padre alrededor de aquella mesa.

A la tarde volví a ensayar al teatro; pero noté que el piano hacía un chirrido de cuerdas sueltas que se chocan. Hablé por teléfono a la casa de música y me dijeron que vendrían en seguida. Pero en ese momento llegaba riéndose el afinador: había olvidado la llave de afinar encima de las cuerdas. A los pocos instantes me llamaron por teléfono. No podría dar el concierto si no dejaba en depósito cien pesos. Fui a la oficina correspondiente. Era una disposición municipal previendo el caso que hubiera multas; si no las había devolvían el dinero. En aquella oficina había un señor a quien yo había conocido por una persona que tuvo para mi vida una significación muy grande. Ese señor resultó ser empleado de esa oficina; entonces me llevó al jefe, invocó a aquella persona —que no solo tenía significación para mí— y me libraron del depósito. Corrí de nuevo al teatro. En ese instante pasaba por allí mi padre. No sabía si mi madre podría venir al concierto; se le habían perdido los zapatos; pero había la posibilidad de encontrarlos entre la mesa de luz que habían llevado junto con los demás muebles a la casa de remates. Para allá iba mi padre. Yo me fui a un camarín y me puse un smoking que tenía desde hacía un año, cuando había dado mi primer concierto en una ciudad del interior. Sin embargo en aquella oportunidad no lo había podido estrenar; me quedaba muy chico, y como el amigo que me lo regaló me lo había mandado el mismo día del concierto, no hubo tiempo de arreglarlo. Después, con lo que me dio la boletería pude comprar un cochecito para mi hija —a quien todavía no conocía— y un sobretodo para mí.

Ese iba a ser mi primer concierto en Montevideo, y unos momentos antes de empezar yo miraba por el agujero del bastidor al paraíso donde estarían los que me esperaban con las uñas prontas. Entre ellos había una muchacha que había vivido frente a mi casa, que tocaba con una mano en un tono y otra en otro, y al final, sin sacar el pie del pedal, dejaba flotar los sonidos como el polvo sacudido en los muebles.

En uno de los palcos bajos estaba aquel artista que había significado tanto para mí. Yo lo había conocido cuando él era maestro de escuela. Hacía unos instantes había estado en el escenario con un crítico; después me había dado ánimos y parecía que todo debía ocurrir como algo previsto; pero yo me guardaba para mí la idea de que aquello sería un desastre; sin embargo pensaba tirarme entre el escenario como a una piscina iluminada y trataría de prenderme de aquel piano negro como si fuera a pescar un tiburón. ¡Quién sabe qué cosas ocurrirían! Tal vez el tiburón y el público se desconcertarían por mi audacia; tal vez mi locura imprevista podría resultar original; el público, después de desconcertarse, podría sentir simpatía; mi desesperación podría improvisar otros medios de interesar que no fueran los estrictamente musicales.

Cuando me dijeron que ya podía salir, que la sala estaba en penumbra, me metí en escena con la cabeza baja y solté unos pasos que ya tenía preparados como si hubiera puesto a andar un juguete de cuerda; no sabía qué pensamiento atender; pero a pesar de la angustiosa velocidad de las cosas, tenía tiempo de observar mis pasos y darles la dirección del piano.

De pronto me encontré con que ya habían pasado los primeros aplausos y mis primeros saludos. Yo estaba sentado con los párpados bajos; pero los ojos corrían de un lado para otro como perros que todo lo olfatean; después recorrían el teclado, saltaban entre el piano y yo sentía como una confianza hecha de locura; entonces me venía cierta curiosidad por saber qué haría aquel individuo del smoking regalado. Por más imprevistas que fueran las cosas yo sabía que a último momento, él movería los brazos y se lanzaría contra el piano. Eso ya lo había experimentado en aquella ciudad del interior donde por primera vez, solo y con un piano por delante, había entretenido a un público.

Al final de cada pieza yo no me paraba a saludar; hacía una inclinación de medio cuerpo quedándome sentado. Eso lo había visto hacer hacía poco a un concertista y me había parecido bien. Pero en el intervalo vino mi amigo, el maestro, y me dijo:

—Che, tienes que pararte a saludar y estar más con el público; mira a las muchachas.

Fue entonces que yo no pude detener la idea de todo lo que habría escondido entre el público.

Apenas terminado el concierto me fui del teatro con mis dos amigos pintores. En una larga cena ellos me contaban los incidentes de la velada; y yo ya los escuchaba con una atención que no era de pianista. Después fuimos a casa y nos acostamos en colchones extendidos en el suelo. Los pintores y mi hermano jugaban imitando animales y de pronto los tres, luchando, hacían una sola masa con sus cuerpos; pero yo no podía intervenir porque estaba extenuado: apenas hacía una sonrisa. Ellos se durmieron; yo no: ya empezaba a esperar las consecuencias del concierto.

Dormí muy poco y a la mañana siguiente, cuando el sol ya había entrado por las rendijas, vi un ratón que se había acercado a la cabeza dormida de uno de los pintores y le comía el pelo.

El árbol de mamá

(Sin fecha establecida)

En una noche sin ruidos una mujer joven estaba sentada, a oscuras, en medio de su habitación; tenía el busto erguido y la mitad de la cara tapada por un mechón de pelo negro. Cuando la criada pasó cerca de ella y se dirigió a la ventana, la mujer sentada se puso de pie y movió la parte superior de su cuerpo, muy flexible, como si hubiera sido sacudida por el viento. Al caminar —las caderas y las piernas eran muy pesadas— hacía pensar en una planta que anduviera con su maceta. Se acercó a la ventana, puso un codo en el hombro de la criada y escondió la mano bajo el mechón. Las dos mujeres miraban, desde un primer piso, un pedazo de vereda manchada por sombras de árboles.

—¿Los oíste roncar?

—¡Sí, niña!

La mano que había quedado bajo el mechón sentía en el dorso el roce del pelo; los dedos acariciaban la mejilla; y el codo recibía el calor del cuello de la criada.

—Están un poco enojados con usted por lo del señorito Raúl...

—Como me hables otra vez de eso te prometo una cachetada.

Sacó el brazo de encima de la criada y fue hasta una mesita; puso una mano abierta sobre un libro de matemáticas, forrado por el padre con una tela de hule y se entretuvo en ir despegando, lentamente, los dedos del barniz.

—¿Qué horas serán? Ese otro idiota ya tenía tiempo de estar aquí.

Se dirigió hacia la mesa de luz; allí había un termo con café con leche; y al lado una mamadera. Los tocó, por hacer algo, y después dejó caer el cuerpo en la cama, haciendo cimbrar el elástico y empezó a pensar en su compromiso con Raúl Romero. Un día, su padre, agitado por la escalera, con su cuerpo chiquito y el corazón agrandado por la enfermedad, le dijo: «Te conseguí un discípulo». Hacía mucho tiempo, ella había tenido una pasión fuerte por un muchacho que sabía matemáticas y empezó a estudiar con él. Algunos meses después, la madre anduvo de acá para allá, con su cuerpo inmenso, y supo que Eva —su nombre era Evangelina, pero la llamaban Eva— no pasaba las noches de los viernes «en casa de una amiga paralítica». Entonces la separaron del matemático; pero ella siguió con los números y su padre estaba orgulloso. Después de algunas clases a Raúl Romero le dijeron que él la pretendía; y hacía dos días él, personalmente, le había propuesto casamiento. Ella tenía esperanza de una libertad muy grande que le llegaría un día sin saber de dónde; pero al lado de Raúl Romero su vida sería mezquina. Además, viendo a la madre contenta, Eva empezó a tener ataques de rabia. Ahora se levantó de la cama y sus piernas la llevaban de un lado para otro, tropezando con todo. De pronto la criada, con una mano en la boca, como para atajar una mala palabra, le dijo: «Ahí está».

Las dos mujeres miraban al recién llegado en el momento en que él, para ver si venía alguien, se asomó por detrás de un árbol; pero el tronco en que se apoyaba no era el de la ventana de su prima, sino el que estaba bajo el balcón de la madre. Eva hizo una mueca de payaso y se clavó las uñas en la cabeza.

—Este cretino se va a subir al árbol de mamá...

—¡Espérese, niña...!

—Pero ¿no ves cómo lo abraza?

—No, niña; ahora viene para el suyo.

—¡Ah! Lo hace por gusto; ya otra vez le dije... Pero te juro que me las pagará.

El joven era alto, traía un violín —venía de tocar en un cine—, y puso la caja en donde se bifurcaban las primeras ramas.

—Ya le dije que cambiara el estuche por otro que tuviera curvas; ese parece un cajoncito de muerto...

El muchacho, después de subir hasta las primeras ramas se puso la manija de la caja en la boca y empezó a trepar en dirección al balcón de su prima. Ellas lo veían moverse en cuatro pies como un animal con la presa en la boca.

—¡Ah! ¡Qué sentirán los hombres cuando están con una!...

—Yo no sé, niña; no les debo gustar...

—¡Sos tan flaca!

A medida que el joven avanzaba las ramas se doblaban más; pero él sabía balancearse hasta alcanzar el borde del balcón.

—Abre la ventana y tómale tú el violín.

En el instante en que la criada se lo sacó de la boca, él, con voz de afónico, le preguntó:

—¿Y Eva?

—Está un poco enojada porque usted, antes de subir, tocó el árbol de la señora.

—¡Oh! ¡Cómo me iba a confundir!

Cuando él entró, su prima buscaba una estación de onda corta; sin sacar el cigarrillo de los labios ella le ofreció la mejilla. Y cuando él, con su brazo largo, le enlazó el talle, ella le tomó la manga del saco con dos dedos, como si se tratara de un trapo sucio y la separó de su cuerpo.

—Y ahora, ¿qué te pasa?

—Hoy estoy muy mal y no me extrañaría que tuviera que mandarte al árbol. Hacemos una vida muy poco espiritual...

Él se sentó en la cama, desanimado; y ella dijo:

—Levántate de ahí que me arrugas la colcha.

Él se puso de pie, y al verse obedeciendo tan rápidamente tuvo vergüenza de sí mismo y se le ocurrió —una vez más— romper aquella situación. Su prima le daba la espalda, rabiaba por los silbidos de la radio y golpeaba el piso con el pie; era pequeño y soportaba con elegancia la masa de las piernas. El joven las veía temblar a cada golpe de pie y pensaba: «Si le hago un desplante y me voy, a ella no se le importará nada y yo desaprovecharé las pocas oportunidades que todavía me quedan».

Ella encontró una onda que transmitía un trozo de ópera.

—Raúl Romero quiere que me case con él, cuanto antes...

Al mismo tiempo miró a su primo. Él se quedó impasible. Ella tuvo la impresión de haber arrojado una piedra a un estanque sin verla ni oírla caer en el agua. Al rato con voz atragantada, como las burbujas de ranas que aparecen en un lugar inesperado, él dijo:

—Para Romero, tú ya eres una cosa de él; y habla de ti como si te hiciera un favor.

Ella quiso disimular la rabia que le corría por el cuerpo, le dio más fuerza a la radio y aparentaba oírla; pero al mismo tiempo llevaba el compás con el pie y tarareaba una canción que no tenía nada que ver con la ópera. Después a él se le ocurrió decir:

—Debías casarte conmigo.

—Ni en broma debías echarme semejante maldición. ¡Casarme con un pobre violinista de cine! ¡Y más celoso que Otello!

Él se levantó bruscamente, tomó el violín y se dirigía hacia la ventana; pero se detuvo al oír la voz de ella:

—Mándate mudar, si quieres; pero no te perdonaré, ni en el instante de la muerte, que me hayas hecho esperarte hasta más de la una para hacerme esta parada.

Él miraba hacia afuera; no sabía cómo justificar el deseo de quedarse; y al fin, en actitud de ceder, dijo:

—¡Merezco que me cuelguen de un árbol!

—*Vení* para acá —dijo ella, levantando los brazos.

Él se acercó, lentamente, y la iba a abrazar.

—No, vamos a bailar.

—¿Cómo? ¿Con música de ópera?

—Haremos movimientos lentos, como en los bailes clásicos...

Se movían balanceándose, y casi sin salirse del mismo sitio; pero de una manera tan torpe como si hubieran obligado a un oso a bailar con una jirafa. En un instante en que él arqueó todo su cuerpo para poder besarla, ella se desprendió de sus brazos y fue hacia la mesa de luz; allí preparó su mamadera —llenándola con el contenido del termo— y echándose en la cama se preparó para tomarla. Él, sin movimientos bruscos, se fue recostando al lado de su prima; ella le dio la espalda, puso la mamadera en la almohada y empezó a chuparla, lentamente, entornando los ojos. Al mismo tiempo, con el índice y el pulgar pellizcaba una frazada de lana y le arrancaba la pelusa. Él quiso abrazarla: pero ella, desprendiendo ruidosamente la boca de la mamadera, le dijo:

—Si no te quedas quieto, te juro que te mandaré al árbol.

Él la dejó, apoyó toda la espalda en la cama, estiró las piernas y soltó el aire de los pulmones como si se hubiera pinchado un neumático. Tenía pereza de enojarse y de reunir todas las ideas honorables que tendría repartidas por el alma. Además, su prima ya no le inspiraba deseos de estimarse a sí mismo ni de mostrarle, a ella, ninguna dignidad. Eva no reaccionaría, tampoco, como las otras: si él se fuera, ella no sentiría deseos de retenerlo, haría subir a otro al árbol, y nada más. Sin embargo, al principio, cuando pensaba en el cuerpo de ella, y a pesar de conocer la manera de ser de su prima, él imaginó que aquel cuerpo guardaría otro espíritu u otra manera de la intimidad: cierta fineza en la ternura y más seguridad en la pasión. Ahora se daba cuenta que, desde el principio, ella se había portado como ahora. Pero él se había empecinado en soñarla en otra forma y en que ella se pareciera a su sueño. Las cosas habían empezado en una siesta del verano. Cuando él llegó a su casa, ella estaba sola, en el escritorio; lo recibió con pereza que justificara un beso más largo que de costumbre. Después le había dicho:

—Siéntate en aquel sillón y no me hables hasta que termine esta operación.

Fue hasta el escritorio, se sentó con el kimono abierto y como si ignorara que desde aquel sillón, su primo le vería las piernas desnudas. Él encendió un cigarrillo; con el pretexto del humo entornó los ojos y empezó a revolotear la mirada por el aire, esperando la oportunidad de llevarla debajo del escritorio. Ella se puso la mano ante los ojos, como para concentrarse, y él aprovechó el instante. Pero de pronto se abrió la puerta y apareció el padre; ella se puso de pie, arreglándose el kimono, y dijo:

—Hoy no me van a dejar hacer este cálculo.

Mientras el padre saludaba al sobrino, ella sacó unos papeles de una carpeta y se los alargó al padre, para que se fuera más pronto.

—Sí, ya me voy —dijo él, tomando los papeles.

Al salir cerró la puerta con cuidado y los dos primos llevaron al mismo tiempo la mirada al pestillo. Después ella fue hacia la biblioteca y él le advirtió:

—Tienes los zapatos desatados y te vas a caer.

Ella, haciéndole señas con una mano para que se callara tomó el libro; hojeándolo fue hasta donde estaba su primo, levantó un pie y puso el zapato en el asiento de él. Él no comprendió y ella tuvo que decirle: «Átame los zapatos». Por la abertura del kimono había aparecido una rodilla grande y redonda como una cara sin ojos y sin boca que se hubiera asomado entre cortinas. Él la había mirado un instante; aunque ataba los cordones con los ojos bajos, la tenía presente con una precisión angustiosa. Su prima tenía los ojos en el libro; a él le venían varias ideas y no sabía a cuál atender. Miraba el pie regordete de su prima —tendría que apoyar el nudo en la lengua del zapato: era angosto y no cerraba bien—, y entonces pensó: «Esto puede ser una provocación; pero si realmente está distraída y lo hace pensando en la confianza... sin embargo podría darle un beso en la rodilla... el nudo está terminado y debo decidirme». Afortunadamente vio el otro zapato, también desabrochado. Calcularía mejor mientras hacía el otro nudo. Al terminar este, él levantó los ojos hacia ella y con su voz atragantada le dijo: «El otro». Ella dejó pasar unos instantes; después sacó los ojos del libro, miró el zapato, y le contestó:

—Un poco más apretado el nudo, querido... discúlpame...

Y volvió al libro. Entonces él empezó a decirle: «Te voy a lastimar la...». Iba a decir «la carne»; esta palabra le pareció mal y anduvo buscando otra. «No importa», dijo ella, con sílabas lentas y poco aliento. Él volvió a hacer el nudo con la satisfacción de pensar que todavía le quedaba el otro zapato. Ella sintió sobre la rodilla el aliento de él y la movió hacia los lados como si pasara un manjar humeante bajo las narices de un hambriento. Él, casi sin pensar, detuvo el movimiento de la rodilla apoyando, como al descuido, la mejilla. Quedaron trabados unos instantes con el silencio expectante de dos boxeadores en clinch, y él despegó lentamente la mejilla para decirle: «El otro».

—¿Qué? —preguntó ella.

—El otro pie.

—¡Ah!

Cambió el pie sin sacar la mirada del libro y sin preocuparse de la abertura del kimono. Él pensó en terminar cuanto antes. Pero la otra rodilla recibía un reflejo de luz sobre la piel nacarada y volvió a pensar en darle un beso. Entonces se le ocurrió que eso no sería muy grave; volvió a aceptar las ideas de *la provocación:* «Cuando ella estaba en el escritorio debía saber que tenía el kimono abierto. La prueba estaba en que se lo cerró apenas oyó que alguien abría la puerta. Además, aquella manera de esperar que el padre se fuera, no era de la persona que solo desea volver a su trabajo: ella dejó demasiado tiempo los ojos en el pestillo de la puerta; tal vez estaría pensando en cómo lo provocaría. ¿Y todo esto del zapato, ahora?». Primero suavemente y después aumentando la presión, hundió sus labios en la rodilla y esperó los acontecimientos. Pasaron algunos instantes sin novedad. Tal vez ella esperara, sin darle importancia, a que él terminara con *su locura.* Pero sintió entre su pelo los dedos de ella, apretándolo contra la rodilla y él la llenó de besos. Ella perdió el equilibrio, por un instante; después se dejó caer pesadamente encima de él y lo besó en la boca pellizcándole las mejillas con los dedos, como se hace con los niños. Era una manera artificial que se le ocurría a una persona de mucha práctica y que desea mostrar una manera original. A los pocos instantes ella corrió sus labios por la mejilla de él con la suavidad de un avión que despega, y le preguntó:

—¿Hace mucho que me quieres?

—¡Uf! —hizo él, como si debiera expresar: «Realmente hacía mucho calor».

De pronto ella se puso de pie y le habló con una rapidez que él no le conocía:

—Mamita se está levantando de la siesta. Es absolutamente necesario que no desconfíe. Yo me voy a mi pieza; pensaré cómo haremos para vernos y te escribiré. No te quedes mucho rato.

Volvió a tomarle las mejillas con la punta de los dedos para besarlo en los labios. Mientras ella se iba, los ojos de él seguían los pasos difíciles de aquellas piernas pesadas; por último se quedó con los movimientos de la puerta y el pestillo, que su prima hacía girar del lado de afuera. Era una gran comodidad que Eva se encargara de organizar los encuentros; desde ya él los esperaba como si ella le hubiera ofrecido un budín sin decirle cómo sería el relleno. En cambio le parecía incómodo tener que conversar con su tía: prefirió salir a la calle y repasar, en un paseo solitario, los detalles de su dicha. Caminó hasta el oscurecer y después entró, con los ojos entornados, en calles iluminadas; pasaban a su lado mujeres elegantes y él pensaba vagamente que ellas también podrían dispensar placeres. Y esa noche, en el cine, inclinaba la cabeza sobre su violín atolondrado por los sonidos y los recuerdos. Antes de recibir la carta de Eva, él trató de verla en la iglesia; ella iba con su madre los domingos y se sentaban en los últimos bancos. Él las miraba desde alguna distancia, protegido por un confesonario. Eva tenía un paño oscuro en la cabeza y los párpados bajos. No la podía ver bien; le molestaba el gran volumen de la madre. Las rodillas de Eva parecían dos hermanitas juntas: también tenían los párpados bajos y estaban cubiertas por el borde de la pollera oscura. Él alcanzó a su prima y a su tía apenas terminada la misa. Y mientras la madre llevaba todo su cuerpo hacia la pila del agua bendita, Eva dijo a su primo:

—Si serás cretino, vienes a buscarnos aquí para que mamita se dé cuenta.

—No recibí tu carta.

—La puse ayer, desgraciado.

—Si me sigues hablando así no te veré nunca más.

Cuando vino la tía y salieron a la luz del día, Eva dijo, en broma, a su madre:

—¿Qué me dices de este? El diablo en misa. ¿A qué habrá venido? Con nosotras estás cumplido...

—No vino la persona que esperaba; tal vez llegue para la otra misa —dijo él tratando de seguir la sugerencia de Eva. Y en seguida se despidió y entró de nuevo a la iglesia. Al día siguiente recibió la carta de su prima; tuvo una gran desilusión; pero al mismo tiempo sentía como una necesidad de leerla a cada momento, de comentarla y de angustiarse: «Amor del alma...». Él pensó que esas palabras, lo mismo que besar pellizcando las mejillas, era el deseo de mostrar una manera original, escogida entre muchas y en largos años de práctica. «Después de pensar mucho en ti he encontrado la manera de reunimos. Debes venir después del cine y subir por el árbol que da a mi ventana; pero, ¡por el amor de Dios!, no vayas a trepar por el árbol de mamita...» Ella no debía haber pensado mucho, esta vez: él no habría sido el primero en subir al árbol. (Él no sabía nada de la vida de su prima; las familias estaban separadas desde muchos años atrás y hacía poco tiempo que él había resuelto olvidar rencores y visitar al hermano de su madre —su tía política había dicho que su marido y su cuñada eran unos pobres inocentes sin carácter—.) «Te espero el martes después de la una. Fíjate bien en mi árbol y espera a que no haya gente en la calle. Te besa muchas veces, Eva.» Y después volvía a leer «Amor de mi alma» y volvía a pensar: no creo que deba ser muy del alma, ese amor. Pero en la noche recibía con gusto el recuerdo de las rodillas de su prima, con aquellos reflejos, que le hacían pensar en las bolas de cristal de los adivinos que leen destinos, y resolvía entregarse a la aventura sin esperar el amor de ella. Sin embargo, la primera noche que subió al árbol tuvo miedo de caerse pero se reconfortaba pensando que otros no se habrían caído; su prima había estado muy amorosa y él volvió a tener la ilusión de amor.

Ahora no esperaba nada, de ella. Eva había terminado de tomar la mamadera y cuando él la fue a abrazar, ella le dijo:

—Bien podías darte cuenta que tengo café con leche en el estómago.

Después se habían reconciliado y por último se durmieron. Eva se despertó la primera y sacudió desesperadamente a su primo:

—Mira toda la luz que hay. Ándate antes que pase gente por la calle.

Él, asustado, se tiró de la cama y fue descalzo a la ventana. Miró hacia la calle y vio, debajo del árbol, el techo negro de un carro de verdulero rodeado de mujeres y legumbres de todos colores. Aquella animación correspondía a las ocho de la mañana. Eva se acercó a él, en pantuflas y dijo:

—Ándate, de cualquier manera.

—Pero ¿cómo me voy a bajar, con el violín, entre tanta gente?

—No me importa lo que digan. Mamita no habla con ningún vecino.

Pero dándose cuenta de la situación pensó otra cosa.

—Podías irte por la escalera. Vístete rápido, imbécil. No —agregó en seguida—, mamita está en el patio dándole de comer a los pájaros. ¡Ah, Dios mío! Ahora vendrá Amanda —otra de las sirvientas— con el desayuno. Métete debajo de mi cama.

Él tomó su ropa y obedeció.

—¡Dejaste el violín afuera! Quédate ahí, yo lo esconderé en mi ropero.

Después se metió de nuevo en la cama y siguió diciendo:

—Cuando vengan a acomodar el cuarto diré que quiero estar sola, que estoy enferma y que por hoy dejen la pieza como está.

Él escuchaba, debajo de la cama, y con la ropa arrollada y apretada al cuerpo. Algún poco de frío o el polvo del piso lo hizo estornudar.

—Por favor, tápate esas narices... Y ahora cuando venga Amanda, entrará Lulú —la perrita.

Él se empezó a poner los pantalones. Apenas entró la sirvienta Eva le gritó:

—Que no pase Lulú; hoy no me siento bien y no quiero fiestas...

—Déjala, pobrecita —dijo en ese instante la madre, que venía detrás de Amanda. Su cuerpo, como una nube de tormenta, oscureció el cuarto por un momento.

Lulú pasó por entre los pies de Amanda, fue hacia la cama, ladrando, y Eva se apresuró a tomarla en brazos.

—¿Qué tienes? —le preguntó la señora.

Eva, como de costumbre, esperaría que se lo repitiera varias veces. Entonces se dirigió a Amanda:

—Toma a Lulú; enciérrala en el escritorio.

Aunque la cama era baja y no lo verían, el violinista se alejó del lado que daba a la puerta. Vio llegar los pies de Amanda y por un instante le pareció raro que aquellos pies no lo descubrieran y que fueran una parte de Amanda solo utilizable para caminar: temía algo así como si tuvieran intuición. Mientras las manos de la criada maniobraban con el desayuno y con la perra, los pies cambiaban de posición como periscopios que insistieran sobre algún lugar del horizonte. Y cuando se fueron, el violinista tuvo una sonrisa y un pensamiento con estas palabras: «Los pies no tienen intuición». Pero en seguida volvió a quedarse serio: veía venir los pies de la señora; los tobillos parecían atragantados y se movían como focas sobre las piedras.

—¿Me vas a decir lo que tienes?

—Estoy cansada... estos días he trabajado mucho; quiero estar en la cama y que no me molesten...

—Te habrás olvidado que anoche te atracaste de caracoles en grande, no comes como una mujer, pareces un animal...

—No debías tocar ese tema, mamita... Ciérrame la puerta, ¿quieres?

Los pies de la madre, como animales ciegos, ya cerca de la muerte, y moviéndose con dificultad, empezaron a irse.

Los dos primos pasaron un día silenciosos —debían estar atentos a los pasos que andaban por la casa— y tenían hambre: se habían repartido lo poco que le mandaban a Eva, ya que la suponían indigestada de caracoles. A cada instante, los pasos de las sirvientas o los ladridos de la perra obligaban al violinista a meterse debajo de la cama; los cambios de temperatura —el calor de la cama y el frío del piso— lo resfriaron. Solo a la siesta decidieron trancar la puerta, estar juntos y reposar dos horas. A las nueve de la noche, después de la cena, vino el padre de Eva y hubo una escena, con Lulú, tan peligrosa como en la mañana. Después vino la madre con la costura, dispuesta a acompañar un rato a la hija; al padre se le ocurrió lo mismo y fue a buscar el diario. Lulú entró de nuevo y la señora estaba conmovida ante la desesperación de la perra; Eva la tomaba, para no dejarla pasar por debajo de la cama, como un futbolista que defiende la valla. El primo no podía estornudar ni sonarse las narices y respiraba con la boca abierta. Eva, después de haber atajado la perra llamaba furiosa a Amanda para que se la llevara; la madre también se enojaba por la crueldad de su hija; entre las palabras fuertes de las dos mujeres y los ladridos de la perra, el violinista aprovechaba a sonarse las narices. Después llegó el padre, con el diario, y los cuatro pasaron un rato silenciosos. El violinista miraba los pies de su tío; descansaban apoyados sobre el borde de los zapatos como pequeños botes varados que mostraran la parte exterior del fondo. Sintió ternura al pensar que aquellos pies eran del hermano de su madre; pero al rato, el resfrío y la inmovilidad lo empezaron a incomodar hasta hacérsele insoportables. Entonces se le ocurrió que aquella señora de los pies atragantados tenía razón en decir que su cuñada y su marido eran «pobres inocentes sin carácter». ¿Y él mismo, el sobrino político, escondiendo su amor debajo de una cama? ¿No sería más digno afrontar el escándalo en vez de humillarse por una mujer que tanto lo despreciaba? Él ahora debía salir de donde estaba, y antes que los padres de Eva volvieran de su asombro, él se iría, malhumorado y sin dar explicaciones. Sería, además, un buen castigo para su prima. Repasó estas ideas varias veces; y lo ahogaban tanto como el resfrío y la inmovilidad. Eva vio moverse, del lado oscuro de su cama la forma del pie de su primo. Desesperada, saltó entre las cobijas y dijo a sus padres:

—Váyanse, por favor... no puedo más de los nervios... quiero estar sola...

Su padre también saltó en la silla haciendo crujir el diario; la madre empezó a rezongar, pero se puso de pie, lo mismo que su marido. La pierna del primo detuvo su movimiento, pero permaneció quieto, fuera de la cama. Ni el padre de Eva, perplejo, ni la madre, enojada, le dieron las buenas noches. Cuando cerraron la puerta ya el violinista había sacado todo el cuerpo de debajo de la cama. Eva, en una crisis nerviosa, apretaba los dientes y se lanzó encima de él para arañarlo y golpearle la cara. Él le tomó los brazos, la tumbó sobre la cama y fue hacia el ropero para sacar el violín: se iría en seguida, por el árbol, aunque pasara alguien y lo viera. En el instante de salir, su prima, afectando tranquilidad, le dijo:

—Anoche te dejé dormir a propósito. Otro día que vengas y toques el árbol de mamá, pasarás una semana debajo de la cama.

Él se fue sin decirle nada. Después ella le escribió varias cartas; pero no supo más nada de él.

Versión anterior de «El árbol de mamá»

(Sin fecha establecida)

No recuerdo bien en qué oportunidad yo había tenido dinero en el bolsillo y había invitado a cenar a un amigo. Él era violinista, habíamos hecho juntos algunas temporadas de orquesta y teníamos muchas cosas de que acordarnos. Pero la noche de la cena, él me contó algo que los compañeros no habíamos sabido. Después del trabajo —tocábamos en un cine que nunca terminaba antes de media noche— él, con su violín bajo el brazo, tomaba un tranvía que iba a los suburbios, bajaba en una calle oscura —a esa hora, en las veredas solía haber árboles— y mirando hacia todas partes caminaba hasta la casa de su prima. Ella vivía en un primer piso. Entonces él me contaba cómo se sabía de memoria las ramas de un árbol: primero subía por el tronco mordiendo la manija por donde se toma el estuche del violín; al llegar a las primeras ramas había un lugar donde poder dejar calzado su instrumento; después él subía a la copa del árbol, volvía a tomar el violín y trepaba por una rama hasta el balcón de la prima. Mi amigo visitaba a sus tíos dos veces por semana; ellos le tenían simpatía; y aunque le perdonaban algunas locuras nunca sospecharon lo del árbol. Además habían ubicado el destino de la hija en un novio de porvenir —a quien mi amigo trataba con mucha cordialidad—. Y por otra parte, mi amigo y su prima no pensaban en otra cosa que en concertar sus citas.

Una noche ella vio mover la rama del árbol, fue a alcanzar a mi amigo tomándole el violín, y todo ocurría como de costumbre; pero al despertarse vieron que la luz del día había crecido demasiado. Ella corrió hacia el balcón y al mirar hacia la calle se llevó la mano a la boca para no gritar. Él se levantó de un salto y al mirar por la ventana vio, debajo del árbol, el techo negro de un carro y verduras y mujeres que se acercaban a comprar. La prima le había hundido las uñas en el brazo y empezó a decirle:

—Pero ¿no haces nada? ¡Apúrate! Mis padres me van a echar de casa y tú te quedas mirando el verdulero.

—Y ¿qué quieres que haga, ahora? ¿Que baje por el árbol?

Ella lloraba:

—Ahora va a venir la sirvienta.

—Cierra la puerta con llave —dijo él.

—Es peor si la encuentran cerrada...

—Cierra, te digo...

Y cuando ella fue hacia la puerta, él empezó a poner su ropa debajo de la cama y le dio contraorden:

—Deja la puerta sin llave; yo me vestiré debajo de la cama.

Ella obedeció y después de volver a meterse entre las cobijas hizo un corcovo, asomó la cabeza por debajo de la cama y empezó a repetir:

—El violín, el violín...

—Mételo entre el ropero.

A los pocos minutos volvió a lloriquear:

—No sé cómo vas a poder salir... ¡No vamos a pasar todo el día así! ¿Y cuando la sirvienta venga a arreglar la pieza?

Entonces a mi amigo se le ocurrió:

—Diles que estás un poco enferma, que quieres estar tranquila y que no te vas a levantar. Lo mejor es esperar hasta la noche.

—¿Y si llaman al médico?

—¡No! Les dices que es poca cosa.

Oyeron los pasos de la sirvienta; y apenas abrió la puerta la prima dijo con bastante brusquedad:

—Hoy no me traigas el desayuno. Y dile a mamá que no me voy a levantar.

La sirvienta se quedó extrañada; pero en seguida cerró la puerta.

—¡Qué bárbara! —dijo mi amigo.

—¿Por qué?

—Con el hambre que tengo decirle que no trajera...

—¡Ay! No quise que se acercara.

—Mira, si les dices que estás mal del estómago van a traer al médico. Mejor es decir que no pudiste dormir, que te duele un poco la cabeza y quieres descansar.

La madre se detuvo en la puerta y dio algunas órdenes; mientras tanto el perrito de la casa empezó a ladrar y a arañar la puerta. La señora abrió la puerta y la hija gritó:

—Hoy nada de Pocholo. ¡Que se vaya al cajón!

—¿Qué tienes?

—Absolutamente nada. El dichoso examen de Felipe no me dejó dormir y estoy muy cansada.

Los zapatos de la señora se acercaron hasta casi tocar a mi amigo.

—Pero ¿tienes el estómago mal? No quisiste el desayuno...

—Ahora estoy sintiendo hambre.

Después vino el padre; traía unos zapatos trompudos que dieron vuelta alrededor de la cama.

—Cerrá la puerta, por favor, que el Pocholo se me va a venir encima. ¡Ah!, estoy incomodada. Váyanse, por favor.

Al mediodía volvieron de nuevo y ella les dijo que iba a dormir una gran siesta. Después que los dejaron solos mi amigo trancó la puerta y se acostó; estaban enloquecidos de angustia y de pasión.

A la hora de la cena ella le alcanzó algunos bocados. Él comía brutalmente, encogido entre el sobretodo y con el sombrero encajado hasta las orejas.

—Por favor, cuando venga la sirvienta pídele un vaso grande de agua.

Pero vino la madre con el crochet y el padre con el diario; y se sentaron cerca de la cama muy dispuestos a pasar la velada con ella.

—Tampoco pude dormir la siesta; pero ahora me está viniendo sueño.

—¡Bueno, bueno, un rato nada más!

Mi amigo tenía ganas de estornudar: se apretaba la nariz, y había hecho un pelotón con la bufanda y se había preparado para todo. Saldría apurado y ellos no tendrían tiempo de volver del asombro. No volvería nunca más y después la prima que dijera lo que quisiera; él podía haberse refugiado en la policía o cualquier cosa. De pronto el Pocholo empezó a arañar la puerta y a ladrar.

—Déjalo un momento, pobrecito.

—No, no, no, no... Bueno, váyanse que quiero dormir.

Después de un tiempo irresistible, los tíos de mi amigo se fueron. Él bajó del árbol a las dos de la madrugada y vino a este restorán.

—¿Ves a aquel mozo calvo? —me dijo—, bueno, me fio una milanesa y unas papas y huevos fritos inolvidables.

[El pájaro asustado]

(Sin fecha establecida)

En una pequeña ciudad y en una mañana de sol yo paseaba con botines nuevos. Cruzaba un parque que había cerca de un río. Yo no era del todo feliz; tenía la preocupación de un concierto que daría esa noche; y además me apretaban los botines nuevos. Decidí sentarme en el primer banco que encontré. Antes saludé a un hombre que estaba sentado en la otra punta. Él apenas me contestó; le quedaba un solo mechón de pelo encima del cráneo; sus ojos chicos, pero muy abiertos, parpadeaban a largos intervalos y lo hacían con gran rapidez; los movimientos de la cabeza también eran rápidos y parecía un pájaro asustado. No sé por qué yo trataba de no hacer movimientos bruscos: primero saqué lentamente un libro del bolsillo y después, con disimulo, saqué los pies de entre los zapatos. Sin embargo vino una corriente de aire fresco y estornudé con fuerza.

No habrían pasado muchos minutos cuando el pájaro asustado dio un salto y corrió unos veinte metros. Al detenerse se dio vuelta y señalando para abajo de mi banco alcanzó a decir después de un angustioso tartamudeo:

—Una víbora.

No tardé mucho en estar cerca de él, pero había hecho el trayecto en medias y por encima de piedras puntiagudas. Yo no vi la víbora, pero ella podría haberse escondido entre los yuyos. Mis pies estaban reventados y le estuve gritando mucho rato al cochero de una volanta de cuatro ruedas que estaba como a dos cuadras. El pájaro asustado se fue sin saludarme. Yo me quedé quieto en aquel sitio y cuando vino el cochero le pedí que me alcanzara los zapatos. Al llegar a mi hotel hice llamar a la mucama y le pedí que me trajera mis zapatillas. Bajé con los botines en la mano y tuve la poca suerte de que me viera una muchacha que salía con la madre.

Al otro día fui a visitar una iglesia antigua. Me senté y en el banco de adelante estaba sentado el pájaro asustado; tenía las manos juntas pegadas a la boca y los ojos cerrados; pero al mismo tiempo silbaba; era un silbido muy fino, repetía siempre un tema corto, y parecía distraído. A veces se descuidaba demasiado y silbaba fuerte. Dio lugar a que viniera el sacristán y le dijera:

—Señor, usted está silbando.

El pájaro salió de su distracción, lo miró parpadeando rápidamente y le preguntó:

—¿Por qué dice usted que silbo como una víbora?

—No señor; yo dije simplemente que estaba silbando; pero no como una víbora.

—¡Ah! —dijo el pájaro señalándolo con un dedo— ahora repite lo de la víbora y todavía dice que no.

El sacristán se fue sacudiendo la cabeza. Y yo también me fui. El pájaro asustado salió casi en seguida. Yo estaba en el atrio y no pude resistir a la manía de explicar las cosas; entonces me acerqué al pájaro y le dije:

—Mire, puede estar tranquilo; yo oí al sacristán y realmente él no le dijo lo de la víbora.

Él abrió la boca con sorpresa, tomó aire, parpadeó y dijo:

—¿Así que entonces yo estoy loco?

—No digo eso; pero usted oyó mal.

Él no me hizo caso y se fue sin saludarme.

A los pocos días llevé mis zapatos a un remendón para que me los pusiera en la horma. Él no estaba; salió un niño y dijo:

—Mi papá se está emborrachando en el almacén.

Pero en seguida salió la madre y me encargó que no me fuera porque el marido vendría en seguida. Vivían en una pieza sucia de un conventillo. Yo me entretuve unos instantes en mirar la llama violácea de un primus que había en una pieza de enfrente; y después pensé: «Tanto rato el primus prendido sin nada en el fuego. ¡Qué desperdicio!». Y por fin apareció ante el primus el pájaro asustado. Luego que me vio se puso furioso y empezó a gritar:

—En el parque, en la iglesia y ahora acá ¿qué quiere?

En ese momento vino el zapatero y el pájaro cerró la puerta a golpes. Entonces el zapatero con bastante olor a caña, se llevó un dedo embetunado a la sien para indicarme que el pájaro era loco. Yo le pregunté:

—¿Qué serían esas dos aletas blancas que tenía a los costados del pantalón?

—¿Pero no se dio cuenta? El forro de los bolsillos. ¿No ve que tenía el pantalón al revés? Se lo pone así para no ensuciárselo.

Mientras ponía un zapato en la horma y mojaba un poco el cuero, me dijo que aquel tipo tenía mucha plata. Y cuando yo le conté lo del primus el zapatero me contestó:

—¡No! Él nunca pone nada en el fuego; prende el primus porque le gusta el ruido que hace. Se tira en la cama y se pasa las horas pensando bobadas.

Esa misma noche, cuando todavía yo no había terminado de cenar me dijeron que me buscaban. Era el pájaro; me dijo que quería hablar a solas conmigo y fuimos al parque; confieso que yo no estaba tranquilo. Por el camino no me dijo nada. Y todavía estuvimos sentados un rato antes que él me preguntara:

—¿Qué le dijo mi primo de mí?

—¿Qué primo?

—Aríspides Pérez.

—¡Ah! ¿Usted es primo de él?

—¡Hágase el zonzo!

—Señor, si usted me insulta no espere entenderse conmigo. Yo conocí a Aríspides Pérez en un café de Montevideo y él me dijo que era de acá; pero yo no sabía que usted era primo de él ni él me dijo nada de usted.

El pájaro dio vuelta la cabeza hacia mí y los ojos le brillaron como armas que hubiera sacado en la penumbra.

—Me sigue en el parque, me sigue en la iglesia, me sigue a mi casa, me sigue al cine...

—Pero señor...

—No me interrumpa. Conoce a mi primo y quiere que lo crea un santito. Vamos a no hablar más; yo le mando a su hotel doscientos pesos, usted se va de aquí mañana mismo y le dice a Aríspides lo que se le antoje.

—Yo me iré de aquí sin necesidad de que usted me dé ni un centésimo. Me iré el 28, porque el 27 doy el último concierto.

No hubiera querido contrariarlo; pero lo que hablé del concierto me miró de nuevo y dijo:

—¿Así que insiste? Por última vez: yo le mando los doscientos pesos y usted se va de aquí cuanto antes.

El pájaro se levantó y se fue por un lugar oscuro.

Al otro día vino a mi hotel el remendón; después de darme los zapatos miró para todos lados, se sacó la gorra y de entre ella un sobre cerrado; me lo entregó y esperó los acontecimientos. El sobre tenía los doscientos pesos. Yo pensé un rato y al final le pedí que volviera al otro día. Si yo entregaba aquel dinero al juez y contaba lo ocurrido podía producirse mucho escándalo. Si se lo devolvía al pájaro él no lo aceptaría. Decidí donar el dinero al hospital. Me dieron una carta de agradecimiento y al otro día se la mandé al pájaro con el zapatero. De esa manera él vería que yo no quería quedarme con ese dinero. Claro que mi procedimiento tenía fallas; pero yo tenía pereza y disgusto de seguir pensando en eso.

[En gira con Yamandú Rodríguez]

(Sin fecha establecida)

En el año 32 Yamandú Rodríguez y yo hicimos una gira. Él recitaba poesía y yo tocaba el piano. Llegamos a una ciudad chica, donde Yamandú tenía muchos amigos y en seguida fuimos a ver al dueño del teatro; era un muchacho más bien bajo, erguido, caballeresco, usaba patillas y no nos quiso cobrar ni el alquiler de la sala, ni la luz, ni los programas. Los amigos de Yamandú consiguieron que varias instituciones —la Intendencia, los clubes, la biblioteca— participaran en la compra de entradas. En un momento se vendieron todas y nosotros nos quedamos sin hacer nada. El día en que llegamos yo había recorrido aquella ciudad como si me fuera a tragar las casas y a echar encima de las calles y de las plazas. Un rato antes de la función, mientras mirábamos el escenario —aquella buena gente había pedido a los vecinos muebles y plantas para que en la escena apareciera una sala— alguien se acercó y nos dijo que las entradas habían sido repartidas en las escuelas. Yamandú y yo nos miramos y empezamos a imaginarnos las consecuencias. Es posible que en las instituciones oficiales hubieran pensado que si Yamandú recitaba —eso era propio de las escuelas— y si yo tocaba el piano, el acto resultaría «instructivo»; y en ese caso había que pensar en los niños. Además el recital sería a las 15 —nos habían dado esa hora porque en la sesión *vermouth* y en la noche la sala estaba comprometida para el cine— y las 15 era precisamente una hora para niños. Pero Yamandú y yo preferíamos que nos oyeran personas mayores; los niños, después que se aburrieran, harían ruido. Pronto empezaron a entrar. Los de algunas escuelas venían en formación y obedecían a las maestras; pero otros entraban sueltos, corrían por todas las localidades del teatro y nadie los podía sujetar. Yamandú, desesperado, me decía: «¿Qué te parece si cambiamos el programa?» Entraban niños demasiado chicos y yo le contesté: «No hay necesidad; no les interesará ninguno de nuestros programas.» Por el pasillo de la platea venía una negrita de diez años y traía tomados de la mano a una escalerita de negritos. Ese día Yamandú recitaría un diálogo entre Clemente Séptimo y Benvenuto Cellini. Pero primero saldría yo a tocar música española. Apenas aparecí en escena las maestras empezaron a chistar a los niños; después, viendo que no les hacían caso, los amenazaban gritando. Me senté al piano y miré la sala: estaba desbordante; solo en los palcos había alguna que otra persona mayor. Al hacer los primeros acordes el barullo disminuyó; después no solo chistaban las maestras, sino también los niños. Y por último se renovó el escándalo. Yo terminaba una pieza y empezaba otra como si estuviera solo; pero de pronto, mientras tocaba la *Danza del fuego* y hacía los acordes levantando las manos, oí gritar con mucha fuerza desde el paraíso: un niño, haciendo bocina con las manos, le decía a otro que estaba en la platea: «Che Martínez, manyá». (Quería decirle que lo mirara.) Entonces levantaba las manos, las dejaba caer en la baranda del paraíso y trataba de imitar mis movimientos. Al salir de escena tropecé con Yamandú. Él se reía de mí; pero yo lo amenacé: «Ahora te toca a ti». Por la puerta entreabierta del decorado lo vi en el momento en que se disponía a empezar. Los niños habían disminuido el escándalo casi hasta el silencio. Yo sabía que la mano izquierda de Yamandú —la que tenía metida en el bolsillo del saco— estrujaba una caja de fósforos; y fue en el instante de levantar la otra mano y empezar a decir las primeras palabras, cuando, en medio de un silencio inesperado, una niña como de cuatro años, que estaba en un palco, señaló a la escena y gritó: «Mamita, mirá; el sillón de abuelita». Primero se empezaron a reír algunos y después nos reímos todos. Ya no se pudo reconquistar el silencio. Y hubo un instante en que el escándalo ahogaba las palabras de Yamandú y los movimientos con que él debía acompañar su poesía parecían los manotazos de un náufrago mudo.

Al otro día nos dieron una fiesta en la casa de un poeta muy callado, ya de edad, empleado en el Municipio y que usaba una gran melena gris, sombrero de alas anchas, corbata de moña desarreglada y saco cerrado hasta el cuello. Hacía poco tiempo él se había encerrado en una pieza con otro poeta venido de Montevideo, y los dos, con grandes sables, decidieron batirse a muerte; pero suspendieron el duelo cuando el poeta venido de Montevideo le hizo a este un gran tajo en la nariz. En la fiesta, la hija del poeta recitó poemas del padre; y cuando decía que miraba al infinito y cerraba los ojos, parecía que esperaba un estornudo. Más tarde llegó otro poeta, sobrino del dueño de casa, que también usaba melena, sombrero de alas anchas y corbata desarreglada; él y el tío eran los únicos, en aquella ciudad, que se vestían así. Después, lentamente, yo me empecé a impregnar de los muebles viejos y un poco deshechos, de la dignidad con que aquella gente se esforzaba en mantener un sentido poético de la vida y de las sonrisas y la inocencia generosa de los que me rodeaban. Entonces tuve necesidad de pensar que el tío y el sobrino eran buenos poetas y me empecé a sentir una mala persona.

Al otro día salimos para una localidad más chica. Estaba dividida en dos pueblos: uno junto a la estación de ferrocarril; y el otro —más importante— a diez cuadras del primero.

Fuimos a un hotel que quedaba frente a la estación y en seguida tuvimos confianza en el silencio de sus habitaciones antiguas. El café era malo pero la comida buena. A las tres de la tarde salimos para el otro pueblo; a la sombra hacía frío y al sol demasiado calor. La carretera cruzaba un arroyo y del otro lado había un cementerio. Llevábamos cartas de recomendación que nos habían dado los amigos de Yamandú el día antes.

La plaza

(Sin fecha establecida)

En una tarde sin sol, fui a una plaza solitaria.

De su piso blanco, de balastro, salían tan pronto en orden simétrico como dispersos caprichosamente, eucaliptus inmensos que llegaban hasta el aire del cielo.

Allá arriba, el aire y las ramitas se movían un poco, y tal vez las hojas hicieran algún bisbiseo.

Pero cuando los ojos llegaban hasta los troncos —donde se recostaban echados para atrás, los bancos— el silencio era quieto, la luz era quieta y el aire era quieto, y en el piso blanco quedaban separadas con bastante nitidez, las patas de los bancos y las raíces de los árboles.

Cerca del banco donde estaba yo, habían enterrado algunos aparatos de gimnasia.

Una niña hacía ejercicios para que yo la mirara.

Yo me daba cuenta y seguía mirando el piso blanco.

Por el piso blanco pasaban apurados, pies de personas que cruzaban la plaza para ahorrar camino.

También llegaban hasta el piso blanco, las hojas de algunos plátanos que habían nacido al borde de la plaza.

Sin darme cuenta miré a la niña que hacía gimnasia para que yo la mirara.

Después ella se fue corriendo.

Como ya estaba oscureciendo, se encendieron las luces.

A un ciclista se le descompuso su vehículo y daba vueltas los pedales sin adelantar camino: la bicicleta se iba deteniendo y él tuvo que apoyarse con un pie en tierra.

Después se volvieron más pesadas, las cosas que me pasaban por el alma.

No me daba cuenta cómo eran las personas que pasaban, pero los ojos las veían alejarse.

Cuando me levanté para irme, miré para el cielo; por encima de los árboles cruzaba un pájaro y yo pensé en la distancia que habría de los árboles a las nubes.

[La casa amarilla]

(Sin fecha establecida)

Según el orden de las fechas yo debía recordar primero la tarde de verano en que iba por una calle de tierra buscando la casa donde me alquilarían una pieza. Pero mi recuerdo, con el instinto de un perro al que no comprendo bien, insiste en poner a mis pies muchos de los días en que viví en aquella casa y no quiere traerme aquella primera tarde en que yo la buscaba; cuando veía las hojas de los árboles cargadas con el polvo que levantaban los autos y pensé que se me mancharía la carta de recomendación que llevaba en mis manos transpiradas; entonces guardaba la carta; pero a cada instante quería recordar el número de la casa y la volvía a sacar para mirar la dirección en el sobre. Eso no me dejaba ser feliz, ya que el verano, en aquella calle, era como un presentimiento dichoso. De pronto había reconocido aquel lugar; recordé haber pasado antes por él, viniendo desde otro lado. Pero esa otra vez la calle me había hecho otra impresión. Y después, mientras viví en ese barrio, la calle fue tomando una expresión distinta a las anteriores, a pesar de que aquella tarde era de una fecha inmediata a los días que viví en la nueva casa, mi sentimiento no diría que pertenece a la misma época. Además, todo lo que ocurrió en aquel tiempo me predispuso a mirar los árboles pasando la vista sobre ellos como el que no quiere hacer nuevas relaciones; y otras veces miraba a uno por uno con atención disimulada: ellos tenían tranquilidad de profetas y parecían despreocupados de los hombres.

Sin embargo yo insisto en recordar aquella primera tarde cuando yo era inocente del sentido de los árboles.

La casa era de dos pisos y estaba pintada de amarillo; y las persianas, anchas y desvencijadas, recién embetunadas de verde. Al acercarme a mirar el número, sucio de cal, una muchacha de lentes miraba un camino de hormigas que ondulaba cerca de una rajadura del muro. A pesar de estar muy próximo a ella y de preguntarle por la dueña de casa ella seguía mirando una hormiga que parecía llevar un gran sombrero verde. La muchacha arrugaba los ojos detrás de vidrios muy gruesos y cerca de la garganta una de sus manos apretaba fuertemente a la otra. Al fin, cuando giró los lentes hacia mí, le mostré la carta y ella empezó a recorrer las letras como si fueran otro camino de hormigas. Entonces dijo:

—Sí, es mi tía.

No me dijo que la llamaría y puso de nuevo los cristales sobre el camino de hormigas; pero pronto los volvió hacia mi lado y señalando la vereda de enfrente, siempre con las manos juntas, separó un dedo del montón para decirme:

—Aquella mancha rosada es un ramo de flores, ¿no?

—Sí —le contesté.

—¿Lo trae un chiquilín o un hombre con una bicicleta?

—Un mozo con una bicicleta.

Ella separó las manos y se dispuso a cruzar la calle. Pero en ese instante la mancha rosada se dirigía hacia el interior de la casa y el mozo montó en bicicleta. La muchacha abrió la boca; sus ojos intentaron seguir al mensajero pero lo miraban como si él se hubiera perdido entre las nubes. Después ella giró su cuerpo, con la cabeza baja, como un animal a quien se le ha cortado la retirada. Yo seguí sus pasos; los hacía con unos zapatos marrones de tacos bajos y medias negras que se perdían entre las tablas de una pollera azul desteñida. En seguida del zaguán, muy ancho, venía un patio descubierto con dos árboles: uno era un plátano y de entre las hojas de su gran copa colgaba una fiambrera rodeada de moscas. La muchacha y yo subimos una escalera mirando hacia la puerta del primer piso, ocupada por una mujer inesperadamente inmensa. Por un instante tuvimos el silencio de dos seres humildes que ascendieran hacia una diosa. Desde arriba bajó una voz pesada:

—¿Viene para alquilar la pieza?

«Sí», dije yo. «Trae una carta», dijo la sobrina. «Esperen», contestó la voz pesada, «voy a buscar la llave». La mujer inmensa salió del hueco de la puerta y la escalera se llenó de una luz que venía del interior.

Mi cuarto en el hotel

(Sin fecha establecida)

I

Una vez estuve tres meses en un balneario. La mayor parte del tiempo lo pasaba en mi cuarto; este era chico y yo me sabía de memoria hasta las más insignificantes manchas que había en la pared; cada cosa que había en mi cuarto me quedaba muy grabada en la memoria porque había estado mirando a cada una de ellas en momentos intensos o extraños del espíritu; en él leía libros interesantes, recibía cartas que me sorprendían y me emocionaban de maneras muy distintas; en él también pensaba cosas muy distintas, y a pesar de estar siempre en el mismo cuarto, sentía lo nuevo de cada día, como si el sol no diera en las mismas cosas dos veces igual, como si el aire fuera distinto y hasta como si yo no fuera la misma persona; todas las noches sentía curiosidad de saber cómo sería la mañana siguiente y todas las mañanas sentía deseos de que fuera de tarde o de noche; si alguna tarde fracasaba porque me vinieran a buscar para algo o viniera alguna visita de poco interés pensaba: «Paciencia, no importa, igual me queda la noche y además en la tarde de mañana nadie me molestará», y soñaba en estar allí en la tarde como si hiciera mucho tiempo que no estuviera, y pensaba siempre descansar en mi cuarto, como si estuviera cansado por la tarea de mucho tiempo.

Después que pasó algún tiempo, al ir a entrar a mi cuarto y recordar que allí había leído libros interesantes, había recibido cartas que me gustaban mucho, y había pensado cosas que me parecía que me agrandaban el espíritu, las paredes y las cosas me daban la sensación de estar saturadas de aquellas cosas, como si fueran las maderas de un instrumento viejo en el que hubiera tocado muchos años.

II

Cada cosa de mi cuarto la asociaba a lo más interesante o extraño
que me hubiera ocurrido mientras miraba o estaba en aquella cosa.
Había una mancha en la pared, que un día cuando era la siesta y
estaba por dormirme, la sombra de la semioscuridad hacía que me
pareciera una mujer con un hijo suplicando algo; también me había ocurrido algo parecido una vez que las ropas desordenadas y
puestas encima de una silla me parecieron la cabeza de un árabe
que me miraba con un ojo un poco triangular, pero muy oscuro y
misterioso. Siempre que miraba la ventana me acordaba de una vez
que me había asomado a ella y miraba a la playa: había en la arena
y un poco retirado del agua un bote; en el bote se habían sentado
unas personas, y cuando las miré distraídamente, tuve una sensación extraña; en otro momento me hubiera parecido de pronto que
estaban en el agua, o me hubiera reído de pensar que ellas eran
inconscientes de que por la actitud que tenían, pareciera que estaban navegando a pesar de estar en seco; sin embargo la sensación
que tuve yo por un instante, fue de que sencillamente navegaban
por la arena.

III

Un día hizo una mañana que además de ser distinta de todas las
mañanas lindas, fue la más radiante; si hubiera venido a visitarnos
un habitante de otro planeta se la hubiéramos mostrado como
ejemplo de una mañana en la Tierra: parecía que si a los niños les
mandaran hacer una composición «La mañana» tendrían que pensar en una como aquella. Entonces tuve ganas de salir de mi cuarto
y pasear: cuando pasé por un almacén vi un hombre que era asesino y que había estado preso hasta hacía poco tiempo, pero yo pensaba que en aquella mañana nadie podía hacer un crimen; me parecía que cuando el sol le daba en el entrecejo al asesino, le disolvía
los pensamientos de la noche.

Esa misma mañana también fue como una escenografía previamente preparada para que actuaran en ella dos personajes más:
eran dos mujeres. La primera parecía una india y estaba parada en
la puerta de un rancho; primero me llamó la atención un gatito y
una plantita que había al pie de una ventana; parecían hermanitos;
el gatito estaba muy bien sentado y tan firme como el tarro de la

plantita; los dos tenían una cinta azul: la plantita en el tallo y el gatito en el pescuezo; a veces el gatito se lavaba la cara y otras veces la plantita se movía con el viento.

La mujer que estaba en la puerta me pareció muy interesante: era como la representación estética de la raza de los indios; y así como yo había sentido el folklore en música y en poesía, sentí por primera vez lo que sería el folklore de la belleza física.

IV

Cuando volví de mi paseo estaba cansado y sudoroso; tuve mucha alegría cuando vi el cuarto de baño muy limpio y con baldosas muy blancas que llegaban casi hasta el techo. Cuando estaba en mi cuarto y descansaba, entró en la escena de la mañana el último personaje: era la mucama. Nunca había hablado conmigo porque me creía loco, pero al ver que había salido a pasear se animó a hablarme; sentía la necesidad de contarme su vida; era alemana, había enviudado joven y tenía dos hijitos; en todo el año cursaba sus estudios en un instituto de obstetricia y en los meses de vacaciones se empleaba de mucama; parecía que el secreto de su vida era difícil de descubrir porque era exterior y claro: su secreto estaba en su actividad continua, en el deseo que tenía de tener comodidades para ella y sus hijitos, en lo que se llamaba poseer una cosa que fuera de ella, de su propiedad, aunque fuera nada más que un par de zapatos de goma; educaba a sus hijos de una manera que parecía simultáneamente profunda y superficial: era la mujer del poema práctico.

Yo me sentía en su espíritu tan alegre y tan bien, como si ella fuera un cuarto de baño limpio y con baldosas blancas casi hasta el techo.

V

Una noche me desperté y mi cuarto estaba completamente oscuro; pensaba en lo que estaba soñando hasta el momento de despertarme y también se me ocurrió pensar cómo estaba yo y mi cama en el cuarto; a pesar de conocerlo tanto no me podía orientar; tenía que hacer un gran esfuerzo para deducir que si yo estaba acostado sobre el lado izquierdo, a la derecha tenía que haber tal cosa, y a la izquierda tal otra, y en la imaginación colocaba la cama en todas partes; después que saqué una mano de la cama, toqué la pared y me orienté, me parecía mentira esta desorientación. Como no tenía sueño me senté en la cama; y pensaba cosas inútiles: suponía cómo hubiera sido de interesante que hubiera conocido a una mujer de una manera distinta a como la conocí, y era como si hiciera una novela; la arreglaba en el momento que la hacía; cuando me parecía muy espontánea o muy real, la modificaba y cuando más real y más posible era, más emoción sentía.

Cuando llegó la mañana me llamó mucho la atención una caja de color lila que había encima de la mesa; la noche anterior la había traído la mucama y había puesto entre ella todas las cosas del mate; pero como me acosté y me dormí en seguida no le di la importancia que tenía: aquel color violentísimo cambiaba completamente el carácter de casi todas las cosas; al principio me fue antipático pero después me gustó mucho; el color de la caja hacía sobresalir y le daba mucha importancia a una salida de baño que estaba colgada en la percha y que era de un color muy parecido; ahora la salida de baño no chocaba tanto y no se despegaba tanto de las demás cosas de la habitación como antes: el color de la caja le hacía tomar un valor muy especial; si ahora yo leyera los mismos libros, recibiera las mismas cartas y pensara las mismas cosas, tal vez tuvieran una expresión distinta.

VI

Al estar yo sentado en la cama, la puerta de mi cuarto venía a quedar enfrente mío; a la derecha de la puerta estaba la percha y en ella colgada la salida de baño; como yo había perdido la llave de la puerta, la cerraba poniendo una manga de la salida de baño en el marco, y así apretándola contra el marco quedaba asegurada. De pronto se abrió la puerta y al caer la manga de la salida de baño, esta pareció una persona que bajara el brazo; en seguida de esta sorpresa apareció otra: entró la mucama deshecha en llanto; me dijo que la habían despedido del hotel y que le iría muy mal; yo apenas atinaba a lamentar lo ocurrido; ella después que lloró un rato salió y al momento volvió trayéndome un cepillo que detrás tenía un espejito: me lo dejaba de recuerdo; después me dio un beso en la frente y se fue. La pobre mujer me estimaba mucho; una vez me dijo que en la pieza de otro pasajero había visto un libro mío, que lo había leído y que aunque no entendía nada suponía que debía ser bueno. En total, a mí me parecía que aquella mujer hubiera preferido siempre que en mi cuarto estuviera siempre yo, y que si hubiera venido otro le hubiera tratado con cierta hostilidad.

Yo tuve mucha pena y toda esa realidad de cosas de afuera me puso de mal humor; las paredes no me parecían saturadas de los libros que había leído ni de las cartas que había recibido, ni de las cosas que había pensado. Pero a la tarde me pareció que si yo me hubiera ido y después hubiera vuelto a pasar por allí, y viera las mismas paredes y el mismo cuarto con las cosas de manera distinta y otra persona, me hubiera dado tristeza.

En total yo tenía la sensación que las paredes, igual que la mucama, aunque no entendieran cómo era yo, hubieran preferido que siempre estuviera yo y hubieran mirado con cierta hostilidad a otro pasajero.

Una mañana de viento...

(Sin fecha establecida)

Una mañana de viento mis padres me llevaron a una farmacia. Yo tenía once años. El farmacéutico era amigo de la casa y mis padres le dijeron que yo estaba débil. Él me hizo sacar la lengua y después conversó mucho con ellos. Cuando nadie me vio fui a sacar la lengua entre dos espejos colocados uno frente al otro. Yo me repetía muchas veces con muchas lenguas; y los últimos *yos* del fondo subían hacia el techo —los espejos estaban inclinados hacia adelante como si se hicieran una cortesía— y al final se me veían nada más que los pies.

A la mañana siguiente había sol, mi padre ensilló la volanta muy temprano y salimos para el campo. Al rato me aburrí y después me quedé dormido. Al mediodía llegamos a un pueblito donde había un galpón de zinc que tenía pintado, con letras grandes, mi nombre y mi apellido; debajo decía: «Minutas a toda hora». Mi padre se reía y me dijo que yo y el dueño de aquel galpón éramos los únicos, en la república, que teníamos el mismo nombre y apellido. Dentro del galpón había mesas redondas, como en las playas y un señor en mangas de camisa le hizo señas al mozo para que nos sirviera. Mi padre encargó bifes con papas y huevos fritos. El mozo se lo dijo a una señora que estaba detrás del mostrador y en seguida ella metió la cabeza en un agujero y le dijo lo mismo a otra persona que estaba del otro lado del tabique. Éramos los únicos, en el galpón. Al rato se acercó el señor en mangas de camisa y mi padre le preguntó si era el dueño; entonces le dijo que yo me llamaba como él y los dos se rieron. Pero yo tenía angustia. El dueño conversaba moviendo unos bigotes negros muy retorcidos. El jopo también estaba retorcido y parecía otro bigote. Se escarbaba los dientes con una pajita de escoba y la uña del dedo meñique era muy larga. Yo había perdido la seguridad de mí mismo; yo podría ser aquel hombre o quién sabe quién. Cuando le escribiera a mi abuela, en vez de ponerle mi nombre, le mandaría un retrato; y cuando pensara en mí me miraría en un espejo. Entonces recordé todos los «yo» que había visto en los espejos del día anterior y los volví a ver con la lengua afuera.

Apenas comimos yo me subí a la volanta y no me di cuenta cuándo fue que vino mi padre y empezamos a andar de nuevo. Yo tenía mal humor. Pensaba que un día podía presentarse en casa —mientras yo estaba de vacaciones— otro que fuera igual a mí. Aunque él tuviera distinto nombre, podía callarse la boca y estar allí como si fuera yo. Ahora podría prevenir a mi padre; pero si le hablaba de eso con seguridad que se reiría. Bastante se habían divertido —hacía ya mucho tiempo— una vez que les había preguntado a él y a mamá, si cuando yo fuera grande ellos me conocerían. Ahora sentía modorra y miraba las ondulaciones verdes del campo. Aunque eran olas fijas muy grandes, algunos instantes yo había creído ver —mientras cerraba y abría los ojos con el movimiento de la volanta— que las olas se movían. Después vi nadar, a lo lejos, una iglesia y un montón de casas sucias y mi padre me dijo que aquel era el pueblo donde yo me quedaría hasta que él volviera a buscarme. Entonces yo le pregunté: «¿De qué color es la casa?». Y él me contestó: «Creo que rosada». Cuando llegamos me encontré con que la casa era distinta a como yo me la imaginaba. Estaba en una esquina y nosotros bajamos en la calle del costado. Entramos a un escritorio. Nos abrió una mamá joven con toda la cabeza blanca; y en seguida empezaron a llegar un montón de chiquilines. Después vinieron dos muchachos grandes y se los llevaron. La mujer de cabeza blanca me miró de costado y me dijo: «Me parece que tienes hambre», pero no se rio ninguna vez. Pasamos a un comedor con una mesa larguísima y allí me sirvieron café con leche, pan casero y un pedazo de dulce de membrillo como una lengua cuadrada. Mi padre y la señora hablaban de todo. La señora me había dado el café con leche porque yo era hijo de mi padre; pero no pensaría en mi nombre. Bastante antipático le parecería si conocía al otro, el de los bigotes. De pronto vi aparecer en la puerta que quedaba frente a la otra punta de la mesa a una chiquilla gorda que venía caminando para atrás con una espiga en la mano; y en seguida llegó una gran vaca negra sin cuernos; apenas puso las dos patas de adelante entre el comedor, la señora se levantó y a mí se me cayó el café con leche; la señora y mi padre sacaron la vaca y mi café con leche empezó a correr por el piso como una víbora y se fue a meter debajo del zócalo. A la chiquilina gorda la hincaron al costado de una cama que se veía en otro cuarto y a mí me dieron otro café con leche y más dulce; me lo trajo una muchacha grande que se reía y era linda. Al rato vino el dueño de casa y mi padre le dijo: «¿Cómo le va alcalde?» Entonces la chiquilina gorda empezó a llorar a gritos. Yo le pregunté a la muchacha linda:

—¿Por qué llora?

Y ella haciéndome señas de palmadas con la mano, me contestó:

—Porque si el padre la encuentra hincada...

Después entró un chiquilín que había estado desensillando el charret del padre; parecía menor que yo y me dio vergüenza cuando se acercó a mí y me dijo despacito:

—¿*Sabés* pelear?

Yo no dije nada. Nos mandaron a jugar a un jardín que había dentro de la casa y apenas llegamos él se puso en posición de box con los puños cerrados. Entonces yo le dije:

—Si me *pegás* te doy una patada.

Él se acercó; yo le tiré un puntapié; él se retiró para atrás, cayó sentado cerca de una ensaladera llena de agua; cuando se fue a levantar se apoyó en el borde y se echó el agua encima. Empezó a llorar y a llamar al padre. Vinieron todos y el chiquilín les dijo que yo lo había empujado. Entonces yo empecé a explicar:

—Señor alcalde...

Y como tardé en hablar los mayores se empezaron a reír —menos la señora— y todos se volvieron para adentro. Entonces el chiquilín me dijo:

—¿*Sabés* tirar el trompo?

Estaba oscuro, fuimos al comedor y empezamos a llenar de puazos las tablas del piso. Entonces vino el alcalde y con su mano grande, que tenía un anillo, le dio palmadas fuertes al hijo. Eran muchas, y al compás de las palmadas le decía:

—Ya-te-he-di-cho, que no quie-ro que jue-gues al trom-po en el co-me-dor.

Yo sentí la voz de mi padre en el escritorio y me fui corriendo para allí.

Carta a los muertos

(Sin fecha establecida)

Mi querido poeta:

He sabido que Ud. va a publicar un nuevo libro. Y me apresuro a advertirle que Ud. no puede hacer eso. La razón que, en mi responsabilidad de médico, me asiste para hacerle esta advertencia, es muy sencilla. Sin embargo, yo sé que Ud. —como todos los que se encuentran en su caso— se obstinará en no quererla comprender. Pero debe saber una vez por todas, que hace ya bastante tiempo que Ud. ha muerto. No cometeré la superficialidad de presentarle mis condolencias. Además yo trato a mis muertos no solo con cariño, sino también con franqueza; su muerte me trajo sentimientos muy particulares. Como ciudadano casi puedo afirmarle que mis sentimientos fueron poco menos que indiferentes. En mí crecen otros sentimientos que ahogan a los del ciudadano. Y no vaya a creer por esto que voy contra la humanidad. Al contrario, pretendo otra cosa. Y aun en el caso de que la humanidad me fuera completamente indiferente, no sería imposible que mi pasión por la ciencia y por el conocimiento tuviera para los hombres *consecuencias* de un gran bien. Precisamente mi pasión por el conocimiento me llevó a estudiar a los poetas y a aprovechar de ellos los conocimientos que quedaron atrapados en sus poesías. Como gustador de poetas, me apresuro a decirle, que es como más lamento su muerte. Pero no exageremos demasiado; si por un lado pierdo los poemas que Ud. hubiera hecho si realmente viviera, por otro lado empiezo a gozar el sabor, más concentrado y misterioso, que uno encuentra en las poesías de un autor al cual uno ya no puede darle la mano como a un ser realmente vivo.

Como médico tengo mucho más que decirle. Primero tuve el sentimiento de sorpresa que me producen ciertas maneras de la muerte; después casi tuve con Ud. el sentimiento de un absoluto fracaso en cuanto a poderlo salvar. Y por fin su muerte me trajo la gran alegría de poderlo salvar casi completamente. Y esto es un gran triunfo para mí. Si hubo otros colegas que después de una muerte pudieron hacer marchar un corazón; o aprovechar un ojo o cualquier otra parte del cuerpo de un muerto para recomponer un vivo, yo, mi querido poeta, no solo hago marchar a un muerto sino que casi casi está vivo del todo. Lo único que no puedo recomponer, óigalo bien, es su facultad de creación. Precisamente por estar seguro de que ahora Ud. carece de ella, es que lo doy por muerto. Y no crea que no siento este fracaso; aún más, me consideraría más satisfecho si hubiera podido *matar*, en un vivo artificial, algo que al morir quedó demasiado vivo en él: la vanidad de creerse un vivo natural; es decir, su capacidad de creación. Esa vanidad es la gran sobreviviente del hombre.

Y ahora lo ataco de frente. De esa vanidad tiene Ud. que cuidarse. En caso contrario, andará Ud. como un viejo que pretende tener una aventura. Si sigue Ud. con la pretensión de querer hacer nuevos poemas será el peor plagiario de sí mismo, arrojará una luz falsa sobre su poesía anterior y la desprestigiará. En cambio, piense en la satisfacción que dará a todos sus admiradores si les deja la ilusión de estrechar la mano que escribió aquellos poemas, un poco antes de que esa mano se seque del todo. Piense en la satisfacción que será para Ud. sobrevivir para recoger los halagos que merece. Si Ud. no se estropea con una ambición fuera de lugar, verá cómo se desarrollará la sensibilidad del triunfo; recuerdo que esa sensibilidad nunca fue amplia; porque cuando Ud. era joven, si bien deseaba el triunfo, también tenía inquietudes que lo inhibieron en muchos instantes. Y aún más, ahora, sin esa auténtica inquietud, tiene Ud. también un estado físico más completo para recibir el triunfo; ahora Ud. podrá desarrollar más lo que yo llamo «sensibilidad de banquetes»: Ud. no solo podrá comer más y gozar más rato de sus comidas, sino también estropear menos sus digestiones.

Y por último quiero prevenirlo contra los discursos en los banquetes; ni los improvise, ni los escriba. Diga que como está emocionado prefiere recitar un poema de antes. Y después de ellos quédese Ud. en silencio y verá todo lo que ponen ellos; será precisamente lo que le falta a Ud.: vida, amplia y misteriosa vida.

He decidido leer un cuento mío...

(Sin fecha establecida)

He decidido leer un cuento mío, no solo para saber si soy un buen intérprete de mis propios cuentos, sino para saber también otra cosa: si he acertado en la materia que elegí para hacerlos: yo los he sentido siempre como cuentos para ser dichos por mí, esa era su condición de materia, la condición que creí haber asimilado naturalmente, casi sin querer; por eso quiero saber si eso es una parte íntima o necesaria de ellos mismos, o por lo menos si es la manera preferible de su existencia.

No sé por qué no se hacen recitales de cuentos; pero he estado arriesgando suposiciones: debe haber pocos cuentos escritos para ser contados en voz alta, escritos expresamente con esa condición, o cuya materia de expresión sea la palabra viva; cuentos en que el artista haya asimilado esa materia, haya soñado con ella muchos años, con la afectividad misteriosa en que se encuentran y se funden, un espíritu y la materia que lo expresa; cuando eso se ha logrado nos encontramos con que si esa obra artística se transporta a otra materia, generalmente pierde mucho y parece falsificada. Aun sabiendo que tenemos tendencia a ser fieles a la primera manera con que nos encantó una cosa por primera vez y la queremos seguir sintiendo sin la menor modificación (como nos decía Goethe en el instante que Werther no decía a los niños un cuento exactamente como lo había hecho la primera vez); aun sabiendo que se puede producir una rara excepción en que un cambio de materia haga una obra más extraordinaria (como muchos opinan con respecto a la Chacona de Bach transcrita por Busoni); aun en el caso de haber visto una obra en el cine que a pesar de aparecer diferente al original literario también es interesante; aun sabiendo muchas cosas más, nos encontramos con que la mayor parte de las veces hay que respetar o preferir una obra en su materia original.

Y antes que la obra sea conocida, no me parece excesivo pedir que se conozca una obra en la materia en que fue sentida por el autor, en la materia en que nació. Eso es lo que yo quisiera pedir con respecto a mis cuentos. Ellos, sin yo saberlo al principio, ya fueron imaginados para ser leídos por mí. Y no solo yo soy el que ha encontrado que cuando un cuento mío ha sido transportado a un español literario y castizo por los correctores, haya perdido mucho. Hasta puede haber ocurrido que en mi mal castellano del principio (tal vez menos ahora) yo haya profundizado mis sentimientos en esa mala materia, y al transportarla a la buena, pierdan esa profundidad. Lo mismo ocurre cuando los lee otra persona. Y lo diré de una vez: mis cuentos fueron hechos para ser leídos por mí, como quien le cuenta a alguien algo raro que recién descubre, con lenguaje sencillo de improvisación y hasta con mi natural lenguaje lleno de repeticiones e imperfecciones que me son propias. Y mi problema ha sido: tratar de quitarle lo más urgentemente feo, sin quitarle lo que le es más natural; y temo continuamente que mis fealdades sean siempre mi manera más rica de expresión. Digo temo porque le temo a un prejuicio cuando viene solo. Me encanta invitar a mi cabeza —o recibirlo cuando viene a la fuerza— a cuanto prejuicio anda por la calle, y después hacerlos pelear hasta que se deshagan.

Ahora parece que están entrando los prejuicios de lo natural; empecemos por el más popular: Hay obras que pretendiendo ser naturales son completamente horribles. Hay obras en parte naturales y en parte artificiales que son en parte buenas y en parte malas, que no coinciden, constantemente, en que lo bueno sea natural y viceversa.

Yo soy un crítico natural, sé poco, pero no importa; tengo intuición (él cree que es bergsoniana o que la intuición bergsoniana es adivinación).

Hay obras naturales o artificiales completamente buenas del principio hasta el final.

Hay obras que salieron a pura inspiración y enteritas: completamente buenas o completamente malas.

Este libro se terminó
de imprimir en
Barcelona (España),
en el mes de
febrero de 2019

Descubre tu próxima lectura

Si quieres formar parte de nuestra comunidad,
regístrate en **libros.megustaleer.club**
y recibirás recomendaciones personalizadas

Penguin
Random House
Grupo Editorial

 megustaleer